dtv
premium

Sabine Schäfer

Dem Kaiser die Welt

Roman

Deutscher Taschenbuch Verlag

Vorbemerkung der Autorin

In diesem Roman gehe ich von der These aus, dass der anglonormannische Gelehrte und Richter Gervasius von Tilbury, bekannt vor allem als Verfasser der ›Otia Imperialia‹ (auch ›Liber Mirabilibus Mundi‹), der um die Wende vom 12. zum 13. Jahrhundert gelebt hat, identisch ist mit dem urkundlich erwähnten Ebstorfer Propst Gervasius. Dieser Propst wird von einigen Historikern als der Schöpfer der Ebstorfer Weltkarte gehandelt, was in der Forschung allerdings umstritten ist. Ich habe Gervasius von Tilbury aus literarischen Gründen zum eindeutigen Urheber der Ebstorfer Weltkarte gemacht. Sein Leben habe ich anhand aller mir zugänglichen Informationen rekonstruiert und die Leerstellen mit fiktiven Elementen ausgefüllt. Die meisten der im Roman agierenden Charaktere sind historisch reale Zeitgenossen des Gervasius, alle erwähnten politischen Ereignisse beruhen auf historischen Fakten.
Weitere Informationen zum geschichtlichen Hintergrund finden sich unter: www.autorinsabineschaefer.de

FSC
Mix
Produktgruppe aus vorbildlich
bewirtschafteten Wäldern und
anderen kontrollierten Herkünften

Zert.-Nr.GFA-COC-001278
www.fsc.org

Originalausgabe
Oktober 2009

www.dtv.de
Dieses Werk wurde vermittelt durch die Literarische Agentur
Thomas Schlück GmbH, Garbsen
Umschlagkonzept: Balk & Brumshagen
Umschlaggestaltung unter Verwendung eines Gemäldes von Tizian
sowie eines Fotos der Ebstorfer Weltkarte von Dieter Schmudlach
Satz: Fotosatz Reinhard Amann, Aichstetten
Gesetzt aus der Aldus 10,25/12,75
Druck und Bindung: CPI – Ebner & Spiegel, Ulm
Gedruckt auf säurefreiem, chlorfrei gebleichtem Papier
Printed in Germany · ISBN 978-3-423-24729-0

Et mundus, hoc est homo. In summa homo mundus appellatur, qui in se totius mundi representat ymaginem, habens esse cum lapidibus, vivere com arboribus, sentire cum animalibus, et dicenere cum angelis.

Und die Welt, das ist der Mensch. Insgesamt wird der Mensch Welt genannt, weil er in sich das Bild der ganzen Welt repräsentiert, indem er das Sein mit den Steinen, das Leben mit den Bäumen, das Fühlen mit den Tieren und das Unterscheiden mit den Engeln gemeinsam hat.

Gervasius von Tilbury, ›Otia Imperialia‹

I.

Der Wunsch des Kaisers

13. Mai 1218

Der Wolf

Der Aufstieg war lang und anstrengend gewesen. Endlich ragte die Kaiserburg mit ihren Befestigungsmauern und den zwei Türmen über ihren Köpfen empor. Vor ihnen fiel der Hang in das Radautal hinab und gab den Blick frei auf das gesamte Harzvorland. Der Wald umschloss sie von allen Seiten, bedeckte die Hänge des großen Burgberges mit einem dichten Teppich aus Bäumen. Doch Gervasius von Tilbury hatte keinen Blick übrig für die Schönheit der ihn umgebenden Landschaft. Der Kaiser hatte per Boten nach ihm schicken lassen, weil er seiner Dienste als Notar bedurfte. Otto IV. war an der Ruhr erkrankt. Aus seiner Botschaft ging nicht hervor, wie es wirklich um ihn stand, doch Gervasius befürchtete das Schlimmste. Seit vier Tagen war er unterwegs. Die Nachricht hatte ihn inmitten seiner richterlichen Arbeit in Arles erreicht. Noch am selben Tag war er, zusammen mit dem von Otto gesandten Boten und seinem langjährigen Bediensteten Henri, aufgebrochen. Sie näherten sich jetzt der Burg von Osten. Gervasius reckte ungeduldig den Hals und konnte schließlich den Bergfried mit dem Rundturm und das Torhaus ausmachen. Auf dieser Seite des Berges war der Hang sehr steil. Die winkelförmige Ostburg war hauptsächlich zu Verteidigungszwecken angelegt worden.

»Seit wann weilt der Kaiser auf der Harzburg?«, erkundigte er sich bei dem Boten, der sich Arnulf nannte.

»Als man mich losschickte, befand sich seine Majestät noch auf der Feste Harliberg. Das war vor fast acht Tagen. Der Kaiser hatte da bereits beschlossen, zur Harzburg weiterzuziehen. Er müsste mit seinem Gefolge inzwischen angekommen sein«, erklärte der Bote, während er sein Pferd am Zügel führte.

Gervasius kannte die Harzburg aus eigener Anschauung. Vor drei Jahren war er auf Einladung Ottos hier gewesen, als Dank für sein Buch, das ›Liber de mirabilibus mundi‹, das er dem Kaiser gewidmet hatte. Er zog an der Leine, um sein Pferd zu einer schnelleren Gangart zu bewegen. Er ließ die Burgmauern nicht aus dem Blick, als könnte er dadurch sein Ziel schneller erreichen. Beinahe wäre er mit Henri zusammengestoßen, der unangekündigt Halt gemacht hatte. Sein Diener versuchte sein Pferd zu beruhigen, das unterdrückt wieherte, stocksteif stand und sich nicht mehr vom Fleck bewegen lassen wollte.

»Was ist los, Henri?«

Dann bemerkte er den Wolf. Ein großes, schwarz-graues Tier. Es war einige Schritte entfernt zwischen den Bäumen aufgetaucht. Jetzt näherte es sich ihnen langsam. Es bleckte die Zähne und gab knurrende Laute von sich. Weißlicher Schaum quoll ihm aus dem Maul.

»Vorsicht! Er hat die Tollwut.«

Arnulf nestelte an der Innenseite seines Mantels herum. Die Augen des Wolfes waren von einem schwefeligen Gelb. Sie leuchteten vor dem dunklen Grün des Tannenwaldes. Gervasius spürte Schweiß auf den Handinnenflächen. Arnulf hatte unterdessen gefunden, was er gesucht hatte: einen armlangen Dolch. Mit festen Schritten ging er auf den Wolf zu. Die Muskeln des Tieres schienen sich in Erwartung des Kampfes anzuspannen. Es knurrte drohend. Arnulf riss den Arm mit dem Dolch in die Höhe. Der Wolf sprang ihm entgegen. Der Bote zielte genau, stieß den Dolch mit voller Kraft in den Hals des Tieres. Ein gurgelnder Laut ertönte. Der Wolf war nicht sofort tot. Er wollte nicht von Arnulf ablassen. Nur allmählich wich die Lebenskraft aus dem Tier, und es sank schlaff zu Boden. Gervasius und Henri rannten zu Arnulf, der mit blutbespritztem Gesicht vor dem toten Tier stand, den Dolch in der zitternden Hand. Henri musste ihm die Waffe entwinden. Sie führten ihn zu einem Baumstumpf, auf dem er sich niederließ.

»Danke. Ihr habt uns vermutlich das Leben gerettet, Arnulf.«

Der Bote starrte auf den Kadaver. »Er war krank und alt. Er wäre ohnehin bald verendet.«

»Woher wisst Ihr das?«

»Ich jage viel. Seht ihn Euch an, Magister.«

Gervasius trat zu dem Kadaver und musterte das auf der Seite liegende Tier. Das Fell an Beinen und Bauch hatte die Farbe von nassem Sand, der Rücken war schwarz, an Lefzen und Kehle besaß es weiße Abzeichen, die nun rot gefärbt waren vom Blut der Halswunde. Das Fell wirkte räudig. Ein alter Wolf. Die ersten Fliegen surrten bereits um die geschlossenen Augen und das leicht geöffnete, schaumverklebte Maul, das eine Reihe noch immer scharfer Zähne entblößte. Als er die Zähne sah, spürte Gervasius, wie seine Knie weich wurden. Er musste sich setzen.

Die Sonne stand schon im Westen, als sie das Torhaus der Ostburg erreichten. Arnulf hämmerte gegen das massive Eichenholz des Tores. Daraufhin sprang eine kleine Fensterluke auf, durch die ein unbekanntes bärtiges Gesicht spähte. Sie mussten eine Zeit warten, bevor der Wachmann ihnen die schwere Pforte öffnete und sie in den Hof reiten konnten. Gervasius trieb sein Pferd an, um schneller zu den Stallungen zu kommen. Von seinem ersten Besuch her war ihm der Weg vertraut. Der Kaiser hatte in der Ostburg Quartier genommen, wie vor drei Jahren. Neben der älteren Ostburg gab es eine Westburg, die durch einen tiefen, in den Fels getriebenen Graben vom Rest getrennt war. Die Westburg war ganzjährig mit einer Burgmannschaft besetzt, deren Aufgabe es war, das Reichsvogteigeld als Lehen des Reiches einzutreiben. Die Ostburg beherbergte die Stiftskapelle, in der zwei Angehörige König Heinrichs IV. bestattet lagen. Dieser hatte die Festung vor mehr als hundertfünfzig Jahren erbauen lassen. Die Kapelle war im Zuge der Sachsenaufstände zerstört worden, wie der größte Teil der Burg. Doch man hatte alles wiederhergestellt, und jetzt residierte hier Otto IV., der sich noch als regierender Kaiser betrachtete, obwohl sein junger staufischer Rivale Friedrich bereits auf die Stimmen des größten Teils der Fürsten und Bischöfe zählen konnte. Die Ernennung Friedrichs II., den alle *stupor mundi* – Staunen der Welt – nannten, zum Kaiser war eine bloße Formalität. Sie hatten die Stallungen erreicht. Gervasius übergab sein Pferd einem Stallknecht. Dann überquerte er mit langen Schritten den Burghof. Für einige Momente gab er sich der Hoffnung hin, Otto könnte sich wieder von seinem Leiden erholen. Der Kaiser war erst dreiundvierzig, zehn Jahre jünger als er selbst. Der Welfe hatte immer eine robuste körperliche Konstitution besessen. Warum sollte er diese heimtückische Krankheit nicht besiegen können? Er ließ Arnulf und Henri weit hinter sich und stieß die Tür zur Halle auf.

Der Bauch des kaiserlichen Kanzlisten war in den letzten drei Jahren noch kugeliger geworden, wie Gervasius feststellte, als sich die beiden Freunde zur Begrüßung in die Arme fielen.

»Magister Gervasius! Es tut gut, dich wiederzusehen!«

»Das Gleiche kann ich von mir behaupten, Johannes Marcus. Seit wann ist die Hofgesellschaft hier?«

»Wir sind erst heute am späten Vormittag eingetroffen. Dem Kaiser wurde sofort ein Lager im Turmzimmer bereitet. Er schläft nun, nachdem er vorher lange mit der Kaiserin um sein Seelenheil gebetet hat.«

»Wie geht es ihm?«

Das gutmütige runde Gesicht des Kanzlisten verdüsterte sich.

»Nicht gut. Aber du wirst das Elend bald mit eigenen Augen sehen und selbst über den Zustand des Kaisers urteilen können.«

Johannes Marcus hatte den Magister in der großen Halle in Empfang genommen, in der selbst bei diesem strahlenden Frühlingssonnenschein Fackeln an den Wänden und Unschlittkerzen in den riesigen Kandelabern unter der Balkendecke brannten, damit man überhaupt etwas erkennen konnte.

»Was genau ist passiert? Der Bote, Arnulf, weigerte sich, mir auch nur ein weiteres Wort zu verraten, das über den Inhalt des offiziellen Schreibens vom Kaiser hinausging.«

Der Kanzlist bot Gervasius einen Platz an einer der langen Tafeln an, die in mehreren Reihen vor einem steinernen Kamin angeordnet waren, dessen gewaltige Ausmaße die Halle beherrschten.

»Otto hat sich im April, wie jedes Jahr, zu einer Frühjahrskur auf die Burg Harliberg begeben. Sein Hofarzt verabreichte ihm großzügige Mengen eines reinigenden Arzneimittels, was zu einem sehr starken Durchfall führte, der den Kaiser sehr schwächte. Vielleicht war die Dosierung zu hoch, oder die Krankheit hatte bereits in ihm gesteckt und kam erst jetzt zum Ausbruch. Niemand weiß das so genau. Jedenfalls ist Otto etwas Derartiges noch nie widerfahren. Er kennt eigentlich kein richtiges Kranksein und glaubt nun, dass seine Zeit gekommen ist. Also hat er sich auf die Harzburg bringen lassen. Zum einen, weil sie nicht weit von der Feste Harliberg entfernt liegt, zum anderen, weil im Laufe der Jahre auf dieser alten Burg einige mächtige Könige und Kaiser weilten. An diesem ruhmreichen Ort will er auf den Tod warten.«

Wider Willen musste Gervasius lächeln.

»Das muss man dem Kaiser lassen, er hat ein echtes Gespür für Tradition. Ganz wie sein Vater und der Rest seiner legendären königlichen Verwandtschaft!« Er wurde wieder ernst. »Natürlich ist das kein Grund zum Fröhlichsein. Es muss wirklich schlecht um ihn stehen, wenn er sich tagsüber freiwillig hinlegt.«

Johannes Marcus, der ein eher heiteres Naturell besaß und sich nie lange mit Unerfreulichem aufhielt, wechselte kurzerhand das Thema.

»Und wie laufen die Dinge in Arles, mein Freund?«

»Ausgezeichnet. Man hat mich in der letzten Zeit mit einigen sehr bemerkenswerten Fällen betraut. Ich werde dir ausführlicher davon erzählen, wenn Gelegenheit dazu ist. Natürlich gab es auch Schwierigkeiten. Mein Schwager Uc de Castelnau hat erneut versucht, mir meine Besitzrechte an dem Haus streitig zu machen, die ich durch die Heirat mit seiner Schwester erworben habe. Er hat es nie verwunden, dass sein Vater ein repräsentatives Palais, das seit einem Jahrhundert im Familienbesitz war, seiner Tochter Cathérine als Mitgift für die Ehe mit einem zugereisten Emporkömmling wie mir verwendet hat.«

Johannes Marcus winkte einen Diener heran und orderte eine Brotzeit für die Neuankömmlinge, zur Stärkung nach dem kräftezehrenden Aufstieg. Gervasius konnte es nicht lassen, sich bei dem Freund nach dem Verbleib seines Buches zu erkundigen. Hatte der Kaiser Zeit gefunden, es zu lesen? Oder war all seine Mühe vergebens gewesen?

Man konnte es dem Gesichtsausdruck des Kanzlisten entnehmen, dass ihm das Thema unangenehm war.

»Du kennst doch Otto … Ein Mann der Tat, aber keiner des Wortes und schon gar nicht einer, der liest. Ich habe mehrmals vorgeschlagen, das Buch zur Abendunterhaltung der Hofgesellschaft vorlesen zu lassen, aber Otto war dauernd mit anderen Dingen beschäftigt. Entweder musste er sich seiner Gemahlin widmen, oder der Tag war so aufreibend gewesen, dass er nichts mehr hören wollte außer dem Prasseln des Kaminfeuers und dem Knacken der knusprigen Bratenhaut, wenn er in einen saftigen Kapaunschenkel biss. Es tut mir leid.«

»Schon gut. Du hast es versucht«, gab Gervasius zurück, doch der Schmerz der Enttäuschung machte sich in ihm breit. Er dachte daran, wie viele Stunden er damit verbracht hatte, die antiken und biblischen Autoritäten zu Rate zu ziehen, bevor er sich darangemacht hatte, die Geschichte der Welt von ihrem Anfang an nachzuerzählen. Für den dritten Teil, über die Wunder der Welt, hatte er jahrelang auf seinen zahlreichen Reisen alle bemerkenswerten Geschichten gesammelt, die die Menschen in fremden Landstrichen ihm über ihre Heimat anvertraut hatten: Legenden und Schauergeschichten, Lachhaftes und Unheimliches. Diese Geschichten waren zu einem Teil seines Lebens geworden, und das Buch war die *Summa* daraus.

»Mit Nachdruck hat Otto, immer wenn ich damit anfing, gesagt, er werde dein Buch nicht eher lesen, bis du ihm, wie versprochen, die dazugehörige Karte vorlegst. Irgendwann habe ich es aufgegeben.«

Die Karte. Seine Amtsgeschäfte als oberster Richter der Provence und die Angelegenheit mit Agnes hatten ihm wenig Zeit gelassen, mit diesem Unterfangen fortzufahren. Hätte er geahnt, wie wenig Zeit ihm zur Verfügung stand, hätte er dem Ganzen mehr Aufmerksamkeit gewidmet und könnte dem Kaiser nun wenigstens dieses eine Abschiedsgeschenk machen.

Der Kranke

Am frühen Abend war der Kaiser erwacht. Nachdem der Leibarzt ihn untersucht hatte, durfte Gervasius zu ihm. Ein Ministeriale geleitete den Magister durch dunkle, mit Truhen gesäumte Korridore und über eine enge Wendeltreppe mit steilen Stufen zu dem Kranken. Otto hatte offenbar nach ihm gefragt. Im Turmzimmer glomm trotz der Frühlingswärme ein schwaches Feuer im Kamin. Davor hatte man das Bett des Kaisers gerückt, der in Tücher und Pelze gewickelt dalag, als würde er frieren. Seine gesamte Erscheinung war winterlich. Es schien dem Magister, als hätte sich ein strenger, lähmender Frost dieses Mannes bemächtigt, den er als leidenschaftlich und kraftvoll kannte. Sein Körper war abgemagert und ruhte starr auf dem Lager. Seine Haut war weiß wie Schnee, die Ringe unter den Augen tief. Sie blickten ihn von weit entfernt an, als wären sie überzogen mit einer dicken Eisschicht, durch die Otto nur mit Mühe hindurchzusehen vermochte.

»Magister Gervasius! Mein lieber Freund, setzt Euch auf diesen Stuhl dort«, brachte er schließlich mit matter Stimme hervor.

Gervasius trat näher an das Bett heran und ergriff die Hand des Kaisers, um sie zu küssen. Dann zog er den Stuhl näher zum Bett und nahm Platz.

»Danke, dass Ihr mich empfangt, Eure Majestät.«

»Ich muss Euch dafür danken, dass Ihr gekommen seid, verehrter Magister. Mein Bedürfnis, Euch zu sehen, war groß.«

»Ich freue mich ebenso über das Wiedersehen, kaiserliche Hoheit. Lasst mich Euch nochmals meinen Dank aussprechen dafür, dass Ihr meine Ansprüche an dem Palais in der Stadt Arles bestätigt habt. Das hat mir viel bedeutet.«

»Euer Haus in der Provence, natürlich. Wie ergeht es Euch dort?«

»Sehr gut, Eure Majestät. Das Land ist reich an allen erdenklichen Naturschönheiten und die Stadt eine der prächtigsten und ältesten im Süden des Frankenreiches.«

»Das hört man gerne. Ich hätte mir die Zeit nehmen sollen, diesen Landstrich zu bereisen, als ich noch in der Lage dazu war.«

Die Hoffnungen, die Gervasius auf eine schnelle Genesung des Kaisers gesetzt hatte, schwanden mit jedem Wort, das dieser von sich gab. Auch der Geruch nach Fäkalien, der trotz des Verbrennens von Weihrauch und anderem Räucherwerk noch im Raum hing, trug nicht dazu bei, ihn zu beruhigen. Dennoch, oder gerade deswegen, beschloss er, Zuversicht auszustrahlen.

»Erlaubt mir, offen zu Euch zu sein, Eure Kaiserliche Hoheit. Meines Erachtens solltet Ihr Euch nicht so schnell geschlagen geben. Noch ist nicht alles verloren. Zwar seid Ihr geschwächt, aber doch noch lange nicht besiegt.«

Ein müdes, aber dankbares Lächeln breitete sich auf dem Gesicht des Herrschers aus.

»Ich schätze Eure Offenheit, Gervasius von Tilbury, habe sie immer geschätzt. Auch wünschte ich, Ihr hättet recht. Doch mein Körper teilt mir in seiner eigenen Sprache etwas anderes mit. Den Inhalt Eures Buches kenne ich noch nicht. Erinnert Ihr Euch an das Versprechen, dass Ihr mir gabt, eine *mappa* der Welt dazu zu erschaffen? Ohne diese Karte wollte ich das Buch nicht lesen, und dabei bin ich geblieben. Wie steht es nun mit der Karte, Magister, habt Ihr sie inzwischen vollendet?«

Betreten senkte Gervasius den Kopf.

»Ich wünschte, ich könnte mit Ja antworten, Majestät«, erklärte er bedauernd. »Mein Richteramt nimmt meine Zeit sehr in Anspruch, daher ist es mir bisher nicht gelungen, die Karte ausführen zu lassen. Sie befindet sich noch im Stadium der Konzeption. Die Idee allerdings kann ich Eurer Kaiserlichen Hoheit in aller Ausführlichkeit erläutern, wenn Ihr es wünscht.«

Während der Kaiser für einen Moment nachsann, versuchte

Gervasius, in diesem kranken Mann den hochgewachsenen, aufbrausenden Herrscher wiederzuerkennen, der er auf dem Höhepunkt seiner Macht gewesen war. Noch vor sechs Jahren hatte eine glänzende Zukunft vor Otto IV. gelegen. Die Hoffnungen der europäischen Welt hatten auf dem Lieblingsneffen des englischen Königs Richard Löwenherz und dem Sohn Herzog Heinrichs des Löwen geruht, der mit starker Hand und entschiedener Vorgehensweise Frieden und Einheit in die zerstrittenen Territorien des Reiches gebracht hatte.

»Eine Idee hilft mir nicht. Die Karte möchte ich in ihrer ganzen Pracht vor mir sehen. Gleich hier könnt Ihr mit der Ausführung beginnen. Ausreichend Zeit habt Ihr ja nun. Es werden Euch alle dafür benötigten Materialien zur Verfügung gestellt werden. Ihr könnt in der Bibliothek der Burg arbeiten, dort gibt es genügend Licht. Außerdem wünsche ich, da ich vermuten muss, dass mir nicht mehr allzu viele Tage zur Verfügung stehen, dass Ihr mir, solange Ihr auf der Burg weilt, Euer Leben erzählt, mitsamt all den wundersamen Episoden, die Ihr in Eurem ›Liber de mirabilibus mundi‹ aufgeführt habt. Rekapituliert Euer Leben, damit handelt Ihr auch einen guten Teil meines Lebens ab, da wir viele gemeinsame Erinnerungen haben. Wollt Ihr das für mich tun, alter Freund?«

Gervasius musste an die ereignisreiche Zeit am Hofe der Plantagenets denken, an die prunkvolle Krönung in Rom und an all die Hoftage, bei denen er dabei gewesen war. Vor Rührung überwältigt, konnte er nur nicken, spürte er doch, wie Tränen in seine Augen traten.

Der Kaiser räusperte sich seinerseits und verlangte in seiner alten befehlsgewohnten Manier: »Dann werdet Ihr, so Gott will, gleich morgen früh nach der Morgenandacht mit dem Erzählen beginnen!«

Die Abendmahlzeit fand ohne den Kaiser in der großen Halle statt. Neben Johannes Marcus, dem Boten Arnulf und weiteren Mitgliedern von Ottos Hof nahm auch die Kaiserin an dem Essen teil. Gervasius erinnerte sich von der Hochzeit im Jahre 1214 an

Maria von Brabant als ein ernsthaftes junges Mädchen, mager und blass, das immer ein wenig kränklich wirkte. Das Schönste an ihr waren ihre großen dunklen Augen gewesen, die von solcher Tiefe waren, dass man fürchtete, in ihnen zu ertrinken. Jetzt war aus dem jungen Mädchen eine ebenso ernste junge Frau geworden, die immer noch das kastanienfarbene Haar streng nach hinten gekämmt unter ihrer Haube trug, jedoch deutlich gesünder wirkte als ihr Gatte. Auch hatte sie sich inzwischen eine schlichte, würdevolle Haltung angeeignet, die entweder der Gewöhnung an ihre Stellung als Kaiserin entsprang oder dem Leid durch die Erkrankung ihres Mannes zuzuschreiben war. Während die Vorspeise, eine kräftige Hühnerbouillon, aufgetragen wurde, sprach man über die bevorstehende Ankunft des Abtes Friedrich von Walkenried, der auf die Bitte des Kaisers anreiste und am nächsten Tag erwartet wurde.

»Als der ehrenwerte Abt von der schweren Krankheit meines Gatten erfuhr, ließ er ihm roten Wein und Früchte bringen, was wirklich liebenswürdig von ihm war. Den Kaiser hat das sehr berührt und dazu veranlasst, ihm eine Nachricht zukommen zu lassen, er möchte ihn doch persönlich besuchen kommen. Jetzt, so kurz vor dem Ende, will er sich mit der Kirche aussöhnen, gegen die er, wie er in den letzten Tagen selbst zugegeben hat, zu oft gesündigt hat.«

Es gefiel Gervasius nicht, dass die Kaiserin das baldige Ableben ihres Mannes als unabänderlich hinnahm. Er jedenfalls war noch nicht bereit, Otto einfach aufzugeben. Während die Kaiserin sich weiter über die neue Frömmigkeit ihres Gatten ausließ, wandte Gervasius seine Aufmerksamkeit dem neben ihm sitzenden Johannes Marcus zu, der sich mit gesenkter Stimme nach privaten Dingen erkundigte, von denen die übrigen Anwesenden nicht unbedingt etwas wissen mussten.

»Ich weiß, dass du die Gräfin geliebt hast. Mir musst du nichts vormachen. Und was ist mit dem Mädchen? Lebt sie noch immer in dem Kloster bei Lüneburg?«

Gervasius nickte, nicht erpicht darauf, über diese für ihn so verstörende Angelegenheit zu sprechen, die drohte, sein geruhsames Leben in Arles völlig auf den Kopf zu stellen. Erst im letzten Jahr hatte er von Agnes erfahren, die als Oblatin in einem Benediktinerinnenkloster aufgewachsen war.

»Und so soll es bleiben?«

Der Hauptgang wurde aufgetragen. Schweinebraten mit Klößen und brauner Tunke. Johannes hob seinen Trinkbecher und ließ sich Burgunder nachschenken. Gervasius tauchte seine Hände in die Schale mit Zitronenwasser, die der Diener ihm hinhielt, bevor er antwortete:

»Ich war dort, um mich davon zu überzeugen, dass es ihr an nichts fehlt. Es ist ein hübsches kleines Kloster, eingebettet in eine sanft hügelige, grüne Landschaft. Alles ist in bester Ordnung. Ich hielt es noch nicht für an der Zeit, das Mädchen in Schrecken zu versetzen und ihm so unerwartet den Boden unter den Füßen wegzuziehen.«

Johannes Marcus nahm einen Schluck Wein und betrachtete ihn skeptisch.

»Ich glaube, es ist eher so, mein lieber Gervasius, dass *du* noch nicht bereit bist, diesen Schritt zu tun. Agnes kann damit sicher viel besser umgehen.«

Gervasius seufzte. »Ich bin älter geworden, Johannes, und Veränderungen zu akzeptieren fällt mir von Jahr zu Jahr schwerer. Für solche Dinge braucht es Zeit, die ich bisher nicht erübrigen konnte. Ich muss mir erst darüber klar werden, wie es weitergehen soll. Doch zuvor müssen wir diese Sache hier« – er deutete in Richtung Turmzimmer – »gemeinsam durchstehen. Ist es bei dir nicht auch so?«

»Du hast recht, Gervasius. Auch ich habe Pläne, die bisher in der Schublade geblieben sind. Aber jetzt braucht Otto uns mehr denn je ... Auf die Gesundheit des Kaisers!«

Den letzten Satz hatte er lauter ausgesprochen, damit ihn auch die übrigen Anwesenden hörten, und dabei seinen Becher erhoben. Die anderen taten es ihm gleich.

»Auf des Kaisers Gesundheit!«, kam es von allen Seiten zurück.

Überlegungen

Den Rest des Abends und die halbe Nacht verbrachte der Magister in der Bibliothek der Burg. Die Diener hatten eine Unzahl von metallenen Kerzenleuchtern herbeigeschafft und auf dem großen Lesetisch in der Mitte des Raumes platziert. Der Schein der Kerzen tauchte den Saal in warmes Licht. Bevor der letzte Diener gegangen war, hatte Gervasius ihm aufgetragen, mehrere Bogen Pergament zu beschaffen, Gänsefedern sowie eine ganze Reihe von Zutaten für verschiedene Tintenfarben, die er in einer Liste notiert hatte. Dann hatte er sich darangemacht, die eher mageren Buchbestände zu inspizieren.

Er entdeckte Plinius den Älteren und seinen Lieblingspoeten Ovid. Außerdem ein Evangeliar mit einem kostbaren Einband, mehrere illustrierte Psalter, des großen Augustinus wegweisendes Werk ›De civitate Dei‹, ein kostbar illuminiertes Bestiarium, das, wie Gervasius an seinem besonderen eleganten Zeichenstil erkennen konnte, aus seiner britannischen Heimat stammte. Dazu kamen noch geographische Werke wie die von Isidor, Beda Venerabilis und Hrabanus Maurus. Das Evangeliar, dessen Einband mit echten Edelsteinen und Blattgold geschmückt war, hatte einst Herzog Heinrich dem Löwen, Ottos Vater, gehört. Es dauerte nicht lange, da stieß er auch auf sein eigenes Buch, welches er für sich ›Otia Imperialia‹ – kaiserliche Mußestunden – nannte, obwohl es den offiziellen Titel ›Liber de mirabilibus mundi‹ trug. Noch einmal las er die Widmung, die er für seinen Freund Johannes Marcus vorangestellt hatte. Damals, vor drei Jahren, hatte die Sache des Kaisers zwar nicht zum Besten gestanden, aber zumindest hatte ihm sein Körper noch gehorcht. Jetzt war der Kaiser den Unzulänglichkeiten seines Leibes ausgeliefert und hilflos wie ein Kind.

Es machte Gervasius wütend, seinen Herrn so zu sehen und nichts für ihn tun zu können. Nun, etwas konnte er immerhin tun: Otto hatte darum gebeten, seine Lebensgeschichte zu hören. Und er wollte endlich die versprochene Karte sehen. Ersteres würde Gervasius keine Schwierigkeiten bereiten, er war ein begnadeter Erzähler, wie ihm viele seiner Zuhörer bestätigt hatten, Letzteres schon. Schließlich war es ihm in den letzten drei Jahren nicht gelungen, mit diesem Vorhaben voranzukommen. Er war ein guter Schreiber, konnte eine recht ordentliche, ja zierliche Minuskel anfertigen, aber Zeichnen und Malen gehörten eher nicht zu seinen Stärken. Bereits als Junge in der Klosterschule in Tilbury hatte er keine vernünftigen Illuminationen zustande gebracht. Ihm war bewusst, dass er ohne fremde Hilfe dem Wunsch des Kaisers nach einer Karte nicht würde entsprechen können. Aber wer konnte ihm helfen? Von den auf der Harzburg Anwesenden kam nur Johannes Marcus in Frage, aber Gervasius wusste, dass auch dessen Zeichenkünste für diese Aufgabe nicht ausreichen würden. Doch er kannte eine Person, die das Handwerk des Illuminierens so sicher beherrschte, dass ihr zuzutrauen war, eine Karte zu erschaffen, die eines Kaisers würdig war. Aber war das eine gute Idee, sie holen zu lassen? Reichte die Zeit dazu überhaupt noch aus? Er beschloss, diesen Gedanken in seinem Hinterkopf zu behalten und erst einmal sein Konzept auszuarbeiten.

Dafür zog er sich eine große Wachstafel heran und begann, darauf mit einem Griffel den Erdkreis zu skizzieren. In die Mitte setzte er ein kleines Quadrat. Es sollte die Heilige Stadt Jerusalem symbolisieren, den Mittelpunkt der christlichen Welt. In das Weltenrund zeichnete er ein großes T, das die Fläche in drei Abschnitte teilte, die den drei Erdteilen Europa, Afrika und Asien entsprechen sollten. Dazu notierte er hinter der Initiale O, die Agnes später verzieren sollte, folgenden Text, der außerhalb des Weltenrunds auf der Karte erscheinen sollte:

> Die Bezeichnung »Orbis« (d. h. Rundung, Radkranz) rührt daher, dass die Erde rund wie ein Rad ist. Rings vom Ozean umflossen, ist die Erdfläche in drei Teile unterteilt, nämlich in Asien, Europa und Afrika. Asien allein umfasst die eine Hälfte der Erde, Europa und Afrika zusammen nehmen die andere Hälfte ein und sind durch das Mittelländische Meer unter-

teilt. Im Osten wird es durch den Aufgang der Sonne, im Süden durch den Ozean, im Westen durchs Mittelmeer begrenzt, im Norden durch die Maeotidischen Sümpfe und den Tanais abgeriegelt. Zu Asien gehört eine Vielzahl von Provinzen, Regionen und Inseln. Europa ist nach der Tochter des Königs Agenor genannt, die denselben Namen trug. Afrika soll nach einem Nachfahren der Abrache de Cethura genannt worden sein, der Afer hieß. Es gibt dort auch Länder, Inseln und Provinzen, deren Kurzbezeichnungen und deren Positionen auf der Weltkarte man bei näherem Hinschauen findet.

Die Karte musste natürlich, wie es allgemein üblich war, geostet sein, d. h., Osten war oben. Dann waren seine geographischen Kenntnisse auch schon erschöpft, und ihm blieb nichts anderes übrig, als die in der Bibliothek vorhandenen antiken Autoritäten zu diesem Thema zu konsultieren. Während er las und immer wieder etwas auf der Skizze ergänzte, vergingen die Stunden. Durch die Fenster kam seit langem kein Licht mehr herein. Müde rieb er sich den schmerzenden Rücken und erhob sich steif von seinem Lehnstuhl. Es war Zeit, dass er noch etwas Schlaf bekam.

Beim Frühstück in der großen Halle erfuhr Gervasius von Johannes Marcus, dass der Abt Friedrich von Walkenried, dessen Ankunft der Kaiser so sehnsüchtig erwartete, noch immer nicht erschienen war. Jetzt wollte der Kaiser auf Anraten seiner Frau den Boten Arnulf erneut ausschicken, dieses Mal in das nahe gelegene Burchhardiskloster bei Halberstadt, um den dortigen Propst Goswin kommen zu lassen.

»Der arme Arnulf«, befand Johannes Marcus beiläufig, »kaum ist er von seiner anstrengenden Reise nach Arles zurück, muss er schon wieder hinunter ins Tal und diesen Goswin von Halberstadt holen. Das geht bestimmt auf den Wunsch der Kaiserin zurück.« Es war kein Geheimnis, dass er Maria von Brabant nicht besonders mochte und ihre Frömmigkeit für aufgesetzt hielt. Gervasius wollte sich darüber kein Urteil erlauben, immerhin hielt Otto große Stücke auf seine Gemahlin, aber er wollte ohnehin etwas anderes mit seinem alten Freund besprechen.

»Ich will dem Kaiser so gerne diese Karte liefern, aber ich kann das Werk ohne Unterstützung durch einen fähigen Illustratoren nicht zu Ende bringen. Daher habe ich mir einen kühnen Plan ausgedacht, zu dem ich deine Meinung hören möchte.«

Sofort hatte er die volle Aufmerksamkeit von Johannes Marcus.

»Spann mich nicht auf die Folter. Was hast du denn vor?«

»Agnes erhält doch im Kloster Ebstorf unter anderem eine Ausbildung als Rubrikatorin und Illuminatorin. Sie wurde sogar einige Monate von einer Nonne aus dem für seine kunstvollen Bilderhandschriften berühmten Kloster Helmarshausen unterwiesen.«

Gervasius hatte eine Vorliebe für schöne Buchmalkunst. Neben dem anmutig gestreckten Figurenstil aus seiner englischen Heimat schätzte er auch die Arbeiten der Helmarshausener Schule, die unerreicht waren in der lebendigen Strahlkraft ihrer Gold- und Silbergründe.

Der kleine runde Kanzlist blickte ihn entgeistert an.

»Du willst sie herholen lassen? Du hast es doch bisher nicht einmal geschafft, ihr die Wahrheit über ihre Herkunft zu sagen!«

»Und genau so soll es bleiben. Sie erhält lediglich den Auftrag, mit mir zusammen an der Karte zu arbeiten.«

»Und du glaubst, sie lassen sie im Kloster einfach so gehen? Was wird denn die Priorin dazu sagen?«

»Hassica ist eine sehr kluge Frau. Ich denke, ich kann sie überzeugen. Was hältst du von meiner Idee?«

Johannes Marcus starrte nachdenklich auf den vor ihm stehenden Obstkorb, der bis zum Rand mit verlockenden frischen Früchten aller Art gefüllt war.

»Warum nicht? Das Mädchen wird froh sein, aus der Klausur herauszukommen, und die Priorin wird vielleicht zustimmen, wenn sie so den kranken Kaiser erfreuen kann.«

Er pflückte einige blaue Trauben ab und ließ sie eine nach der anderen genüsslich in seinem Mund verschwinden.

»Das Beste ist, Ebstorf ist nicht halb so weit entfernt von der Harzburg wie Arles. Die Anreise wird nur wenige Tage in Anspruch nehmen, das kann unter den gegebenen Umständen wichtig sein. Aber welcher Bote soll das übernehmen? Arnulf wird von Halberstadt sofort in der Burg zurück erwartet.«

»Auch darüber habe ich mir bereits den Kopf zerbrochen. Ich sehe nur eine Möglichkeit: Ich werde das selbst übernehmen müssen.«

Ein Auftrag für Agnes

In der Nacht träumte Gervasius von dem alten Wolf, der ihnen auf der Anreise in die Quere gekommen war. Im Traum war er es selbst, der mit dem Wolf kämpfte und ihn schließlich tötete. Nach dem Tod ging mit dem Tier eine Metamorphose vor. Zuerst verschwanden die grauen Stellen im Fell. Der Pelz nahm nach und nach einen silbernen Glanz an. Zur gleichen Zeit verschlankten sich die Gliedmaßen und der Torso. Der Wolf öffnete erneut die Augen, als wäre dies das Selbstverständlichste auf der Welt, erhob sich munter und bewegte sich dann leichtfüßig und spielerisch auf seinen langen Beinen im Kreis. Dabei schien das Tier zu schrumpfen oder besser, jeden Augenblick jünger zu werden. In Umkehrung des natürlichen Prozesses, den alle sterblichen Wesen durchlaufen, entwickelte der Wolf sich zu einem Wölfchen und schließlich zu einem winzigen Welpen, der herumtollte und sich sogar von ihm streicheln ließ. Dann erwachte Gervasius. Während er sich ankleidete, fiel ihm ein, dass Otto vor einigen Jahren von einem Traum mit einem Bären berichtet hatte, der in sein Bett gekrochen kam. Dieser Bär war ebenfalls ein Jungtier, klein und harmlos am Anfang, doch dann hatte das Tier an Umfang zugenommen und bald den ganzen Platz im Bett beansprucht. Er hatte Otto aus seinem eigenen Lager verdrängt. Damals hatten viele das in Verbindung mit dem jungen König Friedrich von Staufen gebracht, der allmählich die Macht an sich gezogen hatte, ohne dass er Otto jemals direkt angegriffen hätte. Sein Wolftraum hingegen, das wusste Gervasius, hatte nichts mit Friedrich zu tun und vielleicht nicht einmal etwas mit Otto.

Nach der morgendlichen Andacht erwartete der Kaiser ihn aufrecht sitzend auf seinem Lager. Die Luft im Turmzimmer war frischer, die Kräuter und das Räucherwerk taten ihre Wirkung.

»Eure Majestät sehen gut aus heute Morgen. Sicher seid Ihr auf dem Weg der Besserung.«

Der Kaiser brachte tatsächlich ein Lächeln zustande. »Nun, vielleicht liegt es daran, dass mein Quacksalber mir heute Morgen den Aderlass erspart hat und ich mein Essen bisher bei mir behalten konnte.«

»Ich hörte, Ihr habt nach Propst Goswin von Halberstadt geschickt. Ist der Abt des Klosters Walkenried noch immer nicht eingetroffen?«

»Leider nein, Magister. Es gibt viele Gründe, warum sich eine Reise verzögern kann: schlechte Wegverhältnisse, Räuber, Hindernisse, die man weiträumig umgehen muss. So etwas geschieht nun mal. Es ist nur so, dass ich jetzt das starke Bedürfnis habe, mich mit der Mutter Kirche zu versöhnen. Zu oft habe ich die Belange des Reiches über die der Kirche gestellt. Ich habe mich vom Glanz weltlicher Macht blenden lassen und wenig an mein Seelenheil gedacht. Und wohin hat mich das geführt? Zuerst in diese verheerende Schlacht von Bouvines, dann auf dieses elende Lager! Man muss seine Angelegenheiten ordnen, solange noch Zeit dafür ist. Besser zu früh als zu spät. Daher hoffe ich, dass der Propst Goswin spätestens morgen hier eintrifft.«

Die Worte des Kaisers dämpften Gervasius' Zuversicht erheblich. Deutlich glaubte er den Einfluss der Kaiserin Maria zu erkennen. Was sollte er Otto darauf antworten? Er blieb stumm. Als keine Erwiderung seines Notars folgte, fuhr Otto fort:

»Aber nun zu Euch, mein lieber Gervasius: Ich bin schon sehr gespannt auf Eure Lebensgeschichte. Wir können gleich beginnen. Verratet mir nur vorher noch, wie es mit der Karte vorangeht.«

Gervasius zögerte einen Moment.

»Es fällt mir schwer, das zuzugeben, aber meine zeichnerischen Fähigkeiten sind sehr mangelhaft. Daher kann ich die Karte nur mit Hilfe eines gelernten Illustrators zu Eurer Zufriedenheit vollenden. Ich kenne eine junge Buchmalerin in einem kleinen Kloster bei Lüneburg. Sie würde ich, mit Eurer Kaiserlichen Hoheit Erlaubnis, gerne hinzuziehen. Ich selbst kann nach Ebstorf reisen, um das Mädchen abzuholen.«

Der Kaiser verzog plötzlich das Gesicht.

»Es ist nur ein Krampf«, presste er hervor. Mit schmerzverzerrtem Gesicht wartete Otto, bis seine Gedärme sich wieder beruhigt hatten. In seinen Augen stand jetzt ein fiebriger Glanz.

»Nun, mein lieber Magister, wenn Ihr das für nötig erachtet, dann bringt um Gottes willen die Illuminatorin her. Aber beeilt Euch! Ich weiß nicht, wie viel Zeit mir noch bleibt. Ihr seht ja selbst. Am besten, Ihr brecht sofort auf. Ich lasse einen Diener holen, der sich um alles kümmert.«

Gervasius verbeugte sich vor seinem Herrn.

»Dann lebt wohl, lieber Freund. Wir sehen uns wieder. Spätestens im Himmel.«

Bei diesen Worten ließ Otto sein polterndes Lachen hören, um anzudeuten, dass er einen Scherz gemacht hatte. Zum Abschied küsste Gervasius Otto die Hand.

Bald darauf saß Gervasius auf einem edlen Araberhengst aus dem kaiserlichen Stall. In Begleitung eines Knappen namens Balduin, der sich im Norden des Reichs besser auskannte als sein Diener Henri, der wiederum als Ersatz für den Knappen in der Burg bleiben und dessen Arbeit tun sollte, ritt er durch das Tor hinaus in den Wald.

Am Abend des zweiten Tages erreichten sie das Kloster Ebstorf. Im schwächer werdenden Licht erkannte Gervasius das von einem Holzzaun umgrenzte Klostergelände inmitten von Weiden und Feldern, den Lauf des Flüsschens Schwienau und den spitzen Turm der Klosterkirche.

Die Priorin Hassica empfing ihn sofort. Allerdings konnte man ihr ansehen, dass ihr sein unangekündigter Besuch ungelegen war. Man hatte sie aus dem Stundengebet zur Komplet geholt, eine Unterbrechung, die sie gar nicht schätzte. Gervasius schilderte ihr sein Anliegen.

»Das kommt ein wenig plötzlich. Aber ich verstehe durchaus die Dringlichkeit Eures Anliegens, verehrter Magister«, gab die Priorin zur Antwort, wobei sie die Stirn kraus zog, als wäge sie das Für und Wider ab. Gervasius hatte aber den Eindruck, sie hätte ihre Entscheidung schon beim ersten Anhören der Geschichte getroffen.

»Selbstverständlich will ich alles in meiner Macht Stehende dazu tun, dem Kaiser seine Leidenszeit zu erleichtern«, erklärte sie gleich darauf. »Die Arbeitskraft unserer lieben Agnes stelle ich Euch gerne zur Verfügung, vorausgesetzt, sie selbst ist damit einverstanden.«

»Wollt Ihr zuerst mit Eurem Schützling sprechen, Priorin, oder soll ich es tun?«

Jetzt lächelte Hassica. »Lasst mich das machen, Magister Gervasius. Ich bezweifle nicht, dass sie sich über diese Gelegenheit, aus dem Kloster herauszukommen, freuen wird.«

Und so war es dann auch. Das Mädchen strahlte geradezu über die Aussicht auf eine Reise in den Harz. Sie verbeugte sich wohlerzogen vor Gervasius und versicherte ihm, wie dankbar sie sei, ihre Fähigkeiten als Illustratorin unter Beweis stellen zu dürfen, und dann auch noch für seine Majestät den Kaiser. Es war das erste Mal, dass sie sich von Angesicht zu Angesicht gegenüberstanden – bei seinem ersten Besuch in Ebstorf hatte er sie nur von weitem in Augenschein nehmen können –, und er fühlte eine stille Zufriedenheit in sich, als er in dieses junge, erwartungsvolle Gesicht blickte, das ihm fremd war und gleichzeitig vertraut. Ihr dunkelbraunes, fast schwarzes Haar war locker zu einem langen Zopf geflochten. Doch nicht nur das unbedeckte Haupt unterschied sie von den Nonnen und Laienschwestern, sondern auch ihre Kleidung. Statt der üblichen Nonnentracht hatte sie sich für ein schlichtes Kleid aus einem steingrau gefärbten Leinenstoff entschieden. Auffallend war auch ihr zartes, sehr helles Gesicht, von dem sich das Dunkel des Haars und der Augen besonders stark abhob. Hierin ähnelte sie Mabile. Die Nase dagegen war ganz ihre eigene: schmal und mit einer vorwitzigen Spitze ausgestattet, die sich keck gen Himmel richtete. Gervasius mochte Agnes auf Anhieb.

Am nächsten Morgen brachen sie nach dem Frühstück umgehend auf. Hassica umarmte ihren Schützling zum Abschied. In dieser Geste lag eine Mütterlichkeit, die der Magister dieser groß gewachsenen Frau mit den klugen graublauen Augen unter den dichten blonden Brauen gar nicht zugetraut hatte.

Mit Balduin an der Spitze ritten sie in flottem Trab zuerst durch das hübsche Tal der Schwienau und dann durch die Ellerndorfer Wacholderheide in Richtung Süden. Eine innere Unruhe – oder war es eine Ahnung – trieb den Magister dazu, seine Mitreisenden immer wieder zur Eile zu ermahnen. Erst am Abend – in derselben Herberge, in der die beiden Männer auf der Hinreise abgestiegen waren –, als sie zu einer späten Abendmahlzeit in der Schankstube zusammensaßen, nutzte Gervasius die Gelegenheit, seinen Schützling über seine Ausbildung zu befragen.

»Um möglichst gut, also zügig an der Karte arbeiten zu können, brauchen wir eine gemeinsame Grundlage. Daher muss ich wissen, wie weit deine Kenntnisse über die Welt und ihre Teile reichen.«

Agnes dachte kurz nach, bevor sie antwortete, was Gervasius erfreute:

»Mir ist bekannt, dass Gott die Welt in sieben Tagen erschaffen hat. In den Lüften leben die Vögel, die Fische in Meeren, Flüssen und Teichen, und auf der Erde die restlichen Tiere, und natürlich die Menschen. Ich weiß das, was man aus der Schöpfungsgeschichte erfährt, jedoch nicht viel mehr.«

»Die Erde selbst ist, wie du weißt, rund. Daher werden wir einen Kreis ziehen, auf dem wir die drei Erdteile Europa, Afrika und Asien angemessen darstellen können. Europa und Afrika sind von etwa gleicher Größe, Asien dagegen ist ein großer weißer Fleck und so groß wie beide zusammengenommen.«

»Darf ich eine Frage stellen, Magister?«

»Aber sicher, liebe Agnes, du sollst schließlich das ehrenvolle Werk verstehen, mit dem du betraut bist.«

»Werden auch die Tiere ihren Platz finden auf der Karte?«

»Natürlich. Sie sind ein Teil der Schöpfung und gehören daher genauso dazu wie die Menschen. Auf der Harzburg steht uns ein wunderbares Bestiarium zur Verfügung, in dem du nach Herzenslust stöbern kannst, nein sollst, um dann die Kreaturen, die der Herr uns zu unserem Nutzen beigesellt hat, richtig wiedergeben zu können.«

Die Augen des Mädchens wurden ganz hell. Begeisterung für seine Aufgabe hatte es erfasst. Gervasius wurde, trotz der ständigen Sorge um den Gesundheitszustand des Kaisers, leichter ums Herz, zumindest für den Augenblick.

Am darauffolgenden Tag ritten sie zeitig los und hatten bereits ein gutes Stück Weg hinter sich gebracht – es ging gegen Mittag –, als sie zum Fluss Oker kamen. In der Nacht hatte es ein Unwetter gegeben. Ein Baum war, vom Blitz gefällt, auf die alte Holzbrücke gestürzt, die dem Gewicht erstaunlicherweise standgehalten hatte.

»Können wir es wagen, Balduin? Oder wird die Brücke gleich unter uns in die Tiefe stürzen?«

»Eine Gewähr kann ich auch nicht geben, Herr. Aber wir haben keine große Wahl. Schließlich habt Ihr es eilig, oder?«

Die Antwort des Knappen gefiel Gervasius nicht besonders, aber er hatte recht. Sie mussten es wagen.

»Agnes, du gehst zuerst, dann bist du auch als Erste in Sicherheit. Balduin und ich folgen dir.«

Das Mädchen betrachtete die mit dem Baum beschwerte Holzbrücke. Sie war etwas blasser geworden, nickte aber gehorsam. Sie nahm ihren Fuchs am Zügel und machte zögernde Schritte auf die Brücke. Nichts geschah. Mutiger geworden, schritt sie kräftiger aus. Als sie die Mitte der Brücke erreicht hatte, auf der die Krone der alten Eiche ruhte, war ein gewaltiger Knacks zu hören. Holz splitterte. Die Krone brach durch die Bodenbretter. Der Fuchshengst Horatio scheute und wollte zurücktreten. Ein Ast der Eiche hatte sich in Agnes' Ärmel verfangen und drohte, sie mit in die Tiefe zu ziehen.

Gervasius schrie auf. »Agnes!«

Der hinter ihr stehende Balduin packte sie am Arm und hielt sie fest. Mit einem Stöhnen gab das Holz nach. Gervasius zerrte sein Pferd zurück auf den Weg. Balduin hatte inzwischen die Pferde und Agnes auf den sicheren Boden gezogen. Krachend landete der Baum im Fluss. Und mit ihm der mittlere Brückenteil.

»Agnes! Alles in Ordnung?«

»Schon gut, Magister. Mir geht es gut. Doch über die Brücke können wir jetzt nicht mehr.«

Balduin band die Pferde an einen Baum und stieß ein paar unterdrückte Flüche aus.

»Wir können uns nur weiter flussaufwärts einen anderen Übergang suchen. Die nächste Brücke ist mehrere Meilen weiter östlich.«

»Der Kaiser liegt vielleicht im Sterben, Balduin!«

»Das ist mir bekannt, Herr!«

Gervasius trat wutentbrannt mit dem Fuß gegen den nächstbesten Baum. Vor Schmerz verzog er das Gesicht.

»Gibt es keine andere Möglichkeit? Eine seichte Stelle etwa, durch die wir hindurchreiten können?«

»War da nicht vor einer Meile eine flache Stelle? Ihr wisst schon, kurz bevor der Fluss anfing, sich tief in das Tal hineinzugraben!«

Der Einwurf kam von Agnes.

Balduin überlegte laut: »Das könnte vielleicht klappen. Allerdings müssen wir uns dann am anderen Ufer selbst einen Weg bahnen, bis wir zurück auf den Fahrweg gelangen. Durch das Unterholz.«

Gervasius blickte zu Agnes. »Traust du dir das zu?«

Das Mädchen lächelte.

»Ich habe ein gutes Pferd und bin in der Begleitung zweier kräftiger Männer, die mich bereits einmal gerettet haben. Was soll mir da geschehen?«

Sie hatte den richtigen Ton getroffen. Balduin plusterte sich auf wie ein Kampfhahn, und Gervasius warf Agnes einen erstaunten Blick zu. Das Kind, tatsächlich war sie gar kein Kind mehr, hatte es offenbar faustdick hinter den Ohren und war durchaus in der Lage, außerhalb der schützenden Klostermauern zurechtzukommen. Sie ritten so schnell sie konnten zurück zu der Stelle, von der Agnes gesprochen hatte. Dort konnten sie tatsächlich den Fluss queren. Das Wasser reichte den Pferden kaum bis zum Schenkel. Innerhalb kurzer Zeit waren sie glücklich am anderen Ufer angelangt. Hier allerdings begannen die Schwierigkeiten erst. Ein schier undurchdringliches Dickicht erwartete sie. Sie mussten sich durch das Unterholz vorankämpfen. Wolken von Insekten umschwärmten ihre Köpfe. Einige Male waren die Pferde kurz davor, durchzugehen. Nach geraumer Zeit erreichten sie eine Lichtung. Dort gönnten sie sich eine kurze Rast. Gervasius wollte einige Zweige zur Seite schieben, da stach ihn ein stachelbewehrtes Ungetüm in die Handfläche. Der Einstich schmerzte höllisch. Gervasius konnte einen Aufschrei nicht unterdrücken. Seine Gefährten betrachteten die Einstichstelle. Balduin zuckte die Achseln.

»Keine Ahnung, was für eine Ausgeburt der Hölle Euch da erwischt hat, Magister. Ihr solltet es kühlen, sobald wir wieder an Wasser kommen.«

Agnes zeigte mehr Mitgefühl. »Der Stich wird sicher bald anschwellen und dann richtig wehtun. Sobald wir in der Burg sind, kann ich für Euch eine schmerzlindernde, abschwellende Salbe zubereiten.«

»Wir müssen jetzt weiter«, drängte Gervasius.

Sie stolperten voran. Die Einstichstelle blieb eine Weile taub. Dann begann sie unangenehm zu jucken. Schließlich schwoll sie an. Gervasius zwang sich, nicht darauf zu achten. Er hatte ständig den kranken Kaiser vor Augen.

Die Sonne stand schon hoch am Himmel und sie hatten noch immer nicht zurück auf den Wirtschaftsweg gefunden. Alle waren erschöpft.

»Gehen wir überhaupt in die richtige Richtung?«

Gervasius rieb sich unauffällig die Hand. Aus dem Jucken war ein klopfender Schmerz geworden, der ihn fast verrückt machte.

»Ich glaube, wir haben uns verlaufen.« Agnes hockte sich auf einen Baumstumpf und vergrub das Gesicht in den Händen. Balduin packte den Zügel ihres Pferdes. »Dort ist eine Anhöhe«, erklärte er. »Vielleicht kann man von da oben den Weg sehen. Ich bin gleich zurück.«

Er drückte Agnes die Zügel ihres und seines Pferdes in die Hand und machte sich an den Aufstieg. Aus Agnes' dunklen Augen quollen Tränen.

»Es tut mir leid, Magister.«

»Was, Agnes?«

»Dass Ihr meinetwegen so langsam vorankommt. Dass Ihr meinetwegen den Kaiser vielleicht nicht mehr lebend antrefft. Ich bin eine Last.«

Gervasius war hilflos im Angesicht weiblicher Tränen. Er nahm ihr den Zügel von Balduins Reittier aus der Hand und zog es zu sich. Beide starrten stumm in die Richtung, in die Balduin verschwunden war. Endlich schälte der Knappe sich aus den Büschen hervor.

»Wir müssen uns weiter westlich halten. Dann erreichen wir den Weg gegen Mittag.«

»So lange noch? Dann lasst uns sofort aufbrechen!«

Gervasius warf in einer unwirschen Bewegung Balduin die Zügel zu. Dann zerrte er sein Pferd in die ihm gewiesene Richtung. Schließlich stießen sie verschwitzt, zerstochen und zerkratzt auf den Wirtschaftsweg.

Als sie sich am späten Nachmittag auf dem beschwerlichen Weg den Burgberg hinauf befanden, musste Gervasius an den toten alten Wolf denken. Mit beängstigender Klarheit erschien das Bild des Kadavers vor seinem inneren Auge, das graue Fell, die Fliegen. Sein Magen krampfte sich schmerzhaft zusammen, und er verharrte kurz vornübergebeugt. Er versuchte, ruhig und tief zu atmen und den Schmerz in seiner Hand nicht zu beachten. Balduin warf ihm einen ungeduldigen Blick zu, während Agnes ihn besorgt musterte.

»Es geht schon wieder«, erklärte er daraufhin hastig und setzte sich erneut in Bewegung.

Nicht viel später hatten sie das Torhaus erreicht. Balduin klopfte energisch gegen die Holzpforte. Die Luke öffnete sich, und kurz darauf ließ man sie ein. Die Miene des Wächters, den Balduin mit Ludolf angesprochen hatte, war grämlich. Vermutlich hatte er nur schlechte Laune, sagte sich Gervasius wider besseren Wissens. In der großen Halle hockte eine Handvoll Ministerialen wie verloren an einer der langen Tafeln vor dem kalten Kamin. Sie unterhielten sich in gedämpftem Ton. Keiner scherzte, keiner lachte. Gervasius geleitete Agnes durch den Saal zur Treppe, die zur Bibliothek führte. Er war sicher, dass er dort Johannes Marcus finden würde.

Der Kanzlist saß am großen Lesetisch in der Raummitte, um ihn verteilt lagen schwere Handschriften, doch er starrte nur in die Luft. Es war dunkel und kühl im Raum, dank der geschlossenen Fensterläden. Neben Johannes brannte eine einsame Kerze in einem Messinghalter.

»Johannes!«, war alles, was Gervasius herausbrachte.

Beim Klang seines Namens kehrte der Angesprochene in die Wirklichkeit zurück und sah seinem Freund mit tieftraurigem Blick entgegen.

»Ihr kommt zu spät«, sagte er in einem nüchternen Tonfall, der in merkwürdigem Gegensatz zu der betrübten Miene stand.

»Nein!« Gervasius' Kopf fühlte sich eigenartig leicht an. Ihm war, als würde er schweben. »Der Kaiser wird sich wieder erholen. Dafür wird schon die Karte der Welt sorgen, die ich mit Hilfe von Agnes hier für ihn anfertigen werde!«

Bei der Nennung ihres Namens knickste Agnes artig. Ihr Gesichtsausdruck zeigte Bestürzung. Jetzt erkannte Gervasius, dass sein Freund die Wahrheit gesprochen hatte. Otto war tot.

»Es tut mir leid, dass ich Euch unter diesen Umständen kennenlerne«, bemerkte jetzt Johannes Marcus, der aufgestanden war und sich leicht vor dem jungen Mädchen verbeugte.

»Es ist mir eine Ehre, Magister Johannes.«

»Wann ist der Tod eingetreten?«, fragte Gervasius leise.

»Kurz vor eurer Ankunft.«

Gervasius schüttelte stumm den Kopf.

»Doch selbst wenn ihr heute Mittag eingetroffen wärt, hätte der Kaiser keinen Sinn mehr für derartig weltliche Dinge gehabt. Seit gestern Morgen hatte er sich auf das Sterben vorbereitet. Er wollte dem Herrn geläutert entgegentreten.«

Gervasius setzte sich auf den Johannes gegenüberstehenden Stuhl, nachdem er einen weiteren für Agnes zurechtgerückt hatte, die sich folgsam neben ihm niederließ.

»Erzähl es uns in allen Einzelheiten.«

»Ihr solltet vorher eine Kleinigkeit zu euch nehmen. Die Reise war sicher kräftezehrend.«

»Mehr als das. Aber ich habe keinen Appetit. Was ist mir dir, Agnes?«

Sie schüttelte wortlos den Kopf.

»Nachdem du mit Balduin aufgebrochen warst, traf der Propst des Burchardisklosters hier ein. Otto wollte, dass Propst Goswin von Halberstadt ihm die Absolution erteilte, wozu dieser aber nicht ohne weiteres bereit war. Zuerst sollte der Kaiser geloben, den Befehlen des Papstes unwiderruflich zu gehorchen. Nachdem Otto mit einigen Einschränkungen zugestimmt hatte, wurde ihm die ersehnte Absolution erteilt, Goswin salbte ihn mit geweihtem Öl und reichte ihm das Abendmahl. In der Nacht hatte der Kaiser überraschend zwei Blutflüsse hintereinander.

Der gesamte Hof war mehr als besorgt. Am Tag darauf erschien zu Ottos und unser aller großer Freude der Abt Friedrich von Walkenried. Durch die Ankunft des Abtes verbesserte sich der Zustand des Kaisers. Er fühlte sich stark genug, in Anwesenheit der Kaiserin, Propst Goswins und des Abtes Friedrich auf einem Teppich vor seinem Bett stehend für sein Seelenheil zu beten, während die geistlichen Herren dazu ihre Gesänge anstimmten. Das habe ich von einem der ausgewählten Ministerialen, die im Turmzimmer dabei sein durften.«

Johannes Marcus hielt inne und trank einige Schlucke Wasser, um seine trockene Kehle zu befeuchten, bevor er fortfuhr. »Dann legte sich Otto auf dem Teppich nieder und hub an mit einem Rückblick auf sein Leben und einem Bekenntnis seiner Sünden, zu denen er vor allem den Ungehorsam gegen den derzeitigen und den früheren Papst, die römische Kirche im Allgemeinen sowie ihre Vertreter zählte. Er beichtete vor dem Abt und bekannte dann, dass er am Tage nach seiner Krönung in Rom vom Bischof von Cambrai das Kreuz genommen habe, das er noch immer um den Hals trage, ohne dass es der Öffentlichkeit jemals bekannt geworden sei. Seit dem Krönungstag habe er auf eine passende Gelegenheit gewartet, die sich aber nicht ergeben hatte. Es täte ihm leid, dass er nicht auf diese Weise dem Schöpfer hätte danken können. Wie seinen Oheim Richard hatte es auch ihn immer danach verlangt, ins Heilige Land zu ziehen, um es von den Ungläubigen zu befreien.«

»Wenn alles so abgelaufen ist, dann hat der Kaiser sicher auch noch Zeit gefunden, seinen Nachlass zu ordnen und Vorgaben für das Begräbnis zu machen, nehme ich an.«

»Das geschah, nachdem Goswin Otto die Absolution gewährt hatte. Du wirst über den Inhalt seiner Verfügung bald genauestens Mitteilung erhalten, denn du sollst nach meinem Diktat die Testamentsurkunde verfertigen. So hat es der Kaiser bestimmt. Er erinnerte sich noch gut an deine schöne Handschrift. Wir sollten damit anfangen, da ich mich noch heute auf den Weg nach Rom machen muss, um Papst Honorius die Nachricht zu überbringen.«

»Es wird mir eine Ehre sein«, erklärte Gervasius feierlich und bat Johannes, seinen Bericht fortzusetzen.

»Dann nahm die Kaiserin ihrem Gatten ebendieses Kreuz ab, das er zum Zeichen seines Kreuzzuggelübdes so viele Jahre unter der Kleidung verborgen getragen hatte, und reichte es dem Abt. Friedrich von Walkenried jedoch wollte, dass Otto es an seinem Hals offen zur Schau stellte, um zu zeigen, dass ihm seine Sünden vergeben worden sind. Was darauf geschah, mag ich mir gar nicht vorstellen. Aber ich bezweifle nicht, dass es wahr ist. Der Ministeriale, der es mir zugetragen hat, ist vertrauenswürdig.«

Der Notar konnte sich kaum dazu überwinden, weiterzureden.

»Otto hatte Weidenruten bringen lassen. Er befahl, dass ihn die anwesenden Priester damit schlagen sollten, auf den entblößten Oberkörper. Währenddessen sollten sie das Miserere singen. Schlagt mich Sünder fester, soll Otto gerufen haben! Und selbst als man den Psalm beendet hatte, wollte der Kaiser, dass man weiter auf ihn einschlug. Einige der Anwesenden hätten darüber Tränen vergossen. Und es wurde selbst dem Abt von Walkenried zu viel: Er befand, dass der Buße nun Genüge getan war und dass es nicht nötig sei, bis zum Blutvergießen mit der Geißelung fortzufahren. Am folgenden Tag schickte Otto den Grafen Heinrich von Wohldenberg nach Braunschweig, um Münzen abzuholen, die er unter der Dienerschaft und den örtlichen Armen verteilen lassen wollte. Wir warten noch immer auf die Rückkehr des Grafen. Außerdem teilte er den Anwesenden mit, sie sollten nicht weinen, denn er würde erst am folgenden Tag sterben. In jener Nacht gesellte sich noch der Bischof Siegfried von Hildesheim zu den hohen Kirchenherren. Auch dieser musste Otto züchtigen und erteilte ihm daraufhin die Absolution, die nun auch schriftlich festgehalten und mit einer Goldbulle für den Papst versiegelt wurde. Gegen Mittag des nächsten Tages überfiel den Kaiser eine große Schwäche. Schließlich starb er im Beisein aller kirchlichen Würdenträger und seiner Gattin Maria von Brabant. Friedrich von Walkenried war von den Vorgängen beim Ableben des Kaisers so beeindruckt, dass er beschloss, sie in einem Bericht für die Nachwelt festzuhalten.«

Die Totenwache

Nachdem Johannes Marcus Gervasius den Wortlaut von Ottos Testament diktiert hatte, machte er sich zusammen mit dem Scholastikus Heinrich von St. Gereon auf den Weg nach Rom. Den beiden war der Auftrag erteilt worden, dem Papst die von Bischof Siegfried verfasste Absolutionsurkunde mit der Goldbulle zuzustellen und die Nachricht vom Tode Ottos zu überbringen. Gervasius blieb mit Agnes in der Harzburg zurück. Er ließ seinen Schützling in der Obhut der Hofdamen in der großen Halle und begab sich in die Wirtschaftsräume auf der Suche nach dem Marschall. Diesen fand er in der Küche, wo ihm der appetitanregende Duft von Braten und aromatischen Gewürzen in die Nase stieg. Überall dampfte es aus gewaltigen Töpfen. Durch das Feuer im Kamin verteilte sich eine dichte Wärme in dem großflächigen Raum mit der niedrigen Decke. Als Gervasius eintrat, war der gedrungene, rotgesichtige Burchhard gerade dabei, dem Küchenpersonal Anweisungen für die Vorbereitung der Abendmahlzeit zu geben.

»Verzeiht, dass ich Euch bei Eurem Tagwerk unterbreche, Burchhard, ich weiß, Ihr habt viel zu tun. Aber es ist mir ein Bedürfnis, mich unter vier Augen vom Kaiser zu verabschieden. Wie Ihr sicher wisst, war ich unterwegs, als es geschah.«

Burchhard streifte Gervasius nur flüchtig mit seinem Blick und erklärte, bereits wieder in Richtung der Bediensteten:

»Das geht nicht, werter Herr. Der Kaiser wird zu ebendieser Zeit zurechtgemacht, in der Weise, wie er es testamentarisch verfügt hat. Für die Nachspeise müsst ihr noch die Sahnecreme vorbereiten. Die in Würzwein eingelegten Pflaumen sind in der kleinen Vorratskammer neben dem Saal. Gunther, ich möchte, dass die Haut des Wildschweins dieses Mal richtig knusprig ist! Wir haben fast die gesamte Kirchlichkeit des Reiches zu Gast!«

Doch Gervasius rührte sich nicht von der Stelle. Der Küchenjunge Gunther, der Mundschenk Marius und die zwei Köchinnen, die eine abgezehrt und hager, die andere wohlbeleibt wie eine in die Jahre gekommene Gräfin, starrten ihn neugierig an, so dass der Marschall sich gezwungen sah, erneut das Wort an den Störenfried zu richten: »Ich habe keine Ahnung, wie lange das noch dauern wird. Am besten, Ihr macht Euch beim Truchsess Gunzelin kundig. Er hat jetzt die Befehlsgewalt über Burg und Hof.«

Nach einigem Suchen fand Gervasius Gunzelin von Wolfenbüttel in Begleitung mehrerer junger Ministerialen in einer Kammer der Kanzlei, wo er sich über eine Urkunde beugte. Gervasius trug kurz sein Anliegen vor.

»Sie haben gerade erst mit der Prozedur angefangen. Wir mussten die vom Kaiser geforderten Kleidungsstücke und Herrscherinsignien in der ganzen Burg zusammensuchen und einiges auch kaufen lassen. Das Reinigen und Zurechtmachen kann noch bis zum frühen Morgen dauern ... Aber wenn Euch so viel daran liegt, Euch selbst vom Kaiser und allein zu verabschieden, habe ich eine andere Idee: Es wurde noch nicht festgelegt, wer die Totenwache übernehmen soll. Wollt Ihr das tun, Magister Gervasius?«

»Wie lange werde ich wachen müssen?«

»Das Begräbnis ist für den kommenden Sonntag in St. Blasius in Braunschweig geplant. Die Reise dorthin wird noch einmal einen Tag in Anspruch nehmen. Bleiben ab morgen fünf Nächte mit dem Toten. Werdet Ihr das durchstehen?«

Gervasius nickte.

Gervasius war froh, dass sich die zwei Hofdamen der Kaiserin Maria bereit erklärt hatten, sich während ihres Aufenthalts auf der Burg um Agnes zu kümmern. So hatte er den Tag, außer zu den Mahlzeiten, fast ganz allein verbringen können. Nach dem Abendessen kam Gunzelin von Wolfenbüttel auf ihn zu.

»Der Kaiser ist jetzt in präsentablem Zustand, Magister. Ihr könnt Euch, wenn Ihr wollt, gleich in die kleine Halle begeben, wo man ihn aufgebahrt hat. Ab heute Abend ist es Eure Pflicht, jede Nacht über die Totenruhe des Verstorbenen zu wachen, mindestens bis zum Tagesanbruch.«

»Ich danke Euch, Gunzelin. Diese Pflicht werde ich sehr ernst nehmen.«

»Davon bin ich überzeugt. Und denkt daran: Außer für Euch ist der Ausgang zu der kleinen Halle ab heute für jeden anderen Burgbewohner verboten.«

Die schwere Tür zur kleinen Halle ließ sich nur mit Mühe aufziehen. Gervasius erinnerte sich daran, dass sie sonst immer bis zum Anschlag offen stand. Obwohl er sich nicht für furchtsam hielt, pochte sein Herz heftiger, als ihm lieb war. Draußen hatte es gerade zu dämmern begonnen, doch diesen Raum, der über etwa ein Drittel des Umfangs der großen Halle verfügte, hatte die Dunkelheit bereits erobert. Im gelben Schein der wenigen Fackeln, die an den hohen Wänden brannten, erkannte er sofort die auf dem Tisch liegende Gestalt. Die Tafel, die man in die Mitte des Raumes gerückt hatte, verschwand vollständig unter einem weißen Seidentuch. Die samtgepolsterten Stühle, die sonst um die lange Tafel standen, säumten nun in Reihen die Wände. Als Erstes fielen Gervasius die weiße Alba und der karminrote Krönungsmantel auf. Beides hatte Otto bei seiner Kaiserkrönung im Petersdom in Rom getragen. Der Mantel war eine Nachbildung des Umhangs, den Ottos Oheim, Richard Löwenherz besessen hatte. Der leuchtend rote Stoff war über und über mit Metallstickerei in Form der Herrschaftssymbole der Plantagenets, Löwen, Adlern, Halbmonden und Sternen, bedeckt. Am unteren Saum waren Christus und Maria, umgeben von weihrauchfassschwenkenden Engeln, dargestellt. Die Füße des Toten steckten in ebenfalls weißen Samtstiefeln, über die man goldglänzende Sandalen mit Sporen gezogen hatte. Den Kopf bedeckte eine edelsteinbesetzte Krone, für die der Kaiser, wie er von Johannes Marcus wusste, den stolzen Preis von dreißig Mark bezahlt hatte. Über die seidenen Handschuhe hatte man Otto Armspangen und einen Goldring mit einem dicken blutroten Rubin gestreift. Im kalten Kamin stand eine Schale, in der Weihrauch und andere getrocknete Kräuter glommen, um den Leichengeruch zu überdecken. Da alle Fensterläden geschlossen waren, war es trotzdem stickig im Raum. Daher öffnete Gervasius die Läden der beiden Fenster, die ihm am nächsten lagen, bevor er an der linken Seite des Kaisers stehen blieb. Jetzt konnte er das Gesicht des Toten von nahem betrachten. Man hatte ihn geschminkt. Die Haut war bleich, aber ebenmäßig. Die dunklen Ringe um die Augen waren abgemildert, die Lider geschlossen. Fast friedlich wirkte das Gesicht des ehemaligen Herrschers über die römische Christenheit. Wenn Gervasius nicht zu genau hinsah, konnte er die Illusion aufrechterhalten, Otto würde schlafen. Wenn man es recht bedachte, tat er das auch. Es war der große Schlaf, der jeden Menschen früher oder später ereilte und aus dem niemand mehr erwachte vor dem Tag des Jüngsten Gerichts.

»Es tut mir so leid, Eure Majestät, dass ich zu spät gekommen bin. Vergebt mir.«

Gervasius lauschte in die Stille, die den leblosen Körper umgab, als könnte er in ihr eine Antwort ausmachen. Dann zog er einen Stuhl in die Nähe des Tisches und ließ sich schwerfällig nieder. An der gegenüberliegenden Wand brannte eine Fackel mit leisem Knistern. Er konzentrierte sich auf den sonnengelben Umriss und den rotglühenden Kern mit dem bläulich leuchtenden Herzen. Die Flamme beanspruchte bald seine gesamte Aufmerksamkeit. Es gab nichts außer dieser Fackel und ihm. So verbrachte er die erste Nacht seiner Wache. Nur einmal riss ihn für wenige Augenblicke das Heulen eines Wolfes aus seiner Erstarrung.

Um die Mittagszeit traf der Graf von Wohldenberg aus Braunschweig ein, der von Otto beauftragt worden war, aus dessen Familienbesitz Geld für die Armen und sein Begräbnis mitzubringen. Beim Mittagsmahl berichtete er, dass des Kaisers Bruder, Pfalzgraf Heinrich, sich als geizig erwiesen und ihm nur eine kleinere Summe mitgegeben hatte, die gerade einmal für ein standesgemäßes Begräbnis ausreichte. Darüber empörten sich einige bei Tisch. Der Pfalzgraf hatte sich damit unter der Gefolgschaft seines Bruders keine Freunde gemacht. Die hohen Vertreter der römischen Kirche waren inzwischen allesamt abgereist. Abt Friedrich von Walkenried konnte gar nicht schnell genug in sein Kloster zurückkehren, war er doch erpicht darauf, mit seiner Erzählung von Ottos Tod fortzufahren, die später unter dem Titel ›De morte ottonis‹ bekannt werden sollte. Der Bischof von Hildesheim und Goswin von Halberstadt hatten sich ebenfalls am Tag nach Ottos Tod verabschiedet, jedoch zugesagt, bei dessen Beerdigung in Braunschweig in fünf Tagen anwesend zu sein.

Am frühen Abend zog sich Magister Gervasius erneut in die Stille der kleinen Halle zurück. Es war nicht leicht gewesen, trotz der immer noch angeschwollenen, schmerzenden Hand die Testamentsurkunde in Schönschrift zu verfertigen, aber es war ihm zu seiner Zufriedenheit gelungen, ohne auch nur einen Buchstaben zu verschmieren. In seinem letzten Willen hatte Otto bestimmt, dem jungen Friedrich II. die Reichsinsignien aushändigen zu lassen, allerdings nur für eine Gegenleistung, was nach Gervasius' Meinung eine kluge Entscheidung war. Einen Teil des Schatzes sollte die Kaiserin erhalten. Die privaten Reliquien des Kaisers sollten an das mit seinem Vater verbundene Stift St. Blasius in Braunschweig gehen. Haupterbe war sein Bruder, der Pfalzgraf Heinrich, den er zusammen mit dem Truchsess Gunzelin und den Braunschweiger Bürgern zu seinem Testamentsvollstrecker bestimmt hatte. Ebenfalls ein guter politischer Schachzug war Ottos Anweisung, das Reichsgut streng vom erblichen welfischen Hausgut aus dem Nachlass seines Vaters zu scheiden.

Als Gervasius nicht mehr sitzen konnte, stand er auf und umrundete mehrmals die lange Tafel mit großen Schritten. Dann ließ er sich erneut nieder und starrte weiter in die Flammen. Er wusste nicht, wie lange er so ausgeharrt hatte, als ein knarrendes Geräusch ihn zusammenzucken ließ. Es kam von der Tür. Jemand versuchte, die schwere Tür aufzustemmen! Wer würde es wagen, diesen verbotenen Ort aufzusuchen? Mitten in der Nacht? Sicher niemand von den Burgbewohnern. Die kannten die ungeschriebenen Gesetze der Totenwache. Schauergeschichten über Geister von Verstorbenen kamen ihm in den Sinn. Sein Blick wanderte zu dem Toten auf dem Tisch. Doch der lag still da. Gervasius erhob sich mit klopfendem Herzen. Der Spalt vergrößerte sich. Eine kleine weiße Hand erschien im Türrahmen; ihr folgte ein schlanker Arm in einem blaugrauen Ärmel. Dann stand sie in der Tür, mit einem schuldbewussten kleinen Lächeln in den Mundwinkeln.

»Herrgott, Agnes! Du hast mich beinahe zu Tode erschreckt!«

»Verzeiht, Magister Gervasius. Darf ich trotzdem hereinkommen?«

»Na gut. Wahrscheinlich würdest du sowieso nicht auf mich hören, wenn ich dich jetzt wegschickte. Aber schließ die Tür wieder hinter dir!«

Agnes warf einen fast schüchternen Blick auf den Leichnam, dann streiften ihre Augen durch den Raum und blieben an Gervasius hängen.

»Mir könnt Ihr nichts vormachen, Magister Gervasius. Es geht Euch nicht gut. Gerade in diesem Moment seht Ihr aus, als hättet Ihr einen Geist gesehen. Ihr solltet in diesem Zustand nicht so viel Zeit allein mit einem Toten verbringen, finde ich. Ich weiß, das ist anmaßendes Benehmen von einer unbedeutenden Oblatin aus einem kleinen Kloster. Doch Ihr habt mich schließlich hierhergeholt. Und ich bin sicher, es gibt etwas, das ich hier tun kann. Auch nach dem Tod des Kaisers. Es ist nicht alles vorbei, selbst wenn es Euch derzeit vielleicht so erscheint.«

»Und mir scheint, du würdest eine gute Beichtschwester abgeben.«

Sie schüttelte abwehrend den Kopf. »Ich habe nicht vor, Nonne zu werden. Die Welt ist zu bunt und aufregend, um sein ganzes Leben hinter Klostermauern zu verbringen. Darf ich Euch eine Frage stellen, Magister?«

»Warum nicht.«

»Wieso wart Ihr bei unserer Anreise so besorgt um meine Sicherheit?«

»Du wärst beinahe mit der Brücke in die Tiefe gestürzt!«

»Das ist keine Antwort.«

»Du bist eigensinnig ... Also gut: Vor einigen Jahren, als der Kaiser auf dem Zenit seiner Macht stand, kannte ich eine adelige Dame, die mir viel bedeutet hat. Du erinnerst mich an sie.«

»War sie schön?«

»Sehr. Sie hatte das gleiche dunkle Haar wie du, denselben zarten Teint ...« Er brach abrupt ab.

Man konnte dem Mädchen ansehen, dass ihm eine weitere Frage auf der Zunge brannte, aber der Blick des Magisters verbot ihr, sie auszusprechen. Also schwieg sie. Sie würde die Wahrheit eines Tages sowieso herausfinden.

Einige Augenblicke hing jeder seinen Gedanken nach. Dann versuchte Agnes es erneut:

»Warum erzählt Ihr mir nicht einfach, was Euch bedrückt? Ich werde es ganz bestimmt niemandem verraten!«

Die Hartnäckigkeit des Mädchens beeindruckte ihn.

»Ich fühle mich schuldig«, gestand er schließlich.

»Am Tod des Kaisers?«

»Nein, natürlich nicht. Aber ich hatte ihm vor Jahren ein Versprechen gegeben, und durch seinen frühen Tod konnte ich es nicht mehr einhalten. Das heißt, ich war gerade dabei, alles in die Wege zu leiten, als er von uns ging.«

»Wovon sprecht Ihr, Magister?«

»Von der Karte, die die Ergänzung zu meinem Buch von den Wundern der Welt ist, welches ich damals dem Kaiser gewidmet habe.«

»Die Karte, bei deren Ausführung ich Euch unterstützen sollte?«

»Genau diese Karte. Und außerdem sollte ich ihm mein Leben erzählen nach unserer Rückkehr aus Ebstorf, wozu es nicht mehr kam.«

»Aber dann verstehe ich Euer Problem nicht. Des Kaisers sterbliche Hülle mag zwar nun ohne Leben sein, aber seine Seele im Himmel ist so lebendig wie wir. Sie wird verfolgen, was Ihr hier auf Erden tut, um Euer Versprechen einzulösen!«

Gervasius rieb sich das Kinn mit der gesunden linken Hand.

»Aus diesem Blickwinkel habe ich das Ganze noch nicht betrachtet. Der Tod ist nicht das Ende, sondern der Anfang!«

»Ihr könnt die Karte trotzdem vollenden. Mit meiner Hilfe, wenn Ihr mögt. Und die Erzählung könnt Ihr gleich hier heute Nacht beginnen. Dann habt Ihr sogar zwei Zuhörer. Und noch vier Nächte Zeit.«

Erstmals erfasste Gervasius mit aller Deutlichkeit, dass ihm hier ein ebenbürtiger Geist gegenübersaß. Er seufzte. Er rieb sich das Gesicht. Dann lachte er zum ersten Mal seit Ottos Tod wieder.

»Du bist ein erstaunliches Mädchen, weißt du das?«

Agnes antwortete nicht, aber in ihren Augen erkannte er, dass das Lob angekommen war. Sie lehnte sich auf dem Stuhl zurück und faltete die Hände im Schoß.

»Ich höre«, sagte sie.

II.

Das erzählte Leben

Tilbury

Am Nordufer der Themse, wenige Meilen südöstlich von London, liegt der kleine Ort Tilbury. Die Ansiedlung, erzählte man sich, sollte auf den heiligen Cedd zurückgehen, der vor vielen Hunderten von Jahren an dieser Stelle sein berühmtes Münster hatte errichten lassen. Doch niemand wusste, wo diese Kirche gestanden haben könnte. Mittlerweile stand hier das von Normannen errichtete Gotteshaus St. Mary mit seinem Kirchhof voller verwitterter alter Grabsteine und einem Gutshof mit Wirtschaftsgebäuden und den Wohnhäusern für die Bediensteten. Vom Hof aus hatte man einen spektakulären Blick auf den Fluss, vor dessen Springfluten man sich erst seit einigen Jahren mit Deichen wirksam zu schützen wusste.

Im kalten Januar des Jahres 1163 wurde an diesem wenig wirtlichen Ort ein Junge geboren, den man auf den Namen Gervasius taufte. Seine Eltern, Angehörige des normannischen Adels, hatten sich in Tilbury niedergelassen, aus Gründen, von denen das Kind erst später erfuhr. Der Junge Gervasius wuchs wohlbehütet auf dem kleinen Hof in der Nähe des breiten Flusses Themse auf und entwickelte schon früh eine Liebe zum Wasser. Die Küste war nur wenige Meilen entfernt. Sobald er laufen konnte, nahmen seine Eltern ihn dorthin mit. Das Meer beeindruckte ihn besonders. Diese unendliche, meist dunkelgraue Fläche aus Wasser, diesem unberechenbaren, trügerischen, ständig im Wandel begriffenen Element. Er war ein für sein Alter großes, freundliches Kind, das früh sprechen lernte und gleich begann, Fragen zu stellen. Etwa danach, was sich hinter den Wassermassen der See befände. Man sagte ihm, das Frankenland. Zwar konnte er sich nichts unter dem Begriff vorstellen, doch wurde mit dem Lernen dieses Wortes eine Art Sehnsucht nach dem Unbekannten, nach fremden Landstrichen, in ihm geboren.

Er war das einzige Kind seiner Eltern. Seine Mutter war mit König Henry II. verwandt. Diese Tatsache sollte dem Jungen in seinem späteren Leben einige Türen öffnen. Zuerst hatte er eine Amme, dann eine Kinderfrau. Seine Mutter Ada war häufig krank und konnte daher nicht viel Zeit mit ihm verbringen. Sein Vater Robert war ein wortkarger Mann, mit schwarzem Haar und eisblauen Augen. Von seiner Kinderfrau erfuhr er, dass in seines Vaters Adern keltisches Blut floss, zumindest mütterlicherseits. Der normannische Vater seines Vaters hatte sich in eine halbheidnische Irin verliebt, die bei dessen Geburt gestorben war. Sie nannten seinen Vater einen schönen Mann, der aber außer seiner kränklichen Angetrauten keine andere ansehe, was sie bedauerlich fanden.

Zuerst war seine Welt begrenzt auf den Hof mit den Wirtschaftsgebäuden. Die Stallungen für Schweine, Pferde und Kühe kannte er bald so gut wie sein Schlafzimmer. Er rannte gerne vor Vergnügen quiekend den Hühnern und Katzen hinterher, die überall auf dem Gelände herumliefen, und bedachte sie mit Namen. Er durfte beim Melken zuschauen und Hühnereier aufsammeln. Und er stellte Fragen, die seine Kinderfrau Anne manchmal überforderten: Warum denn bei den Kühen Milch aus den Eutern käme und wieso Hühner Eier legten. Er streichelte Kälber und Fohlen, wenn Anne es ihm erlaubte. Als er fünf war, durfte er in Begleitung bis zum Ufer der Themse gehen, deren Wassermassen träge in Richtung Meer flossen und in ihm jedes Mal wieder den Wunsch nach fremden Orten weckten, ein frühes Fernweh. Im Frühling und Sommer pflückte er Blumen, die seine Kinderfrau ihm dann benennen musste. Wenn sie den Namen einer Pflanze nicht kannte, überraschte ihn das sehr. Wie konnte man erwachsen werden, ohne alles zu wissen über diese Welt? Ihm würde das nicht widerfahren, nahm er sich vor. In den ersten Jahren seines Lebens war er das einzige

Kind in seiner Umgebung. Erst als er fünf geworden war, nahm Anne ihn manchmal mit in die Häuser der anderen Bediensteten, in denen es Kinder gab. Jungen und Mädchen mit dünnen Armen und laufenden Nasen. Sie hatten meist schmutzige Gesichter und starrten ihn aus großen Augen ängstlich an. Auch war ihre Kleidung nicht so sauber und ordentlich wie seine. Er erkundigte sich bei Anne danach, und sie erklärte ihm, das komme, weil er ein »Herr« sei und diese Kinder seine Untergebenen.

»Aber warum gibt es Herren und Diener, Anne?«

»Weil Gott, unser aller Herr, das so eingerichtet hat. So steht es in der Heiligen Schrift, sagen die Priester.«

»Was ist die Heilige Schrift?«

»Man nennt sie auch die Bibel. Es ist das Buch, in dem die Gesetze Gottes stehen, die Leidensgeschichte Jesu und die Schöpfungsgeschichte, also die Geschichte der Entstehung der Welt. Aber solche Dinge lässt du dir besser von deinem Vater oder deiner Mutter erklären. Die wissen mehr darüber als ich.«

Seine Mutter, die er gelegentlich in ihrem abgedunkelten Zimmer im oberen Stockwerk des Gutshauses besuchen durfte, wagte er nicht mit seinen Fragen zu bestürmen, da er fürchtete, es würde sie zu sehr anstrengen. Sein Vater erklärte anfangs noch geduldig alles, was er wissen wollte. Doch dann verschlechterte sich der Gesundheitszustand seiner Mutter sehr, und Robert von Tilbury hatte keine Zeit mehr, den ungeheuren Wissensdrang seines sechsjährigen Sohnes zu stillen. Man ließ einen Arzt aus London kommen, der sich mit dem Leiden der Mutter auskennen sollte. Sie bekam verschiedene Tinkturen und Kräutersude verabreicht, wurde zur Ader gelassen und gebadet. Doch es nützte alles nichts. Ada wurde immer hagerer im Gesicht und am Körper knochig. Ihre Brüste verschwanden fast völlig, und ihre Augen sanken in den Schädel. Das schöne flachsblonde Haar wurde stumpf und dünn. Es war, als würde sie innerlich verhungern. Der Arzt musste zugeben, dass Adas Krankheit mit den ihm zur Verfügung stehenden Mitteln nicht beizukommen war. Jetzt helfe nur noch Beten, erklärte er schließlich, bevor er seine Tasche packte mit all den Flaschen und Tiegeln, in denen sich eine Medizin befand, die nicht wirkte, jedenfalls nicht bei Gervasius' Mutter, und abreiste. Der Vater schimpfte auf die Unfähigkeit des Arztes, bevor er einen Domherren aus dem nur zwei Tagesreisen entfernten Kollegiatsstift Waltham kommen ließ, der für die Gesundung seiner Gattin beten sollte, oder für deren Seelenheil, falls das Gesundbeten nichts mehr nützte.

Der Stiftsherr war ein hünenhafter rotblonder Mann in einer härenen Kutte, der sich Giles de Chaumont nannte. Er überragte sogar Gervasius' Vater. Bruder Giles behandelte den Jungen freundlich, und dieser nutzte die Gelegenheit, dem Mann Gottes all die Fragen zu stellen, die ihm in Tilbury bisher niemand beantwortet hatte. Als er dies eines Abends bei der Mahlzeit tun wollte, wurde er von seinem Vater zurechtgewiesen.

»Lass Bruder Giles wenigstens in Ruhe essen, Gervasius, und löchere ihn nicht unaufhörlich mit deinen Fragen!«

Doch Bruder Giles betrachtete den Jungen mit Wohlwollen und lobte ihn gar für seinen Wissensdurst. »Lasst nur, Sir Robert. Es ist ein Zeichen von Begabung und Verstand, dass das Kind schon so früh beginnt, sich für die Zusammenhänge der Welt zu interessieren. Ich glaube, er wird eines Tages einen guten Gelehrten abgeben.«

Gervasius wusste nicht, was das Wort Gelehrter bedeutet, aber es hörte sich an wie etwas unendlich Erstrebenswertes.

»Wie wird man ein Gelehrter, Bruder Giles?«

»Indem man zuerst das Lesen lernt und viele gebildete Werke liest, vor allem aber die Bibel, die Mutter aller Bücher. Dann auch das Schreiben lernt, um Werke aus anderen Bibliotheken kopieren zu können, die der eigenen Bibliothek nützlich sein können. Und schließlich das Disputieren und Dozieren, um sich mit anderen Magistern über das angeeignete Wissen austauschen und es gegebenenfalls an Schüler weitergeben zu können.«

»Vater, wann kann ich lesen lernen?«

Robert von Tilbury seufzte. »Ich weiß nicht, Gervasius. Ich habe zurzeit andere Sorgen.«

Das verstand Gervasius und insistierte daher nicht länger,

sondern aß stumm seine Suppe weiter. Nach dem Essen schickte der Vater ihn in seine Kammer. Er hatte noch wichtige Dinge mit Bruder Giles zu besprechen. Als Gervasius die Stiege zum oberen Stockwerk hinaufkletterte, folgten ihm die tiefen Stimmen der beiden Männer wie eine kirchliche Litanei. Er hörte sie noch auf seinem Lager, sie begleiteten ihn bis in den Schlaf.

Am anderen Morgen hatte der Vater eine wichtige Mitteilung zu machen. Nach dem Frühstück zitierte er ihn in sein Studierzimmer, in dem Bruder Giles bereits wartete. Der Vater bot ihm einen Platz auf einem der hohen Lehnstühle vor dem Kamin an, doch Gervasius wollte lieber stehen bleiben.

»Nachdem ich lange mit Bruder Giles darüber gesprochen habe, bin ich zu einem Ergebnis gekommen: Du wirst ihn morgen zu seinem Kollegium in Waltham begleiten. Er möchte, dass du in die dortige Schule eintrittst, wo du nicht nur lesen und schreiben lernen wirst, sondern auch alles andere, was für einen angehenden Gelehrten wichtig ist. Wie gefällt dir das, mein Sohn?«

»Kann ich das denn nicht auch hier in Tilbury lernen, Vater?«

Robert von Tilbury schüttelte den Kopf. »Nein, dazu musst du nach Waltham gehen. Dort wird es dir sicher gefallen. Es gibt außerdem mehrere Jungen in deinem Alter dort. Und es ist nur zwei Tagesreisen entfernt von Tilbury. Du kannst also zu Besuch kommen, wenn du willst.«

Seine Freude über die Gelegenheit, einen neuen Ort kennenzulernen und lesen lernen zu dürfen, wurde getrübt von der Aussicht, Vater und Mutter verlassen zu müssen. Er wusste, dass er ohnehin keine Wahl hatte. Seine Kinderfrau Anne half ihm, seine Habseligkeiten zusammenzupacken. Viel war es nicht. Eine kleine geschnitzte Holzfigur der heiligen Maria, die ihm seine Mutter geschenkt hatte. Eine Muschel, die er an einem der schönen Tage am Meer mit seinen Eltern gefunden hatte. Wenn man sie ans Ohr hielt, konnte man das Rauschen des Ozeans hören. Seine Kleidung, bestehend aus einem Winter- und einem Sommermantel, mehreren Tuniken und Unterkleidern. Er verabschiedete sich von Anne, die ein paar Tränen vergoss, als sie ihn in die Arme nahm.

»Pass auf dich auf, kleiner Mann. Vergiss die dumme Anne nicht völlig.«

»Du bist doch nicht dumm, Anne! Von dir habe ich so vieles gelernt. Grüß mir die Tiere, wenn ich weg bin.«

Als er dann über den langen Korridor mit den knarrenden Holzdielen zum Krankenzimmer seiner Mutter gehen wollte, hielt der Ruf seines Vaters ihn auf: »Wo willst du hin, Gervasius?«

»Ich will mich von Mutter verabschieden.«

»Bruder Giles ist gerade bei ihr. Du kannst da jetzt nicht hinein. Komm, wir gehen eine Weile auf den Hof.«

Der Junge lief hinter einer der Katzen her, doch diese wollte sich nicht von ihm verabschieden. Er tätschelte die Schweine und die Pferde. Warf den Hühnern eine Handvoll Körner hin. Dann ging er mit dem Vater zum Ufer der Themse. Gemeinsam blickten sie hinab auf den sich träge an ihnen vorbeischiebenden Fluss, der so breit war, dass man ihn für einen See halten konnte. Der Vater strich ihm über das dunkle, strubbelig nach allen Seiten abstehende Haar, sagte jedoch nichts. Gervasius verstand das. Ihm selbst schnürte die Angst vor dem Abschied die Kehle zu.

Kurz bevor sie aufbrachen, durfte er dann doch noch in das Zimmer der Mutter. Es war sehr dunkel im Raum. Zuerst hatte er Mühe, überhaupt etwas zu erkennen. Schließlich gelang es ihm, ihre Gestalt auf dem Bett auszumachen. Sie lag mit geschlossenen Augen bewegungslos unter der Decke.

»Mutter!«

Für einen Moment befürchtete er, sie würde ihm nie wieder antworten. Zitternd berührte er ihre Hand. Da flatterten ihre Lider, und der Mund verzog sich zu einer Andeutung von einem Lächeln.

»Gervasius, mein Junge.«

»Ich wollte mich verabschieden, Mutter. Heute gehe ich mit Bruder Giles nach Waltham, um dort ein Gelehrter zu werden.«

Das Lächeln wurde deutlicher. »Ich weiß, mein Kind. Du wirst deinen Weg machen. Ich werde beim Herrn ein gutes Wort für dich einlegen. Leb wohl.«

Gervasius klammerte sich kurz an die Hand der Kranken, hätte sich zu gerne in ihre Arme geworfen, was ihm aber verboten worden war, weil es sie zu sehr anstrengen würde.

»Bis bald, Mutter!«

»Gott sei mit dir, Gervasius.«

Die Stimme der Mutter verebbte in einem Flüstern. Er zog hastig die Tür hinter sich zu und sprang mit großen Schritten die Stufen hinab. Etwas in ihm wusste, dass er die Tür vor dem Tod geschlossen hatte.

Waltham

Zwei Tage später erreichten sie Waltham Holy Cross, das aus dem Kollegium der zwölf Chorherren, der von ihnen betreuten Kirche und dem dazugehörigen Weiler bestand. Gervasius, der sich an Bruder Giles hatte festklammern müssen, um nicht vom Pferd zu fallen, war mehr als erleichtert, endlich wieder festen Boden unter den Füßen zu haben. Als er sich umsah, bot sich ihm ein erfreulicher Anblick. Der fischreiche Fluss Lea wand sich in Serpentinen durch das Umland mit seinen saftigen Weiden. Gleich hinter den bescheidenen, aber hübschen Wohnhäusern der Domherren begann eine große Wiese mit Obstbäumen. Unweit der Kirche entdeckte er einen akkurat angelegten Gemüsegarten, in dem eine Vielzahl von Gemüsesorten wuchsen, deren Namen er nur zum Teil kannte. Und gleich daneben befand sich ein Kräutergarten ähnlich großzügigen Ausmaßes. In Sichtweite begann der Wald. Er musste wieder an den letzten Abschnitt ihrer Reise denken, als sie durch den endlos erscheinenden Epping Forest geritten waren, ein weitläufiges Waldgebiet östlich von Waltham, dessen große alte Bäume ein geheimnisvolles Refugium ewigen Schattens geschaffen hatten. Als Giles ab und an dem Pferd erlaubt hatte, zur Erholung in eine langsamere Gangart zu fallen, hatte Gervasius sich wiederholt umgedreht, weil er ein Rascheln hinter sich hörte und aus den Augenwinkeln kleine Gestalten durch das Unterholz huschen sah. Er war sich sicher, dass es keine Tiere waren, die er kannte. Vermutlich überhaupt keine Tiere. Er hatte seinen Begleiter darauf aufmerksam gemacht. Giles hatte gelacht und ihm erzählt, dass in seiner Heimat Irland diese Wesen »das kleine Volk« genannt wurden.

»In England heißen sie Elfen oder Feen. Es gibt verschiedene Arten von ihnen. Diese Wesen sind weder Menschen noch Tiere.«

Aber was waren sie dann? Und warum schien es ihnen Freude zu bereiten, verängstigte Reisende zu verwirren? Darauf hatte auch Bruder Giles keine befriedigende Antwort gehabt.

»Die Welt ist voller rätselhafter Dinge, die wir nicht erklären können. Doch sie alle haben ihren Sinn im göttlichen Plan«, war alles, was er dazu angemerkt hatte. Gervasius jedoch hatte sich fest vorgenommen, mehr über diese schattenhaften Wesen herauszufinden. Wozu war schließlich eine Schule da?

Er nahm jetzt zum ersten Mal bewusst die Kollegiumsanlage mit der prächtigen steinernen Kirche wahr, an die sich mehrere Gebäude neueren Datums schmiegten und ein Viereck bildeten, in dessen Mitte sich ein Innenhof öffnete. Giles begrüßte freundlich zwei junge Männer, die bei ihrer Ankunft aus dem Gebäude gelaufen waren, und wies sie an, Gervasius' Habseligkeiten in das Haus des Dekans zu tragen, das nur wenige Hundert Schritte von der Hauptanlage entfernt stand, ebenso wie die Häuser der anderen Domherren. Dann nahm er den Jungen an die Hand und führte ihn herum.

»Das viereckige Gebäude mit Innenhof ist der Kreuzgang, in dem sich auch das Dormitorium, der Kapitelsaal und das Refektorium befinden«, erklärte ihm Giles.

Er durfte einen Blick in die großzügig mit Reliquiaren und Wandgemälden ausgestattete Kirche werfen, in der es modrig und einschüchternd nach Weihrauch und Kerzenqualm roch. An den Wänden hingen wertvolle Tapisserien, die Messgefäße und Kerzenleuchter glänzten golden oder silbern. Vor dem mit Blattgold geschmückten Hochaltar, auf dem eine Reihe Lichter die Dunkelheit durchbrach und eine erleuchtete Insel bildete, hielt Bruder Giles inne und zeigte ihm eine Steinplatte zu ihren Füßen.

»Dies ist das Grab des ehrwürdigen Königs Harold Godwineson, der vor vielen Jahren diese Kirche in Stein neu erbaute, nachdem er vor dem wundertätigen heiligen Kreuz gebetet hatte und dadurch von seiner Alterslähmung geheilt worden war.«

Er zeigte ihm die fein gearbeiteten Statuen aus schwarzem Purbeck-Marmor, die die zwölf Apostel darstellten. Sie trugen die Vorderseite des vergoldeten Hauptaltars. Dann ging er voran in die Ostkapelle. Hier befand sich das Holzkreuz mit der lebensgroßen Figur des Heilands, die aus einem glänzenden schwarzen Stein zu sein schien. Die beeindruckende Arbeit war teilweise mit Blattgold überzogen.

»Dieses heilige Kreuz hat Tovi der Stolze von Montacute in Somerset an diesen Ort gebracht, nachdem ein Schmied im Traum eine Vision hatte, die sie zu der Stelle geführt hatte, an der die Figur des gekreuzigten Heilands vergraben lag. Nachdem man den Fund erfolgreich aus dem Erdreich geholt hatte, traf Tovi schließlich die Entscheidung, dem Kreuz zu Ehren in dem weitläufigen Waldgebiet von Waltham, wo er eine Jagdhütte besaß, eine Kirche zu errichten, die damals ganz aus Holz bestand. Du wirst im Unterricht Genaueres darüber hören.«

Dann brachte Giles ihn in das Arbeitszimmer des Dekans, das sich ebenfalls im Hauptgebäude befand.

»Dekan, darf ich vorstellen: Dies ist Gervasius von Tilbury, Sohn Roberts von Tilbury. Seine Mutter Ada ist eine Geborene von Salisbury. Gervasius, dies ist unser Dekan: Geoffrey Rufus.«

Gervasius verbeugte sich vor dem hageren Mann mit den strengen Gesichtszügen. Sein Haar war dunkelbraun, der Bart ein mühsam gestutztes Gestrüpp drahtiger Haare, in das sich erste graue Fäden mischten. Die Augen lagen tief in den Höhlen, waren schwarz wie Kohlenstücke und, so stellte Gervasius es sich vor, glühten im Dunkeln wie diese.

»Nun, Gervasius von Tilbury, willkommen in unserem bescheidenen Kollegium. Da dein Vater für dich eine angemessene

Summe zahlt, darfst du zusammen mit den anderen auswärtigen Schülern in meinem Haus leben. Trotzdem wirst du nicht viel von mir und meiner Frau sehen, denn den größten Teil des Tages wirst du in der Schule verbringen. Giles sagte mir, du kannst es gar nicht abwarten, ein Gelehrter zu werden. Lass dir von mir eins sagen: Es ist noch kein Magister vom Himmel gefallen. Vor den Lohn hat der Herrgott den Schweiß gesetzt. Du wirst hart arbeiten müssen, wenn aus dir einmal etwas werden soll. Glaub nicht, das wäre ein reines Vergnügen!«

Diese Worte dämpften Gervasius' Begeisterung ein wenig. Doch Giles warf ihm einen ermunternden Blick zu, und seine angeborene Zuversicht gewann schnell wieder die Oberhand.

»Giles, du kannst den Jungen jetzt in den Unterricht bringen und vorstellen.«

Mit diesen Worten waren sie entlassen. Auf dem Weg durch den Kreuzgang sagte Giles: »Jetzt hast du unseren Dekan kennengelernt. Er gibt sich oft gröber, als er ist. Aber er ist ein guter Hirte für unsere kleine Herde, glaub mir.«

Gervasius nickte. Seine Aufmerksamkeit galt dem Ausblick durch die Fensterarkaden auf den Innenhof mit seinem großen Ziehbrunnen. Bruder Giles folgte seinem Blick.

»Ehrfurcht gebietend, nicht wahr? Solche prächtigen Brunnen haben sonst nur die Zisterzienser.«

Hinter dem Kapitelsaal war der Kreuzgang über das Viereck hinaus verlängert worden. In diesem Anbau befand sich der Schulraum. Giles klopfte an der schweren Tür, die den großen Raum vom Kreuzgang trennte. Als sie eintraten, blickten ihnen elf neugierige Augenpaare entgegen. Eins davon gehörte dem Lehrer, Bruder Zacharias, der sich gerade über die Wachstafel eines der Jungen gebeugt hatte, um dessen Versuche, das Alphabet aufzuzeichnen, zu überprüfen. Der Lehrmönch war ein kleines, dünnes Männchen. Auf seinem Kopf befand sich kein einziges Haar mehr. In sein Gesicht hatten sich tiefe Lachfalten eingegraben, und seine Augen blickten wohlwollend, aber bestimmt. Gervasius fühlte sich augenblicklich wohl in der Schulstube.

»Wir sprechen später darüber, Philip«, sagte Zacharias knapp zu dem blonden Jungen, der in Gervasius' Alter zu sein schien. Der Junge legte die Tafel auf das Pult vor sich und blickte ihn mit unverhohlener Neugierde an. Dann zwinkerte er ihm zu. Bruder Zacharias bedeutete ihm und Giles, mit nach vorne zu seinem eigenen Pult zu kommen. Sie folgten ihm.

»Du bist also der neue Schüler. Gervasius, nicht wahr? Ich werde deinen Namen gleich in das Schulregister eintragen, damit alles seine Ordnung hat. Und woher stammst du?«

»Ich bin der Sohn des Robert von Tilbury.«

»Wo sind deine Sachen? Pergament, Wachstafel, Tinte?«

»Sein Vater hat für alles sehr großzügig gesorgt, Bruder Zacharias.«

»Nun, wenn das so ist. Dann bekommst du als Erstes das Alphabetbuch. Sobald du das Alphabet beherrschst, gibst du es mir zurück, verstanden?«

Gervasius betrachtete neugierig das große, mit vielen Zeichen beschriebene Pergamentblatt, welches auf einer dünnen Holzplatte festgeklebt war, die man zusammenklappen konnte wie ein Buch. Die Zeichen waren in schwarzer Tinte gemalt, am Anfang jeder neuen Zeile gab es eine Absatzmarkierung in leuchtend roter Tinte. Tatsächlich war das Rot so hell, dass es ihn an frisches Blut erinnerte. Das Alphabet. Allein das Wort besaß schon einen Wohlklang für ihn. Giles lächelte, als er sah, mit welcher Freude er das Buch entgegennahm.

»Dann wünsche ich dir viel Erfolg bei deinen Studien, Gervasius. Auf bald.«

Gervasius bekam einen Platz weiter hinten im Raum zugewiesen. Es war das einzige noch freie Pult. Behutsam legte er sein Alphabetbuch vor sich auf die Tischfläche und ließ sich auf dem alten Schemel nieder.

»Nun, Gervasius. Wir sprechen hier Französisch, weil auch die jüngsten Schüler verstehen sollen, worum es geht. Geschrieben und gelesen wird jedoch nur in Latein. Zuerst wirst du nicht wissen, was du da nachsprichst oder schreibst. Aber nach und nach wird dir der Klang der Worte vertraut werden, und du wirst auch ihre Bedeutung erfassen können.«

Bruder Zacharias blickte auffordernd zu dem blonden Jungen hinüber. »Philip, nimm deine Buchstabentafeln und setz dich zu Gervasius. Du kannst ihm die Buchstaben erklären, die du bereits gelernt hast.«

»Aber Bruder Zacharias, ich bin doch selbst erst beim F angelangt!«

»Das macht nichts. Die restlichen lernst du dann mit Gervasius gemeinsam. Er soll ja ein helles Köpfchen sein und sehr gelehrig.«

Philip nahm seine Tafel und seinen Schemel und setzte sich neben ihn.

»Hallo Vetter«, sagte er grinsend. Gervasius starrte ihn an.

»Wir sind verwandt?«

»Sehr entfernt. Mein Vater hat es mir erklärt, aber es war so kompliziert, dass ich es wieder vergessen habe.«

»Davon hat mir nie jemand etwas erzählt!«

»Wahrscheinlich weil es so kompliziert ist.«

»Ruhe jetzt! Darüber könnt ihr euch beim Essen unterhalten. Jetzt wird gearbeitet! Wir haben schon genug Zeit verloren!«

Philip schob ihm etwas lustlos eine Holztafel hin. »Du musst als Erstes das A mit dem Griffel nachfahren. Das ist der erste Buchstabe des Alphabets. A wie Adam. A wie Apfel. A wie Alphabet. Verstehst du?«

Gervasius nahm den Griffel und folgte der eingeritzten Spur, auf die der Zeigefinger von Philips schmutziger kleiner Hand deutete. Er brauchte nicht lange, um das Prinzip zu verstehen, und ging so in kürzester Zeit die ersten vier Buchstaben durch. B wie Belial, C wie Caesar und D wie Deus, Dieu, Gott. Es war noch einfacher, als er erwartet hatte. Philip starrte ihn bald nur noch fassungslos an, wenn er ihn bat, ihm den nächsten Buchstaben zu nennen. Gervasius war so vertieft in seine Aufgabe, dass er kaum wahrnahm, wie der Chor der anderen Schüler verstummte, die den von Zacharias vorgesprochenen Satz »Domine in adiutorium meum intende« nachsprechen sollten. Zacharias hatte staunend seinen neuen Schüler beobachtet und vergessen, den Satz, mit dem achtmal am Tag das Stundengebet eingeleitet wurde, zu wiederholen. Mit flinken Schritten war der Lehrer bei ihnen angelangt und betrachtete Gervasius, der gerade dabei war, auf der Wachstafel das vorgezeichnete E nachzuziehen.

»Jesus Christus! Bruder Giles hat keinesfalls übertrieben. Es ist ein Wunder. Kein einziger Schüler hat in all den Jahren, die ich nun schon in der Klosterschule unterrichte, in so kurzer Zeit so viele Buchstaben gelernt!« Der kleine Mönch bekreuzigte sich. »Es wird wohl eher so sein, dass Gervasius dir das Lesen beibringt, Philip. Das ist für alle segensreich, denn so habe ich mehr Zeit, um mich meinen anderen Schäfchen zu widmen.«

Horae

Nicht nur das Alphabet war ihm schnell vertraut, auch an die langen Schultage gewöhnte er sich bald. Die Stunden des Tages waren eingeteilt in immer gleiche Abschnitte. Die Schulstunden wurden regelmäßig unterbrochen von den Stundengebeten und den Mahlzeiten: Morgens, noch vor dem Frühstück, sangen sie die Laudes, das Morgenlob, mittags die Mittagshore oder Sext. Dem Vesper oder Abendlob folgte die Hauptmahlzeit des Tages, und kurz vor dem Schlafengehen hatten sie dem Nachtgebet oder Completorium beizuwohnen. Die Domherren mussten sich sogar noch einmal um Mitternacht in die Kirche bemühen, um die Mitternachtsmette, die Nocturnes, anzustimmen. Dies blieb den jungen Schülern erspart, wofür alle dankbar waren.

Gleich am zweiten Tag hatte Bruder Zacharias ihn über die Regeln aufgeklärt, denen jedes Mitglied der Gemeinschaft zu folgen hatte. Von einem der älteren Schüler, Thibaut, hatte er sie zuerst auf Latein vorlesen lassen und dann für alle ins normannische Französisch übersetzt:

»Obwohl wir kein Kloster sind, sondern nur eine weltliche Gemeinschaft von Stiftsherren, folgen auch wir der Regel des Benedikt, die da lautet: Der Prophet sagt, siebenmal des Tages singe ich dein Lob. Diese geheiligte Siebenzahl erfüllen wir dann, wenn wir zur Zeit der Laudes, der Prim, Terz, Sext, Non, Vesper und Komplet die Pflichten unseres Dienstes erfüllen. Zur Nachtzeit sagt aber derselbe Prophet: Um Mitternacht erhob ich mich, um dich zu preisen. Zu diesen Zeiten wollen wir unserem Schöpfer lobsingen.«

Geschlafen wurde im Haus des Dekans in einer Kammer auf dem Dachboden. Dies galt für die externen Schüler. Diejenigen, deren Weg ins Kollegium bereits vorbestimmt war, durften im Refektorium schlafen. Zu diesen Bevorzugten gehörten Thibaut, der, wie er und Philip, Anglonormanne war, und noch zwei ältere Jungen, Aeilred und Walther, die angelsächsischer Abstammung waren. Es waren insgesamt sieben Jungen zwischen sieben und zehn Jahren, die sich die breite Schlafstatt teilten. Da gleich unter ihnen der Dekan sein Schlafzimmer hatte, konnten sie diesen häufig schnarchen hören. Und manchmal hörten sie auch seine Frau, die merkwürdige Geräusche von sich gab. Eine Art Stöhnen, und manchmal leise, unterdrückte Schreie. Gervasius nahm an, dass die Frau des Dekans krank war, ähnlich wie seine Mutter. Doch wenn er sie im Haus antraf, hatte sie immer eine gesunde Gesichtsfarbe und wirkte insgesamt recht robust mit ihrer stämmigen Figur und den flammenroten gewellten Haaren.

Bei Tagesanbruch wurden alle geweckt. Der Dekan selbst holte die Jungen jeden Morgen aus dem Bett und scheuchte sie in die Kirche. Erst nach der Laudes durften sie sich waschen, damit sie bei der Mahlzeit sauber waren. Kurz darauf begann der Unterricht. Morgens ging es ans Schreiben und Lesen, nachmittags wurde gesungen. Gervasius gefiel der erste Teil des Schultages deutlich besser als der zweite. Am Nachmittag ertappte er sich häufig dabei, wie er mit den Gedanken anderswo weilte, während er versuchte, den richtigen Ton zu treffen und beim Ave Maria nicht unangenehm aufzufallen. Die Worte konnte er auswendig. Was ihm Schwierigkeiten bereitete, war die Tonhöhe. Gervasius war ein lausiger Sänger, ganz im Gegensatz zu Philip, dem das Singen leichter zu fallen schien als das Lesen. Er hatte eine so schöne Stimme, dass der Chorleiter ihn häufig bat, bei den Stundengebeten in der Kirche ein Solo zu singen.

Auch an diesem Morgen, am Ende der Laudes, durfte Philip beim Hymnus des ›Tedum‹ seine Singstimme vorführen. Nachdem er den letzten Satz gesungen hatte, klatschten alle, die Schüler, die Stiftsherren, der Primicerius, sogar der Dekan. Philips Gesicht verfärbte sich rot vor Stolz. Beim Frühstück, einem in Milch gekochten Haferbrei mit Apfelstücken, fragte Gervasius Philip nach der Frau des Dekans.

»Sie muss krank sein, so wie sie immer stöhnt. Aber man sieht ihr gar nichts an«, flüsterte er Philip zu.

Sein Vetter verbiss sich mühsam ein Kichern.

»Dich scheinen sie noch nicht über die Bienen und die Blumen aufgeklärt zu haben. Die Frau ist nicht krank. Ganz im Gegenteil. Sie durchlebt in dem Moment ein wahres Hochgefühl. So jedenfalls hat es mir mein Vater beschrieben.«

»Was soll das für ein Hochgefühl sein, bei dem man herzerweichend stöhnen muss?«

»Das verstehst du noch nicht. Es ist eine Prozedur, die sich Beischlaf nennt, wobei der Mann sich auf die Frau legt und seinen Samen in sie einpflanzt. Dabei sind sie nackt.«

Gervasius starrte Philip entgeistert an. Je mehr dieser ihm erklärte, desto weniger verstand er. Was für Samen? Und wieso nackt?

»So genau kann ich dir das auch nicht sagen, aber sobald ich alt genug bin, werde ich das auch tun mit den Frauen, da kannst du sicher sein. Dann erfährst du es aus erster Quelle.«

Auch dies befriedigte Gervasius' Neugierde nicht. Aber es gab Wichtigeres, mit dem er sich zu beschäftigen hatte, besonders das Lesenlernen. Mit dem Alphabet war er inzwischen durch. Bruder Zacharias war voll des Lobes für diesen Jungen, der als Einziger das gesamte Alphabet innerhalb einer Woche gelernt hatte. Jetzt war er von der Holztafel, die es einem so leicht machte, die Formen der Buchstaben nachzufahren, zum Schreiben auf einer Wachstafel übergegangen. Philip war mit dem Alphabet noch nicht einmal zur Hälfte durch. Gervasius konnte bereits viele Worte lesen und einige einfache sogar schreiben.

Als sie am Ende des Tages nach dem Abendlob durch den

Kreuzgang in Richtung Refektorium gingen, kam Philip überraschend wieder auf das Thema vom Morgen zurück.

»Ich habe mir überlegt, wie wir mehr herausfinden können. Mir ist da etwas eingefallen!« Dabei grinste er so spitzbübisch, wie nur er es fertigbrachte.

»Was hast du denn vor?«

»Das wirst du schon sehen. Wenn Fortuna uns hold ist, oder so Gott will – das kannst du dir aussuchen –, wird es noch heute Nacht passieren.« Mehr war aus Philip nicht herauszubekommen. Statt der Bibelvorlesung eines der Domherren zu lauschen, war Gervasius daher während des gesamten Abendessens damit beschäftigt, auszutüfteln, wie Philip an dieses Wissen gelangen wollte.

Sie gingen wie üblich zu Bett, und Gervasius war noch immer ahnungslos. Philip hatte auch in der Stunde, die die Schüler nach dem Essen zur freien Verfügung hatten, kein Wort über seinen Plan verloren. Er hatte im Kräutergarten zwischen den Salatpflanzen gehockt und Schnecken beobachtet, die er zu fangen gedachte, um sich eine eigene Schneckenzucht anzulegen. Gervasius wäre gern in die Bibliothek gegangen, doch das war ihm, solange er noch nicht richtig lesen konnte, verboten worden. Also hatte er sich die Pflanzen beguckt, die im großzügig angelegten Klostergarten wuchsen, und war dann wieder zu Philip gestoßen, der dabei war, eine der dickeren Schnecken in einer kleinen Holzkiste zu verstauen, deren Deckel er mit Löchern versehen hatte. Zufrieden wischte er sich die Hand an seinem Gewand ab. Die Schnecke hatte darauf eine Schleimspur hinterlassen.

»Das wäre geschafft. Komm! Die Glocke läutet bereits. Es ist Schlafenszeit.« Bei den letzten Worten lächelte er vieldeutig.

»Also sag schon, was du vorhast!«, drängte Gervasius ihn auf dem Weg zum Pfarrhaus.

»Wir legen uns wie üblich schlafen und warten, bis die Glocke zur Nocturnes läutet, dann geht es los. Wir müssen nur aufpassen, dass wir die anderen nicht aufwecken.« Damit musste sich Gervasius vorerst zufrieden geben.

Die Zeit, bis das mitternächtliche Läuten ertönte, zog sich endlos in die Länge und es kam ihm vor, als wären Jahre vergangen, als sein Vetter sich beim Klang der Glocken zu rühren begann und aus dem Bett kletterte. Er folgte ihm, so leise er konnte. Zu seinem Erstaunen machte Philip keine Anstalten, den Raum zu verlassen. Er ließ sich stattdessen in der Mitte der Kammer, unweit des Bettes, auf allen vieren nieder. Dann machte er sich mit einer Metallstange, die er irgendwo im Kloster entwendet haben musste, an einem der Dielenbretter zu schaffen. Offenbar war das Brett bereits locker, denn es ließ es sich umstandslos anheben. Nur quietschte es dabei verräterisch. Philip hielt atemlos inne. Gervasius spähte durch die Dunkelheit hinter sich zum Bett. Dort rührte sich etwas. Alexander, der zwei Jahre älter war, gab eine Art Röcheln von sich und drehte sich auf die andere Seite. Dann atmete er wieder ruhig. Er half Philip, das Brett ganz von seinem Platz zu entfernen. Vorsichtig legten sie es auf den Boden neben sich. Jetzt begriff Gervasius endlich, was Philip vorhatte.

»Das kannst du doch nicht machen!«, flüsterte er seinem Freund zischend zu.

Der hatte einen Blick nach unten geworfen und lachte jetzt leise in sich hinein.

»Du wolltest es doch wissen. Jetzt brauchen wir nur noch auf das Ende der Messe zu warten, dann kann es losgehen.«

Gervasius drängte sich neben Philip und schaute seinerseits in das Schlafzimmer des Dekans. Zuerst erkannte er gar nichts. Dann, als sich seine Augen an das Dunkel gewöhnt hatten, entdeckte er den rotgelockten Kopf der Frau, die, wie er wusste, Roswitha hieß. Etwas an der Art, wie sie dort halb auf dem Bauch lag und schlief, berührte eine Seite in ihm, von der er bisher nicht gewusst hatte, dass er sie besaß. Doch der Moment verging rasch. Was blieb, war das Gefühl, etwas Unrechtes zu tun, und die Angst, dabei auch noch erwischt zu werden.

Endlich hörten sie die schweren Schritte des Dekans auf der Holztreppe. Dann betrat er den Raum und entledigte sich seiner Kutte. Als er lag, gab er ein grunzendes Geräusch von sich und griff hinüber zu seiner Frau. Roswitha wurde davon wach, grunzte ihrerseits zur Begrüßung und zog sich dann erstaunlich behände und gar nicht schlaftrunken das Hemd über den Kopf. Nun war auch sie nackt. Der Dekan wälzte seinen mageren Körper auf die weiße, gerundete Gestalt, und dann fing er an, sich auf Roswitha zu bewegen, in einem stetigen Rhythmus, der immer schneller wurde. Nach kurzer Zeit setzte das Stöhnen ein. Es kam aus ihrem Mund.

Gervasius taten vom langen Hocken in der gleichen Position die Knie weh. Er musste sich bewegen. Als er sein Gewicht von einem Fuß auf den anderen verlagerte, gab das Dielenbrett unter ihm ein ächzendes Geräusch von sich. Gervasius erstarrte. Auch von Philip kam kein Laut. Es war, als hätte dieser das Atmen eingestellt. Gervasius blieb, wo er war. Er traute sich nicht von der Lücke weg, da er fürchtete, dass das Brett unter ihm wieder knarren könnte. Sägemehl rieselte durch den Spalt nach unten. Dort hatte der Dekan seine Tätigkeit unterbrochen und den Kopf zur Decke gedreht. Gervasius hoffte, dass die Dunkelheit ihre Umrisse verbarg. Geoffrey Rufus starrte genau zu ihnen hinauf und lauschte einige Augenblicke lang in die Stille. Gervasius betete stumm zu Gott und versprach, so etwas nie wieder zu tun, wenn nur der Dekan sie nicht bemerkte. Der Dekan starrte noch immer mit grimmigem Blick an die Decke, als wollte er einen Dämon bannen. Doch dann wandte er sich wieder seiner Frau zu, die fragend zu ihm aufsah.

»Was ist, Liebster?«

»Nichts. Vermutlich bloß eine Maus«, grummelte der Dekan, offenbar verstimmt über diese Unterbrechung, die ihn aus dem Takt gebracht hatte. Er sank wieder auf Roswitha und nahm seine rhythmische Bewegung erneut auf. Kurz darauf stöhnte die Frau wieder, als wäre nichts gewesen.

Die Bewegungen des Dekans wurden schneller und fieberhafter. Dann gab das Oberhaupt des Kollegiums von Waltham einen unterdrückten Schrei von sich und die Frau ein letztes Stöhnen, das eher wie ein Seufzen klang. Der Dekan rollte von seiner Angetrauten, drehte sich auf die Seite und fing sofort an zu schnarchen. Das Ganze hatte nur wenige Augenblicke gedauert.

Gervasius und Philip tauschten in der Dunkelheit einen Blick, in dem sich Erleichterung mit Unverständnis mischte. Dann landete das Dielenbrett fast geräuschlos an seinem Platz, und die zwei Jungen zogen sich in ihre Schlafstatt zurück. Den Rest der Nacht schlief Gervasius wie ein Stein.

Alma

Die Sache mit dem Beischlaf hatte er ausreichend untersucht, daher stand jetzt ein anderes Mysterium ganz oben auf Gervasius' Liste der Dinge, über die er unbedingt die Wahrheit erfahren wollte. Wie hieß doch der Satz von Jesus, den der Dekan bei der letzten Sonntagsmesse zitiert hatte? »Und du sollst die Wahrheit erkennen und die Wahrheit wird dich frei machen.« Gervasius hoffte, dass die Wahrheit über »das kleine Volk« ihn davon befreien würde, ständig an seine beunruhigende Erfahrung im Epping Forest denken zu müssen. Zuerst besprach er die Angelegenheit mit seinem besten Freund Philip. Doch zu seiner Enttäuschung konnte dieser zu dem Thema nichts beitragen.

»Wir sind Angehörige des normannischen Adels. Wir kümmern uns nicht um die Sagen des einfachen Volkes, das wir unterworfen haben.«

Die Antwort gefiel Gervasius nicht besonders. Er konnte einfach nicht glauben, dass nicht bei allen Menschen die Neugierde dem Leben gegenüber so stark ausgeprägt war wie bei ihm.

Als Nächstes wollte er mit Giles de Chaumont darüber sprechen. Das war nicht einfach, da sein Tag so mit Vorlesungen befrachtet war, dass er kaum freie Zeit für sich hatte. Er nutzte den Moment nach Ende der Vesper, in dem sich alle von den langen Refektoriumstischen erhoben. Ein großes Stühlerücken setzte ein, und viele Domherren nahmen die Gelegenheit wahr, mit ihren Sitznachbarn Neuigkeiten auszutauschen. Die Sitzordnung bei Tisch war nicht festgelegt. Prinzipiell konnte jeder neben jedem sitzen. Schüler neben Domherr, Laienbruder neben

Dekan. Gervasius gelang es, indem er sich zu Beginn der Mahlzeit unverfroren an einigen älteren Stiftsherren vorbeidrängte, seinen Platz an der Tafel unweit von Giles zu finden. Dieser Tisch war, glücklicherweise, vom Tisch des Dekans weit entfernt. Gervasius erntete einen erstaunten Blick von Giles, der sich bald in einen belustigten verwandelte. Bei der Mahlzeit aß Gervasius kaum etwas, war er doch viel zu sehr damit beschäftigt, den wichtigsten Moment des Tages nicht zu verpassen. Als der Dekan endlich die Tafel aufhob, sprang Gervasius auf und flitzte zu Giles.

»Bruder Giles, bitte, ich muss Euch sprechen!«, flüsterte er flehend.

»So? Dann lass uns kurz in den Kräutergarten gehen, mein Junge, und ein wenig frische Luft einatmen.«

Als sie auf den schnurgeraden, geharkten Kieswegen schlenderten, erkundigte sich Bruder Giles: »Also, was ist so dringend, Gervasius, dass du es unbedingt mit mir besprechen musst?«

»Ihr erinnert Euch an unseren Ritt durch den Epping Forest, Bruder Giles?«

»Natürlich. Es ist noch keine drei Monate her, und ich bin noch nicht senil. Aber...« Der Domherr hielt inne, als ihm klar wurde, worauf Gervasius hinauswollte. »Die Sache mit den Feen und Elfen lässt dich nicht los, wie? Ich kann dir nichts weiter sagen. Das ist alles heidnischen Ursprungs, und es ist uns verboten, uns damit zu beschäftigen. Auch für dich ist es nicht gut.«

»Aber es gibt sie doch, nicht wahr?«

»Nun, ich denke schon. Mir sind sie bereits mehrfach erschienen. Immer, wenn ich alleine oder mit nur wenigen Begleitern bei Tag den Wald durchquerte.«

»Nachts habt Ihr sie noch nie gesehen?«

Giles schüttelte den Kopf. Dann setzte er zögerlich hinzu: »Es gibt eine alte Frau im Ort, die kennt viele Geschichten über Feen und andere Wesen. Sie heißt Alma und wohnt in der alten Mühle. Aber das hast du nicht von mir, verstanden?«

Gervasius wusste, was zu tun war. Allerdings brachte seine neue Klarheit auch neue Schwierigkeiten mit sich. Wie sollte er am hellen Tag zur Mühle kommen, ohne dass jemand es bemerkte? Immerhin lag der Weiler Waltham Holy Cross eine halbe Meile entfernt. Er kam zu dem Ergebnis, dass seine Abwesenheit niemals unentdeckt bleiben konnte, daher brauchte er eine überzeugende Ausrede für sein Fernbleiben vom Unterricht: Er würde unpässlich sein. Doch welche Krankheit sollte er vorschützen? Wenn er Zahnweh angab, würden sie ihn zu dem Quacksalber im Dorf schicken, der den schmerzgeplagten Kranken noch mehr Qual zufügte, indem er ihnen den Zahn mit einer Zange aus dem Kiefer brach. Es wäre besser, ihn plagte ein Leid, das man ihm weder ansehen noch unmittelbar kurieren konnte. Bauchweh. Doch wovon wurde es verursacht? Hatte er etwas Falsches gegessen? Alle aßen die gleichen Speisen, aber er hatte heimlich im Obstgarten Kirschen gepflückt und sich damit den Magen verdorben. Das war gut. Das würde man ihm glauben. Am nächsten Morgen in der ersten Unterrichtsstunde stand er fast widerstrebend von seiner Abschreibarbeit auf und ging zögerlich zum Lehrer, wobei er leidend das Gesicht verzog und sich den Bauch hielt.

»Bruder Zacharias, ich glaube, ich bin krank.«

Der Domherr blickte ihn aus seinen klugen Augen wachsam an. »Warum glaubst du das, Gervasius?«

»Weil mein Bauch schmerzt und ganz hart ist.«

Bruder Zacharias' Miene wurde besorgter. »Hast du etwas gegessen, das du nicht hättest essen sollen, Junge?«

Gervasius sah betreten auf seine Schuhe.

»Nun rede, Junge, du hältst den Unterricht auf!«

»Es waren wohl die Kirschen aus dem Obstgarten, die mir nicht bekommen sind.«

Jetzt folgte eine Belehrung über den Ungehorsam. Hatte man ihnen nicht immer wieder gesagt, dass sie nicht einfach irgendwelche Früchte wahllos in sich hineinstopfen sollten? Gervasius ließ den Ausbruch des braven Zacharias geduldig über sich ergehen und wartete auf die Entscheidung des Lehrers, die dann auch prompt erfolgte.

»Du begibst dich wieder auf dein Lager, ruhst ein wenig und fastest vorerst. Heute Nachmittag schicke ich dir Bruder Eusebius. Er wird dir eine selbstgebraute Kräutertinktur verabreichen, die deinem Magen Erleichterung verschaffen wird und dich schnell wiederherstellt. Und jetzt geh!«

Während des Gesprächs hatte Gervasius aus den Augenwinkeln Philip beobachtet, in dessen Gesicht sich eine Mischung aus Bewunderung und Neid zeigte. Ihm konnte er nichts vormachen. Auch wenn sie sich erst seit wenigen Monaten kannten, wusste der Freund doch genau, dass er etwas im Schilde führte. Vielleicht würde er es ihm später erklären, wenn er das Geheimnis des kleinen Volkes gelüftet hatte.

Jetzt machte er sich, begeistert und beschwingt von seiner eigenen List, auf den Weg zum Haus des Dekans. Er ging schleppend und benahm sich so auffällig wie möglich. Falls ihm jemand begegnete, würde das seine Behauptung stützen, er hätte den ganzen Tag in der Dachkammer im Bett verbracht.

Kurz darauf verließ er das Haus durch den Hintereingang und schlich über die Kuhweide hinter dem Haus, die zum Fluss Lea abfiel. Dort angekommen, folgte er dem Treidelpfad in Richtung Dorf. Die alte Mühle befand sich etwa eine Meile vor dem Beginn der eigentlichen Ortschaft, was ihm entgegenkam, weil es ihm so erspart blieb, durch das Dorf laufen zu müssen und Zeugen seiner Geheimniskrämerei zu begegnen. Endlich erhob sich vor ihm das halb verfallene Mühlengebäude. Das alte hölzerne Mühlrad stand bewegungslos im Wasser. Der Fluss staute sich an dieser Stelle zu einem kleinen Teich. Gervasius kämpfte sich zwischen Gestrüpp und hochaufgeschossenem Unkraut hindurch zur Eingangstür. Obwohl diese nur noch schief in den Angeln hing, klopfte er, bevor er eintrat. Es erwartete ihn ein Halbdunkel, das die Unordnung im Raum zuerst weitestgehend seinem Blick entzog.

»Wer da?«, hörte er aus dem Zentrum des Raumes eine knarrende Stimme, die der alten Alma gehören musste. Er näherte sich vorsichtig und erblickte die gekrümmte Gestalt der Alten in einem hohen Lehnstuhl.

»Mein Name ist Gervasius von Tilbury, Madam. Ich komme von der Schule in Waltham. Bruder Giles hat mir erzählt, Ihr wüsstet etwas über… die Wesen, die man das kleine Volk nennt.«

Er machte noch einige Schritte auf Alma zu. Jetzt konnte er ihr Gesicht erkennen, das über und über mit Falten bedeckt war. Die Haut war braun und wettergegerbt, das weiße Haar zu einem unordentlichen Zopf gebunden. Es waren die Augen, die ihn in ihren Bann zogen: Sie waren von einem leuchtenden Blau, oder besser, das unversehrte Auge. Denn eines der Augen war halb geschlossen und das, was man von ihm sehen konnte, war milchig trüb.

»Das kleine Volk, sagst du? Es gibt viele verschiedene Arten: die Draks, die Elfen, die Gnome…«

»Ich habe im Wald von Epping Wesen gesehen, die Menschen ähnelten, doch waren sie kleiner. Und ihre Arme und Beine wirkten ungewöhnlich kurz, wohingegen der Kopf zu groß geraten schien.«

»Setz dich hierhin, Junge. Willst du etwas Suppe?«

»Nein danke. Ich bin nicht hungrig. Sagt, was wisst Ihr über diese Wesen, die ich gesehen habe?«

»Über diese Wesen weiß ich auch nicht viel. Es könnten Gnome gewesen sein. Oder auch Draks. Hast du sie in der Nähe des Flusses gesehen?«

»Nun, der Fluss war nicht in Sichtweite. Erst als wir den Wald verließen, ist er mir wieder aufgefallen.«

»Ich kann dir etwas über Draks erzählen, wenn du willst. Sie leben auf dem Grund von Flüssen und Teichen.«

»Woher wisst Ihr das, Madam?«

Alma lächelte, wobei sie ihr ausgedünntes Gebiss vorführte.

»Sie haben mich entführt und sieben Jahre lang bei sich behalten, als Amme für ihren Nachwuchs. Das war vor vielen Jahrzehnten, als ich noch jung und schön war. Ja, ich war einmal eine Schönheit. Doch das hat mich nicht vor diesem Schicksal bewahrt.«

Sie deutete auf den Innenraum der Mühle, den Dreck, die Unordnung.

»Was fehlt Euch denn, Madam?«

»Es ist die Einsamkeit, die mich hier umgibt und mich ungeschützt meinen Erinnerungen ausliefert.«

»An die Draks?«

»An die Draks, an die Plünderungen und an die Männer.«

»Wie habt Ihr denn geatmet, auf dem Grund des Flusses?«

Die Alte kratzte sich an der Stirn. »Es ist so lange her, Junge. Ich erinnere mich nicht. Alles, was ich noch weiß, ist, dass sie mir am Ende der sieben Jahre einen Beutel mit Goldmünzen umgehängt haben. Das Gold war so viel wert, dass ich mit meinem neuen Mann, den ich kurz nach meiner Rückkehr kennengelernt hatte, die Mühle des Dorfes kaufen konnte. Mein Mann war viele Jahre lang hier Müller, bis er vom Mühlstein erschlagen wurde. Und jetzt sitze ich hier ganz allein.«

»Ich … ich muss gehen, Madam. In der Schule warten sie schon auf mich.«

»Ach, bleib doch noch ein bisschen, Junge!«

Gervasius sprang auf. »Es geht wirklich nicht, Madam, verzeiht. Lebt wohl.«

Bevor Alma noch etwas erwidern konnte, hatte er sich durch den Türspalt geschoben und war davongelaufen.

Die Strafe

In großer Unruhe hastete Gervasius den Pfad am Fluss entlang und über die Wiese zurück zum Haus des Dekans. Dabei warf er immer wieder prüfende Blicke in alle Richtungen. Jetzt musste er nur noch ohne Zwischenfälle bis in ihre Schlafkammer im Dachgeschoss gelangen, dann war er in Sicherheit. Der einzige Mensch, der ihm noch gefährlich werden konnte, war Roswitha. Vorsichtig lugte er durch die Hintertür, die einen Spalt offen stand, ins Haus. Gerade hatte er die Nase in den Spalt gesteckt, da nahm sie auch schon jemand zwischen die Finger und presste schmerzhaft die Nasenflügel zusammen.

»Hier haben wir ja den Übeltäter!«

Es war nicht die Stimme von Roswitha, auch der Griff war zu fest, mit dem seine Nase im Schraubstock gehalten wurde, es war die Stimme des Dekans. Die Tür wurde vollständig aufgestoßen. Geoffrey Rufus zog ihn an seinem bereits empfindlich schmerzenden Riechorgan in die Diele. Hinter ihm erkannte er dessen Gattin, die mit in die Hüfte gestemmten Händen und belustigtem Gesichtsausdruck das Ganze beobachtete.

Endlich ließ der Dekan seine Nase los.

»Was hast du dir dabei gedacht, dem armen Zacharias eine solche Lüge aufzutischen und dich dann heimlich aus dem Haus zu schleichen? Zum Glück hat Roswitha durch Zufall gerade aus dem Fenster geschaut, als du dich in Richtung Dorf davonmachtest, und mir sofort Bescheid gegeben! Also, was hast du angestellt?«

»Es tut mir leid, Herr Dekan, aber ich wollte doch nur herausfinden, was es mit dem kleinen Volk auf sich hat. Und außer der alten Alma wusste niemand etwas darüber, deswegen bin ich zur alten Mühle gelaufen.«

Eigentlich hatte er schweigen wollen, doch dann waren die Worte einfach aus ihm herausgesprudelt.

Geoffrey Rufus blickte ihn verdutzt an. »Du warst bei der alten Alma?«

»Ja, Herr Dekan, und sie fühlt sich sehr allein in dem großen, halb verfallenen Gebäude. Alles starrt vor Dreck, und es herrscht eine unbeschreibliche Unordnung.«

Mit dieser Antwort schien der Dekan nicht gerechnet zu haben. Gervasius hatte ihm den Wind aus den Segeln genommen. Die Wut des Mannes fiel in sich zusammen und machte Verwunderung Platz. Doch so schnell gab er sich nicht geschlagen. Er bemerkte nicht, dass seine Angetraute dem »Übeltäter« hinter seinem Rücken aufmunternd zuzwinkerte.

»So einfach kommst du mir nicht davon! Du hast deinen Lehrer absichtlich angelogen. Das ist ein schweres Vergehen. Und du warst ungehorsam. Dafür werde ich dich bestrafen müssen.«

Gervasius wurde von Geoffrey Rufus am Handgelenk gepackt

und musste im Laufschritt hinter diesem herstolpern, über den Hof und durch den Kreuzgang. Die Domherren und Bediensteten, denen sie begegneten, starrten ihnen hinterher. Gervasius ärgerte sich über sich selbst. Sein Plan war nicht genug durchdacht gewesen. Er hätte sich doch Hilfe von Philip holen sollen. Aber nun war es zu spät. Er konnte froh sein, wenn sie nicht seinen Vater benachrichtigten oder ihn gar der Schule verwiesen. Diese Schmach glaubte er nicht ertragen zu können. Er bat stumm Gott um Beistand, während er sich innerlich auf das Schlimmste gefasst machte. Schließlich hatten sie den Schulraum erreicht. Der Dekan trat ohne Klopfen ein und zerrte Gervasius hinter sich her.

»Dieser Junge hat gelogen und war außerdem ungehorsam. Seht ihn euch genau an! So sieht ein Sünder aus!«

Der Dekan stieß ihn in den Raum, so dass er fast Bruder Zacharias umriss, als er nach vorne taumelte. Der Lehrer schwankte, hielt sich kurz an Gervasius fest und erlangte mit dessen Hilfe sein Gleichgewicht wieder. Als er wieder einen sicheren Stand erlangt hatte, beeilte er sich zu antworten:

»Danke, Herr Dekan, dass Ihr ihn uns zurückgebracht habt. Ich werde mich um ihn kümmern.«

Geoffrey Rufus schien fast enttäuscht, dass er bei der Bestrafung nicht gebraucht wurde. Er öffnete den Mund, um etwas zu erwidern, überlegte es sich dann aber anders und verließ grußlos den Raum.

Nachdem die Tür sich hinter dem aufgebrachten Dekan geschlossen hatte, wandte sich der kleine Lehrer einem der älteren Schüler zu: »Thibaut, du beaufsichtigst jetzt deine Mitschüler. Ich werde unterdessen unter vier Augen mit Gervasius reden. Wir gehen hinaus. Und dass mir keine Klagen kommen!«

Er nahm Gervasius am Arm, um einiges sanfter, als es der Dekan getan hatte, und führte ihn über den Kreuzgang in den Gemüsegarten, der von hohen Hecken umgeben war. Als sie vom Hauptgebäude aus nicht mehr zu entdecken waren, ließ Zacharias Gervasius los und seufzte.

»Mein bester Schüler! Die größte Hoffnung von Waltham!

Und du musst unbedingt eine solche Dummheit begehen. Also, erzähl mir genau, was los war.«

Das tat Gervasius. Als er geendet hatte, bemerkte er, dass sich Zacharias' Miene etwas aufgehellt hatte. Durfte er sich Hoffnung machen, glimpflich davonzukommen?

»Das war also dein Vergehen? Warum hast du nicht mich gefragt, deinen Lehrer?«

Gervasius spürte, dass er dem Lehrer die Wahrheit sagen konnte.

»Ich habe mit Bruder Giles darüber gesprochen, aber der meinte, es sei nicht gut, sich mit dem Thema zu intensiv zu beschäftigen. Da wollte ich nicht noch jemanden aus dem Kollegium mit hineinziehen.«

Bruder Zacharias strich ihm kurz über das Haar.

»Du bist ein sonderbarer Junge, Gervasius, weißt du das? Andere hätten diese Zeit genutzt, um jemandem einen Streich zu spielen oder etwas Verbotenes zu tun, doch du setzt deine Schullaufbahn aufs Spiel für die Suche nach der Wahrheit.«

Gervasius wusste nicht, was er darauf antworten sollte.

»Ich kann dich natürlich nicht ungeschoren davonkommen lassen, das weißt du. Das wäre auch nicht recht den anderen Schülern gegenüber. Der Dekan würde dir am liebsten den Kopf abreißen, aber ich werde etwas gnädiger sein.« Bei den letzten Worten schmunzelte der kleine Domherr sogar, dann fuhr er fort: »Du wirst doppelt so lange wie die anderen Jungen als Messdiener tätig sein. Du wirst ab morgen den derzeitigen Weihrauchschwenker ablösen. Das bedeutet, du musst zu jedem Gottesdienst eine halbe Stunde früher erscheinen und auch bei den Nocturnes dabei sein.«

Für Gervasius bedeutete das vor allem eins: Er hatte nun weniger Zeit für seine Schreib- und Leseübungen.

»Dafür werde ich deinen Vater nicht benachrichtigen. Solltest du dir aber noch einmal so etwas einfallen lassen, kann ich keine Gewähr dafür übernehmen, dass du wieder so glimpflich davonkommst. Wollen wir hoffen, dass damit der Bestrafungswut des Dekans Genüge getan ist. Noch eins, Junge: Du bist außergewöhnlich begabt, und das weißt du, aber du solltest weniger deinem eigenen Kopf und mehr dem wohlmeinenden Rat deiner erfahreneren Mitmenschen folgen.«

Wenn Gervasius gedacht hatte, dass die Sache mit dem Abbüßen der Strafe ausgestanden sein würde, hatte er sich getäuscht. Jetzt war nämlich auch Philip schlecht auf ihn zu sprechen, weil er ihn nicht um Hilfe gebeten hatte.

»Wenn du angedeutet hättest, wie wichtig dir die Sache ist, hätte ich alles darangesetzt, dich zu unterstützen! Und dann wärst du ganz sicher nicht erwischt worden!«

Gervasius widersprach, ein Wort gab das andere, und schließlich gingen sie unversöhnt zu Bett. Danach sprachen sie einige Wochen nur noch das Nötigste miteinander, was Gervasius ebenso wehtat wie seinem Vetter. Doch beide hätten sich eher die Zunge abgebissen, als das zuzugeben.

Obwohl sie ihn verraten hatte, war es Roswitha, die in den Wochen nach seinem Ausflug am nettesten zu ihm war. Vielleicht tat es ihr inzwischen leid, dass sie ihn an ihren cholerischen Mann ausgeliefert hatte? An ihrem Verhalten ihm gegenüber glaubte er zu erkennen, dass er in ihrer Achtung gestiegen war.

Morgens, wenn er vor den anderen das Haus verließ, um sein Messamt bei den Laudes anzutreten, stand sie häufig in der Küche und drückte ihm mit einem Lächeln ein selbstgebackenes Kuchenstück oder etwas Obst in die Hand. Den einen Tag war es ein besonders schöner roter Apfel, den anderen Tag eine Handvoll süße Schwarzkirschen, die sie in ein altes Tuch eingeschlagen hatte. Manchmal stand eine Schüssel mit frisch gemolkener Milch auf dem Tisch oder eine Scheibe Brot, die jemand dick mit verlockend duftender Butter bestrichen hatte. Nach einigen Tagen begann er sich auf diese Momente zu freuen, wenn ihn in der Küche wieder eine Überraschung erwartete. Derartig versorgt, fiel es ihm leichter, seine Strafe zu verbüßen, selbst den Dienst während der Mitternachtsmesse, für den er jedes Mal eigens vom Dekan geweckt wurde. Seine Bettgenossen waren über diese Entwicklung ebenso wenig glücklich wie er, wurden sie doch jede Nacht unweigerlich mit geweckt, wenn Geoffrey Rufus energisch an die Tür zu ihrer Schlafkammer klopfte. Das Amt selbst war leicht zu ertragen. Es umfasste nur wenig anspruchsvolle Tätigkeiten, wie etwa das Schwenken des Weihrauchfasses, die es ihm ermöglichten, beinahe ungestört seinen Gedanken nachzuhängen.

Der Sommer wurde zum Spätsommer, dieser zu einem frühen sonnigen Herbst. Die Tage wurden kürzer und die Nächte umso endloser. All die Zeit, die er in der Kirche verbringen musste, führte dazu, dass er ihre Pracht, die sie dem angelsächsischen Heerführer Tovi dem Stolzen und König Harold zu verdanken hatte, für selbstverständlich zu erachten begann. Am Anfang hatte ihn das metallische Glitzern der Kelche und Pokale, der edelsteinbesetzten Reliquienschreine und der mit Blattgold verkleideten Altäre noch in Staunen und Verzückung versetzt. Er hatte voller Begeisterung im Chor mit den anderen Jungen gestanden und mit Inbrunst die Choräle und Hymnen mitgesungen, auch wenn Singen nicht zu seinen hervorstechendsten Begabungen zählte. Er ließ das Weihrauchfass, das an einer langen goldenen Kette gehalten wurde, vor sich hin und her pendeln, um die reinigende Wirkung des Weihrauchs überall im Raum zu verteilen, und folgte mechanisch dem diensthabenden Priester auf seinen liturgischen Wegen durch die Kirche. Den Wunsch, mehr über die Wesen zu erfahren, die er im Epping Forest zu sehen geglaubt hatte, hatte er vorerst zur Seite geschoben. Er hatte nicht vor, die Schule vorzeitig in Schande zu verlassen.

Stabat Mater

An einem Tag Ende November – sie feierten gerade die Mittagshore, und Gervasius ging wie gewohnt dem Priester zum Altar des Heiligen Kreuzes voraus – öffnete sich die vordere Eingangstür. Diese war allein den Dorfbewohnern vorbehalten, die den Gottesdienst besuchen wollten. Ein Schwall kalter Luft wehte in das Innere der Kirche. Eine schlanke, dunkle Gestalt in einem langen Umhang trat herein. Ihr Umriss zeichnete sich scharf gegen das milchige Licht ab.

Der unbekannte Besucher verschwand für einige Augenblicke, wurde eins mit der herrschenden Dunkelheit. Dann waren seine Schritte auf dem Steinfußboden zu hören. Etwas am Gang des Mannes kam Gervasius bekannt vor. Dann hatte der Besucher den Altarraum erreicht und richtete das Wort an den Priester, der zufällig Giles de Chaumont war.

»Entschuldigt mein unhöfliches Unterbrechen des Gottesdienstes, Bruder Giles, aber ich muss sofort zu meinem Sohn. Es geht um Leben und Tod!«

Gervasius' Herzschlag setzte für einen Moment aus. An der Stimme hatte er seinen Vater erkannt.

Vor Überraschung glitt Gervasius das Weihrauchfass aus der Hand. Es landete mit einem lauten Scheppern auf dem Steinfußboden. Erst jetzt erkannte Robert von Tilbury seinen Sohn.

»Gervasius! Du musst sofort mit mir kommen. Deiner Mutter geht es sehr schlecht. Sie sagt, ihre Zeit ist gekommen. Sie hat nach dir verlangt!«

Gervasius achtete nicht auf die Verblüffung der um ihn Stehenden. Rasch riss er sich das kostbare Messgewand über den Kopf. Achtlos drückte er es dem neben ihm stehenden Philip in die Arme.

Vor dem Eingang der Kirche standen zwei Pferde. Sie wurden von einem Knappen des Vaters gehalten, den Gervasius aus Tilbury kannte. Der Vater fing die Zügel seines Rappen und saß auf. Der Knappe half Gervasius hinter seinem Vater auf das Pferd.

Robert von Tilbury gab dem Rappen die Sporen. Der Knappe Julius folgte ihnen auf seinem eigenen Pferd. Er hatte Mühe, mit seinem Herrn mitzuhalten. Dieser sprengte davon, als wäre der Teufel persönlich hinter ihm her. Gervasius spürte, dass es ernst war. Würde er noch mit seiner Mutter sprechen können? Den Vater zu fragen, wagte er nicht. Der war zu grimmig darauf bedacht, schnell ans Ziel zu gelangen. Die Hufe der Pferde trommelten auf den winterharten Boden. Erdklumpen und Grasbüschel stoben in alle Richtungen. Ein eisiger Wind riss an ihren Kleidern. Die Landschaft flog an ihnen vorbei. Gervasius hatte sich noch nie mit einer solchen Geschwindigkeit fortbewegt. Er fühlte sich, als wäre er ein Geschoss, das blitzartig durch die Luft geschleudert wird. Dann hatten sie das Waldgebiet von Epping erreicht. Den Aufenthaltsort des kleinen Volkes. Sie waren so schnell, dass Gervasius es für klüger hielt, sich nicht umzudrehen. Stattdessen achtete er auf Geräusche. Versuchte die Anwesenheit der scheuen Wesen zu erspüren. Doch da war nichts. Die dumpfen Aufschläge der Pferdehufe auf dem Waldboden übertönten alles. Der Lärm hatte sie vermutlich vertrieben. Er hatte keine Zeit, enttäuscht zu sein. Sie ließen den Wald so schnell hinter sich, wie sie ihn erreicht hatten. Die entlaubten Bäume machten abgemähten Feldern und frostüberzogenen Weiden Platz, über die sein Vater das Pferd mit halsbrecherischer Geschwindigkeit jagte. Gervasius wünschte sich nichts sehnlicher, als endlich anzukommen. Die Mutter wiederzusehen. Lebendig. Sie musste leben. Bei ihm bleiben. Und alles würde gut sein.

Und dann waren sie tatsächlich am Ziel. Der Vater ritt in den umzäunten Hof des Gutes. Mit zitternden Knien rutschte Gervasius vom Pferderücken.

»Komm, Junge, beeil dich!«

Sein Vater rannte bereits zur Freitreppe. Die Zügel des Pferdes hatte er wortlos dem Knappen zugeworfen.

Gervasius lief die Freitreppe hinauf. Durch die Tür in die riesige Diele mit den hohen Decken. Die vertraute Diele, in der er an kalten Tagen wie diesem gespielt hatte. Mit Beklommenheit in der Brust folgte Gervasius dem Vater. Den vertrauten und gefürchteten Weg zum Krankenzimmer der Mutter. Die Stufen der Stiege schienen höher zu sein als sonst. Anne hockte auf einem Schemel. Sie schluchzte. Der Arzt stand neben dem Bett. Er beugte sich über die reglose Gestalt und schloss ihre Augenlider. Das ehemals wachsbleiche Gesicht der Mutter war jetzt grau. War diese Figur auf dem Bett dort wirklich Ada von Tilbury? Der Ausbruch seines Vaters riss ihn aus seiner Betrachtung.

»Nein! Nein, das kann nicht sein!«

Die Stimme des Vaters war heiser und erstickt. Er beugte sich nun ebenfalls über die bewegungslose Frau. Der Arzt trat beiseite. Sein Vater gab einen Laut von sich und fiel auf das Bett. Umarmte die Gattin, die sich nicht rührte.

Gervasius spürte, wie ihm Tränen in die Augen stiegen.

»Wir sind zu spät gekommen!«, brachte Robert von Tilbury schließlich hervor. »Dabei wollte sie sich unbedingt von dir verabschieden. Aber Gott hat anders entschieden. Es tut mir leid, Sohn.«

Gervasius sank neben ihm auf die Bettkante. Der Vater strich ihm über das vom Ritt zerzauste Haar. Sie blieben stumm nebeneinander sitzen, jeder verloren in seinen eigenen Gedanken, während um sie die frühe Novembernacht hereinbrach. Sie verließen die Kammer erst, als Annes Stimme sie zum Abendessen nach unten rief.

Das Begräbnis wurde für den kommenden Sonntag angesetzt. In den verbleibenden drei Tagen durfte er den Vater zu vielen seiner Amtsgeschäfte im Umkreis des Gutshauses begleiten. Dafür war er dankbar, wartete doch in der kleinen Stube unter dem Dach immer noch dieser starre Körper, der einmal seine Mutter gewesen war, darauf, der Erde zurückgegeben zu werden. Er verriet es niemandem, auch nicht Anne, die immer in der Nähe war, aber er verspürte in der Gegenwart der Leiche seiner Mutter so etwas wie Beklemmung. Sosehr er sie im Leben geliebt hatte, so fürchtete er sich vor dem, was nach ihrem Tod von ihr übrig war. Soweit es ihm gelang, dieses Unbehagen zu unterdrücken, fühlte er sich in Tilbury gut aufgehoben. Es war fast wie früher, bevor er zur Schule in Waltham gekommen war, doch er wusste, dass diese Zeit jetzt für immer vorbei war. Ohne seine Mutter, auch wenn sie das ganze letzte Jahr nur noch in der Dachkammer als Kranke im Hintergrund anwesend gewesen war, gab es hier keinen Platz mehr für ihn und keinen Grund, zu bleiben. Er liebte seinen Vater, doch dieser war ein Einzelgänger und behielt seine Gefühle und Pläne für sich. Er hatte nie jemanden an sich herangelassen, außer seiner Mutter. Und Anne sollte bald einen Knecht aus dem Nachbardorf heiraten, wie sie ihm mit einem eigentümlichen kleinen Lächeln im Gesicht verraten hatte, was bedeutete, dass auch sie aus Tilbury fortgehen würde.

Zur Beerdigung hatte der gesamte Hausstand seine besten Kleider angezogen. Jetzt stand Gervasius auf dem winzigen Kirchhof von Tilbury, umringt von allen Bediensteten und einigen Verwandten der Mutter, die er vorher noch nie gesehen hatte, und beobachtete stumm, wie schwere, kalte Erde in das quadratische Loch geschaufelt wurde, in dem ihr Körper von nun an ruhen sollte. Er konnte sich nicht vorstellen, dass ihr das gefallen würde. Sein Vater hatte ihm erklärt, dass sie keine Schmerzen hatte und nicht mehr leiden musste. Trotzdem war da dieses Entsetzen darüber, dass sie nicht mehr da war. Der Gemeindepriester von Tilbury hielt eine Rede auf Latein, die Gervasius nicht verstehen konnte. Er nahm sich vor, nach seiner Rückkehr nach Waltham noch härter zu arbeiten, um schon bald Latein verstehen und lesen zu können.

Am Tag nach dem Begräbnis brachte sein Vater ihn zurück. Von Tilbury Abschied zu nehmen, fiel ihm nicht schwer. Waltham war längst zu seinem zweiten Zuhause geworden, und in Zukunft würde es sein erstes Zuhause sein. Dieses Mal ritt Robert von Tilbury langsamer als auf dem Hinweg. Gervasius hatte also die Gelegenheit, sich mehrfach umzuschauen, als sie den winterlichen Wald durchquerten. Doch es war, als hätte er sich alles nur eingebildet. Es zeigte sich kein einziger Angehöriger des kleinen Volkes. Wenn er sich umblickte, sah er nur kahle Äste und das braune Laub, das von den Hufen des Pferdes aufgewirbelt wurde. Ahnten sie vielleicht, dass er und sein Vater trauerten, und ließen sie deshalb in Ruhe? Oder waren sie im Winter anderswo? So brennend war sein Wunsch, die Wahrheit über diese Wesen zu erfahren, ohnehin nicht mehr, musste er feststellen. Der Tod der Mutter hatte alles andere unwichtig werden lassen. Das Entsetzen über den Verlust begleitete ihn wie sein eigener Schatten.

Es zeigte sich bald in Form von bedrückenden Bildern in den Alpträumen, die ihm die langen Nächte zur Qual werden ließen. Regelmäßig wachte er schreiend aus einem solchen Traum auf, in dem die toten Augen der Mutter anklagend auf ihm ruhten.

Nach einer solchen Nacht, in der er seine Entsetzensschreie nicht hatte unterdrücken können, sprach ihn Philip an. Sie standen frierend nebeneinander im Lavabo, um sich vor der ersten Mahlzeit des Tages die Hände und das Gesicht zu waschen. Das Lavabo war eine Einrichtung, die Gervasius vor allem in seinen ersten Tagen in Begeisterung versetzt hatte. Es handelte sich um ein offenes Gebäude mit einem achteckigen Dach über einem riesigen steinernen Becken mit sechzehn Stellen, aus denen ein Wasserstrahl herausschoss. Das Wasser kam aus einer unter dem Dach befindlichen Zisterne und floss ununterbrochen in das mit Figuren und Blattwerk verzierte Becken. Noch war es nicht so kalt, dass die Leitung zufror, aber das sei in besonders harten Wintern bereits vorgekommen, hatte man ihnen erzählt. An diesem wunderbaren Ort konnten sich sechzehn Menschen gleichzeitig das kostbare Nass ins Gesicht spritzen.

Philip drehte sich zu ihm, nachdem er sich die Tropfen von den Händen und aus dem Gesicht geschüttelt hatte.

»Gervasius, wenn du Hilfe brauchst, dann sag Bescheid.«

»Danke, Philip, aber es geht mir gut.«

»Ein Blinder mit Krückstock kann erkennen, dass es dir nicht gut geht! Ganz zu schweigen von jemandem, der jede Nacht miterlebt, wie du aus deinen schrecklichen Träumen erwachst und dabei schreist, als würde man dich lebendig am Spieß rösten wie einen Märtyrer.«

»Es tut mir leid, dass ich euer aller Schlaf störe. Manchmal gelingt es mir, die Schreie zu unterdrücken, doch nicht jedes Mal. Vielleicht sollte ich den Dekan bitten, mir einen anderen Schlafplatz zuzuweisen.«

»Du solltest dich mit einem Erwachsenen beraten. Mit Bruder Giles zum Beispiel.«

In Gervasius' Magen machte sich das sinkende Gefühl bemerkbar, das ihm so vertraut geworden war. Er kam sich vor wie ein wildes Tier, welches in eine von Menschen gebaute Falle geraten war. Er konnte weder vor noch zurück. Es gab keinen Ausweg.

»Wie sollte Bruder Giles mir helfen können?«

Philips Gesichtsausdruck war ernster als üblich.

»Er weiß mehr über diese Dinge als du oder ich. Und er wird sicher für deine und die Seele deiner Mutter beten.«

Gervasius versuchte, das Gefühl in seinem Inneren nicht zu beachten, doch je mehr er sich darum bemühte, desto stärker wurde es. Philip hatte recht, so konnte es nicht weitergehen. Er brauchte Hilfe.

»Ich werde darüber nachdenken. Danke für deine Besorgnis, Philip.«

Sein Vetter war noch nicht zufrieden. Einige Augenblicke schien er mit sich zu kämpfen.

»Sind wir wieder Freunde?«, brachte er schließlich heraus.

Darum ging es also. Gervasius musste unfreiwillig grinsen. Er klopfte dem Freund auf die Schulter.

»Natürlich sind wir Freunde. Das ist doch alles längst vergessen. Wegen solcher Kleinigkeiten sollte man sich nicht streiten.«

»Da hast du recht. Und jetzt lass uns gehen. Sonst bekommen wir noch Ärger.« Philip zog ihn am Gewand ins Freie.

Außer ihnen hielt sich niemand mehr im Lavabo auf. Die Mehrzahl der Domherren und Schüler saß längst im Refektorium bei heißem Haferbrei mit Honig. Während der Tischlektüre wurde von ihnen erwartet, dass sie schweigend dem Vorleser lauschten, doch später, im allgemeinen Aufbruchsgetümmel am Ende der Mahlzeit, nahm Philip die Gelegenheit wahr, Gervasius seiner Freundschaft zu versichern, indem er ihm anbot, mit ihm im Epping Forest auf die Suche nach dem kleinen Volk zu gehen.

»Das ist wirklich nett von dir. Doch ich habe inzwischen eingesehen, dass es Wichtigeres gibt, als solchen Fabelwesen hinterherzujagen.«

»Aber du hast sie doch mit eigenen Augen gesehen!«

»Das dachte ich zumindest. Vielleicht war es nur ein Trugbild meines Geistes. Ich habe sie auch nur einmal gesehen, obwohl ich den Wald insgesamt viermal durchquert habe.«

»Ich habe bereits einen Plan ausgearbeitet. Das Abenteuer willst du dir entgehen lassen?«

»Du weißt, ich kann mir keine weitere Verfehlung leisten. Sonst werden sie mich von der Schule verweisen, und das kann ich meinem Vater nicht antun.«

Gervasius hatte ein schlechtes Gewissen, den Enthusiasmus seines Freundes zu enttäuschen, doch sein Entschluss stand fest. Keine eitlen Pläne mehr, um seine kindische Neugier zu befriedigen. Nein, ab jetzt wollte er nur noch hart arbeiten. Damit seine Mutter, die vielleicht vom Himmel auf ihn herabsah, stolz auf ihn sein konnte. Das war das Einzige, was er noch für sie tun konnte. An Philips Gesichtsausdruck konnte er ablesen, wie enttäuscht dieser war, obwohl er sich alle Mühe gab, das zu überspielen.

Holy Cross

Auch nachdem er im Gottesdienst mehrfach darum gebetet hatte, die Alpträume mögen von ihm genommen werden, wurde es nicht besser. Jede Nacht lag er länger wach, da er sich vor dem Einschlafen zu fürchten begann. Jeden Morgen im Refektorium trafen ihn die teils vorwurfsvollen, teils besorgten Blicke von Philip. Schließlich entschied Gervasius, dass es nicht schaden konnte, dem Rat seines Freundes zu folgen und mit Bruder Giles zu reden. Der bat ihn in der freien Zeit am Nachmittag in sein Haus, welches ihm, wie jedem Chorherrn in Waltham, zusammen mit einer kleinen Pfründe vom Kollegium zur Verfügung gestellt wurde. Gervasius durfte in der mit frischem Stroh ausgestreuten Halle in einem Stuhl am Kamin Platz nehmen. Die Fensterläden waren gegen die Kälte geschlossen. Es herrschte ein gemütliches Halbdunkel. Ein Hausmädchen brachte ihnen warmen, verdünnten Würzwein in edel verzierten Messingbechern. Bruder Giles nahm einen Schluck und erkundigte sich nach seinem Befinden. Das war sein Stichwort, Giles seine Sorgen anzuvertrauen.

»Mittlerweile kann ich nachts kaum noch schlafen«, fügte er am Ende hinzu. »Etwas muss geschehen. Was soll ich nur tun?«

Giles schwieg einige Augenblicke mit gerunzelter Stirn.

»Warum, glaubst du, lässt deine Mutter dich nicht in Frieden?«, wollte er dann von ihm wissen.

»Ich weiß nicht. Vielleicht wollte sie mir noch etwas Wichtiges mitteilen, aber ich war nicht rechtzeitig da.«

»Du fühlst dich schuldig deswegen?«

»Ich war zu langsam. Ohne mich wäre mein Vater viel schneller zurück gewesen und hätte sie noch lebend angetroffen!«

»Glaubst du das wirklich, Junge?«

Gervasius konnte nicht verhindern, dass ihm Tränen über das Gesicht liefen. Ein wahrer Sturzbach ergoss sich aus seinen Augen. Er wischte die Nässe mit den Händen fort und schluchzte leise. Dabei spürte er, wie der mitfühlende Blick von Giles auf ihm ruhte. Es tat gut, hemmungslos zu weinen. Giles nahm ihn in den Arm, wie ein kleines Kind. Der harte Knoten, der in seinem Bauch gesessen hatte, löste sich allmählich auf.

Bruder Giles wartete, bis die Schluchzer verebbt waren.

»Weißt du, Gervasius, es kann auch ganz anders gewesen sein: Deine Mutter hat deinen Vater fortgeschickt, damit er dich holt. Vielleicht wollte sie allein sein! Vielleicht wollte sie in Frieden alleine sterben! Ohne ihre Angehörigen, die sie doch nur angefleht hätten, bei ihnen zu bleiben.«

Dieser Gedanke wäre Gervasius nie in den Sinn gekommen. Wollte Bruder Giles andeuten, dass er selbst es war, der durch seine Schuldgefühle die Alpträume hervorrief? Je mehr er sich damit beschäftigte, desto weniger abwegig kam ihm diese Sicht vor.

»Eins noch, Gervasius. Es kann nicht schaden, vor dem Heiligen Kreuz kniend um Unterstützung zu beten.«

Er schied von Bruder Giles in hoffnungsvoller Stimmung. Er würde über das nachdenken, was dieser angedeutet hatte, und er wollte auch vor dem berühmten Heiligen Kreuz von Waltham beten, das im Seitenschiff der Kirche einen eigenen Altar besaß und um dessentwillen das ganze Jahr über Pilger nach Waltham kamen.

Unter diesem Abbild des leidenden Herrn, welches an einem großen hölzernen Kruzifix befestigt war, kniete nun Gervasius von Tilbury auf dem kalten Mosaik des Steinfußbodens in stummer Zwiesprache mit Gott. Auf dem Altar flackerten die Kerzen eines mehrarmigen Kandelabers aus purem Gold in der Zugluft. Die weihevolle Atmosphäre beruhigte ihn und schenkte ihm geistige Klarheit. Er bedankte sich für die weisen Worte von Bruder Giles, die ihn mit neuem Mut erfüllt hatten, und bat um Seelenfrieden für seine Mutter, seinen Vater und sich selbst. Da sich an diesem Nachmittag kein einziger Pilger in der Kirche aufhielt, nutzte er die seltene Gelegenheit, bis zum Ende seiner freien Zeit in der wohltuenden Anwesenheit des Herrn zu verweilen. Obwohl ihm seine Haltung bald unangenehm wurde, war er sicher, dass dieses Gebet schon eine Wirkung zeigte, war ihm doch zum ersten Mal nach vielen Wochen wieder leichter ums Herz.

Die Träume hörten nach seinem Besuch beim Heiligen Kreuz nicht sofort auf, doch sie veränderten sich. Seine Mutter erschien ihm nicht mehr als angsteinflößende Leiche mit Skeletthänden, die nach ihm griffen. Sie verwandelte sich von dem Schreckgespenst, das ihn viele Nächte lang verfolgt hatte, in einen Engel, der ihn beschützte. Er brauchte den Schlaf nicht mehr zu fürchten und fand nachts wieder Ruhe. Auch seine Zimmergenossen wussten das zu schätzen.

Thomas Becket

Die Dinge nahmen wieder ihren gewohnten Lauf. Gervasius beherrschte inzwischen alle Buchstaben des Alphabets und durfte mit eigener, frisch geschnittener Feder und schwarzer Tinte aus

Dornenrinde auf Pergamentresten das Schönschreiben von einfachen lateinischen Wörtern üben. Am Anfang verschmierte die Tinte unter seinen ungeübten Fingern das Geschriebene noch bis zur Unleserlichkeit, doch nach einigen Versuchen gelangen ihm erste ansehnliche Buchstabenketten. Bruder Zacharias benutzte für ihre Übungen die Texte der Psalmen und Hymnen, die sie ohnehin vom Stundengebet kannten. So lernten sie die Bedeutung der Worte, deren Klang ihnen bereits vertraut war. Außerdem durfte Gervasius, als der fähigste Schüler, früher als vorgesehen mit den Grundregeln der lateinischen Grammatik beginnen. Denn die Kenntnis der Vokabeln allein half einem Lateinschüler wenig, wenn er nicht das Deklinieren und Konjugieren beherrschte.

Der Dezember brachte kühles, meist sonniges Wetter und den ersten Frost. Über Nacht legte sich Raureif über Wiesen, Weiden und die winterharten Kräuter und Gemüsesorten des Küchengartens. Die Bäume, ihres Laubes beraubt, streckten kahle Zweige wie dünne Hexenfinger anklagend in die kalte Luft. Wenn die Jungen tagsüber fröstelnd zum Lavabo liefen, um sich vor der Mahlzeit zu waschen, stand ihr Atem in einer weißen Wolke vor ihren Mündern. Die Tage vergingen rasch mit den Vorbereitungen für das Weihnachtsfest. Die Kirche musste geschmückt, ein Krippenspiel einstudiert werden. Die Weihnachtschoräle mussten geübt und die Liturgie wiederholt werden. Bruder Zacharias las ihnen die immer wieder anrührende Geschichte der Geburt Jesu vor. Aus der Küche wehten ihnen zu allen Tageszeiten verlockende Düfte entgegen. In der Vorweihnachtszeit war das Essen besonders schmackhaft und reichhaltig und daher die Vorfreude auf das Christfest bei den Bewohnern von Waltham besonders groß. Und dann war er endlich da, der Tag der Geburt des Gottessohns, der sein Leben für die Menschen gegeben hatte: Die Messen waren sehr feierlich. Das, was sonst zur Gewohnheit erstarrt zu sein schien, erhielt in der friedvollen Atmosphäre des Christfestes einen neuen Sinn. Am Abend wurde ihnen ein großes Festmahl mit mehreren Gängen aufgetragen. Man saß länger als üblich am Tisch. Es fand keine Lesung statt. Philip und Gervasius nutzten die seltene Gelegenheit, sich ausführlich auszutauschen.

»Ich frage mich, was mein Vater zu dieser Jahreszeit tut. Die Felder benötigen keine Zuwendung, die meisten Dienstboten haben ein paar Tage frei, um mit ihren Familien das Christfest zu begehen. Ich bin hier in Waltham, und Mutter ist an einem Ort, wo es immer hell ist. Ich hoffe, er leidet nicht zu sehr an der Einsamkeit.«

»Mein Vater hält sich, soviel ich weiß, mit dem königlichen Hof in der Normandie auf. König Henry II. wollte Weihnachten in Alençon verbringen. Aber manchmal ändert er seine Pläne urplötzlich, und dann müssen alle doppelt arbeiten, um seinen Wünschen doch noch entsprechen zu können.«

»Du meinst, dein Vater ist mit dem König persönlich bekannt?«

»Er ist seit einigen Jahren am Hof des Plantagenets. Er gehört zu den Rechtsberatern Henrys II. Du glaubst nicht, wie viele Tage im Jahr sie unterwegs sind! Der König reist mit seinem Hof von Burg zu Burg, von Schloss zu Herrenhaus, durch das ganze Land, hält Gericht und hört sich die Bitten seiner Untertanen an. Wenn ich groß bin, werde ich auch am Hof leben, jagen und den Liedern der Troubadoure lauschen.«

Philip erzählte ihm Anekdoten vom Königshof, der schönen Königin Eleanor und ihren Söhnen, die er von seiner Mutter aufgeschnappt hatte.

Dann waren die Feiertage zu Ende, und der Alltag kehrte wieder in Waltham ein. Trotzdem erwartete sie auch am vorletzten Tag des Jahres ein sehr reichhaltiges Mahl. Die Reste von den üppigen Banketten der Weihnachtszeit mussten schließlich verwertet werden. Im Refektorium brannte ein Feuer im großen Kamin. Zur Vorspeise gab es dampfende Hühnerbrühe mit Gemüse, danach gebratenen Kapaun mit gebackenen Kartoffeln. Gervasius genoss die Wärme des Kaminfeuers im Rücken und das wohlige Gefühl der heißen Suppe in seinem Magen. Im Hintergrund ertönte die dunkle Bassstimme des Domherrn Walter, der aus dem

Markusevangelium las. Alle fuhren zusammen, als die Tür zum Refektorium aufsprang. Ein Bote kam hereingestürzt. Sein Mantel war aus feinem scharlachfarbenen Stoff, was darauf hindeutete, dass er von einem hohen Herrn geschickt worden war. Er blieb schwer atmend vor dem Dekan stehen und stellte sich als Albert von Evesham vor, der in seiner Eigenschaft als Bediensteter des Erzbischofs von Canterbury erschienen war. Geoffrey Rufus, der es überhaupt nicht schätzte, wenn man ihn beim Essen störte, wartete mit missmutigem Gesichtsausdruck darauf, dass der Bote endlich sein Anliegen vorbrachte. Auch die Blicke der anderen Anwesenden richteten sich nun auf den Mann. Jetzt hatte Albert von Evesham die Aufmerksamkeit aller Chorherren, Schüler und Bediensteten.

»Der Erzbischof ist tot! Man hat ihn heimtückisch ermordet«, brachte er endlich heraus.

Die darauffolgende Stille hielt nur wenige Augenblicke. Sie wurde abgelöst von einem gewittergleichen Ausbruch von Entsetzensrufen, Nachfragen, Trauerbekundungen und lautstark geäußerten Zweifeln am Wahrheitsgehalt der Mitteilung.

»Es ist wahr!«, bekräftigte Albert von Evesham seine Aussage mit erhobener Stimme und verschaffte sich so erneut Gehör.

»Vier Männer des Königs haben sich gewaltsam Zutritt zur Kathedrale von Canterbury verschafft und dort dem Leben des ehrwürdigen Erzbischofs Thomas Becket ein vorzeitiges Ende gesetzt.«

»Das kann nicht sein«, murmelte Philip leise neben Gervasius. »Das würde Henry niemals tun. Sie waren zwar zerstritten, aber ermorden lassen würde der König seinen ehemaligen Freund ganz sicher nicht!«

Wieder brach Unruhe aus. Jeder wollte seine Meinung zu der Angelegenheit kundtun, und erst nach einer geraumen Weile war der Aufruhr einem allgemeinen betretenen Schweigen gewichen. Dem Boten war ein Platz an der Tafel in der Nähe des Dekans angeboten worden. Albert von Evesham machte sich hungrig über Kapaun und Kartoffeln her und trank innerhalb kürzester Zeit drei Becher besten Weins, während der Rest der

Tischgesellschaft, der bereits die Mahlzeit beendet hatte, ihm ungeduldig dabei zusah. Man ließ dem Mann gerade genug Zeit, sich satt zu essen, dann wurde er erneut mit Fragen bestürmt.

Dem Großteil der Anwesenden war der seit Jahren schwelende Konflikt zwischen dem früheren Kanzler Thomas Becket und seinem König Henry II. bekannt. Auch Gervasius hatte von der Auseinandersetzung gehört. Der König selbst hatte dem Ermordeten sein Amt verschafft. Doch nach kurzer Zeit wurde offenbar, dass Becket sein geistliches Amt ernster nahm, als der König oder sonst jemand es erwartet hatte. Er schlug sich ganz auf die Seite der Kirche und verteidigte fortan nur noch deren Ansprüche. Es ging dabei vor allem um die Sonderbehandlung von Geistlichen vor Gericht. Während der König darauf bestand, dass verbrecherische Gottesmänner sich, wie der Rest der Menschheit, vor einem weltlichen Gericht für ihre Verbrechen zu verantworten hätten, wollte Thomas Becket durchsetzen, dass nur ein kirchliches Gericht ein Urteil in solchen Fällen sprechen dürfte. Der Streit schwelte jahrelang vor sich hin, flammte schließlich heftig auf und entwickelte sich zu einer Feuersbrunst, die den Erzbischof aus England vertrieb und ihn dazu zwang, auf dem Kontinent Schutz zu suchen. Keine der beiden Parteien war bereit, nachzugeben, und doch versuchte man mehrfach, sich offiziell wieder zu versöhnen. Allerdings hatte Henry dem »Verräter« jedes Mal den Friedenskuss verweigert, welcher ein endgültiges Verzeihen seinerseits symbolisiert hätte. Wegen des Streites hatte Henry II. im Juni des Jahres seinen fünfzehnjährigen Sohn Henry, statt wie üblich vom Erzbischof von Canterbury, vom Erzbischof von York zum König krönen lassen. Danach war es zu erneuten Verhandlungen gekommen, und Becket war so unvorsichtig gewesen, nach Canterbury zurückzukehren.

»Es geschah vor zwei Tagen. An den Tagen davor hatte der Erzbischof – Gott sei seiner Seele gnädig – noch Exkommunikationen gegen seine Gegner ausgesprochen, die es gewagt hatten, ihn nach seiner Rückkehr offen anzufeinden. Das Volk dagegen hatte ihm einen großartigen Empfang bereitet. Die Namen der Mörder sind mir nicht bekannt. Doch der König wird wissen, wem er den Auftrag gegeben hat.« Der Bote schaute herausfordernd in die Runde, doch niemand reagierte.

Philip schüttelte stumm den Kopf. Er wusste, dass er nicht offen seinen Unmut äußern durfte, schließlich war er nur ein Kind. Später, nach dem letzten Stundengebet des Tages, auf dem Weg von der Kirche zum Haus des Dekans, kam er auf das Thema zurück.

»Wie kann dieser Mann es wagen, dem König die Schuld an der Tat zu geben? Henry II. hat einen aufrechten Charakter; er würde nie jemanden heimtückisch ermorden lassen!«

Gervasius spürte, wie aufgebracht sein Freund war, und bemühte sich um Ausgleich.

»Ich weiß zu wenig über den König, um das beurteilen zu können. Doch ich glaube auch nicht, dass er die Tat beauftragt hat. Für so dumm halte ich ihn nicht. Die Sache wird sich sicher bald aufklären. Was ich nicht verstehe: Warum hat Henry seinen ältesten Sohn jetzt schon zum König krönen lassen?«

»Mein Vater sagt, es war die Absicht des alten Henry, seine Ländereien möglichst frühzeitig unter seinen Söhnen aufzuteilen, um die Nachfolge zu sichern. Aber so richtig nachvollziehen kann ich diese Entscheidung auch nicht. Es heißt, der junge König besäße mehr Stolz, als gut für ihn sei, und hielte sich für etwas Besseres als sein eigener Vater, weil dieser *nur* von einem Herzog abstammt, während er selbst Sohn eines Königs ist. Das Verhältnis zwischen den beiden wird durch den Tod des Erzbischofs nicht besser geworden sein.«

»Wieso das?«

»Der junge Henry wurde zwei Jahre lang im Hause Beckets erzogen, bevor dieser nach Frankreich fliehen musste. Er soll ein herzliches Verhältnis zu seinem Ziehvater gehabt haben.«

Auch nachdem Albert von Evesham am Tag nach Neujahr die Rückreise nach Canterbury angetreten hatte – das Festessen am Silvesterabend hatte er sich nicht entgehen lassen –, legte sich der Aufruhr, der durch die Nachricht vom Tode Beckets in Waltham ausgebrochen war, nicht sogleich. Noch Wochen später erhitzte die Frage nach der Schuld des Königs die Gemüter. Bei der ersten Messe im Frühjahr brachte der Cellerar von einem Londoner Händler in Erfahrung, was weiter geschehen war. Henry II. hatte, kurz nachdem er von der Tat erfahren hatte, mit einem Teil seiner Ritter ein Schiff nach Irland bestiegen, um in diesem noch größtenteils heidnischen Land seine Macht weiter auszudehnen. Nach erfolgreicher Eroberung verzögerte schlechtes Wetter mit heftigen Stürmen seine Rückkehr um mehrere Monate. In der Zwischenzeit hatte sich um den Schrein des gemeuchelten Erzbischofs bereits ein reger Kult entwickelt. Der Mann, der sich gegen den mächtigen König gestellt und dafür mit dem Leben bezahlt hatte, wurde vom Volk wie ein Heiliger verehrt. Thomas Becket war zum Märtyrer geworden.

Jahresläufe

Frühling, Sommer, Herbst, Winter: Die Jahreszeiten gingen ins Land. Es gab viel zu lernen in den Lateinstunden, bei der Rhetorik und im Evangelium. Zuweilen wurde jedoch auch Gervasius die viele Zeit, die sie im Schulraum verbrachten, etwas lang. Sein Freund Philip sang ihm täglich ein Lied davon. Er konnte dem Unterricht wenig abgewinnen, lebte nur für die Stunden im Chor. Die wenige freie Zeit, die ihnen zur Verfügung stand, verbrachten die beiden gerne draußen, aber an unterschiedlichen Orten. Gervasius fühlte sich vom Küchengarten magisch angezogen. Er ging dem zuständigen Chorherren so lange um den Bart, bis er ihn helfen ließ: anfangs nur beim Unkrautjäten, beim Kartoffelkäferabsammeln, beim Wässern und Ernten des Gemüses, beim Pflücken der Kräuter. Gervasius liebte den frischen Geruch von Zitronenmelisse, das süße Aroma der Petersilie und den leicht stechenden Duft des Salbeis, aus dem man in Waltham einen wirksamen Teesud gegen Halsschmerzen herstellte. Bruder Basilius entdeckte bei dem jungen Gervasius ein echtes Interesse an der Art und Wirkweise der Pflanzen und war daher gerne bereit, sein Wissen auf diesem Gebiet mit ihm zu teilen. Während Gervasius seine Freizeit im Garten verbrachte, zog es Philip zu den Pferdeställen und den Hundezwingern. Von seinem Vater hatte er viel über die Leidenschaft Henrys II. für Hunde- und Falkenjagden gehört. Zwar war er noch zu jung, um an solchen Ereignissen teilzunehmen, die sich auch im Umkreis von Waltham abspielten, etwa wenn Dekan Geoffrey Rufus hohe Gäste zu Besuch hatte, die bereit waren, Gold oder anderes Nützliches für den Ausbau der Kapelle des Heiligen Kreuzes zu spenden, damit die Chorherren nach ihrem Ableben tägliche Fürbitte für ihre Seelen leisteten. Doch zumindest annähern konnte er sich seinem Traum vom abenteuerlichen höfischen Leben, indem er zusah, wenn die vom Dekan gehaltene Meute von Jagd- und Bluthunden gefüttert wurde, und sich dabei sorgfältig die Namen jedes einzelnen Tieres einprägte. Pandora und Zeus, Hera und Euripides, Claudius und Nero und all die anderen waren ihm bald vertrauter als die Deklination der lateinischen Verben. Genau beobachtete er die Männer bei der Fütterung und merkte sich, welches Tier handzahm war und welchem man besser nicht zu nahe kam. Er bekniete zuerst Bruder Zacharias in der Schule und dann sogar Geoffrey Rufus, dass man ihn bei der nächsten Jagdgesellschaft helfen ließ, aber der Dekan befand, dass er noch zu jung und es daher zu gefährlich für ihn sei, sich um die Hunde zu kümmern. Also verlegte sich Philip auf die Pferde. Er sah den Stallburschen bei der Arbeit zu, war bald ein vertrauter Anblick im Stall und durfte schon einmal einen schweißnassen Pferderücken mit Stroh trockenreiben oder einem Schimmelhengst den Futtersack umhängen. Schließlich ließen ihn einige der Knechte ausmisten, ermöglichte dies ihnen doch, eine Weile die Beine hochzulegen und einen Schluck Met oder Branntwein zu trinken, bevor die Schinderei weiterging.

Für Gervasius wurde der Frühling die Zeit der Aussaat, für Philip die Zeit der Geburt von Welpen und Fohlen. Der Sommer brachte in Gemüsebeeten und im Kräutergarten üppigsten Wuchs, was für Gervasius viel Arbeit, aber auch viel Freude bedeutete. Für Philip standen in der heißen Jahreszeit Reitübungen auf einem Pony und erste Ausritte im Vordergrund, sowie die Arbeit mit jungen Hunden. Herbst bedeutete Erntezeit im gesamten Garten. Obstbäume trugen reichlich Früchte: Kirschen, Äpfel, Pflaumen, Birnen, aber auch Haselnüsse und Walnüsse mussten gepflückt oder aufgesammelt werden. Die Beete quollen über von fetten Kürbissen, dicken Kartoffeln, Rüben und anderen Gemüsesorten, die Gervasius stolz in die Küche trug, wo der Koch sie in köstliche Speisen verwandelte. Herbstzeit war für Philip Jagdzeit, die aufregendste Zeit im Jahr, auch wenn er im zweiten Jahr noch immer nicht bei der Jagd als Helfer dabei sein durfte. Nur von weitem beobachtete er das wilde Treiben, hörte die Jagdhörner mit den Hirschen um die Wette röhren und das heisere Bellen der Meute. Von weitem sah er die Gesellschaft auf ihren schnellen Pferden vorbeipreschen und wünschte sich nichts sehnlicher, als endlich auch Teil einer solchen Gemeinschaft zu sein. Er beschloss, mit Gervasius' Hilfe einen Brief an seinen Vater zu schreiben, der beim Dekan ein gutes Wort für ihn einlegen sollte, damit er wenigstens im nächsten Jahr dabei sein durfte. Doch dazu kam es nicht.

Der Oktober des Jahres 1172 neigte sich seinem Ende zu, als nach einer langen Zeit der Beschaulichkeit wieder ein Bote in Waltham eintraf. Dieses Mal war es ein königlicher Bote, wie unschwer am Wappen mit den drei Plantagenet-Löwen zu erkennen war. Er kam im Auftrag seiner Majestät Henry II. und hatte eine schriftliche Mitteilung dabei, die allein für Philip bestimmt war. Dieser war nirgends zu sehen, es war die schulfreie Stunde am Nachmittag. Man fragte Bruder Zacharias, der vermutete, dass Philip entweder im Pferdestall oder bei den Hundezwingern war. Schließlich fand man den blonden Sohn des Grafen vor dem Zwinger mit den Bluthunden. Er war gerade dabei, durch eine kleine Tür im Drahtgeflecht einen Eimer mit wenig appetitanregenden Fleischabfällen auszuleeren, auf die sich die drei Bluthunde Astarte, Penelope und Euripides, denen beim Anblick des Futters bereits der Geifer aus den

Mäulern geflossen war, gierig stürzten. Die Tiere knurrten sich aus Futterneid gegenseitig an. Bei diesen bedrohlichen Lauten sträubten sich einigen der Anwesenden die Nackenhaare, doch Philip lächelte zufrieden und redete liebevoll und beruhigend auf seine Schützlinge ein, als wären es harmlose Schoßhündchen.

Er schien wenig beeindruckt von der Tatsache, dass ein Bote Henrys II. vor ihm stand. Er war noch zu sehr mit den Hunden beschäftigt, die jetzt hechelnd vor dem Gitter tänzelten und mit wedelnden Schwänzen um Nachschlag bettelten.

»Gute Hunde. Brave Penelope. Euripides, aus! Lass Astarte in Ruhe«, murmelte Philip in einem Singsang, der von den Tieren gut aufgenommen wurde, denn sie gehorchten ihm aufs Wort und beruhigten sich sofort. Dann richtete er den Blick hoffnungsvoll auf den Boten.

»Habt Ihr eine Nachricht von meinem Vater?«

»Ich fürchte, eine schlechte, mein Junge.«

Philip wurde blass.

»Ich habe hier einen Brief des Königs an dich persönlich. Soll ich ihn dir vorlesen, Philip von Salisbury?«

Philip schüttelte den Kopf. »Gebt mir den Brief, ich werde mich damit an einen ruhigen Ort zurückziehen, wenn Ihr gestattet.«

Der Bote, leicht verwundert über dieses Verhalten, zögerte. »Nun gut. Seine Majestät hat mir allerdings aufgetragen, diesen Ort nicht ohne eine Antwort zu verlassen. Ich werde daher warten, bis du mir ein entsprechendes Schreiben diktiert hast.«

»Kommt, wir werden in der Küche sicher noch eine Mahlzeit für Euch zusammenkratzen können«, warf Bruder Zacharias rasch ein und zog den Boten am Arm in Richtung Refektorium. Die Umstehenden warfen betretene Blicke auf Philip, bevor sie sich unauffällig verstreuten.

Nachdem man ihn mit den Hunden allein gelassen hatte, verschloss Philip rasch den Zwinger und machte sich mit dem zusammengerollten Pergamentbogen in der Hand auf den Weg zum Gemüsegarten. Gervasius hockte in einem Beet neben dem Misthaufen vor einem riesigen, orangefarbenen Kürbis und durchtrennte gerade mit einem Messer die Verbindung zwischen Frucht und Pflanze.

»Ist das nicht eine Pracht?«, fragte er, als er den Freund kommen sah.

»Ja, sehr schön«, bestätigte Philip. »Ich brauche deine Hilfe«, setzte er hinzu.

Gervasius hielt inne. »Was ist geschehen? Du klingst so merkwürdig.«

»Eine Nachricht von meinem Vater. Ein Brief des Königs. Kannst du ihn mir bitte vorlesen?«

Gervasius legte das Messer beiseite und wischte sich die Hände an seiner Tunika ab. »Ich will das königliche Pergament nicht beschmutzen. Lass uns zur Obstwiese gehen. Am hinteren Ende gibt es eine Bank, zu der nie jemand kommt.«

Philip nickte und folgte schweigend dem Freund zum Waschhaus. Auf der gezimmerten Holzbank am Ende des Gartens entrollte Gervasius dann beinahe ehrfürchtig den Bogen, der mit der, in der königlichen Kanzlei üblichen, gotischen Minuskel beschrieben war und an dessen unterem Rand ein Siegel baumelte.

»Dein Latein ist doch gut genug, oder?«

»Natürlich. Lass mich sehen: ...«

Nachdem er den ersten Absatz überflogen hatte, veränderte sich Gervasius' Gesichtsausdruck.

»Warum liest du nicht vor?«

»Seine Majestät Henry II. von England, Herzog der Normandie, Graf von Poitou und Aquitanien, lässt auf diesem Wege Philip, Sohn des Patrick, Graf von Salisbury, vom Ableben desselben in Kenntnis setzen. Wir drücken hiermit unser aufrichtiges Bedauern über diesen Unglücksfall aus und versichern Philip von Salisbury Unserer Unterstützung für die Zukunft. Wir sind untröstlich über diesen schrecklichen Verlust. Graf Patrick ist während einer kriegerischen Auseinandersetzung in Lusignan Opfer eines Hinterhaltes geworden, den der französische Graf Guy de Lusignan anführte.«

»Nein«, sagte Philip leise, aber bestimmt. »Mein Vater ist nicht tot. Er kann nicht tot sein.«

»Es geht noch weiter«, erklärte ihm Gervasius sanft. »Soll ich zu Ende lesen?«

Philip schüttelte den Kopf. »Er ist nicht tot. Ich weiß, dass er nicht tot ist.«

Dann drehte er sich um und rannte davon. Gervasius blieb allein mit dem Brief zurück.

Geteiltes Leid

Philip erschien weder zur Abendmahlzeit nach der Vesper noch zum Abendgebet der Komplet. Philips Abwesenheit beunruhigte Gervasius. Wenn Philip nur nichts Dummes anstellte! Gervasius wartete bis zur Schlafenszeit ab. Alle Jungen hatten die schmale Stiege zum Dachboden erklommen. Außer Philip. Er fragte die anderen, doch niemand war dem Freund begegnet. Weder im Lavabo noch bei den Latrinen. Es war Zeit zu handeln. Er kletterte die Hühnerleiter hinab und verließ das Haus des Dekans. Draußen dämmerte es bereits. Die Sonne war an diesem Tag glühend rot hinter dem Epping Forest versunken. Jetzt waren von diesem farbenprächtigen Gemälde nur noch einige orangefarbene Schlieren über dem dunklen Schatten des Waldes übrig. Es war windstill, der Geruch reifer Äpfel wehte vom Obstgarten herüber. Seit Tagen hatte Gervasius dort das Fallobst in großen Körben gesammelt. Der Koch würde Most daraus herstellen und einen ganz vorzüglichen Apfelwein. Der Weg zum Haus von Giles de Chaumont war nicht weit. Als er an der Tür des Domherrn klopfte, spürte er die Aufregung, die er den Abend über unterdrückt hatte, wie eine heiße Woge in sich aufsteigen. Er musste eine ganze Weile klopfen, bis sich die Tür einen Spalt öffnete und Giles de Chaumont ihm ein misstrauisches »Wer da?« entgegenblaffte.

»Ich bin's, Bruder Giles, Gervasius von Tilbury.«

Die Tür öffnete sich bis zum Anschlag, und Bruder Giles zog ihn am Arm in das warme Haus.

»Was ist los, Gervasius? Was hast du dieses Mal angestellt?«

»Es geht um Philip, Bruder Giles! Er ist zur Schlafenszeit nicht auf unserem Dachboden erschienen. Ich mache mir Sorgen.«

»Glaubst du, er ist davongelaufen?«

»Ich glaube, er ist noch auf dem Gelände. Vielleicht in den Pferdeställen.«

»Warte hier! Ich ziehe mir etwas über, dann werden wir nachschauen gehen.«

Es dauerte nur wenige Augenblicke, bis Giles bekleidet mit seiner Alltagstunika und einem Mantel wieder die Treppe heruntergepoltert kam. Zusammen eilten sie durch die kühle Luft zu den Stallungen. Das letzte Tageslicht war verschwunden und hatte einem Halbdunkel Platz gemacht. Die Ställe bestanden aus flachen Holzhütten. Von draußen hörten sie bereits das Wiehern der empfindsamen Vierbeiner, die bei der geringsten Veränderung ihrer Umwelt reagierten.

»Ist ja gut!«, redete Giles auf die Pferde in den Boxen der ersten Hütte ein, die unruhig von einem Bein auf das andere traten, als sie die fremden Menschen wahrnahmen. Die Hütte war schnell durchkämmt. Außer den Pferden war niemand dort. Auch in den anderen zwei Hütten hatten sie kein Glück.

Besorgnis zeigte sich in Bruder Giles' Gesicht. »Wo könnte er noch sein, Gervasius? Denk nach!«

»Hmm. Pferde und Hunde sind das, was ihm am wichtigsten ist. Vielleicht ist er bei den Hundezwingern, aber um diese Zeit?«

»Einen Versuch ist es wert. Komm!«

Sie fanden ihn bei den Hunden. Er lag zusammengerollt inmitten der Meute im Zwinger. Der Anblick des schlafenden Freundes, den die Hundeleiber von allen Seiten wärmten, rührte Gervasius.

»Das ist unglaublich!«, rief Giles aus.

Der Klang seiner Stimme weckte einige der Hunde, und bald war die gesamte Meute auf den Beinen und kläffte die ungewohnten Besucher an. Philip, dem plötzlich die Wärme der Tiere fehlte, erwachte ebenfalls. Durch das Gitter starrte er sie an. Seine Augen waren gerötet, der Blick verschleiert.

»Ich habe den Brief zu Ende gelesen«, sagte Gervasius laut, um das Hundebellen zu übertönen. »Willst du nicht wissen, was der König dir zu sagen hat?«

Philip schüttelte den Kopf.

»Philip, komm jetzt aus dem Zwinger!«, verlangte Giles, dessen Stimme verriet, wie besorgt ihn die Situation machte.

Der Angesprochene zuckte die Schultern, tätschelte dann seelenruhig die drei Bluthunde zum Abschied und kletterte aus der Luke, die er ordentlich hinter sich verschloss. Sofort waren die Tiere ruhig. Sie wedelten sogar mit den Schwänzen, als Philip ihnen noch einmal zuwinkte.

In dieser Nacht sprach Philip kein Wort mehr. Er ließ sich widerstandslos zurück in das Schlafgemach bringen und legte sich am hintersten Ende des Bettes nieder, wobei er allen den Rücken zudrehte. Gervasius, den die Ereignisse ermüdet hatten und der daher sofort einschlief, konnte am nächsten Morgen nicht sagen, ob Philip geschlafen oder die ganze Nacht wach gelegen hatte. Man sah es ihm nicht an. Er war weiterhin ungewöhnlich blass, aber das war alles. Beim Frühstück nahm er so gut wie nichts zu sich, trank nur seine heiße Milch und starrte auf die Tischplatte, während der Chorherr Basilius mit sonorer Stimme aus dem Römerbrief las:

»Darum, o Mensch, kannst du dich nicht entschuldigen, wer du auch bist, der du richtest. Denn worin du den andern richtest, verdammst du dich selbst, weil du eben dasselbe tust, was du richtest. Wir wissen aber, dass Gottes Urteil recht ist über die, die solches tun.«

Gervasius musste bei diesen Worten an den Brief Henrys II. denken, an den Teil, den Philip nicht mehr hatte hören wollen.

»Du hast recht mit dem König. Er ist ein guter Herrscher«, flüsterte er Philip zu, als sich alle von den Tischen erhoben und das Refektorium verließen. »Er bezahlt deine Ausbildung in Waltham und wird auch für zukünftige Kosten aufkommen, etwa, wenn du noch studieren willst. Die Ländereien deines Vaters werden ab jetzt von seinem Bruder verwaltet werden. Nach dem Tod deines Oheims fällt der Besitz an dich.«

Sie waren in die klare Herbstluft hinausgetreten, die kühl und angenehm auf ihrer Haut ruhte. Philip wandte ihm sein grimmiges Gesicht zu:

»Steht in dem Brief auch, wer genau meinen Vater so hinterhältig ermordet hat?«, presste er hervor, bei den letzten Worten zitterte seine Stimme.

»Nur, dass der Angriff unter der Führung von Guy de Lusignan und seinen Brüdern stattfand.«

»Guy de Lusignan«, wiederholte Philip langsam, als wollte er sich den Namen für immer einprägen.

»Er soll ein Grafensohn aus dem Poitou sein. Mehr ist dem Brief nicht zu entnehmen.«

»Ich werde ihn finden.«

»Willst du Rache nehmen?«

»Bei der Ehre meiner Mutter, das will ich. Wenn ich alt genug bin und ihm ein ebenbürtiger Gegner sein kann. Dann werde ich diesen Mörder herausfordern und besiegen.«

»Solltest du das nicht lieber Gott überlassen? Hast du eben bei der Lesung nicht zugehört?«

»Ich werde ihn finden«, beharrte Philip. »Irgendwann.«

Auf dem Weg zum Schulzimmer fing Bruder Giles Gervasius ab.

»Auf ein Wort, Gervasius.« Er blieb stehen und wartete.

»Wie geht es Philip? Er hatte Glück, dass er lebend aus dem Zwinger gekommen ist. Diese blutrünstigen Bestien hätten ihn ebenso gut zerfleischen können!«

»Nicht Philip«, antwortete Gervasius mit Überzeugung. »Sie lieben ihn.«

»Wie auch immer, es wäre gut, wenn du trotzdem in Zukunft ein Auge auf ihn haben könntest. Er scheint ziemlich unberechenbar in seinem Handeln. Wenn jemand nachvollziehen kann, wie er sich jetzt fühlt, dann bist du das.«

»Er ist mein Freund. Ich achte ohnehin auf ihn.«

In den ersten Wochen nach dem Erscheinen des Boten redete Philip wenig und verkroch sich häufig in den Ställen oder trieb sich an den Hundezwingern herum. Doch allmählich begann er sich zu öffnen, erzählte von seiner Mutter oder fragte Gervasius nach seinem Elternhaus.

»Dort, wo ich herkomme, wälzt sich der breite braune Fluss, die Themse, auf Lateinisch Thamis, direkt vor unserer Haustür vorbei. Er fließt bis zur Küste und dort ins Meer. Wenn er nach Tilbury kommt, ist er bereits durch London geflossen. Das habe ich mir früher gerne vorgestellt. Meine Kinderfrau Anne behauptete, London sei der gefährlichste und verderbteste Ort in England.«

Sie hockten im Gemüsebeet und ernteten Kartoffeln, die sie in einen großen Korb warfen.

»Es muss aufregend sein. Stell dir vor: so viele Menschen und Häuser auf einem Fleck! Westminster soll riesig sein. Der Regierungssitz des Königs, wenn er in der Stadt ist. Vater sagt ...«

Er unterbrach sich mitten im Satz und verstummte. Gervasius blickte taktvoll in die andere Richtung, während Philip sich die Tränen aus den Augenwinkeln wischte und dabei Erdkrümel über sein Gesicht verteilte.

»Mein Vater hat immer gesagt«, korrigierte er tapfer, »es gibt dort Menschen aus allen Teilen der Welt, sogar aus Asien und Afrika. Du kannst dort alles kaufen, was du dir vorstellen kannst. Du könntest auf einem Schiff anheuern und um die Welt segeln!«

»Die Leute in Tilbury sagen, London sei die Hölle auf Erden.«

»Ich denke eher, es ist das Paradies. Ich will dort leben, wenn ich groß bin.«

Gervasius riss mit Nachdruck eine dicke Kartoffel aus der Erde und warf sie in den Sack.

»Falls es in London Bedarf für Gelehrte gibt, werde ich mitkommen.«

Philip warf ihm einen dankbaren Blick zu.

»Vermisst du deine Mutter?«, fragte er dann leise.

»Jeden Tag. Aber seit ich weiß, dass sie ein Engel des Lichts ist, kann ich es besser ertragen.«

»Ich tue alles, um nicht an meinen Vater denken zu müssen. Aber es ist schwer. Sein Name liegt mir ständig auf der Zunge. Sein Bild lauert hinter jeder Ecke. Ich fürchte mich davor, dass die Erinnerung mich eines Tages unvorbereitet anspringt wie ein wildes Tier. Ich weiß nicht, ob ich das aushalte.«

Sie arbeiteten schweigend weiter. Auch wenn sie nicht redeten, verstanden sie einander. Sie waren jetzt verbunden durch den Verlust, den beide erlitten hatten.

Blutsbande

Das nächste Jahr begann mit milden, fast frühlingshaften Temperaturen. Der Januar war wärmer als jeder Januar, an den Gervasius sich erinnern konnte. Doch der milde Anfang war trügerisch. Ihm folgte ein Kälteeinbruch im Februar, der die Menschen umso härter traf, weil niemand auf ihn vorbereitet war. Der Dorfweiher von Waltham fror zu, und sogar der sonst so muntere Fluss Lea lag erstarrt unter einer mächtigen Eisschicht. Gervasius sorgte sich um die Frühjahrssaat, Philip um die Hunde. Man hatte notdürftige Käfige aus Draht und Kanthölzern gebaut, die man in einer der Scheunen aufstellte, um die Hunde vor dem Erfrieren zu bewahren. Die Scheune hatte keine Fenster und ließ daher die Kälte nicht ein. Es war zwar nicht warm, aber doch warm genug, dass die Tiere überleben konnten. Philip sah häufig nach der Meute. Alle Zeit, die er erübrigen konnte, verbrachte er mit ihnen. Sein Lieblingshund Euripides, ein kräftig gebauter Bluthund mit glänzendem schwarzen Fell, hatte sich einen Holzsplitter in die Pfote getreten. Die Stelle war entzündet und schwoll an. Philip fragte Gervasius, der sich in den letzten Jahren Kenntnisse in Pflanzenheilkunde angeeignet hatte, vor dem Schlafengehen auf dem Dachboden um Rat.

»Hast du überprüft, ob der Splitter vollständig entfernt ist? Die Entzündung ist durch den Fremdkörper entstanden.« Gervasius flüsterte, um die anderen nicht zu stören.

»Es ist schwierig, Euripides so lange festzuhalten. Wenn ich die Pfote nur berühre, jault er herzzerreißend. Außerdem fängt er an zu beißen«, erwiderte Philip ebenso leise.

»Dann ist es wohl das Beste, dem guten Euripides erst einmal ein schwaches Schlafmittel einzuflößen, damit wir uns die Pfote genauer anschauen können. Ich werde dir etwas von dem Beruhigungsmittel abfüllen, das Bruder Basilius aus einem Kräutergemisch herstellt.«

Am nächsten Tag bei der Hauptmahlzeit schob Gervasius Philip eine kleine Flasche aus dunkelbraunem Glas zu.

»Morgen Nachmittag komme ich mit in die Scheune.«

Philip zwinkerte ihm zu und ließ beiläufig die Phiole in die Innentasche seiner Tunika gleiten.

Gervasius hatte Respekt vor den Hunden. Ihm war es ein Rätsel, wie Philip mit diesen unberechenbaren Geschöpfen so entspannt umgehen konnte. Er beobachtete aus sicherer Entfernung, wie sein Freund das durchsichtige Beruhigungsmittel in den Trinknapf tröpfelte und dann mit Wasser auffüllte. Kaum stand der Napf im Einzelzwinger, soff Euripides ihn auch schon leer.

»Durst hast du heute, Euripides. Sehr gut«, lobte Philip und tätschelte den kräftigen Nacken des Tieres. Die beiden rangelten eine Weile, dann wurden Euripides' Bewegungen immer langsamer. Der Hund legte sich hin und war innerhalb kurzer Zeit eingeschlafen.

Die Jungen schlichen heran und öffneten die Käfigtür. Philip drehte das vom Schlaf schwere Tier mühsam auf den Rücken. Gervasius kroch mit gemischten Gefühlen näher. Was, wenn der Trank nicht stark genug war und Euripides aufwachte, während sie an seiner Pfote herumdokterten? Der Hund gab im Schlaf ein leises Knurren von sich. Gervasius zuckte zusammen.

»Der träumt nur«, beruhigte ihn Philip.

Die Unterseite der Pfote war stark angeschwollen. Gervasius musste das Tier wohl oder übel anfassen, um die Pfote nach den Überresten des Splitters abzutasten. Er tat es mit leicht zitternder Hand. Es dauerte nicht lange, da spürte er etwas Festes, Längliches.

»Ich hab den Splitter«, verkündete er. »Gib mir die Pinzette!«

Philip reichte ihm das metallene Instrument. Gervasius atmete tief durch und stocherte dann so lange in der Wunde herum, bis er den Splitter erwischt hatte. Er spürte, wie ihm der Schweiß ausbrach. Zwinkerte der Hund, oder bildete er sich das nur ein? Rasch zog er den Splitter heraus.

»Lass uns den Käfig verlassen, bevor dein Freund aufwacht.«

Er kletterte hastig aus dem Zwinger. Philip besah sich noch kurz die Pfote und folgte ihm dann.

»Vergiss nicht die Tür zu verriegeln!«

»Das mache ich doch immer.«

Gervasius hielt noch immer die Pinzette umklammert. Jetzt fiel ihm auf, dass seine Hände zitterten.

»Jesus, Maria und Josef! Danke Herr, dass du ihn hast schlafen lassen.« Er bekreuzigte sich.

Philip betrachtete ihn grinsend. »Danke! Du bist ein echter Freund. Du hast Euripides gerettet!«

»Gern geschehen«, murmelte Gervasius, dem der Gefühlsausbruch Philips ein wenig peinlich war. Doch er war zufrieden mit sich. Immerhin hatte er seine Angst besiegt.

Philip bestand darauf, dass sie »Blutsbrüder« wurden. Das hatte er von einem der älteren Jungen, Eblis de Roucy, aufgeschnappt, dessen Eltern weitläufige Besitzungen in der Normandie besaßen. Eblis hatte die ersten sieben Lebensjahre jenseits des Kanals verbracht und schwärmte nun Philip von den dortigen Sitten vor. Unter den Jungen seines Dorfes sei es üblich gewesen, mit dem besten Freund einen Pakt zu schließen, der dann mit dem Blut beider besiegelt wurde. Gervasius war von der Idee wenig begeistert. Warum sollte er sein kostbares Blut vergießen, da sie doch ohnehin Vettern waren?

»Wir sind doch sowieso verwandt. Wollen wir uns die Sache mit dem Blut nicht sparen und stattdessen mit Messwein aus der Kapelle anstoßen?«

»Das ist nicht das Gleiche! Es ist ganz einfach. Ein kleiner Schnitt in die Hand mit dem Messer. Dann legen wir kurz die Wunden übereinander, und unser Blut vermischt sich.«

Philip griff schnell nach dem Messer und brachte sich kurz entschlossen unter der Tischplatte einen Schnitt bei. Gervasius, der neben ihm saß, bemerkte, wie ein hellrotes Rinnsal aus dem Arm des Freundes kroch. Die Intensität der Farbe überraschte ihn. Er hörte sein eigenes Blut in den Ohren rauschen. Kurz darauf stieß Philip ihn an, und er nahm vorsichtig unter dem Tisch das Messer entgegen. Mit einem zögerlichen Streich ritzte er die unversehrte Haut seines Armes auf. Der Schnitt begann sofort zu bluten.

»Jetzt!«, zischte er Philip zu. Unter der Tischplatte pressten sie ihre Verletzungen aufeinander. Dann trennten sich ihre Arme wieder, und jeder wischte sich unauffällig das Blut am Ärmel ab. Vor Unterrichtsbeginn rannte Gervasius noch schnell zu Basilius' Gewächshaus und pflückte einige Stängel eines blutstillenden Krautes. Die Hälfte legte er auf seine eigene Wunde, den Rest gab er an Philip weiter.

Die Hochstimmung Philips über ihre Blutsbrüderschaft hielt nicht lange an. Es gab, außer den Dingen, die sie im Unterricht lernten, wenig, womit er sich beschäftigen wollte. Bald langweilte ihn der immer gleiche Alltag so sehr, dass er darüber nachdachte, nach London wegzulaufen.

»Wie willst du in einer Stadt wie London überleben?«

»Ich werde warten, bis der König wieder nach Westminster kommt, dann werde ich ihn bitten, mich als Mitglied seines Hofes aufzunehmen. Er hat ein Interesse an mir. Das hat er in seinem Brief deutlich zum Ausdruck gebracht.«

»Aber der König wird nicht in London bleiben. Sie werden weiterziehen. Sie werden den Kanal überqueren und sich lange in der Normandie und in Anjou aufhalten.«

»Dann werde ich mit ihnen ziehen. Zumindest bis ich so alt bin, alleine in London leben zu können. Ich werde mich zum Ritter ausbilden lassen, reiten und kämpfen lernen. Und jagen. Ich werde mit Falken jagen und mit Hunden.«

»Willst du nicht wenigstens warten, bist du das Lateinische richtig beherrschst und die antiken Autoritäten lesen kannst?«

Philip blickte ihn beinahe mitleidig an. »Gervasius, ich bin nicht wie du. Das Lesen und Schreiben, und das Nachdenken darüber, bereiten mir keine Freude. Für mich ist es nur eine lästige Pflicht. Ich liebe Dinge, die man anfassen kann, wie Hunde und Pferde. Ich will Abenteuer erleben. Die Welt erobern. Das alles kann ich im Gefolge des Königs.«

Darauf hatte Gervasius keine Antwort. Er hoffte nur, dass noch viel Wasser die Lea hinunterfließen würde, bis Henry II. wieder in London eintraf. Vielleicht hatte Philip bis dahin seine Meinung geändert. Sein Wunsch wurde erfüllt, auf eine Art, die er sich niemals hätte vorstellen können.

Mitte März wurde es allmählich wärmer. Tauwetter setzte ein und verwandelte das Gelände um Waltham in Morast. Ständig blieb man mit den Füßen im tiefen Matsch stecken. Mit Pferden kam man kaum schneller voran. Und mit Fuhrwerken gar nicht mehr, da die Räder sich sofort im dicken Schlamm festfuhren. Erst als der Monat, der nach dem heidnischen Kriegsgott benannt worden war, sich seinem Ende zuneigte, wurden die Straßen besser, und die Welt konnte wieder nach Waltham kommen. Ein erster Markt wurde auf einem Stück Brachland außerhalb des Dorfes abgehalten. Die Händler brachten außer Vieh, Pferden, Stoffen und Töpferwaren auch Neuigkeiten vom Hof der Plantagenets mit nach Waltham: Der junge König Henry hatte heimlich im Schutz der Dunkelheit das Lager seines Vaters in Chinon in der Normandie verlassen, um auf die Seite des Erzfeindes überzuwechseln. Der Grund dafür war, dass sein Vater ihm nicht die Herrschervollmacht einräumte, die ihm, wie er meinte, zustand. Am 8. März war er am Hof des französischen Königs Ludwig VII. in Chartres eingetroffen, wo man ihn mit offenen Armen empfing. Ludwig versprach dem ältesten Sohn des Mannes, der ihm Eleanor von Aquitanien ausgespannt hatte, ihn künftig in seinem Bestreben um mehr Macht zu unterstützen. Schließlich hatte Henry II. seinen Sohn im letzten Jahr erneut durch Routrou, den Erzbischof von Rouen, in Winchester krönen lassen und damit seinen Anspruch auf Herrschaftspartizipation nochmals bestätigt. Der ältere Henry hatte den Flüchtigen verfolgt, um ihn von diesem Schritt abzuhalten, doch war der junge Henry schneller gewesen. Darüber, wer von den beiden Königen im Recht war, teilten sich die Meinungen. Die einen hielten die Ansprüche des jungen Königs für gerechtfertigt. Die anderen warfen ihm Treulosigkeit und Ungehorsam gegenüber dem Vater vor, der alles tat, um die Zukunft seiner Söhne abzusichern. Zu den Letzteren gehörte Philip.

»Wie kann er seinen Vater nur derartig im Stich lassen? Blut ist doch dicker als Wasser!«

Gervasius war der Meinung, dass er zu wenig über die Beteiligten wusste, um sich ein Urteil darüber erlauben zu können.

»Ich schätze, unter diesen Umständen wird Henry nicht so schnell wieder nach London kommen, wenn er jetzt den Konflikt mit seinem Sohn austragen muss.«

Philip zuckte trotzig die Schultern. »Ich kann warten.«

Gervasius strich gedankenverloren über die dünne Narbe, die er von ihrem Pakt zurückbehalten hatte. Das war schon eine seltsame Sache mit dem Blut. Hatte sich etwas zwischen ihnen verändert? Wenn ja, dann nicht zum Besseren. Brüder stritten häufig, das hatte er von den anderen Jungen mitbekommen. Seit sie durch ihr Blut verbunden waren, gab es vermehrt Spannungen zwischen ihnen, ähnlich wie bei den Plantagenets.

Reisepläne

Ostern war vorüber. Philip und so mancher andere in Waltham war froh, die Fastenzeit endlich hinter sich gebracht zu haben. Es gab wieder Handfesteres zu den Mahlzeiten als Suppe und dünnen Getreidebrei. Das Fastenbrechen wurde eingeläutet mit einem mehrgängigen Mahl, in dem eine Köstlichkeit mit der anderen um die Wette eiferte. Hasenrücken hatte sich durchzusetzen gegen Hirschkeule und gefüllte Täubchen. Spanferkel buhlten mit Fasanenbrüstchen um die Gunst der Chorherren und

Schüler. Nach der Zeit des Darbens gab es keinen am Tisch, der nicht voller Inbrunst den fleischlichen Genüssen zusprach. Erst als der Nachtisch gereicht und die Bäuche gefüllt waren, hörte man wieder der Tischlesung zu oder begann flüsternd Unterhaltungen, die nicht für fremde Ohren bestimmt waren. Zeuge einer solchen Unterhaltung wurde unbeabsichtigt Philip, der sich zufällig beim Hinausgehen hinter dem Dekan und Bruder Giles wiederfand. Beide waren so vertieft in ihr Gespräch, dass sie den neugierig lauschenden Knaben nicht wahrnahmen. Philips Interesse war bei der Nennung des Wortes »London« erwacht. Vielleicht bot sich ihm hier eine Gelegenheit, seine Pläne schneller in die Tat umzusetzen als erwartet.

Philip fand Gervasius erwartungsgemäß in Bruder Basilius' Kräuterbeet.

»Du wirst nicht glauben, was ich heute beim Essen gehört habe: Der Dekan und Giles wollen im Mai nach London reisen!«

Gervasius rupfte weiter Unkraut aus. »Und?«

»Was und? Sie wollen in London Stoffe kaufen für die neue Ausstattung der Kapelle des Heiligen Kreuzes und noch anderes erledigen. Sie werden drei Tage dort sein!«

»Das wird sicherlich eine nette Abwechslung für die beiden.«

»Nicht nur für die beiden. Ich werde sie begleiten!«

Gervasius warf mehrere ausgerissene Unkrautbüschel in den Hanfsack neben sich. »Und wie willst du es anstellen, dass sie dich mitnehmen?«

»Keine Ahnung. Ich werde sie wohl einfach fragen.«

»Na dann viel Glück.«

»Das ist alles, was du dazu zu sagen hast?«

»Ehrlich gesagt, kann ich mir nicht vorstellen, dass sie dich mitnehmen werden. Aber versuch es.«

»Das werde ich auch! Ich gehe jetzt sofort zum Dekan.«

Mit diesen Worten verließ Philip den Garten. Gervasius schüttelte kurz den Kopf und ging wieder an die Arbeit.

Abends auf dem Dachboden musste Philip zugeben, dass sein Flehen bei Geoffrey Rufus auf taube Ohren gestoßen war. Aber er gab sich nicht so schnell geschlagen.

»Ich werde es bei Bruder Giles versuchen. Der ist zugänglicher als der Dekan. Bei Geoffrey Rufus denke ich manchmal, er mag Menschen nicht besonders.«

Philip fing Bruder Giles vor dem Frühstück ab, als dieser auf dem Weg zum Refektorium war. Gervasius beobachtete von weitem, wie Philip mit einem gewinnenden Lächeln das Wort an ihn richtete. Giles hörte zu, zuerst mit wohlwollender Geduld, dann kritisch blickend und schließlich ablehnend den Kopf schüttelnd. Es bestand kein Zweifel daran, wie Giles' Antwort lautete. Es war Zeit für Gervasius einzugreifen.

Am Nachmittag überquerte er die mit Schneeglöckchen, Narzissen und anderen Frühblühern weiß und gelb gesprenkelte Wiese, die die Häuser der Chorherren vom Hauptgebäude mit Refektorium und Kapitelsaal trennte. Es war Ende April, und die Natur erwachte überall zu neuem Leben. An Bäumen und Sträuchern wurden die ersten grünen Triebe sichtbar. Die Vögel gaben sich derartige Mühe mit ihren Lobeshymnen auf den Frühling, als könnten sie ihn durch ihren Gesang dazu überreden, früher als üblich seine segensspendende Wirkung zu entfalten. Gervasius freute sich auf die Blütezeit der Obstbäume. In Gedanken versunken klopfte er bei Giles an die Haustür. Dieses Mal war der Empfang, den Giles ihm bereitete, freundlicher als in jener Nacht, in der sie Philip gesucht hatten.

»Gervasius! Was für eine Überraschung. Komm herein!«

»Danke, Bruder Giles. Ich will auch nicht lange stören. Es ist nur eine Kleinigkeit, um die ich Euch bitten möchte ...«

Der Chorherr bot ihm einen Sessel vor dem kalten Kamin an, setzte sich selbst auf einen Schemel gegenüber und rieb sich seine rotblonden Bartstoppeln.

»Lass mich raten: Es geht um Philip.«

Gervasius tat erstaunt. »Woher wisst Ihr das, Bruder Giles?«

»Er hatte ebenfalls eine winzige Bitte, die ich ihm erfüllen sollte, was mir aber nicht möglich war.«

»Es ist Philips größter Wunsch. Er braucht etwas, worauf er sich freuen kann. Ihr würdet ihn damit glücklich machen.«

Giles seufzte. »Es ist schön, dass du dich so um deinen Freund sorgst, aber wir können ihn nicht mitnehmen. Für einen Jungen von elf Jahren ist es zu gefährlich in dieser Stadt.«

»Es gibt doch sicher Jungen in unserem Alter, die dort leben. Und überleben.«

»Seit dem Tod des Grafen von Salisbury steht Philip auf gewisse Weise unter der Obhut des Königs. Wir möchten uns nicht vor Henry II. verantworten müssen, wenn Philip etwas zustößt.«

»Ihr habt selbst gesehen, wie er mit den Hunden umgeht. Er ist furchtlos. Und ihm geschieht nie etwas.«

»Das mag bisher so gewesen sein, aber in London gehen Banden um, die Leute auf offener Straße überfallen, ausrauben und kaltblütig hinschlachten.«

»Ihr solltet bedenken, Bruder Giles, was geschehen wird, wenn ihr Philip diesen Wunsch nicht erfüllt.«

Giles erhob sich und starrte in den leeren Kamin. »Und was wäre das, Gervasius?«

»Er wird auf eigene Faust versuchen nach London zu kommen. Was ihn bisher abgehalten hat, ist allein die Tatsache, dass sich Henry wegen der Auseinandersetzungen mit dem jungen König jetzt kaum in Westminster aufhalten wird. Aber wenn Ihr ihn nicht mitnehmt, wird es ihn trotzdem nach London ziehen. Er langweilt sich hier zu Tode ... Verzeiht, Bruder Giles. Mir geht es natürlich nicht so. Ich bin gerne in Waltham.«

»Du glaubst also, er wird sonst auf jeden Fall weglaufen?«

»Da bin ich sicher. Und dann ist er wirklich in Gefahr, als Kind ganz allein in London. Ist es da nicht besser, er tut es in Eurer Begleitung?«

»Deine Argumentation ist zwingend. Ich werde darüber nachdenken und mich mit Geoffrey Rufus beraten. Mehr kann ich nicht versprechen.«

»Eines noch, Bruder Giles: Für den Fall, dass Ihr und der Dekan Euch dazu entschließt, Philip doch mit nach London zu nehmen, könnt Ihr es so aussehen lassen, als hätte alleine seine Bitte genügt?«

Der Chorherr betrachtete ihn erneut aufmerksam, nickte dann aber. »Das lässt sich machen, Gervasius.«

Die Entscheidung erreichte sie beide am nächsten Tag nach dem Frühstück. Der Dekan persönlich stand unvermittelt vor ihnen, als sie sich vom Tisch erhoben. »Auf ein Wort, Philip und Gervasius. In meiner Kammer neben dem Kapitelsaal. Sofort.«

War seine Rechnung nicht aufgegangen? Gervasius war verwirrt. Würde der Dekan nun ihnen beiden eine Standpauke halten? Er beobachtete, wie sich die hochaufgeschossene Gestalt von Geoffrey Rufus zwischen den Chorherren und Schülern hindurch einen Weg zum Ausgang bahnte. Die Stimme des Dekans hatte nicht freundlich geklungen, aber das waren sie gewohnt. Philip sah – im Gegensatz zu ihm – aus, als würde er sich erneut Hoffnungen machen.

Sie traten hinaus in den hellen Aprilsonnenschein. Die Luft war noch kühl, doch allein die Tatsache, dass die Sonne die Wolkenschicht durchbrochen hatte, verbesserte ihre Laune. Die Vögel veranstalteten ein lautstarkes Konzert, und die ersten Insekten surrten ihnen um die Nase. Die Kammer des Dekans hatte einen eigenen Eingang. Philip betätigte den bronzenen Türklopfer in Form einer Groteskenfratze mit herausgestreckter Zunge. Metall schlug dumpf auf schweres Eichenholz. Ein gedämpftes »Herein« erreichte ihre Ohren.

Drinnen wurde die Finsternis, die von den winzigen Fenstern herrührte, nur durch wenige Kerzen erhellt. Gervasius konnte erkennen, dass der Dekan auf einem massiven Hochlehner hinter seinem Arbeitstisch auf sie wartete. Er bat sie, ihm gegenüber in zwei mit dunkelgrünem Samt bezogenen Polsterstühlen Platz zu nehmen. Gervasius war noch nie hier gewesen und nahm alle Einzelheiten aufmerksam in sich auf. Im Schein der wenigen Kerzen, die auf einer mit Metallbeschlägen verzierten Truhe standen, entdeckte er, dass die Wände des Raumes fast vollständig mit bestickten Wandbehängen bedeckt waren. Kriegs- und Jagdszenen wechselten sich ab mit Geschichten aus dem Leben Jesu. Der Tisch des Dekans war mit Pergamentrollen und gesiegelten Urkunden übersät. In einem offenen Regal stand ein Dutzend ledergebundene Handschriften, sein Privatbesitz. Die allen Bewohnern von Waltham zugänglichen Bücher befanden sich in der Bibliothek des Scriptoriums. Philip schien von dem Raum ebenfalls angetan. Er starrte gebannt auf die großformatige Tapisserie mit Jagdszenen, die an der Wand rechts neben ihm hing. Der Dekan folgte seinem Blick.

»Wunderbar, nicht wahr? Eine Darstellung aller bekannten Jagdarten. Die Jagd mit Hunden, mit Falken. Auf Dammwild, auf Füchse, auf Reiher, auf Hasen. Der Beginn der Jagd, signalisiert durch das Blasen der Jagdhörner. Die Hetzjagd mit den Hunden. Und schließlich das Ausweiden der erlegten Beute. Du interessierst dich für diese hehre Kunst, Philip von Salisbury?«

»O ja, Herr Dekan. Ich habe auch bereits Erfahrung mit dem Abrichten von Hunden.«

»Dann gibt es eine Leidenschaft, die wir teilen. Doch ihr beide seid nicht hier, um mit mir über die Jagd zu plaudern. Bevor ihr zurückkehrt an eure Schulpulte, wollte ich euch wissen lassen, dass wir beschlossen haben, euch beide nach London mitzunehmen.«

Philip hielt es vor Freude kaum noch auf seinem Stuhl. Gervasius blieb stumm. So hatte er sich das nicht vorgestellt. Nach einer Weile fragte er: »Ihr wollt, dass ich auch mitreise, Herr Dekan? Warum?«

»Nun, das liegt doch auf der Hand. Du bist Philips bester Freund und für dein umsichtiges, vorbildliches Verhalten bekannt. Wenn man von der Sache mit Alma im vergangenen Jahr absieht. Es wird uns sehr helfen, wenn du Philip begleitest und ihn vor unüberlegten Handlungen bewahrst, während wir mit unseren geschäftlichen Angelegenheiten befasst sind. Oder willst du etwa nicht mitkommen?«

Die Augen von Philip waren bittend auf ihn gerichtet.

»Nein, natürlich werde ich mitkommen. Das ist eine gute Gelegenheit, endlich London kennenzulernen.«

»Darf ich noch eine Frage stellen, Herr Dekan?«

»Natürlich Philip.«

»Warum habt Ihr Eure Meinung geändert?«

Gervasius hielt die Luft an.

»Ich habe mich an deine Leistungen im Chor erinnert. Dein ›Tedeum‹ zum Abschluss der Laudes rührt mich jeden Morgen wieder zu Tränen. Eine so reine Stimme wie die deine hatten wir lange nicht mehr in unserer Mitte. Das wollte ich belohnen. Schade nur, dass der Stimmbruch sie zerstören wird, so sicher wie das Amen in der Kirche.«

In Philips Gesicht mischte sich Freude über das Lob mit Beunruhigung über den drohenden Stimmbruch.

Gervasius atmete aus.

London

Als sie von weitem der Ausmaße dieser Ansiedlung gewahr wurden, die vor vielen hundert Jahren von den Römern gegründet worden war, spürte Gervasius ein Kribbeln im ganzen Körper, eine reine Freude darüber, dass so etwas wie London existierte. Als sie schließlich mitten in das Gewimmel von engen Straßen und Unmengen von Menschen eintauchten, erfasste er erstmals, was der Begriff Stadt bedeutete. Waltham oder Tilbury waren nichts im Vergleich zu diesem Organismus aus Häusern, Straßen, Leibern, Karren und Pferden. Es herrschte ein unbeschreibliches Getöse. An jeder Ecke schrie jemand etwas in die sonnenwarme Luft des frühen Maitages, erhielt eine Antwort, oder auch mehrere, in ebensolcher Lautstärke. Pferde wieherten, Karrenräder quietschten, Hunde bellten, von irgendwoher kamen Hammerschläge. Die Anzahl der Menschen war ebenso überwältigend wie die Vielfalt der Gerüche, die sie auf dem Weg zu ihrer Herberge unweit des Themseufers anwehten.

»Viele der Straßen sind nach der Zunft benannt, die dort ihr Gewerbe betreibt«, erklärte Giles, der neben dem Dekan auf dem Kutschbock saß, während Philip und Gervasius sich mit der Rückbank begnügen mussten.

»Da es hier so verlockend nach frischem Brot duftet, dürfte das die Straße der Bäcker sein, nehme ich an.«

»Die Bread Street, um genau zu sein«, bestätigte Giles auf Gervasius' Vermutung.

»Die Burg dort hinten ist der Tower«, ließ sich Geoffrey Rufus vernehmen.

»Festung und Wohnsitz des Königs«, ergänzte Philip ehrfürchtig. »Was meint Ihr, Herr Dekan, Bruder Giles, ob Henry II. sich gerade in der Stadt aufhält?«

»Das ist unwahrscheinlich«, gab der Dekan trocken zurück. »Vermutlich weilt er zurzeit jenseits des Kanals. Aber der Tuchhändler, zu dem wir morgen gehen, hat gute Kontakte zum Hof und kann uns sicher Genaueres verraten.«

In der Milk Street hing ein säuerlicher Geruch in der Luft. In der Old Fish Street duftete es intensiv nach Fisch und Meeresfrüchten, aber so unangenehm, wie der Name nahe legte, war der Geruch nicht. Sie passierten ein kleines Waldgebiet und näherten sich immer mehr dem Zentrum.

»Ist das da vorne der Palast von Westminster?«, erkundigte sich Gervasius, als sich ihnen ein Blick auf eine prächtig verzierte, langgestreckte Gebäudeanlage bot, die von einer Kathedrale flankiert wurde. Seine Vermutung wurde von Giles bestätigt. Eine Weile fuhren sie am Ufer der Themse entlang, die für Gervasius, der sie von frühester Kindheit an kannte, ein vertrauter Anblick war, auch wenn sie in London schmaler als in Tilbury und von unzähligen Schiffen und Booten befahren war. Dann entfernten sie sich wieder von dem breiten braunen Band des Flusses und erreichten das Viertel der Geldwechsler und Verleiher. Hier waren die Straßen gesäumt von Juden mit langen Bärten und schwarzen Hüten, die auf Bänken Münzen entgegennahmen, abzählten, sortierten, ausgaben, stapelten und ihre Einnahmen und Ausgaben in großen Pergamentheften notierten. Am Unrat auf den Straßen schnüffelten abgemagerte Köter und Katzen. Dazwischen spielten schmuddelige Kinder mit Steinen und Zweigen. An jeder Ecke fanden sich Weinläden und Trinkstuben. Ihre Fahrt endete am Lambeth Inn, einem alten Gasthaus mit Blick auf Westminster.

Das Haus des Tuchhändlers war eines der größten in der Straße. Seine Vorderfront, eine blütenweiß getünchte Fassade, abgesetzt mit dunklen Holzbalken, kündete vom Wohlstand der Besitzer. In der Mitte befand sich ein großes halbrundes Tor, durch das Fuhrwerke in den Hof gelangen und Besucher das Haus betreten konnten. Darüber hing ein emailliertes Schild: Brockenhurst & Stitch stand in weißen Lettern auf braunem Grund. Sie hatten die kurze Strecke von ihrer Herberge zum Bird Cage Walk zu Fuß zurückgelegt. Geoffrey Rufus hatte befunden, dass ein Besuch beim Tuchhändler für die Jungen keine Gefahr darstellte, daher durften sie den Dekan und Giles begleiten. Eine Stiege führte zu den Geschäftsräumen im zweiten Stock. Giles betätigte kurz den vergoldeten Türklopfer und drückte die Klinke herunter. Sie betraten einen weiten Raum, der durch das Licht aus großzügigen Dachfenstern erhellt wurde. Der gescheuerte Holzdielenboden glänzte vor Sauberkeit. Es war warm und ein wenig stickig. Ein mittelgroßer Mann von ansprechendem Äußeren trat auf sie zu.

»Die Herren aus Waltham, nehme ich an! Gestatten, mein Name ist Sylvester Brockenhurst. Zu Ihren Diensten.«

Er reichte dem Dekan und Giles die Hand und nickte den Jungen zu.

»Ihr wurdet mir empfohlen vom Abt des Klosters in Chichester – einem alten Freund aus Schultagen – als bester Tuchhändler der Stadt.«

Brockenhurst antwortete mit einem verbindlichen Lächeln: »Sehr schmeichelhaft, Sire. Tatsächlich lässt sogar der König bei mir kaufen und nähen. Das spricht wohl für sich.«

Er verbeugte sich anmutig und wies dann in die Tiefe des Raumes.

»Darf ich die Herren zu den Stoffen bitten? Hier entlang.«

Er lief ihnen voraus zu einer Fläche aus zusammengestellten Tischen, die schwer mit Stoffballen in allen Farben beladen war. Weitere Stoffrollen lagerten in zahlreichen Regalen, die so um die Tischfläche gruppiert waren, dass die Illusion eines Raumes im Raum entstand.

»Wir benötigen eine komplett neue Ausstattung für unsere Kapelle des Heiligen Kreuzes. Banklaken, Altardecken, Wandteppiche et cetera. Der unablässige Pilgerstrom und die Zeit haben viele der Stoffe zerschlissen und ausgebleicht. Wir brauchen etwas, das dem Ruf unserer berühmten Reliquie gerecht wird, etwas überaus Repräsentatives, Ihr versteht?«

»Natürlich, Herr Dekan. Auch der König, seine Majestät Henry II., wünscht gewöhnlich repräsentative Stoffe, die durch ihre Qualität überzeugen. Ihr seid bei mir in den besten Händen, kann ich Euch versichern ... Allerdings ist auch der Preis für solche Arbeiten entsprechend.«

»Waltham hat ausreichende Mittel zur Verfügung«, stellte der Dekan klar.

Bruder Giles und Geoffrey Rufus betasteten einige der Ballen, wobei der Letztere seine übliche verdrossene Miene zur Schau stellte. Gervasius nahm begeistert die Atmosphäre in sich auf, beobachtete das Dutzend Näherinnen, das weiter hinten über seine Arbeit gebeugt saß, und die mit Stoffrollen oder Werkzeugen hin und her eilenden Lehrjungen, bis sein Blick an Philip haften blieb, der abwesend aus dem Fenster starrte. Von ihrem Standpunkt aus konnte man den lang gestreckten Palast von Westminster aus ungewohnter Perspektive betrachten. Der Dekan sah nun ebenfalls zu Philip hinüber.

»Unser junger Freund hier«, bemerkte er, »ist ganz gebannt vom Hof der Plantagenets. Er fragt sich sicher gerade, ob der König wohl in der Stadt ist.«

Sylvester Brockenhurst riss erstaunt die Augen auf.

»Ihr seid also noch gar nicht auf dem neuesten Stand, was den Streit zwischen dem König und seinem Sohn betrifft? Nun, bei mir könnt Ihr alles aus erster Quelle erfahren.«

Sofort hatte er Philips volle Aufmerksamkeit.

»Der König hat das Osterfest in Alençon verbracht. Kurz darauf ist er nach Rouen weitergezogen, wo er einige Zeit zu bleiben gedenkt. Währenddessen bereitet der junge König Henry zusammen mit seinen mächtigen Verbündeten und seinen Brüdern Geoffrey und Richard, die erst vor kurzem zu ihm gestoßen sind, den Widerstand vor. Bei einer Reichsversammlung hat Ludwig VII. dem jungen König öffentlich seine volle Unterstützung zugesagt, für den Fall, dass Henry II. nicht einlenkt. Und das ist noch längst nicht alles. Aber vielleicht sollten wir zuerst zum Geschäftlichen zurückkehren und uns den köstlichen Hofklatsch zum Nachtisch aufsparen. Ich habe gerade wieder einen Seidensamt hereinbekommen, der auch bei den Plantagenets sehr beliebt ist. Henry hat aus ihm im letzten Jahr den Krönungsmantel des jungen Königs fertigen lassen.«

Brockenhurst zog aus der Unordnung auf den Tischen einen Ballen glänzenden tiefroten Stoffs mit Goldstickerei hervor.

»Hieraus lassen sich vorzüglich Banklaken, Altardecken und Priesterkleidung schneidern, wofür dann mein Partner Edwin Stitch zuständig ist.«

Der Dekan befühlte fast ehrfürchtig den so gepriesenen Stoff. »Scheint von sehr guter Qualität zu sein. Sehr schön. Aber habt Ihr auch fertige Tapisserien im Angebot? Wir benötigen dringend neue Wandbehänge.«

Der Tuchhändler nickte selbstzufrieden und eilte zu einem der Regale. Von ganz oben holte er ein großes, zusammengefaltetes Paket herunter, das sich als gestickter Bildteppich entpuppte.

»Dieser hier ist mit altertümlichen Jagdszenen verziert. Ihr könnt Eure Wünsche in Auftrag geben. Sie werden dann in kürzester Zeit von begnadeten Stickerinnen ausgeführt.«

Während die drei Männer mit den Stoffen beschäftigt waren, warf Philip Gervasius einen halb enttäuschten und halb verzweifelten Blick zu. Er brannte darauf, zu hören, was bei den Plantagenets los war, und diese Erwachsenen hatten nichts Besseres zu tun, als über Tuche zu sprechen! Gervasius grinste. Sie mussten sich noch eine gute Viertelstunde gedulden, bis die Geschäfte abgeschlossen waren und der Tuchhändler bereit war, über die wirklich wichtigen Dinge zu reden.

»Dürfen wir nun erfahren, was sich sonst noch zugetragen hat bei Hofe, Mr. Brockenhurst?«, fragte Philip schließlich flehentlich.

»O ja, natürlich. Ihr werdet es kaum glauben, aber Henrys Männer haben im April die Königin in Frankreich gefangen genommen – was an sich schon eine Ungeheuerlichkeit ist –, und zwar in Männerkleidung! Eleanor wollte ihren Söhnen unerkannt an den Hof Ludwigs VII. folgen, mit dem sie ja zu allem Überfluss in erster Ehe verheiratet war. Jetzt befindet sie sich in Gewahrsam ihres zweiten Gatten. Und die Söhne aus dieser Ehe wollen gegen den Vater in den Krieg ziehen. Keiner weiß, wie die Geschichte weitergehen soll. Auf dieser Familie liegt wahrhaft ein Fluch!«

Das wiederum war ein Thema, das Gervasius interessierte.

»Was für ein Fluch, wenn ich fragen darf?«

»Davon haben die jungen Herren auch noch nichts gehört? Die angevinische Ahnfrau der Familie des Königs war Melusine, eine Fee. Sie soll halb Fisch und halb Frau gewesen sein. Und weil ihr Gemahl sein Versprechen brach, sie niemals im Bade zu beobachten, verließ sie ihn und belegte ihn mit einem Fluch, der sich seitdem auf alle männlichen Nachkommen auswirken soll.«

Gervasius hätte gerne nach weiteren Einzelheiten gefragt, aber Giles mahnte zum Aufbruch. Er und der Dekan hätten noch eine weitere wichtige Verabredung an diesem Tag, und es sei schon früher Nachmittag. Jetzt erst wurde allen bewusst, wie hungrig sie waren.

Da keine Zeit für ein anständiges Mittagessen mehr blieb, suchten sie eine nahe gelegene Garküche auf. Hinter einem schäbigen Bretterverschlag, der als Verkaufstresen diente, stierte ihnen eine fette Frau entgegen, die Haare auf der Oberlippe hatte, wie Gervasius entsetzt feststellte. Giles schien ebenso wenig angetan von dem Stand und der Verkäuferin.

»Vielleicht sollten wir lieber ganz auf das Mittagsmahl verzichten und dafür heute Abend ausgiebig tafeln, Geoffrey Rufus.«

»Du willst den Jungen zumuten, den ganzen Tag zu darben, Giles? Was meint ihr beiden, sollen wir hier eine Kleinigkeit zu uns nehmen?«

»Ich habe Hunger wie ein Bär«, sagte Philip.

Gervasius, dem schon eine Weile der Magen knurrte, nickte bestätigend.

»Was habt Ihr heute im Angebot, gute Frau?«, erkundigte sich der Dekan.

»Pie und Suppe.« Die Stimme war so tief wie die eines Mannes.

»Was für eine Suppe ist es denn?«, wollte Giles wissen.

»Linsensuppe.«

»Und was ist in dem Pie?«, fragte Philip neugierig.

»Amseln.«

»Das hört sich doch gut an, oder Jungs? Wir nehmen Pie und Suppe für vier, Madam.«

Die Suppe wurde ihnen in Tonnäpfen aufgetragen. Sie war heiß und dickflüssig und ähnelte mehr einem Brei. Sie schmeckte, weil sie so heiß war, nach nichts. Der Pie war aufgewärmt, wie Gervasius sofort feststellte. Im Innern befanden sich faserige Fleischfetzen in einer braunen Soße und viele kleine Knochen. Sie verzehrten eilig ihre Mahlzeit. Dann war es Zeit für Giles und den Dekan, sich zu ihrem Treffen aufzumachen.

»Haltet euch fern von verdächtig aussehendem Gesindel. Am besten, ihr bleibt nie lange an einer Stelle stehen oder erweckt den Eindruck, ihr wärt fremd hier«, riet Bruder Giles und fügte hinzu: »Vor Einbruch der Dunkelheit seid ihr in der Taverne, verstanden? Wir kommen dann im Laufe des Abends zurück.«

Damit waren sie in die Freiheit entlassen.

Zwischen den Häuserreihen hindurch leuchteten die hellen Palastmauern wie eine himmlische Verheißung. Sie verständigten sich wortlos und schlängelten sich flink durch das Volk in Richtung Westminster.

»Meinst du, sie lassen uns einen Blick hineinwerfen?«

Gervasius bezweifelte das.

»Finden wir es heraus.«

Von nahem wirkte der Palast noch beeindruckender. Vor dem Eingang standen Hofleute in Grüppchen zusammen und tauschten Tratschgeschichten aus. Die Jungen konnten passieren, ohne Aufmerksamkeit auf sich zu ziehen. Die reich verzierte Tür stand halb offen. Sie gingen hinein, kamen in einen weitläufigen Vorraum und wurden hier von einem Bediensteten nach ihrem Anliegen gefragt.

»Ich will sehen, wo Henry II. Hof hält, wenn er in London ist!«, platzte Philip heraus.

»Das wollen viele, Junge. Doch wenn du dich nicht um einen der Posten als Küchenjunge bewerben willst, hast du hier nichts zu suchen. Der König ist ohnehin nicht da. Es gibt also auch keine Audienzen.«

»Sein Vater ist der Graf Patrick von Salisbury. Er gehörte bis zu seinem Tod zum Hof des Königs. Er hat sich so darauf gefreut, die große Halle zu sehen«, erklärte Gervasius.

Das Gesicht des Dieners wurde nachdenklich. »Der Patrick von Salisbury, der bei dem Hinterhalt der Lusignans im Poitou ums Leben kam?«

»Das ist ... war ... mein Vater!«

»Mein Beileid. Aber eine solche Entscheidung darf ich nicht treffen. Ich hole den Kämmerer. Wartet hier.«

Philip trat von einem Fuß auf den anderen, während die Zeit verging. Endlich kam der Kämmerer, ein Mann in mittleren Jahren mit dünnem, weißblondem Haar.

»Ich bin Aimar de Grandmont, der zweite Kämmerer des Königs von England. Was kann ich für die jungen Herren tun?«

»Und ich bin Philip von Salisbury, Sohn des Grafen Patrick von Salisbury.«

»Der Sohn des Grafen Patrick? Es tut mir leid wegen deines Vaters, Junge. Er war ein treuer Anhänger seiner Majestät und starb in seinen Diensten. Du willst den Palast sehen, habe ich gehört?«

»Es würde ihm so viel bedeuten.«

»Und wer bist du?«

»Gervasius von Tilbury.«

»Der Name kommt mir bekannt vor... Ist dein Vater halb irischer Abstammung?«

»So ist es. Warum?«

»Robert von Tilbury war vor einiger Zeit ebenfalls Mitglied des Hofes. Ich erinnere mich an deinen Vater. Wie geht es ihm?«

»Ich hoffe, gut. Seit ich in Waltham zur Schule gehe, höre ich nur selten von ihm.«

»Und deine Mutter?«

»Ist im letzten Jahr verstorben.«

»Oh! Mein Beileid, Junge... Wisst ihr was, ich werde euch durch den Palast führen! Was haltet ihr davon?«

So kam es, dass Gervasius und Philip die große Halle von Westminster betraten, die auch ohne die Anwesenheit des Königs beeindruckend war. Unter der hohen Decke aus mächtigen, kunstvoll geschnitzten Eichenbalken kamen sie sich vor wie Zwerge.

Nach der Führung durch den Palast ließen sie sich eine Weile mit der Flut der Menschen durch die Straßen treiben, betrachteten die Auslagen der fliegenden Händler und blieben vor einer Gruppe von Komödianten stehen. Als sie um die Ecke in eine schmale Gasse bogen, versperrte ihnen eine struppige Gestalt den Weg. Sie war in bunte Fetzen gehüllt; krauses Haar stand um ein schmutzverkrustetes weibliches Gesicht unbestimmten Alters zu Berge. Mit weit aufgerissenen Augen von einem wässrigen Grün starrte sie Gervasius an. Ihre Stimme knarrte wie ein ungeöltes Türscharnier:

»Bleib stehen, Junge, und lass dir von mir die Zukunft voraussagen! Deine Bestimmung umhüllt dich wie eine Wolke.«

»Ich? Ich habe kein Geld«, stammelte Gervasius überrumpelt.

»So? Und dein Freund hier?«

»Hat auch keins, wie Ihr seht, Madam.«

»Ha, die alte Aethelgund wird dir auch umsonst weissagen.

Deine Zukunft will vorhergesagt sein, kein Zweifel. Die Vorsehung hat dich zu mir geführt.«

»Das ist sehr liebenswürdig, Madam, aber wir müssen jetzt wirklich weiter. Unsere Eltern warten auf uns.«

Die Vogelscheuche lächelte listig.

»Verwandt seid ihr, aber Brüder seid ihr nicht. Oder halt! Im Blute habt ihr euch verbunden. Jetzt sehe ich es.«

Philip und Gervasius wechselten einen verblüfften Blick.

»Woher wisst Ihr davon, Madam?«

»Das sagte ich doch, ich sehe es! Vergangenheit, Gegenwart und Zukunft sind für mich ein Buch, in dem ich lese. Und euer beider Zukunft liegt hier offen vor mir. Wollt ihr sie nun hören, ihr undankbaren Bälger?«

Es war wie ein Zwang, dem sie nichts entgegenzusetzen hatten.

»Du wirst im Dienst vieler hoher Herren stehen, dir Respekt und einen Ruf als Gelehrter erwerben. Du wirst ein Werk hinterlassen, das dich überleben wird. Du wirst drei Frauen lieben. Der ersten wird dein Begehren den Tod bringen. Die zweite wird deine Liebe erwidern, dich jedoch verlassen. Die dritte wird dir im Alter ein Trost sein.«

»Und was ist mit mir? Wie viele Frauen werde ich haben?«, rief Philip ungeduldig, als die Wahrsagerin eine Pause machte. Sie sah ihn an, als wäre sie gerade von einem fernen Ort zurückgekehrt.

»Du? Du wirst ein Ritter des Königs sein und Ruhm auf dem Schlachtfeld erwerben. Du wirst viele Frauenherzen erobern, doch dein Herz wird verschlossen bleiben, bis es zu spät ist. Ja, viel zu spät!«

Sie verbeugte sich spöttisch vor ihnen, drehte sich mit erstaunlicher Behändigkeit und hastete halb hoppelnd, halb humpelnd davon. Ihr abgehacktes, keckerndes Lachen hallte in der Gasse wider. Als sie verschwunden war, lehnte sich Gervasius gegen eine Hauswand und übergab sich.

Familienfehde

Den Rest ihres Londonaufenthaltes verbrachte Gervasius im Bett. Als sie nach einer anstrengenden Reise wieder in Waltham eingetroffen waren, erkrankten auch die anderen. Zuerst der Dekan, dann Philip und schließlich Giles. Erbrechen, Durchfall, Mattigkeit und ein leichtes Fieber ließen vermuten, dass sie sich mit dem Essen aus der Garküche den Magen verdorben hatten. Man verlegte sie in das Krankenzimmer. Bruder Basilius verabreichte ihnen großzügige Mengen seiner Magentinktur und nach einer guten Woche waren alle auf dem Weg der Besserung. Sowohl Philip als auch Gervasius waren in der Zeit ihrer erzwungenen Bettruhe damit beschäftigt, sich einen Reim auf die Prophezeiungen der Wahrsagerin zu machen. Gervasius beunruhigte die Aussicht, dass er einmal für den Tod einer Frau verantwortlich sein könnte. Er nahm sich im Stillen vor, sich in Zukunft, so gut es ging, vom weiblichen Geschlecht fern zu halten. Das, was er bisher von der Liebe gesehen hatte, schien ihm ohnehin nicht besonders erstrebenswert. Er konnte sich gut vorstellen, später als Mönch in ein Kloster einzutreten. Philip gab sich Tagträumen hin, in denen er als siegreicher Held gefeiert und als edler Ritter von den Frauen bewundert wurde. Dass er selbst niemals wirklich würde lieben können, glaubte er nicht.

Anlässlich eines Markttages im Juli 1173 wurden die Bewohner von Waltham mit weiteren Nachrichten über die Familienfehde der Plantagenets versorgt: Es ging das Gerücht um, der König sei für einige Tage im Land gewesen. Gerade lange genug, um den Kronschatz in Sicherheit zu bringen, sich der Unterstützung seiner Verbündeten zu versichern und weitere Getreue um sich zu scharen. Bevor die Nachricht sich verbreitet hatte, sei er bereits wieder in seinem Hauptquartier in Rouen gewesen. Es war zu Kämpfen an verschiedenen Stellen des unübersichtlich großen angevinischen Reiches gekommen. Der König der Schotten griff im Norden Englands an und verwüstete weite Teile von Yorkshire. Auch auf dem Kontinent wurde Henry II. erbitterter Widerstand entgegengebracht. Im August errang der alte Henry bei der Belagerung der Stadt Dol einen Sieg, den er mit seinen Getreuen bei einem Hoftag in Le Mans ausgiebig feierte. Im September kam es zu ersten Friedensverhandlungen.

Im neuen Jahr 1174 stellte sich heraus, dass der vereinbarte Frieden nicht von Dauer war. Die gegnerische Seite hatte noch längst nicht aufgegeben. Ganz im Gegenteil: Nun wurden alle zur Verfügung stehenden Kräfte aufgebracht, um dem Plantagenet endlich eine Niederlage beizubringen. Doch Henry gelang es im Frühjahr, seinen siebzehnjährigen Sohn Richard, der zuletzt ohne seine Brüder für seine Rechte als Herzog von Aquitanien gekämpft hatte, aus Saintes zu vertreiben.

Mitte Juli erfuhren sie, dass der König mitsamt seinen Söhnen und Kriegsgefangenen Anfang des Monats im englischen Hafen Southampton eingetroffen war. Seine Ehefrau Eleanor ließ er nach Salisbury bringen, wo sie in sicherer Verwahrung im Turm der Burg bleiben sollte. Henry hatte sich gleich nach seiner Ankunft nach Canterbury begeben, um vor dem Schrein des Märtyrers Thomas Becket Buße zu tun. Danach war er weitergereist nach London. Als Philip das hörte, gab es kein Halten mehr für ihn. Auch Gervasius' verzweifelte Versuche, ihn davon zu überzeugen, dass es klüger war, erst einmal die weiteren Ereignisse abzuwarten, konnten ihn nicht länger zurückhalten.

»Ich gehe nach London, was auch immer du sagst. Ich habe lange genug stillgehalten. Jetzt ist Schluss damit!«

Gervasius sah ein, dass jedes weitere Wort nutzlos war.

»Im Übrigen möchte ich dich daran erinnern, dass wir Blutsbrüder sind. Du hast Zeit bis morgen Abend, um dich zu entscheiden. Sonst werde ich mich alleine auf den Weg nach London machen.«

Gervasius verbrachte eine quälend lange, schlaflose Nacht. Am nächsten Tag suchte er Zuflucht im Gemüsegarten. Gerade jetzt gab es hier viel zu tun. Der Hochsommer war die Zeit des Überflusses, und er freute sich bereits auf die Obsternte. Dann traf er schweren Herzens die Entscheidung, von der er wusste, das sie die einzig richtige war. Abends nach dem letzten Stundengebet nahm er Philip beiseite.

»Ich begleite dich. Wenn du mir die Planung überlässt.«

Zwei Tage später schlichen sie sich in der samtigen Schwärze einer sternenklaren Nacht aus dem Haus des Dekans. Die Luft war erfüllt vom Zirpen der Zikaden und nach der Hitze des Tages angenehm kühl. Gervasius hatte bei Roswitha um eine Extraportion Käse und Kuchen gebeten und sie bekommen. Er hatte vorgegeben, besonders großen Hunger zu haben, und die Frau des Dekans hatte keine weiteren Fragen gestellt. Philip hatte zwei Trinkflaschen von den Stallknechten stibitzt, als diese nach dem Essen ein Nickerchen hielten. Außerdem hatten sie ihre Ersparnisse zusammengeworfen. Gervasius' Plan sah vor, dass sie sich zu Fuß südlich bis zur nächstgelegenen Stadt – nach Loughton – durchschlugen, wo regelmäßig Markt gehalten wurde. Der Weg war weit genug, um sie die halbe Nacht auf den Beinen zu halten. Im Morgengrauen würden sie dann rechtzeitig zur Eröffnung des Marktes in Loughton ankommen. Dann brauchten sie nur noch einen Bauern zu finden, der nach London oder zumindest in die Richtung wollte, und ihn zu überreden, sie mitzunehmen.

Was sich als Plan so einfach angehört hatte, stellte sich als äußerst mühselig heraus. Obwohl sie das Glück hatten, im Licht des zunehmenden Mondes unterwegs zu sein, war es doch sehr finster um sie herum, und die Schreie von Tieren ließen sie immer wieder aufschrecken. Sie nahmen den Weg am Fluss entlang. Das fließende Wasser schimmerte im Mondschein wie Tausende von Diamanten. Doch der Trampelpfad war von taufeuchten Gräsern überwuchert und uneben. Sie mussten auf jeden ihrer Schritte achten, um nicht abzurutschen und in die Lea zu stürzen. Schließlich erreichten sie die Überlandstraße Richtung Loughton. Das Vorwärtskommen wurde einfacher, da die Straße mit Feldsteinen befestigt war. Anfangs machte ihnen ihr Abenteuer Spaß. Doch nach einigen Stunden überfiel sie angesichts der endlosen Eintönigkeit der Strecke eine bleierne Müdigkeit. Sie rasteten mehrfach, um den mitgebrachten Proviant zu verzehren, doch sie hielten sich nirgends lange auf, aus Angst vor wilden Tieren, die sie plötzlich aus dem Unterholz anfallen konnten. Je länger sie unterwegs waren, desto irrwitziger fand Gervasius ihr Vorhaben. Warum sollte der König von England zwei zwölfjährige Jungen empfangen? Er hatte bestimmt Wichtigeres zu tun.

Nach einer halben Ewigkeit begann sich das Schwarz des Himmels in ein dunkles Grau zu verwandeln, welches immer heller wurde, bis sich ein rotes Glühen am Horizont zeigte. Der Sonnenaufgang nahte. Sie gingen der aufgehenden Sonne entgegen, die immer mehr von ihrer Herrlichkeit sehen ließ und die Welt um sie herum erwärmte. Die Natur erwachte. Bald stimmten Vögel ein Morgenkonzert an, Bienen und Hummeln summten, und kleines Getier wimmelte am Wegesrand. Auch in Philip und Gervasius erwachten die Lebensgeister wieder. Und dann konnten sie von weitem die Dächer von Loughton erkennen. Sie hatten den ersten Abschnitt ihrer Reise unversehrt hinter sich gebracht.

Auf dem Marktplatz herrschte bereits Gedränge. Die meisten Händler hatten schon ihre Stände aufgebaut. Die Jungen gingen gemächlich zwischen den Ständen hindurch, taten so, als würden sie die Auslagen in Augenschein nehmen, musterten aber stattdessen die anwesenden Händler. Sie suchten einen, der arglos genug war, bei zwei allein herumstreunenden Jungen nicht misstrauisch zu werden, aber auch kräftig genug, um sie im Ernstfall zu verteidigen. Sie lauschten den Gesprächen der Leute und stahlen gelegentlich hier einen Apfel und dort ein paar Walnüsse.

»Ich denke, ich habe unseren Mann gefunden«, ließ sich schließlich Philip vernehmen.

Sie standen einige Schritte entfernt vom Stand eines wohlbeleibten, aber kräftig gebauten Bauern mit einem roten, fettig glänzenden Gesicht unter einer Matte aus flachsblonden Haaren. Zusammen mit einem Jungen in ihrem Alter, der vermutlich sein Sohn war – eine gewisse Familienähnlichkeit war nicht zu leugnen –, bediente er Dienstmädchen und die Kämmerer von adligen Herren, die in einer Traube seinen Stand umlagerten. Das Angebot bestand aus Rüben, Kartoffeln und Äpfeln. Die Geschäfte gingen offensichtlich gut.

Der Bauer hieß Gareth, sein Sohn Stephen. Gegen ein Goldstück für jeden ließ er sich überreden, sie in seinem Fuhrwerk bis vor die Tore von London mitzunehmen, ohne lästige Fragen zu stellen. Gervasius konnte ihr Glück kaum fassen. Philip schien diese Fügung als selbstverständlich hinzunehmen. Am frühen Nachmittag halfen sie beim Abbau des Standes und dem Verpacken der nicht verkauften Ware. Dann durften sie hinten auf dem Wagen inmitten der Kisten und Körbe Platz nehmen – Stephen saß vorn auf dem Kutschbock neben seinem Vater – und das Fuhrwerk setzte sich in Bewegung. Gervasius stellte schnell fest, dass ihm das ewige Geschaukel nicht besonders gut bekam. Übelkeit stieg in ihm auf, die er nur mit Mühe unterdrücken konnte. Die sommerliche Landschaft zog an ihnen vorbei. Das Getreide stand hoch und golden auf den Feldern, darüber flirrte die Luft in der Hitze. Gelegentlich gab es eine Abkühlung, wenn sie ein Waldgebiet durchquerten. Gervasius gewöhnte sich allmählich an das Geruckel. Doch ihm war eigenartig zumute. Schließlich gestand er sich ein, dass er Angst hatte. Was würde der König zu ihrer eigenmächtigen Flucht aus Waltham sagen? Würde er sich geschmeichelt fühlen, wie Philip annahm? Oder würde er sie schnurstracks in Begleitung einer seiner Männer zurückschicken? Und was, wenn man sie gar nicht zu Henry vorließ? Das Gefühl, dass sie etwas Verbotenes taten, ließ ihn nicht los. Philip dagegen schien genau das zu genießen. Zufrieden lag sein Freund mit hinter dem Kopf verschränkten Händen an einen Heusack gelehnt, kaute auf einem Strohhalm und beobachtete, wie die Landschaft sich veränderte. Für diese Art von Abenteuer war er nicht geboren, so viel war Gervasius inzwischen klar geworden.

Sie betraten die Stadt durch dasselbe Tor, durch das sie auch bei ihrer Reise mit Giles und dem Dekan gefahren waren: das

Bishopsgate im Nordosten. Das Gewimmel in den Straßen weckte in Gervasius dieses Mal weniger Begeisterung als beim ersten Mal. Von dem Bauern und seinem Sohn hatten sie sich vor dem Tor mit Handschlag verabschiedet. Jetzt ließen sie sich mit der Menge durch eine Hauptstraße treiben, hoffentlich in Richtung des Palastes. Gervasius war froh, sich wieder auf seinen eigenen Beinen fortbewegen zu können.

Die Menschenflut schwemmte sie zu einem Platz, auf dem sonst offenbar Markt gehalten wurde. Heute fand ein Mysterienspiel statt, wie die junge Dienstmagd neben ihnen bereitwillig Auskunft gab.

»Sie führen das ›Mystère d'Adam‹ auf. Es ist sehr vergnüglich. Seht es euch an!«

»Vergnüglich? Sind diese Art von Schauspielen nicht zur Erbauung und Verbesserung der Frömmigkeit gedacht?«, raunte Gervasius Philip zu, der sich bereits neugierig durch die Menge nach vorn schob. Gervasius folgte ihm, bis sie dicht vor der fahrbaren Karrenbühne standen. Auf dem großen Karren befanden sich vier Darsteller. Ein Mann und eine Frau waren in dünne hautfarbene Gewänder gekleidet und hielten sich grüne Fetzen vor die Geschlechtsteile. Gervasius vermutete, dass diese Stofffetzen als Feigenblätter dienten. Bei dem Paar musste es sich um Eva und Adam handeln. Eva war sehr viel älter, als er sie sich vorgestellt hatte. Ihr langes ergrautes Haar wallte um ihren ausgezehrten Körper. Adam dagegen war wohlgenährt in einem Maße, welches ihn schwerfällig und unbeweglich werden ließ. Auch er hatte seine besten Jahre bereits hinter sich. Links neben ihnen befand sich ein Jüngling, den man in ein schlauchartiges, grün-weiß gestreiftes Gewand gezwängt hatte. Er sollte wohl die Schlange darstellen. Am rechten Ende der Bühne hockte ein Greis mit langem weißem Bart auf einem Schemel. In der Hand trug er eine Art Zepter. Ein wenig imponierender Gott, fand Gervasius. Auf den Brettern vor dem biblischen Paar ruhte ein rundes, rotes Etwas, vermutlich aus Ton, bei dem es sich nur um den verbotenen Apfel handeln konnte. Eva zeigte gerade darauf und fragte sich laut, ob sie wohl davon kosten sollte. Die Schlange ermunterte sie. Eva beugte sich zum Apfel hinunter, um ihn aufzuheben. Da lenkte ein Geräusch auf der linken Seite der Bühne Gervasius' Aufmerksamkeit ab. Er schaute in diese Richtung und stellte fest, dass neben dem Platz der Boden zum Fluss hin abfiel. Er hatte nicht gewusst, dass die Themse so nah war. Auch dort, direkt am Wasser, standen Zuschauer. Gervasius sah in dem Moment hin, als ein Mann sich mit einem Messer in der Hand auf einen anderen, älteren Mann zubewegte. Keiner außer ihm schien es zu bemerken. Mantel und Tunika des älteren Mannes waren aus edlen Stoffen genäht. Vermutlich war er ein wohlhabender Kaufmann, wie es viele in London gab. Gervasius stieß Philip an. Der knurrte erst, unwillig über die Störung, folgte dann aber seinem Blick und erstarrte. Der jüngere Mann holte aus. Dann stieß er dem älteren Mann das Messer tief in den Rücken. Das Opfer schrie auf. Doch der Schrei ging in den Geräuschen der Menge unter. Gervasius konnte seinen eigenen Entsetzensschrei gerade noch unterdrücken. Wie unter Zwang begegnete sein Blick dem des Mörders. Der hatte angefangen, den Toten um seine Besitztümer zu bringen. Er hielt inne. Dann gab der Mörder dem toten Kaufmann einen Stoß. Der Körper landete im Fluss, wo er schnell versank.

»Ich glaube, wir verschwinden besser, Philip ... Philip?«

Sein Freund war nicht mehr da. Er bewegte sich todesmutig auf den Ort des Geschehens zu. Gervasius' Herz raste. Der Mörder schob flink das Messer in den Ärmel seiner Tunika und kam mit entschlossenen Schritten auf Philip zu.

»Philip!«

Endlich machte Philip kehrt. Er rannte los und riss Gervasius mit sich.

»Schnell, weg hier!«

Sie flitzten zwischen lebenden Hindernissen hindurch. Schlugen Haken wie die Hasen. Fanden sich in einer Gasse an der Themse wieder. Zu beiden Seiten Lagerhäuser und alte Kähne. Wenige Menschen waren unterwegs: Seeleute, Lagerarbeiter und einige verdächtig aussehende Gestalten. Vom Wasser her roch es faulig. Philip war der Schnellere von beiden. Gervasius folgte ihm fast blind, wenn er um eine Ecke bog oder über eine Kiste sprang. Er wusste: Wenn jemand ihr Leben retten konnte, dann war es Philip. Er besaß das Wohlwollen Fortunas oder die Gunst Gottes oder beides. Sie umrundeten Haufen von Unrat, wichen stinkenden Pfützen und Blutlachen der Abdeckereien aus. Als sie unter einem Holzgerüst hindurchkrochen, heftete sich Gervasius ein kläffender Straßenköter an die Fersen. Das aufdringliche Tier schnappte nach seinem Bein. Immer wieder. Bekam es aber nicht zu fassen.

»Philip, was machen wir?«, schrie er.

»Lauf weiter, verdammt!«, brüllte dieser zurück und erklomm Stufen, die zu einer kleinen Kirche führten.

Drinnen war es still und finster. Sie rannten den Gang entlang bis zum Altar. Philip fand die Tür zur Sakristei. Blitzschnell zogen sie die Tür hinter sich zu und standen in dem vollgestopften Raum voller Monstranzen und anderer Kultgegenstände. Philip zeigte auf einen großen ebenholzschwarzen Schrank, der einem Beichtstuhl glich. Er öffnete die Tür und zog Gervasius hinein. Der Schrank war voller Messgewänder und Priesterkleider. Es roch muffig. Aber von irgendwoher kam frische Luft. Sie wühlten sich durch die Kleiderberge und stießen auf eine weitere Tür. Sie führte nach draußen. Auf die Straße. Ein Geschenk Gottes. Hastig ordneten sie die Kleider hinter sich und verschlossen die Tür wieder. Sie standen auf einer belebten Straße, durch die Pferdefuhrwerke ratterten. Philip warf sich todesmutig vor ein langsam dahinzockelndes Gefährt.

»Bitte, nehmt uns mit! Es geht um Leben und Tod!«, flehte er den Kutscher an, der erst fluchte, dann nickte. Sie krabbelten auf eine Ladefläche voller Heu, buddelten sich in das piksende Meer von Halmen und warteten darauf, dass ihr wilder Herzschlag wieder zur Ruhe kam. Als sie von weitem die St. Paul's Cathedral erblickten, sprangen sie ab. Dann fragten sie sich nach Westminster durch. Noch einmal wollten sie nicht vom Weg abkommen.

»Und?«, fragte Gervasius, bevor sie den Palast betraten, »willst du immer noch in London leben?«

Philip lachte schon wieder. »Sicher«, entgegnete er.

Gervasius schüttelte den Kopf. »Du bist unverbesserlich.«

Der Zufall, oder die Fügung, wollte es, dass sie wieder von demselben Hofbediensteten begrüßt wurden wie beim ersten Mal.

»Euch kenne ich doch! Der Sohn des Grafen von Salisbury und der Sohn des Robert von Tilbury, nicht wahr?«

Er war offensichtlich stolz auf sein gutes Gedächtnis.

»Dieses Mal ist der König doch hier, oder?«

Der junge Mann hob bedauernd die Hände. »Das schon. Nur ist seine Majestät gerade nicht im Palast, sondern im ... Wartet einen Moment.«

Kurze Zeit später erschien der Saaldiener in Begleitung des weißblonden Kämmerers Aimar de Grandmont, den sie ebenfalls bei ihrem ersten Besuch im Palast kennengelernt hatten.

»Die jungen Herren.« Er lächelte und deutete eine Verbeugung an. »Der König ist in den White Tower umgezogen, weil es ihm in dem großen Palast zu unbehaglich war. Die Wahrheit ist, er vermisst die Königin, was er aber nie zugeben würde. Wenn ihr wollt, gehen wir zusammen zum Tower. Ich habe selbst noch ein Anliegen mit seiner Majestät zu besprechen.«

White Tower

Aimar de Grandmont begleitete sie hinaus. Sie folgten eine ganze Weile dem Lauf der Themse, die braun und träge neben ihnen dahinfloss, passierten den Billingsgate Fischmarkt und kamen in den südöstlichen Teil der Stadt. Das riesige, düster graue Gebäude des Towers konnten sie von weitem erkennen, lange bevor sie es erreichten. Aimar begrüßte die Wachen am Tor mit Namen. Sie überquerten die Zugbrücke, die über einen sehr tiefen, wassergefüllten Graben führte, und fanden sich in einem geräumigen Innenhof wieder, der zum Teil mit Rasen bewachsen war.

»Das ist der White Tower«, erläuterte der Kämmerer, als Gervasius und Philip staunend vor einem mächtigen quadratischen Gebäude stehen blieben.

»Der Eroberer hat ihn erbauen und mit weißem Sandstein aus Caen verkleiden lassen. Und das kleine Gotteshaus dort hinten ist die St. John's Chapel, die allein der königlichen Familie vorbehalten ist.«

Gervasius legte den Kopf in den Nacken, um die schwarzen Vögel besser ausmachen zu können, die kreischend das weiß schimmernde Gebäude und die äußeren Türme der Anlage umkreisten.

»Raben«, sagte Aimar. »Es gibt sie hier seit dem Bestehen des Towers. Man sagt, wenn sie jemals davonfliegen, wird der Tower zerfallen.«

Auch vor dem White Tower standen Wachen. Sie winkten dem Kämmerer und ließen sie ohne weiteres passieren.

In der großen Halle, die sie betraten, saßen vier Diener in einer Ecke beim Würfelspiel. Sie stritten laut darüber, wer der Gewinner der Partie war, und sahen nicht einmal in ihre Richtung. Aimar führte sie einen langen Korridor mit vielen Türen entlang und klopfte schließlich an der letzten Tür am Ende des Ganges.

»Das Besprechungszimmer des Königs«, erklärte Aimar flüsternd, bevor er die Tür öffnete.

Drinnen befand sich Henry II. im Gespräch mit einem seiner Barone, während ein Knappe ihm seinen Umhang umlegte. Der Raum war klein, mehr als ein quadratischer Tisch und die um ihn gruppierten Lehnstühle passten nicht hinein. Der König stand beim Fenster und schaute hinaus, während der Baron auf ihn einredete, als hinge sein Leben davon ab. Stehend war die Erscheinung des Plantagenet noch beeindruckender, als Gervasius erwartet hatte. Henry II. war wahrhaftig ein Hüne von einem Mann. Er war jedoch nicht nur groß, sondern auch von kräftigem Körperbau und besaß eine durchdringende Stimme. Haupthaar und Kinnbart waren weizenblond, die Augen von einem eisigen, klaren Blau. Der König des Nordwinds. Er drehte sich zu ihnen um, als Aimar hüstelte, um ihre Anwesenheit anzukündigen.

»Aimar, da bist du ja! Wir müssen dringend über die unzureichende Versorgung meiner Truppen sprechen. Und wen hast du mitgebracht? Was sind das für Jungen?«

Der Ton war kaum freundlich zu nennen und verriet eine gewisse Ermüdung. Der Kämmerer verbeugte sich und bedeutete den Jungen, das Gleiche zu tun. Dann stellte er sie vor.

Henry blickte Philip forschend an.

»Du bist also Patricks Sohn. Willkommen im White Tower. Dein Vater war ein guter Freund und einer meiner treuesten Anhänger. Ich bedauere seinen Tod sehr.«

»Majestät. Es ist mir eine große Ehre, Euch kennenlernen zu dürfen. Ich möchte Euch meiner Treue versichern. Genau wie mein Vater werde ich alles tun, um Euch gegen die Rebellen zu verteidigen.«

Ein Lächeln umspielte die Lippen des Königs. Er nickte erfreut.

»Das höre ich gern, Junge. Du scheinst mir sehr reif zu sein für dein Alter. Wenn du alt genug bist zu kämpfen, werde ich sicher eine Verwendung bei Hof für dich finden.«

Dann musterte er Gervasius, der einige Schritte zurückgetreten war. »Und du, junger Mann, bist also der Sohn des Robert von Tilbury. Weißt du, dass wir entfernt miteinander verwandt sind?«

»Mein Vater hat so etwas einmal angedeutet, Majestät.«

»Und was führt euch beide nach London?«

»Die Jungen sind eigens aus ihrer Schule in Waltham hergekommen, um Euch in diesen schwierigen Zeiten ihrer Unterstützung zu versichern, Majestät«, warf Aimar ein.

»Nun, das freut mich zu hören. Allerdings muss ich jetzt mein Gespräch mit diesem Herrn hier fortsetzen, sonst erwürgt er mich«, bemerkte Henry mit einem spöttischen Blick auf den

Londoner Baron, der ungeduldig von einem Fuß auf den anderen getreten war.

»Aber ihr seid natürlich meine Gäste im Tower, solange ihr in der Stadt weilt. Für heute Abend erwarte ich euch zum Essen. Aimar wird euch jetzt das Haus zeigen.«

Er nickte ihnen kurz zu und setzte dann seine Unterredung mit dem Baron fort.

Während Aimar sie durch den White Tower führte, ihnen die Rüstkammer, die Küche und den Festsaal mit dem Kamin vorführte, dessen Breite fast die gesamte Rückwand der Halle einnahm, erzählte er von Henrys Bußübung am Schrein Beckets.

»Sofort nach seiner Ankunft auf der Insel, er hatte nur Vorkehrungen für die Behandlung seiner Gefangenen getroffen, ließ er sich nach Canterbury bringen. Dort entledigte er sich seiner Schuhe und aller Zeichen seiner königlichen Würde und ging barfuß durch die Stadt bis zur Kathedrale, in der sein ehemaliger Freund den Tod gefunden hatte. Rücklings ermordet, direkt neben dem Altar. Die Bevölkerung bestaunte den büßenden König, der nur in Hemd und Beinkleidern mit gesenktem Haupt der Stätte des Schreins entgegenschritt. Seit seiner Ankunft in England hatte er keine Nahrung mehr zu sich genommen. Vor dem Schrein fiel seine Majestät auf die Knie und betete lange und inbrünstig. Danach ließ er sich von einer ganzen Zahl von Bischöfen und anderen geistlichen Würdenträgern geißeln. Schließlich bat er darum, allein gelassen zu werden, weil er hoffte, in stummer Zwiesprache mit dem Heiligen Vergebung zu finden. Später erklärte er, dass er wisse, dass Thomas Becket ihm vergeben habe und nun eine schwere Last von seinen Schultern genommen sei.«

»Kein Wunder, dass der König solche Ringe unter den Augen hat, nach dieser Tortur«, bemerkte Philip, der nur den Teil mit der Geißelung vernommen hatte.

»Dann begab sich Henry nach London, wo er von den Bürgern der Stadt freudig begrüßt wurde. Alle hatten ihre besten Gewänder angezogen, man brachte ihm Geschenke und bejubelte ihn.

Doch der König ist zu sehr bedrückt wegen des Konflikts mit dem schottischen König, der seine nördlichen Grenzen bedroht. Er nahm die Ehrenbezeugungen entgegen, ging jedoch mit sorgenvoll gebeugtem Haupt durch die Reihen der Londoner.«

Am Abend wurde der Festsaal, den sie bei Tageslicht besichtigt hatten, von mehreren mannshohen Kandelabern und einem von der Decke hängenden eisernen Kronleuchter erhellt. Im Kerzenlicht kamen die aufwendig bestickten Tapisserien an den Wänden erst richtig zur Geltung. An der langen Tafel saßen außer dem König, fünf Rittern und einem Dutzend junger Hofleute auch der Kämmerer Aimar und der junge Bedienstete aus dem Palast von Westminster, der Humbert gerufen wurde. Es fand sich erstaunlich wenig Pracht auf der königlichen Tafel. Kein funkelndes Silberbesteck und keine Kristallpokale. Der Wein wurde in schmucklose Zinnbecher geschenkt. Und die Speisen waren zu Gervasius' Enttäuschung auch nicht erlesener als das, was sie zu besonderen Anlässen in Waltham serviert bekamen. Sie saßen in Hörweite des Königs. Philip aß wenig, seine Augen glänzten fast fiebrig vor Aufregung und Freude darüber, in diesem Kreis seine Mahlzeit einnehmen zu können. Es dauerte nicht lange, da richtete der König das Wort an ihn.

»Nun, Philip von Salisbury, wie lebt es sich denn in Waltham? Ich habe vom Reichtum der Stiftung gehört. Die Kirche soll eine Reliquie beherbergen, die viele Pilger anzieht.«

»Waltham ist in der Tat sehr wohlhabend, Eure Majestät. Die Kirche und der Altar des Heiligen Kreuzes sind prachtvoll ausgestattet. Wir haben große Ländereien mit Obstbäumen und Gemüsegärten. Die Domherren halten gelegentlich für ihre Gäste Jagden ab. Ich arbeite mit den Hunden.«

»Du magst die Jagd? Das höre ich gerne. Sicher weißt du, dass es meine liebste Beschäftigung ist. Neben dem Regieren und Kriegführen natürlich.«

Die in Hörweite Sitzenden lachten höflich.

»Bisher durfte ich noch an keiner Jagd teilnehmen, weil man mich für zu jung hielt. Dabei bin ich fast dreizehn!«

»Es lässt sich sicher einrichten, dass ich in absehbarer Zeit Waltham einen Besuch abstatte. Das Stift hat bereits vor einigen Monaten mein Interesse geweckt. Wenn dann mir zu Ehren eine Jagdgesellschaft abgehalten wird, was ich erwarte, werde ich darauf bestehen, dass du teilnimmst. Das wird man mir sicher nicht abschlagen.«

Philip war sprachlos vor Begeisterung.

»Die Singschule in Waltham soll eine der besten in Südengland sein. Kannst du das bestätigen, Gervasius von Tilbury?«

»O ja, Eure Majestät. Zudem haben wir eine sehr gut ausgestattete Bibliothek. Wenn ich die lateinische Sprache einmal perfekt beherrsche, werde ich ein berühmter Gelehrter werden und Schriften verfassen.«

»Das ist ein hehres Ziel, Gervasius. Gut ausgebildete Kanzlisten und Kleriker kann ich in meinen Diensten immer gebrauchen. Vielleicht findet sich, wenn es so weit ist, eine Verwendung an meinem Hof für dich.«

»Das wäre mir eine besondere Ehre, Eure Majestät.«

Gervasius wurde bewusst, dass ihn alle am Tisch aufmerksam betrachteten. Er spürte, wie ihm das Blut ins Gesicht stieg.

Philip half ihm aus der Verlegenheit, indem er dem König eine Frage zur Jagd stellte und so die Aufmerksamkeit von ihm ablenkte. Für eine Weile lauschte Gervasius nur noch dem Rauschen des Blutes in seinen Ohren, während die Gespräche um ihn herum wie Wogen an den Strand rollten, ohne dass er ihren Inhalt verfolgt hätte. Dafür beobachtete er das Verhalten der Tischgäste und ihres Gastgebers. Ihm fiel auf, dass der Plantagenet sehr großzügig dem guten Wein aus Bordeaux zusprach und dass seine Untergebenen ihrem Herren in ihrer Trinkfestigkeit in nichts nachstanden. Bald ging es laut und fröhlich zu. Viel lauter, als Philip und er es aus Waltham gewöhnt waren. Lag es daran, dass keine einzige Frau am Tisch saß? Die Königin war weiterhin in Gefangenschaft in Salisbury, die Töchter mit anderen Herrschern verheiratet, die Gattinnen oder Verlobten der abtrünnigen Söhne ebenso wenig anwesend. Der Hof eines Königs ohne weibliche Feinsinnigkeit kam Gervasius unvollständig vor. Henry selbst wirkte müde und angespannt, seine Augen glitten hierhin und dorthin, ohne einen Halt zu finden. Die gut geschnittenen Züge seines Gesichtes waren von Falten eher verziert als verunstaltet. Er machte den Eindruck eines Mannes, der nie zur Ruhe kommt, obwohl er diese Ruhe dringend nötig gehabt hätte.

»Ist es wahr, dass der König eine Geliebte hat?«, fragte Gervasius flüsternd seinen Sitznachbarn, einen Knappen, der einige Jahre älter war als er selbst.

Dieser zog die Augenbrauen hoch.

»Sag bloß, du hast noch nichts von der schönen Rosamond gehört, der Perle aus Wales? Der König hat mit ihr schon viel Zeit im Palast von Woodstock verbracht, was die Königin zutiefst verletzt hat. Denn an diesem Ort haben sie glückliche Stunden verlebt. Doch seine Majestät ist ganz vernarrt in dieses Mädchen.«

Schließlich erklärte Aimar, dass er sich zurückziehen wolle. Das gab Gervasius und Philip die Gelegenheit, sich ihm anzuschließen. Der Kämmerer wies einen der diensthabenden Knappen an, den Jungen ihr Gemach zu zeigen, dann verabschiedete er sich.

»Lasst euch nicht zu sehr vom höfischen Glanz blenden. Auch Könige sind nur Menschen. Und wenn man es recht betrachtet, ziemlich einsame.« Er zwinkerte ihnen zu und verschwand.

Die Nacht endete jäh für Philip und Gervasius. Draußen war es noch stockfinster. Zu dieser Stunde erhob sich im Tower ein gewaltiger Aufruhr. Raue Männerstimmen wurden laut, Jubelrufe ertönten, Türen knallten, es wurde gelacht. Jede Hoffnung, bei dem Lärm weiterschlafen zu können, war vergebens. Also erhoben sich die Jungen von ihrem Strohlager in einer Gästen vorbehaltenen Kammer und kleideten sich gähnend an. Als sie in den von unruhig flackernden Fackeln notdürftig erhellten Gang traten, trafen sie auf verschlafene Diener, die aufgeschreckt hin und her liefen. Philip packte einen, der gerade an ihm vorbei wollte, an der Schulter.

»Was ist denn hier los? Was soll der ganze Aufruhr?«

»Der König hat die beste Nachricht erhalten, die man sich denken kann! Er will das feiern. Wir fangen schon jetzt mit den Vorbereitungen an.«

»Was genau ist geschehen?«, warf Gervasius ein.

Der Diener blickte sich um und zuckte dann die Schultern.

»Eigentlich habe ich keine Zeit, aber was soll's. Kommt mit in die große Halle. Da bekommen wir sicher etwas zu trinken und eine kleine Mahlzeit.«

Sie setzten sich neben drei Kammerdiener, die heiße Milch und Gebäck vor sich stehen hatten. Als ein Hausdiener an den Tisch kam, um frisches Brot und Käse aufzutragen, befahl ihr Begleiter, der sich als Jordanus vorstellte, ihnen das Gleiche zu bringen.

»Ich habe die Geschichte von Henrys Kammerdiener Herault, der die Szene miterlebt hat: Der König hatte sich in seine private Kammer zurückgezogen. Kein Geräusch war zu hören, weder Stimmen, noch Harfenspiel. Es herrschte Stille. Er saß auf seinem Lieblingslehnstuhl, hatte den Kopf auf die Ellbogen gestützt und war gerade dabei, wegzudämmern, als Herault, der vorsichtig die Füße des Königs massierte, von draußen eine Stimme vernahm. Da der König wenig schläft und auch seinen Bediensteten kaum Ruhe gönnt, war Herault froh, dass der König endlich eingenickt war und verständlicherweise wenig begeistert von diesem späten Besuch. ›Wer ist da?‹, fragte er so leise er konnte. ›Ich habe Nachrichten von meinem Herrn Ranulf von Glanville für den König‹, rief der Bote durch die geschlossene Tür. Herault antwortete: ›Das kann bis morgen Früh warten.‹ Der Bote protestierte: ›Das kann es nicht! Das Herz des Königs ist schwer vor Sorge, und ich kann ihn entlasten. Lasst mich ein!‹ Herault wollte zu einer Erwiderung ansetzten, da erwachte zu seinem Verdruss der König, den die jetzt dringlicher werdenden Rufe des Boten, ›Öffnet die Tür! Öffnet sofort die Tür!‹, geweckt hatten. ›Wer ist das? Sag mir sofort, wer das ist!‹ Herault erklärte eilig: ›Es handelt sich um einen Boten aus dem Norden, einen von Ranulf von Glanvilles Männern, Sire. Ihr kennt ihn. Brien ist sein Name.‹ Der König runzelte besorgt die Stirn. ›Ich befürchte Schlimmes. Wahrscheinlich benötigt Ranulf Hilfe im Kampf gegen die Schotten. Lass ihn sofort herein!‹ Der Bote Brien wurde eingelassen und verbeugte sich höflich vor dem König. ›Ich habe gute Nachrichten für Euch, Sire. Es ist nicht nötig nach Norden aufzubrechen, denn der König von Schottland und alle seine Barone sind gefangen genommen worden.‹ Henry II. seufzte: ›Kann das tatsächlich wahr sein?‹ Brien erwiderte: ›Oh ja, es ist tatsächlich so wie ich sage, Sire. Morgen werdet Ihr die Bestätigung bekommen. Der Erzbischof von York hat zwei Boten ausgesandt, die schon morgen Früh hier sein werden. Ich selbst bin sofort aufgebrochen, nachdem ich die frohe Botschaft vernommen hatte und drei Tage und Nächte ununterbrochen unterwegs gewesen war, ohne zu schlafen und zu essen. Ich bitte Euch daher, Majestät, gebt mir meine Belohnung jetzt gleich.‹ ›Wenn das wahr ist, was du erzählst, Brien, soll deine Belohnung dich zu einem reichen Mann machen. Geh in die Küche und lass dir dort so viel zu essen und zu trinken geben, wie du brauchst. Man wird dir auch eine Schlafstatt zuweisen. Du hast mir den Tag gerettet.‹ Darauf stürmte der König aus der Kammer, um seine Ritter zu wecken und ihnen die freudige Botschaft zu überbringen. Daher sind jetzt alle auf den Beinen.«

Die Siegesfeier sollte am frühen Abend stattfinden, da noch vieles vorzubereiten war. Philip und Gervasius vertrieben sich den Tag, indem sie durch London streiften und die Ereignisse der Nacht besprachen. Sie setzten sich in der Nähe des Hafens auf eine sonnenwarme Mauer und sahen den Segelschiffen und Ruderbooten nach, die an ihnen vorbeikamen. Sie rätselten, was die Schiffe geladen hatten und welchem Ziel sie zustrebten. Ein Duft der großen weiten Welt wehte sie an, der von den Gewürzsäcken in den umliegenden Lagerhäusern stammte. Sie rochen Pfeffer, Salz und Safran und vieles, was sie nicht hätten benennen können. Gervasius genoss diesen Moment.

Die Sonne stand noch immer hoch am Himmel, als sie sich auf den Rückweg zum Tower machten. Bereits im Innenhof trafen sie auf fein herausgeputzte Hofleute und Bedienstete, und sie bereuten es, dass sie keine Kleidung zum Wechseln mitgenommen hatten. Stattdessen mussten sie das Fest in ihren staubigen Reisesachen besuchen. Dieses Mal wurden Spezialitäten aufgetischt, die sie in Waltham nicht kannten. Fasanenpastete und getrüffeltes Wildschwein, Maronentorte und Kartoffelpudding, gebrannte Karamellcreme und gesottener Rehrücken in Rotweintunke. Gervasius freute sich im Stillen, dass er während des Tages der Versuchung widerstanden hatte, sich auf der Straße etwas Essbares zu kaufen, wegen der schlechten Erfahrungen, die er mit der Garküche der bärtigen Frau gemacht hatte. Es gab auch Musik. Zwei Harfenspielerinnen, vermutlich Schwestern, da beide mit der gleichen üppigen, glänzend schwarzen Mähne gesegnet waren, sorgten für angenehme Klänge im Hintergrund. Humbert, der auf der einen Seite neben Gervasius saß, erklärte flüsternd:

»Seit dem Zerwürfnis mit der Königin lässt seine Majestät keine Troubadoure mehr an seinem Hof spielen. Das würde ihn zu sehr an Eleanor erinnern, die in Salisbury in ihrem Turmverlies schmachtet.«

»Mir erscheint die Strafe ein wenig hart«, entgegnete Gervasius leise, obwohl er bei dem Lärm, der im Saal herrschte, keine ungebetenen Zuhörer hätte befürchten müssen. »Aber vielleicht will er ihr nur einen Denkzettel verpassen und lässt sie bald wieder frei.«

Humbert lachte.

»Das glaube ich kaum. Du kennst das königliche Paar nicht. Du hast nicht miterlebt, wie sie gestritten haben. Es war schon immer eine mit Hass vermischte Liebe zwischen den beiden. Doch seit sie von Rosamond Clifford weiß, ist die Königin fest entschlossen, ihrem Gatten diesen Treuebruch heimzuzahlen. Als wäre sie die einzige Frau, die von ihrem Ehemann betrogen wird!«

Nach dem vierten Gang konnte Gervasius sich kaum noch rühren. Er hatte noch nie in seinem Leben so viel gegessen. Er war sicher, dass er sich würde übergeben müssen, sollte er auch nur versuchen, aufzustehen. Bewegungslos betrachtete er das

Geschehen um sich herum, die von Wein und Essen erhitzten Gesichter der Höflinge und Ritter, die Unordnung aus Platten mit Essensresten und verschütteten Getränken auf der Tafel, die unermüdlich spielenden Harfenistinnen und den König, der gerade auf seinem Stuhl zurückgelehnt eingenickt war. Der Herrscher über das angevinische Reich sah erschöpft aus, was kein Wunder war, da er in der letzten Nacht kaum Schlaf gefunden hatte und erst vor zwei Tagen von seiner anstrengenden Bußübung aus Canterbury zurückgekehrt war. Niemand achtete auf ihn in diesem Moment, außer Gervasius, und Philip, der sich beim Essen mehr zurückgehalten hatte als sein Freund und noch beweglich genug war, um die Hunde zu füttern, die unter dem Tisch um Leckerbissen bettelten.

In diesem Moment wurde die Tür zum Hof aufgerissen, und ein weiterer Bote bat lautstark darum, zum König vorgelassen zu werden. Einige der Windspiele brachen in heiseres Gebell aus, was Henry aus seinem Schlummer riss. Der Plantagenet rieb sich die Augen, streckte die langen Glieder und erhob sich dann, noch etwas benommen, um dem Boten entgegenzugehen.

»Was ist es diesmal?«

»Rouen wird belagert, Sire. Eure Anwesenheit dort wird dringend erwartet. Bis jetzt hat die Stadt sich gut verteidigt, und mit Eurer Hilfe, Sire, werden wir die Rebellen besiegen.«

Der König sah alles andere als begeistert aus.

»Diener, bringt dem Mann etwas zu trinken! Setz dich zu uns, Bote, und stärke dich, bevor wir die Einzelheiten besprechen. Ich wäre gerne noch ein wenig länger in London geblieben, aber es hilft nichts. Übermorgen brechen wir auf in die Normandie!«

Gervasius und Philip blieb nichts anderes übrig, als sich wieder nach Waltham zu begeben. Besonders nachdem der König ihnen das am Tag nach dem Fest in einem Gespräch unter sechs Augen nahegelegt hatte. Henry hatte deutlich gemacht, dass zwei Jungen von elf und zwölf Jahren bei der Belagerung einer Stadt nicht von Nutzen sein konnten. Gervasius war sehr erleichtert über diese Entwicklung der Dinge; Philip weniger. Trotzdem fügte er sich, ohne zu murren. Der König gab ihnen ein Schreiben für den Dekan mit, das seinem Wunsch, in absehbarer Zeit Waltham zu besuchen, Ausdruck verlieh und für die Jungen, die sich immerhin unerlaubt von der Schule entfernt hatten, ein gutes Wort einlegte. Derartig gerüstet und in Begleitung eines Ritters des Königs und seiner zwei Knappen traten sie die Rückreise an.

Dank der königlichen Eskorte und des Briefes wurden sie bei ihrer Ankunft mit verhältnismäßig wenigen Vorwürfen empfangen. Geoffrey Rufus zog sich mit dem Schreiben des Königs in seine Kammer zurück und stellte, als er wieder herauskam, einen hochmütigen Gesichtsausdruck zur Schau, dem Gervasius entnahm, wie geschmeichelt sich der Dekan fühlte. Von größeren Strafen wurde abgesehen. Die Jungen mussten allerdings in zusätzlichen Studierstunden, die in ihre freie Zeit am Nachmittag verlegt wurden, den versäumten Unterrichtsstoff nachholen. Das war für beide unangenehm, da ihnen so keine Zeit mehr blieb, ihren Lieblingsbeschäftigungen nachzugehen. Gervasius verpasste den größten Teil der Obsternte, und Philip musste sich zwei Wochen gedulden, bevor er die neu geborenen Welpen zu Gesicht bekam.

Die Nachrichten über das Ende des Familienkrieges kamen mit mehrmonatiger Verspätung nach Waltham. Von einer Gruppe Pilger erfuhren sie, dass Henry Mitte August in Rouen den Sieg davongetragen hatte. Damit war der Zwist allerdings noch nicht beendet, da sein zweitältester Sohn Richard noch immer auf eigene Faust in Aquitanien kämpfte. Ohne die Unterstützung seines älteren Bruders Henry und die Truppen des französischen Königs hatte Richard jedoch keine Aussicht, gegen seinen Vater zu siegen. Im September ergab er sich. Ende des Monats zog Henry II. zusammen mit Richard, mit dem er sich versöhnt hatte, triumphierend in Poitiers ein. Am 30. September gab es eine Zusammenkunft aller beteiligten Parteien, bei der Henry die Bedingungen für den Frieden diktierte. Die Macht behielt er für sich, Gelder und Einkunftsmöglichkeiten verteilte er großzügiger. Besiegelt wurde der »Krieg ohne Liebe« mit dem

Abkommen von Falaise, in dem alles schriftlich festgehalten wurde.

Erst im Februar des folgenden Jahres, 1175, erfuhren sie, dass Henry mit allen seinen Söhnen, jedoch ohne Eleanor, das Weihnachtsfest in Argentan begangen hatte. Offensichtlich war der Familienfrieden wiederhergestellt. Philip und Gervasius hatten längst ihren versäumten Unterrichtsstoff nachgeholt und konnten ihre freie Zeit wieder nutzen, wie es ihnen beliebte. Philip hungerte ständig nach Nachrichten von den Plantagenets und setzte durch, dass er zu jedem Markttag in Loughton mitgenommen wurde, wo er für Bruder Basilius an einem Stand Gemüse und Obst verkaufte und Augen und Ohren offen hielt. Die Nachricht, auf die er seit dem letzten Sommer so sehnsüchtig gehofft hatte, erreichte ihn jedoch auf anderem Weg. Eines Tages nach dem Frühstück bat der Dekan alle Chorherren und Schüler in den Kapitelsaal, wo er ihnen mitteilte, dass seine Majestät, der König von England, Mitte September für zwei Wochen Waltham die Ehre geben wollte. Natürlich sollte zu diesem erfreulichen Anlass eine Jagdgesellschaft stattfinden, und zwar eine, wie sie Waltham noch nie erlebt hatte.

Jagdglück

Die sechs Monate bis zu dem großen Ereignis Mitte September reichten, wie Geoffrey Rufus bei der ersten Besprechung im Kapitelsaal konstatierte, kaum dazu aus, all das in die Wege zu leiten, was nötig war, um eine königliche Jagdgesellschaft standesgemäß zu unterhalten. Die am dringlichsten zu klärende Frage war die nach der Unterbringung der Gäste. Es gab zwar ein Gästehaus für Jagdgäste, es war jedoch viel zu klein, um den König samt seinem Hof und eventuell sogar den einen oder anderen seiner Söhne und ihre Entourage zu beherbergen. Schließlich kam dem Chorherrn Modestus von Winterbourne der rettende Einfall: Man konnte die geräumige, aber karg eingerichtete Pilgerherberge zu einer königlichen Wohnstatt umgestalten. Die Pilger konnten vorübergehend im Krankensaal und in den Privathäusern der Chorherren untergebracht werden.

»Wie wir alle wissen, kommen von Jahr zu Jahr mehr Pilger nach Waltham. Was, wenn die Räume nicht ausreichen? Immerhin laufen die Vorbereitungen über die Sommermonate, die Zeit, in der die meisten Pilger anreisen«, wandte Bruder Giles ein.

Einen Moment herrschte ratloses Schweigen. Dann meldete sich Bruder Zacharias zu Wort:

»Dann müssen die restlichen Pilger eben nach ihrem Besuch zu dem nahe gelegenen Gästehaus im Dorf weiterziehen«, erklärte er trocken. Es erhob sich ein unwilliges Gemurmel unter den Chorherren, das der Dekan mit einer herrischen Handbewegung zum Verstummen brachte.

»Bruder Zacharias hat recht. Wir müssen alles in unserer Macht Stehende tun, um den König und seine Begleitung angemessen unterzubringen. Wenn es erforderlich wird, werden wir den Pilgern Ausweichmöglichkeiten aufzeigen.«

»Und was ist mit unserem Ruf als Pilgerstätte? Der ist dann ruiniert!«, wagte Bruder Basilius zu widersprechen. Dafür erntete er einen giftigen Blick des Dekans.

»So schlimm wird es sicher nicht werden, Basilius«, versuchte Giles abzuwiegeln.

Philip bettelte so lange bei Geoffrey Rufus – der einlenkte, weil es letztlich Philip zu verdanken war, dass der König nach Waltham kam –, bis er von einem der Knechte Reitunterricht bekam. Er wollte in diesem Jahr unbedingt an der Jagd teilnehmen. Der Dekan war klug genug, es ihm nicht zu verbieten. Mittlerweile wussten alle, zu was Philip imstande war, wenn er seinen Willen nicht bekam. Durch seine guten Beziehungen zu Bruder Basilius war Gervasius mitverantwortlich für die Aufstockung der Nahrungsmittelvorräte. Sie pflanzten im Frühjahr zusätzliche Gemüse und legten Kräuterbeete an, kümmerten sich im Sommer darum, dass in der Küche große Mengen von Kirschen, Pfirsichen, Quitten, Birnen und Pflaumen eingemacht wurden, und fuhren regelmäßig zu den Märkten in den umliegenden Orten, um weitere Lebensmittel anzukaufen. Die restliche freie Zeit, die ihm blieb, verbrachte Gervasius jetzt vorzugsweise in der Bibliothek. Gegen Ende des letzten Jahres hatte er die Grammatikprüfung in Latein bestanden und durfte nun offiziell und ohne Aufsicht die wertvollen Handschriften in der Bibliothek nutzen. Dort entdeckte er eine neue Welt: die Kirchenväter Augustinus und Hieronymus, die antiken Philosophen Aristoteles und Platon, und Ovid, den großen Poeten, der sein Lieblingsautor werden sollte. Außerdem besaß die Bibliothek ein englisches Bestiarium mit aufwendig illustrierten Tierabbildungen, Abhandlungen über Astrologie und Edelsteinkunde sowie diverse Geschichtschroniken. Die meisten der Werke waren in lateinischer Sprache geschrieben. Doch es gab Ausnahmen. Vor Kurzem hatte der Dekan ein Werk von einem gewissen Jordan Fantosme in Normannisch kopieren lassen, das den Krieg der Jahre 1173 und 1174 zwischen Henry Plantagenet und seinen Söhnen schilderte. Konnte es sein, dass dieser Jordan Fantosme identisch war mit dem Höfling Jordanus, der ihnen im letzten Jahr von der Nacht berichtet hatte, in der sich das Blatt für den König gewendet hatte?

Philip verging die Zeit nicht schnell genug. Gervasius, der zu sehr mit anderen Dingen beschäftigt war, konnte kaum glauben, dass es tatsächlich schon September war. Mitte des Monats erschien statt der erwarteten vielköpfigen Hofgesellschaft ein einzelner Bote, der dem Dekan einen Brief des Königs aushändigte. Geoffrey Rufus brach das Siegel und las mit gerunzelter Stirn.

»Der König teilt mit, dass ihn Regierungsgeschäfte länger als erwartet in Anjou aufgehalten haben, dass er aber mit seinem Hof Ende September in Waltham sein wird.«

Für Philip war das ein harter Schlag. Er konnte im Unterricht ohnehin kaum noch stillsitzen und sprang ständig auf, um aus dem Fenster zu schauen. Am Anfang hatte Bruder Zacharias ihn dafür noch gerügt. Inzwischen war der Lehrer es leid und ließ seinen unaufmerksamen Schüler gewähren, da eine Zurechtweisung oder Bestrafung in diesem Fall auch nicht viel gebracht hätte.

Daher war es Philip, der an einem sonnigen Tag Ende September die Ankunft der Gäste als Erster bemerkte. Er hatte suchend aus dem Fenster des Schulraums geblickt und wollte sich gerade enttäuscht abwenden, als er eine gut gekleidete Gruppe Männer auf den Hof reiten sah.

»Sie sind da!«, brüllte er, wobei sich seine Stimme überschlug. Alle Jungen im Klassenraum sprangen auf und strömten zur Tür. Ein hilflos wirkender Bruder Zacharias verzichtete darauf, ihnen Ermahnungen hinterherzurufen. Lautes Glockengeläut begleitete den Auszug der Jungen. Gervasius vermied das Gedränge, indem er als Letzter den Raum verließ. Auf dem Hof herrschte inzwischen reges Treiben. Knappen und Stallburschen waren damit beschäftigt, die verschwitzten Pferde der hohen Herren zu den Stallungen zu führen. Der König, dessen blondes Haar in der mittäglichen Herbstsonne metallisch glänzte, wies gerade einen Knappen an, ihm seine Hunde zu bringen, die von einem anderen Knappen an der Leine geführt wurden. Es waren zwei rotbraune Bluthunde mit seidig glattem Fell, die aussahen, als wären sie Zwillinge. Gervasius war in einiger Entfernung stehen geblieben, um die Lage abzuschätzen. Jetzt sah er, wie Philip neben dem König auftauchte und sich vor die Hunde kniete, um sie hinter den Ohren zu kraulen. Er war ganz in seinem Element und so vertieft, dass er beinahe vergessen hätte, den König zu begrüßen. Henry lächelte kopfschüttelnd und trat neben Philip und die Hunde.

»Nun, Philip von Salisbury, Romulus und Remus scheinen dich zu mögen. Das ist etwas Besonderes. Sie geben sich nicht mit jedem ab. Du kannst also tatsächlich mit Hunden umgehen.«

Philip sprang auf und lief rot an vor Verlegenheit.

»Eure Majestät! Verzeiht mir mein ungebührliches Verhalten. Wir alle in Waltham freuen uns sehr über Eure Anwesenheit.«

Philip verbeugte sich ein wenig linkisch, während die Hunde sich hechelnd an ihn drängten und seine Beine beschnupperten.

»Sehr richtig, Junge! Das hast du gut gesagt.«

Der Dekan war unbemerkt von Gervasius erschienen und ging nun gemessenen Schrittes auf König Henry zu, um sich formvollendet vor ihm zu verneigen. Er hatte sich die Zeit genommen, seine Festtagstunika überzuwerfen, in der er feiner angezogen war als der König selbst, der nur einfache Jagdkleidung trug.

»Seid gegrüßt, Dekan. Wir sind ebenfalls erfreut, Eure Gäste sein zu können. Darf ich vorstellen ...«

Er drehte sich um und winkte einem hochgewachsenen, gutaussehenden Jüngling mit Haaren, die ebenso blond waren wie seine eigenen.

»Mein Sohn, der junge König Henry.«

Der Angesprochene löste sich aus einer Gruppe von jungen Männern und blieb vor seinem Vater stehen.

Der junge König deutete mit angeborener Anmut eine Verneigung an und lächelte hinreißend. Alle im Hof Anwesenden, einschließlich der im Hintergrund wartenden Chorherren, starrten diese engelsgesichtige Erscheinung gebannt an.

Der alte König brach den Bann, indem er bemerkte: »Mein Sohn Richard hält sich noch in seinem Herzogtum Aquitanien auf. Geoffrey ist erkrankt und Prinz John noch zu jung.«

Auch der Dekan brauchte einen Wimpernschlag, bis er sich vom Anblick des jungen Königs losreißen konnte.

»Nun, das ist schade. Darf ich den königlichen Hoheiten jetzt die Chorherren des Stiftes vorstellen?«

Wie vorher abgesprochen näherte sich die Gruppe der Chorherren den Gästen. Geoffrey Rufus stellte jeden Einzelnen mit Namen vor. Dann rief er alle Schüler zu sich. Zusammen mit ihren Kameraden verbeugten sich auch Gervasius und Philip vor dem König von England. Zu den Schülern gewandt fuhr Geoffrey Rufus fort:

»Ich möchte noch erwähnen, dass ich beschlossen habe, euch

während der gesamten Dauer der Jagd schulfrei zu geben, damit ihr, wo es nötig ist, helfen könnt.«

Diese Bemerkung wurde mit Freudengeheul aufgenommen.

»Ruhe jetzt!«, schimpfte der Dekan sofort in seiner gewohnt unwirschen Art, bevor er seine Gattin vorstellte: »Und dann ist da noch meine Gattin, Roswitha.«

Die Frau des Dekans knickste höflich vor dem königlichen Besuch, wobei sie den Blick, wie es von Frauen erwartet wurde, sittsam gesenkt hielt. Erst als sie ein wenig von den hohen Herren zurücktrat und wieder geradeaus zu blicken wagte, bemerkte sie, ebenso wie der immer aufmerksame Gervasius, dass die Augen des jungen Königs einen Augenblick länger, als höflich gewesen wäre, wohlgefällig auf ihrem üppigen Brustansatz verweilten. Statt darüber in Verlegenheit zu geraten, schenkte der junge Henry der mindestens fünf Jahre älteren Roswitha ein Lächeln, welches das hartnäckigste Januareis zum Schmelzen gebracht hätte. Roswitha konnte nicht anders, als das Lächeln zu erwidern.

Aus Gervasius unbekannten Gründen hatte Bruder Giles darauf bestanden, dass er Philip am ersten Jagdtag begleitete. Gervasius, der nur mäßig reiten konnte, hatte alles getan, um nicht mitzumüssen, vergeblich. Jetzt saß er angespannt auf dem Rücken einer mächtigen Fuchsstute, die unruhig tänzelte, weil sich die Unsicherheit ihres Reiters auf das Tier übertrug. Giles hatte ein Gespräch mit einem von Henrys Hofleuten begonnen, den er von früher kannte, und sich dabei immer weiter von ihnen entfernt, bis er schließlich außer Hörweite war. Philip wollte die Gelegenheit nutzen, näher an den König heranzukommen, und trieb nicht nur sein Pferd, sondern auch Gervasius zur Eile an.

»Ich kann nicht schneller reiten!«, erklärte Gervasius zum wiederholten Male ärgerlich. »Wenn du die Nähe des Königs suchst, dann reite doch einfach vor! Ich folge dir in meiner Geschwindigkeit.«

»Bruder Giles hat darauf bestanden, dass wir uns nicht trennen, wie du weißt.«

»Ist mir gleich, ich kann einfach nicht schneller reiten! Du hast viel mehr Übung als ich.«

»Ach, was soll's«, presste Philip zwischen den Zähnen hervor, dann gab er seinem Pferd die Sporen. Er ließ Gervasius hinter sich und verschwand zwischen den Bäumen des Epping Forest. Gervasius war allein. Überall um ihn rieselten Blätter in allen möglichen Farbschattierungen von den Bäumen: Blutrot, Safrangelb, Magenta, Burgunderfarben und Grüngelb. Am Boden häuften sich feuchtglänzende Kastanien. Er entdeckte auch hier und dort Pilze, einige davon genießbar, und nahm sich vor, bei Gelegenheit dem Koch vorzuschlagen, für ihn Steinpilze und Pfifferlinge sammeln zu gehen. Trotz des Lärms aus Hundegebell, Männerstimmen und Jagdhörnern konnte er Singvögel zwitschern hören, das Rauschen der Blätter im Wind und gelegentliches Rascheln im Unterholz. Erneut raschelte es. Aus dem Augenwinkel erkannte er einen Umriss, der die Größe eines Bluthundes hatte, aber eine menschenähnliche Gestalt. Als er den Kopf drehte, war die Erscheinung wie vom Erdboden verschluckt. Hatte er ein leises Kichern vernommen, oder bildete er sich das ein? War es einer von den kleinen Leuten gewesen? Er brachte sein Pferd, das auf den Namen Maude hörte, zum Stehen und lauschte mit angehaltenem Atem und pochendem Puls. Dann sah er etwas Rotes zwischen den Farnen aufblitzen.

»Hallo, ist da jemand?«, rief er mit vor Aufregung heiserer Stimme.

Statt einer Antwort kam wieder das Kichern. Gervasius spürte, wie er auf dem sonnenwarmen Waldweg zu frösteln begann. Waren diese Wesen wirklich so harmlos, wie er immer geglaubt hatte? In einem Busch, einen Steinwurf von ihm entfernt, knackten Äste und zerbrachen. Vor Schreck war er zusammengezuckt, doch jetzt trieb er Maude an und ritt langsam dorthin. Vor dem Gesträuch lag etwas Rotes auf dem Boden. Sonst war nichts Ungewöhnliches zu sehen. Er saß ab und bückte sich nach dem Fund: Es war eine rote Mütze aus grober Wolle, die entweder einem kleinen Kind gehörte oder einem Zwerg. Ihm selbst hätte sie nicht gepasst, so klein war sie. Gervasius warf einen Blick über die Schulter und wartete einige Momente. Als sich nichts rührte, nahm er die Mütze an sich und stieg wieder auf sein Pferd. Er verstaute das Wollteil in seiner Satteltasche. Ein Gruß vom kleinen Volk. Sie sind nicht gefährlich, dachte er versonnen und trieb Maude an, um wieder Anschluss an die Jagdgesellschaft zu bekommen.

Kurz darauf vernahm er Stimmen. Als er näher kam, erkannte er die tiefe Stimme des alten Königs und die kratzige von Philip, der sich seit einigen Wochen im Stimmbruch befand. Noch bevor er die beiden sehen konnte, hörte er, was sie sagten:

»Wie alt bist du noch gleich?«

»Dreizehn«, kam die Antwort von Philip, der erst im folgenden April dreizehn werden würde.

»Dann hast du genau das richtige Alter. Ich könnte jemanden gebrauchen, der sich so fachkundig um die Hunde kümmert wie du. Meine Knappen sind nicht mit dem Herzen bei der Sache. Als Gegenleistung könnte ich dich von meinen besten Leuten zum Ritter ausbilden lassen. Was hältst du davon, Philip von Salisbury?«

»Damit würde mein größter Traum in Erfüllung gehen, Sire. Nichts würde ich lieber tun!«

»Da ist nur die Frage deiner Schulausbildung. Willst du sie wirklich vorzeitig beenden? Als Gelehrter steht dir die Welt auch offen.«

»Ja, Eure Majestät, das will ich. Das Lernen überlasse ich lieber meinem Vetter. Der eignet sich besser zum Gelehrten.«

Genau in diesem Moment kam Gervasius auf der Lichtung an. Henry II. und Philip hockten lässig auf einem umgestürzten Baumstamm. Philip zu Füßen lagen Romulus und Remus. Es war Gervasius unangenehm, das Gespräch unfreiwillig belauscht zu haben.

»Eure Majestät, es tut mir leid, dass ich hier so unvermittelt auftauche.« Er verbeugte sich vorsichtig auf dem Pferd und brachte es zum Stehen.

»Gervasius von Tilbury! Du kommst gerade recht. Dein Freund Philip hier hat sich entschieden, für meine Hunde zu sorgen, und wird dafür an meinem Hof zum Ritter ausgebildet. Er wäre sicher glücklich, wenn du dich ebenfalls entschließen könntest, in meine Dienste zu treten.«

Mit so einem Angebot hatte Gervasius nicht gerechnet. Er war überrumpelt.

»Das ist sehr liebenswürdig von Euch, Sire. Ich fühle mich geehrt. Im Gegensatz zu Philip lege ich allerdings sehr viel Wert auf meine Ausbildung. Ich bitte Euch, gebt mir ein wenig Zeit, über Euren Vorschlag nachzudenken, Majestät.«

»Die sollst du haben, Junge. Für kluge Köpfe wie dich habe ich immer Verwendung. Doch jetzt lasst uns weiterreiten! Wir wollen dem Koch doch noch ein bisschen Wildbret für das Abendessen mitbringen.«

Von ebendiesem Koch hatte Gervasius den Auftrag bekommen, ihm Kartoffeln, Kürbisse und Mangold aus dem Gemüsegarten zu beschaffen. Er kniete im Beet im abgelegenen hinteren Teil des Gartens, der durch zahlreiche Spaliere mit Kletterbohnen und Erbsen, Hecken und Kletterrosen vor Blicken geschützt war, und schnitt Mangold, als der blonde Haarschopf des jungen Königs zwischen den Rabatten sichtbar wurde. Hal, wie ihn sein Vater nannte, schlenderte gemächlich zwischen den Beeten hindurch und ging direkt in Gervasius' Richtung, hatte ihn jedoch noch nicht bemerkt. Überall um ihn wucherte die Natur in verschwenderischer Fülle. An den Hecken schimmerten Beeren in allen Rot- und Violetttönen, an einem umrankten Torbogen, der zu den Beeten führte, hingen cremefarbene Blüten, in die Lücken hatte sich dunkelgrüner Efeu gewoben. Der junge König schien in bester Laune zu sein. Ein feines Lächeln umspielte seine wohlgeformten Lippen, er pfiff eine höfische Melodie, während er sich nach allen Seiten umschaute, als suche er etwas oder jemanden Bestimmtes. Dann nahm er Gervasius wahr. Ein Anflug von Verärgerung glitt über seine Züge, der jedoch sofort einem freundlichen Lächeln Platz machte.

»Hallo Junge, einen schönen Tag hast du dir ausgesucht für die Gartenarbeit.«

»O ja, Eure Majestät. Aber der Koch hätte mich auch bei strömendem Regen hierhergeschickt.«

»Du erntest also Gemüse für das Essen heute Abend?«

»So ist es, und ich weiß gar nicht, wo mir der Kopf steht vor Arbeit.«

Gervasius bereute sofort diese ungeschickte Bemerkung, doch die Miene des jungen Königs blieb freundlich.

»Wie heißt du, Junge?«

»Gervasius von Tilbury, Eure Majestät.«

»Nur keine Umstände, nenn mich Hal. Das tun alle. Dann bist du der vielversprechende Schlauberger, der begabteste Junge der Schule, wie mir der Dekan versichert hat.«

»Ihr seid zu gütig ... Hal. Ich gebe mein Bestes.«

Auf dem Kiesweg wurden Schritte laut. Zu Gervasius' Verwunderung stand plötzlich Roswitha, die Gattin des Dekans, vor ihnen. Als sie den jungen König entdeckt hatte, verfärbte sich ihr Gesicht und Hals einschließlich Dekolleté tiefrosa.

»Oh ... Eure Majestät, verzeiht ...«

Sie sank in einen Knicks und wandte sich dann an Gervasius: »Wir brauchen noch einen Kürbis für das Abendessen, Anweisung vom Koch.«

»Ich bin gerade dabei, Madam.«

Gervasius ging einige Beete weiter und schnitt einen mittelgroßen orangefarbenen Muskatkürbis ab. Er reichte die schwere Frucht Roswitha, die in der Zwischenzeit wie angewurzelt neben dem jungen König gestanden hatte. Beide sahen einander nicht an. Spannung lag in der Luft.

»Scheint schwer zu wiegen, der Kürbis«, bemerkte Hal leichthin. »Lasst mich Euch beim Tragen behilflich sein, Madam.«

Er streckte die Arme aus, sie legte den Kürbis hinein.

»Auf bald, Gervasius!« Mit diesen Worten entschwand der junge König in Begleitung von Roswitha durch den Torbogen in den vorderen Teil des Gemüsegartens.

Als er allein war, setzte Gervasius seine Arbeit im Beet fort, ohne wie sonst ganz bei der Sache zu sein. Während er Kartoffeln aus der Erde zog, grübelte er darüber nach, ob die Begegnung von Hal und Roswitha im Gemüsegarten ein Zufall gewesen war.

Entscheidungen

Die erste Woche der Jagd war vergangen, und Gervasius hatte den Augenblick, in dem er Philip seine Entscheidung mitteilen wollte, immer weiter hinausgezögert. Am achten Tag biss er in den sauren Apfel und bat seinen besten Freund nach dem Frühstück um eine Unterredung.

»Lass uns Richtung Wald gehen, im Garten trifft man ja ständig auf königliches Blut«, scherzte er, während sie an den Häusern der Chorherren vorbei zum Waldrand wanderten.

»Du spielst auf das Gerücht an, dass der junge König eine Liebschaft mit der Frau des Dekans haben soll. Glaubst du es?«

Philip klaubte einen trockenen Ast auf, an dem noch zwei gelbe Blätter hingen.

»Ich habe sie im Gemüsegarten getroffen. Erst erschien er, kurz darauf sie. Bei seinem Anblick verfärbte sie sich rosa.«

Philip lachte, wobei seine Stimme sich überschlug.

»Das ist noch gar nichts. Ich habe von Pierre, einem der Pferdeknechte, gehört, dass sie im Stall in eindeutiger Lage angetroffen worden sein sollen.«

»Mit eindeutiger Lage meinst du so, wie wir sie mit dem Dekan gesehen haben?«

»So ähnlich, aber im Stehen.«

Sie hatten den Waldessaum erreicht und folgten jetzt einem Trampelpfad, der zu einer wenig besuchten Lichtung führte.

»Auch wenn du mich jetzt hasst, ich werde nicht mit an den Hof kommen. Ich werde in Waltham wie geplant meine Schulausbildung beenden und danach an einer hohen Schule weiterstudieren. Es tut mir leid, Philip.«

Philips Gesicht blieb ausdruckslos, als er nickte.

»Ich hasse dich nicht. Ich habe das schon geahnt. So gut kenne ich dich inzwischen. Du liebst Waltham. Und deine Studien bedeuten dir alles. Das kann ich verstehen. Ich werde klarkommen. Auch ohne dich.«

»Du wirst jede Menge neue Leute kennenlernen. Es wird bestimmt aufregend sein, am Hof des Königs. Eines Tages komme ich vielleicht nach.«

Gervasius bückte sich nach einer Handvoll Bucheckern, um seinen beklommenen Gesichtsausdruck zu verbergen. »Wann wird es so weit sein?«

»Es haben mehrere Gespräche zwischen dem Dekan und Henry stattgefunden. Der Dekan wollte, dass ich bis Ende des Jahres in Waltham bleibe, aber ich habe gesagt, dass ich gleich nach Ende der Jagd zusammen mit dem König abreisen will.«

»So schnell?«

»Es ist noch nicht endgültig entschieden, aber ich denke, ich werde meinen Willen durchsetzen. Dem König passt das gut in seinen Zeitplan, und es erspart weitere Reisekosten.«

Die Abreise der Hofgesellschaft war für den Vormittag des 15. Oktober vorgesehen. Am Tag zuvor hatte das letzte Mal die Jagd stattgefunden. Waltham war jetzt auf Monate mit Wildbret versorgt. Es war kühler geworden im Verlauf der Woche. An diesem Morgen hing noch Frühnebel über den Wiesen und Feldern, als sich die Bewohner von Waltham auf dem Vorplatz einfanden, um die königlichen Gäste zu verabschieden. Philip hatte seine Kleidung und sonstige Habseligkeiten bereits am Vortag in einer großen Truhe verstaut, die gerade zusammen mit Kleiderkisten des Hofes von einigen Knechten auf einen der Wagen gehievt wurde. Gleich nach dem Aufstehen war Philip ein letztes Mal zu den Zwingern gerannt, um seinen drei Lieblingshunden Leb wohl zu sagen. Mit Gervasius stand er nun neben dem Wagen, auf den seine Truhe verladen wurde.

»Hast du alle deine Schulbücher in die Truhe bekommen?«

»Nein, ich lasse sie hier. Sicher werden die, die uns folgen, sie brauchen können.«

Bücher zurückzulassen war etwas, das Gervasius niemals getan hätte, aber er enthielt sich jeden Kommentars. Sein Freund war ohnehin in einem unausgeglichenen Gemütszustand: unruhig und aufgekratzt. Zugleich war darunter eine gewisse Traurigkeit zu spüren. Gervasius schmerzte der bevorstehende Abschied mehr, als er zugeben konnte. Ohne Philip würde Waltham nicht mehr dasselbe sein. Vor dem dunklen Hintergrund des Epping Forest stiegen weiße Nebelschwaden auf. Der Vorplatz war wie von einer Dunstglocke bedeckt, in der alles in einem hellen quecksilbrigen Grau schimmerte. Gegen Mittag würde die Sonne durchbrechen, wenn die Gäste längst über alle Berge waren. Sie beobachteten die offizielle Verabschiedung zwischen dem Dekan und Henry II. sowie seinem ältesten Sohn Hal. Letzterer schien überallhin zu blicken, nur nicht zu der Gattin des Dekans, die neben Geoffrey Rufus stand und angestrengt zu Boden starrte, während die Männer sich die Hände schüttelten.

»Waltham ist ein gesegneter Ort«, hörten sie den König sagen. »Es hat mir sehr gut gefallen, Dekan. Sehr gut. Ich werde sicher einen Weg finden, den Ort auf meine Weise zu ehren.«

Bei diesen Worten war ein gieriges Leuchten in des Dekans Augen erschienen.

»Was er damit wohl meint?«, flüsterte Gervasius Philip zu. »Ich habe ein seltsames Gefühl, was Henrys Pläne für Waltham betrifft.«

Doch sein Vetter zuckte nur mit der Schulter. Ihn ging das nichts mehr an.

Dann kam der Moment, vor dem Gervasius sich gefürchtet hatte. Die meisten der Reisenden saßen bereits auf ihren Pferden oder in Kutschen, nur Philip stand noch neben ihm. Er hoffte, dass er die Tränen lange genug zurückhalten konnte.

»Du wirst glücklich sein bei Hof«, versprach er Philip. Der sah ihn an mit zitternden Mundwinkeln, bevor er sich zu einem Lächeln zwang.

»Blutsbrüder für immer?«

»Ja«, sagte Gervasius. »Für immer.«

Dann verkeilten sie sich für wenige Momente in einer verlegenen Umarmung, bis Philip sich losriss und zu dem Pferd rannte, das der König ihm geschenkt hatte. Ein stolzer dunkelbrauner Araberhengst. Philip saß so selbstverständlich auf, als wäre er im Sattel geboren worden, und winkte. Gervasius spürte überdeutlich den Boden unter seinen Füßen und fühlte sich kleiner und unbedeutender als jemals zuvor. Der Tross aus Wagen und Reitern setzte sich in Bewegung. Philip winkte noch einmal, bevor er sich in den Geleitzug einreihte, der mit flottem Trab dem Epping Forest zustrebte, wo er vom Dunkel des Waldes verschluckt wurde.

Die Abwesenheit seines Freundes lastete anfangs schwer auf Gervasius. Anstatt sich enger an die anderen Schüler anzuschließen, zog er sich lieber in die Welt aus Büchern zurück, die ihm die Bibliothek bot. Viele Stunden hockte er dort auf einem Schemel und las in einer der schweren, angeketteten Handschriften die Gedanken von Menschen, die lange tot waren, denen er sich aber trotzdem durch die säuberlich auf Pergament verewigten Buchstaben, die sie hinterlassen hatten, verbunden fühlte. Bruder Zacharias hatte seinem vielversprechendsten Schüler die Lektüre umfangreicher Texte aufgegeben: Honorius sollte er studieren und Augustinus. Zu seiner Unterhaltung zwischendurch las er Ovid. Die ›Metamorphosen‹ regten seine Fantasie an wie kein Werk zuvor: Getragen vom Rhythmus der daktylischen Hexameter entfaltete sich vor Gervasius' innerem Auge eine etwas andere Schöpfungsgeschichte. Er sah, wie die Welt aus dem Chaos geboren wurde, wie sie entstand aus den Samen der Dinge, die ungeordnet in der ungeformten Urmasse verborgen gewesen waren. Ovid sprach von einem Gott, nicht dem Gott, der dann eingriff, Himmel und Erde schied und der Welt ihre heutige Gestalt gab. Gervasius war sicher, dass es der christliche Gott war. Es konnte kein anderer sein, auch wenn die Heiden ihn noch nicht als solchen erkannt hatten. Ob der Mensch vom göttlichen Weltenschöpfer selbst geschaffen oder ohnehin in den irdischen Samen angelegt gewesen war, stellte der große Philosoph, wie Gervasius den römischen Dichter bald bei sich nannte, dem Leser zur Wahl. Auf der neu geschaffenen Erde brach das goldene Zeitalter an. Es herrschte Frieden und ewiger Frühling. Die Natur spendete den Menschen in Fülle, was sie zum Leben brauchten: Kirschbäume, Erdbeeren, Brombeersträucher und Eicheln. Sogar das Korn wuchs ohne ihr Zutun wie von selbst. Gervasius folgte mit Ovid den Geschichten der Götter, dem Wechsel und Wandel, den Ränken und Kriegen und lebte bisweilen mehr in dieser aus Worten gefügten Welt als in der, die ihn umgab.

Über der Lektüre verging der Winter, der Gervasius länger vorkam als alle vorherigen Winter, die er in Waltham verbracht hatte. Im folgenden Frühjahr kam ein Bote Henry Plantagenets nach Waltham. Er hatte sowohl einen Brief vom König an den Dekan als auch einen von Philip an Gervasius dabei. Gervasius zog sich mit der Pergamentrolle in den Gemüsegarten zurück, dorthin, wo er vor Monaten auf den jungen König und Roswitha gestoßen war. Es war April, und es zeigten sich erste zarte Pflänzchen, aber noch waren die Bäume nicht grün, und alles wirkte im blassen Sonnenlicht trostlos. Er brach das Siegel und entrollte das Blatt. Philips ungelenke Schrift bedeckte die Seite, er hatte in Normannisch geschrieben, nicht in Latein.

Mein lieber Freund und Blutsbruder,
ich sende dir Grüße aus der Burg von Chinon, wo der Hof gerade weilt. Seit einem halben Jahr reise ich nun mit dem Hof des Königs durch England, Anjou, Aquitanien und die Normandie. Das Leben bei Hof ist abwechslungsreich, aber auch anstrengend. Ich könnte dir Geschichten erzählen über die Ränke, die hier gesponnen werden, aber das tue ich lieber ein anderes Mal, wenn wir uns persönlich begegnen, was hoffentlich bald geschehen wird. Der König ist mein großes Vorbild. Er nimmt mich häufig mit zur Jagd, aber vor allem kümmere ich mich um die Hunde. Neben Romulus und Remus hat er noch weitere zehn Tiere, für deren Wohlbefinden ich allein verantwortlich bin. Auf Reisen, und wir reisen ständig, ist es

nicht immer leicht, gutes Fleisch für die Hunde aufzutreiben, denn Henry verlangt, dass sie nicht mit Resten von der Tafel gefüttert werden. Die Gesundheit seiner Hunde liegt ihm sehr am Herzen, manchmal denke ich, sogar mehr als die der übrigen Mitglieder seiner Familie. Die Königin hält sich weiterhin in Salisbury auf. »Zu ihrer eigenen Sicherheit«, sagt der König. Doch die Wahrheit ist, dass er seine eigene Gattin in einen Turm gesperrt hat. Vom jungen König bekomme ich nichts zu Gesicht, denn er hat einen eigenen Hofstaat und hält sich in seinen Ländereien auf oder zieht von Turnier zu Turnier, wo er einen Sieg nach dem anderen einheimst. Wir hören hier viele Gerüchte. Besonders abends ist es der beliebteste Zeitvertreib, über die nicht anwesenden Mitglieder des Hofes zu klatschen. Dem zweiten Sohn des Königs, Richard, wird nachgesagt, er würde Männer lieben. Aber das kann ich nicht bestätigen. Wenn er seinen Vater begleitet oder zu Hoftagen anreist, wirkt er auf mich wie ein Mann der Tat, einer, auf dessen Wort man sich verlassen kann. Er strahlt eine natürliche Autorität aus, wie sein Vater. Ich rede und rede und komme doch nicht zum Punkt. Die Wahrheit ist, ich vermisse dich, Vetter. Vermutlich wird es jedoch nicht mehr allzu lange dauern, bis wir uns wiedersehen, denn Henry hat Pläne mit Waltham, und um die zu besprechen, wird er spätestens im Herbst persönlich anreisen. Ich habe darum gebeten, dabei sein zu dürfen. Ob die Nachrichten, die der König hat, dir gefallen werden, bezweifle ich. Du wirst dir bald selbst ein Urteil bilden können.

Ich freue mich auf unser Wiedersehen.
Dein Vetter und Blutsbruder
Philip

Am Ende des Mittagsmahls erhob sich der Dekan und räusperte sich:

»Was der König mir in seinem Brief mitgeteilt hat, ist für uns alle von entscheidender Bedeutung. Wir treffen uns im Kapitelsaal. Alle Chorherren und alle Schüler. Die Angelegenheit erlaubt keinen Aufschub!«

Nie hatte die Stimme des Dekans düsterer geklungen. Entweder war er besonders schlechter Laune, oder die Nachrichten waren wenig erfreulich. Im Strom der Chorherren und Schüler gelangte Gervasius in den Kapitelsaal. Ein beunruhigtes Gemurmel ging durch die Reihe der Chorherren. Auch seine Mitschüler tuschelten aufgeregt.

»Ruhe!«

Der Dekan stand in seiner ganzen Autorität vor ihnen und entrollte das Schreiben des Königs. »Ich werde euch den ganzen Brief vorlesen. Danach werdet ihr keine Fragen mehr haben:

An den geehrten Dekan des Kollegiums in Waltham,
Geoffrey Rufus,
wir möchten Euch heute mitteilen, dass wir in der Angelegenheit von Waltham eine Entscheidung getroffen haben: Wir werden zu Ehren der Heiligen Dreifaltigkeit und des gesegneten Kreuzes, welches in Waltham für die Christenheit verwahrt wird, die säkulare Gemeinschaft von Stiftsherren in eine Abtei für Augustiner Chorherren umwandeln. Alle für dieses Ziel notwendigen Bauten werden wir bestreiten und uns zudem verpflichten, der Abtei in Zukunft großzügige Spenden zukommen zu lassen. Um die angestrebte Umwandlung in ein christliches Kloster durchführen zu können, benötigen wir, wie mir meine geistlichen Berater erklärt haben, eine schriftliche Genehmigung des Heiligen Vaters Alexander III., um die Neugründung nach kanonischem Recht zu legitimieren. Ein Bote ist bereits auf dem Weg nach Rom. Die Augustiner Chorherren für die Neugründung der christlichen Gemeinschaft haben wir bereits ausfindig gemacht. Die derzeit ansässigen Stiftsherren werden für den Verlust ihrer Pfründen, die an die Augustiner übergehen, reichlich entschädigt werden, sowohl mit Gold als auch mit Landbesitz. Die weithin gerühmte Schule wird weiter bestehen können und gegen höhere Gebühren zusätzliche Schüler aufnehmen können.
Wir bedanken uns bei dem ehrwürdigen Dekan Geoffrey

Rufus und den Stiftsherren für die uns erwiesene Gastfreundschaft während der letzten Jagdgesellschaft. Im Sommer werden uns wichtige Angelegenheiten auf unserem festländischen Besitz aufhalten. Im Herbst jedoch werden wir in Begleitung einer kleinen Zahl von Hofleuten kurz in Waltham Station machen. Bis dahin verbleiben wir mit Hochachtung und Respekt vor dem Dekan und den Chorherren des Kollegiums in Waltham

Seine Majestät der König von England,
Herzog von Anjou und Aquitanien
Henry II. Plantagenet«

Metamorphosen

Gervasius hatte sich nicht recht auf das Wiedersehen mit Philip freuen können, war dieses doch zu sehr mit den Veränderungen verbunden, die bald auf Waltham zukommen würden. Er bezweifelte nicht, dass die Absichten des Königs gut waren, doch war sich Henry II. vielleicht nicht bewusst, was er den Chorherren und Geoffrey Rufus damit antat.

Seit der Dekan den Brief verlesen hatte, herrschte in Waltham gedrückte Stimmung, die sich auch auf die Schüler auswirkte. Gervasius hatte versucht, sich dem zu entziehen, indem er in die Bibliothek oder die hinterste Ecke des Gemüsegartens floh, doch es half wenig, sich davor zu verstecken, denn selbst im Garten wurden die Konsequenzen der Entscheidung des Königs sichtbar. Bruder Basilius tat nur noch das Nötigste, was bedeutete, dass Büsche und Sträucher nicht mehr zurechtgestutzt und die Obst- und Nussbäume nicht mehr abgeerntet wurden. Wozu auch? Bald mussten sie Walthams Herrlichkeiten Fremden überlassen, die sich ins gemachte Nest setzen würden. So sahen es die Chorherren, und Gervasius konnte sie verstehen. Auch der Koch gab sich keine Mühe mehr mit den Mahlzeiten. Die Speisen waren lieblos gewürzt, und immer öfter kam das gleiche

Gericht mehrere Tage hintereinander auf den Tisch, was nicht nur Gervasius den Appetit verdarb.

Als der gefürchtete Tag kam, stand Gervasius mit sehr gemischten Gefühlen auf dem Hof, um mit den anderen die Ankunft des Königs zu erwarten. Alle trugen ihre Alltagskleidung, auch der Dekan, der in den letzten Monaten sichtlich gealtert war. Mehr mürrische Linien hatten sich in sein hageres Gesicht geschnitten, und sein Bart war grauer denn je. Er begrüßte den König sehr aufrecht, mit der nötigen Ehrerbietung, aber ohne jede Spur von Freude im Gesicht. Auch die Chorherren und Schüler zeigten sich über den Besuch Henrys weniger begeistert als beim letzten Mal.

Gervasius entdeckte Philip inmitten einer Gruppe von halbwüchsigen Knappen, die den Vorgängen in Waltham wenig Aufmerksamkeit zu schenken schienen und sich lieber gegenseitig mit Scherzen bei Laune hielten, während Henry Höflichkeiten mit den Chorherren austauschte. Philip hatte sich verändert in dem knappen Jahr, seit sie sich das letzte Mal gesehen hatten. Er war nicht nur gewachsen, er war auch kräftiger geworden, sehniger, breiter in den Schultern und kantiger im Gesicht. Er trug das weizenblonde Haar länger, wie die meisten von Henrys Höflingen, und seine Kleidung war kostbar, mit engen Beinkleidern und einer leuchtend grünen Tunika aus einem schimmernden Gewebe. Er lachte mit seinen Kameraden, die zum größten Teil etwas älter waren als er. Als er endlich in seine Richtung blickte, glaubte Gervasius, einen leicht spöttischen Ausdruck in den Augen des Vetters zu entdecken. Wo war der Philip, der ihm geschrieben hatte, dass er ihn vermisse? Gervasius wandte den Blick von ihm und sah hinüber zu den Chorherren: zu Giles, der kaum noch lachte, zu dem winzigen Bruder Zacharias, der ihm so viel beigebracht hatte, zu dem beleibten Modestus von Winterbourne und den anderen. Wie lange würde es dauern, bis sie Waltham verlassen mussten? Eine tiefe Traurigkeit erfasste ihn. Plötzlich fühlte er eine Hand auf seinem Arm.

»Was schaust du so traurig, Vetter? Ich bin wieder hier. Wenn auch nur für kurze Zeit.«

»Philip … Du bist erwachsener geworden.«

»Und du bist immer noch der Alte.«

Sein Freund grinste wie der Philip, den er kannte, und streckte ihm die Arme entgegen. Sie umarmten sich, klopften sich gegenseitig auf die Schulter. Erleichtert. Wiedervereint. Wenn auch nur für kurze Zeit.

Der König hatte angeordnet, dass sich vor der Abendmahlzeit alle Bewohner von Waltham im Kapitelsaal zu versammeln hätten. Gervasius bekam inzwischen Bauchschmerzen, sobald er an diesen Ort gerufen wurde. Dabei war der Kapitelsaal von Waltham ausgesprochen schön, mit seinem geschwungenen Rippengewölbe und den runden Fenstern an der Stirnseite. Traditionsgemäß war die vordere Bankreihe allein den Chorherren vorbehalten. In einer Reihe dahinter saßen die Schüler. Gelegentliche Gäste durften in einer seitlich neben der zweiten Reihe aufgestellten Bank Platz nehmen, und für besonders hochrangige Besucher wurden eigens Polsterstühle aus einem Nebenraum herbeigeschafft. Auf diesen hatten sich die Begleiter des Königs niedergelassen, unter ihnen Philip. Während die Letzten noch ihre Plätze aufsuchten, hatte Gervasius sich zurückgelehnt und starrte fast ehrfurchtsvoll zu dem filigran wirkenden Rippengewölbe hinauf, welches die hohe Decke des Saals zierte. Wer wusste, wie oft er noch die Gelegenheit hatte, diesen Anblick zu bewundern? Ein Verstummen des allgemeinen Gemurmels ließ darauf schließen, dass der König eingetroffen war. Gervasius löste seine Aufmerksamkeit von der Decke und richtete sie auf Henry, der nun den Platz von Geoffrey Rufus hinter dem Rednerpult eingenommen hatte und durch seine bloße Größe und körperliche Präsenz einschüchternd wirkte. Nachdem er die üblichen Höflichkeitsfloskeln hinter sich gebracht hatte, kam er schnell zum Punkt:

»Wie Ihr sicher alle bereits vernommen habt, werde ich Waltham in eine Augustinerabtei umwandeln. Die dafür erforderliche päpstliche Erlaubnis in Form einer Bulle lasse ich gerade einholen. Der Bote, den ich bereits vor einigen Wochen aussandte, ist bisher noch nicht aus Rom zurück. Sobald er mit der Bulle eintrifft, kann die Neugründung von Waltham als Abtei in die Wege geleitet werden. Es kann sich um Monate oder auch nur noch um Wochen handeln, bis es so weit ist. Eine ausreichende Zahl an Augustinermönchen hat sich bereit erklärt, sich hier niederzulassen. Für die Mönche werde ich eigens einen Schlafsaal bauen lassen, da sie den Regeln gemäß nicht nur gemeinsam beten und arbeiten, sondern auch schlafen sollen. Die Häuser der Chorherren können dann an Dorfbewohner vermietet werden oder als Gästehäuser für wohlhabende Pilger genutzt werden.«

Der König machte eine Pause und betrachtete aufmerksam die ihm zugewandten sorgenvollen Gesichter der Chorherren.

»Natürlich werde ich Euch nicht einfach von diesem Ort verjagen. Schließlich habt Ihr dazu beigetragen, ihn zu dem zu machen, was er jetzt ist. Jeden Einzelnen der hier anwesenden Chorherren werde ich mit Land für den Verlust seiner Pfründen entschädigen, die in den Besitz der Krone übergehen. Jeder Chorherr erhält von mir fünfzig Quadratmeilen besten Landes, wahlweise in England oder auf dem Festland, in Anjou oder der Normandie … Wie Ihr auch bereits erfahren habt, werde ich die Schule fortführen und erweitern. Dazu brauche ich zusätzliche Lehrkräfte. Bruder Zacharias, dein hervorragender Ruf als Lehrer ist dir vorausgeeilt. Ich möchte dich daher gerne zum neuen Schulleiter ernennen. Damit hast du die Aufsicht über alle weiteren Lehrkräfte, die ich einstellen werde. Du kannst als Externer kommen und gehen, wie es dir beliebt, und wirst für deine Tätigkeit selbstverständlich entlohnt. Ist das ein Angebot?«

Alle starrten auf den kleinen Lehrer, der am Ende der ersten Reihe saß und mit unbewegtem Gesicht zum König aufsah.

»Verzeiht mir, Sire, dass ich Euer Angebot ablehne, aber ich kann nicht wie eine Made im Speck weiterhin in Waltham leben, während meine Brüder im Geiste diesen gesegneten Ort verlassen müssen und in alle Himmelsrichtungen verstreut werden.«

Einige der Chorherren begannen zu klatschen. Gervasius und

ein paar andere Schüler fielen ein. Am Ende klatschten alle Bewohner von Waltham. Henry nahm diesen verbalen Schlag gelassen hin.

»Nun, ich nehme deine Entscheidung zur Kenntnis, Bruder Zacharias, aber ich stelle dir frei, deine Meinung jederzeit zu ändern. Ansonsten bin ich mit meiner Rede am Ende angelangt. Ich möchte noch den geehrten Dekan bitten, mich morgen früh alle Räumlichkeiten und Einrichtungen von Waltham besichtigen zu lassen. Außerdem brauche ich Einblick in die Bücher. Ich möchte wissen, wie hoch die jährlichen Einnahmen und Ausgaben sind, und würde gerne zusammen mit meinem Notar Stephen von Blois sämtliche Besitzunterlagen einsehen. Damit ist die Versammlung beendet. Sollte noch jemand Fragen haben, werde ich diese morgen zur gleichen Zeit am gleichen Ort beantworten. Ich danke für Eure Aufmerksamkeit.«

Am nächsten Morgen, nach einem eher bescheidenen Frühstück, löste sich Philip aus der Traube höfischer Kameraden und winkte Gervasius verschwörerisch zu sich.

»Ich habe etwas mit dir zu besprechen, Blutsbruder. Begleitest du mich zu den Zwingern?«

»Noch mehr gute Neuigkeiten?«, fragte Gervasius ironisch.

»Ob du es glaubst oder nicht, die sind wirklich gut.«

»In Ordnung.«

»Ich hoffe, Euripides, Astarte und Penelope erkennen mich noch.«

»Die vergessen dich nie, glaub mir.«

Als Philip von den Hunden umringt im Zwinger hockte, war es fast wie früher. Er balgte mit den Tieren, tätschelte sie übermütig und wurde mit heraushängenden Zungen und Freudengebell belohnt.

Philip gab Astarte einen abschließenden Klaps und schloss die Zwingertür hinter sich.

»Gehen wir ein Stück im Epping Forest?«

Sie nahmen einen Pfad, der durch dunklen Tannenwald führte, in dem Gervasius früher oft Pfifferlinge und Steinpilze gesammelt hatte. »Beste Pilzzeit«, seufzte er. »Schade, dass der Koch sich keine Mühe mehr gibt.«

»Warum nicht?«

»Er hat aufgegeben. Wie die meisten in Waltham.«

Philip blieb eine Weile stumm, dann fing er zu reden an.

»Ich weiß, dass das für euch alle nicht leicht ist, schließlich war ich auch einmal Teil dieser Gemeinschaft. Aber die Zeiten ändern sich, und man muss sich den Gegebenheiten anpassen! Auch du. Mit deinen Fähigkeiten stehen dir so viele Möglichkeiten offen. Du solltest sie zu nutzen wissen.«

»Und wie?«

»Der König möchte, dass du als Berater oder Kanzlist an seinen Hof kommst. Vorher kannst du deine Ausbildung in der Grammatikschule St. Martin Le Grand in London abschließen. Du kannst gleich mit uns reisen. Und er wird für die Kosten aufkommen. London, Gervasius!«

Gervasius bückte sich, um einen besonders dicken Steinpilz mit einem prächtigen rotbraunen Hut zu begutachten. Gebraten mit Kartoffeln gäbe der eine fantastische Mahlzeit.

»Ich überlege es mir, Philip.«

»Du hast Zeit bis zu unserer Abreise morgen früh. Der König erwartet deine Entscheidung.«

Es war so kalt in Waltham am 20. Januar 1177, dass niemand vor der Tür positioniert worden war, um die Ankunft der königlichen Gesellschaft anzukündigen. Der Winter hielt das Kollegium in seinem eisigen Griff. Kurz vor Weihnachten hatte der Frost eingesetzt. An Dachtraufen, Fensterstürzen und Bäumen hatten sich dolchartige Eiszapfen gebildet. Der Mühlbach und sogar die Lea waren teilweise zugefroren. Im Dorf hatte der Kälteeinbruch ein Opfer gefordert. Die alte Alma war leblos und völlig erstarrt in der Ruine der Mühle in ihrem Lehnstuhl gefunden worden. Sogar die Glasfenster in der Kirche und im Kapitelsaal waren mit Eisblumen überzogen, an deren zarter Schönheit sich Gervasius unter anderen Umständen erfreut hätte. Mit dem Jahreswechsel war dann der Schnee gekommen.

In der Neujahrsnacht waren die Flocken noch leise und zögerlich gefallen, klein und zart waren sie gewesen und hatten doch die Welt weiß überhaucht zurückgelassen. In den folgenden Tagen waren die Flocken größer geworden und dichter gefallen. Nach stundenlangem Schneefall waren Bäume, Beete und Felder mit einem dicken Polster bedeckt gewesen, alles war noch unkenntlicher geworden. Mit jedem Schritt sank man knöcheltief in die feuchte, blendend weiße Masse ein. Zu genau dieser Zeit, mitten im winterlichsten Januar hatte es dem königlichen Boten gefallen, mit der erbetenen Bulle des Papstes aus Rom zurückzukehren.

Kurz vor Mittag klopfte es an der Tür. Gervasius hatte mit den anderen bei heißem Würzwein im Refektorium gesessen und gewartet. Er war im Herbst 1176 nicht mit dem Gefolge des Königs mitgezogen. Er hatte so lange wie möglich in Waltham bleiben wollen. Er hatte dem König über Philip ausrichten lassen, dass er sein Angebot annehme, jedoch erst am Tag nach der Umwandlung von Waltham in eine Abtei. Seitdem hatte er den Tag gefürchtet und zugleich herbeigesehnt, da ohnehin nichts mehr war wie vorher. Jetzt war der Moment gekommen. Durch die Fenster konnten sie beobachten, wie die Stallknechte sich um die Pferde der Hofgesellschaft kümmerten. Flüchtig dachte Gervasius daran, dass der viele Schnee auch sein Gutes hatte. So konnte man den ungepflegten Zustand, in dem sich Garten und Obstwiesen befanden, nicht auf den ersten Blick erkennen. Im Refektorium, wo ein freundliches Feuer im Kamin prasselte, rührte sich niemand. Der Dekan hatte bereits am Tag zuvor sein Dienstgewand abgelegt und saß nun in Alltagstunika mit ihnen am Tisch. Dass er trotzdem feierlicher wirkte als die anderen, lag daran, dass er ganz in Schwarz gekleidet war. Die Tür öffnete sich quietschend, und ein Höfling kündigte mit affektierter Stimme den König an:

»Seine Majestät der König von England, Herzog von Anjou und Aquitanien, Henry II. Plantagenet!«

Gervasius erhob sich mit den anderen, um die höfische Gesellschaft zu begrüßen.

Die Zeremonie fand nach einem eher kargen Mittagsmahl im kalten, kerzenerhellten Kapitelsaal statt. Geoffrey Rufus überreichte, mit einer Miene, die perfekt zu seiner düsteren Kleidung passte, Henry einen überdimensionalen vergoldeten Schlüssel, der eigens für diese Gelegenheit in der Dorfschmiede von Waltham hergestellt worden war und die Schlüsselgewalt über die Domäne Waltham symbolisierte. Die Chorherren verfolgten die Vorgänge schweigend. Henry bedankte sich bei Geoffrey Rufus für seine hervorragende Arbeit und winkte dann einen rotgelockten Knappen heran, der ihm mit wichtigem Gesichtsausdruck einen armlangen Holzstab überreichte.

»Geoffrey Rufus, hiermit verleihe ich dir in Anerkennung für deine Dienste fünfzig Quadratmeilen Land in Somerset sowie eine Geldsumme von zwanzig Mark.«

Während der ehemalige Dekan den Holzstab aus der Hand des Königs entgegennahm, suchten die Augen seiner Gattin die Hofgesellschaft nach einem bestimmten Antlitz ab, dessen angenehmer Anblick ihr jedoch nicht vergönnt war. Der junge König war nicht unter den Begleitern seines Vaters an diesem Tag. Gervasius' Blick traf auf den Philips, der ihm zuzwinkerte, fast wie damals, vor vielen Jahren, als sie sich in der Schulstube zum ersten Mal begegnet waren. Er wusste, dass sein Vetter das Gleiche dachte wie er: arme Roswitha. Ihr zu Beginn noch hoffnungsvolles Gesicht fiel gleichsam in sich zusammen. Die Augen wurden klein und traurig, die Mundwinkel zogen sich nach unten, wie von unsichtbaren Gewichten gezogen. Die sonst so hübsche Gattin von Geoffrey Rufus wirkte mit einem Mal verhärmt und bitter wie die alte Alma. Was die Liebe anrichten kann, dachte Gervasius, und nahm sich erneut vor, ihr keine Gelegenheit zu geben, sich bei ihm einzunisten. Sie wurden noch Zeugen, wie der König ähnliche Holzstäbe an alle elf ehemaligen Chorherren verteilte und auch ihnen Land übereignete als Ausgleich für ihre Pfründen. Schließlich wurde es Zeit, sich zu verabschieden, und Gervasius ging von Chorherr zu Chorherr, wobei er am längsten bei Bruder Giles verweilte, den er umarmte, wie er seinen Vater umarmt hätte. Und auch von Bruder

Zacharias verabschiedete er sich mit einer Umarmung. Geoffrey Rufus reichte ihm die Hand, als wäre es ihm gleichgültig, doch für den Bruchteil eines Augenblicks glaubte Gervasius so etwas wie Mitgefühl und Schmerz in den dunklen Augen des ehemaligen Dekans zu erkennen. Er ging nicht noch einmal in den Garten, das hätte er nicht ertragen. Erst als er auf dem Pferd saß, warf er einen Blick auf das schneebedeckte Häufchen von Gebäuden inmitten der überzuckerten Landschaft des Lea-Tals. Dann schnalzte Philip neben ihm mit der Zunge, um seinen Rappen anzutreiben, und Gervasius wandte all seine Willenskraft auf, um seine Gedanken von Waltham weg und auf London zu richten.

Das neue Leben

In London lag weniger Schnee, der in den überfüllten Straßen von unzähligen Füßen und Hufen zu einem gräulichen Matsch zertrampelt worden war. So hatte sich Gervasius am Tag ihrer Ankunft die Stadt in wenig verlockendem wintergrauen Licht gezeigt. Trotzdem hatte der Anblick der schneegefleckten Kirchtürme und Dächer beim Heranreiten ein kurzes Aufflackern von Vorfreude in ihm ausgelöst. Die erste Nacht hatte er in demselben Gästezimmer im White Tower verbracht, das er bei seiner Flucht mit Philip bewohnt hatte.

Am nächsten Morgen hatte ihn Philip zum Haus von Aimar de Grandmont begleitet, einem bescheidenen zweistöckigen Fachwerkhaus mit schiefem Dach, dessen Traufe beinahe die des Hauses auf der anderen Straßenseite berührte. Es sollte für die Dauer seiner Schulausbildung in London sein Zuhause sein. Der Wohnsitz des königlichen Kämmerers lag nördlich der Themse in einer ruhigen Seitenstraße, die sich Druid Street nannte. Aimar hatte sich für den Vormittag eigens für Gervasius vom König Urlaub erbeten, um seinen neuen Mitbewohner in Ruhe empfangen zu können.

Der weißblonde Kämmerer bat Gervasius und Philip herein. Die Truhe mit Gervasius' Habseligkeiten hatte inzwischen ein königlicher Diener vom Palast gebracht. Sie wartete auf ihn in einem winzigen Zimmerchen unter dem Dach mit einem schmalen Bett und einem Blick auf den Fluss und die alles überragende Festungsanlage des Towers.

»Schlafe ich allein hier, Monsieur de Grandmont?«

»Du kannst mich Aimar nennen, Junge. Ja, das ist allein dein Zimmer. Es ist das erste Mal, dass ich einen Schüler aufnehme. Du musst also Nachsicht mit mir haben. Aber wir werden uns schon zusammenraufen, nicht wahr?«

Gervasius nickte glücklich. Ein eigenes Zimmer hatte er nicht mehr gehabt, seit er das Haus seiner Eltern verlassen hatte. Neben der Dachkammer gab es in Aimars Haus nur noch die große Empfangshalle im Erdgeschoss, einen kleineren quadratischen Raum, in dem der Hausherr selbst schlief, und die Küche mit Nebenräumen. Im Dachgeschoss befanden sich weitere Lagerräume.

»Da ich die meiste Zeit ohnehin im White Tower oder in der Abwesenheit des Königs in Westminster verbringe, habe ich keinen Diener. Nur gelegentlich kommt eine Frau, die meine Wäsche wäscht und das Haus sauber hält.«

Zum Mittagessen besuchte Gervasius mit Aimar und Philip ein öffentliches Esshaus an einem Abschnitt des Themseufers, wo aus Kellern und von Schiffen Wein in Fässern verkauft wurde. Man aß, wie im Refektorium von Waltham, an langen Tischen mit Bänken. Das Essen brachten dralle Schankmädchen mit kräftigen Oberarmen. Sie bestellten Kohlsuppe und Wildschweinbraten. Singvögel in Teig kamen für Gervasius seit dem verdorbenen Amsel-Pie, den er vor zwei Jahren ganz in der Nähe verzehrt hatte, nicht mehr in Frage.

»Vielleicht verstehst du jetzt, warum ich keine Köchin brauche, Gervasius.«

»Das Essen ist gut«, musste dieser zugeben. »Kein Vergleich zu dem Fraß, den die bärtige Dame uns damals an ihrem Straßenstand angeboten hat, oder Philip?«

Nach dem Mahl verabschiedete sich Aimar. Er hatte in Westminster zu tun. Philip führte Gervasius vom Fluss weg, durch einige ihm unbekannte Straßen, vorbei an der St. Paul's Cathedral bis kurz vor die nördliche Stadtmauer.

»Von Aimars Haus aus brauchst du ein wenig länger. Du gehst immer Richtung Westen«, erklärte Philip ihm.

Vor einem Hintergrund aus schneebedeckter Heide und Feldern erhoben sich die Doppeltürme einer stolzen Basilika in den bleigrauen Winterhimmel. Die Grammatikschule St. Martin Le Grand gehörte zum gleichnamigen Kloster mit Kirche, und diese wiederum war eine freie königliche Kapelle. Von Bruder Giles hatte Gervasius erfahren, dass die Schule in London einen sehr guten Ruf besaß. Sie war eine der drei führenden Einrichtungen, neben den Kathedralschulen von St. Paul's und St. Mary Arches. Die Schulräume befanden sich, wie Philip ihm zeigte, in einem lang gestreckten Anbau, der wie ein Wespennest am westlichen Seitenschiff der Basilika klebte.

An seinem ersten Schultag, dem zweiten Tag nach seiner Ankunft in der Stadt, wurde Gervasius vom Kanzler selbst begrüßt, was daran lag, dass Henry II. sich der Mühe unterzogen hatte, seinen Schützling persönlich in seinen neuen Wirkungskreis einzuführen. Der Kanzler, Ernicho von York, überschlug sich vor Höflichkeit, schwärmte von der guten Ausbildung und der großen Zahl an Absolventen, die in hohe Ämter vermittelt werden konnten.

»Nirgends lernt man Latein besser als in St. Martin Le Grand! Unsere Art zu schreiben ist an allen europäischen Königs- und Fürstenhöfen sehr begehrt.«

»Hat nicht unser guter Freund Walter Map Eure Schule besucht, Magister Ernicho?«

»Nun Sire, das ist durchaus möglich. Es muss allerdings vor meiner Zeit gewesen sein. Darf ich dem jungen Mann jetzt den Stoff für das nächste Jahr vorstellen?«

Der Kanzler klärte Gervasius darüber auf, welche Lektüre in den nächsten Wochen und Monaten von ihm erwartet wurde.

»Zuerst werden wir natürlich deine Lateinkenntnisse einer Prüfung unterziehen. Wenn deine sprachlichen Fähigkeiten ausreichen, kannst du mit den *Sex Auctores* beginnen, den sechs römischen Dichtern, die nach unserer Meinung die Grundlage für alle weiterführenden Studien wie die der Rhetorik und Dialektik bilden. Du hast sicher von Cato gehört, Junge. Aber auch von Theodosus, Avianus, Maximian, Claudian und Statius?«

Gervasius schüttelte, beschämt über sein Nichtwissen, den Kopf.

»Nun, dann wirst du sie kennenlernen.«

»Ich denke, Gervasius, ich kann dich getrost in diesen fähigen Händen lassen«, warf Henry schließlich mit dröhnender Stimme ein. Gervasius hatte den Verdacht, dass die Ausführungen des Kanzlers ihn gelangweilt hatten.

Sobald der König die Schule verlassen hatte, wurde Gervasius von Ernicho von York an den Vizekanzler und Grammatiklehrer David Berwick weitergereicht, der dafür sorgen sollte, dass Gervasius sich einschrieb.

Bei der Prüfung schnitt Gervasius gut ab. Er hatte ohne zu stocken einen längeren Abschnitt aus dem Psalter auswendig aufgesagt, das *Te igitur* mit Kreide an eine Tafel geschrieben und grammatikalisch analysiert, um anschließend noch eine Hymne vorzutragen. Das Singen war der Teil, der ihm am wenigsten zugesagt hatte, und der einzige Teil, bei dem Philip ihn übertroffen hätte. Aber Philip war nicht hier. Er gehörte jetzt zum königlichen Hof und bereitete sich darauf vor, ein Ritter zu werden. Der Vizekanzler schien mit seiner Leistung zufrieden zu sein, also war Gervasius es auch.

»Bevor ich dich in den Unterricht entlasse, werde ich dir noch unser Geheimnis verraten. Warum, glaubst du, hat diese Schule einen so hervorragenden Ruf?«

»Soll ich raten, Sire?«

»Dank der Großzügigkeit seiner Majestät ist es allen Schülern und Lehrkräften gestattet, die umfangreiche und gut ausgestattete Bibliothek der Hofkapelle zu benutzen, die sich im Tower befindet. Da deine Lateinkenntnisse so gut sind, kannst du mit der Lektüre des Cato beginnen. Der Bibliothekar erwartet dich heute Nachmittag dort. Ich habe ein Exemplar für dich reservieren lassen.«

Wie gut, dachte Gervasius, dass sich die königliche Bibliothek im Tower befand, so hatte er öfter die Gelegenheit, Philip zu treffen. Wie sich bald herausstellte, lagen die Dinge etwas anders. Am frühen Nachmittag machte er sich auf den Weg zum Tower. Da er nicht mehr genau wusste, durch welche Straßen er mit Philip gegangen war, hielt er sich so lange südlich, bis er an die Themse gelangte. Dann folgte er ihrem Verlauf, bis er die mächtige graue Festung vor sich liegen sah. David Berwick hatte ihm eine gesiegelte Urkunde mitgegeben, die ihn als Schüler von St. Martin Le Grand auswies. Diese hielt er einem der Wachmänner vor dem Tor hin.

»Könnt Ihr mir sagen, wo ich die Bibliothek finde?«

»Sie liegt im obersten Stockwerk des White Tower. Es gibt einen direkten Zugang über die Seitentreppe dort rechts.«

Gervasius bedankte sich und betrat den Hof. Die Fassade aus weißem Sandstein hob sich kaum ab in dem grauen Januarlicht, das zwischen den Gebäuden hing. Er fand die Treppe und kletterte hinauf bis zum obersten Stockwerk. Er betätigte vorsichtig den löwengesichtigen Türklopfer. Als niemand die Tür von innen öffnete, drückte er selbst die schwere Klinke herunter und stand zunächst im Dunkeln, bis sich seine Augen an die Lichtverhältnisse gewöhnt hatten und er eine weitläufige Halle erkennen konnte. Graues Licht sickerte durch hohe Bogenfenster, fiel auf die altersdunklen Holzdielen, die Lesepulte mit den angeketteten Handschriften und die mit schwergewichtigen Folianten zugestellten Regale entlang der Wände. An einigen der Pulte saßen junge und auch ältere Männer über ledergebundene Bücher gebeugt, lasen oder kopierten. Der Bibliothekar erhob sich von seinem Schreibtisch in vorderster Front vor den Reihen der Pulte und kam zielstrebig auf Gervasius zu.

»Der junge von Tilbury, nehme ich an«, flüsterte er.

»Ja, Herr. Hier ist mein Empfehlungsschreiben«, antwortete Gervasius.

»Ich bin Osbert von Tarent. Falls du Fragen hast, wende dich getrost an mich. Aber im Flüsterton, verstanden?«, zischte der Bibliothekar. Dann ging er ihm voraus zu einem der Pulte in der hintersten Reihe.

»Dein Cato. Eine sehr alte Handschrift. Geh vorsichtig damit um! Es ist abgemacht, dass du ihn jeden Nachmittag hier lesen kannst. Der Morgen gehört dem Unterricht.«

»Danke, Herr«, flüsterte Gervasius und ließ sich auf dem Studierschemel nieder. Als der Bibliothekar an seinen Platz zurückgekehrt war, klappte Gervasius ehrfürchtig das Buch auf.

Marcus Porcius Cato: Distichen. Er entzifferte langsam den Anfang:

Cum animadverterem, quam plurimos graviter in via morum errare, succurrendum opinioni eorum et consulendum famae existimaui, maxime ut gloriose viverent et honorem contingerent. nunc te, fili karissime, docebo, quo pacto morem animi tui conponas. igitur praecepta mea ita legito, ut intellegas. legere enim et non intellegere neclegere est.

Als mir auffiel, wie viele ernstlich falsch leben, beschloss ich, ein Korrektiv auf ihren Glauben anzuwenden und auf den Erfahrungsschatz der Menschheit zurückzugreifen, damit sie möglichst glorreich leben und Ehre erwerben können. Nun werde ich dich lehren, mein liebster Sohn, wie du Regeln für dein Leben aufstellen kannst. Daher lies meine Vorschriften so gründlich, dass du sie verstehst. Denn zu lesen und nicht zu verstehen ist gleichsam nicht zu lesen.

An einem Abend Ende Februar wurde Gervasius zu einem Festessen im White Tower geladen. Der König wollte sich nach seinen Fortschritten in der Schule erkundigen, hatte Aimar ihm ausgerichtet. Gervasius freute sich darauf, mit Philip zu plaudern, den er seit seiner Ankunft wenig zu Gesicht bekommen hatte, und auch auf das gute Essen.

Im Kamin in der großen Halle des White Tower loderten goldgelbe Flammen, die Luft war warm von der Hitze der vielen Körper im Raum. Gervasius stieg der Geruch von gebratenem Fleisch in die Nase. Spanferkel? Wildschweinbraten? Wasser lief ihm im Mund zusammen. Philip zog ihn neben sich an die Tafel, nachdem er dem König seine Aufwartung gemacht hatte. Hinter ihm hielten Romulus und Remus ein Schläfchen im Schein des Feuers.

»Gervasius! Was macht die Dichtkunst?«

»Je mehr ich lese, desto klarer wird mir, wie wenig ich weiß.«

»Das hört sich nicht nach Fortschritten an.«

»Doch, es spornt mich an, immer mehr zu lernen. Und wie geht es mit den ritterlichen Disziplinen?«

»Ich reite inzwischen ganz gut und kenne jedes einzelne Teil der Rüstung auswendig, die ich als Knappe meinem Ritter anzulegen habe. Im Frühjahr werde ich von Henrys bestem Falkner in das Geheimnis der Falkenjagd eingeweiht.«

Mundschenke umkreisten die Tafel und schenkten rubinroten Bordeauxwein in Messingpokale. Endlich wurden die Platten mit dem Fleisch und den Beilagen von flinken Küchenjungen hereingetragen. Der Duft wurde intensiver. Gervasius hatte richtiggelegen, was den Wildschweinbraten betraf, aber statt Spanferkel gab es Fasanenpastete und Rehrücken in Aspik. In Schüsseln wurden Stampfkartoffeln, Rotkraut und Rosenkohl aufgetragen. Alles wollte sich gerade über die Köstlichkeiten hermachen, da klopfte der König energisch auf den Tisch und erhob sich geräuschvoll.

»Meine lieben Freunde und Gäste, lasst mich Euch vor dem Essen noch kurz über etwas in Kenntnis setzen, von dem auch ich erst gestern erfahren habe. Wilhelm II., König von Sizilien, hat um die Hand meiner jüngsten Tochter Joanna angehalten, und wir haben eingewilligt! Die Hochzeit wird noch in diesem Jahr stattfinden, voraussichtlich im Sommer. Bis dahin gibt es viel zu planen. Ich werde entsprechende Anweisungen erteilen, sobald ich mich mit meinen Leuten beraten habe. Lasst uns also anstoßen auf eine einträgliche Verbindung mit dem Königreich Sizilien und das Wohl von Joanna, der zukünftigen Königin von Sizilien!«

Er hob seinen Pokal. Die Tischgäste standen nun ebenfalls auf und hielten ihre Trinkgefäße in die Höhe.

»Auf die Gesundheit von Joanna!«

»Auf den König von England!«

Gervasius hatte der Bordeaux noch nie so gut geschmeckt. Er leerte seinen Pokal schnell und ließ sich nachschenken.

»Wie alt ist Joanna, Philip?«

»Oh, ich glaube, sie ist zwei Jahre jünger als du, also elf.«

»Ist das nicht ein bisschen jung zum Heiraten?«

»Nicht für eine Prinzessin. Viele werden bereits als Kinder verheiratet.«

»Wenn ich mir vorstelle, ich sollte jetzt heiraten ...«

»Ich werde nächstes Jahr vierzehn, ich hätte kein Problem damit. Übrigens ist die Sache gar nicht so übel, wie wir damals dachten.«

»Du meinst, du hast das getan, was wir damals Roswitha und den Dekan tun sahen?«

Philip grinste eigentümlich. »Ja, und die Schreie und das Stöhnen haben nichts mit Schmerz zu tun. Ganz im Gegenteil.«

Plötzlich kam ihm sein Vetter wie ein Fremder vor.

»Mit wem?«

»Du kennst sie nicht. Die Tochter eines Schmieds in der Stadt. Du solltest es auch versuchen. Ich kann etwas für dich in die Wege leiten, wenn du ...«

»Nein, danke«, unterbrach Gervasius ihn scharf.

Ein Gefühl der Entfremdung breitete sich zwischen ihnen aus. Philip beschloss, das Thema zu wechseln.

»Der König hat dich nicht von ungefähr an diesem Abend eingeladen.«

»Er will wissen, ob ich Fortschritte gemacht habe.«

»Deine Studien sind ihm nicht wichtig. Er wollte, dass ich dir etwas ausrichte.«

Im flackernden Kerzenlicht wirkte Philips lächelndes Gesicht für einen Augenblick fast wie eine der verzerrten Dämonenmasken, die die Kapitelle der Kirchen schmückten.

»Die Hochzeit soll vermutlich im Juni in Palermo stattfinden.

Henry will, dass du dem jungen König, der Joanna auf der Reise begleiten soll, Gesellschaft leistest. Und ich werde als dein Begleiter dabei sein.«

»Ich soll mit nach Sizilien reisen?«

»Freust du dich nicht? Ich kann es kaum erwarten, endlich aufzubrechen. Das wird ein Abenteuer, Bruder!«

Joannas Hochzeit

Am Tag vor der Abreise nach Sizilien hatte Gervasius sich noch einmal im Tower eingefunden.

»Sizilien ist eine Insel«, erklärte Gervasius seinem Vetter, der in der Küche des White Tower Fleisch für Henrys Hunde vom Koch erbeten hatte und nun mit einer großen Schüssel voll dampfender Innereien im Arm neben ihm die Treppe in den Saal hinaufstieg. Der Anblick der ineinander verschlungenen Schweinegedärme und ihr Geruch verursachten Gervasius Übelkeit.

»Eine ziemlich große Insel sogar. Nicht so groß wie England, aber groß genug, um Platz für mehrere Städte zu bieten. Es ist wärmer dort als bei uns. Trockenes, im Sommer heißes Klima. Der Sitz des Königs ist Palermo.«

Er hatte in der Bibliothek der königlichen Hofkapelle eine Reihe von geographischen Abhandlungen durchgeblättert. Philip stieß die Tür zu einem der zahlreichen Wirtschaftsräume auf, die den großen Saal umgaben, und wurde von aufgeregtem Gebell begrüßt. Seine Schützlinge hatten zusammengerollt auf teuren Seidendecken geschlafen und waren vom Quietschen der Tür wach geworden. Vielleicht hatten sie auch die Innereien gewittert. Die großen Hunde stürzten auf Philip zu, der schnell die Schüssel mit dem blutigen Inhalt abstellte und zur Seite trat, während Romulus und Remus sich knurrend um das Fleisch stritten.

»Die Insel heißt nach ihren drei Gebirgen auch Trinacria, die

Dreispitzige. Die Zyklopen sollen in Sizilien gehaust haben. Und die Komödie soll dort erfunden worden sein.«

»Mmhmh«, machte Philip während er den beiden Hunden beim Fressen zusah. »Wusstest du, dass Joanna in Begleitung von Henry dem Jungen noch heute in London eintreffen soll? Er hat Joanna aus dem Kloster von Winchester abgeholt, wo sie die letzten zwei Jahre verbracht hat. Davor lebte sie in Fontevraud, dem Lieblingskloster ihrer Mutter.«

»Das macht es für Joanna sicher leichter, wenn ihr älterer Bruder sie begleitet.«

»Der König hat aufgrund seiner guten Stimmung beschlossen, dass wir eine andere Reiseroute als die bisher geplante nehmen sollen. Wir werden von Southampton aus den Kanal überqueren und über die Normandie nach Anjou reisen. Dort wird sich uns Prinz Richard anschließen und uns nach Saint-Gilles begleiten, von wo aus wir mit einer Flotte von fünfundzwanzig Schiffen nach Sizilien aufbrechen werden. Unsere Schiffe werden direkt im Hafen von Palermo einlaufen. Auf diese Weise ersparen wir uns den beschwerlichen Landweg über die Lombardei und das römische Patrimonium Petri.«

Von der See aus bot Palermo einen überwältigenden Anblick mit seinem Meer aus weißen Häusern, in dem sich eine Vielzahl von Kirchtürmen und runden Kuppeln erhob. Die starke Sonneneinstrahlung auf dem azurblauen Wasser des Mittelmeeres hatte die Haut der Reisenden gebräunt und blendete derart, dass man die Augen zusammenkneifen musste. Von der salzigen Luft waren Gervasius' Lippen aufgesprungen, doch hatte er sich selten besser gefühlt als auf diesem letzten Abschnitt der Reise. Die Überquerung der Nordsee war weniger erfreulich gewesen. Böige Winde hatten das Schiff in Unruhe versetzt, so dass nicht nur er seekrank geworden war. Das Wasser war wellendurchpeitscht und dunkelgrau gewesen, kein Vergleich zu diesem fast transparenten südlichen Meer, in dem ihr Schiff jetzt Fahrt in Richtung Hafen aufnahm. Den Landweg durch das Herzogtum Normandie und die Grafschaft Anjou hatten sie in kurzer Zeit zurückgelegt. Sie waren durch blühende Landschaften geritten und hatten kaum Zeit gehabt, sich umzuschauen. Der junge König hatte es eilig gehabt und alle immer wieder zur Eile angetrieben. In Saint-Gilles hatte die Hofgesellschaft dann erneut zwei Schiffe bestiegen, die mit einer großen Flotte nach Sizilien segeln sollten, zu der auch die Schiffe der Erzbischöfe von Capua und Syrakus sowie das des Grafen Robert von Caserta gehörten. Seitdem hatte Gervasius sich wie im Paradies gefühlt.

Doch dann war Joanna erkrankt. Tagelang war sie nicht in der Lage gewesen, ihr Lager zu verlassen, so dass man schließlich in Neapel vor Anker gehen musste. Erst drei Wochen später, es war bereits Ende Juni, konnten sie wieder aufbrechen. Nach einer fünftägigen Reise hatten sie nun den Hafen von Palermo erreicht. Eine leichte Brise kühlte seine sonnenwarme Haut, während seine Augen über die ozeanische Weite schweiften und am Horizont mit dem grün-, weiß- und sandfarbenen Land hängen blieben, an dem sie vorbeisegelten. Als sie sich dem Festland näherten, konnte Gervasius erkennen, dass um die weiße Stadt herum ein Gürtel aus Grün lag. Das musste das »Conca d'Oro« genannte Umland Palermos sein, von dem er gelesen hatte. Die sogenannte »Goldene Muschel« bestand aus Grünanlagen mit Lusthäusern, Weinpflanzungen, Blumenbeeten und Obstgärten. Während er gebannt über die Reling auf die fremde und zugleich anziehende Stadt blickte, die so anders war als das ihm inzwischen vertraute London, gesellte sich Prinz Richard zu ihm. Der zweitälteste Sohn Henrys überragte den sechs Jahre jüngeren Gervasius um einen ganzen Kopf und besaß eine körperliche Stärke, von der der Junge nur träumen konnte. Richard hatte kupferfarbenes Haar und Augen, die im gleichen Farbton leuchteten wie das sie umgebende Meer.

»Was für ein Anblick! Wenn die Stadt von nahem so schön ist, wie sie von weitem wirkt, kann Joanna sich freuen.«

»Das denke ich auch, Sire.«

»Spar dir die Förmlichkeit, Gervasius, nenn mich Richard.« Er zwinkerte ihm freundlich zu und fügte dann mit gespielter

Affektiertheit in der Stimme hinzu: »Schließlich bin ich nicht der Thronfolger.«

In diesem Moment beneidete Gervasius Joanna. Sie durfte an diesem wunderbaren Ort bleiben, während er nach dem Ende der Feierlichkeiten wieder in das ihm nun kalt und düster erscheinende England zurückreisen musste. Er war sehr gespannt, was sie auf der Insel erwarten würde.

Die Hochzeit fand in der Kathedrale statt, unter den dunklen Augen des Christus Pantokrator und des normannischen Herrschers Roger II., die von ihrem Goldgrund aus Mosaiksteinen auf sie herabstarrten. Neben Philip saß Gervasius mit angehaltenem Atem in einer der hinteren Reihen und wurde Zeuge, wie der Erzbischof von Palermo, Walter Ophamilius, die Trauung zwischen Wilhelm II. von Sizilien und Joanna Plantagenet vollzog. Das Mädchen war nach seiner Genesung noch immer sehr blass. Ihr rotblondes Haar wurde durch einen Schleier fast vollständig bedeckt. Unter dem üppig bestickten Festtagsmantel wirkte sie verkleidet und winzig. Ihr dreiundzwanzigjähriger Bräutigam war ein äußerst gutaussehender Mann. Er hatte dunkelbraunes, leicht gewelltes Haar und blaue Augen, eine lange, gerade Nase und ein energisches Kinn mit Grübchen. Ob er Joanna gefiel? Das war schwer zu erraten, da das Gesicht der Braut kaum zu erkennen war. Sie hielt den Kopf während der gesamten Zeremonie gesenkt und schaute erst auf, als Wilhelm ihr den Ring an den Finger steckte. Die Frischvermählten schritten zum Klang der Orgel und des Chores zwischen den Sitzreihen hindurch und aus der Kathedrale in das strahlende Sonnenlicht hinaus. Die Hochzeitsgesellschaft erhob sich jetzt ebenfalls und folgte dem königlichen Paar nach draußen. In einer feierlichen Prozession, der eine Schar Messdiener mit Fahnen der beiden Königshäuser und des Lammes vorausgingen, gelangten sie dann durch die mit Schaulustigen bevölkerten Straßen Palermos zur Capella Palatina. Auch in dieser – von Roger II. erbauten – Kirche gab es einen Christus Pantokrator, noch größer und beeindruckender als der in der Kathedrale. In der linken Hand hielt er das Evangelium, die rechte war zum Friedensgruß erhoben. Er war von langen lateinischen Schriftbändern umrahmt, schwarze Großbuchstaben auf weißem Grund, die den Gewölbebogen der Kapelle einfassten. In der einschüchternden Anwesenheit dieses Christus wurde die elfjährige Joanna zur Königin von Sizilien gesalbt. Der Erzbischof zählte mit lauter, nasaler Stimme auf Lateinisch die Geschenke auf, die der neu gekrönten Herrscherin gemacht wurden: die Städte Sipont und Vieste, der Monte Sant' Angelo und eine Reihe von Kastellen, die sich, wie Gervasius vermutete, ebenfalls auf der Insel befanden.

Auf dem Rückweg zum Königspalast ging plötzlich der junge König neben Gervasius. Ein gewinnendes Lächeln von Henry, und das Misstrauen, das Gervasius seit Bekanntwerden der Ereignisse der Kriegsjahre 1173 und 1174 ihm gegenüber aufgebaut hatte, stürzte in sich zusammen wie ein Kartenhaus.

»Nun, wie hat dir die Hochzeit samt Krönung gefallen, Gervasius?«

»Die Kathedrale und die Capella sind überaus prachtvoll. Der passende Rahmen für eine solche Verbindung.«

»Das stimmt, der Rahmen ist prachtvoll, fast ist es schon zu viel des Guten. An Reichtum wird es unserer kleinen Schwester zukünftig sicher nicht fehlen. Trotzdem mache ich mir Sorgen ...«

»Warum, wenn ich fragen darf, Sire?«

Obwohl der jüngere Henry lächelte, trat ein schmerzvoller Ausdruck in seine himmelblauen Augen. Er seufzte tief.

»Arme kleine Joanna«, sagte er dann mit trauriger Stimme. »Sie wird ihren Gatten mit den fünfzehn Sarazenenfrauen aus seinem Harem teilen müssen. Meinst du, das wird ihr gefallen?«

Gervasius war so betroffen, dass ihm keine passende Entgegnung einfiel.

»Andererseits ist sie ohnehin zu jung, um ihre ehelichen Pflichten erfüllen zu können. Da ist sie über die tatkräftige Unterstützung der Haremsfrauen vielleicht sogar froh.«

Das Hochzeitsmahl begann am Nachmittag und sollte bis zum späten Abend andauern. Gervasius und Philip hatten vorher ein wenig Zeit gehabt, sich im Palast umzusehen, und waren von der normannisch-orientalischen Mischung der Architektur beeindruckt. Es gab mehrere begrünte Innenhöfe, in deren Mitte jeweils ein bunt gefliester Springbrunnen die Aufmerksamkeit auf sich zog. Überhaupt waren große Teile des Fußbodens und auch viele Wände mit Fliesen bedeckt, die für englische Augen ungewohnte ornamentale Muster zur Schau stellten. Durch die Gänge huschten neben den Hofleuten des jungen Königs viele dunkelhäutige Diener, die, wie die Jungen vermuteten, Sarazenen sein mussten. Der Festsaal, in den sie nach einem kurzen Lauf durch die menschenleeren Gänge des Palastes atemlos eintraten, war ebenso mit orientalisch bemalten Fliesen versehen wie der Rest des Gebäudes. Man hatte eine einzige Tafel aufgebaut, deren Länge die jeder Tischgesellschaft übertraf, an der Gervasius in seinem jungen Leben teilgenommen hatte. Als Erstes wurden Vorspeisen auf großen, runden, beschlagenen Silbertabletts aufgetragen. Dazu schenkte man ihnen einen fruchtigen einheimischen Weißwein ein. Es gab in Öl eingelegte Gemüse, die Gervasius nur teilweise mit Namen kannte, und zu einer breiigen Konsistenz verarbeitete Gerichte, die in verschiedenen satten Farben leuchteten und an die sich Gervasius zuerst nicht heranwagte.

»Das ist Hummus, ein Brei aus Kichererbsen. Sehr delikat«, erklärte ihm sein Tischnachbar zur Linken und deutete eine gemessene Verbeugung an.

»Neilos Doxopratos. Meine Vorfahren stammen aus Konstantinopel. Du hast sicher von einem Neilos Doxopratos gehört, der unter Roger II. ein umstrittenes Traktat über die Patriarchen der christlichen Kirche verfasst hat?«

Gervasius konnte nur kopfschüttelnd seine Unwissenheit in dieser Frage eingestehen.

»Nicht? Jedenfalls war er mein Urgroßvater mütterlicherseits.«

Doxopratos war ein kleiner Mann mit einem gedrungenen

Körperbau. Er musste etwa in Henrys II. Alter sein. Sein dunkles Haar begann sich am Hinterkopf kreisförmig auszudünnen.

»Sehr angenehm, Gervasius von Tilbury. Falls das Werk Eures Vorfahren in der Bibliothek der Hofkanzlei im Tower vorhanden ist, werde ich es bestimmt lesen.«

Die Reste auf den Vorspeisenplatten wurden aus dem Saal getragen. Es folgte eine Darbietung auf orientalischen Musikinstrumenten von drei jungen Sarazeninnen in farbenfrohen, seidenen Gewändern. Die eine, sie war ganz in Goldgelb gewandet, spielte Harfe. Die anderen beiden trugen burgunderrote und muschelrosafarbene Kleider und zupften an Saiteninstrumenten, deren Namen Gervasius nicht kannte.

»Wie nennt man die Instrumente, die die beiden rötlich gekleideten Damen spielen?«

»Das eine ist eine Laute, das andere eine Zither. Gibt es die nicht am Hof des englischen Königs?«

»Dort gibt es allenfalls Harfen- oder Flötenspiel.«

Der Hauptgang wurde hereingetragen. Die Fleischspezialitäten, die von den Dienern auf der Tafel abgestellt wurden, kannte Gervasius von Festbanketten her: Fasan, Hase, Wildschwein, Rehrücken, Singvögel. Auch Fisch war reichlich vorhanden. Gervasius versuchte die säuberlich in einer Reihe angeordneten kleinen, gebratenen Fische, deren Haut, wo sie nicht vom Braten verkohlt war, silbern schimmerte.

»Das sind Sardinen«, bemerkte Neilos. »Eine Spezialität aus der Gegend. Sie müssen ganz frisch sein und dürfen nur mit Kräutern und Meersalz gewürzt und in Öl gebraten werden.«

Die Sardinen waren köstlich. Gervasius leckte sich die fettigen Finger, wischte sie an einem Tuch ab, tunkte sie in Zitronenwasser und nahm sich noch ein halbes Dutzend Sardinen von der Silberplatte.

»Hat es sich schon am englischen Hof herumgesprochen, dass der Kaiser nach Venedig kommt, um sich mit dem Papst zu versöhnen?«

»Nein, wann denn?«

»Das Treffen ist für Ende Juli geplant. Wenn das Wetter mitspielt, werden Friedrich Barbarossa und Alexander III. in einer feierlichen Zeremonie auf dem Markusplatz Frieden schließen. König Wilhelm hat befohlen, dass eine Abordnung ebenfalls in die Lagunenstadt reist, um sicherzustellen, dass die Parteien keine für das Königreich Sizilien nachteiligen Vereinbarungen treffen. Sein Gesandter soll außerdem einen eigenen Vertrag mit dem Papst aushandeln.«

»Dann wird die ganze christliche Welt auf Venedig schauen.«

»Ich stelle mir die Weite des Markusplatzes vor, mit den vergoldeten Türmen von San Marco im Hintergrund, auf den Stufen der rotbärtige Kaiser der Deutschen, der vor dem Papst kniet, bis dieser ihm bedeutet, sich zu erheben! Der Platz wird überquellen von Menschen! Fahnen und Banner der kaiserlichen Truppen flattern im leichten Seewind der Lagune, das Meer ist so blau wie der Himmel ...«

»Ihr kennt Venedig?«

»Ich war vor vielen Jahren dort, als ich kaum älter war als du jetzt. Wusstest du, dass diese Stadt nur zum Teil auf dem Land der Laguneninseln, jedoch zum anderen Teil auf Stelzen erbaut wurde? Venedig ist umgeben von Wasser, Kanäle ziehen sich zwischen den Häuserzeilen hindurch und ersetzen die Straßen. Man bewegt sich mit kleinen hölzernen Barken fort, die Gondeln genannt werden.«

»Eindrucksvoll. Ich wünschte, ich könnte bei dem großen Ereignis dabei sein und die Herrlichkeit dieser Stadt selbst erleben.«

Neilos Doxopratos warf Gervasius einen nachdenklichen Blick zu und lächelte dann.

»Ich denke, das könnte sich einrichten lassen.«

»Ist das Euer Ernst?«

»O ja. Ich habe ein gutes Einvernehmen mit Wilhelm und könnte ihn sicher überzeugen. Du bist ein kluger Junge, wie ich gehört habe. Ein angehender Gelehrter sogar. Da wird sich eine Verwendung für dich finden.«

Der Hauptgang war beendet. Jetzt wurden Schüsseln mit Früchten, Zuckerwerk, süßem Gebäck und Brei aufgetragen.

Auch hatte inzwischen ein halbes Dutzend verschleierter Sarazeninnen die Musikerinnen ersetzt. Hinter einem schweren Vorhang ertönten Flötenklänge und Tamburingerassel. Dann begannen die Verschleierten sich im Rhythmus der Musik zu bewegen, wobei sie ihre ausladenden Hüften kreisen ließen und dann und wann ein Bauchnabel zu sehen war, der von einem glitzernden Edelstein geschmückt wurde. Diese Darbietung schien besonders dem jungen König zu gefallen, der im Takt in die Hände klatschte und dem man ansah, dass er am liebsten auf die Tanzfläche gesprungen wäre. Joannas blasses Kindergesicht zeigte Erstaunen und eine Spur von Ermüdung. Ansonsten schien sie zu eingeschüchtert, um überhaupt etwas zu sagen. Ihr Gemahl unterhielt sich angeregt mit seinen Hofleuten, und Prinz Richard, die Ungeduld in Person, hatte sich erhoben, um nach den Pferden zu sehen, wie er sagte. Gervasius konnte sich dem eigenartigen Zauber der fremdartigen Klänge und des Anblicks der kreisenden Hüften nicht entziehen, verbot sich jedoch, Freude dabei zu empfinden. Von dort wäre es vermutlich nur noch ein kleiner Schritt, bis er von der Liebe einer Frau träumen würde, was nicht eintreten durfte. Er war seit der Begegnung mit der Wahrsagerin in seinem Entschluss fest geblieben. Er erklärte Neilos, dass es ihn sehr freuen würde, wenn er Venedig zu sehen bekäme, und beschloss dann, ein paar Dinge zu überprüfen.

»Ist es wahr, was von Eurem König behauptet wird, dass er einen Harem hat?«

»Woher weißt du das?«

»Der junge König Henry hat es mir erzählt.«

»Dann muss euer junger König gute Quellen haben. Fremde wissen sonst nichts darüber.«

»Henry ist ein bezaubernder Mensch. Er kann sehr überzeugend sein.«

»Das glaube ich dir aufs Wort. Ja, es ist wahr. Der König hat seit vier Jahren einen Harem. Aber daran ist nichts Schlechtes.«

»Nein?«

»Ich denke, es ist sogar eine sinnvolle Erfindung der Ungläubigen. Selbst wenn du es aus dem Blickwinkel der Frauen betrachtest. Da es so viele von ihnen gibt, wird keine Frau je überfordert oder steht unter zu großem Druck, einen Erben zu gebären. Außerdem sind die Frauen immer beschäftigt und in Gesellschaft.«

»Wird denn von Joanna erwartet, dass sie Teil des Harems wird?«

»Aber natürlich nicht. Zum einen ist sie dafür noch zu jung. Zum anderen ist sie Christin und zudem die Königin von Sizilien. Sie hat eine herausgehobene Stellung. Vermutlich wird sie so schnell nichts von dem Harem erfahren. Es sei denn, du oder dieser junge Tausendsassa von einem König …«

»Ich denke, es ist besser, wenn Joanna eine Weile darüber im Unklaren gelassen wird. Wie Ihr richtig feststellt, ist sie noch sehr jung. Ein Kind. Ich werde mit Henry sprechen.«

»Hoffen wir nur, er hat es außer dir noch niemandem verraten.«

Venedig

Am folgenden Tag begab sich die Hochzeitsgesellschaft auf Einladung Wilhelms II. in das von ihm neu erbaute Kloster Monreale, das nur wenige Meilen von Palermo entfernt lag. Sie besichtigten die Räume des Klosters und bewunderten die monumentale Fontanella, einen großen Springbrunnen, der von säulengeschmückten Bogenfenstern umgeben war. Der Boden bestand aus feinem lichtgrauen Marmor, die Säulen waren mit zackenförmigen Malereien versehen, die aussahen wie gemusterte Schlangenhaut. Das ganze Ensemble machte eher einen arabischen denn einen normannischen Eindruck, fand Gervasius. Allerdings hatte er zu wenige arabische Bauwerke gesehen, um das beurteilen zu können. Sie durchquerten den von bunt bemalten Doppelsäulen flankierten Kreuzgang.

»Man beachte die Kapitelle über den Säulen«, ließ sich der König von Sizilien stolz vernehmen. »Kein Kapitell gleicht dem anderen. Jedes erzählt eine eigene Geschichte. Man kann Stunden damit verbringen, diese Gleichnisse zu entschlüsseln.«

Vom Kreuzgang gelangten sie in den Dom. Hier erwartete sie eine Pracht, die derjenigen in den Kirchen Palermos ebenbürtig war. Wilhelm zeigte ihnen verschiedene Mosaike. Eines, vor dem er besonders lange verweilte, zeigte den König selbst, wie er vom Pantokrator mit der juwelenbesetzten Tiara gekrönt wurde. Auf dem Mosaik war sein Haar so kurz, wie er es tatsächlich trug. Eine byzantinische Mode, wie Gervasius von Neilos erfuhr, der selbst den gleichen kurzen Schnitt trug. Auch dieser Gottessohn hielt ein aufgeklapptes Buch in der Hand. ›Ego sum lux mundi‹, ›Ich bin das Licht der Welt‹ stand in lateinischen Lettern geschrieben, die so groß waren, dass jeder des Lesens mächtige Betrachter die Worte erkennen konnte. Die Hochzeitsgäste schlenderten gemächlich an den Mosaiken vorbei. Gervasius fiel auf, dass der junge König vor einem Mosaik auf der anderen Seite des Kirchenschiffes stehen geblieben war und sich nicht mehr vom Fleck gerührt hatte. Er erinnerte sich daran, dass er eigentlich in seiner Eigenschaft als königlicher Unterhalter hier war, und beschloss, herauszufinden, was Henry so bewegte, dass er alles um sich herum vergaß. Er näherte sich dem jungen König und stellte sich stumm neben ihn. Das Mosaik, welches dieser anstarrte, war das Bild eines Mannes im Bischofsmantel, mit Mönchstonsur und Heiligenschein.

»Seine Heiligkeit, der Märtyrer Thomas Becket«, sagte Henry mit leiser, rauer Stimme.

»Ich habe gehört, Ihr kanntet ihn, Sire.«

»O ja, er war mein Erzieher und Lehrer für einige Jahre. Jetzt, da ich im Angesicht seines Bildnisses stehe, merke ich erst, wie sehr ich ihn in den letzten Jahren vermisst habe. Ich hätte es wissen müssen: Niemand widersetzt sich ungestraft Henry II. Plantagenet. Ich hätte es ihm sagen müssen!«

»Aber der König, Euer Vater, hat hoch und heilig geschworen, dass er den Mord nicht in Auftrag gegeben hat.«

Der junge König blickte ihn böse an. »Das kann glauben, wer will.«

»Trotzdem ist es nicht Eure Schuld, Sire.«

»Vielleicht hast du recht, Gervasius. Verzeih meinen Zorn. Er gilt nicht dir.«

In der Zwischenzeit war Wilhelm II. hinter sie getreten. »Gefällt Euch die Darstellung Eures englischen Märtyrers, König Henry? Ich habe ihn zu Ehren meiner jungen Gattin hier einfügen lassen. Übrigens, wo ich dich hier sehe, Gervasius von Tilbury: Mein Berater Neilos Doxopratos hat mir von deinem Interesse an den Verhandlungen in Venedig berichtet. Ich bin einverstanden, dass du meine Unterhändler in die Lagunenstadt begleitest. Sie werden Anfang nächster Woche aufbrechen.«

Der junge König hatte Gervasius die Erlaubnis gegeben, mit den sizilianischen Unterhändlern nach Venedig zu reisen. Gervasius hatte gewünscht, dass Philip ihn begleitete. Auch diese Bitte wurde ihm gewährt.

»Habe ich etwas verpasst?«, erkundigte sich Philip, als sie gemeinsam an Bord des Schiffes gingen, welches sie und die sizilianische Gesandtschaft nach Neapel bringen sollte. Von dort würden sie den Landweg durch den festländischen Teil des Königreichs Sizilien nehmen, bis nach Bari. Ab Bari stand ihnen eine weitere Seereise bevor, die dann, wenn alles gut verlief, in einigen Tagen in Venedig enden würde.

»Wieso?«

»Kaum lasse ich dich ein paar Tage aus den Augen, da freundest du dich nicht nur mit dem jungen König an, sondern auch mit dem engsten Berater des Königs von Sizilien.«

»Das war Zufall, dass ich beim Essen ausgerechnet neben Neilos saß.«

»Bist du dir da sicher?«

»Worauf willst du hinaus? Denkst du, ich bin ein Speichellecker, der sich bei jedem zu seinem eigenen Vorteil einschleimt?«

»Wenn es so wäre, würde ich dich nicht begleiten wollen. Es ist nur so viel geschehen in der kurzen Zeit. Hättest du gedacht, dass du in diesem Sommer nach Venedig kommen würdest?«

»Ganz bestimmt nicht. Denkst du, jemand hat das alles geplant?«

»Ich wüsste nicht, wer einen Nutzen daraus ziehen sollte, aber es lief alles sehr glatt.«

Sie sprachen während der restlichen Schiffsreise nicht mehr über dieses Thema, sondern tauschten ihre Eindrücke von Palermo, den Kirchen, dem Palast und Monreale aus. Nach drei Tagen erreichten sie Neapel, eine Stadt, die im Vergleich zu Palermo provinziell wirkte. Zu diesem Eindruck trug auch die Tatsache bei, dass sie im Schatten eines riesigen doppelten Vulkankegels lag. Neilos Doxopratos hatte Gervasius von diesem Vulkan berichtet, der Vesuv hieß und seit vielen Hunderten von Jahren nicht mehr ausgebrochen war. Die Landschaft um die Stadt war lieblich, mit malerischen Zypressen und blühenden Gärten, die sich über die weite Küstenebene erstreckten. Die Reise durch den festländischen Teil des Königreichs Sizilien dauerte vier Tage. Dann erreichten sie die Küstenstadt Bari. Ein weiteres Schiff brachte sie in zwei Tagen über das adriatische Meer nach Venedig.

Endlich breitete sich das Panorama der *Serenissima* vor ihren Augen aus. Einer der königlichen Unterhändler, ein junger Mann namens Matteo di Capua, wies sie auf die berühmtesten Bauwerke hin.

»Der kleine Platz direkt vor uns, mit der Löwensäule, ist die Piazetta. Wenn man um die Ecke biegt, steht man auf der Piazza San Marco mit dem Campanile. Das riesige hellrosa Gebäude an der Seite ist der Dogenpalast. Dort residiert der Doge von Venedig, der, was seine Machtfülle anbelangt, sich mit einem König messen kann. Und die fünf goldenen Kuppeln im Hintergrund bilden das Dach der unvergleichlichen Basilica di San Marco. Ihr könnt euch glücklich schätzen, auf dem Seeweg anzureisen. Der erste Blick auf die Stadt vom Wasser aus ist der schönste.«

Am Tag darauf standen sie eingekeilt inmitten einer Menge von Schaulustigen, um Zeuge der öffentlichen Versöhnung zwischen dem Kaiser des Heiligen Römischen Reiches und dem

Oberhaupt der römisch-katholischen Kirche zu werden. Die gesamte Fläche des Markusplatzes war mit Menschen bedeckt. Alles redete durcheinander.

Da sie zur sizilianischen Gesandtschaft gehörten, hatten sie gute Plätze, unmittelbar hinter den Stühlen für die venezianischen Würdenträger und Mächtigen, die man eigens für dieses Ereignis herangeschleppt hatte. Sogar der Doge selbst hatte sich herbemüht. Von ihrem Standort schauten sie auf die Fassade der Basilika mit ihren Kuppeln und den Goldmosaiken in der oberen Hälfte der fünf Eingangsbögen zum Atrium und den Bögen der Galeriefenster im ersten Stock. Die goldglänzenden halbkreisförmigen Mosaike funkelten in der heißen Nachmittagssonne. Am Tag der Ankunft hatten sie die Gelegenheit ergriffen, dieses byzantinisch anmutende Kunstwerk der Baukunst zu besuchen, waren durch das endlos erscheinende düstere Innere gewandert. Unter der größten, mittleren Kuppel hatten sie die Köpfe in den Nacken gelegt und zu dem Mosaik hinaufgeblickt, auf dem vor einem gleißenden goldenen Hintergrund die Himmelfahrt Christi dargestellt war. Es gab einige Reliquienschreine, die von Gläubigen umlagert waren. Als sie dabei waren, den Hauptaltar zu betrachten, wies sie ein hagerer Mönch mit einer Stimme, die klang, als wäre sie eingerostet, darauf hin, dass darunter die Gebeine des heiligen Markus in einem Sarkophag aufbewahrt wurden. Sie waren sich einig gewesen, dass dieser Prunk sogar den der Kathedrale La Martorana in Palermo übertraf. Jetzt erhob sich um sie herum das Gemurmel von Tausenden von Stimmen. Waren die beiden Hauptpersonen des Spektakels endlich eingetroffen? Tatsächlich entdeckte Gervasius am anderen Ende des Platzes eine kleine Gestalt, die langsam die schmale Gasse durchschritt, die von Soldaten der kaiserlichen Armee gebildet wurde. Die Soldaten hatten Mühe, die aufgeregte Masse davon abzuhalten, ihre menschliche Kette zu durchbrechen. Es musste Friedrich Barbarossa sein, der sich im langen Mantel dem Podest näherte, auf dem die Versöhnung stattfinden sollte. Das Podest war ganz mit rotem Stoff bedeckt, so dass man sein profanes Baumaterial nicht erkennen konnte. Von zwei Dienern wurde nun ein Stuhl, oder besser ein thronartiges Sitzmöbel, auf dem Podest abgestellt. Aus einer Seitentür der Basilika trat nun der Papst persönlich! Ganz in Weiß und Gold war er gekleidet, selbst seine Mütze reflektierte das Licht. Alexander III. ließ sich umständlich auf dem Stuhl nieder und erwartete bewegungslos, mit versteinertem Gesicht die Ankunft des Kaisers, der seinen Weg unter den Rufen der Menge fast beendet hatte. Jetzt stand Friedrich I. vor dem Stuhl des Papstes. Er verneigte sich und sank auf die Knie, beugte sich vor und küsste die weißgewandeten Füße des Stellvertreters Christi auf Erden.

»Hoffentlich hat er keine Schweißfüße«, flüsterte Philip Gervasius grinsend ins Ohr. Ein weiteres Raunen ging durch die Menge, als der Kaiser, noch immer kniend, vom Papst aufgehoben und hochgezogen wurde. Ein Diener reichte Alexander III. einen Gegenstand auf einem goldenen Tablett, den dieser an Friedrich I. weitergab. Erst jetzt gestattete es sich Barbarossa aufzustehen. Ein zweiter Stuhl wurde auf das Podest gestellt, auf dem der Kaiser Platz nahm. Dann wurden von beiden Erklärungen abgegeben. Der Papst las seine von einem Pergamentblatt, der Kaiser trug aus dem Stegreif vor. Auf Latein versicherte man sich der gegenseitigen Achtung, der Wahrung der Interessen der Gegenpartei, bekräftigte die Ernsthaftigkeit und Dauerhaftigkeit der Versöhnung und sagte eine baldige schriftliche Abfassung eines Friedensvertrages zu. Die Menge jubelte und schrie und klatschte, bis sich die beiden Männer die Hände schüttelten, um dann zusammen in der Kirche zu verschwinden. Sie würden ein Mahl unter vier Augen in den Gastgemächern des Papstes halten, hatte ihnen Matteo di Capua verraten. Am nächsten Tag sollte dann ein Festessen in größerem Kreis im Dogenpalast stattfinden, zu dem auch die Gesandtschaft Wilhelms II. geladen war.

Die Gesandtschaft war für die Dauer ihres Aufenthaltes im Palazzo Loredan untergebracht, einem repräsentativen Stadtpalast, dessen Vorderfront auf den Canale Grande, die breite Wasserstraße und Hauptschlagader Venedigs hinausging. Den Tag über waren Gervasius und Philip sich selbst überlassen, da Wilhelms Unterhändler, unter ihnen Matteo di Capua, bereits am frühen Morgen zu offiziellen Gesprächen mit dem Papst aufgebrochen waren. Den Jungen wurde ein reichhaltiges Frühstück gereicht. Nachdem sie den Palazzo bis in den hintersten Winkel erkundet hatten, nahmen sie den Weg durch die Hintertür und standen plötzlich in einer schmalen Gasse. Sie folgten ihrem Verlauf und fanden sich bald in einem Gewirr aus Gassen, die durch Kanäle voneinander getrennt waren. Zu Fuß in Venedig unterwegs zu sein, bedeutete vor allem, unzählige geschwungene Brücken zu überqueren. Ein leicht brackiger Geruch hing in der Luft. In den Mauerritzen wuchs Moos, Algen hatten sich an den Wänden der Kanäle festgesetzt. Wäsche hing an Leinen, die über die Breite ganzer Gassen gespannt waren. Sie stießen mehrfach auf versteckte Plätze, wo Frauen den neusten Tratsch austauschten, während kleine Kinder auf der Erde spielten.

Schließlich fanden sie sich am Canale Grande wieder, ein ganzes Stück von ihrem Ausgangspunkt entfernt. Sie beobachteten bewundernd die langen schwarzen Barken, die von den stehenden Gondolieri geschickt über das Wasser gesteuert wurden. Am frühen Nachmittag fanden sie sich hungrig im Palazzo Loredan ein, wo ihnen ein kleines Mittagsmenü aufgetragen wurde.

Am späten Nachmittag kehrten die Unterhändler des sizilianischen Königs von ihren Verhandlungen zurück. Bis zum Abend verzogen sie sich in ihre Räume, und auch Gervasius und Philip verließen das Haus nicht mehr, bis alle am Abend von einer Reihe Gondeln abgeholt wurden, die sie sanft schaukelnd zum Dogenpalast brachten. Obwohl es noch lange hin war bis zum Sonnenuntergang, brannte ein großes Windlicht am Bug der Gondel, in der Gervasius mit Philip, Matteo und einem weiteren Gesandten namens Manfredo Alvaro angenehm in weiche Polster zurückgelehnt saß. An den Seiten waren Vorhänge, doch nach vorn konnten sie auf das stille Wasser des Kanals sehen. Fast lautlos glitten sie durch die kristallklare Abendluft dahin. Ein Gefühl der Leichtigkeit und Freude durchfuhr Gervasius wie ein wohliger Schauer. Als er Waltham verlassen musste, hatte er geglaubt, nie mehr so glücklich zu werden wie dort, doch das gegenwärtige Gefühl übertraf alles bisher Erlebte. Er fühlte sich lebendiger denn je. Als er vorsichtig zu seinem Vetter hinüberschielte, glaubte er in dessen Gesichtsausdruck zu lesen, dass es ihm ähnlich ging. Mit einem kaum merklichen Rucken kam die schaukelnde Bewegung der Gondel an der Anlegestelle des Dogenpalastes zum Stillstand.

»Wir sind da, Signori«, erklärte der Gondoliere, ein muskulöser junger Mann mit schwarzem Schnurrbart und einem schwarzen Hut, der tief in die Stirn gezogen war. Sie wurden von zwei Dienern empfangen, die sie durch einen Seiteneingang in den Palazzo Ducale führten. Drinnen brannten Kerzen in großen vergoldeten Lüstern. Die Wände des Treppenaufgangs waren von Fackelschein erleuchtet. Die Diener führten sie durch eine Flucht von langen Gängen, deren Wände mit Malereien bedeckt waren. Unter ihren Füßen dämpften Teppiche in gedeckten Farben jeden Schritt. Gervasius hatte nach wenigen Metern die Orientierung verloren. Er fragte sich einen Moment lang, ob er alleine in der Lage wäre, sich in diesem Labyrinth von einem Palast zurechtzufinden. Doch höchstwahrscheinlich würde er nie in die Verlegenheit kommen, dies herauszufinden. Schließlich war er Teil einer Gesellschaft und würde in dieser den Palazzo auch wieder verlassen.

Gegen Ende des Festessens, das in einer hohen Halle stattfand, stellte Gervasius fest, dass er Philip nirgends entdecken konnte. Wohin war sein Vetter verschwunden? Er hatte sich mit Matteo di Capua unterhalten, seinem Tischnachbarn. Philip hatte man ihm schräg gegenüber platziert, auf der anderen Seite einer breiten Tafel, die es fast unmöglich machte, mit den Gegenübersitzenden Konversation zu halten. Sein Vetter war von Anfang an ohnehin mehr damit beschäftigt gewesen, die anwesenden Damen zu betrachten. Es waren einige unverheiratete Mädchen dabei, die man an ihrem unbedeckten, offen getragenen Haar erkennen konnte. Sie schienen zur feinen venezianischen Gesellschaft zu gehören. Neben dem Dogen und Papst Alexander waren viele reiche Händler eingeladen. Den Stoffen ihrer Gewänder sah man an, dass sie von höchster Qualität waren.

Philip hatte sein Essen kaum beachtet, stattdessen mit seinem Weinglas gespielt und verträumt in die Richtung einer drei Stühle von ihm entfernt sitzenden blondgelockten Kaufmannstocher gestarrt, die ihm gelegentlich einen gleichgültigen Blick zuwarf. Gervasius war zu sehr von dem Gespräch mit Matteo in Anspruch genommen, um dauernd auf Philip zu achten. Nach der Grammatikschule hatte di Capua in Bologna Recht studiert und nach dem Abschluss auf Anhieb eine Anstellung am Hof des sizilianischen Königs bekommen. Ein Glücksfall, wie er sagte.

»Bologna ist *die* hohe Schule für das Studium des römischen Rechts. Du musst dich entweder für das römische oder für das kanonische Recht entscheiden. Aus dir könnte ein guter Jurist werden, Gervasius. Du hast bereits diesen Anschein nüchterner Sachlichkeit, der für einen solchen Beruf notwendig ist.«

»Das wirkt nur so. In Wirklichkeit kann ich sehr parteiisch sein«, wehrte Gervasius ab.

»Du hast auch die Möglichkeit, nach Salerno zu gehen, um dort Medizin zu studieren, oder in Paris die sieben freien Künste. Was ziehst du vor?«

»Das weiß ich noch nicht so genau, Signore di Capua. Findet Ihr, man sollte mit dreizehn schon wissen, was man werden will?«

»Das nicht, aber du wirkst überaus reif für dein Alter.«

Gervasius wusste nicht, was er darauf antworten sollte. Er blickte auf den leeren Platz von Philip, der noch nicht wieder aufgetaucht war. Wohin war er verschwunden? Musste er sich Sorgen machen?

»Falls du dich doch für ein Rechtsstudium in Bologna entscheidest und danach eine Anstellung suchst, lege ich gerne ein gutes Wort für dich bei König Wilhelm ein.«

»Das ist sehr freundlich von Euch, Signore di Capua. Vielleicht komme ich auf Euer Angebot zurück.«

Als die Reste des Nachtischs abgeräumt waren und sein bester

Freund noch nicht wieder auf seinem Platz saß, beschloss Gervasius, ihn suchen zu gehen. Er weihte Matteo di Capua in sein Vorhaben ein und verließ den Saal durch die Tür, die Philips Platz am nächsten lag. Er gelangte auf einen langen Gang mit hohen Fenstern, durch die er den hellrosa gefärbten Himmel erblickte. Der Sonnenuntergang war nah, was ihn noch unruhiger machte. Er musste Philip finden, bevor es dunkel wurde! Er nahm eine Fackel von ihrem Wandhalter und öffnete eine Tür nach der anderen. Jedes Mal mit stockendem Atem. Er kam sich vor wie ein Dieb. Die Klinke zum nächsten Raum quietschte, als er sie herunterdrückte. Drinnen hörte er ein Poltern, gefolgt von einem leisen Schmerzensschrei. Er hielt einen Augenblick inne. Dann schob er vorsichtig die Tür auf und leuchtete in den fast dunklen Raum. Der Schein der Fackel fiel auf ein Küchenmädchen, dass sich hastig das Hemd zurechtzog, und dann auf Philip, dessen Haare unordentlich vom Kopf abstanden. Auch er sah aus, als würde er sich gerade ankleiden.

»Gervasius! Was in aller Welt tust du hier?«

»Ich … Ich wollte nur …«, stammelte Gervasius, dem das Ganze entsetzlich unangenehm war. Am liebsten wäre er im Boden versunken.

»Schon gut«, sagte Philip. »Aber jetzt geh! Ich bin gleich wieder im Saal.«

Gervasius machte auf dem Absatz kehrt und schloss schnell die Tür hinter sich. Das hätte er sich denken müssen! Philip konnte auf sich selbst aufpassen. Das musste er endlich begreifen. Im Festsaal hatte sich die Gesellschaft bereits aufgelöst. Einige wenige Diener waren damit beschäftigt, das Geschirr abzuräumen.

»Wo sind alle hin?«

»Gerade gegangen. Vielleicht sind sie noch unten in der Eingangshalle.«

Gervasius hockte sich auf einen einsam herumstehenden Stuhl und wartete. Nach kurzer Zeit kam Philip herein.

»Die Gesellschaft hat sich bereits aufgelöst. Wir sollten uns beeilen. Vielleicht wartet Matteo di Capua unten auf uns.«

Schweigend liefen sie mit schnellen Schritten zum Treppenhaus. Beide hatten sich eine Fackel von der Wand genommen, deren Licht auf den Wänden geisterte. Sie trafen kaum jemanden. Es war, als wären sie allein in dem riesigen Palazzo. Die Treppen schienen nicht enden zu wollen. Nach einer halben Ewigkeit erreichten sie das Erdgeschoss. In der Halle standen die zwei Diener, die sie am Anfang des Abends in Empfang genommen hatten.

»Da seid ihr ja! Beeilung, sie warten in der Gondel auf euch!«

Gervasius hätte den Diener am liebsten vor Erleichterung umarmt.

St. Martin Le Grand

Nach seiner Rückkehr nach London nahmen Gervasius die schulischen Anforderungen schnell in Beschlag. Philip blieb nicht lange in der Stadt. Bereits eine Woche nach ihrer Ankunft brach der englische König mit seinem Hof nach Canterbury auf. Wenig später begab er sich nach Aquitanien, da Henry seinem Sohn Richard im Kampf gegen die widerspenstigen Barone des Herzogtums beistehen musste. Gervasius verbrachte die Vormittage in der Schule, die Nachmittage in der Bibliothek und die Abende zumeist im Hause Aimars. Ohne Philip verspürte er wenig Neigung, sich lange in den Straßen der Stadt herumzutreiben. In den wenigen Momenten, die er für sich hatte, zehrte er von den Eindrücken, die er auf Sizilien, in Venedig und auf den Land- und Seereisen gesammelt hatte.

Der zweite Sonntag im November war der Martinstag. In den Londoner Schulen war es üblich, dass die Schulmeister ihre Schüler zu den als Feiertage begangenen Heiligengeburtstagen in der Kirche versammelten, die dem jeweiligen Heiligen geweiht war. Dort wurden dann öffentliche Disputationen abgehalten, welche die Form von geistigen Wettkämpfen annahmen. An diesem Sonntag fand das Feiertagsvergnügen, zu dem Hunderte von Schülern zusammenkamen, in der Kirche von St. Martin Le Grand statt. David Berwick hatte Gervasius gefragt, ob er an der Disputation teilnehmen wolle, schließlich sei er einer der besten Schüler seines Alters. Aber er hatte sich höflich für die Ehre bedankt und dann abgelehnt. Er war noch nicht so weit, hatte er dem Grammatiklehrer erklärt.

Da ihnen ein langer Tag bevorstand, hatte Gervasius früh aufstehen müssen. Es war noch dunkel draußen, und Aimar schlief friedlich in seiner Kammer, als Gervasius sich auf den Weg zur Kirche des heiligen Martin machte. Während er durch die noch ruhigen Straßen der Stadt lief, stieg allmählich die Sonne am Horizont auf. Der Tag versprach so zu werden, wie es sich für einen richtigen Novembertag gehörte. Vor der Kirche standen Jungen in Grüppchen, in der Kirche hatten die Ersten sich auf den Bänken, so gut es ging, eingerichtet. Gervasius entdeckte drei Jungen aus seiner eigenen Schule, die ihm zuwinkten. Er rutschte zu ihnen auf die Bank. Langsam füllten sich die Bankreihen vor und hinter ihnen, die Lehrer und Schulmeister trafen ein. Sie setzten sich in die erste Reihe vor dem Altarraum. Ernicho von York baute sich vor der versammelten Schüler- und Lehrerschaft auf und hielt eine kurze Begrüßungsrede. Dann forderte er die ersten Vertreter der Schulen von St. Paul's, St. Mary Arches und seiner eigenen Schule auf, sich im Chorgestühl einzufinden. Die Teilnahme war freiwillig. Für die erste Runde hatte man die Grammatik gewählt. Ernicho gab drei Sätze vor, aus Ovids ›Metamorphosen‹. Jeder Kandidat musste einen davon vor dem Publikum analysieren. Die Sätze waren nicht einfach. Einer der Kandidaten, derjenige aus St. Mary Arches, zögerte zuerst, doch am Ende boten alle die richtige Lösung an. Gervasius wäre ohne weiteres in der Lage gewesen, es ihnen gleichzutun. Nach zwei weiteren Runden Grammatik ging man zur Rhetorik über. Die Kandidaten für diese Disziplin waren etwas älter als Gervasius. Sie wirkten, als sie im Chorgestühl Aufstellung nahmen, bemerkenswert selbstsicher und ruhig. Jetzt gab Ernicho das Thema vor, über das disputiert werden sollte: Diebstahl. Den Wettbewerbern wurde kurz Zeit für die *inventio* gegeben, das Auffinden der Argumente und Beweise, die sie auf Wachstafeln festhalten durften. Dann trat der erste Redner vor.

»Das Thema meiner Rede lautet: Ist es unrecht, wenn ein Armer Essen stiehlt? Ich gehe von der Annahme aus, dass der Arme das Essen gestohlen hat, weil er Hunger hatte. Er konnte nicht anders, als zu stehlen, da er sonst verhungert wäre. Da er arm ist, fehlen ihm die Mittel, um seine Nahrungsmittel zu kaufen oder anzubauen. Wäre es Gottes Wille, dass der Arme auf das Stehlen verzichtet und lieber verhungert? Das wäre ein willentlicher Selbstmord. Eine Todsünde. Die Antwort lautet also: Nein. Es wäre das größere Unrecht, wenn der Arme das Essen nicht stehlen würde.«

Die Rede des ersten Kandidaten, eines kleinen, drahtigen Burschen mit sandfarbenem Haar, wurde mit Applaus begrüßt. Der nächste Kandidat war einen Kopf größer als sein Vorgänger, eher bullig gebaut und blickte herausfordernd auf die Zuhörer. Er hatte sich ein heikles Gebiet für seine Erörterung ausgesucht: die unerlaubte Entjungferung, auch *stuprum* genannt. Stiehlt man einem Mädchen die Unschuld, wenn man es entjungfert? Zunächst wies er darauf hin, dass vor Beantwortung der Frage eine weitere, implizite Frage geklärt werden müsse: nämlich ob das Mädchen eingewilligt habe oder ob es zu dem Akt gezwungen worden sei. Er setzte voraus, dass es einverstanden gewesen war, und kam dann zu dem Schluss, dass es kein Diebstahl sei, da kein materielles Gut, kein fassbarer Gegenstand gestohlen worden sei. Der Applaus für diese Ausführung war verhaltener, was den Redner zu ärgern schien. Gespannt blickten alle auf den dritten Kandidaten, einen gedrungenen Jungen mit braunem Haar, dessen großflächiges Gesicht mit den smaragdgrünen Augen einen Eindruck von geistiger Wachheit hinterließ. Er begann mit einer herausfordernden Frage.

»Ist es Diebstahl, wenn sich ein Priester an der Kollekte bereichert? Die meisten der bekannten Topoi sind hier bereits vorgegeben. Die Frage, die zuerst zu klären wäre, ist diese: Warum?

Warum stiehlt ein Priester die Kollekte? Doch eigentlich ist auch diese Antwort bereits vorgegeben. Aus Habgier. Nach den Gesetzen der Logik und Dialektik müsste man sagen: Ja, es ist Diebstahl. Trotzdem wird dieser Priester nicht von weltlichen Gerichten verurteilt. Für ihn gilt das *privilegium fori*. Da er Kleriker ist, fällt sein Vergehen unter kanonisches Recht. Nur ein kirchliches Gericht darf diesen Mann verurteilen. Ich frage mich: Ist das recht oder unrecht?«

Zuerst herrschte betretenes Schweigen nach dieser Rede. Dann brach ein Tumult unter Schülern und Lehrern los. Jeder wollte lautstark seine Meinung kundtun. Es wurde deutlich, dass man sich auch nach dem Tod von Becket und den Konstitutionen von Clarendon noch immer nicht einig war in diesem Punkt. Der Junge mit den grünen Augen blickte zufrieden auf die aufgewühlte Zuhörerschaft. Anscheinend war es sein Ziel gewesen, mit dieser Rede einen Aufruhr heraufzubeschwören, und es war ihm gelungen. Das Zusammenspiel von Kühnheit und geistiger Gelassenheit, die sich in dem Jungen vereinten, gefiel Gervasius. Er wandte sich an seinen Sitznachbarn Peter.

»Weißt du, wer das ist?«

»Ich glaube, er heißt Ralph. Er ist Schüler in St. Paul's.«

Peter stürzte sich wieder in eine Diskussion mit seinem Kumpel Ambroise und hatte Gervasius' Frage sofort vergessen. Der Lärm wurde so laut, dass sich Ernicho von York gezwungen sah einzugreifen.

»Ruhe! Beruhigt euch. Dies ist eine Fragestellung, die über das, was wir hier heute diskutieren können, weit hinausgeht. Wen von euch das Thema interessiert, der kann auf die Rechtsschule in Bologna gehen und dort das Fach Kirchenrecht belegen, was sicher sehr erhellend ist. Aber dies ist nicht der Ort für eine solche Diskussion. Lasst uns also mit unserem Wettbewerb fortfahren.«

Am Anfang hatte er noch gegen das Stimmengewirr anbrüllen müssen, doch allmählich verebbte der Lärm, die Gemüter beruhigten sich, und die drei Kandidaten wurden von David Berwick aus dem Chorgestühl geführt. Den Schüler namens Ralph packte er am Arm, die beiden anderen schob er vor sich her. Die beiden ersten Kandidaten durften sich setzen. Mit Ralph verschwand Berwick hinter der Tür zur Sakristei. Vermutlich musste der sich nun eine Standpauke anhören. Vorne waren bereits drei neue Kandidaten erschienen, die sich gegenseitig mit dem Rezitieren von lateinischer Dichtkunst ausstechen wollten. St. Paul's holte den Sieg. Es folgten weitere Wettbewerbe, aus denen auch die beiden anderen Schulen erfolgreich hervorgingen, bis es Zeit für die Mittagsmahlzeit wurde. Gervasius suchte die Menge der nach draußen strebenden Schüler nach Ralph ab, doch er konnte ihn nirgends entdecken.

Nach dem Martinstag verschlechterte sich das Wetter. Böige Winde peitschten Regen durch die Straßen der Stadt und rissen die letzten Blätter von den Bäumen. Starke Regenfälle ließen die Themse und die kleineren Bäche anschwellen, manche Straßen wurden unpassierbar. Erst gegen Ende des Monats beruhigte sich das Wetter ein wenig. Die Stürme verloren an Kraft, doch der Himmel blieb trostlos bleigrau. Dann kam der Dezember und mit ihm ein Kälteeinbruch. Innerhalb von wenigen Tagen fielen die Temperaturen rapide. Die von den Herbstunwettern verbliebenen Pfützen froren zu. Auf der Themse trieben bald Eisschollen. Der Frost hatte sich wie eine schmückende Decke über die Dächer der Stadt gelegt. Man fror zwar erbärmlich, doch waren sich alle einig darüber, dass dieses Wetter dem vorhergehenden vorzuziehen war, vor allem als nach Wochen, in denen man das Blau des Himmels nur erahnen konnte, endlich wieder die Sonne zum Vorschein kam und die Eispracht mit gleißendem Licht übergoss. Bei den Schülern von St. Martin Le Grand gab es seit Beginn des Frostes nur noch ein Thema: Wann würden die weiten Marschgebiete im Norden der Stadt mit einer ausreichend dicken Eisschicht bedeckt sein, dass man sie betreten konnte?

Am Morgen eines klaren, sonnigen Tages – es ging gegen Mitte Dezember – hielt es die meisten der Jungen kaum noch auf ihren Schemeln im Unterrichtsraum. Immer wieder meldete sich einer zu Wort und fragte David Berwick, wann sie denn endlich »eisfrei« bekämen. Es war Tradition, dass die Schulen der Stadt ihren Schülern an mindestens einem Tag im Winter den Unterricht erließen, damit diese sich auf den weiten Eisflächen vor den nördlichen Stadtmauern ergehen konnten.

»Also gut«, gab David Berwick nach. »Sag dem Sakristan Bescheid, er soll seinen Assistenten nach St. Paul's zum Schulmeister schicken und fragen, ob er den Zeitpunkt für gekommen hält.« Das hatte er zu Peter gesagt, der am inständigsten um »eisfrei« gebeten hatte. Der Lehrer hatte kaum den Satz beendet, da lief Peter auch schon los.

Eine Weile später erschien der Assistent des Sakristans im Klassenraum, völlig außer Atem, aber mit der ersehnten Nachricht. Sie erhielten »eisfrei« für den Rest des Tages, und auch der Samstagsgottesdienst am folgenden Tag wurde ihnen erlassen, so dass sie ein ganzes Wochenende auf dem Eis erwartete. Gervasius war einer der wenigen, die von dieser Aussicht nicht so begeistert waren. Er konnte jetzt seinen Lektürenachmittag in der Hofbibliothek vergessen.

»Du kommst doch mit, oder?«, fragte Ambroise misstrauisch. »Ich kann dir versprechen, dass du auf deine Kosten kommen wirst. Es ist ein wahres Vergnügen! Du wirst sehen.«

Nachdem sie sich dick eingemummelt hatten, zogen die Schüler von St. Martin Le Grand in großen Trauben die Wood Street hinunter und durch das nördlich gelegene Cripplegate. Gervasius war mitten unter ihnen, eingehüllt vom Lärmen seiner Kameraden. Vor den Toren der Stadt erwartete sie eine Zauberlandschaft aus Eis, die außer den Vögeln und kleinen Tieren vor ihnen noch niemand betreten hatte. Während Gervasius innehielt, um die Schönheit zu bewundern, rannten die Ersten bereits auf die endlose Eisfläche, nahmen Anlauf, um dann breitbeinig über das Eis zu schlittern. Je schneller sie gelaufen waren, desto länger war die Strecke, die sie rutschend zurücklegen konnten. Einige machten sich daran, aus einem großen Stück herumliegenden

Eises eine Art Schlitten herzustellen. Sie bearbeiteten den Brocken mit Steinen und Stöcken, bis er zum Sitzen glatt genug war und in der Mitte ein rundes Loch aufwies, wie ein Mühlstein. Jetzt wurde ein langer Lederriemen an dem Mühlstein befestigt. Einer hockte sich auf das Gefährt, die anderen zogen, sich an den Händen haltend und so die Kraft verstärkend, an dem Lederriemen. Der Schlitten nahm schnell Fahrt auf. Gervasius blickte ihnen hinterher, wie sie schreiend und juchzend über das Eis glitten. Dann machte er erste eigene Gehversuche auf der ungewohnt glatten Fläche. Er fand Geschmack daran, wurde immer kühner, nahm immer weiteren Anlauf und segelte dahin. Der Wind pfiff ihm um die Ohren. Die Landschaft, an der er vorbeiglitt, wurde zu einem undeutlichen Band aus verwischten grauen, braunen und weißen Farbflecken. Ein feines Glücksgefühl überfiel ihn im Dahingleiten, ewig hätte er so weiterschlittern können. Das Hindernis, das ihm in die Bahn geriet, sah er zu spät: ein harter Aufprall, ein Stöhnen und Ächzen. Dann landete er schmerzhaft auf den Ellenbogen und Knien. Neben ihm fiel ein weiterer Junge auf das harte Eis.

»Heilige Jungfrau Maria! Hast du keine Augen im Kopf, Bursche?«, fuhr der neben ihm gelandete Junge ihn an. Als der sich zu ihm drehte, erkannte Gervasius ihn: Es war Ralph, der Schüler von St. Paul's, der den Aufruhr bei der Disputation am Martinstag verursacht hatte.

»Wieso kommst du ungebremst auf mich zugeschossen? Ich habe mir die Hände aufgeschürft. Sie bluten!«

Gervasius blickte bedauernd auf die frischen roten Schrammen in Ralphs Handflächen.

»Es tut mir leid. Ich habe dich nicht gesehen. Alles glitt an mir vorüber. Es ging so schnell!«

»Mir scheint, dir fehlt es an Übung. Wie heißt du überhaupt?«

»Gervasius. Ich gehe auf die Schule von St. Martin.«

»Ralph. St. Paul's.«

Sie schüttelten sich nicht die Hände, wegen des Blutes.

»Dein Auftritt am Martinstag hat mir gefallen. Es war beeindruckend, wie du die gesamte Kirche in Aufruhr versetzt hast.«

In Erinnerung an das Erlebnis musste Gervasius lachen. Ralph fiel ein. In der Entfernung hörten sie Schreie.

»Los Maurice! Auf ihn!«

»John vor! Zeig's ihm, John!«

Zwei Gruppen von Jungen standen einige hundert Meter voneinander entfernt. Zwei einzeln stehende Jungen machten sich offenbar bereit für eine Art Duell.

»Die wollen doch nicht absichtlich gegeneinanderfahren, oder?«

»O doch. Es gibt immer einige, die verrückt genug sind, Knochenbrüche und Fleischwunden zu riskieren.«

Sie beobachteten, wie die zwei Kontrahenten, von ihrer jeweiligen Anhängerschaft angefeuert, Fahrt aufnahmen. Sie waren mit Stöcken bewaffnet, die sie bei jedem Schritt auf das Eis stießen, um noch schneller vorwärtszukommen.

»Was haben sie unter den Füßen?«

»Meistens nehmen sie die Schienbeinknochen von kleineren Tieren, die sie abschleifen, bis sie glatt genug sind. Damit gleitet es sich doppelt so schnell.«

Gebannt und beunruhigt verfolgte Gervasius den Wettbewerb. Die Jungen stoben mit halsbrecherischer Geschwindigkeit über das Eis aufeinander zu. Keiner wich aus. Der Zeitpunkt des Zusammenpralls stand kurz bevor. Jetzt rissen beide noch ihre Stöcke hoch und hieben in Turniermanier aufeinander ein. Dann landeten sie mit Getöse auf dem Eis. Wie sich schnell herausstellte, hatte einer sich den Knöchel verknackst und der andere sich eine üble Schürfwunde im Gesicht geholt. Doch das tat der überschäumenden Laune aller Beteiligten wenig Abbruch. Für den mit dem verstauchten Knöchel wurde ein Eisschlitten besorgt, dem mit der Gesichtsverletzung ein sauberer Stofffetzen gereicht. Und weiter ging es. Gervasius schaute der Meute verblüfft nach.

»Verrückte«, kommentierte Ralph kopfschüttelnd. Dann schien ihm etwas einzufallen, und er grinste selbstzufrieden: »Du bist mir etwas schuldig für diesen Zusammenstoß. Lade mich auf einen Becher Gewürzwein in der nächsten Schenke ein.«

Sie fanden die erste Schenke innerhalb der Stadtmauern in der Gutter Lane. Gervasius bestellte zweimal Würzwein, der von einer misstrauisch blickenden Wirtin mittleren Alters gebracht wurde. Sie bestand darauf, dass er sofort bezahlte.

Beide tranken vorsichtig. Mit jedem Schluck vertrieb das heiße Gebräu das Frösteln etwas mehr aus ihren Gliedern.

»Also Gervasius, wofür lernst du?«

»Wie bitte?«

»Ich meine, was willst du später werden?«

»Auf jeden Fall ein Gelehrter. Und du?«

»Auf jeden Fall ein Kleriker im Dienste der heiligen katholischen Kirche. Und dafür werde ich das kanonische Recht studieren.«

»Willst du nach Bologna gehen?«

»Das habe ich vor. Du etwa auch?«

»Man hat es mir empfohlen ...«

»Zu Recht. Das kanonische Recht ist eine gute Basis für jede Art von respektabler Laufbahn. Kommst du am Wochenende wieder auf das Eis?«

»Sicher.«

Sie verabredeten, sich am Samstagnachmittag am Cripplegate zu treffen.

Gervasius hatte den Morgen in der Bibliothek im Tower verbracht und war bester Stimmung, als er am frühen Nachmittag am Cripplegate auf Ralph wartete. Mit ihm warteten weitere Schuljungen. An ihnen zogen Gruppen von Schülern vorbei, die sich gegenseitig schubsten oder jagten und alles mit ohrenbetäubendem Gebrüll untermalten. Dann kam Ralph, mit verbundener Hand, die er ihm trotzdem zum Gruß reichte. Gervasius schüttelte sie vorsichtig, ohne zuzudrücken. Sie erreichten im stetigen Strom der Schüler die Eisfläche, die inzwischen nicht mehr so jungfräulich wirkte. Pro forma schlitterten die beiden ein bisschen. Da es schwer war, sich beim Schlittern zu unterhalten, gingen sie bald dazu über, in gemächlichem Tempo über das Eis zu schlurfen, wobei sie sich immer wieder nach Gleichaltrigen umschauen mussten, die gelegentlich wie Geschosse mit rasender Geschwindigkeit aus dem Nichts auftauchten. Nahtlos setzten sie ihr Gespräch vom Vortag fort.

»Je mehr ich darüber nachdenke, desto mehr erscheint es mir vernünftig, in Bologna Recht zu studieren«, bemerkte Gervasius. »Weißt du denn schon, wann du mit deinem Studium beginnen wirst?«

»Ich will zum Herbstsemester nächsten Jahres in Bologna sein. Davor mache ich einen kurzen Abstecher nach Rom.«

»Um dir die Stadt anzusehen?«

»Ja, der Petersdom allein ist es wert, die Mühe auf sich zu nehmen.«

»Ich war in Venedig. Vor einigen Monaten. Auf der Durchreise nach Palermo, zur Hochzeit von Joanna Plantagenet mit Wilhelm II.«

»Du bist mit dem Königshof gereist?«

»Ja, ein Freund von mir ist Mitglied des Hofes.«

Ralph schien es die Sprache verschlagen zu haben, doch nur für einen Moment.

»Warum begleitest du mich nicht im nächsten September nach Rom und dann nach Bologna, um dir einen ersten Eindruck zu verschaffen?«

»Das hört sich verlockend an. Aber ich bin erst seit kurzem in St. Martin Le Grand.«

»Du musst ja nicht gleichzeitig mit mir deine Studien in Bologna beginnen. Du kannst auch noch ein Jahr warten. Es ist nur so, dass du vor Ort leichter eine Entscheidung für oder gegen Bologna treffen kannst.«

»Da hast du recht. Ich denke darüber nach.«

Nicht nur das Weihnachtsfest, zu dem Aimar netterweise auch Ralph gebeten hatte, verlief ruhig, sondern auch der Rest des Winters, da der königliche Hof im Anjou unterwegs war. Es gab wenig, was Gervasius vom Lernen und Lesen ablenken konnte. Gelegentlich traf er sich mit Ralph, mit dem er stundenlange Gespräche führte. Manchmal vermisste er Philip, doch diese Momente vergingen so schnell, wie sie kamen. Im Februar, zu Karneval, wurde Gervasius Zeuge, wie sich kleine Hähne bei den an diesen Tagen üblichen Hahnenkämpfen in den Schulräumen gegenseitig zerfleischten. Einigen seiner Mitschüler schien es Freude zu bereiten, die Tiere sterben zu sehen. Gervasius war das sinnlose Gemetzel zuwider.

Der Königshof und mit ihm Philip, kehrte erst im März zurück nach London, als das schlimmste Tauwetter vorüber war. Zu diesem Zeitpunkt hatte Gervasius eine Entscheidung getroffen.

Es war Brauch in der vierzigtägigen Fastenzeit vor Ostern, jeden Sonntag Reiterwettkämpfe auf den Feldern vor den Toren von London abzuhalten. Ältere Schüler und jüngere Hofleute nutzten die Gelegenheit, sich vor einem Publikum zu zeigen und gleichzeitig ihre kriegerischen Fertigkeiten zu vervollkommnen. Philip hatte darauf bestanden, dass Gervasius anwesend war, um ihm Beifall zu zollen. Gervasius hatte zugesagt, denn er dachte, es wäre eine gute Gelegenheit, seinem Vetter von seinen Reiseplänen für den Herbst zu erzählen. Jetzt stand er eingeklemmt in einer Traube von schubsenden Schülern und verfolgte mit mäßigem Interesse, wie zwei Jungen ihre Kampfrösser gegeneinandertrieben. Sie hielten lange Stangen in den Händen, mit denen sie versuchten, sich gegenseitig vom Pferd zu stoßen, was beiden misslang. Die Menge buhte.

»Strengt euch mehr an!«

Beim zweiten Lauf traf der größere Junge den anderen an der Schulter. Der Getroffene klammerte sich mühsam an der Mähne seines Pferdes fest, konnte jedoch das Gleichgewicht nicht halten und landete auf dem noch regenfeuchten Boden. Als er wieder aufstand, bedeckt mit einer Schicht Matsch, erinnerte er Gervasius an die Schweine, die sich in Tilbury im Dreck gesuhlt hatten.

»Was für eine Schlammschlacht!«

Philip war unbemerkt hinter ihn getreten und hatte es geschafft, ihn zu erschrecken.

»Das kann man sagen. Wieso bist du noch nicht auf deinem Pferd?«

Philip war sehr gewachsen und wirkte in seiner höfischen Kleidung fast wie ein Erwachsener.

»Ich wollte nur überprüfen, ob du Wort gehalten hast, Bruder. Schön dableiben. Ich bin als Nächster dran!«

Gervasius vertrieb sich die Zeit, indem er eine Brezel bei einem Mädchen mit Bauchladen erstand. Die Brezel schmeckte alt und abgestanden. Er warf sie in die Büsche. Dann entdeckte er Philip auf einem schwarzen Rappen, der mindestens so viel Temperament zu haben schien wie sein Reiter. Das Tier war kaum zu bändigen. Philip strich ihm immer wieder über das wie nass glänzende Fell, um es zu beruhigen. Dann ertönte das verabredete Signal: ein Gongschlag. Die Pferde preschten nach vorn, von ihren Reitern zur Konfrontation mit dem Gegner gezwungen. Schneller und schneller trommelten die Hufe auf den Wiesenboden. Die Gegner hatten sich bis auf wenige Schritte genähert. Gervasius bemerkte, dass Philip die Lanze fester packte. Noch einen Schritt. Philip brachte die Lanze in Position. Doch sein Gegner war schneller. Er traf den Freund mit Wucht in die Seite. Gervasius konnte förmlich spüren, wie Philip die Luft ausging. Dieser rutschte seitlich vom Sattel und fiel wie ein nasser Sack in das Gras. Die Menge schrie auf. Gervasius drängte sich durch, ohne auf Rufe der Empörung und Schimpftiraden der um ihn Stehenden zu achten, und rannte mitten auf den Turnierplatz. Er war nicht der Einzige. Weitere Jungen und auch einige ältere Hofleute scharten sich um den Gefallenen, der nur dalag und mit schmerzverzerrtem Gesicht stöhnte. Gervasius landete auf den Knien und beugte sich über den Freund.

»Philip! Was ist los? Sag etwas!«

»Es ... tut so weh. Ich weiß nicht, ob ich aufstehen kann.«

»Dann bleib erst einmal liegen. Ich hole einen Arzt!«

Damit war ein bulliger älterer Schüler nicht einverstanden. »Der Platz muss geräumt werden. Sonst kann das Turnier nicht weitergehen!«

»Dann werden wir eine Trage bauen und ihn vom Platz tragen. Aber nicht bevor ihn der Arzt gesehen hat! Es gibt doch einen Arzt hier, oder?«

»Ich bin der Arzt. Joseph Mulholland. Geh mir aus dem Licht, Junge.«

Gervasius trat wie benommen ein paar Schritte zurück. Am heutigen Tag würde er keine Gelegenheit mehr haben, Philip von seinen Plänen zu berichten. Das war jetzt auch unwichtig. Was zählte, war, dass sein Vetter wieder gesund wurde. Joseph Mulholland tastete Philips Oberkörper ab. Als er die Stelle berührte, wo ihn das stumpfe Ende der Lanze getroffen hatte, zuckte Philip zusammen und stieß einen unterdrückten Schmerzensschrei aus. Der Arzt sagte nichts und tastete weiter.

»Wir müssen ihn hier wegbringen. Ich habe eine Trage in meinem Zelt auf der anderen Seite der Wiese.«

Sie brachten Philip zuerst in das Zelt des Arztes, und nachdem dieser ihn ausgezogen und verbunden hatte, in den White Tower. Als Mulholland merkte, dass Philip ein Schützling des Königs war, verwandelte sich seine wortkarge Ruppigkeit in wortreiche Verbindlichkeit. Es war klar, dass er sich eine Belohnung von Henry erhoffte. Die bekäme er allerdings nur, wenn der Patient überlebte. Es gab demnach Hoffnung für Philip. Joseph Mulholland ordnete strenge Bettruhe an und viel Schlaf. Er gab Philip ein Schmerzmittel in Form eines weißlichen Pulvers, welches er in warmer Milch auflösen ließ.

»Was genau fehlt ihm?«, wollte König Henry wissen, der in das Krankenzimmer geeilt war, nachdem er von dem Unfall gehört hatte.

»Es gibt keine Anzeichen einer äußerlichen Verletzung, außer eines blauen Flecks an der besagten Stelle. Vermutlich ist es eine Prellung oder Quetschung, die dem Jungen noch einige Wochen Schmerzen bereiten wird. Er muss sich unbedingt schonen. Falls er doch innere Verletzungen davongetragen hat, werden wir das bald wissen, Sire. Ich komme morgen wieder, und danach jeden zweiten Tag, um nach ihm zu sehen.«

Henry wies einen Knappen, der ihn begleitet hatte, an, dem Arzt einige Münzen in die Hand zu drücken. Dieser verbeugte sich tief und verließ den Raum.

»Du kümmerst dich um ihn, Gervasius?«

»Natürlich, Sire. Ich mache mir große Sorgen.«

»Mit Turnierverletzungen ist nicht zu spaßen. Erfahrenere Ritter sind nach solchen Unfällen gestorben. Wir müssen abwarten, wie es ihm morgen geht.«

Am folgenden Tag hatte Gervasius Mühe, dem Unterricht zu folgen. Immer wieder wanderten seine Gedanken zu Philip in den White Tower. Auch die Bibliothekslektüre am Nachmittag brachte wenig, da er das Gelesene nach wenigen Augenblicken wieder vergessen hatte. Gervasius machte früh Schluss und eilte zum Tower. Mittlerweile war er so bekannt, dass die Wachposten ihm keine Beachtung mehr schenkten. Als er Philips Kammer betrat, schlummerte dieser friedlich. Er war blass, sah aber nicht schlechter aus als am Tag zuvor. Gervasius war unschlüssig. Sollte er den Freund wecken oder wieder gehen? Da öffnete sich die Tür. Der Knappe berichtete ihm, dass Philip die meiste Zeit des Tages verschlafen hatte und in den wenigen Momenten im Wachzustand kaum etwas von sich gegeben hatte.

»Ich weiß nicht, ob das ein gutes oder ein schlechtes Zeichen ist«, schloss der Knappe Chretien.

In diesem Zustand verharrte Philip die ganze Woche. Doch dann, als alle schon glaubten, er habe das Schlimmste überstanden, kam die Krise. Seine Stirn wurde heiß. Er fing an zu schwitzen und zu fiebern. Er fantasierte. Sprach mit seinem toten Vater. Mit einer weiblichen Person namens Mary. Mit seiner Mutter. Joseph Mulholland tastete erneut seinen Oberkörper ab, befahl dem Knappen, kalte Wickel bringen zu lassen, und flößte dem Kranken eine farblose Flüssigkeit aus einem dunkelbraunen Fläschchen ein.

»Zur Senkung des Fiebers«, erläuterte er dem König, der ihm mit gerunzelter Stirn über die Schulter blickte. »Die nächsten drei Tage werden kritisch. Entweder er besiegt das Fieber jetzt, oder es besiegt ihn.«

Gervasius wollte am Abend nicht in Aimars Haus zurückkehren. Der König schickte einen Boten, der Aimar Bescheid gab.

Gervasius fehlte am nächsten Tag in der Schule. Er hatte Henrys Erlaubnis. Stunde um Stunde saß er am Bett des Fiebernden, während Leute ein und aus gingen. Der Arzt, der König, Knappen und Hofleute. In ruhigen Momenten kniete sich Gervasius vor das Kruzifix an der östlichen Wand, legte die Hände zusammen und bat Gott, seinen Freund zu verschonen. Er rief auch die Jungfrau Maria an, die vielleicht mehr Erbarmen mit einem unbedeutenden Jüngling hatte. Man brachte ihm Reste der Mahlzeiten. Manchmal gesellte sich der König zu ihnen. Er ließ für Gervasius Stroh aufschütten und Kissen bringen, so dass dieser nachts ein Lager in der Nähe des Freundes hatte. Doch trotz der Müdigkeit wollte der Schlaf nicht kommen. Dann hockte sich Gervasius zu Philip, nahm seine Hand und sprach zu ihm, der in einem merkwürdigen Zustand zwischen Wachen und Schlafen gefangen zu sein schien.

»Lass mich nicht allein, Bruder. Du bist mein bester Freund. Bleib bei uns! Wir alle brauchen dich. Komm zurück!«

Auch am nächsten Tag war Philips Stirn noch heiß. Die Miene des Arztes wurde besorgter. Der König blaffte grundlos jeden an, was zeigte, wie sehr ihm Philips Zustand zusetzte. Im Tower war kein Lachen mehr zu hören. Gervasius vergaß beinahe, dass er jemals an einem anderen Ort als in diesem Krankenzimmer gewesen war. Er schlief, aß, lebte in dieser Kammer und verließ sie nur, um frische Luft auf dem Burghof zu schnappen oder auszutreten. Am dritten Tag hatte Joseph Mulholland den Kranken bereits aufgegeben.

»Es sollte ein Priester kommen und ihm die Sakramente spenden, bevor es zu spät ist«, flüsterte er Henry zu, der davon nichts wissen wollte. Während die beiden stritten, stand Gervasius mühsam auf und ging auf den Hof. Draußen war es bereits dunkel. Er sah zu den Sternen auf und sprach lautlos zum Schöpfer.

»Verlange von mir, was du willst, aber bitte gib ihn uns zurück, Herr!«

Als er in das Krankenzimmer zurückkam, war Philips Temperatur deutlich gefallen.

Gervasius schlug sich immer noch mit der Frage herum, ob er mit Ralph nach Rom und später nach Bologna reisen sollte. Gott hatte nicht von ihm verlangt, dass er seine Studienpläne aufgab. Eine seltsame Scheu hielt ihn zurück. Er konnte mit Philip, der gerade erst dem Tod entronnen war, nicht über die Angelegenheit sprechen. Es kam ihm eigensüchtig vor.

Nach dem Abendessen teilte er Aimar mit, dass er noch kurz ausgehen wolle. Er lief zur nächstgelegenen Kirche, All Hallows Barking, in der er zuvor nie gewesen war, und kniete vor einem Seitenaltar nieder, um Gott um ein Zeichen zu bitten. Sollte er reisen, oder sollte er Philip zuliebe verzichten? Eine Weile rührte er sich nicht von der Stelle, lauschte in die Stille, hörte das Knistern der Kerzenflammen auf dem kleinen Altar vor sich, die Schritte von Kirchenbesuchern im Hauptschiff, das Bellen eines Hundes durch ein geöffnetes Fenster. Nichts davon schien ihm ein Zeichen zu sein. Schließlich, als seine Knie zu schmerzen begannen, erhob er sich. Zögerlich, als warte er auf etwas, schritt er den Gang entlang Richtung Tür. Dabei blickte er nach links und rechts, auf die zum großen Teil leeren Kirchenbänke. Hier und dort lag ein dünner Psalter im Gestühl. Dann stutzte er: In der vorletzten Bank auf der linken Seite lag eine Handschrift auf dem dunklen Holz, die deutlich dicker war als ein Psalter. Wie selbstverständlich schlug Gervasius die erste Seite des Buches auf: ›Concordia discordantium canonum‹, von einem Magister Gratian. Von Ralph wusste er, dass das sogenannte ›Decretum Gratiani‹ *das* Standardwerk für Studenten des Kirchenrechts war. Zufrieden klappte Gervasius das Buch zu. Er fragte sich nicht, wie die Handschrift auf die Kirchenbank gekommen war. Er stand auf und strebte lächelnd zum Ausgang. Kurz bevor er die Tür erreicht hatte, hielt er inne, den Kopf in den Nacken gelegt, und flüsterte: »Danke, Herr!«

Innerhalb weniger Wochen erholte sich Philip vollständig.

Im August trat Gervasius zusammen mit Ralph die Reise nach Rom an.

Rom

Vier Wochen benötigten sie auf dem Landweg für die Reise. Sie erreichten Rom Anfang September. Als sie die Stadt betraten, waren beide staubbedeckt und fast gelähmt von der Hitze, die wie eine Haube über den Dächern lag und ihnen den Atem nahm. Was Gervasius zuerst auffiel, war das hügelige Panorama. Er hatte davon gelesen, doch als er die sieben Hügel in natura vor Augen hatte, übertraf die Wirklichkeit seine Vorstellung. Von weitem wirkte die Hauptstadt des Patrimonium Petri idyllisch wie ein elysisches Feld, von nahem dreckig und verwahrlost. Ralph und Gervasius waren Menschengewimmel und Lärm von London gewöhnt, doch das hier herrschende Chaos machte sie ratlos. Lag es an der Art der Römer, die lauter sprachen, sogar lauter schrien als die Menschen in London, wobei sie mit den Händen heftige Bewegungen vollführten, mit denen sie ihren Worten Nachdruck verliehen? Oder war es das feuchtheiße Klima, das ihnen am meisten zu schaffen machte? Sie benötigten mehrere Tage, um sich an die Gegebenheiten zu gewöhnen. Diese Zeit verbrachten sie vornehmlich in ihrer Herberge, wo sie schlaff auf ihren Betten ausharrten, bis die Sonne hinter den Hügeln versank und die dumpfe Hitze des Tages mit sich nahm. Erst drei Tage nach ihrer Ankunft begannen sie mit ihrem von Ralph sorgfältig vorbereiteten Pilgerprogramm.

Vor dem Petersdom, dem ersten Punkt auf Ralphs Liste, wurden sie von einem kleinen, gedrungenen Römer mittleren Alters angesprochen, dessen auffälligstes Merkmal seine beeindruckend lange Hakennase war.

»Benvenuti a Roma, ragazzi! Avete bisogno di una guida per il duomo?«

Gervasius hatte noch nie die italienische Volkssprache gehört. Sie klang wie eine melodiöse Verballhornung des Lateinischen. Er versuchte, dem lächelnden Mann auf Latein klarzumachen, dass sie kein Wort verstanden. Der Mann sah ihn verständnislos an. War es möglich, dass dieser Einwohner des Patrimonium

Petri, des Zentrums der lateinischen Christenheit, kein Latein verstand? Auch Ralph bemühte sich, dem Römer auf höfliche Weise zu verstehen zu geben, dass sie seine Hilfe nicht benötigten. Das Gesicht des Mannes wurde verdrießlich und färbte sich rötlich. Er stieß einen Schwall von Worten in der Volkssprache aus. Gervasius hörte etwas von *idioti* und *porca miseria* heraus und war froh, dass er den Rest der Verwünschungen des cholerischen Menschen nicht verstand, der sich schließlich auf dem Absatz umdrehte und fluchend in der Menge vor dem Petersdom verschwand.

»Unser Grammatiklehrer, David Berwick, hat mich gewarnt. Rom sei die gefährlichste Stadt des Abendlandes, schlimmer als Konstantinopel. An jeder Ecke lauern Mörder und Verräter, sagt er.«

Ralph zuckte die Achseln.

»Wer soll schon an uns interessiert sein? Zwei armen Pilgern und zukünftigen Scholaren? Der Mann war unangenehm, aber sicher harmlos.«

»Mag sein. Wir sollten in Zukunft trotzdem vorsichtiger sein.«

Dank Ralph brauchten sie keinen Führer. Er wusste genau, wo die Reliquienschreine standen und in welchen Seitenkapellen welche Grabmäler verborgen lagen. Nach dem Petersdom war die Engelsburg an der Reihe, die sie, da sie Wohnstatt des Papstes war, nur von außen besichtigen konnten. Für Dom und Engelsburg nahmen sie sich einen Tag Zeit. Es folgten weitere Kirchen. Dann wandten sie sich den zahlreichen Stätten zu, die der glorreichen Antike entstammten. Dazu gehörten das Kolosseum und das Forum Romanum, die Marsfelder und der Palatin.

Für den letzten Tag vor ihrer geplanten Weiterreise nach Bologna hatten sie sich einen langen Spaziergang vorgenommen, entlang des ersten Abschnitts der berühmten Via Appia, einer von den Grabmälern reicher römischer Familien gesäumten ehemaligen Staatsstraße, die bei der Porta Capena am Südabhang des Palatinhügels begann und viele Hundert Meilen weiter in Brindisi endete. Sie waren zeitig aufgebrochen, um die Kühle des Morgens zu nutzen. Kurz vor dem dritten Meilenstein kamen sie zum Grabmal der Cecilia Metella, einem Rundbau mit einem Fries aus Blumengirlanden und Stierschädeln, das nun Teil der Befestigungsanlage einer Burg war, des Castrum Caetani. Ralph erklärte Gervasius, dass die Metella die Schwiegertochter des Crassus gewesen sei. Das Grabmal stammte aus dem ersten Jahrhundert vor der Geburt des Herrn. Sie trauten sich nicht, das Monument zu betreten, da nicht weit entfernt zwei Wachmänner der Burg von ihrem Posten aus misstrauisch zu ihnen hinüberspähten.

»Lass uns weitergehen«, flüsterte Gervasius. Ralph widersprach nicht. Als sie den sechsten Meilenstein erreichten, stand die Sonne im Zenit. Es war höchste Zeit für eine Rast. Sie wählten ein besonders prächtiges Grabhaus, zu dem eine kleine Freitreppe emporführte. Das Vordach bot ihnen Schutz gegen die immer unerträglicher brennende Sonne. Im Schatten des im klassischen Stil gestalteten Spitzdaches verzehrten sie ihren Proviant: saftige Pfirsiche, süße Kirschen und Wassermelonen, dazu mit öltriefenden Gemüsescheiben belegte Brotfladen, die sie in einer Taverne gekauft hatten. Ralph, der ein Freund guten Essens war, seufzte wohlig nach dem Mahl und streckte sich.

»Was geht es uns gut! Wir sind in Rom. Im Schatten. Und haben diesen Blick!«

Er deutete auf die parkähnliche, ruinenbestandene Landschaft mit ihren majestätischen Pinien, zwischen denen Schafherden grasten. In der Ferne waren die Reste verfallener Aquädukte sichtbar. Gervasius, der träge an einer Säule lehnte, wollte gerade etwas Zustimmendes murmeln, als ein Geräusch sie aufschreckte. Es schien aus dem Innern des Grabhauses zu kommen. Eine Tür knarrte im Scharnier. Dann Schritte, Männerstimmen. Die Jungen verständigten sich mit Blicken. Sie rafften hastig und lautlos ihre Habseligkeiten zusammen, schlichen zur Rückseite des Hauses und krochen hinter eine dicht gewachsene Buchshecke. Die Stimmen wurden lauter. Es waren Männerstimmen. Mindestens drei Männer. Sie diskutierten lautstark in der Volkssprache. Vielleicht hatten sie nur die Gräber ihrer

Familienangehörigen besucht? Ein Scheppern und Poltern folgte, als hätte jemand etwas Schweres, Metallisches auf den Boden gestellt. Dann Stille. Gervasius durchfuhr ein Schreck.

»Die Kirschkerne!«, flüsterte er Ralph zu, dessen Augen sich weiteten. Die Stille dehnte sich. Gervasius wagte nicht zu atmen. Wenn er nicht atmete, würden die Männer sicher weitergehen …

»*Buongiorno, ragazzi!*«

Der Mann, der sie am Petersdom bedroht hatte, baute sich vor ihnen auf. Er sagte etwas zu seinen beiden Kumpanen, jüngeren Männern mit lockigem schwarzen Haar, die sich sehr ähnlich sahen. Einer hatte eine Klinge in der Hand, die in der Sonne aufblitzte. Mit einer ruckartigen Bewegung zerteilte er die Luft und hielt das Messer dicht an Gervasius' Kehle. Dieser konnte das kalte Metall auf der Haut spüren. Sein Atem kam nun laut und stoßweise. Der zweite Lockenkopf trat auf Ralph zu und tat es seinem Ebenbild gleich. Doch Ralph hatte es nicht die Sprache verschlagen:

»Wir sind nur Studenten! Auf dem Weg nach Bologna. Wir haben nichts gesehen! Gar nichts.«

Vorsichtig hob er die Hände zu den Augen und bedeckte sie. Er wiederholte: »Wir haben nichts gesehen.«

Dann nahm er die Hände vor die Ohren. »Wir haben auch nichts gehört!«

Schließlich hielt er sich beidhändig den Mund zu.

»Wir werden nichts sagen!«, erläuterte Gervasius auf Latein.

Die Männer wechselten Blicke. Tauschten unverständliche Sätze, die ähnlich klangen wie das ihnen vertraute Latein. Der Untersetzte grinste nicht mehr. Er sagte erneut etwas zu seinen Gefährten, die daraufhin die Jungen nach Wertgegenständen abtasteten. Beide hatten sicherheitshalber ihre Sachen in der Herberge gelassen und nur einige Münzen in kleinen Lederbeuteln dabei. Der eine Lockenkopf schnitt mit einer geschickten Bewegung die Schnur durch, mit der Gervasius den Geldbeutel um den Hals getragen hatte. Auch Ralph wurde um seine Münzen erleichtert. Dann ließen die beiden die Messer sinken.

»*Andate, ragazzi!*«, bellte der Untersetzte sie an. Ralph und Gervasius machten einige vorsichtige Schritte von den Lockenköpfen weg.

»*Andate!*«, brüllte der Untersetzte wieder und fuchtelte mit seinem Messer herum. Gervasius' Füße setzten sich wie von selbst in Bewegung. Er rannte los. Hinter sich hörte er den schnellen Atem von Ralph. Sie liefen und liefen und wagten nicht stehen zu bleiben. Erst als heftige Seitenstiche ihn dazu zwangen, verlangsamte Gervasius seinen Schritt. Er blickte sich um. Ralph war einige Hundert Schritte hinter ihm unter einer Zypresse zusammengesackt. Gervasius ging keuchend zu ihm und warf sich neben dem Freund ins Gras.

»Alles in Ordnung?«, fragte er, nachdem er wieder zu Atem gekommen war.

»Nein. Wir wurden ausgeraubt, am helllichten Tag!«, sagte Ralph.

»Aber immerhin leben wir noch«, entgegnete Gervasius.

Ralph blickte ihn einen Moment lang wütend an. Dann zuckten seine Mundwinkel, und er brach in wieherndes Gelächter aus. Selbst wenn Gervasius es gewollt hätte: der Lachreiz war so stark, er hätte nichts dagegen tun können. Ralph rollte auf den Rücken wie ein Kleinkind und überließ sich dem Lachen der Erleichterung.

Bologna

Sie hatten die römische Hitze hinter sich gelassen und es in einer guten Woche nach Norden geschafft. Am blassblauen Himmel weideten hübsche kleine Schäfchenwolken. Eine angenehme Brise wehte frische Luft von den Bergen heran, die als beeindruckende Silhouette im Hintergrund standen. Von weitem wurde eine Vielzahl hoher Türme sichtbar, die wie steinerne Pilze aus dem Boden gewachsen zu sein schienen. Sie drängten sich auf engem Raum im Zentrum Bolognas zusammen.

»Was ist das?« Gervasius kniff verwundert die Augen zusammen.

»Sieht aus wie ein Wald von Türmen«, fand Ralph.

Auf dem Weg in die Stadt versperrte ihnen eine Prozession den Weg. Es blieb ihnen nichts übrig, als von den Pferden zu steigen. Ein langer Zug von Menschen, die Heiligenbilder, Monstranzen und Kruzifixe hochhielten und von einer Schar Musikanten begleitet wurden, wand sich wie eine monströse, vielfarbige Schlange durch die Straßen. Im Takt der ohrenbetäubend lauten Trommelschläge und Flötentöne schritten die prächtig gekleideten Würdenträger gemessen einher, wobei sie immer wieder die Hände hoben, um huldvoll den Massen zu winken, die sich zu beiden Seiten der Straße eingefunden hatten, um das Ereignis verfolgen zu können. Neben dem üblichen Stadtvolk befanden sich viele gut gekleidete junge Männer unter den Zuschauern, die häufig ihre eigenen Diener dabeihatten.

»Ob das alles Studenten sind? Sie wirken so erwachsen. Und so reich.«

»Das sind sie auch.«

Ein neben ihnen stehender Jüngling, ein paar Jahre älter als die beiden, mit fuchsrotem Haarschopf, hatte Gervasius' Vermutung gehört.

»Verzeiht, dass ich mich so ungebeten in Euer Gespräch einmische, aber als ich Euch Normannisch sprechen hörte, fühlte ich mich an unsere gemeinsame Heimat erinnert, die mir manchmal sehr fehlt. Ihr seid doch aus England?«

»Aber ja. Wir waren bis vor kurzem Schüler in den beiden besten Londoner Schulen. Und woher stammt Ihr?«

»Aus Winchester. Osbert ist mein Name. Willkommen in Bologna!«

»Ralph und Gervasius. Wir wollen hier die Rechtsschule besuchen.«

»Dann seid ihr an den Richtigen geraten. Ich studiere selbst seit vier Jahren römisches Recht bei dem *Legis Doctor* Johannes Bassianus.«

»Was ist das für eine Prozession?«

»Sie findet zu Ehren des heiligen Vitale statt, dessen Gebeine in der Kirche Santi Vitale e Agricola aufbewahrt werden. Seht ihr den hochgewachsenen Mann dort an der Spitze des Zuges? Das ist der amtierende *Podestà* von Bologna, Guido da Sasso. Hinter ihm geht der Archidiakon, und ihm folgt der *Capitano del Popolo,* der Führer der bürgerlichen Regierungspartei. Die beiden blau gekleideten Herren sind die Rektoren der zwei Universitäten. Der *Citramontanes* und der *Ultramontanes.*«

»Die Studenten spalten sich hier in Landsmänner und Ausländer?«

»Die Ultramontanen sind die von jenseits der Alpen. Die Citramontanen die aus anderen italienischen Städten. Aber die Ultramontanen sind zudem in sogenannten *nationes* organisiert. Wir Angelsachsen bilden unsere eigene *natio.* Ebenso wie die Franzosen, Spanier, Provenzalen und so fort. Es dauert eine Weile, bis man versteht, wie es hier zugeht.«

»Und wie geht es hier zu?«

Der Rotschopf lächelte rätselhaft. »Das werdet ihr bald selbst herausfinden. Übrigens bin ich mit dem Rektor unserer *natio* gut befreundet. Wenn ihr wollt, bringe ich euch zu ihm. Es sind zwar gerade Sommerferien, aber er hat immer viel zu tun.«

Osbert hatte sie durch weniger überfüllte Seitenstraßen zu einem repräsentativ wirkenden Bürgerhaus gelotst.

»Das derzeitige offizielle Hauptquartier der englischen *natio.*«

Gervasius und Ralph waren beeindruckt. Auch im Innern hielt das Gebäude, was sein Äußeres versprach: breite Treppenaufgänge, Tapisserien an den Wänden und teure Kandelaber sorgten für eine gediegene Atmosphäre, die Gervasius ein wenig an die des Dogenpalastes in Venedig erinnerte, nur dass dieser um ein Vielfaches geräumiger war.

»Was meintest du mit *derzeitiges* Hauptquartier?«

»Es ist üblich, dass die *Universitates* Räume und Häuser jeweils nur kurzzeitig anmieten, nie länger als ein paar Monate. Auch das werdet ihr erst später verstehen. Falls ihr euch fragt, in welchem Verhältnis ich zu unserem *Rector nationis* stehe: Er ist mein ältester Vetter mütterlicherseits. Er stammt wie ich aus Winchester.«

Jacobus von Winchester wirkte deutlich gesetzter als sein Vetter. Er musste Ende zwanzig sein, trug einen nicht unbeträchtlichen Bauch vor sich her und war überaus sorgfältig gekleidet. Trotzdem bestand eine gewisse Familienähnlichkeit: Jacobus hatte das gleiche fuchsrote Fell auf dem Kopf, nur wurde es bei ihm am Hinterkopf bereits dünner. Er begrüßte sie freundlich, kam aber, nachdem Osbert den Raum verlassen hatte, schnell auf den Punkt.

»Versteht mich bitte nicht falsch. Ich freue mich über jeden neuen Studenten aus unserem Land, aber der Wunsch, ein großer Rechtsgelehrter zu werden, reicht in dieser Stadt leider nicht aus. Um es deutlich zu sagen: Bologna ist ein sehr teures Pflaster. Und nur wer ausreichend Rücklagen zur Verfügung hat, kann hier sein Studium erfolgreich zu Ende bringen.«

Ralph ließ sich von diesen Worten nicht einschüchtern. »Mir wurde vom Bischof von London bereits eine Pfründe in Barnwell bei Cambridge übereignet. Und mein Freund hier ist ein besonderer Schützling König Henrys II. Er kommt für alle seine Kosten auf.«

Jacobus nahm diese Antwort wohlwollend zur Kenntnis. Doch ganz zufrieden war er noch immer nicht. Er musterte Gervasius so eingehend, dass diesem unbehaglich zumute wurde.

»Du scheinst mir ein wenig jung für das Studium des römischen Rechts zu sein, Gervasius. Wie alt bist du?«

»Fünfzehn.«

»Die meisten Studenten hier sind wenigstens achtzehn zu Beginn ihrer Studien. Vielleicht solltest du noch ein Jahr warten. Glaubst du, du bist schon so weit?«

»Um das herauszufinden, bin ich hier.«

»Die Ferien gehen noch bis Mitte Oktober. Da hast du ein paar Wochen Zeit. Und du, Ralph, wie alt bist du?«

»Siebzehn. Und ich werde auf jeden Fall bleiben und hier studieren.«

Ralph sagte das in einem herausfordernden Ton. Der Rektor hob beschwichtigend die Hand.

»Egal, ob ihr beide länger bleibt oder nicht, jetzt braucht ihr erst einmal eine Bleibe. Und genau dafür ist die *natio* da: um sich um ihre Landsmänner zu kümmern. Wie es der Zufall will, sind gerade zwei Zimmer in einem unserer beliebtesten Häuser in einer Seitenstraße der Piazza Santo Stefano frei geworden.«

Sie vereinbarten mit Jacobus, dass sie die Zimmer in Begleitung von Osbert am gleichen Tag besichtigen würden.

»Ihr werdet euch sicher wohlfühlen. Bologna ist nicht nur eine Stadt, in der man das beste Rechtsstudium im Abendland bekommt. Man kann hier auch vorzüglich feiern und es sich gut gehen lassen. Habt ihr euch schon für eine der beiden Möglichkeiten entschieden? Was zieht ihr vor? Römisches oder kanonisches Recht?«

Ralph erklärte ihm, dass er selbstverständlich Kirchenrecht studieren würde. Gervasius musste erneut zugeben, dass er das noch nicht entschieden hatte. Jacobus lächelte.

»Ihr solltet auch wissen, dass die Bologneser Studenten – vor allem die *Ultramontani* – die Unabhängigsten und Respektiertesten aller Studenten sind. Und das haben sie Kaiser Friedrich Barbarossa zu verdanken. Der hat uns im Jahr 1155 in einem Schutzbrief für ausländische Studenten des römischen Rechts, der ›Authentica Habita‹, weitreichende Privilegien eingeräumt, die uns vor städtischer Willkür in Form von überhöhten Preisen und ungerechtfertigten Steuern ebenso schützen wie vor der Geldgier der Professoren. Wir dürfen unsere eigenen Richter wählen und jederzeit unseren Studienort wechseln. Wir sind stolz auf unsere Unabhängigkeit und fest entschlossen, sie zu verteidigen.«

Am Nachmittag besichtigten sie in Begleitung von Osbert die Zimmer. Jacobus hatte nicht zu viel versprochen: Das Haus war zwar klein, aber adrett und sauber. Ein Zimmer befand sich unter dem Dach, mit Blick auf die Piazza und die Basilica Santo Stefano und die anderen sechs Kirchen. Das andere, etwas größere, lag im Mittelgeschoss und bot eine Aussicht auf eine stille Gasse mit Bäumen. Da es an dem Angebot nichts auszusetzen gab, beschlossen sie, keine weiteren Besichtigungen auf sich zu nehmen und sagten spontan zu. Gervasius bezog die Dachkammer, die ihn an sein Heim in Aimars Haus in London erinnerte. Ralph war glücklich über das größere Zimmer, zu dem er weniger Treppen hinaufsteigen musste. Sie fragten Osbert, wie sie wegen ihres Studiums am besten vorgehen sollten.

»Nun, ich würde euch empfehlen, mit allen für euch in Frage kommenden Professoren ein Gespräch zu führen.«

Er zählte eine Reihe von *Legis Doctores* auf, machte anerkennende Bemerkungen zu einigen, riet ihnen davon ab, sich mit anderen auf einen Vertrag einzulassen, weil sie dafür bekannt seien, ihre Schüler übers Ohr zu hauen.

Gervasius wollte es nicht glauben. »So etwas gibt es? Ich dachte, die Jurisprudenz sei eine ehrenwerte Disziplin!«

»Das dachten die Betrogenen auch. Manche Doktoren nutzen jede Möglichkeit, aus ihren Studenten Geld herauszupressen. Sie nehmen selbst für Bologna sehr hohe Gebühren. Bringen ihre Studenten dann dazu, Darlehen bei ihnen aufzunehmen, so dass sie mehr und mehr in Abhängigkeit geraten. Viele mussten schon wertvolle Bücher, andere ihr letztes Hemd verpfänden. Wie dem auch sei: Ich rate euch, es bei Placentinus und Pillius zu versuchen. Und auch bei Johannes Bassianus, der, wie ich bereits erwähnt habe, auch mein Doktorvater ist.«

Zuerst suchten sie Placentinus auf – auch Piacentino genannt, da er aus Piacenza stammte –, der für die glänzende Rhetorik seiner Vorlesungen bekannt war. Osbert hatte ihnen den Weg zum Haus des Konsuls Guido da Castello beschrieben, in dem der Dozent lebte. Die Castelli waren eine jener alteingesessenen Familien Bolognas, die mit viel Geld und viel Einfluss ausgestattet waren, was sich auch am Haus des Konsuls zeigte. Ein Diener öffnete ihnen die Tür und ließ sie einige Zeit in der kostbar eingerichteten Halle mit der kuppelförmigen Decke warten, deren Höhe mehrere Geschosse umfassen musste. Placentinus stellte sich als dünner

Mann mit zierlichen Händen und Füßen heraus, der einen hochmütigen Zug um den Mund hatte. Er hatte eine unangenehm knarrende, kalte Stimme. Nach einem kurzen Austausch konnten Gervasius und Ralph sich ohnehin wieder verabschieden. Der Professor war für die ihnen zur Verfügung stehenden Mittel nicht zu haben, was keiner der beiden besonders bedauerte.

Als Nächstes suchten sie Pillius auf, der ausschließlich römisches Recht lehrte und daher nur für Gervasius in Frage kam. Das Angebot des Professors lag im Bereich von Gervasius' Möglichkeiten, also unter der jährlichen Höchstsumme, die König Henry ihm zur Verfügung gestellt hatte. Gervasius stieß jedoch die übermäßige Fettleibigkeit des Rechtsgelehrten ab, dessen dicke Arme bei jeder Bewegung schwabbelten und dessen Gesicht so aufgeschwemmt war, dass es aussah wie ein ausgestopfter Pfannkuchen. Weil er sich nicht traute, sofort nein zu sagen, verabschiedete er sich mit dem Versprechen, es sich überlegen zu wollen. Dann begab er sich mit Ralph zum Haus ihres dritten Kandidaten.

Johannes Bassianus lebte in einem bescheidenen schmalen Bürgerhaus. Für Ralph und Gervasius war das ein wohltuender Kontrast zu dem protzigen Wohnsitz des Placentinus und der vernachlässigten Hütte, in der Pillius hauste. Das Gebäude befand sich in einem weniger überlaufenen Viertel, abseits des studentischen Trubels. Ralph betätigte den kunstvollen Messingtürklopfer, der die Form eines Windspiels mit heraushängender Zunge hatte. Der Professor selbst ließ sie ein. Bassianus war von unauffälliger Erscheinung. Er erschien ihnen weder hochmütig noch übertrieben demütig. Bart und Haupthaar waren weizenblond, die Augenbrauen buschig. Der Professor lud sie in sein Studienzimmer, goss beiden ein Gläschen Vin Santo ein und hörte sich dann ruhig, mit nüchternem Gesichtsausdruck ihr Anliegen an, während die Hunde an seiner Seite aufmerksam die Ohren spitzten. Ralph war anzumerken, dass er *seinen* Professor gefunden hatte. Gervasius, dem Bassianus' bescheidene Art ebenfalls gefiel, erkundigte sich vorsorglich nach der Höhe der von ihm geforderten *collectae*.

»Das hängt davon ab, wie viel euch beiden jährlich zur Verfügung steht. Im Vergleich zu den anderen Dozenten scheinen mir meine Gebühren aber moderat.«

Sie hatten keine Schwierigkeiten, sich zu einigen. Bassianus machte beiden unterschiedliche Angebote, da Ralphs Summe etwas niedriger lag als die, über die Gervasius verfügen konnte, und Letzterer in Erwägung zog, beide Rechte zu studieren.

»Damit sitzt ihr zwar nicht in der ersten Reihe zwischen den Adelssöhnen, aber auch nicht in der letzten, bei den *pauperes*«, kommentierte der Professor die mit jedem einzeln vereinbarte Gebühr.

»Dir, Gervasius, möchte ich nahelegen, ab Oktober zuerst probeweise zwei Wochen lang meine ordentlichen Vorlesungen zu besuchen, unentgeltlich, versteht sich, bevor du eine endgültige Entscheidung triffst.«

Mit Ralph setzte er sofort einen Vertrag auf.

»Ihr solltet wissen, dass ich auch Kanonikus in der hiesigen Kathedrale bin. In ganz dringenden Fällen, die meine Anwesenheit dort erfordern, vertritt mich meine Nichte Sophia bei den Vorlesungen. Sie ist bestens ausgebildet für ein Mädchen, die Tochter meines jüngeren Bruders Marcellus, der Bolognas tüchtigster Stationarius ist. Bevor ihr euch für eine *statio* entscheidet, solltet ihr unbedingt die seine in Augenschein nehmen. Es ist nicht weit dorthin, von hier aus. Er ist sehr gut ausgestattet und hat alle Lehrwerke gebunden und als Vorlage zum Kopieren vorrätig.«

Als sie das Haus des Professors verließen, waren beide mit dem Ergebnis mehr als zufrieden.

Am folgenden Tag schliefen sie lange, dann ließen sie sich von Osbert durch die Stadt führen. Sie fanden heraus, dass es sich bei der Ansammlung von hohen Türmen um Geschlechtertürme und Kirchtürme besonders ehrgeiziger Kirchenfürsten handelte. Die Geschlechtertürme waren Zeichen des Wohlstandes der alten Bologneser Familien.

»In San Giminiano soll es noch mehr davon geben als in dieser Stadt«, berichtete Osbert, schien das aber selber zu bezweifeln. Er zeigte ihnen die für Bologna so typischen Bogengänge und arkadenverzierten Paläste, die *portici di Bologna*, den Neptunbrunnen und die Piazza Maggiore mit der Basilica San Petronio – eine dem Schutzheiligen der Stadt, Petronius, geweihte Großkirche. Zum Ende ihres Rundgangs, auf dem Rückweg zum Haus der *natio*, in dem sie ihre Zimmer hatten, verweilten sie noch kurz auf der Piazza Santo Stefano mit dem labyrinthisch angelegten Konglomerat der sieben Kirchen. Der Platz war ein Treffpunkt der Stadt, der sich jetzt, gegen Abend, langsam mit Volk füllte. Viele davon schienen Studenten zu sein.

»Die Kirche Santo Sepolcro soll der heilige Petronius nach dem Vorbild der Grabeskirche in Jerusalem geplant haben. Angeblich wurde der gesamte Komplex auf den Fundamenten eines römischen Isistempels errichtet. Ihr müsst euch demnächst die Zeit nehmen, die einzelnen Kirchen in Ruhe zu betrachten. Man findet sich hier nicht so leicht zurecht. Alles ist verschachtelt und ineinandergebaut. Aber es lohnt sich. Verlauft euch nur nicht. Es sollen schon Leute darin verschwunden sein.«

Am selben Abend waren sie zu einer Feier geladen, die die Studentenschaft ihrer *natio* eigens zu ihren Ehren veranstaltete. Sie fand in einer Taverne nahe der Piazza Maggiore statt. Zuerst wurde ein üppiges Festmahl aufgetischt, das jenen am Hof des englischen Königs in nichts nachstand, ganz im Gegenteil: Die Bologneser Küche war so schmackhaft, dass Ralph sich beinahe im Paradies wähnte und auch Gervasius ausgiebiger tafelte, als sein Magen es gewohnt war. Dazu floss hervorragender Wein in Strömen. Zur Vorspeise ein fruchtiger Weißwein, zu den schweren Fleischgerichten ein würziger, dunkler Rotwein aus den Abruzzen. Zum Nachtisch Vin Santo aus Tuscien. Man trank auf die beiden Neuzugänge. Insgesamt umfasste die *natio* in diesem Jahr achtzehn junge Männer.

»Was meint ihr, ob Wilhelmus wieder dem Würfelspiel frönt? Er weiß, dass es verboten ist, und tut es trotzdem. Nur wir Dummen lassen uns von den Vorschriften versklaven!«

Adrianus, ein leicht verpickelter Student des römischen Rechts im zweiten Jahr, war offenbar in aufwieglerischer Stimmung. »Es ist eine Ungeheuerlichkeit, dass diese Regeln für die Rektoren der zwei *Universitates* nicht gelten, und auch nicht für die Professoren, diese unmoralischen Blutsauger!«

»Es ist genug, Adrianus! Vielleicht solltest du ein wenig Wasser trinken und kurz an die frische Luft gehen.«

Jacobus hatte mit leiser Stimme gesprochen, doch die strahlte so viel Autorität aus, dass der Zurechtgewiesene nach einigem Murren tatsächlich aufstand und das Lokal verließ. Nachdem Adrianus die Runde verlassen hatte, wurde das Thema gewechselt. Das Gespräch kam auf Frauen. Gervasius und Ralph erfuhren staunend, wie eifrig und erfolgreich die Studenten ihres Geburtslandes in dieser Disziplin waren. Ein besonders wohlhabender, älterer Student namens Alfred erzählte von seiner neuesten Hure, die mehr kostete als alle die von ihm bisher in Anspruch genommenen zusammen.

»Aber es hat sich gelohnt, so tief in die Tasche zu greifen!«, prahlte er. »Diese Dame versteht ihr Handwerk, kann ich euch sagen. Mit der Betonung auf Hand.«

Alle brachen in Gelächter aus. Nur Gervasius und Ralph wechselten einen unbehaglichen Blick. Was würden ihre Landsmänner sagen, wenn sie wüssten, dass sie zwei absolut Ahnungslose auf diesem Gebiet vor sich hatten? Ein anderer Student, den alle Lucretius nannten, erzählte jetzt von seiner Liebschaft mit einer Bologneser Bäckersfrau.

»Beinahe hätte uns der Gatte erwischt, als er eines Vormittags früher aus der Backstube zurückkam! Ich bin tausend Tode gestorben, kann ich euch sagen.«

»Dafür siehst du noch ganz lebendig aus«, entgegnete Ralph und hatte die Lacher auf seiner Seite.

»Was die Bologneserinnen angeht: Es gibt eine, die übertrifft sie alle. Wer von uns wünscht sich nicht, mit der entzückenden Nichte des Johannes Bassianus anzubandeln? Zu dumm, dass sie sich nie auf offener Straße zeigt. Sie liest manchmal für Bassianus, wenn dieser verhindert ist, müsst ihr wissen«, erklärte Osbert Gervasius und Ralph.

»Sie darf nur lesen, wenn sie von einem Vorhang abgeschirmt ist«, ergänzte Alfred.

»Wieso?«, erkundigte sich Gervasius neugierig.

»Sie soll so schön sein, dass ihr Anblick die Studenten viel zu sehr ablenken würde.«

Man redete noch lange, prostete sich immer wieder zu und zog schließlich als grölende Gruppe über die Piazza Maggiore. Sowohl Gervasius als auch Ralph hatten kräftig mitgebechert. Arm in Arm mit ihren neuen Freunden torkelten sie weinselig über den noch immer belebten Platz. Mit diesem Gelage hatte ihr Studentenleben offiziell begonnen.

Sie nahmen den Rat des Professors an und suchten das Geschäft seines Bruders Marcellus auf. Die *statio* war in einem unscheinbar wirkenden Haus untergebracht, über dessen Eingang ein emailliertes Schild hing: »Marcellus Bassianus, Stationarius.« Vor ihnen betraten zwei andere Studenten den Laden. Gervasius und Ralph folgten ihnen mit einer Mischung aus Neugier und Ehrfurcht, weil sie nicht genau wussten, was sie erwartete. Eine *statio* war keine Bibliothek, doch konnte man in ihr Bücher entleihen oder einsehen und durchaus auch kaufen. So viel hatte ihnen Osbert verraten. Das von außen so unauffällige Haus entfaltete im Innern eine unerwartete Geräumigkeit. Eine Vielzahl von Räumen zog sich tief in das Gebäude hinein. Einige waren mit langen Tischen vollgestellt, die mit dicht an dicht aufgereihten Pergamentstapeln bedeckt waren. In anderen, kleineren Räumen standen Lesepulte mit Schemeln, auf denen Scholaren hockten und dicke Kodizes studierten. Manche murmelten vor sich hin, manche lasen laut, andere machten sich Notizen auf Wachstafeln. In den größeren Räumen befanden sich endlose Reihen von Regalwänden mit gebundenen Handschriften in allen Größen und Formaten. Im größten dieser Räume entdeckten sie hinter einem Verkaufstisch am Fenster den Stationarius Marcellus, ebenfalls blond und bärtig, jedoch etwas muskulöser und jünger als sein Bruder Johannes. Sie warteten, bis der Stationarius die beiden Studenten, die vor ihnen gekommen waren, beraten hatte. Dann erklärten sie, dass sie zum ersten Mal da seien und Hilfe bei der Orientierung gebrauchen könnten.

»Ihr seid also neu in der Stadt. Frischlinge, sozusagen. Willkommen in Bologna! Mein Assistent Guido wird euch alles zeigen und erläutern. Viel Erfolg beim Studium. Falls ihr Bücher erwerben wollt, wendet euch an mich. Für alles andere ist Guido zuständig.«

Er winkte einen schwarz gelockten Jüngling heran, der am anderen Ende des Raumes Bücher sortiert hatte. Guido belehrte sie darüber, welches die Werke waren, die Studenten im ersten Jahr unbedingt brauchten.

»Dies ist der Freihandbereich. Hier könnt ihr selbst die Bücher aus den Regalen nehmen und an den Pulten lesen.«

Andere Regale waren mit Büchern bestückt, die einzelnen Studenten oder Studentengemeinschaften gehörten.

»Diese sind nicht frei zugänglich. Hier dürft ihr auf keinen Fall ohne Erlaubnis Handschriften entnehmen. Natürlich haben wir auch von allen wichtigen Werken *peciae.*«

Sie waren in dem Raum mit den langen Tischen angelangt.

»Was sind *peciae,* wenn ich fragen darf?«

»Das sind die Lagen von Pergamentbögen, die ihr hier seht. Man hat die Bücher zerlegt, damit mehrere Kopisten gleichzeitig aus ihnen abschreiben können. Die Studenten beauftragen Kopisten und Schreiber, die die von ihnen gewünschten Werke kopieren. Wie diese Herren an dem Tisch da drüben. Sie leihen die *peciae* aus und nehmen sie mit nach Hause, um sie dort zu kopieren. Wenn ihr euch Werke abschreiben lassen wollt, müsst ihr euch an den Stationarius wenden. Noch Fragen?«

Weder Ralph noch Gervasius fiel etwas ein.

»Gut, dann kann ich euch ja alleine lassen. Am besten, ihr schaut euch in Ruhe um und entscheidet dann, welche Bücher ihr braucht und welche ihr leihen möchtet. Ihr findet mich im Hauptraum, falls ihr noch Fragen habt.«

Eine Weile liefen sie ziellos zwischen den Regalen umher.

»Vielleicht können wir die Werke des kanonischen Rechts zusammen kaufen und dann gemeinsam benutzen. Das würde Geld sparen«, schlug Gervasius vor.

»Gute Idee. Aber bist du denn schon sicher, dass du bleiben willst?«

»Ich mag diese Stadt. Diesen merkwürdigen Laden. Und ich muss zugeben, am Studentenleben, wie es mir bisher untergekommen ist, finde ich auch Gefallen.«

»Du solltest dir wenigstens bis nach der ersten Vorlesung im Oktober Zeit lassen mit deiner Entscheidung.«

»Und das von dir?«

Sie waren, in ihr Gespräch vertieft, immer weiter in die Tiefen des Raumes vorgedrungen und nun in einen Teil gelangt, den Guido ihnen nicht gezeigt hatte. Hinter der letzten Regalreihe hörten sie ein vertrautes Geräusch: das Kratzen einer Schreibfeder auf Pergament. Sie verstummten. Das Kratzen hörte ebenfalls auf. Hinter dem Regal war ein schmaler Raum mit zwei Tischen. Auf einem lagerten Stapel von Bögen, an dem anderen saß der Schreiber, den sie gehört hatten. Nein, es war kein Schreiber, der da über sein Blatt gebeugt saß. Langes ebenholzschwarzes Haar umrahmte ein blasses Madonnengesicht, in dem ein kleiner roter Kirschmund leuchtete. Die Augen waren wie zwei tiefe Teiche bei Mondschein. Gervasius vergaß den Mund zu schließen. Ein kleines Feuer begann in seinem Bauch zu lodern. Ihm war, als wäre er verhext worden. Dann prallte Ralph von hinten auf ihn. Auch er hielt mitten in der Bewegung inne und starrte. Das Objekt ihrer Bewunderung war seinerseits wie gelähmt für einen Augenblick. Doch jetzt holte die junge Frau aus ihrem Gewand eine Art Haube hervor und zog sie sich über den Kopf. Das wunderbare Haar verschwand darunter, und auch das halbe Gesicht.

»Wer seid Ihr und was wollt Ihr hier? Dieser Bereich ist nicht allgemein zugänglich!«

Ralph hatte sich als Erster wieder in der Gewalt.

»Verzeiht, Signorina, wir wussten nicht … Wir dachten … Es tut uns leid«, stammelte er.

Der Bann war gebrochen. Gervasius nahm sich zusammen und verbeugte sich knapp vor der Schönen.

»Gervasius von Tilbury und Ralph von St. Paul's. Wir bitten vielmals um Entschuldigung, Signorina. Wir werden Euch nicht länger belästigen. Buon giorno.«

Bevor die Kopistin darauf eine Antwort geben konnte, hatte er schon Ralph am Arm mit sich gezogen.

»Weißt du überhaupt, wer das war?«, fragte Gervasius schließlich.

»Eine angestellte Schreiberin?«

»Das war die Tochter von Marcellus und die Nichte von unserem Professor, Sophia Bassianus!«

Ralph lächelte dümmlich, was ihm gar nicht ähnlich sah.

»Heilige Mutter Gottes«, murmelte er.

Sophia

Nach dem Zusammentreffen mit der Tochter des Stationarius stand für Gervasius endgültig fest, dass er in Bologna bleiben und noch im Herbst mit seinem Studium beginnen würde. Ralph, der glaubte, sich bereits eindeutig für den klerikalen Weg der Enthaltsamkeit entschieden zu haben, war beim Anblick der Sophia Bassianus in seinem Entschluss wankend geworden. Er hätte nicht geglaubt, dass ein Mädchen eine solche Wirkung auf ihn haben könnte. Diese Augen! Dieses Madonnengesicht! Beide waren schwer verliebt und konnten seitdem an kaum etwas anderes denken als an die Angebetete. Die Zeit bis Oktober verging wie im Flug. In dieser Zeit versuchten beide nicht, das Mädchen wiederzusehen, aus unterschiedlichen Gründen. Doch bei jedem Gang durch die Stadt oder zur *statio* hielten sie unwillkürlich nach ihr Ausschau.

Dann war der 9. Oktober da, der erste Vorlesungstag im neuen Semester. Pünktlich zum Läuten von »La Scolara«, der Glocke von Sankt Peter, eröffnete Johannes Bassianus seine ordentliche Vorlesung, die sowohl für Kanoniker als auch Zivilrechtler

Pflicht war. Der Professor lächelte zufrieden in die Runde seiner Studenten, die sich in einem Raum in der oberen Etage seines Hauses – tatsächlich war es der ausgebaute, leer geräumte Dachboden – auf Strohballen niedergelassen hatten.

»Die älteren Semester kennen dies bereits, den Neuen will ich sagen, dass diese erste Vorlesung im neuen Semester allein den Grundlagen des Rechtsstudiums vorbehalten ist. Auch wenn wir heute ausschließlich das römische Recht behandeln wollen, so ist dies auch für die Kanonisten unter euch von Bedeutung, gründet doch das Kirchenrecht in Methodik und Vorgehensweise auf dem Zivilrecht. Für die Frischlinge soll diese Vorlesung einen einführenden Überblick bieten. Für die Fortgeschrittenen ist es eine gute Gelegenheit, zu überprüfen, wie weit sie die Grundlagen noch beherrschen.«

Es raschelte im Stroh neben Gervasius. Eine winzige Maus kroch aus einer Art Nest und rannte eilig in Richtung Treppe davon. Merkwürdigerweise löste das eine Gedankenkette aus, die nach einigen Kapriolen bei der Erinnerung an Sophia anlangte und ihrem über die Pergamentbögen gebeugten Kopf. Ihr seidiges schwarzes Haar war wie ein Vorhang in ihr Gesicht gefallen und hatte dieses halb verdeckt.

»Das ›Corpus Juris Civilis‹, auch ›Corpus Justinianeum‹ genannt, da es zur Zeit des römischen Kaisers Justinian aufgeschrieben wurde, besteht grob gesagt aus drei Teilen: den Digesten, einer Sammlung von Buchauszügen römischer Juristen, dem Kodex, in dem kaiserliche Erlasse verzeichnet sind, und den Institutiones mitsamt der Novellen. Die Digesten teilen sich in drei, der Kodex in zwölf und die Institutiones in vier Bücher. Dazu kommen einhundertvierunddreißig Novellen. Ihr seht, es gibt viel zu tun!«

Das provozierte Gelächter und lockerte die Stimmung ein wenig auf. Der Professor fuhr fort: »Heute will ich vor allem auf die ›Institutiones‹ eingehen, weil sie allgemeine Rechtsprinzipien darstellen und somit das Rüstzeug eines jeden Juristen sind. Vorher aber noch ein paar grundlegende Dinge über das kanonische Recht, das systematisch zu studieren erst durch die unermüdliche Arbeit unseres Magisters Gratian möglich geworden ist. Letztlich besteht auch das Kirchenrecht aus drei Teilen: den Vorgaben der Bibel, den Kommentaren der Kirchenväter und den Erlassen der kirchlichen Konzilien, Synoden und Päpste. Gratian hat alle rechtlichen Kommentare, die verstreut vorhanden waren und sich zum Teil gegenseitig widersprachen, gesammelt, geordnet und wo nötig in seinen Glossen Widersprüche beseitigt, um eine einheitliche Grundlage zu schaffen. Die Methode hat er sich bei der Dialektik Abaelards abgeguckt, sein Fundament sind die Grundlagen des römischen Rechts. Ihr seht also, es ist notwendig, das römische Recht zu studieren, wenn man zum kirchlichen gelangen will. Der Weg zur bischöflichen Kapelle führt durch die verstaubte Stube des Juristen.«

Sophia, dachte Gervasius versonnen, während Bassianus seine Ausführungen fortsetzte, hatte Gesetzestexte kopiert, was zum einen bedeutete, dass sie schreiben und lesen konnte, zum anderen, dass sie das Lateinische beherrschte. Sie hatte sehr konzentriert gewirkt, dort hinter ihrem Kopistenpult, und nicht so, als wäre es eine ungeliebte Tätigkeit, der sie nur nachging, um dem Befehl ihres Vaters zu gehorchen. Hatte ihre Stimme ein klein wenig hochnäsig, ja herablassend geklungen? Nein, das hatte er sich sicher nur eingebildet. Sie war das vollkommenste weibliche Wesen, das ihm je untergekommen war!

Zwei Wochen später führte Gervasius sein zweites Gespräch mit Bassianus, diesmal ohne Ralph. Er teilte dem Professor mit, dass er sich dafür entschieden hatte, sein Studium in Bologna noch in diesem Semester zu beginnen, statt ein weiteres Jahr zu warten. Sie setzten einen Vertrag über die Höhe der *collecta* auf. In Hörsälen, die Reihen hatten, war Gervasius' Platz von diesem Tag an in der dritten Reihe. Um die Wirksamkeit des Vertrages zu bestätigen, gaben sie sich die Hand.

»Es freut mich, dich unter meinen Studenten zu haben, Gervasius. Ich glaube, du bist ein heller Kopf.«

Es gab noch etwas, das Gervasius Tag und Nacht beschäftigte, was er aber seinem Professor auf keinen Fall verraten konnte. Daher versuchte er es auf Umwegen.

»Neulich traf ich durch puren Zufall auf Eure Nichte. In der *statio* Eures Bruders. Sie kopierte gerade einen Gesetzestext. Ich war beeindruckt von ihrer Gelehrsamkeit. Die meisten Frauen wären nicht in der Lage dazu.«

»Denkst du? Mir scheint, du weißt nicht viel über Frauen, Junge. Sie sind alle zu allerhand in der Lage, wenn man sie nur lässt.«

»Wie meint ihr das?«

»Meiner Meinung nach wird der Verstand der Frauen im Allgemeinen unterschätzt. Wie sollen sie beweisen, was sie können, wenn sie keine Gelegenheit dazu bekommen, sich zu bilden? Ich habe es meiner Nichte ermöglicht, die Kathedralschule zu besuchen. Es war Schwerstarbeit, den Bischof davon zu überzeugen, dass es keine Zeitverschwendung sein würde, ihr Latein beizubringen. Jetzt ist er stolz auf ihre Leistungen. Wie die meisten Gelehrten in dieser Stadt. Ich hoffe, Gervasius, dass dein Interesse an Sophia rein platonisch ist. Sie ist nämlich mehr am Leben des Geistes als am Eheleben interessiert. Und schon gar nicht an Liebschaften mit Studenten im kritischen Alter.«

Gervasius hatte nicht verhindern können, dass sein Gesicht sich bei diesen Worten rot verfärbte. Er spürte die Wärme seiner Haut und wäre am liebsten im Erdboden versunken.

»Deine roten Ohren verraten dich. Aber lass dir gesagt sein, sie hat Besseres verdient, als von einem Studenten geschwängert und dann sitzen gelassen zu werden.«

»Es tut mir leid, dass ich diesen Eindruck erweckt habe, ich würde ihr so etwas nie antun …«

Der Professor, der sich in Zorn geredet hatte, beruhigte sich wieder, als er Gervasius' entsetztes Gesicht sah.

»Verzeih mir meinen Ausbruch, aber wie du dir denken kannst, hat die Schönheit meiner Nichte ihr schon einigen Ärger bereitet. Deshalb liest sie, wenn sie mich vertritt, hinter einem Vorhang. Zu ihrem eigenen Schutz und dem der jugendlichen Hörer, die sich sonst reihenweise in sie vergucken würden. Ich will das Gespräch nicht im Zorn beenden. Du scheinst ein guter Junge zu sein. Doch sei gewarnt: Wenn du dich nicht an meine Worte hältst, wirst du es bereuen. Ich bin überzeugt, dass du später ein guter Jurist wirst. Das sagt mir mein Instinkt. Viel Glück, Gervasius.«

Damit war er entlassen.

Natürlich hatte ihn das Misstrauen des Professors getroffen. Andererseits war er auch erleichtert, denn nun hatte er einen weiteren Grund, es nicht bei Sophia zu versuchen. Die Prophezeiung der Wahrsagerin hatte er nicht vergessen. Noch immer befürchtete er, wenn er sich mit einer Frau einließe, könnte er für ihren Tod verantwortlich werden. Als er Ralph von der Warnung des Professors erzählte, reagierte dieser mit derselben Empörung, die er selbst bei dessen Worten empfunden hatte. Es half, Ralph daran zu erinnern, dass er eine Laufbahn als Kleriker plante und Abstinenz dafür die Voraussetzung, sozusagen der Schlüssel war, der ihm die Türen zu den begehrtesten Kirchenämtern öffnen würde. So zwangen sich beide, den verbotenen Namen mit dem dazugehörigen Madonnengesicht aus ihren Gedanken zu verbannen und ihre Tage mit anderen Dingen auszufüllen.

Gervasius verschaffte sich gefühlsmäßige Erleichterung, indem er Philip einen langen Brief über sein Herzeleid schrieb. Erst im nächsten Frühjahr bot sich ihm die Gelegenheit, den Brief einem Kommilitonen mitzugeben – einem Angehörigen ihrer *natio* –, der wegen eines Trauerfalles in die Heimat reisen musste. Da die Familie des Studenten in London lebte, beauftragte ihn Gervasius, den Brief im Haus von Aimar de Grandmont abzugeben. Aimar würde wissen, wo der Hof sich gerade aufhielt, und dafür sorgen, dass Philip den Brief erhielt, auch wenn es Monate dauern konnte, bis der König mit seinem Hof wieder in London weilte.

Allzu viel Zeit, Trübsal zu blasen, blieb Gervasius nicht, da er aufgrund seiner Wahl mit doppelt so viel Arbeit belastet war wie seine Mitstudenten. Die konnten sich, im Gegensatz zu ihm, einfach treiben lassen und den schönen Seiten des Lebens zuwenden. Er besuchte fast täglich Vorlesungen. Glücklicherweise hatte er zusammen mit Ralph frühzeitig einen Kopisten mit dem Abschreiben des ›Decretum Gratiani‹ beauftragt, das nun so gut wie fertig war. Auch die Institutiones hatte er bestellt, doch es würde noch Wochen dauern, bis sie ihm vorlagen.

An einem vorlesungsfreien Nachmittag im Frühsommer machte sich Gervasius allein auf den Weg zur Piazza Santo Stefano mit ihren sieben Kirchen. Seit dem ersten Besuch mit Osbert hatte er sich vorgenommen, diesen geschichtsträchtigen Ort genauer zu untersuchen. Wenn er schon nicht das Heilige Grab in der berühmten Grabeskirche in Jerusalem besuchen konnte, wollte er zumindest einen Blick auf deren Nachbildung werfen, die der heilige Petronius vor Hunderten von Jahren in Bologna hatte errichten lassen. Außerdem wollte er den überbauten heidnischen Isistempel besichtigen. An Osberts Warnung dachte er nicht. Von der Piazza her betrat er die Kathedrale Santo Crocefisso, ging dann weiter in die Krypta mit den Gräbern der Märtyrer Vitale und Agricola. Durch eine Seitentür gelangte er in die Santo Sepolcro genannte Grabeskirche. Der Bau hatte einen achteckigen Grundriss, in dessen Mittelpunkt sich das Grab des heiligen Petronius befand. Zu sehen war nur eine Bodenplatte mit halb verwischter Inschrift, kein Sarkophag, kein reich verziertes Grabmal. Von dem Isistempel, der in der Römerzeit an ebendieser Stelle gestanden haben sollte, fand er keine Spuren. Er durchschritt den Bau mehrfach, wobei er spiralförmig von innen nach außen vorging, und fand nichts, was seine Fantasie hätte anregen können. Die vielen Drehungen hatten ihm ein wenig die Sinne verwirrt. Er fühlte sich merkwürdig leicht. Auch seine Wahrnehmung von Licht und Schatten schien sich verändert zu haben. Es herrschte plötzlich ein merkwürdiges goldenes Licht in der Grabeskirche, dort, wo die Kerzen flackerten. In den Tiefen des Gebäudes hingegen war die Finsternis fast undurchdringlich. Von der Grabeskirche fand er einen Durchgang in eine kleinere Kapelle, die nach den Heiligen Vitale und Agricola benannt worden war. Von dieser Kapelle aus führte ein Weg auf einen großzügigen Innenhof, den Hof des Pilatus. Draußen bemerkte er, dass sich, seit er die erste Kirche betreten hatte, Gewitterwolken vor die Sonne geschoben hatten. Gervasius fragte sich, warum man einen Hof in einem christlichen Gebäude nach dem Mann benannte, der Jesus Christus zum Tode verurteilt hatte. Er lief, als würde er schweben, über den Hof und direkt auf den Eingang einer weiteren Kirche zu, die der Dreifaltigkeit gewidmet war. In dieser Kirche war die Dunkelheit noch greifbarer. Die mächtigen Altarkerzen konnten sie kaum erhellen. Gervasius begann, sich unbehaglich zu fühlen. Er war ganz allein in der Chiesa della Trinitá. Jetzt erinnerte er sich der Worte, die Osbert benutzt hatte:

»Verlauft euch nur nicht. Es sollen schon Leute darin verschwunden sein.«

Er entdeckte einen Seitenausgang und fand sich unvermutet im Kreuzgang eines Klosters wieder. Davon hatte Osbert nichts erwähnt. Auf der einen Seite umgaben ihn alte Mauern. Auf der anderen öffneten sich Arkaden zu einem quadratischen Innenhof mit rundem Ziehbrunnen. Kein Mönch, überhaupt kein Mensch war zu sehen. Er schritt die Länge des Kreuzgangs ab und wollte durch die gleiche Tür wieder hinaus, durch die er gekommen war. Doch an der Stelle, an der er sie erwartete, war keine Tür. Er versuchte es mit einer anderen Tür im angrenzenden Arm des Ganges. Er hatte vermutet, dahinter einen weiteren Raum zu finden. Doch stattdessen trat er ins Freie. Ein kleiner Hof schnitt ein Rechteck aus dem wolkenverhangenen Himmel. Alles war in Zwielicht getaucht. Wenn er sich nicht täuschte, war er in Höhe der Krypta. Tatsächlich war da eine Tür auf der anderen Seite des Hofes. Er ging hindurch und gelangte in die Krypta. Von diesem Blickwinkel aus wirkte sie düster und gespenstisch. Die Flammen der Fackeln zuckten unruhig vor den Heiligengräbern. Sprühten goldene Funken vor dem nachtschwarzen Hintergrund der Wände. Ein Summen ertönte in seinen Ohren. Dann hörte er eine Stimme:

»Du hast den Weg ins Labyrinth gefunden. Seit vielen Jahren hat sich niemand mehr hierher verirrt. Zeig mir dein Gesicht!«

Gervasius drehte sich in Richtung der Stimme und erschrak. Ein dürrer Alter, fast kahl am Kopf, mit faltiger Haut und tief in die Höhlen gesunkenen Augen war hinter ihm aus dem Nichts aufgetaucht. Er trug eine fadenscheinige Mönchskutte. Jetzt hinkte er, auf einen Stock gestützt, zu ihm hin. Als der Alte näher kam, schlug Gervasius sein Geruch entgegen: nach verfaulten Zähnen, ledriger Haut und menschlichen Ausscheidungen.

»Seid Ihr aus dem Kloster, Herr?«

Der Alte lachte bellend.

»Aus dem Kloster, ja«, wiederholte er. »Du hast die Grenze überschritten, ohne es zu wissen. Doch der Wunsch, dem Geheimnis näher zu kommen, muss in dir gewesen sein. Sonst wärst du nicht hier.«

»Ich verstehe Euch nicht, Herr.«

»Natürlich nicht. Jetzt zeig mir dein Gesicht.«

Gervasius trat näher an den stinkenden Alten heran.

»Nicht so, Dummkopf! Ich will es abtasten.«

Die Fingerkuppen des Alten fühlten sich rau an auf seiner Haut. Am liebsten wäre er weggelaufen.

»Ein Jüngling! Ein Jüngelchen von kaum sechzehn Lenzen. Verrat mir, wie du es getan hast!« Den letzten Satz hatte der Mann ihm bedrohlich entgegengespuckt. Endlich ließ er ihn los.

»Was getan?«

Der Alte bebte. Wie ein Vulkan kurz vor dem Ausbruch. Gervasius überkam ein Zittern.

»Die Grenze. Wie hast du sie überschritten?«

Er war sicher, wenn er zu fragen wagte, welche Grenze, dann würde der Alte sich auf ihn stürzen und wer weiß was mit ihm anstellen. Er warf ihm das Erste hin, das ihm einfiel, wie man einem geifernden Hund einen Knochen hinwirft:

»Ich bin im Kreis gegangen. Von innen nach außen. Auf der Suche nach dem Tempel der Isis.«

Das versetzte den Alten in Aufregung.

»Ich verstehe. Du musst es mir zeigen. Wir werden zusammen gehen. Wenn du von der einen Seite Zutritt hast, werde ich auch auf die andere Seite gelangen können!«

Gervasius verstand kein Wort, hielt es aber für klüger, keine weiteren Fragen zu stellen. Der Alte schob ihn zur Wand. Zu einer Tür, die Gervasius vorher nicht bemerkt hatte. Sie führte zurück in die Grabeskirche. Jetzt musste er nur noch den Alten loswerden. Dann konnte er diesen unheimlichen Ort verlassen. Doch der bestand darauf, dass er mit ihm in konzentrischen Kreisen vom Mittelpunkt aus den achteckigen Raum abschritt. Die knochigen Finger hatten sein Handgelenk gepackt und hielten ihn fest. Er hatte keine Wahl. Vielleicht würde der Alte dann Ruhe geben. Doch Gervasius ahnte, dass er den Mönch, oder was immer er war, nicht mitnehmen durfte, dorthin, woher er gekommen war.

Er versuchte, sich den Fingern zu entwinden, die sich festkrallten, als wären es Klauen. Der Gestank des Alten hüllte ihn ein, nahm ihm die Atemluft. Er fing an, sich auf der Stelle im Kreise zu drehen. Der Alte, der nicht wusste, wie ihm geschah, wirbelte hilflos um ihn herum. Immer schneller kreiste Gervasius um die eigene Achse, alles verschwamm. Er musste noch etwas schneller werden, dann ... Dann war sein Arm leicht. Die Finger hatten ihren Griff gelockert.

Gervasius taumelte, brauchte einige Augenblicke, um sein Gleichgewicht wiederzuerlangen. Dann rannte er zum Mittelpunkt des Raumes zurück, so schnell er konnte. Den Alten hatte er weit von sich geschleudert. Er war hingefallen und bemühte sich vergeblich, auf die Beine zu kommen. Gervasius vollführte seine Spiralbewegung jetzt in entgegengesetzter Richtung. Von innen nach außen. Mit großen, hastigen Schritten. Er musste die äußerste Spirale erreichen, bevor der Alte es schaffte, aufzustehen. Sein Herz trommelte. Seine Hände waren eiskalt. Dann hatte er den äußeren Ring erreicht. Den letzten Schritt getan. Er blieb stehen. Die Flammen flackerten wie von einem Lufthauch. Sie verloren ihren goldenen Schimmer. Die ihn umgebende Dunkelheit wirkte weniger dicht. Der Alte war verschwunden. Er hatte es geschafft. Eilig rannte er zur Tür, riss sie auf und stand auf der Piazza. Die Sonne hatte sich durch die Wolken gekämpft und beschien großzügig den Platz. Er hob ihr seine noch immer kalten Hände entgegen und faltete sie zum Gebet.

»*Grazie, Dio mio*«, murmelte Gervasius. »Danke Herr, dass du mir erlaubt hast, in mein Leben zurückzukehren.« Er hatte keine Ahnung, wie sein Abenteuer sonst ausgegangen wäre, und er wollte es auch nicht wissen.

Der Brief, der im Frühjahr auf die Reise geschickt worden war, erreichte Philip im Herbst des Jahres. Der Hof des Königs hatte in Anjou geweilt, als die Gesellschaft von einem frühen Wintereinbruch überrascht wurde. Man verbrachte den Winter in der Grafschaft und reiste erst im folgenden Frühling weiter nach Poitou und danach nach Aquitanien. Von dort aus war es sozusagen nur noch ein Katzensprung in die Lombardei, verglichen mit der Strecke, die von England aus zurückzulegen gewesen wäre. Philip nutzte die Gunst der Stunde und bat Henry II. um Urlaub, was dieser ihm nicht abschlug, da er selbst erfahren wollte, wie es Gervasius ging. So kam es, dass Philip von Salisbury im April des Jahres 1180 in Bologna eintraf, ohne dass Gervasius etwas davon ahnte.

Die Verführung

Gervasius hatte in den vergangenen Monaten des Öfteren an seinen Vetter gedacht. Doch als Philip dann unerwartet vor der Tür stand, war er mehr als überrascht. Man fiel sich brüderlich in die Arme. Kurze Zeit später, nach einer Führung durch das Haus der *natio*, saßen sie sich in einer Taverne gegenüber, um ihr Wiedersehen zu feiern. Gervasius musterte den Freund prüfend. Philip hatte nichts Jungenhaftes mehr an sich, er war eindeutig zum Mann geworden. Er war größer als Gervasius und mittlerweile fast so kräftig wie König Henry. Sie stießen mit dem besten Abruzzenwein an.

»Auf unsere Freundschaft!«

»Auf unsere Blutsbrüderschaft!«

»Ich kann nicht glauben, dass du wirklich hier bist.«

»Wisch dir den Schlaf aus den Augen, Bruder! Wir werden jede Menge Spaß haben in dieser Stadt, das spüre ich!«

Philip, der hungrig von der Reise war, verspeiste in kürzester Zeit ein Perlhuhn und einige geröstete Singvögel vom Spieß, während er die Neuigkeiten vom Hof des Königs zum Besten gab.

»Im letzten Herbst hat mich Henry zum Ritter geschlagen. Endlich. Die Zeit bis dahin war harte Arbeit. Aber es hat sich gelohnt: Am Tag nach dem Ritterschlag veranstaltete der junge König ein Turnier. Ich durfte zum ersten Mal teilnehmen! Zwar war ich nicht Sieger, aber unter den ersten zehn. Der alte König übereignete mir an meinem Ehrentag ein Pferd. Ein feuriges Kampfross mit rotbraunem Fell. Sein Sohn rüstete mich für das Turnier mit allem anderen aus, was man braucht: Helm, Harnisch, Arm- und Beinschienen, Schild und Waffen. Und ich durfte danach sogar alles behalten. Das war der schönste Tag meines Lebens, Gervasius!«

Gervasius trank seinen Wein, knabberte Pistazien und hörte schweigend dem Bericht seines besten Freundes zu.

»Aber nun zu dir, mein Freund: Was ist aus deiner Leidenschaft für die bezaubernde Tochter des Stationarius – wie hieß sie gleich – geworden? Ich erwarte einen ausführlichen Bericht!«

Gervasius grinste gequält. Das war kein Thema, über das er mit Philip sprechen wollte. Überhaupt wollte er mit niemandem darüber reden. Warum hatte er sich dazu hinreißen lassen, ihm so offen seine Gefühle für Sophia zu gestehen?

»Ich muss dich enttäuschen, Philip, wenn du eine aufregende Liebesgeschichte erwartet hast. Nachdem mir mein Professor, Sophias Oheim, deutlich zu verstehen gegeben hatte, was er mit mir machen würde, wenn ich seiner Nichte zu naheträte, beschloss ich, mich im Verzicht zu üben. Seitdem habe ich sie nicht mehr gesehen.«

»Das ist alles? Das ist nicht dein Ernst! Du warst doch völlig in den Fallstricken der Liebe verfangen, als du mir schriebst.«

»Das ist eine ganze Weile her, Philip. Es ist nichts gewesen.

Und es wird auch nichts sein. Das habe ich bereits vor einem Jahr beschlossen.«

Mit ernüchterter Miene erwiderte Philip: »Das ist schade für dich, Gervasius. Ich dachte, du hättest endlich den entscheidenden Schritt getan, der den Jungen vom Mann trennt. Ich sehe, ich habe mich getäuscht. Aber es gibt schließlich noch mehr Frauen in Bologna, nicht wahr?«

Eine Weile herrschte ein unbehagliches Schweigen, dann erklärte Philip: »Ich werde drei Wochen bleiben. Da wirst du gut zu tun haben, mir etwas Abwechslung zu bieten. Und ich werde gute Gelegenheiten haben, die Frauen von Bologna zu studieren.«

Der vertraute verschmitzte Zug zeigte sich in den Augen des Freundes, und Gervasius war versöhnt.

»Du hast Glück, dass gerade die Osterferien begonnen haben. Sonst hätte ich kaum Zeit für dich. Aber so kann ich dich ausführlich in das Studentenleben einführen.«

Die fast frühsommerliche Wärme des Apriltages und das unermüdliche Gezwitscher der Vögel hatten sie nach draußen gelockt. Sie waren durch die Straßen der Stadt geschlendert und an einem Stand stehen geblieben, wo die Frau des Konditors eine Spezialität unter die Leute brachte, von der sie behauptete, ihr Mann hätte sie erfunden: eine gekühlte Creme aus Früchten und Sahne, die im einheimischen Dialekt *gelato* genannt wurde. Gervasius und Philip hatten sich beide eine Portion geben lassen. Damit waren sie weitergewandert und schließlich am Neptunbrunnen angekommen. Sie hatten es sich auf den Stufen des Brunnens gemütlich gemacht und schleckten genüsslich die köstlich-kalte Süßspeise. Aus Gründen, die Gervasius nicht verstand, griff Philip wieder das Thema Sophia auf.

»Erzähl mir mehr über sie!«

»Warum? Ich dachte, wir hätten das abgehakt.«

»Ich bin nur neugierig. Schließlich kommt es nicht häufig vor, dass eine Frau dich so durcheinanderbringt.«

»Sie ist nicht so wie die anderen Mädchen der Stadt, die nur an jungen Männern, der Liebe und ihrem Aussehen Gefallen finden. Obwohl sie wie ein Engel aussieht. Sie ist ernsthaft. Sie liebt das Wissen. Es ist ihr wichtiger als die Liebe. Das hat auch Professor Bassianus gesagt. Ich kann das nachvollziehen.«

Träumerisch leckte Gervasius seine kalte Creme, die nach Zitronen schmeckte. Philip lachte so laut, dass sich einige vorbeigehende Bürgersfrauen nach ihm umdrehten.

»Das glaubst du doch selbst nicht! Das hat dein Bassianus doch nur behauptet, um dich von ihr fernzuhalten.«

»Nein, ich denke, es ist wahr. Du hast sie nicht gesehen, wie sie da vor ihrem Pergamentbogen saß …«

»Tatsächlich würde ich sie gerne mal sehen …«

»Untersteh dich!«

»Schon gut. Aber Scherz beiseite: Ich habe die Erfahrung gemacht – und ich habe einige Erfahrungen mit Frauen hinter mir –, dass sie letztendlich alle nur das eine von dir wollen, auch wenn sie das Gegenteil behaupten.«

»Mag sein, dass du, was die Erfahrung betrifft, mehr weißt als ich, trotzdem überzeugst du mich nicht. Gib dir keine Mühe.«

Philip hatte seine Portion verzehrt und wusch sich jetzt im Brunnen die Hände.

»Weißt du, was ich glaube? Du willst in ihr die Keusche sehen, weil du selbst so keusch bist.«

»Das ist deine Vermutung.«

»Ernsthaft: Du solltest endlich den Verlockungen der Venus nachgeben. Dann wird es dir besser gehen, so viel kann ich dir versprechen. Warum machst du es nicht wie deine klugen Kommilitonen und nimmst die Dienste einer Hure in Anspruch?«

»Weil ich das nicht will! Mag sein, dass diese Sache für dich wichtiger ist als alles andere. Für mich ist sie nichtig. Ich komme auch ohne aus!«

Philip hob abwehrend die Hände und wandte dann sein Gesicht der Sonne zu. Wie herrlich war es, bereits im April so angenehm warme Tage zu haben. Ihm gefiel das Leben im Süden. Vergnügt lächelte er in sich hinein. Ein verwegener Gedanke formte sich in seinem Kopf zu einem Plan, den er lieber für sich behielt. Sonst würde Gervasius ihm nur den Spaß daran verderben.

Eine gute Woche später, am Ostersonntag, fand eine Prozession durch die Innenstadt zur Kathedrale Santo Crocefisso statt. Gervasius hatte Philip mitgenommen, für den dies ein ungewohntes Schauspiel war. Sie standen am Straßenrand, inmitten der Bürgerschaft von Bologna, und warteten auf den Zug. Er erläuterte seinem Freund, in welcher Reihenfolge die wichtigsten Personen der Gemeinschaft an ihnen vorbeiziehen würden.

»Erst kommen der *Podestà*, der Archidiakon und der *Capitano del Popolo*, dann die Rektoren der zwei *Universitates*, als Vertreter der Studentenschaft, und dann erst die Professoren.«

Man konnte erkennen, dass Philip das Spektakel genoss. Er drehte sich nach allen Seiten, machte den Damen schöne Augen, lächelte, beobachtete und konnte nicht stillstehen. Dann hatte der Zug ihre Straße erreicht. Wenn sie auf die Zehenspitzen stiegen, konnten sie erste Blicke auf die bunten Fahnen und edelsteinbesetzten Kreuze erhaschen, die von Messdienern getragen wurden. Ihnen folgten die Stadtobersten. Auf diese die Rektoren. Unter den Professoren war Johannes Bassianus, und neben ihm ging – unverschleiert und daher mit Entzückensrufen, Handküssen und heftigstem Winken bedacht – Sophia Bassianus. Sie strahlte geradezu, ähnelte kaum mehr der ernsten jungfräulichen Madonna, die ihn in der *statio* zurechtgewiesen hatte. Sie trug ein Kleid aus einem silbern glänzenden Samtstoff, dessen Saum mit glitzernden Steinen umnäht war und die Ansätze ihrer kleinen Brüste ins rechte Licht rückte. Ihr Haar war offen und wellte sich unter einem zarten Schleier. Sie lächelte. Gervasius hatte sie noch nie lächeln gesehen. Dann blickte sie in seine Richtung, und auf ihrem Gesicht erblühten zarte rosarote Blumen. Sie hob die Hand und winkte. Für einen kurzen, süßen Moment dachte Gervasius, sie würde ihm winken. Dann bemerkte er, dass sie knapp an ihm vorbeischaute – zu Philip, der sich in seiner Haut plötzlich nicht mehr wohl zu fühlen schien. Sein Freund winkte zurück, jedoch verhalten. Gervasius war, als hätte ihn ein Blitz getroffen. Das konnte nicht sein.

»Wieso winkt sie dir?«

Gervasius gab sich keine Mühe, die Schärfe in seiner Stimme abzumildern. Er starrte Philip wütend an, mit brennenden Augen, bis dieser den Blick abwenden musste. Jetzt war auch er rot geworden. Philip seufzte und sackte dabei ein bisschen in sich zusammen.

»Also gut, bevor du es von jemand anderem erfährst ... Ich habe sie neulich durch Zufall in der *statio* ihres Vaters kennengelernt. Sie war nicht so unzugänglich, wie nach deiner Schilderung zu erwarten gewesen war. Also fragte ich sie, ob sie Lust habe, ein Stück mit mir durch den Park zu gehen. Sie sagte zu. Danach bat ich sie, am Abend mit mir zum Tanz zu gehen. Sie sagte wieder zu. Wir tanzten. Und dann kam eines zum anderen. Du weißt, wie das ist ...«

Philip senkte den Kopf, konnte Gervasius' anklagendem Blick nicht standhalten.

»War das, als du mir erzähltest, du wolltest an diesem Tag bis mittags schlafen? Und abends warst du zu müde, um mit zur Feier der *natio* zu kommen?«

»Du hast selbst gesagt, du hattest dich längst entschieden, auf sie zu verzichten ...«

»Warum?«

»Du bist böse auf mich. Es tut mir leid, Gervasius. Wenn ich gewusst hätte, dass sie dir noch etwas bedeutet ...«

»Das wusstest du genau. Wieso, Philip? Warum ausgerechnet sie?«

»Sie ist schön. Vermutlich das schönste Mädchen der Stadt. Die Herausforderung hat mich gereizt.«

»Und es hatte natürlich nichts damit zu tun, dass ich sie auch einmal wollte.«

»Das war nicht der Grund, Gervasius.«

»Herr im Himmel, Philip, du hast ihr also die Jungfräulichkeit geraubt?«

Philip nickte wie ein armer Sünder. »Sie wollte es. Das musst du mir glauben.«

Gervasius lachte bitter. »Ich glaube dir. Aber das macht es keinen Deut besser. Du hast es getan, weil du es konntest. Dabei hättest du die Wahl gehabt. Und was wird jetzt aus ihr? Hast du auch nur einen Moment daran gedacht?«

»Sie ist glücklich. Und keiner außer uns beiden weiß davon. Keiner sonst muss etwas davon erfahren.«

»Du wirst in zwei Wochen abreisen. Und ihr das Herz brechen.«

»Du hast selbst gesagt, es ist ihr nicht so wichtig. Sie wird damit umgehen können. Es vergessen.«

»Bist du blind? Hast du nicht bemerkt, wie sie dich angesehen hat? Sie liebt dich vermutlich.«

»Sie wird darüber hinwegkommen.«

»Bassianus wird mich vierteilen lassen, wenn er Wind davon bekommt. Und dich auch!«

»Wir müssen eben dafür sorgen, dass sie einen respektablen Bürger der Stadt heiratet. Das dürfte doch nicht so schwer sein.«

»Ich weiß nicht, Philip. Ich weiß es wirklich nicht.«

»Was weißt du nicht?«

»Ob ich noch mit dir befreundet sein kann, nach dem, was du getan hast.«

»Aber wir sind nicht nur Freunde, sondern auch Blutsbrüder!«

»Wie viel dir das bedeutet, hat du gerade bewiesen. Behandelt man so seinen Bruder?«

Die Prozession war längst weitergezogen. Die Leute hatten sich verstreut. Gervasius und Philip waren so in ihren Streit vertieft gewesen, dass es ihnen erst jetzt auffiel. Ihre Stimmen waren laut geworden. Sie zogen Aufmerksamkeit auf sich. Leiser, aber nicht weniger eindringlich, flehte Philip: »Du musst mir verzeihen, Gervasius, bitte!«

»Ich muss vor allem nachdenken … Ich werde jetzt gehen.«

»Tu das nicht, Gervasius!«, rief Philip, aus Sorge um Mithörer mit gedämpfter Stimme, hinter ihm her.

Doch Gervasius tat so, als würde er es nicht hören, und ließ Philip einfach stehen.

In den nächsten Tagen ging er Philip, der eigentlich sein Gast war, bewusst aus dem Weg. Sah er ihn von weitem auf der Straße, machte er kehrt und ging in die andere Richtung davon. Am liebsten hätte er die Stadt verlassen. Doch das wäre nicht sehr klug gewesen. Philip würde ohnehin in zwei Wochen verschwunden sein. Bis dahin musste er sich eben zurückziehen. Wäre er in Waltham, hätte er sich in den Garten verkrochen. Ansonsten wäre eine Bibliothek seine erste Wahl gewesen. Doch in Bologna gab es keine Bibliotheken. Nur die *statio*, und dort bestand die – wenn auch eher unwahrscheinliche – Möglichkeit, auf Sophia zu treffen. Oder gar auf Philip. Daher trieb er sich anfangs, da noch Ferien waren und er keine Vorlesungen hatte, in den lichten Wäldern um die Stadt herum.

Nach einer Woche und einer halben hatte er den Wald satt, konnte weder Vogelgesang mehr hören noch den Geruch von Waldmeister länger ertragen. Er sehnte sich nach den Büchern. Also machte er sich auf den Weg in die *statio* von Marcellus Bassianus. Dort traf er ausgerechnet auf Sophia Bassianus. Er hatte gerade die Stelle im ›Decretum‹ aufgeblättert, an der er seine Studien bei Philips Ankunft unterbrochen hatte. Statt ihn zu ignorieren, wie er erwartet hätte, trat sie auf ihn zu und begrüßte ihn mit einem Lächeln, von dem Gervasius wusste, dass es nicht ihm galt.

»Verzeih, Gervasius, ich war an jenem Tag nicht besonders freundlich zu dir und deinem Freund Ralph. Es tut mir leid.«

Gervasius war nicht in der Lage, etwas zu antworten. Sie ließ sich nicht entmutigen und sprach weiter.

»Neulich bin ich hier deinem Freund aus England begegnet. Philip. Wir sind ins Gespräch gekommen. Er wollte mich letzte Woche mit seinem Besuch beehren, kam jedoch nicht. Seitdem habe ich keine Nachricht von ihm. Es geht ihm doch gut, oder?«

»Ich habe ihn selbst seit mehr als einer Woche nicht gesehen. Ich bin mir jedoch sicher, dass es ihm bestens geht.«

Sophia schien die Kälte in Gervasius' Stimme aufgefallen zu sein. Mit einem Mal wirkte sie verunsichert. Gervasius konnte sich ein gezwungenes Lächeln abpressen.

»Entschuldigt mich, Signorina. Ich muss jetzt wirklich an die Arbeit gehen.«

Der Glanz der Hoffnung war aus ihren Augen verschwunden. »Natürlich. Verzeiht die Störung, Signore.«

Er starrte angestrengt auf die Seite mit dem Gesetzestext und den Glossen des Magisters Gratian, ohne ihren Sinn zu erfassen. Seine Augen waren trocken, und doch verschwamm alles zu schwarzen Schlieren.

Zwei Tage später lag er am frühen Abend im Halbschlaf auf dem Bett in seiner Kammer, als jemand kräftig an die Tür pochte. Erschreckt fuhr Gervasius hoch, rieb sich die Augen und strich sich die Tunika glatt, bevor er öffnete. Es war Philip. Sein Gesicht trug nicht mehr den Ausdruck des zerknirschten Sünders, sondern einen von großer Entschlossenheit.

»Es passt mir jetzt gar nicht, Philip. Geh.«

Bevor Gervasius die Tür schließen konnte, hatte Philip den Fuß in den Spalt geschoben, als hätte er diese Reaktion bereits vorausgesehen.

»Gervasius, bitte, hör mir wenigstens zu!«

Da Philip ihm an Muskelkraft überlegen war, gab er nach. Resigniert schlurfte er zurück in den Raum und ließ sich wieder auf das Lager fallen.

»Ich wollte dir sagen, dass ich sie nicht wiedergesehen habe, seit dem Tag der Prozession. Außerdem werde ich alles in meiner Macht Stehende tun, um einen standesgemäßen Ehemann für sie zu finden.«

»Und wie willst du das anstellen?«

»Ich habe meine Mittel.«

»Wolltest du nicht Ende dieser Woche abreisen?«

»Ich werde erst abreisen, wenn ich die Angelegenheit in Ordnung gebracht habe. Auch wenn ich dadurch den König verärgere. «

»Du hättest uns allen einiges ersparen können, wenn du gleich die Finger von ihr gelassen hättest. Ich lebe in ständiger Angst davor, dass Professor Bassianus davon erfährt.«

»Dazu wird es nicht kommen! Ich werde dir beweisen, dass ich auch verantwortungsvoll handeln kann!«

Damit stürmte Philip zur Tür hinaus. Nachdem die Tür geräuschvoll ins Schloss gefallen war, starrte Gervasius noch lange blicklos an die Decke.

Elf Tage später, die Ferien waren vorüber, passte Philip Gervasius am Ende der Vormittagsvorlesung vor dem Haus des Johannes Bassianus ab.

»Ich bin gekommen, um dir mitzuteilen, dass Sophia Consilius von Perugia zum Mann nehmen wird.«

»Lass uns ein paar Straßen gehen. Ich will nicht, dass der Professor oder sonst jemand unser Gespräch mit anhört.« Gervasius zog Philip um die Hausecke in eine stille Seitenstraße.

»Consilius hat erst im vorletzten Jahr sein Examen magna cum laude bestanden. Er ist gerade zwanzig und von ansprechendem Äußeren.«

»Wie hast du ihn dazu gebracht?«

Philip lächelte. »Das willst du nicht wissen, aber es ist auch nicht wichtig. Wichtig ist nur, dass Sophia versorgt ist und ihr Oheim keinen Verdacht schöpft.«

»Sie ist also nicht guter Hoffnung?«

»Wie kommst du darauf?«

»Ich habe mir sagen lassen, dass so etwas vorkommt, wenn man das tut, was du mit ihr getan hast.«

»Hat sie so etwas dir gegenüber angedeutet?« Die Panik in Philips Augen war echt.

»Nein. Vergiss es. Wenn sie sich schnell verheiratet, wird auch eine Schwangerschaft keinen Unterschied mehr machen. Du hast dich glücklich aus der Angelegenheit gerettet.«

»Und unsere Freundschaft gerettet?«

»Dazu möchte ich noch nichts sagen.«

Philip nickte nachdenklich. »Eins noch, bevor ich meine Reise nach Norden antrete: Henry II. fragt, ob du nun bereit bist, in seine Dienste zu treten. Ein fähiger Rechtsgelehrter ist genau das, was er jetzt braucht.«

Gervasius benötigte einen Augenblick, um das Angebot zu bedenken. Dann gab er zurück: »Richte dem König aus, dass ich gerne bereit bin, ihm mit all meinen Fähigkeiten zu dienen, aber erst, nachdem ich mein Studium hier vollständig abgeschlossen habe. Das wird noch ein gutes Jahr oder länger dauern.«

»Das werde ich ihm ausrichten, Bru... Ich werde unsere Freundschaft nicht aufgeben, Gervasius. Eines Tages wirst du mir verzeihen.«

Sie reichten sich die Hand zum Abschied. Als Philip sich umdrehte und zögerlich in die andere Richtung davonging, war Gervasius kurz davor einzulenken. Doch er tat es nicht.

Vergil

Gervasius setzte seine gesamte Willenskraft ein, um das Zerwürfnis mit seinem besten Freund zu vergessen. Dabei half ihm sein Studium. Die Beschäftigung mit den Gesetzestexten, Glossen und Erlassen forderte ohnehin viel Konzentration. Gervasius steigerte sich in eine Passion für das Wissen hinein. Er ließ keine Vorlesung aus. Saß jeden Nachmittag und Abend verbissen vor den Büchern. Nun fürchtete er nicht mehr, Sophia zu begegnen. Eine baldige Braut hatte an andere Dinge zu denken als an das Kopieren von juristischen Schriften.

Als Professor Bassianus ihn eines Morgens nach der Vorlesung um eine Unterredung bat, blieb Gervasius fast das Herz stehen.

»Ich habe etwas mit dir zu besprechen, Gervasius. Hast du noch einen Moment Zeit?«

Hatte Sophia etwas verlauten lassen, als Rache, weil Philip sie nur für sein Vergnügen benutzt und dann fallen gelassen hatte? Oder hatte jemand anderes etwas beobachtet?

»Falls es um die *collecta* geht, die bekommt Ihr pünktlich im nächsten Monat ausgezahlt.«

»Nein, nein, Gervasius. Damit hat es nichts zu tun. Es geht um etwas Privates. Es geht um meine Nichte Sophia …«

»Ich … ich verstehe nicht ganz.«

Einige Augenblicke, die ihm wie eine Ewigkeit erschienen, bangte er um sein Leben und sogar um das von Philip.

»Sophia wird heiraten. Ich weiß nicht, ob das eine gute Nachricht ist. Zumindest ist es eine überraschende. Eigentlich hatte ich gehofft, sie würde sich nur der Wissenschaft hingeben, aber sie ist jung und schön und hat ein Recht auf das, was alle jungen Leute tun, nicht wahr, Gervasius?«

Noch immer war er nicht sicher, ob der Professor ein Spiel mit ihm trieb oder ob er wirklich so ahnungslos war, wie er vorgab.

»Du bist natürlich zur Hochzeit eingeladen, als mein hervorragendster und vielversprechendster Student. Diese Einladung wollte ich persönlich aussprechen, um sicherzugehen, dass du auch zusagst …«

Wieder diese Zweideutigkeit. Bassianus klopfte Gervasius kräftig auf die Schulter. Gervasius würgte ein Höflichkeitslachen hervor.

»Natürlich werde ich da sein. Wann ist es denn so weit?«

»Heute in zwei Monaten ist der große Tag. So sind die jungen Leute, es kann ihnen gar nicht schnell genug gehen! Vergiss nicht, dich entsprechend zu kleiden. Es werden einige Gäste von Rang erwartet.«

Gervasius versprach, das zu beherzigen, und verabschiedete sich, so schnell es die Höflichkeit erlaubte. In der Nacht hatte er einen Alptraum. Darin trachtete sein Professor, zu riesenhafter Größe angewachsen, danach, ihm den Kopf mit einem überdimensionalen Beil abzuschlagen. Bevor Bassianus einen Treffer landen konnte, erwachte Gervasius. Schweißgebadet und schwer atmend.

Er hatte lange darüber nachgedacht, wie er die Hochzeit am besten überstehen konnte, und war zu dem Schluss gekommen, dass es ihm helfen würde, wenn er sich systematisch betrank, bis ihm die Sinne schwanden. Einem Betrunkenen würde keiner unangenehme, aber berechtigte Fragen zur urplötzlichen Eheschließung des schönsten Mädchens von Bologna stellen. Die Feier fand an einem heißen, wolkenlosen Augusttag statt. Gervasius hatte gehofft, sich einer Gruppe von Studenten anschließen zu können, doch Johannes Bassianus hatte andere Pläne mit ihm. Bereits bei der Begrüßung – er hatte kaum der kostbar ausstaffierten, aber nur mäßig glücklich wirkenden Sophia seinen Glückwunsch ausgesprochen – nahm er ihn beiseite.

»Du wirst dich wundern, Gervasius, dass ich dich nicht neben deinen Kommilitonen an der Tafel platziert habe, sondern dir den ehrwürdigen Kardinal Johannes von Neapel an die linke Seite gegeben habe. Auf der rechten wirst du eine dir sicher bekannte Dame finden: Lucia Pavoni.«

Gervasius erstarrte vor Entsetzen. Lucia Pavoni war eine stadtbekannte Hure, die in den höchsten Kreisen verkehrte. Zu ihren Kunden zählten Geldhändler, Angehörige der Castello-Familie und die wohlhabendsten Studenten. War das wieder ein versteckter Hinweis, mit dem der Professor ihn, den Mitwisser der Sünde, quälen wollte?

»Der Kardinal ist auf der Suche nach einem fähigen Juristen, der ihn in kirchenrechtlichen Fragen beraten kann. Ich habe dich ihm gegenüber in einem meiner letzten Briefe lobend erwähnt. Er wollte dich kennenlernen. Mach das Beste draus, Junge.«

Mit diesen Worten stupste Bassianus ihn in Richtung der Tafel. Gervasius' Verwirrung war grenzenlos.

Lucia Pavoni warf ihm einen abschätzenden Blick zu und ließ ihn dann, im wahrsten Sinne des Wortes, den Rest des Abends links liegen, was Gervasius ganz recht war. Der Kardinal dagegen war umso mehr an ihm interessiert. Johannes von Neapel, ein kleiner, pummeliger Mann mit dünnen Beinchen, fragte Gervasius so ausführlich über seinen familiären Hintergrund und seine bisherige Schulbildung aus, dass er kaum dazu kam, sich zu betrinken. Immer wenn er zum Weinpokal griff, in dem ein ausgesuchter Roter von hervorragender Provenienz seiner Verkostung harrte, hatte der Kardinal eine weitere Frage. Schließlich stellte Gervasius innerlich seufzend den Pokal zurück auf den Tisch und ließ sich von dem neapolitanischen Kirchenoberhaupt in ein Gespräch ziehen.

»Warst du jemals in Neapel, Gervasius von Tilbury?«

»Auf einer Reise nach Sizilien lag unser Schiff einige Zeit im Hafen von Neapel vor Anker.«

»Und wie hat es dir gefallen?«

»Das Panorama des Vulkankegels im Hintergrund hat mich beeindruckt.«

»Ist dir auch die Lieblichkeit der Campania aufgefallen, junger Freund? Die Schönheiten dieser Stadt und der sie umgebenden Landschaft sind ganz unvergleichlich. Du musst einmal kommen und sie mit eigenen Augen bewundern.«

»Das würde ich gerne, Eure Eminenz. Vielleicht ergibt sich eines Tages die Gelegenheit.«

»Wusstest du, dass Neapel die Stadt des großen Vergil ist? Er hat viel Zeit dort verbracht und liegt auch dort begraben.«

»Der römische Dichter, der die unvergleichliche ›Aenaeis‹ und die ›Eklogen‹ verfasst hat?«

»Und außerdem jener Dichter, der die Geburt eines besonderen Kindes an der Schwelle zum wiedergekehrten goldenen Zeitalter in der vierten Ekloge prophezeit hat. Und er war nicht nur Dichter, sondern auch ein Magus höchsten Ranges. Davon hast du sicherlich gehört?«

Gervasius verneinte und wartete gespannt auf die Fortsetzung. Er witterte wundersame Geschichten.

»Vergil soll einen sprechenden Kopf, eine Art Automaten, besessen haben, der die Zukunft vorhersagen konnte.«

»Und waren die Vorhersagen verlässlich?«

»Nun, das kommt darauf an, wie man die Sache auffasst. Der Kopf riet Vergil angeblich, sich vor der Sonne zu hüten. Der Dichter jedoch verstand, er solle die Sonne suchen. Er starb an einem Sonnenstich.«

»Es gibt sicher noch mehr solche Erzählungen über den großen Mann.«

»Unzählige, Junge. Warum besuchst du unsere Wenigkeit nicht einmal in den Studienferien, um dir selbst einen Eindruck zu verschaffen? Es könnte sein, dass die Stadt dir so gut gefällt, dass du danach in unsere Dienste zu treten wünschst.«

»Habt Dank, Eure Eminenz, für Euer großzügiges Angebot. Ich werde darüber nachdenken. Die Sommerferien stehen tatsächlich vor der Tür, und ein wenig Abwechslung würde mir gut tun.«

»Nun, Gervasius, dann nimm diesen Empfehlungsbrief, der dir in meinem Namen alle Türen in meiner Stadt öffnen wird. Ich habe ihn vorsorglich aufsetzen lassen, für den Fall, dass du gewillt bist, uns aufzusuchen. Lege ihn den Wachen am Stadttor vor, wenn du eintriffst. Dann wird man dich unverzüglich zu unserem Quartier begleiten. Aber vergiss ihn nicht, ansonsten könntest du auf unerwartete Schwierigkeiten stoßen.«

Der verblüffte Gervasius nahm dankend das Empfehlungsschreiben an und versprach erneut, ernsthaft über die Reise nachzudenken.

Er entschied sich noch am gleichen Tag: Er würde nach Neapel reisen, auf den Spuren des großen Vergil. Gleich Anfang September, nachdem er seine Angelegenheiten geordnet und Vorbereitungen für das nächste Semester getroffen hatte. Für die Reise nach Süden unter der heißen Septembersonne wählte Gervasius den Seeweg. So konnte er die heiße Mittagszeit unter Deck verbringen, während die wettererprobten Seemänner über ihm sich die Haut verbrannten. Aufgrund von häufigen Flauten brauchten sie drei Tage länger als eingeplant für die Reise. Trotzdem war Gervasius in bester Verfassung und Stimmung, als sie in den Hafen von Neapel einliefen. Dort begrüßte ihn der doppelte Vulkankegel vor einer grünen Lustlandschaft. Eingerahmt wurde diese Ansicht vom Ultramarinblau des Ozeans, der ihn an diesen wunderbaren Ort getragen hatte. Es war heiß. Heißer als in Bologna. Doch es wehte eine kühle Brise vom Golf her, wodurch die Hitze in der Hafenstadt viel leichter zu ertragen war.

Ein Fuhrwerk brachte ihn vor das Stadttor, das zwei bogenförmige Durchgänge aufwies. Er bedeutete dem Kutscher, anzuhalten. Gervasius sprang vom Kutschbock und hielt einem der Wachmänner den Brief des Kardinals entgegen. Dieser las ein paar Sätze. Es verwunderte Gervasius ein wenig, dass er des Lesens kundig war. Der Wachmann lachte herzlich, gab Gervasius den Brief zurück, wobei er ihn eigentümlich musterte, und riet ihm dann, durch den linken Torbogen in die Stadt zu fahren. Gervasius gab seinem Kutscher entsprechende Anweisung. Und so gelangte er in schneller Fahrt nach Neapel. Dabei passierten sie einen großen marmornen Kopf, direkt neben dem linken Torbogen, dessen weinendes Gesicht sie verfolgte, bis sie um eine Hausecke gebogen waren. Ohne Zwischenfälle ratterte das Fuhrwerk über die staubigen Straßen, bis es vor einer hoch aufragenden Kathedrale mit zierlichen Türmchen auf dem Spitzdach zum Stehen kam.

»Santa Anastasia«, erklärte sein Fahrer im Vorbeifahren. Wenige Schritte von der Kathedrale entfernt, machten sie schließlich vor einem schlicht gehaltenen, doch großzügig angelegten Stadtpalast Halt, dem Wohnsitz des Kardinals. Gervasius war fast ein wenig enttäuscht, waren doch die Häuser der wohlhabenderen Bologneser Bürger prachtvoller als der Bau vor ihm. Der Kutscher trug, ohne Gervasius zu fragen, dessen bescheidene Reisetruhe in die Eingangshalle. Gervasius lief hinter ihm her. Innen, so musste er zugeben, zeigte sich, dass dieses so schlicht wirkende Gebäude mehr zu bieten hatte, als man erwartete. Während Gervasius sich mit wachsender Begeisterung umsah – sein geschultes Auge erkannte kostbare Kandelaber, vornehme Vorhangstoffe und wertvolle Wandteppiche –, erschien auf der obersten Stufe einer weiß-schwarz gemaserten Marmortreppe, die vom ersten Stock in die Halle führte, der Kardinal persönlich. Nach einer beinahe überschwänglich zu nennenden Begrüßung lud dieser seinen Gast zu einer kleinen Erfrischung in den Garten ein. Es war früher Abend. Die Sonne hatte noch immer

Kraft. Der Kardinal geleitete ihn zu einem überdachten Sitzplatz mit gepolsterten Bänken und einem Tisch, auf dem bereits zwei Gläser und eine Kanne mit Wasser warteten. Man saß in lauschigem grünen Schatten und konnte den Vögeln zuhören, die den kommenden Abend besangen. So einen Palast, nahm sich Gervasius im Stillen vor, werde ich auch eines Tages mein Eigen nennen. Das ist ein angemessenes Heim für einen anerkannten Gelehrten und fleißigen Juristen, wie ich einer sein werde. Zum ersten Mal seit langer Zeit konnte er alle Sorgen und Ärgernisse vergessen und sich einfach dem Moment hingeben. Ein Bediensteter brachte ein gekühltes alkoholisches Getränk, das nach Zitronen schmeckte.

»Man stellt es vor allem auf Sizilien her«, erklärte der Kardinal. »Lass uns darauf anstoßen, dass dein Aufenthalt für dich und mich vorteilhaft und höchst angenehm wird.«

»Darauf trinke ich gerne, Eure Eminenz.«

»Morgen schon, denn heute sollst du dir ein wenig Ruhe nach der anstrengenden Schifffahrt gönnen, werde ich dir meine Schätze zeigen. Nur ausgewählte Personen bekommen sie zu Gesicht. Du solltest wissen, ich habe viel vor mit dir.«

Gervasius konnte nicht umhin, sich geschmeichelt zu fühlen, und fragte sich gleichzeitig, was das für Schätze waren.

»Haben diese Schätze etwas mit dem großen Vergil zu tun?«

Der Kardinal lachte wohlwollend. »Ich habe eine private Schatzkammer, die tief in den Gewölben von Santa Anastasia versteckt ist. Dort befinden sich unter anderem Auszüge aus dem Buch, in welchem der Magus seine geheimen Künste verzeichnete. Mehr werde ich jetzt nicht verraten. Du musst dich bis morgen gedulden.«

War ihm am Vorabend Neapel noch wie ein irdisches Paradies erschienen, so zeigte es sich ihm am nächsten Morgen von einer anderen Seite. In den Gewölben der Kathedrale der heiligen Anastasia roch es muffig. Der Kardinal hatte ihn durch das üppig verzierte Kirchenschiff in die Sakristei gebracht. Von dort wand sich eine steile schneckenförmige Treppe in die Eingeweide des

Kirchenbaus hinab. Sie folgten mehreren langen, feuchten Gängen. Gervasius war froh, dass der Schein der Fackeln, die sie trugen, nicht ausreichte, um den Boden voll auszuleuchten. Er wollte nicht wissen, welche Art von Getier zu ihren Füßen herumkroch und -krabbelte. Gelegentlich trat er auf etwas Weiches, manchmal hörte man ein schrilles Fiepen. Als sie ihr Ziel erreicht hatten, zog Johannes von Neapel einen schweren Schlüssel unter seinem Gewand hervor und schob ihn in ein überdimensionales Schloss aus schwarz verfärbtem Metall. Alles hier unten musste sehr alt sein. Natürlich quietschte die Tür erbärmlich in den Angeln. Der Kardinal entzündete mit seiner eigenen Fackel flink die in den Wandhaltern befindlichen vier, die bald den Raum erkennen ließen, in dem sie standen: ein quadratisches Kämmerchen, in das gerade ein solider, schmuckloser Schrank und ein ebensolches Schreibpult mit zwei Hockern passten.

»Jetzt«, kündigte der Kardinal pompös an, »werde ich dir die Geheimnisse des Vergil enthüllen!«

Er öffnete eine Tür des Schrankes, entnahm einem Fach ein kleines Holzkästchen mit kaum noch erkennbarer Intarsienarbeit und rückte es auf dem Pult zurecht. Er betätigte einen Mechanismus an der Seite des Kästchens, schob hier einen Riegel zurück und dort einen vor, sodann konnte er die obere Hälfte beiseiteschieben. Darin, auf einem violetten Samtkissen ruhend, befand sich eine Fliege. Sie glänzte im Fackellicht. Als Gervasius genauer hinsah, bemerkte er, dass das Tier, sehr sorgfältig und naturgetreu, aus einem bräunlich schimmernden Metall gearbeitet war.

»Bronze«, kommentierte der Kardinal. »Die meisten Automaten des Vergilius müssen aus diesem Material bestanden haben.«

»Ihr wollt sagen, dies ist ein Automat?«

»Dreh sie um.«

Vorsichtig nahm Gervasius die filigrane Fliege zwischen Daumen und Zeigefinger und legte sie auf den Rücken. Ihr Bauch leuchtete blutrot.

»Ist das ein Rubin?«

»Granat«, korrigierte Johannes von Neapel. »Beachte die Gravur!« Er reichte Gervasius eine Lupe.

In den ovalen Edelstein war ein winziges Symbol geritzt, das Gervasius vage bekannt vorkam: ein Kreis, dem oben Hörner in Form eines Halbkreises aufgesetzt waren. Der Kreis stand zudem auf einem zusammengestauchten Kreuz wie auf einem Fuß.

»Das ist das astrologische Zeichen für Merkur«, belehrte ihn der Kardinal.

»Was kann sie?«

»Mit dieser Fliege soll Vergil Neapel von einer wahren Fliegenplage befreit haben. Sobald er sie vor den Toren der Stadt zur Schau gestellt hatte, verzogen sich die lästigen Insekten schwärmeweise aus der Stadt. Diese Art der Edelsteinbearbeitung geht auf die orientalische Talismankunst zurück. Vielleicht hat der große Dichter auf einer seiner Reisen davon erfahren. Doch das ist noch nicht alles!«

Der kleine Mann zog eine Schublade im Schrank auf. Ein Ei befand sich darin. Es war deutlich größer als ein Hühnerei. Seine Schale schimmerte rauchblau. Es war über und über mit schwarzen und grauen Sprenkeln bedeckt. Die Oberfläche reflektierte das Licht der Fackeln.

»Dies ist eine Nachbildung des Eis, auf dem Vergil die Stadt errichtet haben soll. Das echte wird, zusammen mit seinen Gebeinen, in einem Schloss am Meer aufbewahrt, das auch den Namen Castel dell'Uovo trägt.«

»Wie kann er eine Stadt auf einem Gegenstand dieser Größe gebaut haben? Das ist unmöglich!«

»Für einen Magier wie Vergil war nichts unmöglich.« Der Kardinal schob, ein wenig ungeduldig, die Schublade zu.

»Und jetzt, mein lieber Junge, möchte ich dir meinen größten Schatz zeigen!«

Am Schrank war eine hölzerne Kugel angebracht. Johannes von Neapel drehte die Kugel einmal nach links herum, dann schob er eine Holzplatte beiseite. Dahinter verbarg sich ein Stapel aus vergilbten Pergamentbögen, die mit einer Schnur zu einem Päckchen verschnürt waren. Der Kardinal ließ es ehrfürchtig auf das Lesepult sinken. Er zog am Ende der Kordel, und das Päckchen fiel auseinander. Seite um Seite, eng mit krakeliger lateinischer Schrift bedeckt, entblätterte sich vor ihnen. Der Kardinal lächelte stolz. Sein Gesicht war inzwischen leicht gerötet, ob vom Feuerschein oder der Anstrengung, konnte Gervasius nicht sagen.

»Und dies, lieber Junge, sind Auszüge aus jenem geheimnisumwitterten Buch, in welchem Vergil seine magische Kunst aufzeichnete. Angeblich hat, vor vielen Jahren, eine unbekannte Hand das gesamte Buch kopiert. Es sind jedoch nur wenige Seiten erhalten geblieben. Was sagst du dazu?«

Gervasius beugte sich gespannt über die Bögen. Plötzlich spürte er eine Hand auf seinem Hinterteil. Eine andere Hand machte sich vorne zwischen den Falten seiner Tunika zu schaffen. Der Kardinal blies ihm seinen heißen Atem in den Nacken. Gervasius räusperte sich.

»Was tut Ihr da, Eure Eminenz?«

»Ich versuche, dich von deinen Kleidern zu befreien, lieber Junge. Sie sind mir hinderlich.«

»Verzeiht, dass ich Euch unterbreche, aber Ihr solltet wissen, dass ich Frauen bevorzuge.«

Die Hände des Kardinals ließen von ihm ab. »Das ist eigenartig, Bassianus hat da etwas anderes angedeutet. Er sagte, du wärest sehr eng mit einem gewissen Ralph befreundet, der in dem Ruf stünde, Männer zu lieben.«

Gervasius fiel aus allen Wolken. Er konnte nicht glauben, was ihm gerade geschehen war und was er da gerade gehört hatte.

»Nichts spräche dafür, dass du an Frauen Gefallen findest. Du würdest nicht zu Huren gehen und hättest auch sonst keinen Verkehr mit Weibspersonen, welcher Art auch immer.«

Gervasius machte unauffällig einen Schritt vom Kardinal weg, der für seinen Geschmack immer noch zu dicht hinter ihm stand.

»Ich bevorzuge Frauen. Doch zurzeit ist es nur das Leben des Geistes, dem meine Leidenschaft gilt.«

»Du hängst doch nicht etwa dieser philosophischen Strömung aus den Pariser Schulen an, nach der ein Philosoph ein asketisches Leben führen sollte? Das ist lächerlich!«

Jetzt entfernte sich der Kardinal seinerseits zwei Schritte von ihm. Mehr ließ die Enge der Kammer nicht zu.

»Nun, ich denke, es wird das Beste sein, wenn ich dich ein wenig hier allein lasse, damit du in Ruhe diese wertvollen Aufzeichnungen studieren kannst. Ich werde dich in einer guten Weile wieder abholen. Das sollte genügen, damit du dir einen ersten Eindruck verschaffen kannst.«

Die Stimme des Kardinals klang verschnupft. Gervasius war das gleichgültig. Nachdem sein Gastgeber die Tür hinter sich zugezogen hatte, blieb er vor den Dokumenten hocken, ohne zu lesen. Die Gedanken bewegten sich wie ein Mühlrad in seinem Kopf. Der Professor wusste genau, dass er eine Schwäche für Sophia hatte. Warum also hatte er derartige Bemerkungen gegenüber diesem lüsternen Männchen gemacht? War das seine Art von Rache? Gervasius wusste es wirklich nicht mehr zu sagen: War Bassianus sein Freund oder sein Feind? Schließlich zwang er sich zur Aufmerksamkeit. Die Gelegenheit, die ihm hier gegeben wurde, wollte er, trotz allem, nicht verschenken. Wer weiß, ob er jemals wieder Zugang zu diesen Schätzen bekommen würde.

Nach dem Mittagessen, das Gervasius ohne den Kardinal einnahm – dieser hatte sich von seinem Bediensteten entschuldigen lassen, eine unaufschiebbare Angelegenheit hatte sich ergeben –, wurde er von demselben Bediensteten zu einem Schloss am Meer begleitet.

»Der Kardinal lässt Euch ausrichten, dass er noch immer unabkömmlich ist, was er zutiefst bedauert. Er hat mir aufgetragen, Euch statt seiner zum Castel dell'Uovo zu begleiten, wo das berühmte Ei und die Gebeine des Vergil aufbewahrt werden.«

Mit der Kutsche fuhren sie durch die Stadt Richtung Meer. Das Schloss war eine trutzige Burg mit vier Türmen, verkleidet mit weißem Marmor. Das ergab einen hübschen Kontrast zu dem tiefen Lapislazuliblau der endlosen Wasserfläche, über der es sich erhob. Neben dem Schloss erstreckten sich die weitläufigen Hafenanlagen, wo lautstark geredet, gestikuliert und gearbeitet wurde. Hinter einem engmaschigen Gitter in der obersten Kammer des imposantesten Turms waren die Gebeine des großen Dichters auf einem Samtkissen ausgestellt. So engmaschig war das Gitter, dass man kaum etwas erkennen konnte. Gervasius hätte nicht beschwören können, ob es sich überhaupt um menschliche Knochen handelte. In einem tiefer gelegenen Raum im selben Turm thronte das Ei – es schien Gervasius kein Unterschied zu jenem im Besitz des Kardinals zu bestehen – auf einem mit Schnitzereien verzierten, hölzernen Podest, ebenfalls auf einem samtenen Polster.

Gervasius erkundigte sich bei dem Bediensteten, Piero war sein Name, wo denn das Grab des Magus läge und ob er es besuchen könne.

»Über die genaue Lage ist nichts überliefert. Es wurde jedoch ein Grabmal für den großen Vergil am Fuße eines der Berge im Hinterland errichtet, von dem man annimmt, es könnte sich um jenen Berg handeln, in dem die Gebeine des Dichters entdeckt wurden. Wollt Ihr den Ort besuchen, Signore?«

Die Fahrt ins Hinterland dauerte länger und war beschwerlicher als ihre erste Reise, da es zeitweilig sehr steil bergan ging. Dann war die Stelle erreicht, und Gervasius stand mit Piero vor einem Grabmal, das einem kleinen steinernen Haus glich. Es hatte ein spitzes Dach und einen höhlenartigen Innenraum, in dem es nach Urin und anderen menschlichen Ausscheidungen roch.

»Es hausen hier manchmal Bettler oder umherreisende Spielmänner. Diese Leute haben keinen Respekt vor der Würde des Ortes.«

Auf dem Boden verfaulten Gemüsereste, die Spuren eines Feuers waren an einem Aschekreis auszumachen. Ebenso wie im Schloss konnte Gervasius auch hier keinerlei Präsenz des Dichters wahrnehmen. Dieser Ort war ein Ort wie jeder andere. Er hatte mit Vergil nichts das Geringste zu tun.

Als sie am frühen Abend in das Haus des Kardinals zurückgekehrt waren, bat Gervasius Piero, seinen Gastgeber zu fragen, ob er noch einmal Zugang zu den Pergamentbögen bekommen konnte. Er erläuterte nicht näher, welche Bögen gemeint waren, da er nicht sicher war, ob Piero vom geheimen Besitz seines Herrn wusste.

Piero kam zurück mit der Nachricht, dass der Kardinal mit ihm zu Abend speisen wolle und sie alles Weitere bei der Mahlzeit besprechen könnten.

Johannes von Neapel gewährte Gervasius erneut Zugang zu den Aufzeichnungen, und dieser machte sich daran, so viel er an einem Tag schaffte, davon abzuschreiben. Stellenweise war die Schrift im Laufe der Jahre unleserlich geworden. An anderen war das Latein so altertümlich, dass Gervasius den Sinn nicht verstand. Doch er schaffte es, fast zwei Drittel des Textes für sich zu kopieren. Damit hatte sich die Reise für ihn gelohnt, trotz der unangenehmen Enthüllungen, denen er ausgesetzt gewesen war.

Zwei Tage später verließ er in einer Galeone, eine gute Woche früher als geplant, den Hafen von Neapel.

Kaum in Bologna angekommen, suchte er, ohne viel darüber nachzudenken, warum er dies tat, zwei seiner Kommilitonen auf, die für ihre häufigen Hurenbesuche bekannt waren. Ein Kontakt wurde hergestellt. Man wurde sich handelseinig. Eine Hure kam tags darauf in seine Kammer im Haus der *natio*. Sie befreite ihn kurz und schmerzlos von seiner Unschuld. Gervasius verzichtete darauf, Ralph zur Rede zu stellen, oder sich mit dem Professor auseinanderzusetzen, sondern ging umstandslos wieder an seine Arbeit, als wäre er nie in Neapel gewesen.

Zwei Jahre später wurde es Gervasius gestattet, sein Examen schon vor dem Ablauf der vorgeschriebenen Studienzeit von fünf Jahren abzulegen. Nach drei Jahren Studium und einer auf ein Jahr verkürzten Baccalarius-Zeit, während der er erstmals Vorlesungen halten und Disputationen leiten musste, war für ihn der Tag der großen Prüfung angebrochen, von ängstlichen Mitstudenten auch *chaos magnum* oder *dubium transitum* genannt. Während dieser Zeit hatte er wenig anderes getan, als verbissen zu lernen und gelegentlich die Dienste »seiner« Hure Margarita in Anspruch zu nehmen. Ansonsten hatte er sich mit dem Feiern zurückgehalten. Zu den Feiern der *natio* war er meistens erschienen, auf alles, was darüber hinausging, hatte er verzichtet, um so schnell wie möglich an sein Ziel zu gelangen.

Am Prüfungstag hatte man ihn für morgens früh in die Sakristei der Kathedrale bestellt. Dort stand er, müde und aufgeregt zugleich, und wartete darauf, dass der Archidiakon das dicke Buch vor sich an beliebiger Stelle aufschlug und so über sein Prüfungsschicksal bestimmte. Aus den folgenden Seiten im Buch wurden zwei *puncta* oder Lektionen ausgewählt, auf die Gervasius sich vorzubereiten hatte. Dafür wurde ihm ein Tag Zeit gegeben. Er zog sich mit der Aufgabenstellung in seine Kammer zurück, schloss die Tür ab und machte sich an die Arbeit.

Nach Ablauf der Frist fand er sich erneut in der Kathedrale ein, vor dem Kollegium aller zwölf Doctores und dem den Vorsitz führenden Archidiakon. Nun wurde er von allen Professoren nacheinander zu seinem Thema befragt. Den Anfang machte traditionsgemäß der Jüngste unter ihnen. Und das war Consilius von Perugia, der Gatte von Sophia. Gervasius hatte sich die Tatsache, dass dieser so harmlos aussehende Mann an seiner Prüfung beteiligt sein würde, nicht wirklich bewusst gemacht. Als er hörte, wie der Archidiakon den Namen von Sophias Gatten nannte, brachte ihn dies doch aus dem Konzept. Consilius konsultierte kurz das *liber secretus*, das Buch mit dem Katalog der geheimen Prüfungsfragen, und stellte seine erste Frage. Gervasius war sehr gut vorbereitet und hätte sie sofort beantworten können. Doch es war, als hätte ihm jemand einen Balken vor die Stirn genagelt. Er brachte keinen vernünftigen Satz heraus. Der Schreck saß tiefer, als er gedacht hatte. Kalter Schweiß brach ihm aus. Er bat, eine Weile allein sein zu dürfen, damit er sich sammeln konnte. Das Kollegium musterte ihn skeptisch, gab ihm aber die gewünschte Zeit. Er versteckte sich in einem unbesetzten Beichtstuhl im Kirchenschiff und redete sich selbst gut zu:

Nimm dich zusammen, Gervasius, schalt er sich selbst. Dieser Mann ist ein Doctor wie die anderen auch. Es ist nichts von Bedeutung, außer, dass du diese Prüfung bestehst. Die Examensgebühren waren hoch genug. Was wäre das sonst für eine Schande! Was würde König Henry von dir denken?

Er zwängte sich aus dem Beichtstuhl, legte den Weg durch das leere Kirchenschiff mit weichen Knien zurück und trat wieder vor das Kollegium. Sein Herz trommelte einen wilden Rhythmus. Consilius wiederholte seine Frage. Gervasius atmete tief durch. Die Antwort formte sich bereits in seinem Kopf. Er musste sie nur noch aussprechen. *Nimm dich jetzt zusammen, Gervasius!* Er öffnete den Mund und sprach, sehr langsam zwar, aber in logischem Zusammenhang. Die Antwort fand Anerkennung beim Fragesteller und dem restlichen Kollegium. Der nächste Professor mit der nächsten Frage war an der Reihe. Gervasius lächelte erleichtert in die Runde. Er war bereit.

Trotz dieser bangen Momente bestand er die Prüfung mit Auszeichnung. Alle zwölf Doctores und der Archidiakon gratulierten ihm. Die *licentia docendi*, die Lizenz zum Dozieren, war ihm sicher. Verliehen wurde sie ihm bei einer privaten Feier, zu der er bereits im Vorfeld eingeladen hatte. Neben vielen Kommilitonen, auch Ralph war unter ihnen, hatte er auch Freunde aus dem fernen England eingeladen, obwohl er damals noch nicht wusste, ob er bestehen würde. Aimar de Grandmont hatte er zur Feier gebeten, ebenso den Chorherren Giles de Chaumont. Sogar nach

Tilbury hatte er einen Boten ausgesandt. Allerdings, ohne sich große Hoffnung zu machen. Robert von Tilbury hatte in all den Jahren nichts von sich hören lassen. Gervasius hatte es jedoch nicht über sich gebracht, Philip einzuladen.

Aimar de Grandmont traf zwei Tage vor der Feier ein. Er tat geheimnisvoll, deutete an, dass er noch jemanden mitgebracht hatte. Gervasius vermutete, dass er Giles de Chaumont meinte. Doch als am Tag der Feier sein Vater im Publikum saß, kamen ihm die Tränen. Diese Überraschung war Aimar gelungen. Robert von Tilbury war grau geworden, hatte sein gutes Aussehen jedoch keineswegs eingebüßt, obwohl seine gesamte Erscheinung eher düster wirkte. Konnte es sein, dass er immer noch um die Mutter trauerte?

Der Festakt begann mit der Übergabe der Insignien der Doktorwürde durch seinen Promotor, Johannes Bassianus. Sein Professor, mit dem er nie wieder über die Angelegenheit mit Sophia oder die mit dem Kardinal von Neapel gesprochen hatte, überreichte ihm zuerst ein paar weiße Handschuhe aus feinstem Kalbsleder, dann einen goldenen Ring, der zeigen sollte, dass er nun zur Riege der Doctores gehörte, und den er über den behandschuhten Ringfinger streifte. Schließlich setzte er Gervasius noch ein schwarzes Barett auf den Kopf. Obwohl es bald sehr warm darunter wurde, behielt Gervasius es den ganzen Tag über auf. Es war das Zeichen seines Triumphs. Und zum ersten Mal seit langer Zeit feierte er wieder ausgiebig und unbeschwert.

Mit Aimar und dem Vater bestieg er wenig später ein Schiff, das sie an der Küste des Mare Mediterraneum entlang bis zum Hafen von Béziers brachte. Auf dem Landweg durchquerten sie die Grafschaft Toulouse und das Herzogtum Aquitanien und gelangten in die Touraine, nach Chinon, wo König Henry II. mit seinem Hof weilte. Dieser hatte seinem Kämmerer Aimar den Auftrag gegeben, Gervasius sicher und auf kürzestem Wege zu ihm zu bringen, damit er ihn feierlich als Mitglied des Hofes begrüßen konnte.

Die Stadt Chinon empfing sie mit Sonnenschein, der auf das Vorteilhafteste die Burg beleuchtete, die hoch über der Stadt und dem Flüsschen Vienne über das Land wachte. Der Ort selbst war überschaubar und gefällig, mit engen gewundenen Gassen, in denen Fachwerkhäuser mit steilen Dächern und vorkragenden Konsolen sich aneinanderlehnten. Gervasius, sein Vater, Aimar und drei Knappen ritten hintereinander den steilen Weg zum Chateau hinauf.

»Die Burg hat der König noch in seiner Zeit als Herzog erbauen lassen. Er ist sehr stolz auf sein Werk«, bemerkte Aimar während des Aufstiegs.

Von Osten kommend ritten sie über die Brücke zum Tor. Der die Festung umgebende Graben war tief und halb mit brackigem Wasser gefüllt. Von dort gelangten sie in den Innenhof, wo Knappen des Königs sich sofort ihrer Pferde annahmen. Ein weiterer Knappe, der jünger war als Gervasius, zeigte ihnen den Weg zu den königlichen Gemächern, den Logis Royaux.

»Dort hinein und die Treppe hinauf in den ersten Stock, die Herren! Um Euer Gepäck kümmern wir uns. Es wird in Eure Gemächer gebracht, Messieurs. Der König wird sich freuen, dass Ihr bereits da seid!«

Der große Saal im ersten Stock hatte kleine Fenster, etwas größer als Schießscharten, durch die nur wenig Licht hereinfiel. Die Wärme des Septembertages ließen sie nicht hinein. Am Ende einer langen Tafel stand Henry II. Plantagenet vor einem Schachbrett, ihm gegenüber der Höfling Jordan Fantosme. Beide schienen in ihre Partie vertieft, doch das Quietschen der Tür bei ihrem Eintreten schreckte sie auf. Der König stellte eine elfenbeinfarbene Schachfigur, die er gerade hatte versetzen wollen, schwungvoll zurück an ihren Platz auf dem zweifarbigen hölzernen Schachbrett. Gervasius betrachtete neugierig die ungewöhnlichen Schachfiguren. Sie waren beinahe so breit wie hoch und machten einen massiven Eindruck.

»Aimar! Mit Gervasius und Robert von Tilbury! Ihr seid früher da, als ich zu hoffen gewagt hatte. Herein! Was für eine Freude!«

Mit schnellen Schritten eilte der König von England ihnen entgegen. Offenbar hatte er noch immer Energie für zehn Männer. Doch von nahem wurde deutlich, dass die Jahre ihre Spuren hinterlassen hatten. Tiefe Falten hatten sich um Mund und Augen eingegraben, und er wirkte müde, trotz der überschwänglichen Wiedersehensfreude und der raschen, fast fahrigen Bewegungen. Nachdem sich alle begrüßt hatten, wandte der König sich an Gervasius:

»Nun, Gervasius von Tilbury, Doctor legis, wie gefällt dir mein Chateau?«

»Eine bauliche Glanzleistung, würde ich sagen, Sire. Sehr beeindruckend. Und weitläufig. Auch die Stadt ist bezaubernd.«

»Nicht wahr? Chinon ist einer meiner liebsten Aufenthaltsorte auf dem Festland, wenn man Angers und Le Mans beiseite lässt. Und der liebste in der Touraine.«

Henry schob ihn zu einem der Fenster, dessen tief eingeschnittene Mauernische einladend mit einem Sitzkissen ausgepolstert war.

»Von hier aus kann man wunderbar die einmalige Aussicht genießen. Wenn meine Geschäfte mir die Zeit dazu ließen, würde ich stundenlang hier hocken und auf die Stadt, das Land und die Vienne hinabschauen.«

Tatsächlich war der Blick atemberaubend. Während Gervasius die Aussicht bestaunte, war der König bereits beim nächsten Thema angelangt.

»Neben euch haben wir zurzeit noch weitere Gäste: meine Tochter Mathilde mit ihrem Gatten, Herzog Heinrich dem Löwen aus Sachsen, sowie ihre Kinder. Ich dachte, ich nutze die Gelegenheit und gebe sowohl ihnen zu Ehren als auch zur Feier deines bestandenen Juristenexamens eine kleine Jagdgesellschaft im Wald von Chinon. Ein ausgezeichnetes Jagdrevier. Unmengen von Rotwild und viele Hasen.«

»Ihr seid zu gütig, Eure Majestät. Ich fühle mich sehr geehrt.«

Gervasius verbeugte sich tief, diese Geste des Königs bedeutete ihm viel, auch wenn er sich nicht allzu viel aus Jagdgesellschaften machte. Philip würde es freuen. Das erste Mal seit

Monaten dachte er wieder an seinen Vetter. Als ob der König seine Gedanken gelesen hätte, erklärte Henry:

»Du willst sicher deinen Freund Philip von Salisbury begrüßen. Du findest ihn im Tours des Chiens, wie nicht anders zu erwarten. Bei den Hunden, die er seit Jahren für mich hegt und pflegt. Wir sprechen uns beim Abendessen, Gervasius.«

Dann trat der König zu Aimar und seinem Vater, die wartend an der Seite der Tafel standen.

»Aimar und Robert, bitte nehmt Platz!«

»Und auch du darfst dich setzen, Jordanus«, fügte er grinsend hinzu, woraufhin der Angesprochene mit einem Seufzer der Erleichterung in einen mit Leder gepolsterten Hochlehner sank. Erst später erfuhr Gervasius von der höfischen Regel, die besagte, dass alle im Raum Anwesenden zu stehen hatten, wenn der König stand, und sich erst setzen durften, wenn dieser sich ebenfalls niederließ. Gervasius verbeugte sich in Richtung der Tafel und lief die Treppe hinunter.

Im Innenhof fragte er einen Knappen nach dem Tours des Chiens.

»Von hier aus schräg rechts über den Burghof. Das dort ist der Hundeturm.«

Gervasius bedankte sich und ging zögerlich in die angegebene Richtung. Ihm war nicht wohl. Er wusste nicht einmal, ob er überhaupt mit Philip reden wollte. Da er ab sofort auch ein Teil des Hofes sein würde, blieb ihm jedoch nichts anderes übrig, als mit ihm Frieden zu schließen. Zumindest oberflächlich. Bevor er die Tür aufzog, hörte er schon aufgeregtes Hundegebell. Hinter der Tür bot sich ihm ein vertrauter Anblick: Philip inmitten einer Meute von königlichen Jagdhunden, die ihm das Gesicht leckten und um seine Aufmerksamkeit buhlten. Er drehte den Kopf und bemerkte ihn.

»Sieh an, wen haben wir denn da! Gervasius von Tilbury! Oder muss ich jetzt Doktor zu dir sagen?«

Philip löste sich aus dem Hundeknäuel und kam auf ihn zu. Den Wunsch, Gervasius zu umarmen, unterdrückte er offensichtlich im letzten Moment. Gervasius spürte ein dumpfes Bedauern. Sie reichten sich die Hände.

»Philip, wie geht es dir?«

»Sehr gut! Wie immer. Du siehst mitgenommen aus.«

»Ich habe viel gearbeitet in der letzten Zeit. Vielleicht zu viel.«

»Nun bist du ja hier und kannst dich erst einmal erholen. Wir werden mindestens zwei Wochen in Chinon bleiben. Wegen der Jagd.«

Gervasius musterte die Hunde.

»Wo sind Romulus und Remus?« Er konnte die Lieblingshunde des Königs nirgends entdecken.

»Die Zwillinge sind nicht mehr. Nach einer Jagd im letzten Jahr wollte Remus nicht mehr aufstehen. Kurz darauf war er tot. Nur einen Tag später legte sich sein Bruder winselnd an dessen ehemaligen Schlafplatz und schlief ebenfalls für immer ein. Aber der König hat sich daraufhin gleich fünf neue Hunde zugelegt, aus bester Zucht in England. Darf ich dir vorstellen: Castor, Pollux, Athene, Hekate und Herakles!«

Gervasius tätschelte warme Hunderücken; feuchte Schnauzen drängten sich ihm entgegen; raue Zungen streiften seine Hände und Arme. Er konnte nicht sagen, dass er sich so wohl unter diesen Jagdhunden und Windspielen fühlte, wie das bei Philip der Fall war. Bücher waren ihm lieber. Sie bellten nicht und hauchten ihm auch nicht ihren Verwesungsatem entgegen.

»Philip, ich wollte dir sagen ...«

»Es ist schon gut, Gervasius. Es war dein gutes Recht, wütend auf mich zu sein. Ich habe einfach nicht genug nachgedacht. Ich habe es keinesfalls getan, um dich zu verletzen.«

»Ich denke, das weiß ich jetzt, Philip. Mir tut es leid, dass ich so heftig und unversöhnlich reagiert habe. Unsere Freundschaft war mir immer sehr wichtig. Du hast ...«

Er verstummte mitten im Satz. Er konnte es nicht sagen. Philip grinste, als er das bemerkte.

»Du hast mir auch gefehlt. Es ist lange her.«

Bevor man sich am Abend zu Tisch begab, übernahm es der König persönlich, seinen Gästen aus Sachsen die Neuankömmlinge vorzustellen. Des Königs Schwiegersohn, Heinrich der Löwe, war ein stattlicher, kraftstrotzender Mann, der nicht ganz Henrys Körpergröße erreichte und trotzdem eine beeindruckende Erscheinung war. Haupthaar und Bart waren mittelbraun, der Bart leicht angegraut. Er strahlte Autorität aus. Seine Gattin, des Königs Tochter Mathilde, war so blond wie ihr Vater, und ihr Gesicht trug die edlen Züge ihrer Mutter Eleanor, wie Aimar Gervasius bei Gelegenheit zuraunte. Das Paar war mit seinen zwei Söhnen ins Exil gekommen. Der älteste, Heinrich genannt wie sein Vater, zählte neun Jahre und geriet äußerlich nach der Mutter. Der zweite Sohn, Otto, war sieben. Sein Haar wies den gleichen Braunton auf wie das des Löwen. Er war bereits als Knabe kräftig gebaut und fast so groß wie sein zwei Jahre älterer Bruder. Otto wirkte ruhig und beherrscht, was auch daran lag, dass er kaum ein Wort sprach.

Beim Essen zeigte sich, dass der Herzog aus Sachsen das normannische Französisch, das bei Hof gesprochen wurde, nur gebrochen beherrschte. Man verständigte sich, so gut es ging. Oft musste Mathilde vermittelnd eingreifen, die ihrem Ehemann die Sätze des Königs in seinen sächsischen Dialekt übersetzte, was überaus merkwürdig klang, wie Gervasius fand. Diese Sprache war voller harter Konsonanten, die Zunge schien ständig an etwas zu stoßen. Der Löwe brachte einige Sätze in seiner merkwürdigen Sprache hervor. Mathilde erklärte den Anwesenden, dass ihr Gatte vorhabe, eine Pilgerreise zu unternehmen. Er wisse nur noch nicht genau, wohin. Henry II. schlug daraufhin Santiago de Compostela vor. Der Herzog von Sachsen versprach, über den Vorschlag nachzudenken. Sein Sohn Otto aß mit großem Appetit und beobachtete dabei mit verhaltener Skepsis die Erwachsenen. Sein Bruder Heinrich dagegen versuchte ständig, die Aufmerksamkeit seiner Mutter und die der restlichen Anwesenden auf sich zu ziehen. Gervasius wurde klar, dass Otto, der ihm aufgeweckt und reif für sein Alter erschien, nichts sagte, weil er die Sprache nicht beherrschte.

Zwei Tage nach ihrer Ankunft in Chinon verabschiedete Robert von Tilbury sich wieder. Dem König gab er als Grund an, dass wichtige Angelegenheiten seine Anwesenheit in Tilbury erforderlich machten. Wegen der ganztägigen Jagd und des Trubels bei den abendlichen Banketten hatte Gervasius kaum Gelegenheit gefunden, sich in Ruhe mit seinem Vater auszutauschen. Es kam ihm fast so vor, als würde dieser ihm aus dem Weg gehen. Auch eine gewisse Spannung, die in der Luft lag, wenn der König und sein Vater zusammentrafen, war ihm aufgefallen. Am Abend vor seiner Abreise hatte Robert von Tilbury seinem Sohn für seine weitere Laufbahn bei Hof Glück gewünscht.

»Ich bin sicher, du gehst deinen Weg, Gervasius«, hatte sein Vater bekräftigt. »Pass nur auf, dass du dich nicht zu sehr verbiegst, um anderen zu gefallen. Je länger du bleibst, desto schwerer wird dir dies fallen. Und nimm dich in Acht vor den Intrigen, die zum Hof gehören wie der Himmel zur Erde. Du wirst es am eigenen Leib erfahren, glaub mir.«

»Verzeiht, wenn ich neugierig bin, Vater, aber das hört sich an, als wärt Ihr selbst einmal Mitglied des Hofes gewesen.«

Sein Vater lächelte wehmütig. »Das ist lange her. Ein längst abgeschlossenes Kapitel meines Lebens. Lass uns nicht daran rühren, mein Sohn.«

Gervasius musste sich mit dieser unbestimmten Antwort zufriedengeben.

Nach Ende der zweiwöchigen Jagd war es Aimar, der nach dem Abendessen zu Gervasius kam, um Lebwohl zu sagen.

»Ich bin für des Königs Haushaltung in London zuständig. Ich war lange genug fort. Es wird Zeit, dass ich die Heimreise antrete. Wenn der Hof wieder in London weilt, sehen wir uns wieder. Bis dahin, Gervasius. Und gib auf dich Acht!«

Es war, als würde er die Worte des Vaters wiederholen. Nur war Aimars Warnung weniger eindringlich und deutlich als die von Robert von Tilbury. Was hatten die beiden nur? Bisher war ihm das Leben am Hof Henrys II. wie ein großes Vergnügen vorgekommen. Er nahm sich vor, Philip demnächst danach zu fragen.

Am nächsten Tag lief alles aufgeregt durcheinander, um die Abfahrt nach Angers vorzubereiten. Kurz vor dem Aufbruch schickte Henry nach Gervasius. Er wünschte ihn unter vier Augen in seiner Kemenate zu sprechen.

Der König reinigte sich mit einem Jagdmesser die Fingernägel, als Gervasius eintrat. Gleichzeitig beobachtete er von einem Fenster aus das Gewimmel auf dem Innenhof. Er lächelte ihn zerstreut an.

»Gervasius, es gibt etwas, um das ich dich bitten möchte … Du, als Doktor des Rechts, sollst mich zwar zukünftig hauptsächlich in Rechtsfragen beraten, doch habe ich zurzeit noch eine andere, dringendere Aufgabe für dich.«

Henry legte das Messer achtlos auf einer Holztruhe ab und durchmaß dann mit Riesenschritten den Raum.

»Du musst wissen, ich halte sehr viel von deinen Fähigkeiten, auch von deiner Gelehrsamkeit. Einige Männer meines Vertrauens haben dich über den grünen Klee gelobt. Darunter Giles de Chaumont, Aimar de Grandmont und Ernicho von York, der Schulleiter von St. Martin le Grand. Worauf ich hinauswill: Wie dir sicher nicht entgangen ist, spricht unser herzoglicher Besuch aus Sachsen unsere Sprache nicht. Der Herzog selbst wird in seinem Alter wohl nicht mehr so schnell lernen. Aber die beiden Söhne sollten einen Tutor bekommen, der ihnen hilft, die Regeln der ihnen fremden Sprache schnell und sicher zu erlernen. Für ihr späteres Leben kann das nur von Vorteil sein. Ich bitte dich daher, kümmere dich in den nächsten Wochen und Monaten um Heinrich und Otto von Braunschweig, die Söhne meiner Mathilde. Das wird ihnen helfen, sich schneller einzuleben. Ich vertraue auf deine Klugheit, mein lieber Gervasius. Wie du das anstellst, überlasse ich ganz dir. So, und jetzt schick mir den Marschall herein!«

Damit war das Gespräch beendet, und Gervasius hatte seine erste Aufgabe erhalten.

Caen

Auf dem Weg nach Angers machten sie kurz in der nicht weit von Chinon entfernten Zisterzienserabtei Fontevraud Halt. Während sich Henry II. zu einem Gespräch mit der Äbtissin in den Kapitelsaal zurückzog, blieb der Rest der Gesellschaft sich selbst überlassen. Zusammen mit Philip schritt Gervasius den Kreuzgang dieser beeindruckenden Anlage ab. Dann bestaunten sie von außen das großzügige, achteckige Küchengebäude mit seinem mächtigen zentralen Schornstein. Schließlich gelangten sie in die Kapelle St. Michel mit ihrem kunstvollen Kreuzrippengewölbe, wo sie sich zum Gebet niederknieten.

»Der König liebt diesen Ort. Das zumindest hat er noch mit der Königin gemeinsam«, verriet ihm Philip beim Verlassen der Kapelle. »Henry hat bereits verfügt, dass er hier einmal begraben werden will. Er vermacht der Abtei regelmäßig große Summen.«

Nach einigen Tagen auf der Straße erreichten sie Angers, die Hauptstadt der Grafschaft Anjou. Dort blieben sie ebenfalls zwei Wochen, danach ging es weiter, Richtung Norden. Mitte Oktober kamen sie nach Le Mans, wo sie sich eine gute Woche aufhielten. Nach mehreren Zwischenaufenthalten reisten sie bis in die Normandie. Mitte November gelangte der Hof in die Küstenstadt Caen. Hier hatte vor mehr als hundert Jahren der Normannenherzog William, den alle Welt später nur noch den Eroberer nannte, eine solide, abweisende Burg aus grauem Stein errichten lassen. Bei ihrer Ankunft wurde die schwere Zugbrücke heruntergelassen, eine umständliche Prozedur. Für den Rest ihres Aufenthaltes blieb sie in dieser Position. Bei dem ständigen Kommen und Gehen, das herrschte, wenn der König in der Burg weilte, wäre alles andere reine Zeitverschwendung gewesen. Henry nahm mit seiner Begleitung Quartier im quadratischen, zweistöckigen Bergfried. Für die Bediensteten gab es im Burghof weitere Gebäude. Außerdem befand sich dort eine imposante freistehende Halle mit schrägem Dach, die der Sohn des Eroberers der Anlage seines Vaters hinzugefügt hatte. Dieser Bankettsaal war der ideale Ort für große Festlichkeiten mit vielen Menschen.

Dies war auch der Grund, warum der König sich entschieden hatte, hier Weihnachten und den Jahreswechsel zu verleben. Seit Wochen schon sprach er von kaum etwas anderem als seinem großen Plan, dort das prunkvollste Christfest des Abendlandes zu feiern. Durch die Anwesenheit seiner hohen Gäste war Henry in sehr großzügiger Stimmung, was in ihm den Wunsch weckte – auch ohne die Hilfe der Königin, die weiter im Turm in Salisbury festgehalten wurde –, ein guter Gastgeber zu sein. Sechs Wochen waren nicht viel Zeit, um ein solches Vorhaben zu verwirklichen. Der Plan des Königs mochte für ihn selbst eine wirkungsvolle Zurschaustellung seiner Macht sein, für die meisten Angehörigen seines Hofes bedeutete er vor allem eins: viel Arbeit. Besonders der Marschall, der Mundschenk, der Truchsess, der Kämmerer, die Köche, Küchenjungen, Näherinnen, Mägde und Diener waren von morgens bis abends auf den Beinen, um die Vision des Plantagenet Wirklichkeit werden zu lassen. Der König ließ Boten an seine Söhne Richard, Geoffrey und Henry aussenden, die dem Herzog von Poitou und dem jungen König erklären sollten, dass sie der Anordnung ihres Vaters Folge zu leisten hatten. Weitere Boten hatten alle in den umliegenden Herzogtümern und Grafschaften ansässigen Barone und größeren Landbesitzer aufzusuchen und diese ebenfalls zur Teilnahme aufzufordern. Henry II. lud nicht ein, er lud vor.

In der Zwischenzeit hatte Gervasius sein Bestes gegeben, sich mit den Herzogssöhnen aus Germanien anzufreunden und ihnen sprachlich ein wenig auf die Sprünge zu helfen, was nicht ganz einfach war, da Gervasius seinerseits kein Wort Sächsisch sprach. Schnell zeigte sich, dass die beiden Knaben sehr unterschiedlich auf seine Bemühungen reagierten. Während Heinrich deutlich zu verstehen gab, dass er keine Lust zum Lernen hatte, war Otto dankbar für jeden Hinweis. Man merkte, dass es ihm wichtig war, die Sprache seiner Gastgeber zu erlernen. Gervasius führte, so oft es ging, kleine Konversationen mit ihm. Er gab ihm Merklisten mit Wörtern, die in einer bestimmten Beziehung zueinander standen und die er auswendig rezitieren sollte. Der junge Heinrich von Braunschweig suchte sofort das Weite, wenn Gervasius versuchte, sich ihm zu nähern. Also ließ er ihn gewähren und konzentrierte sich lieber auf Otto, seinen gelehrigen und wissbegierigen Schüler. Er fing sogar damit an, ihm das Lesen beizubringen, was bedeutete, dass dieser sich auch erste Kenntnisse des Lateinischen aneignete.

Allmählich neigte sich das Jahr 1182 seinem Ende zu. An einem klaren kalten Tag Anfang Dezember erging sich Gervasius mit Otto draußen vor der Burg. Sie schlenderten gemächlich zwischen den Zelten hindurch, die Teil der sich noch im Aufbau befindlichen Zeltstadt werden sollten. Diese Stadt neben der Stadt wurde eigens für die Vielzahl der Gäste eingerichtet, die innerhalb der Burg selbst keinen Platz mehr finden würden. Ein scharfer Wind vom Meer, das bleigrau gegen den Strand klatschte, wehte ihnen unablässig die Haare ins Gesicht. Doch weder Otto noch Gervasius störte das Wetter. Um sie herum wirkten Handwerker und Höflinge, die einen hämmerten und zimmerten, die anderen gaben Anweisungen, alle verbreiteten Betriebsamkeit. Der starke Wind wehte Planen und Stoffdächer von den Gerüsten, an denen sie gerade befestigt werden sollten. Es waren Flüche zu hören, die nicht für die Ohren eines Kindes geeignet waren. Gervasius war froh, dass Otto noch nicht in der Lage war, ihren Sinn zu erfassen. Sie ließen die Zeltstadt hinter sich und kämpften sich gegen den Wind in Richtung Strand durch, um von einer Anhöhe aus einen Blick auf das Meer werfen zu können.

»Auf der anderen Seite des Wassers befindet sich meine Heimat England«, erklärte Gervasius. Er dachte für einen Moment an Tilbury, das Gutshaus, die verstorbene Mutter, den Vater. Wie schön es wäre, wenn sein Vater mit ihnen weitergezogen wäre und jetzt bei dem großen Weihnachtsfest dabei sein könnte! Sein Gedankengang wurde vom Hufklappern eines

Pferdes mit Reiter unterbrochen, das sich ihnen schnell näherte. Von ihrem Hügel aus verfolgten sie, wie der Reiter auf sie zukam. Er stellte sich bald als Ritter in voller Rüstung heraus. Durch den Helm war er unkenntlich. Er preschte mit rasender Geschwindigkeit auf sie zu, als wollte er sie angreifen. Der Junge starrte bewegungslos auf den Reiter, als stände er unter einem Bann. Gervasius bemühte sich, Otto beiseitezuziehen. Doch dieser leistete Widerstand. Das Geräusch der Hufe, die auf den gefrorenen Boden hämmerten, wurde immer lauter. Gervasius befürchtete schon, sie würden Opfer des Ritters werden, der ihm wie einer der Reiter aus der Apokalypse erschien. Da begann dieser, sein Tempo zu drosseln, erst in Trab, dann in Schritt. Schließlich brachte der Unbekannte sein Ross direkt vor ihnen zum Stehen und riss sich mit einer energischen Bewegung den Helm vom Kopf. Ein kupferroter Haarschopf wurde sichtbar, zu dem ein meerblaues Augenpaar gehörte und ein freundliches Grinsen.

»Irre ich mich, oder ist das der von allen gerühmte Gervasius von Tilbury, Doktor des Rechts? Du bist ein ganzes Stück aufgeschossen. Fast hätte ich dich nicht erkannt!«

Hinter dem Ritter tauchte ein Knappe auf, der eilig vom Pferd sprang und seinem Ritter behilflich war, rüstungsbeschwert wie er war, vom Pferd zu klettern. Prinz Richard reichte dem Knappen die Zügel und gesellte sich zu ihnen.

»Der Herzog von Poitou und Aquitanien, willkommen in Caen, Sire! Es freut mich, Euch zu sehen.«

Gervasius verbeugte sich unwillkürlich. Richard war, sofern das möglich war, noch stattlicher geworden. Ein roter Bart zierte sein kräftiges Kinn.

Richard blickte nun neugierig und belustigt zu Otto hin, der mit aufgerissenen Augen auf den fremden Ritter vor ihnen schaute.

»Und wer ist das? Willst du uns nicht vorstellen, Gervasius?«

»Verzeiht, Sire. Dies ist Euer Neffe Otto von Braunschweig, der zweitälteste Sohn des Herzogs Heinrich, den man in seinem Stammland Sachsen auch den Löwen nennt, und Eurer Schwester

Mathilde. Euer Vater, der König, hat mir den Auftrag gegeben, ihn in unserer Sprache zu unterrichten.«

»Otto also? Wie alt bist du denn?«

Gervasius war froh, dass sein Schüler eine so schnelle Auffassungsgabe hatte. Otto schien in der Lage, jedes von Richards Worten zu verstehen.

»Sieben, Sire. Darf ich etwas fragen, Sire?«

Richard grinste gutmütig. »Natürlich, Junge.«

»Seid Ihr ein echter Ritter, Sire?«

»Ja, Otto. Willst du auch einer werden?«

»Ja, wenn ich groß bin, Sire.«

»Ich denke, du bist jetzt im richtigen Alter, um den Grundstein zu legen. Ich werde sehen, ob auch ich etwas zu deiner Ausbildung beitragen kann.« Richard zwinkerte erst Otto, dann Gervasius zu und winkte dann den Knappen heran, der ihm helfen sollte, seine Rüstung abzulegen.

Eine Woche vor Weihnachten traf der älteste Sohn Henrys II. ein. Gervasius hatte Philip in seinem »Hundequartier« einen Besuch abgestattet. Sie waren gerade dabei, einen Eimer mit stinkendem Rinderpansen in eine Reihe von Näpfen für die Hunde zu füllen, als sich ein großes Geschrei erhob. Der Wachtposten auf dem Ausguck hatte die Glocke geschlagen und dabei immer wieder einen Namen gebrüllt, den sie jedoch nicht verstehen konnten. Als der Kübel leer war, stellte Philip ihn vor der Tür ab, wo ihn ein Küchenjunge abholen würde, und lugte in den Hof. Dann bedeutete er Gervasius, ihm zu folgen.

»Lass uns nachsehen, warum dieser Wirbel veranstaltet wird.«

Draußen schlug ihnen kalte Luft entgegen. Der gestampfte Boden und alle Dächer waren mit Raureif überzogen. In der Nacht hatte es gefroren. Es waren auch einige wenige Flocken gefallen, die aber nicht gereicht hatten, um alles in Weiß erstrahlen zu lassen. Doch dafür sorgte nun der Neuankömmling mit seiner vielköpfigen Entourage: Auf Apfelschimmeln ritten der junge König und seine Königin, in edle Wollmäntel mit Hermelinkrägen gehüllt, durch das Tor in den Burghof. Sie waren umgeben von hell gekleideten Knappen und schneeweißen Windspielen, die zwischen den Pferden herumtollten. Die Haltung des jungen Paares war wahrhaft königlich, so aufrecht saßen sie auf ihren Reittieren, dass man hätte denken können, die beiden hätten Stöcke verschluckt. Den Kopf des jungen Henry zierte kein Helm, sondern eine hermelinverbrämte Samtmütze, ebenfalls in Weiß. Die junge Königin schob die pelzbesetzte Kapuze ihres Mantels zurück und enthüllte ihr goldenes, in kunstvolle Verflechtungen gelegtes Haar.

»Seht her, hier kommt der wahre König!«

Gervasius und Philip drehten sich um. Hinter sie war unbemerkt Prinz Richard getreten. »Was für ein beeindruckender Auftritt! Die Ankunft des königlichen Paares ist sicherlich niemandem auf der Burg entgangen.« In die Stimme des Prinzen mischte sich beißender Spott. Philip konnte sich ein Lachen nicht verkneifen.

Zwischen Knappen und Höflingen fiel Gervasius ein Mann auf, der sich von den anderen hell gekleideten Hofleuten durch seinen farbenfrohen Aufzug abhob. Eine Laute baumelte von seinem Hals. Andere Musikinstrumente waren auf den Rücken seines Pferdes geschnallt.

»Was ist denn das für ein bunter Vogel?«

»Bertran de Born. Ein Joglar, der am Hof meiner Mutter in Aquitanien sein Handwerk gelernt hat. Er ist ein sehr beliebter Troubadour im Süden.«

Der Spielmann, der Anfang zwanzig sein musste, hatte ein breites Gesicht unter zerzaustem schwarzem Haar und eine knubbelige Nase, die sein sonst annehmbares Äußeres etwas verunstaltete. Der Blick seiner schwarzen Augen kam Gervasius stechend vor. Eine unwillkürliche Abneigung gegen den Troubadour erfasste ihn. Mit halbem Ohr hörte er, wie sich Richard und Philip über den pompösen Einzug des jungen Königs lustig machten. Auch er selbst fand diesen sehr auf Wirkung bedachten Auftritt eher unpassend. Es war, als wollte der junge König dem alten beweisen, dass er der bessere König war.

Endlich war der Weihnachtsabend da. Henry Plantagenet besuchte mit allen anwesenden Mitgliedern seiner erweiterten *Familia*, zu der sowohl seine gesamte Verwandtschaft mit Söhnen und Enkeln als auch die anderen Angehörigen des Hofes zählten, die Christmette in der außerhalb der Burgmauern gelegenen Kirche St. Georges. Nach der Messe begab sich die Gesellschaft zum hell erleuchteten Bankettsaal. Noch immer lag kein Schnee, aber der Atem gefror ihnen vor den Gesichtern, und Eisblumen versahen die Fenster der Kirche und des Saalbaus mit winterlichem Schmuck. Als sie in den Saal kamen, erwartete sie ein Meer aus Licht: Hunderte von Kerzen in unzähligen mehrarmigen Kandelabern aus Messing und Silber spendeten verschwenderische Helligkeit und schenkten gleichzeitig ein wenig Wärme. Die hufeisenförmig aufgebaute, endlos lang wirkende Tafel war mit schwerem Damast gedeckt. Küchenjungen und Serviermädchen trugen bereits die ersten Schüsseln mit Speisen aller Art auf. In dem breiten Kamin an der rückwärtigen Saalwand erwartete sie ein gewaltiges Feuer, das den vor ihm Sitzenden angenehm den Rücken wärmen würde. Beim Hereinkommen fand sich Gervasius neben Prinz Richard wieder.

»Ich muss zugeben, Vater hat dieses Mal wirklich keine Kosten gescheut. So viel Prunk sieht ihm gar nicht ähnlich!«

»Nun, Bruder, das ist doch wohl das Mindeste, was man von einem König erwarten darf.«

Die Entgegnung kam von Henry dem Jungen, der sich mit seiner Königin am Arm durch die Menge der Bediensteten geschoben hatte und jetzt breit lächelnd vor ihnen stand. Richard redete weiter, als hätte er den Einwurf Henrys nicht vernommen.

»Schade nur, dass Mutter nicht dabei sein kann. Sie hätte ein Ereignis von solcher Pracht sicher genossen. Und wo ist eigentlich unser kleiner Johnny?«

Sie hatten die Tafel erreicht und suchten sich Plätze.

»Soweit ich gehört habe, ist John zu sehr mit den Angelegenheiten auf der Insel beschäftigt, um eine so weite Reise wegen eines Festes anzutreten. Außerdem ist es doch wohl eher ein Segen, dass John nicht hier ist.«

Gervasius hatte sich inzwischen daran gewöhnt, dass die Plantagenets sich ständig gegenseitig beschuldigten und belächelten, und war darüber nicht mehr allzu entsetzt. Er hatte darum gebeten, neben seinem Schützling Otto sitzen zu dürfen. Auf der anderen Seite des Jungen nahm jetzt Prinz Richard Platz. Philip saß auf Gervasius' anderer Seite. Ihnen gegenüber ließ sich das junge königliche Paar nieder, rechts neben dem Platz des alten Königs, der noch am Eingang zum Saal in ein Gespräch mit einigen seiner Barone verwickelt war. Etwas verspätet erschien auch noch der drittälteste Sohn des Königs, Geoffrey, über den kaum jemand ein Wort verlor. Er hatte weder die Anmut des jungen Königs noch die hochgewachsene Statur Richards und auch nicht die Autorität seines Vaters. Neben seinen Brüdern wirkte er blass.

Bevor man sich auf die verführerisch duftenden Köstlichkeiten stürzen konnte, hielt Henry II. eine kurze Rede, in der er sich bei allen Gästen für ihr zahlreiches Erscheinen bedankte.

»Ich bin sehr froh, dass immerhin drei meiner Söhne den Weg hierher gefunden haben. Das bedeutet mir viel.«

Er hob seinen Weinpokal in Richtung der drei Prinzen, die ihrerseits pflichtschuldigst ihre Becher hoben, ohne dabei jedoch eine Miene zu verziehen.

Zwischen den einzelnen Gängen forderte der alte König den Troubadour auf, die Gesellschaft mit einer Darbietung zu erfreuen. Daraufhin sprang Bertran de Born auf, verbeugte sich mehrfach tief und griff dann in die Saiten seiner Laute, der er bald wehmütige, bald fröhliche Töne entlockte. Dazu sang er mit seiner dunklen, rauchigen Stimme von einer hochgeborenen Dame, deren Gunst er nie erringen könne. Dabei blickte er auffallend häufig und flehentlich zur Herzogin Mathilde hinüber, die erst rot, dann blass wurde und endlich Gefallen an dem Liedchen zu finden schien. Das Gesicht des Herzogs von Braunschweig dagegen wurde mit jeder neuen Strophe grimmiger, was wohl darauf zurückzuführen war, dass ihm diese höfische Sitte des Südens noch nicht vertraut war. Der Vortrag des Spielmanns wurde mit wildem Applaus bedacht.

So folgte Gang auf Gang und Lied auf Lied. Die Stimmung stieg. Gervasius bemerkte, wie sich Otto und Richard die meiste Zeit über angeregt unterhielten. Ihr Thema war die Ritterschaft, Richards Auseinandersetzungen mit rebellischen Baronen in seinem Herzogtum und das gute Leben in Aquitanien und Poitou. Nach dem dritten Gang winkte Mathilde der Amme. Diese brachte Otto unter heftigen Prostesten aus dem Saal und zu Bett. Eine andere Amme kümmerte sich um den Herzogsohn Heinrich. Nachdem die beiden verschwunden waren, sprach Richard verstärkt dem Wein zu und begann bald, hinter allen Mägden herzupfeifen, die das Unglück hatten, in seine Nähe zu geraten. Der einen oder anderen flüsterte er wohl auch anzügliche Dinge ins Ohr, denn eine ohrfeigte ihn daraufhin. Gervasius plauderte mit Philip über dessen neueste Eroberung und wehrte seine Versuche ab, ihn für die Nacht ebenfalls mit einer Küchenmagd zu verkuppeln. Nach Ende des letzten Ganges wurde die Tafel aufgehoben. Die Gesellschaft schlenderte in Grüppchen durch die Halle. Bald war die Luft stickig und die Temperatur nicht mehr angenehm warm, sondern unangenehm drückend geworden. Gervasius stand auf, um sich ein wenig die Beine zu vertreten und einen Diener um mehr Wasser zu bitten. Da tauchte an seiner Seite plötzlich der junge König auf, dieses Mal ohne weibliche Begleitung.

»Gervasius, ich habe gehört, du bist in die Dienste meines Vaters getreten und sollst ihn in Rechtsfragen unterstützen. Die Nachricht von deinem hervorragenden Abschluss ist auch bis zu mir gedrungen. Du musst wissen, ich benötige sehr dringend einen kundigen Rechtsberater wie dich.«

»Ihr versteht sicher, Eure Hoheit, dass ich die Abmachung, die ich mit Eurem Vater traf, nicht einfach rückgängig machen kann. Zudem bin ich gerade mit einer weiteren wichtigen Aufgabe betraut, die es mir unmöglich macht, den Hof Eures Vaters zu verlassen.«

Der junge Henry lächelte liebenswürdig. »Was zahlt er dir? Ich zahle mehr.«

»Es geht nicht um Geld, Sire.«

»So? Mir scheint aber, jeder Mensch hat seinen Preis, Gervasius.«

»Ich nicht, Sire«, entgegnete Gervasius mit unterdrückter Empörung.

»Wir sprechen uns wieder«, kündigte Henry mit einem listigen kleinen Lächeln in den Mundwinkeln an. Dann mischte er sich unter das Volk und entschwand aus Gervasius' Blick.

Der Großteil der Gäste hatte nach den Feiertagen die Zelte abgebrochen und war mit Sack und Pack in die Heimat zurückgekehrt. Unter den wenigen, die noch über den Jahreswechsel blieben, war der junge König mitsamt seiner Begleitung, was nicht nur Gervasius erstaunte. Er beaufsichtigte gerade Otto, der seine ersten Leseversuche mit einem schön illuminierten Evangeliar machte, welches sein Vater Henry II. als Gastgeschenk überreicht hatte, als der junge König sich zu ihnen an den Tisch im ebenerdigen Saal des Bergfrieds setzte.

»Ich will nicht stören, Gervasius. Wäre es möglich, dass du mir kurz Gehör schenkst? Draußen auf dem Burghof?«

Gervasius erklärte Otto, dass er gleich wieder bei ihm sein würde, und folgte dann Henry in die Kälte eines düsteren Dezembernachmittags.

»Du kennst doch den Herrn Walter Map?«

»Natürlich, Sire. Er gehört seit Jahren zum Hof des Königs.«

»Dir ist auch bekannt, dass er ein Buch für meinen Vater verfasst?«

»Ich habe davon gehört, den Magister Walter jedoch noch nie ein Wort schreiben gesehen. Freilich ist es nicht ganz leicht, im Umfeld Eures Vaters Momente der Ruhe zu finden ...«

»Ja, mein Vater ist ein unruhiger Geist, der nie stillsteht, nicht wahr? Wer an meinem Hof lebt, könnte ungestört auch an dem anspruchsvollsten Werk arbeiten. Dafür würde ich sorgen.«

»Worauf wollt Ihr hinaus, Eure Majestät?«

»Ich möchte, dass du ein Buch für mich schreibst. In meinem

Auftrag. Mir zu Ehren. Zu meiner Unterhaltung. Was hältst du davon?«

»Das hört sich wie ein lohnender Auftrag an, doch wie Ihr wisst, bin ich bereits anderweitig verpflichtet.«

»Der junge Otto ist klüger, als von einem Spross dieses ungehobelten Sachsenherzogs zu erwarten gewesen wäre. Er wird deine Hilfe bald nicht mehr benötigen. Warum bittest du meinen Vater nicht um einige Monate Urlaub, um ein Werk zu vollbringen, das auch dir Ruhm einbringen wird? Er hat bestimmt nichts dagegen.«

Gervasius war da anderer Meinung. Er war sicher, dass Henry II. es nicht erlauben würde. Trotzdem versprach er dem jungen König, mit dessen Vater über den Auftrag zu sprechen.

Henry II. Plantagenet war ein wenig überrascht über dieses Anliegen seines Sohnes, doch es schien ihn zu freuen.

»Endlich beschäftigt er sich zur Abwechslung mit etwas Vernünftigem! Ein solches Buch, Gervasius, ist ein guter Weg, dir in höchsten Kreisen einen Namen zu machen, was sich dann auch günstig auf meinen Ruf auswirken wird. Also warum nicht? Gerade gibt es keine dringenden Rechtsstreitigkeiten zu klären, und wenn Not am Mann ist, kann ich nach dir schicken lassen. Wie weit ist denn die Sprachfähigkeit meines Enkels Otto gediehen? Wie lange, glaubst du, benötigt er noch, um unserer Sprache in ausreichendem Maße mächtig zu werden, so wie es sich für einen Herzogssohn geziemt?«

»Ich denke, Sire, dass er in spätestens zwei Monaten so weit sein müsste. Danach wollte ich allerdings anfangen, ihm das Lateinische beizubringen.«

»Nun, hat das nicht noch Zeit? Er wird sicher länger hier sein als nur ein paar Monate. Zwei Monate, sagst du? Dann könntest du im März mit dem Buch für meinen ältesten Sohn beginnen. Wie gefällt dir das?«

Gervasius konnte beim besten Willen nicht sagen, wie es ihm gefiel. Er fühlte sich sowohl vom jungen als auch vom alten Henry um seine Entscheidungsfreiheit gebracht.

Gervasius und Philip hatten das Abflauen des Regens genutzt, um zum Strand zu gehen. In ihrer Begleitung befand sich eine Horde Hunde, die Bewegung brauchte. Es war Ende Februar. Am nächsten Tag sollte Gervasius in Begleitung eines kampferprobten Ritters aus des jungen Königs Gefolge nach Aquitanien abreisen.

»Du willst also wirklich dieser Schlange, die Henry II. an seinem Busen genährt hat, an seinen Hof folgen und dann auch noch ein Buch für ihn verfassen?« Philip schüttelte den Kopf. Er konnte es nicht glauben. »Was soll das überhaupt für ein Buch werden?«

»Ein Scherzbuch mit komischen und merkwürdigen Begebenheiten. Ich wollte schon immer diese seltsamen Geschichten aufzeichnen, die sich die Leute in allen Landstrichen erzählen. Einige wundersame Dinge habe ich auch selbst erlebt.«

Er dachte an seine beängstigende Erfahrung im ehemaligen Isis-Tempel in der Kirche Santo Crocefisso in Bologna und an den Bericht der alten Alma, über die Wesen, die am Grunde eines Flusses lebten und von Zeit zu Zeit Menschen als Dienstboten zu sich holten.

Philip schwieg, klaubte ein Stück Treibholz vom Strand und warf es in Richtung der Meute. Sofort entstand eine Rauferei unter den Tieren um das Stöckchen.

»Es ist ein Glücksfall, verstehst du das nicht?«

»Ich glaube eher, du verstehst nicht, was für ein Mensch der älteste Sohn des Königs wirklich ist.«

»Er ist ein wenig eitel und sonnt sich gerne in der Aufmerksamkeit der Leute. So schlimm ist das doch nicht.«

»Du weißt nicht, wie viele Male er seinem Vater in den Rücken gefallen ist. Auch nach der Rebellion von 1173. Gerade geht das Gerücht um, dass er darauf aus ist, seinem Bruder Richard den Platz als Herzog von Aquitanien streitig zu machen.«

Gervasius blickte auf die weite Fläche des Meeres, über dem

noch Wolkenfetzen vom letzten Regen hingen. Es war mild, die Luft feucht. Ein Geruch nach fauligem Fisch lag über dem Strand. Sie waren eingehüllt in sanftes weiß-graues Licht.

»Von wem hast du das gehört?«

»Ich habe es aus erster Hand: Ein Knappe aus Prinz Richards Gefolge hat es mir während des Christfestes anvertraut.«

Gervasius seufzte. »Ich habe Verständnis für deinen Standpunkt, Philip, aber was du auch einwendest, ich habe mich entschieden!«

Noch während er das aussprach, begriff er, dass er sich so entschlossen gab, weil er selbst Zweifel an der Richtigkeit des Vorhabens hatte. Doch das behielt er für sich.

Der junge König Henry hatte mit seinem Hof und einer kleinen Truppe Söldner seine Zelte vor der Stadt Limoges aufgeschlagen, da er sich in Verhandlungen mit den Stadtherren und den Baronen des Limousin befand. Seine Königin, Marguerite, hatte er, zu ihrer eigenen Sicherheit, bereits zum Jahresanfang zu ihrem Vater an den französischen Hof gesandt, da Auseinandersetzungen mit seinem Bruder Richard zu erwarten waren. Hiervon erfuhr Gervasius erst bei seiner Ankunft. Das Zeltlager des jungen Königs war so prachtvoll, wie sein Auftritt zu Weihnachten in Caen es gewesen war. Die Zeltstoffe und die Kleidung seiner Bediensteten waren so weiß wie frisch gefallener Schnee. Gervasius nahm an, dass es Henrys Lieblingsfarbe war. Bei seiner Ankunft war Gervasius auf das Liebenswürdigste von seinem Gönner empfangen und bald darauf in sein eigenes Zelt geleitet worden. Der junge König hatte ihm sogar einen persönlichen Diener zur Verfügung gestellt. Es war das erste Mal in seinem Leben, dass er dieses Privileg genießen konnte. Gervasius war überrascht, wie angenehm das Leben im Zelt war. Er hatte sein eigenes Reich und musste nicht die häufig übelriechenden Winde irgendwelcher Mitbewohner ertragen. Und das Wetter war in diesem südlichen Landesteil bereits im März recht mild, so dass er auch nicht frieren musste.

An einem Abend kurz nach seiner Ankunft fand ein großes

Bankett mit den Baronen statt, die der junge König in seine Zeltstadt geladen hatte. Abgehalten wurde das festliche Gelage in einem fein ausgestatteten Festzelt in Form eines Pavillons. Gervasius, dem die Ehre zuteil wurde, mit am Tisch sitzen zu dürfen, wurde Zeuge, wie Henry, noch bevor die Speisefolge aufgetragen wurde, großzügige Geschenke an seine Gäste verteilte. Die einen erhielten silberne Kandelaber für ihre Häuser, die anderen Trinkbecher aus Gold, besetzt mit Edelsteinen in allen Farben des Regenbogens. Einige freuten sich auch über kunstvoll geknüpfte Wandteppiche mit christlichen Motiven. Es gelang dem jungen Henry im Laufe des Abends, alle anwesenden Barone von der Lauterkeit seiner Ziele zu überzeugen. Dies war nicht allzu schwer, da keiner von ihnen mit der Regierung ihres bisherigen Landesherrn, seines Bruders Richard, zufrieden war. Es gab gegen den Bruder des jungen Königs viele Klagen.

»Er ist unberechenbar!«, beschwerte sich ein Baron. »Den einen Tag bestätigt er einem Rechte, die lange umstritten waren, den anderen Tag kann man froh sein, wenn man mit dem Leben davonkommt!«

»Er hat keine Umgangsformen, so wie Eure Majestät sie an den Tag legt. Er schert sich nicht um Bräuche und Sitten. Im Gegensatz zu Euch, Sire, ist er sehr unversöhnlich«, beklagte sich ein anderer.

»Aber das Schlimmste ist, dass er unsere Frauen und Töchter nicht in Ruhe lässt!«, brüllte ein besonders erboster Baron dazwischen.

Der junge König lächelte milde, sprach allen Mut zu und gelobte feierlich, die Barone bei ihren Anliegen zu unterstützen, wenn sie sich auf seine Seite stellten. Bevor der Letzte das Zelt verlassen hatte, war abgemacht, dass Henry mitsamt seinem Hof in den Teil der Stadt einziehen dürfe, der sich Chateau nannte und mit der Abtei von St. Martial eine Einheit bildete, die sich häufig mit dem anderen einzeln befestigten Stadtteil, der Cité, bekriegte. Zurzeit standen jedoch beide Stadtteile geschlossen hinter Henry und gegen Richard.

Der junge Henry zog mit seinem gesamten Hof in den Gästeflügel der großen und ehrwürdigen Abtei von St. Martial. Nur seine Söldner mussten in der Zeltstadt vor den Toren von Limoges bleiben. Gervasius musste sich eine Zelle mit Radulf Niger, einem älteren Chronisten teilen, doch das störte ihn kaum, da er den ganzen Tag beschäftigt war. Man hatte ihm einen schreibkundigen Mönch namens Alain zugewiesen, dem er im weitläufigen Skriptorium der Abtei sein Buch diktieren durfte. Er war wunschlos glücklich und dem jungen König zutiefst dankbar dafür, dass er ihm dies ermöglicht hatte. Nacheinander diktierte er Alain die Geschichten, in der Reihenfolge, wie sie ihm begegnet waren. Nur nachts, wenn er sich schlaflos in seinem Bett in der Zelle wälzte, noch aufgewühlt von der Arbeit des Tages, und dem Schnarchen des Chronisten Radulf Niger ausgesetzt war, hatte er das merkwürdige Gefühl, als stimme irgendetwas nicht. Bei den Mahlzeiten schnappte er die eine oder andere Neuigkeit auf. Anscheinend plante Henry, nicht nur gegen Richard, sondern auch gegen seinen Vater Krieg zu führen. Gervasius war nicht wohl bei der Sache. Es gefiel ihm nicht, dass Henry gegen den so aufrechten Richard vorging. Noch weniger gefiel ihm, dass er auch seinen Vater, den König von England, bekämpfen wollte. Stand er selbst auf der richtigen Seite? Es gelang ihm nicht, diese Frage mit Ja zu beantworten, doch er rechtfertigte sein Verharren im Lager des jungen Königs damit, dass er als Gelehrter vor allem die Pflicht habe, sein Werk zu vollbringen. In seinem Fall das ›Liber facetiarium‹, welches im voranschreitenden Frühling des Jahres 1183 immer mehr Gestalt annahm. Erst viel später sollte er erfahren, dass, während er im Skriptorium die Feder des Mönchs Alain auf dem Pergament kratzen hörte, sein Auftraggeber andere Klöster von seinen Söldnern in rücksichtslosester Weise plündern ließ. Er brauchte die Wertsachen, um seine immer weiter anwachsende Truppe und seinen aufwendigen Unterhalt zu bestreiten.

Im Mai, Gervasius hatte gerade die letzten Seiten seines Scherzbuches diktiert, beschloss der junge König, dass es Zeit war, die noch zu Richard stehende Stadt Angoulème anzugreifen. Gervasius war als Mitglied des Hofes gezwungen, mit ihm zu gehen. Ungern verließ er die schützenden Mauern von St. Martial, in denen er eine gute und fruchtbare Zeit verbracht hatte. Er tröstete sich damit, dass er bei ihrer Rückkehr endlich dem jungen Henry das inzwischen von einem anderen Mönch mit farbigen Initialen versehene Buch überreichen konnte.

Der junge König ließ die Stadt Angoulème zwei Wochen belagern, ohne Erfolg. Er versuchte, mit einer Delegation zu verhandeln, doch auch seine sonst so überzeugende Diplomatie half dieses Mal nicht. Die Stadt hielt stand. Schließlich verlor Henry der Junge die Geduld. Er gab den Befehl zum Aufbruch. Innerhalb weniger Tage waren sie wieder vor den Toren von Limoges angelangt. Sie wollten den Stadtteil Chateau durch das Haupttor betreten, doch das schwere Holztor blieb, trotz ihres Klopfens und Rufens, verschlossen. Sie versuchten es vor dem Haupttor der Cité. Doch auch hier gewährte man ihnen keinen Einlass. Nachdem sie eine Nacht notdürftig auf ihren Mänteln unter Bäumen verbracht hatten, erschien ein zitternder Bote, der dem jungen König eine versiegelte Pergamentrolle mit einer niederschmetternden Nachricht überreichte.

An seine Majestät den jungen König, den Thronerben von England und Herzog von Anjou.
Wir, die Bürger der Stadt Limoges, und zwar beider Teile, halten es für nötig, Euch darauf hinzuweisen, dass Ihr in Zukunft diese Stadt nicht mehr betreten werdet, außer unter Gefahr für Euer Leben und das Eures Gefolges. Wie uns zu Ohren gekommen ist, habt Ihr in abgefeimtester Weise die kostbarsten und heiligsten Besitztümer unserer ehrwürdigen Klöster und Abteien an Euch gebracht, wobei viele der Mönche, die ihre Kleinode zu Ehren des Herrn verteidigen wollten, ihr Leben lassen mussten. Es hat sich herausgestellt, dass dieser junge Henry, der aussieht wie ein junger Gott, kein Engel

ist, sondern ein Teufel in Menschengestalt. Wir sind inzwischen zu der Auffassung gelangt, dass, wenn wir zwischen dem Übel, das Eure heuchlerische Handlungsweise darstellt, und dem des gewalttätigen, aber aufrechten Richard Plantagenet wählen müssen, das Übel vorziehen, das Euer Bruder darstellt. Euer Vater, der König, hat uns zugesagt, dass der Herzog bereit ist, seine Handlungsweise mehr den Gepflogenheiten unseres schönen und stolzen Landstriches anzupassen. Es besteht also Hoffnung. Jedoch nicht für Euer Anliegen, Majestät. Wir ersuchen Euch, Euch so schnell wie möglich aus der Umgebung unserer Stadt zurückzuziehen.

Der Vicomte von Limoges,
stellvertretend für alle Bürger der Stadt

Der sonst so milde Henry bekam, nachdem ihm der Brief von Gervasius vorgelesen worden war, einen Wutanfall. Er lief rot an und begann unflätige Beleidigungen und Flüche in Richtung der Stadt zu schreien. Der Bote hatte bei den ersten Anzeichen der Raserei die Flucht ergriffen, was ihm vermutlich das Leben rettete. Auch Gervasius, der den Vergleich mit dem Teufel in Menschengestalt ein wenig übertrieben fand, brachte einige hundert Schritte Abstand zwischen sich und den jungen König, der, wie sich zeigte, in seinem Jähzorn ein echter Plantagenet war.

Nach diesem unerfreulichen Zwischenfall wurde Gervasius klar, dass sich der Stern des jungen Königs im Sinken befand. Die angeheuerten Söldnertruppen verlangten immer vehementer nach der ihnen zustehenden Entlohnung. Da er aufgrund der für ihn unvorteilhaften Abmachungen nach dem Krieg von 1173/74 über nur geringe eigene Einkünfte verfügte, blieb Henry nur der Weg, der ihm den Eklat mit der Stadt Limoges eingebracht hatte: Er musste weitere Klöster und Abteien berauben. Dabei hielt er sich an die, die gerade auf ihrem Weg lagen.

Inzwischen bereute Gervasius seine Entscheidung, doch er hatte keine Wahl, als weiter mit dem Hof zu ziehen. Im Limousin herrschte Ausnahmezustand. Die Gefahren für einen alleinreisenden Kleriker ohne Waffen waren zu groß. Also reiste er mit dem Hof und den plündernden Söldnertruppen durch die schöne Landschaft von Aquitanien, in ständiger Furcht vor kriegerischen Auseinandersetzungen. Wenn die Plünderungen stattfanden, hielt er sich fern, doch er hörte von weitem die Klagerufe der Mönche und sah die Berge von goldenen und silbernen Reliquienschreinen, Schmuckstücken, Kelchen und Kandelabern, die die Söldner aus den Kirchen und Kapellen schleppten. Das eine oder andere Mal wurde sogar gebrandschatzt. Es war eine schlimme Zeit für Gervasius.

Dann kam der Juni und eine weitere Verschlechterung der Situation des jungen Königs trat ein: Er erkrankte an der Ruhr. Die tückische Krankheit sorgte dafür, dass der früher so kraftstrotzende, schöne junge Mann von Tag zu Tag mehr verfiel. Nach wenigen Tagen war für alle sichtbar, dass es zu Ende mit ihm ging. Er schickte einen Boten mit einer Nachricht an seinen Vater los, in der er ihn um Verzeihung bat und ihn gleichzeitig anflehte, ihm in seinen letzten Stunden beizustehen. Doch der Sohn hatte dem Vater zu häufig Fallen gestellt. Henry II. fürchtete einen Hinterhalt und sandte daher nur einen Ring als Zeichen seiner Vergebung. Man brachte den Todkranken auf die Burg Martel an der Dordogne, die nicht weit von Limoges entfernt lag, der Stadt, die ihn verschmäht hatte. Gervasius hielt sich im Hintergrund und war nicht in der Kammer, als der junge König am 11. Juni, dem Tag des heiligen Barnabas, verschied. Am Hof munkelte man kurz darauf, er habe noch auf dem Sterbebett dem Vater ewigen Kampf geschworen. Walter Map schrieb später in seiner Chronik ›De Nugis Curialium‹, der Sohn des Königs hätte Krieg im Herzen gehabt und wäre voller Wut gegangen.

Von den Wundern, die sich bereits kurz nach dem Tod des jungen Henry zugetragen haben sollten und den seltsamen Streitigkeiten um dessen Begräbnisstätte, konnte Gervasius kein Zeugnis mehr ablegen, da er sich sofort nach dessen Ableben in Begleitung von Radulf Niger auf den Weg zum alten König gemacht hatte. Dieser weilte seit wenigen Wochen in Aquitanien, um Prinz Richard gegen die Übergriffe seines Bruders beizustehen. Innerhalb von zwei Tagen hatten sie das Lager des Königs von England erreicht. Ein Knappe brachte sie zum Zelt Henrys II. Der König sprang von seinem Stuhl, als sie hereinkamen. Sein Gesicht war von Sorge zerfurcht.

»Gervasius, Radulf, was für Nachrichten bringt ihr?«

Der junge und der alte Gelehrte fielen vor ihrem Herrn auf die Knie und schwiegen. Gervasius voller Scham, Radulf geduldig und abwartend.

»Erhebt euch, um Gottes willen, und sprecht!«

Gervasius sah dem Mann ins Gesicht, der ihn immer gefördert hatte und dem er so treulos in den Rücken gefallen war. Er konnte nicht sprechen. Das tat Radulf Niger für ihn.

»Euer Sohn ist vorgestern verschieden, Sire. Ich wünschte, ich könnte sagen, in Frieden – Gott sei seiner Seele gnädig –, aber das wäre nicht die Wahrheit. Mein tief empfundenes Beileid, Eure Majestät.«

Der König wurde fahl. Mit langsamen Bewegungen setzte er sich zurück in seinen Polsterstuhl.

Gervasius spürte Tränen in den Augen. Mit dem Mut der Verzweiflung warf er sich erneut vor Henry auf den Boden.

»Verzeiht, Sire! Ich bin untröstlich, Euch so im Stich gelassen zu haben! Wie konnte ich das tun? Niemals kann ich das wiedergutmachen.«

Er begann zu seinem eigenen Entsetzen zu schluchzen wie ein kleines Kind, während er weiter auf dem mit zart duftenden Kräutern bestreuten Boden kauerte. Dann spürte er die kräftige Hand des Königs, die ihm die Schulter tätschelte und ihn am Arm in die Höhe zog.

»Es ist gut, Gervasius. Es ist nicht deine Schuld.«

Der König weinte nun ebenfalls. Radulf Niger stand hilflos dabei. Ein alter Mann mit hängenden Schultern. Dann sagte Henry:

»Ich wusste, der Tag würde kommen, an dem ich diese Worte vernehmen würde, doch jetzt, wo ich sie aus Radulfs Mund gehört habe, trifft es mich schwerer als erwartet.«

Mit einer Handbewegung bot er seinen Besuchern an, Platz zu nehmen, und begab sich selbst wieder zu seinem Sessel.

»Jetzt muss ich damit leben, dass mein Sohn vor mir gegangen ist. Als kleines Kind war er wirklich wie ein Engel, ein Segen für uns ... Doch als er älter wurde, zeigte sich, dass es kein Licht ohne Schatten gibt ... Er hat mich viel gekostet, dieser Sohn, aber ich wünschte dennoch, er würde noch leben.«

Eine Weile schwiegen alle. Dann fragte Radulf: »Was geschieht nun mit uns, Sire?«

»Ihr bleibt natürlich. Ihr seid beide weiterhin Mitglieder meines Hofs, sofern ihr dies noch wünscht. Es gibt nichts zu verzeihen. Ich weiß nur zu gut um die Überredungskünste meines Sohnes. Es ist alles vergessen.«

Radulf und Gervasius wechselten einen erleichterten Blick. Dann wagte Gervasius einen weiteren Vorstoß.

»Es geht um das Buch, welches ich für Euren Sohn habe fertigen lassen, Sire. Es ist vollendet. Doch befindet es sich noch in der Abtei St. Martial in der Stadt Limoges, die Eurem Sohn zuletzt feindlich gesinnt war. Ich würde es gerne *post mortem* Eurem Sohn widmen und Euch an seiner Stelle übereignen.«

»Mir sind die Leute von Limoges nicht feindlich gesinnt. Sie werden dir den Zutritt nicht verwehren, dafür sorge ich.«

»Habt tausend Dank! Eure Güte ist unendlich, Sire.«

Jetzt erhellte ein kurzes Lachen das Gesicht des trauernden Königs.

»Du neigst in letzter Zeit zu Übertreibungen, Gervasius. Mir scheint, du bist ein wenig aus dem Gleichgewicht geraten.«

In den folgenden Wochen zog der alte König mit seinem Hof von Stadt zu Stadt und glättete in kurzer Zeit die Wogen, die seine so unterschiedlichen Söhne mit ihren Rivalitäten aufgewühlt hatten. Sein Sohn Richard, nun wieder unbestrittener Herzog von Aquitanien, schloss sich ihm an und zeigte sich gewillt, den Forderungen der Barone entgegenzukommen. Sie kamen auch nach Limoges. Vor den Toren des Chateau ließ man sie dieses Mal nicht warten. Gervasius bedankte sich beim Abt von St. Martial, bei dem Schreiber Alain und dem Mönch, der die Initialen geschaffen hatte. Am Abend dieses Tages überreichte er seinem Herrn feierlich das von Henry dem Jungen in Auftrag gegebene ›Liber facetiarium‹. Wenige Wochen später traf Henry II. mit seinem Hof in der Normandie ein, wo in der Burg von Argentan die Braunschweiger Verwandtschaft beunruhigt ihre Rückkehr erwartet hatte.

Sizilien

Als sie in den Hof der Burg von Argentan ritten, kamen ihnen wie gewöhnlich die Knappen und Pferdeknechte entgegen, um ihnen die erschöpften Reittiere abzunehmen und sie in die Stallungen zu führen. Einer unter ihnen war, wie Gervasius bemerkte, kleiner und jünger als die anderen. Er schaute genauer hin und erkannte seinen Schützling.

»Otto! Wie schön, dich zu sehen! Wie ist es euch allen in der Zwischenzeit ergangen?«

»Magister Gervasius, willkommen! Viel ist geschehen, seit Ihr uns verlassen habt. Ich habe einen neuen Tutor, der mir alles beibringt, was ein Ritter können muss. Reiten, Lautespielen und Singen, und natürlich den Schwertkampf.«

Gervasius rutschte von seinem Pferd und reichte Otto die Zügel.

»So, das sind wahrhaft Neuigkeiten! Wer ist denn dein Tutor?«

»Es ist Bertran de Born, der Troubadour, Magister. Er versteht auch etwas vom Kämpfen, glaubt mir!«

Gervasius hatte etwas Ähnliches befürchtet und war enttäuscht, dass man ihn so schnell ersetzt hatte.

»Richard selbst hat Bertran vorgeschlagen. Schließlich hatte er versprochen, etwas für meine Ausbildung zu tun. Er kennt Bertran vom Hof von Großmutter Eleanor und hält große Stücke auf ihn.«

»So, tut er das?«

Gervasius war nicht entgangen, dass der Junge einen glücklichen Eindruck machte. Was hatte er da für ein Recht, eifersüchtig zu sein? Schließlich war er es, der Otto und den König im Stich gelassen hatte, um dem Verführer in Menschengestalt zu folgen. Er war selbst schuld. Doch diese Erkenntnis machte es nicht leichter.

»Und wie geht es dem Rest deiner Familie?«

»Mutter lässt sich täglich von Bertran in seinen Liedern besingen, und Vater ist vor Wochen zu seiner Pilgerreise aufgebrochen, nach Santiago oder so.«

»Meinst du Santiago de Compostela?«

»Genau.«

Offensichtlich hatte Bertran de Born bereits alles im Griff. Seine Rückkehr an den Hof Henrys II. verlief weniger erfreulich, als Gervasius gehofft hatte.

Mehrere Monate gingen ins Land, ohne dass etwas Bemerkenswertes geschah. Gervasius begleitete und beriet den König, wenn er in den Ortschaften und Städten der Normandie Recht sprach und Streitigkeiten schlichtete. Dann traf eines Abends, als man sich nach einem Mahl vor den ersten kühlen Herbstwinden an den Kamin zurückgezogen hatte, ein Bote von sehr weit her ein. Er kam aus Sizilien und brachte einen Brief von seiner Hoheit, der Königin Joanna, für ihren Vater, den König von England. Während der Bote sich in der Burgküche die Reste des Mahles schmecken ließ und sich von der langen Reise erholte, hielt Henry II. die Pergamentrolle in die Höhe.

»Wer will meinen Brief vorlesen?«

»Wenn Ihr erlaubt, Eure Majestät …« Jordan Fantosme war aufgestanden und zum König gegangen.

»In Ordnung, Jordanus, aber lies laut und deutlich!«

Die Zuhörer lehnten sich in ihren Sesseln zurück, der Vorleser räusperte sich wichtig. Dann las er die üblichen Anrede- und Grußfloskeln. Es folgte ein Bericht über das angenehme Leben am Hof von Palermo, das nur im Sommer anstrengend wurde, wegen der Hitze. Dann schrieb Joanna, dass der König auf der Suche nach einem guten normannisch-stämmigen Juristen war, weil ihm einer seiner besten Männer weggestorben war. Er sei dem Sumpffieber zum Opfer gefallen, welches er sich auf einer Reise in seinem Auftrag zugezogen hatte. Joanna sei sofort ein geeigneter Kandidat eingefallen:

Ich musste sofort an Gervasius von Tilbury denken, der, wie ich von Euch erfuhr, vor nicht allzu langer Zeit einen hervorragenden Abschluss als Doctor legis an der Universität von Bologna gemacht hat. Sollte sich der Magister gerade in Eurer Gesellschaft befinden, Vater, so lasst ihn wissen, dass mein Gatte ihn baldmöglichst in seine Dienste nehmen möchte. Ich versichere nochmals, dass das Leben im Palast in Palermo überaus angenehm ist und mit nichts vergleichbar, was man im kälteren Norden erwarten kann. Ihn erwartet eine verantwortungsvolle Tätigkeit. Ich würde mich freuen, jemanden aus der Heimat bei uns begrüßen zu dürfen, die mir manchmal doch ein wenig fehlt.

Der Brief endete mit vielen guten Wünschen und der Bitte, das Angebot an Gervasius nicht zu vergessen.

»Es scheint meiner Tochter also gut zu gehen«, stellte Henry fest. »Und sie hat dir im Namen ihres Gatten ein vorzügliches Angebot gemacht, Gervasius.«

Jetzt waren alle Augen auf Gervasius gerichtet, der beschämt und begeistert zugleich war und nicht wusste, was er sagen sollte.

»Das ist wahrhaft ein großzügiges Angebot, Sire«, erklärte er schließlich zögernd.

Der König, der ihn genau beobachtet hatte, schien zu ahnen, dass er Skrupel hatte:

»Was mich betrifft, Gervasius, so hast du meinen Segen. Du bleibst ja sozusagen in der Familie. Mir scheint, dass dir das Leben an meinem ständig herumziehenden Hof nicht zusagt. Das nützt weder mir noch dir. Vielleicht bekäme es dir besser, für eine Weile an einem festen Ort wie Palermo zu leben und zu arbeiten?«

Gervasius spürte den gespannten Blick von Bertran de Born, der wohl hoffte, dass er sich für Sizilien entscheiden würde. Für Bertran war er vermutlich ein Rivale. Er war kein Kämpfer, wie der Troubadour. Er war Gelehrter und Jurist. Und er brauchte dringend eine Veränderung. Seit Monaten schon versuchte er, die unerfreulichen Erlebnisse am Hof des jungen Königs zu vergessen, was ihm im Beisein von dessen Vater niemals wirklich gelingen würde. Die Entscheidung war einfach, und doch fiel sie ihm schwer. Es blieb ihm nichts übrig, als seinen geliebten Herrn zu verlassen, um in die Dienste von dessen Tochter und deren Gatten zu treten. Plötzlich war die unbestimmte Furcht, die ihn seit jenen Tagen im Juni verfolgt hatte, verschwunden. Er würde auch Philip und Otto vermissen, aber solche Abschiede gehörten zum Leben. Man durfte sich von ihnen nicht aufhalten lassen.

Der Palast in Palermo war so prächtig, wie Gervasius ihn in Erinnerung gehabt hatte. In Begleitung eines sarazenischen Dieners schritt er durch lange lichte Korridore, deren Wände mit orientalisch bemalten Fliesen versehen waren. Dann öffnete der Diener für ihn die Tür zum Empfangssaal. Drinnen erwartete ihn das königliche Paar. Wilhelm II. hatte sich sein ansprechendes Äußeres bewahrt. Er hatte außerdem an Autorität hinzugewonnen. Wie bei Gervasius' letztem Besuch war er in orientalisch anmutende, weite Kleidung gehüllt. Joanna, jetzt fast neunzehn Jahre alt, war zur Frau geworden. Sie war noch immer zierlich und keine Schönheit wie ihre Mutter, bot aber mit ihrem glänzenden kupferblonden Haar, den blauen Augen und den Sommersprossen einen angenehmen Anblick. Sie trug ein Kleid mit hoch angesetztem Bund, welches aus einem smaragdgrünen schimmernden Stoff geschneidert war. Sie wurde ihrem Lieblingsbruder Richard immer ähnlicher. Als sie ihm erfreut entgegenging, um ihn zu begrüßen, wurde auch etwas vom lebhaften Temperament ihres Bruders sichtbar. Gervasius verneigte sich vor beiden einzeln. Der König von Sizilien forderte ihn daraufhin auf, in einem der Sitzmöbel neben den hohen Fenstern Platz zu nehmen, von denen man auf die weiß getünchten Häuser der Stadt blickte, die im starken Sonnenlicht geradezu zu leuchten schienen.

»Ihr wisst noch nicht, Magister Gervasius, dass vor einigen Tagen endlich der Dom Santa Maria Nuova fertiggestellt worden ist. Die Bauzeit betrug fast sieben Jahre. Aber es hat sich gelohnt zu warten. Ihr müsst ihn unbedingt besichtigen.«

»Das würde ich gern, Eure Majestät.«

»Es gibt noch eine Neuigkeit, die auch für Eure Arbeit in meinen Diensten von größtem Belang ist: Ihr erinnert Euch an das Kloster Monreale, welches wir mit der Hochzeitsgesellschaft besichtigt haben?«

»Nur wenige Klöster habe ich seitdem gesehen, die dieses Kunstwerk an Schönheit übertroffen hätten.«

»Zum Beispiel?«

»Nun, da wäre die Abtei Fontevraud im Limousin. Ein alter und ehrwürdiger Bau.«

»Was Monreale betrifft, mein lieber Magister, so habe ich es durch einen Entscheid von Papst Lucius III. zum Erzbistum erklären lassen.«

»Verzeiht meine Kühnheit, Majestät, aber was ist aus dem Erzbischof Walter Ophamilius geworden, der die Königin im Jahr 1177 salbte?«

»Er wurde abgelöst durch einen neuen Erzbischof, Wilhelm. Ophamilius ist alt und sicher froh, die Last seines Amtes abgeben zu können.«

Gervasius widersprach nicht. Er hörte weiter aufmerksam seinem neuen Herrn zu, der ihm die vielfältigen Aufgaben erklärte, die ihn in der Kanzlei erwarten würden.

Seit zwei Tagen weilte Gervasius im Palast und konnte sich nicht satt sehen an all den orientalischen und auch normannischen Einflüssen in der Architektur: Neben den Springbrunnen und Fontänen in den idyllischen Innenhöfen gefiel ihm besonders die maurische Technik der kunstvoll durchbrochenen

Wände, durch die das Sonnenlicht fiel und zarte Muster auf die glänzenden Marmorböden warf. Auch die Gegenstände in dem geräumigen Zimmer, das man ihm zur Verfügung gestellt hatte, weckten seine Bewunderung. Eine große intarsiengeschmückte Truhe nahm seine gesamte mitgeführte Habe auf. Außerdem befand sich ein Schreibpult aus sehr dunklem Holz mit zierlich gedrechselten Beinen im Raum, eine Schlafstatt aus dem gleichen Holz mit einem Baldachin aus dunkelrotem Stoff, auf den in Abständen glitzernde Blüten gestickt waren, und viele kleine runde Beistelltischchen. Auf einem von diesen Tischen stand ein bauchiges Gefäß, eine Wasserpfeife, wie sein Diener Abdallah ihm erklärt hatte. In einer Ecke, deren Wände mit ebenjenen Mauerdurchbrüchen verziert waren, lagen große Kissen in leuchtenden Farben auf dem Boden. Das war der Bereich, in den er und seine Gäste sich bei Bedarf zurückziehen konnten. Von den beiden Fenstern aus konnte er den beruhigenden Blick auf ein grünes Stück des Palastgartens genießen. Wilhelm II. hatte ihm eine ganze Woche frei gegeben, damit er sich eingewöhnen konnte, bevor man ihn in seinen Tätigkeitsbereich einwies.

Die Kanzleiräume waren im selben Flügel des Palastes untergebracht wie der große Empfangssaal. Wie Gervasius bald herausfand, war dieser Flügel allen öffentlichen Angelegenheiten und besonders der Verwaltung des sizilianischen Königreichs vorbehalten. Die Wände bedeckten raumhohe Regale voll mit unzähligen Büchern, dicken Kodizes und dünnen Heftchen. Im Raum verteilt standen Schreibpulte, an denen Beamte und Schreiber saßen und Urkunden und andere Dokumente ausfertigten. Es gab auch eine Reihe von Stehpulten mit aufgeschlagenen Gesetzestexten, meist schwere Wälzer, in denen von Zeit zu Zeit jemand etwas nachlas. Gervasius trat in den ersten Raum, beeindruckt von der emsigen Geschäftigkeit, die hier herrschte. Boten kamen und gingen, warfen versiegelte Briefrollen in die Fächer eines großen Regals oder entnahmen ihm Rollen, die sie ausliefern sollten.

An einem der Schreibtische im hinteren, ruhigeren Teil der Kanzlei entdeckte Gervasius seinen alten Bekannten Neilos Doxopratos. Der Byzantiner strahlte über das ganze Gesicht, als er Gervasius sah. Sein schwarzes Haar hatte sich bis auf einen spärlichen Haarkranz vollständig gelichtet. Der kleine Mann hatte noch etwas an Gewicht zugelegt, war aber genauso herzlich, freundlich und hilfsbereit wie vor sieben Jahren.

»Du hast also doch noch den Weg zu uns gefunden!«, rief er aus, und Gervasius war sich einen Moment lang nicht sicher, ob er damit den Weg durch den Palast oder seine berufliche Entscheidung meinte.

»Wie gefällt es dir in meinem bescheidenen Reich?«

Gervasius blickte auf die Stapel von Pergamentbögen und die hin und her eilenden Beamten und nickte anerkennend.

»Ja, du hast recht gehört! Ich bin vom Berater zum obersten Verwalter des Königreichs Sizilien aufgestiegen. Alle politischen und juristischen Angelegenheiten, die geklärt werden müssen, landen zuerst auf meinem Pult. Ich werde dir gleich alles zeigen. Doch zuvor lass uns eine Tasse Tee in meinem Garten nehmen.«

Gervasius musste schmunzeln. Trotz allen Erfolgs war Neilos Doxopratos immer noch ein Genussmensch geblieben.

»Sokrates, sag dem Diener Bescheid, dass wir unseren Tee im Garten einnehmen!« Mit diesen Worten leitete er Gervasius zu einer Terrassentür, die in einen abgeschiedenen Innenhof führte, deren Zentrum eine Sitzgruppe auf einer quadratischen gefliesten Fläche inmitten von saftigem Gras bildete. Darum herum wuchsen hohe duftende Büsche, die alle ungebetenen Blicke aussperrten und angenehmen Schatten spendeten. Innerhalb kurzer Zeit stand der Tee vor ihnen. Dazu hatte der flinke Diener noch ein Schüsselchen mit kandierten Früchten gestellt.

»Nur eine Kleinigkeit, so kurz nach dem Frühstück«, bemerkte Neilos aufgeräumt und schenkte Gervasius Tee in ein fein gearbeitetes, mit Metallrand verziertes Trinkglas ein. Er beobachtete, dass Neilos einen Löffel voll Honig in sein Glas gleiten ließ, und machte es ihm nach. Er rührte und trank und war begeistert. Es war das erste Mal in seinem Leben, dass er Tee trank.

Im Anschluss an die Teepause, bei der die beiden Erinnerungen und Neuigkeiten austauschten, machte sich Neilos daran, Gervasius in die Geheimnisse seiner Kanzlei einzuweihen.

»Hier haben wir alle wichtigen rechtlichen Schriften, die jemals aufgezeichnet worden sind, einschließlich der arabischen. Das gesamte ›Corpus Juris Civilis‹ steht in diesen Regalen: Digesten, Kodex und die Institutiones mit allen Novellen. Und auch das Kirchenrecht ist vollständig vertreten: Hier das ›Decretum Gratiani‹, dort auch alle einzelnen Erlasse der Päpste und Synoden, die bereits vor der Zeit des Magisters Gratian von den eifrigen sizilianischen Juristen gesammelt worden sind.«

»Ein wahres Paradies für jeden Rechtsgelehrten habt ihr hier«, staunte Gervasius.

»O ja, und es ist ein Segen, dass du sowohl im römischen als auch im kanonischen Recht bewandert bist. Für den Bereich des umfangreichen arabischen Rechtes haben wir zudem eine Koryphäe auf seinem Gebiet, den Rechtsgelehrten Merwan Ar-Rahman. Du wirst ihn bald kennenlernen. Zurzeit leitet er eine Gesandtschaft zu den Fatimiden. Ebenfalls auf Reisen weilt mein Assistent und guter Freund Matteo di Capua. Du erinnerst dich an ihn?«

»Aber natürlich! Er war derjenige, der mich auf die Idee brachte, Recht in Bologna zu studieren.«

»Damit hat er uns allen einen Gefallen getan.«

»Lobe mich nicht, bevor du meine Arbeit nicht kennst. Außerdem, Neilos, übertrifft niemand dein Wissen in der Verwaltung!«

»Ich muss zugeben, ich war prädestiniert für diese Aufgabe, da schon mein Vater Verwaltungsbeamter des damaligen Kaisers Johannes II. in Konstantinopel war. Von ihm habe ich die byzantinischen Methoden übernommen.«

»Es ist mir eine Ehre, von dir lernen und mit dir zusammenarbeiten zu dürfen.«

»Nun, dein Gebiet, in das ich mich eher weniger einmische, ist das Recht. Du wirst vor allem mit Matteo di Capua zu tun haben. Aber wir werden uns mit unseren Fähigkeiten wunderbar ergänzen. Da bin ich sicher.«

Und so war es auch. Die Kanzlei war, wie sich bald herausstellte, der richtige Ort für Gervasius. Er gewöhnte sich schnell ein. Er hatte zwei gute Lehrer, die seine Talente erkannten und ihn förderten und forderten. Er gewann in Joanna eine gute Freundin. Es gab viel zu tun, und doch fand er immer wieder Zeit, die sizilianische Lebensart zu genießen, was ihm im Palast sehr leicht gemacht wurde.

Auch der König selbst schien sehr bemüht, seinen neuen Juristen zu hegen und zu pflegen. Zu diesem Zweck schickte er ihm eines Tages ein Freudenmädchen auf sein Zimmer, allerdings ohne es ihm vorher anzukündigen. Nachdem Gervasius sich von seiner Überraschung erholt hatte, erkundigte er sich nach ihrer Herkunft. Mit ihrer braunen Haut und dem lockigen schwarzen Haar war sie sofort als Einheimische zu erkennen. Sie verriet ihm, dass ihre Familie in sehr bescheidenen Verhältnissen in Palermo lebte und daher auf ihre Einkünfte angewiesen war. Sie flehte ihn an, sie nicht unverrichteter Dinge gehen zu lassen, sonst würde der König sie nicht bezahlen. Sein Körper forderte ohnehin sein Recht, und so gab er ihm nach. Ab diesem Zeitpunkt bekam er regelmäßig Besuch von verschiedenen Frauen. Er dachte wenig über diesen Aspekt seines Lebens nach. Er nahm ihn einfach hin.

Die Jahre vergingen auf angenehme Weise. Er wurde immer sicherer und besser in seiner Tätigkeit, wodurch er ein Selbstvertrauen gewann, welches er sich früher nicht hätte vorstellen können. Nach zwei Jahren schenkte ihm Wilhelm II. als Belohnung für erwiesene Dienste eine Villa auf dem Festland in Nola, in der er seine freie Zeit und die heißesten Tage des Jahres abseits des Trubels der Metropole Palermo verbringen und sich erholen konnte.

Doctor iuris

Fast sechs Jahre verbrachte Gervasius als Rechtsberater im Dienst von Wilhelm II. Ende Juli des Jahres 1189 erreichte sie die Nachricht vom Tode Henrys II. Joanna war am Boden zerstört. Obwohl er sie früh verheiratet hatte, in ständigem Streit mit ihren Brüdern gelegen und ihre Mutter zuerst betrogen und dann jahrelang eingesperrt hatte, war sie ihrem Vater sehr zugetan gewesen. Die Einzelheiten erfuhren sie aus einem Brief, den Jordan Fantosme nach dem Ableben seines Herrn verfasst hatte.

Unser König Henry Plantagenet starb, zwei Tage nachdem die Truppen seines Sohnes Richard, der sich mit dem französischen Thronfolger Philipp II. August gegen den Vater verbündet hatte, seine Truppen in Ballans geschlagen hatten. Richard verlangte, dass Henry, der es vorgezogen hätte, wenn sein Lieblingssohn John ihm auf den Thron gefolgt wäre, ihn ohne Wenn und Aber als Thronfolger anerkannte. Doch auch John war in das feindliche Lager übergewechselt. An seinem letzten Tag hatte den König sein gesamter Hof verlassen. Nur sein illegitimer Sohn Geoffrey, der Erzbischof von York, war bei dem Kranken, als dieser seinen letzten Atemzug tat. Dieser hat mir auch die Einzelheiten berichtet. Richard wollte wenig später dem Vater in Fontevraud die letzte Ehre erweisen. Als er vor den Leichnam trat, soll dem toten König Blut aus der Nase geflossen sein, was viele als Zeichen werten, dass Henry mit seinem Nachfolger nicht einverstanden ist. Dessen ungeachtet wird Richard schon bald zum neuen König von England gekrönt werden.

Joanna liefen Tränen über die Wangen, als sie den Brief zu Ende vorgelesen hatte. Gervasius fühlte tiefe Traurigkeit und konnte gleichzeitig nicht umhin, sich zu fragen, wo Philip in diesen Tagen gewesen war. Der Philip, den er kannte, hätte den König nicht allein gelassen, dachte er. Es war sechs Jahre her, dass er ihn das letzte Mal gesehen hatte. Menschen veränderten sich in einer solch langen Zeit. Er hatte es auch an sich selbst erfahren.

Doch dies war nicht der einzige Schicksalsschlag, den Joanna zu verkraften hatte. Im November starb unerwartet ihr Gatte, der König von Sizilien, nachdem er bei einem Ausritt unglücklich vom Pferd gestürzt war. Niemand hatte mit einem so frühen Ableben des Königs gerechnet. Die allgemeine Verwirrung machte sich sein Vetter Tankred von Lecce zunutze, um den Thron zu usurpieren. Er duldete zwar, dass die Königin weiter in ihren Gemächern im Palast blieb, gewährte ihr jedoch keinerlei Mitbestimmung bei den Regierungsgeschäften. Den Bediensteten des toten Königs stellte er frei, ob sie in Zukunft ihm dienen oder lieber den Hof verlassen wollten.

Gervasius war Tankred vorher nie begegnet, doch ein Blick auf den Mann, der so schnell die Macht des Königreiches an sich gerissen hatte, genügte, um ihn davon zu überzeugen, dass es besser war, sich eine neue Stellung zu suchen. Wohin sollte er sich wenden? Da nicht viel Zeit für eine Entscheidung blieb und die Möglichkeit, an den Hof von Henry II. zurückzukehren, sich mit dessen Tod zerschlagen hatte, tat er das Naheliegendste: Er bestieg ein Schiff, welches ihn auf das Festland brachte, und nahm den Landweg nach Bologna. Mit seinem dort erworbenen Doktortitel konnte er immer noch als dozierender Professor sein Brot verdienen.

Gervasius suchte seinen früheren Professor und Förderer Johannes Bassianus auf, der grau geworden, jedoch geistig genauso rege war wie immer. Nachdem er Bassianus den Gang der Ereignisse in Sizilien geschildert hatte, bat er ihn um Ratschläge, wie er um die Gunst von zahlenden Studenten werben könne.

»Fürs Erste werde ich überall, wo ich hinkomme, die Kunde verbreiten, dass ein begabter junger Doctor iuris in die Stadt zurückgekehrt ist, in der er vor einigen Jahren sein Studium mit Auszeichnung bestand. Das wird dir Studenten einbringen. Und du suchst die jetzigen *Rectores*, sowohl die der Citramontanen als auch der Ultramontanen, auf und stellst dich vor.«

»Ist noch jemand von meinen früheren Kommilitonen in der Stadt, Professor?«

»Soviel ich weiß, sind alle abgewandert, um ihr Glück an Königs- und Fürstenhöfen zu versuchen. Und die Kanoniker haben sich auf die Erzbistümer in ganz Europa verteilt. Nur von denen, die ohnehin aus der Gegend stammen, sind einige wenige in der Stadt geblieben. Aber mit denen hattest du weniger zu tun, nicht wahr?«

»Hauptsächlich war ich mit den Studenten aus meiner *natio* bekannt. Das lag wohl in der Natur der Sache.«

»Du wirst Geld benötigen, um die hohen Gebühren der Universitäten bezahlen zu können. Sie werden immer unverschämter. Überhaupt gewinnt die Studentenschaft, auf Kosten von uns Professoren, immer mehr die Oberhand. Du wirst es am eigenen Leib erfahren, jetzt, wo du auf die andere Seite wechselst. Oder willst du es dir noch einmal überlegen?«

»Ehrlich gesagt, Professor Bassianus, habe ich derzeit keine andere Möglichkeit. Ich werde wohl auch Räumlichkeiten anmieten müssen, in denen ich meine Vorlesungen halten kann.«

»Auch dafür wirst du Geld brauchen. Ich werde dir einen Kontakt zu einem mir bekannten Geldhändler herstellen, der nach Rücksprache mit mir sicher geneigt ist, dir einen ausreichenden Kredit einzuräumen, mit dem du dein Geschäft beginnen kannst.«

»Ich bin Euch zu mehr als zu Dank verpflichtet, Professor!«

»Das ist das Mindeste, was ich für meinen ehemaligen besten Studenten und vielversprechendsten Juristen tun kann.«

Er hielt einen Moment inne und blickte Gervasius forschend an.

»Da ich weiß, dass du niemals von dir aus dieses Thema anschneiden würdest, werde ich dir verraten, was du nicht zu fragen wagst: Sophia geht es gut. Sie hat dem Consilius di Perugia inzwischen drei Kinder geboren und ist eine gute Mutter geworden, was ich ihr nicht zugetraut hätte. Vielleicht sollte man sich mit dem Urteil darüber, wozu andere Menschen sich berufen fühlen, besser zurückhalten. Es gibt immer wieder Überraschungen.«

»Denkt Ihr, sie ist glücklich?«

»Das, Gervasius, kann ich beim besten Willen nicht beurteilen. Sie lässt nie etwas darüber verlauten.«

»Ich danke Euch, Professor. Für alles.«

Der stadtbekannte Geldhändler Ariosto Buenavista räumte Gervasius einen großzügig bemessenen Kredit ein, der ihm über den Engpass der ersten Monate hinweghalf. Mit Ausdauer und Beharrlichkeit baute Gervasius sich eine Existenz als Rechtsgelehrter in Bologna auf. Dank seines hervorragenden Abschlusses und der Unterstützung des Professors hatte er bald ein halbes Dutzend Studenten, deren Studiengebühren es ihm ermöglichten, ein zwar nicht verschwenderisches, aber doch angenehmes Leben in Bologna zu führen.

Einige Monate nachdem er mit den Vorlesungen begonnen hatte, machte er an einem Sonntag im März einen Spaziergang durch die mit Frühlingsvorfreude erfüllte Stadt. Er ging durch enge Gassen, vorbei an den schönen alten Häusern, und genoss die laue Luft. Als er aus der Gasse auf einen Platz mit Brunnen einbog, steuerte ein gesetzt wirkendes Paar auf ihn zu. Dieser Eindruck von Gesetztheit entstand vor allem durch die Art, wie die etwas füllige Frau sich auf den Arm ihres Gatten stützte. Gervasius überlegte gerade, ob er die beiden kannte, da begegneten für einen Moment die Augen der Frau den seinen: dunkle Augen, tief wie Seen, und endlich erkannte er sie. Die Frau war Sophia, der Mann ihr Gatte Consilius di Perugia, jetzt sein Kollege. Gervasius deutete eine Verbeugung an. Consilius nickte grüßend. Sophia zögerte kurz, als würde sie versuchen, sich an etwas zu erinnern, dann nickte sie ebenfalls knapp. Gervasius war stehen geblieben und verfolgte, wie das Paar langsam weiterging. Die drei Kinder waren nicht zu sehen. Sie trug ein schwarzes, züchtiges Kleid aus einem leicht schimmernden Stoff, der sicher von allerbester Qualität war. An ihrer Haube saßen echte Spitzen. Mit Verwunderung nahm Gervasius zur Kenntniss, dass es die Sophia seiner Erinnerung nicht mehr gab. Aus dem zarten

Mädchen mit der spröden Ausstrahlung war eine Matrone geworden. Sie ging nicht mehr leichtfüßig. Es war, als hätte das Leben sie verlangsamt. Ihr Gesicht war noch immer madonnenhaft schön wie einst und passte erstaunlicherweise genauso gut zu diesem schwerer gewordenen Körper. War sie glücklich? Von dem kurzen Augenblick, in dem er in ihr Gesicht geschaut hatte, war das nicht zu entscheiden. Was er jedoch mit Sicherheit sagen konnte: Sie war nicht unglücklich, so wie er es erwartet hatte. Die Begegnung war für Gervasius auf gewisse Weise heilsam. Er konnte seine Schuldgefühle ihretwegen endlich ablegen.

Den Sommer des Jahres 1190 wollte Gervasius in seiner Villa in Nola verbringen, die er auch nach dem Tod von Wilhelm II. hatte behalten dürfen. Joanna hatte dafür gesorgt, dass Tankred nichts von dem Besitz erfuhr, sonst hätte er ihn sicher eingezogen, so wie er alles andere an sich gerissen hatte. Gervasius stand seit seinem Weggang aus Palermo weiter in Verbindung mit der abgesetzten Königin von Sizilien und war daher gut darüber im Bilde, was bei Hofe vor sich ging, so wie sie wusste, was sich bei ihm in Bologna tat. Ende August traf er in Nola ein, einem kleinen Ort vor dem gewaltigen Bergpanorama, zu dem sich die Ausläufer des Apennin hier aufgeworfen hatten. Er freute sich auf ein paar ruhige Wochen, die er nicht nur zur Erholung vom anstrengenden Alltag nutzen wollte, sondern auch, um seine Sammlung von Wundergeschichten durchzusehen, die er nach dem Abschluss des ›Liber facetiarium‹ aus Leidenschaft an der Sache weitergeführt hatte.

Er weilte bereits zwei Wochen in seiner Villa, als ein Bote des Erzbischofs von Salerno an seine Tür klopfte. Dieser sprach die Einladung an Gervasius aus, einige Tage Gast im Hause seines Herrn zu sein und dort in geselliger Runde mit ihm zu speisen. Gervasius kannte den Erzbischof von einer Feierlichkeit bei Johannes Bassianus, der auch jetzt, nachdem Gervasius längst nicht mehr sein Student war, nicht aufgehört hatte, ihn mit wichtigen Persönlichkeiten bekannt zu machen und ihm so neue Möglichkeiten zu eröffnen, was Gervasius sehr wohl zu schätzen wusste. Er teilte dem Boten mit, dass er gern für einige Tage Gast des Erzbischofs sein wollte. So kam es, dass er sich ab Mitte September für einige Tage in Salerno aufhielt.

Das Haus des Erzbischofs war nicht weit vom Castello di Arechi entfernt, einer hoch gelegenen Normannenburg, die von einer Anhöhe aus ihren mächtigen Schatten über die Stadt und das Meer warf. Außer Gervasius waren drei andere Gäste geladen, zwei von ihnen Ärzte, die in der berühmten Schule von Salerno lehrten. Der dritte war der Stadtrichter. Das Gespräch kam auf die neuen medizinischen Erkenntnisse und Lehrmethoden, die in der Schule von Salerno entwickelt worden waren und ihren guten Ruf über Grenzen hinweg begründet hatten. Der eine Arzt, Petrus von Brindisi, berichtete von der umfänglichen Sammlung an Heilpflanzen und Rezepturen, über die die Schule verfügte.

»Ich habe selbst als Schüler in einem Kollegiatsstift in England dem Gärtner bei den Heilpflanzen geholfen und einiges an Wissen aufgeschnappt. Sicher könnte ich viel dazulernen in Eurer Schule«, erklärte Gervasius Petrus von Brindisi.

Sie sprachen eine Weile über bestimmte Pflanzen und deren Wirkung, bis Petrus von Brindisi, erfreut über so viel Anteilnahme an seiner Arbeit, Gervasius einen Vorschlag unterbreitete.

»Warum besucht Ihr nicht, während Ihr in der Stadt seid, unser Institut und überzeugt Euch selbst davon, welche Fortschritte die Heilkunst dank unserer unablässigen Forschungsarbeit gemacht hat, Magister?«

Ein solches Angebot konnte Gervasius natürlich nicht ausschlagen.

»Wenn der Erzbischof mich so lange entbehren kann, werde ich Euer freundliches Angebot geehrt annehmen.«

Der Gastgeber hatte keinerlei Einwände, war er doch aus Zeitmangel selbst nicht in der Lage, seinen Besucher den ganzen Tag zu zerstreuen. Der zweite Arzt der Schule von Salerno war ein Experte auf einem anderen Gebiet: dem der Anatomie.

»Wir führen Experimente mit Schweinen durch, da wir überzeugt sind, dass das Schwein dem Menschen in der grundlegenden Zusammensetzung seiner Organe gleicht. Es wäre wohl wider den Willen des Herrn, die Toten in solcher Weise zu entehren, wie es für die Medizin hilfreich wäre. Doch Ihr stimmt sicher alle mit mir darin überein, dass Schweine unbeseelte Geschöpfe sind, die der Herr uns zu unserem Nutzen zur Verfügung gestellt hat. Warum also sollten wir sie nicht zu medizinischen Zwecken verwenden? Wir haben viel durch das Sezieren der Tiere gelernt, etwa über die Anordnung und das Aussehen der Organe.«

Gervasius verabredete mit Petrus von Brindisi, ihn bereits am nächsten Tag in seinem Institut in der Schola aufzusuchen.

Petrus von Brindisi führte Gervasius durch die Heilpflanzensammlung der Schule und gab ihm schließlich ein kleines Brevier über Pflanzenheilkunde mit, so dass er sich eingehender kundig machen konnte.

»Wer weiß, vielleicht werde ich mich doch noch dem Studium der Medizin zuwenden. Ich bin schließlich erst siebenundzwanzig Jahre alt!« Gervasius hatte dies halb im Scherz und halb im Ernst gesagt.

Petrus von Brindisi zeigte ihm noch, wie er zum Anatomiesaal kam, und verabschiedete sich dann.

»Falls Ihr Euch dazu entschließt, Magister, würdet Ihr eines Tages sicher einen guten Arzt abgeben. Seid jedoch gewiss, dass der Weg der Medizin ein langer und steiniger ist. Also überlegt es Euch gut.«

Der Anatomiesaal war ein Raum von beeindruckenden Ausmaßen und ungewöhnlichen Proportionen. Er war vollständig, und zwar vom Boden bis zur Decke, mit dunklem Holz getäfelt. In der Mitte des Raumes befand sich ein quadratisches Podest mit einem Tisch darauf, ebenfalls aus Holz. Von dem Podest aus erhoben sich Sitzreihen wie Treppen in Richtung der Wände. Von zwei Seiten fiel helles Tageslicht durch ungewöhnlich hohe Fenster bis auf das Podest. Nach und nach bevölkerten immer mehr Studenten die Sitzreihen, kletterten nach oben oder unten, um Kommilitonen zu begrüßen, oder ordneten ihre Papiere. Gervasius hockte sich unauffällig in die oberste Sitzreihe, von wo aus man trotz der Entfernung einen hervorragenden Blick auf das Podest mit dem Tisch hatte, auf den zwei Knechte gerade ein lebloses Schwein hievten. Hinter ihnen betrat der Doktor der Anatomie den Raum. Er bedankte sich bei den Knechten, die sich unsicher umblickten und dann das Weite suchten. Der Dozent räusperte sich und begann.

»Für diejenigen, die mich noch nicht kennen: Mein Name ist Andrea di Avicenna. Ich stamme, wie sich unschwer erkennen lässt, aus der schönen Stadt Avicenna, bin aber vor Jahren in Salerno gestrandet und habe dort endlich meine Berufung entdeckt: die Anatomie. Ich werde nicht lange herumreden, sondern sofort mit der Untersuchung beginnen. Dieses Schwein hat vor einer halben Stunde noch geatmet. Seine Haut ist noch warm. Wer sich überzeugen will, kann gerne herunterkommen.«

Einige der Studenten standen zögerlich auf und traten an den Seziertisch. Sie berührten das Schwein so vorsichtig, als befürchteten sie, es könne sie beißen. Hier und da nickte einer bestätigend und kehrte an seinen Platz zurück.

»Nun, nachdem ihr euch überzeugen konntet, dass das Schwein noch frisch ist, möchte ich euch zeigen, wie man das Messer ansetzt.«

Andrea di Avicenna zückte ein langes, scharf aussehendes Messer und setzte es an der Kehle des Tieres an. Mit einer einzigen Bewegung schlitzte er den Bauch des Schweins auf. Ein gluckerndes Geräusch folgte, dann klafften die zwei Teile aus Haut und Schwarte auseinander und öffneten sich wie ein Buch. Ein durchdringender Gestank verbreitete sich im Raum.

»Alle Fenster öffnen, sofort!«, befahl der Doktor. Mehrere Studenten stürzten los. Schnell drang frische Sommerluft in den Raum. Je länger Gervasius auf die feucht glänzenden Eingeweide des Schweins starrte, desto weniger gelang es ihm, den sehr aufschlussreichen Ausführungen des Andrea di Avicenna aufmerksam zu folgen. Der Doktor zeigte auf das Herz des Tieres.

»Was stimmt nicht mit diesem Herzen?«

»Es ist sehr klein.«

»Das ist richtig, aber nicht alles.«

Keiner wusste eine Antwort.

»Wenn sich einer von euch getraut hätte, zu mir herunterzukommen und sich das Organ näher anzusehen, hätte er festgestellt, dass in der Herzwand ein Loch ist. Was sagt uns das?«

Wieder konnte niemand die Frage beantworten.

»Das bedeutet, das Schwein hätte ohnehin nicht mehr lange gelebt, weil es einen Herzfehler hatte. Ein Bauer aus der Umgebung hat es mir geschenkt, weil es nicht mehr richtig fraß. Seht es euch an! Es ist noch nicht richtig ausgewachsen. Das Schwein war noch jung.«

Die Studenten, einschließlich Gervasius, waren verblüfft. Nacheinander zeigte der Doktor dann den Schülern die Organe des Tieres und sprach über ihre Funktionen. So aufschlussreich Gervasius das Thema fand, so froh war er doch, als die Vorlesung vorbei war. Nur mit Überwindung konnte er sich dem Schwein nähern, in dessen Bauchraum die riesige Wunde klaffte. Doch die Höflichkeit gebot es ihm, wenigstens kurz bei di Avicenna vorbeizuschauen und ihm seine Hochachtung auszusprechen.

»Magister Gervasius! Schön, dass Ihr es einrichten konntet. Ihr scheint mir ein wenig bleich geworden zu sein.«

»Ich denke, Doktor di Avicenna, dass ich für den Beruf des Medicus wohl doch nicht geeignet bin. Ich hätte es wissen müssen, denn schon wenn ich als Junge einem Freund bei der Hundefütterung half und Schlachtabfälle an die Tiere verteilte, packte mich jedes Mal das Unwohlsein. Aber Eure Kunst und Euer Wissen sind bemerkenswert.«

Die letzten Studenten hatten den Saal verlassen. Di Avicenna führte Gervasius ein Stück von dem Tierkadaver weg.

»Ich danke Euch, Magister. Ich möchte Euch, wenn Ihr erlaubt, etwas anvertrauen, was ich sonst nicht offen zu sagen wage.«

»Nur zu, Doktor.«

»Wenn ich könnte, wie ich wollte, würde ich gerne die eine

oder andere menschliche Leiche untersuchen. Von Menschen, die an Krankheiten gestorben sind, etwa. Denkt Ihr, das wäre widernatürlich, gegen Gottes Gesetz?«

»Darauf habe ich keine eindeutige Antwort. Wenn Ihr dadurch mehr Wissen über die Heilung von Krankheiten erwerben könntet …«

»Stellt Euch vor, was alles möglich wäre, wenn wir uns mit dem menschlichen Körper besser auskennen würden! Viel weniger Menschen müssten sterben, als es jetzt noch der Fall ist. Ich bin sicher, eines Tages wird es möglich sein, ohne in den Ruch eines Nekromanten oder Gotteslästerers zu kommen.«

»Das wäre wünschenswert«, bemerkte Gervasius vorsichtig, da er die Gründe des Doktors durchaus nachvollziehen konnte. Noch war die Zeit dafür allerdings nicht reif.

Am späten Nachmittag verließ Gervasius die Schule und begab sich zurück zum Haus des Erzbischofs. Neben dem Eingang löste sich ein Mann aus dem Schatten, sprang unerwartet auf ihn zu und packte ihn gar am Arm. Er erschrak.

»Gervasius! Endlich bist du da! Ich warte schon den halben Tag auf deine Rückkehr.«

Der vermeintliche Angreifer war sein ältester Freund Philip von Salisbury.

»Philip! Was für ein Zufall, dass wir uns hier über den Weg laufen. Oder hast du mich gesucht?«

»Und wie ich dich gesucht habe! Ich war zuerst im Palast in Palermo. Dort hat mir Joanna verraten, dass du dich gerade in Salerno aufhältst und im Haus des Erzbischofs weilst. Gut siehst du aus! Und sehr erwachsen! Schade nur, dass ich nicht viel Zeit habe.«

Gervasius beschloss, den Freund nicht mit in das Haus des Erzbischofs zu nehmen. Für eine private Unterhaltung war eine gut besuchte, laute Taverne besser geeignet. Sie fanden eine, nur zwei Straßen vom Haus des Bischofs entfernt. Dort bestellten sie eine Karaffe mit Wein und musterten einander über den Tisch hinweg. Philip hatte einen verbisseneren Ausdruck um den Mund als früher. Er wirkte auch ernster und weniger übermütig.

»Also, was führt dich hierher, Philip?«

»Ich bin Teil des Kreuzzugs unter Richard Plantagenet, der sich in zwei Wochen von Reggio aus nach Jaffa einschifft. Ich bin sehr froh, dass ich dich noch getroffen habe, bevor es losgeht. Wer weiß, wie alles ausgehen wird …«

»Mir ist zu Ohren gekommen, auf welch traurige Weise unser guter König Henry II. seine letzten Stunden verbrachte. Ich habe mich gefragt, wo sein Hof war, als er starb.«

Philip verzog gequält das Gesicht. »Du hast keine Ahnung, in was für einen unerträglichen Nörgler und Griesgram Henry sich in den letzten Jahren verwandelt hatte. Er war verbittert und zerstritten, mit Richard und sonst auch fast allen, die ihm früher etwas bedeutet hatten. Ich hielt es nicht mehr in seiner Nähe aus! Also ging ich zurück nach London, wo ich kurz darauf von seinem Tod hörte.«

»Und jetzt ist Richard König, und du hast auch das Kreuz genommen. Ich kann es kaum glauben!«

»Wenn du die Wahrheit wissen willst, ich genauso wenig.«

»Warum hast du dich dazu hinreißen lassen, Philip?«

»Ich wollte meinem Leben wieder einen Sinn geben. Ich brauchte eine Veränderung, so wie du damals nach dem Tod des jungen Königs.«

»Und jetzt bereust du deine Entscheidung?«

»So kann man das nicht sagen. Richard, ich meine, König Richard hat eine Art, einen mitzureißen, für seine Sache zu begeistern! Ich konnte nicht anders, als ihn zu begleiten. Und schließlich ist es ein großes Abenteuer.«

»Ein Abenteuer, bei dem viele Männer ihr Leben lassen werden.«

»Du bist immer noch der alte Spaßverderber.«

»Und du denkst immer erst nach, nachdem du etwas getan hast.«

Sie blickten sich über den Tisch hinweg in die Augen. Dann brach Philip in Lachen aus. Gervasius fiel ein.

»Es tut mir leid, Philip. Ich wollte nicht streiten.«

»Ich auch nicht. Die Zeit ist zu kostbar.«

Gervasius hatte eine Idee. »Weißt du, was wir tun? Wir reiten noch heute Abend zu meiner Villa in Nola. Der Ort liegt nur wenige Meilen von Salerno entfernt. Dort können wir ein paar angenehme Tage verbringen und Erinnerungen austauschen. Und du kannst Kraft sammeln, bevor es ernst wird.«

Philip seufzte schwer.

»So viel Zeit habe ich nicht. Richard setzt sich gerade mit Tankred in Palermo auseinander. Ich schätze, in spätestens zwei Wochen wird die Flotte nach Jaffa in See stechen. Und ich muss vorher noch von hier aus nach Sizilien kommen. Kann ich ab Salerno reisen?«

»Größere Schiffe starten in Neapel. Die Stadt am Vesuv ist nur eine halbe Tagesreise von Nola entfernt. Das ist näher als von Salerno … Was hältst du davon, wenn wir jetzt zusammen nach Nola aufbrechen, uns zwei bis drei Tage Zeit nehmen und dann nach Neapel hinunterreiten, um eine Schiffspassage für dich nach Sizilien ausfindig zu machen?«

Philip zierte sich noch ein wenig, gab aber schließlich nach.

»Du hast recht, ein wenig ausruhen kann nicht schaden. Die Anreise war anstrengend. Wie kommst du in den Besitz einer Villa in Nola?«

»Das erkläre ich dir auf dem Weg. Es wird Zeit, wenn wir es noch vor Einbruch der Nacht bis Nola schaffen wollen.«

Sie kamen spätabends in der kleinen Stadt im Schatten des Vesuv an. Es dämmerte bereits. Gervasius scheuchte das Dienerpaar auf, das in seiner Abwesenheit das Haus betreute. Es waren ruhige, schlichte Leute, die seine Villa immer in einwandfreiem Zustand hielten. Die Frau versprach, sofort ein Gästezimmer für Philip herzurichten. Auf eine Nachtmahlzeit konnten sie verzichten, da sie in der Taverne bereits ein paar Kleinigkeiten verspeist hatten. Beide waren müde von dem Ritt und froh, gleich schlafen gehen zu können.

Der neue Morgen brachte kühle und frische Luft von den nahegelegenen Bergen. Auch im September war es noch warm genug, um draußen im Garten frühstücken zu können. Maria Stella, die Haushälterin, hatte einen Tisch auf der Wiese am Haus für sie gedeckt. Philip ließ sich aufatmend nieder und betrachtete halb bewundernd, halb nachdenklich die Aussicht.

»Schön hast du es hier. Was sind das für Berge?«

»Das sind Ausläufer des Apennin genannten Gebirgszuges, der weiter nördlich erstaunliche Höhen erreicht.«

»Und so friedlich. Es erinnert mich ein wenig an Waltham.«

»Dort war es dir früher immer viel zu friedlich.«

»Man wird älter. Ich könnte mir vorstellen, auch ein solches Haus zu besitzen. Eine gar nicht so schlechte Art zu leben, muss ich zugeben. Wenn der Herr es will und ich den Kreuzzug überlebe, werde ich vielleicht auch sesshaft werden. Stell dir vor, ich habe sogar die Beichte abgelegt und ein Testament gemacht!«

Gervasius, bemüht, sich seine Besorgnis nicht anmerken zu lassen, trank einen Schluck heiße Milch. »Und was ist aus Henrys Hof geworden? Ich kann mir nicht vorstellen, dass sie sich alle in die Dienste von Richard begeben haben.«

»Nur ganz wenige sind zu Richard übergewechselt. Jordan Fantosme etwa und natürlich Bertran de Born. Bertran ist gut mit Richard befreundet. Trotzdem hat er sich auf seine Burg Hauteforte zurückgezogen, statt mit ihm auf Kreuzzug zu gehen. Behauptete, er hätte dort dringend zu tun. Merkwürdig eigentlich, wo er immer geprahlt hat, was für ein großer Kämpfer er sei.«

»Und was ist mit dem Sachsenherzog und seiner Familie?«

»Heinrich der Löwe ist schon vor vier Jahren in seine Heimat zurückgekehrt. Kurz nachdem seine Gattin Mathilde gestorben war. Den ältesten Sohn hat er mitgenommen. Doch die beiden jüngsten sind in England geblieben.«

»Die beiden jüngsten?«

»Nicht lange nachdem du den Hof verlassen hattest, gebar Mathilde einen dritten Sohn, Wilhelm. Weder er noch Otto wollten den Vater ins ferne Sachsen begleiten. Also erlaubte

Heinrich der Löwe, dass sie in England in höfischer Umgebung erzogen werden.«

»Wie geht es Otto?«

»Dein ehemaliger Schützling macht sich gut. Er wurde vor kurzem zum Ritter geschlagen. Vor seiner Abreise zum Kreuzzug hat König Richard ihm drei Burgen in der Grafschaft Marde in Aquitanien übereignet und ihn dazu noch mit Yorkshire belehnt. Otto ist immer noch sein Lieblingsneffe, und die Königinmutter, die sich seit dem Tod ihres Gatten wieder frei bewegen kann, hält ihn ebenfalls für etwas Besonderes.«

»Er ist etwas Besonderes. Ich glaube, er hat eine große Zukunft. Größer, als wir uns jetzt vorstellen können.«

»Bist du unter die Wahrsager gegangen, Gervasius?«

Beide lachten herzlich.

»Erinnerst du dich an unseren ersten Besuch in London? An die merkwürdige Alte und ihre Prophezeiung? Bisher ist nur wenig davon eingetroffen. Zumindest habe ich bisher noch keiner Frau durch mein Begehren den Tod gebracht.«

Philip betrachtete ihn fassungslos. »Das ist also der Grund, warum du dich, was Frauen betrifft, immer so zurückgehalten hast? Du hast das wirklich für bare Münze genommen?«

Gervasius betrachtete eine Bergspitze in der Ferne.

»Was dich betrifft, hatte sie bisher zum größten Teil recht: Du hast viele Frauen erobert. Und du wirst sicher auf dem Schlachtfeld Ruhm erwerben. Und bisher ist es noch keiner einzigen Frau gelungen, dein Herz zu gewinnen.«

Philip schwieg. Dann fuhr er fort, als hätten sie nie über die Prophezeiung gesprochen: »Otto wollte unbedingt auch am Kreuzzug teilnehmen, doch Richard hat es ihm verboten. Er meinte, dafür sei er noch zu jung. Otto hielt ihm entgegen, dass er, Richard, selbst bereits mit sechzehn Jahren gegen aufständische Barone gekämpft hat, und er sei ja bereits siebzehn. Doch der König blieb hart. Otto solle lieber erst einmal in seinen neuen Besitzungen das Regieren erlernen, bevor er bereit sei, in den Krieg zu ziehen.«

Sie verbrachten drei angenehme, beinahe unbeschwerte Tage und erholsame Nächte in Gervasius' Refugium in Nola und reisten dann nach Neapel weiter, um für Philip eine Überfahrt auf einem Schiff auszuhandeln. In Neapel suchten sie John Pignatelli auf, der im letzten Semester Gervasius' Student gewesen war und dann sein Examen in einer anderen Stadt abgelegt hatte. Gervasius war bekannt, dass Pignatelli zurzeit Erzdiakon von Neapel war und daher der richtige Mann, um Philip behilflich zu sein. Pignatelli freute sich über das Wiedersehen ebenso wie Gervasius. Der stellte seinen Freund vor und berichtete, worum es ging. Nachdem John von der Dringlichkeit ihres Anliegens gehört hatte, bot er an, sie zum Hafen zu begleiten. Dort konnten sie innerhalb einer Stunde eine besonders günstige Überfahrt für Philip für den kommenden Tag aushandeln.

»Ich kann nicht glauben, dass es so reibungslos ging, eine Überfahrt zu so günstigen Bedingungen zu bekommen! Ich bin sehr erleichtert. Vielen Dank!« Philip schüttelte Pignatelli ungestüm die Hand.

»Da steckt doch etwas dahinter, John, oder?«

In seiner Studienzeit war John einer derjenigen gewesen, die keine Feier ausließen und für jeden Streich zu haben waren. Pignatelli lächelte spitzbübisch und wissend zugleich.

»Durch welches Stadttor seid ihr denn in die Stadt gekommen?«

»Durch das rechte«, antwortete Gervasius, »da das nähere linke Tor gerade von einem Eselsfuhrwerk versperrt war. Aber was hat das mit unserem Glück zu tun?«

John bestand darauf, sie zu dem Tor zu führen.

»Ihr kennt Vergil, den großen Sohn der Stadt?«

»O ja!«, sagte Gervasius. »Durch einen gewissen Johannes, der damals Kardinal von Neapel war, habe ich bereits einiges von diesem wundertätigen Magus gehört und gesehen.«

»Aber anscheinend noch nicht das größte seiner Wunder. Schaut euch die Köpfe an!«

An der Wand eines jeden Tores befand sich ein marmorner Kopf von gewaltiger Größe. Jetzt erinnerte sich Gervasius an den Kopf, von dessen steinernen Augen er sich bei seiner ersten Fahrt in die Stadt verfolgt gefühlt hatte. Wenn er sich genau entsann, war er damals bei seiner ersten Reise nach Neapel durch das linke Tor in die Stadt gefahren. Sie betrachteten neugierig das Haupt am rechten Tor, welches voller Lebensfreude lachte. Am linken Tor zog ein beinahe identisches Haupt eine weinerliche Fratze.

»Diese beiden so verschiedenen Gesichter bedeuten zwei unterschiedliche Geschicke. Diejenigen Reisenden, die durch das linke Tor einfahren, werden während ihres gesamten Aufenthalts vom Pech verfolgt, während diejenigen, die durch das rechte Tor in die Stadt gelangen, dort nur glücklichen Zufällen und guten Erlebnissen begegnen.«

»Es war also eine Folge unserer Entscheidung, die Stadt durch das rechte Tor zu betreten, die unser Geschick im Laufe unseres jetzigen Besuchs günstig beeinflusst hat. Ebenso wie das falsche Tor mir vor Jahren nur ungünstige Erlebnisse beschert hat«, folgerte Gervasius.

Nach dieser Erkenntnis gingen die drei Männer zum Haus von John, wo inzwischen ein Mahl für sie vorbereitet worden war. Dann war es Zeit, sich zu verabschieden. Philip würde sich noch am gleichen Tag nach Messina einschiffen. Gervasius ritt wieder nach Salerno zum Haus des Erzbischofs, dem er seine dreitägige Abwesenheit durch einen Boten kundgetan hatte. Die Höflichkeit gebot es, sich noch persönlich zu verabschieden. Er speiste am Abend mit dem Erzbischof und übernachtete noch einmal in dessen Haus. Vor dem Schlafengehen betete er für Philip. Ob das Glück, das ihnen in Neapel widerfahren war, auch ein gutes Vorzeichen für den Ausgang des Kreuzzugs von König Richard war, würde sich zeigen.

Reims

Gervasius lehrte in Bologna zwei Jahre, in denen sein Ruf als ausgezeichneter Jurist sich immer weiter verbreitete. Auf verschlungenen Pfaden gelangte die Kunde von seinem Können bis zu Guillaume aux Blanches Mains, dem Erzbischof von Reims, und so kam es, dass ihm eines Nachmittags im Jahr 1192 ein Bote einen versiegelten Brief dieses einflussreichen Kirchenfürsten überbrachte. In seinem Studierzimmer brach Gervasius das Siegel, während der Bote sich in der Küche an den Resten der letzten Mahlzeit gütlich tat.

An den Magister Gervasius von Tilbury, Doctor legis in Bologna:
Seine Exzellenz, Guillaume Erzbischof von Reims, übersendet Euch auf diesem Wege seine besten Empfehlungen. Unser Neffe Philipp II. August, König von Frankreich, hörte in einem Gespräch mit König Richard I. von England erstmals von Euren herausragenden Leistungen als Jurist im Dienst des verstorbenen Königs von Sizilien und auch als Dozent an der ehrwürdigen Universität von Bologna. Außerdem erzählte ihm Richard von dem Werk, das Ihr im Auftrage seines verstorbenen Bruders Henry dem Jungen angefertigt habt. Soweit wir wissen, habt Ihr es nach dem Ableben des Sohnes dem Vater, König Henry II., geschenkt. In seinem Besitz befand es sich bis zu dessen Tod, Gott sei seiner Seele gnädig. Ihr müsst wissen, Magister, dass wir uns als Förderer von Künstlern und Gelehrten betrachten. Einer unserer Schützlinge war der vortreffliche Petrus Comestor, dessen ›Historia scholastica‹ uns gewidmet wurde. Das Werk entstand zum Teil an unserem Hof. Ebenso verhält es sich mit Walter de Chatillon und seiner ›Alexandreis‹ und den ›Sententiae‹ des Peter de Poitiers. Ein kopiertes Exemplar Eures ›Liber‹ entdeckte einer unserer Männer in einem Kloster namens Waltham in England. Seit wir es gelesen haben, sind wir noch mehr von Euren

Fähigkeiten überzeugt. Der König von England verriet unserem Neffen, dass Ihr als Dozent in Bologna mit gewissen Schwierigkeiten zu kämpfen habt, die mit den Unabhängigkeitsbestrebungen der Bologneser Studentenschaft zusammenhängen. Wie lange wollt Ihr Euch noch mit diesen widrigen Umständen abfinden? Wir hätten eine Lösung anzubieten, die für alle Beteiligten ein befriedigendes Ergebnis zeitigen würde. Was würdet Ihr davon halten, nach Ablauf des Semesters in unsere Dienste zu treten? Zum einen könntet Ihr uns in juristischen Fragen beraten, zum anderen bliebe Zeit genug, ein weiteres gelehrtes Werk zu verfassen, dessen demütiger Förderer wir sein könnten. Dem Boten haben wir aufgetragen, in jedem Fall auf Eure Antwort zu warten. Solltet Ihr länger brauchen, Euch zu entscheiden, bitten wir Euch, den guten Mann solange in Euren Haushalt aufzunehmen. Seid unbesorgt: Die von ihm verursachten Kosten werden später von uns ausgeglichen werden.

Guillaume, Erzbischof von Reims

Gervasius machte sich auf den Weg in die Küche, wo der Bote sich gerade das Bratenfett vom Gesicht wischte. Er wollte aufspringen, als er ihn sah.

»Behaltet Platz. Ich wollte Euch nur mitteilen, dass ich jetzt noch nicht in der Lage bin, eine Antwort aufzusetzen. Betrachtet Euch also solange als Gast in meinem Hause … Wie ist Euer Name?«

»Jean, Magister.«

Der Bote verbeugte sich vor ihm.

»Wenn Ihr etwas braucht, wendet Euch an meinen Diener Huguccio.«

Gedankenversunken ging Gervasius zu Bett. Je älter er wurde, desto schwerer fiel es ihm, wichtige Entscheidungen zu treffen. Jedes Mal befürchtete er, er könnte sich falsch entscheiden.

Beim Aufwachen am nächsten Morgen fühlte er sich wie gelähmt. An diesem Abend nahm er, nach längerer Zeit einmal wieder, die Dienste einer Dirne in Anspruch. Doch dieses Mal verschaffte ihm der Besuch nur wenig Erleichterung. Die Unrast blieb. Konnte es sein, dass er sich in Bologna nicht mehr so heimisch fühlte wie früher? Der Erzbischof hatte mit seiner Einschätzung der Lage der Professoren den Nagel auf den Kopf getroffen. Es war alles andere als leicht, in dieser Stadt seinen Platz zu behaupten. Und er war den ewigen Kampf leid. Vermutlich war wirklich die Zeit gekommen, ein neues Kapitel in seinem Leben aufzuschlagen.

Wenige Monate später stand Gervasius erstmals vor dem Palast des Erzbischofs. An den gewaltigen Maßen des Gebäudes zeigte sich, dass Guillaume aux Blanches Mains, wie er wegen seiner zarten weißen Hände genannt wurde, ein überaus mächtiger Mann war. Der Palast hatte so beeindruckende Ausmaße, dass er es mit dem königlichen Palast von Westminster in London aufnehmen konnte. In einem so großen Haus konnten alle Angehörigen seines Hofes untergebracht werden. Für sie gab es einen eigenen Flügel, in dem auch Gervasius bei seiner Ankunft ein Zimmer zugewiesen wurde.

Am nächsten Morgen holte ihn ein Diener ab und brachte ihn in einen Raum mit einem runden Tisch, auf welchem für das Frühstück gedeckt war. Am Fenster stand der Erzbischof, der ihn bereits am Tag zuvor willkommen geheißen hatte, zusammen mit einem älteren, grauhaarigen Mann von hoher schlanker Gestalt. Gervasius küsste den Ring des Erzbischofs und verbeugte sich.

»Mein lieber Magister Gervasius! Es ist eine Freude, Euch hier zu sehen, auch wenn ich Euch gestehen muss, dass ich Euch nach der Erzählung meines Neffen älter geschätzt hätte. Lasst mich Euch meinen besten Mann vorstellen: Gautier de Chatillion, mein Sekretär. Er war bereits im Amt, als hier noch mein Vorgänger den Lauf der Dinge bestimmte. Aber lasst uns beim Frühstück mit der Unterhaltung fortfahren.«

Nachdem Gervasius und Gautier sich begrüßt hatten, nahm man am Tisch Platz. Guillaume läutete ein Glöckchen. Sofort eilte ein Diener mit einer Kanne frischer heißer Milch heran. Ein anderer brachte einen Korb, gefüllt mit duftendem süßen Gebäck, und stellte ihn auf die Tafel zu den Etageren mit Früchten und der Käseplatte.

»Übrigens hat Gautier ebenfalls in Bologna das Recht studiert, Magister Gervasius«, verriet ihm Guillaume zwischen zwei Bissen von einem süßen Hörnchen.

»Was für ein Zufall! Dann haben wir vielleicht gemeinsame Bekannte«, warf Gervasius erfreut ein.

»Das glaube ich weniger, Magister. Ich war lange vor Eurer Zeit in Bologna. Meine Professoren haben inzwischen sicher alle das Zeitliche gesegnet oder sind zumindest im Ruhestand.«

Gautier musste über fünfzig Jahre alt sein und damit auch einige Jahre älter als sein Dienstherr.

»Dann müsst Ihr noch den Magister Gratian gekannt haben und Rogerius, bei dem mein Professor, Johannes Bassianus, studiert hat.«

»In der Tat kannte ich Gratian. Ich habe ihm sogar bei einigen Glossen geholfen. Was Rogerius betrifft, so habe ich diesen nie persönlich kennengelernt. Er hatte einen hervorragenden Ruf als Rechtsgelehrter, war aber schwierig im Umgang, erzählte man sich damals.«

Nun mischte sich der Erzbischof erneut ein. »Was Ihr wissen solltet, Magister Gervasius, ist, dass Gautier hier gerade an einem epischen Werk schreibt, welches sich mit dem großen Mazedonier Alexander beschäftigt. Ich habe das Buch in Auftrag gegeben, weil ich davon überzeugt bin, dass es ein dichterisches Werk ersten Ranges werden wird. Habt *Ihr* Euch schon Gedanken über ein neues Opus gemacht?«

Die Frage traf Gervasius nicht ganz unerwartet.

»Nun, ich denke, es sollte eine breit angelegte kompilatorische Schrift über alle Phänomene und die Geschichte der Welt werden, die sich auf die Autoritäten stützt, aber ebenso neue Aspekte einbezieht, die nicht frei erfunden sind, sondern auf eigener Anschauung beruhen.«

»Das hört sich vielversprechend, aber auch arbeitsaufwendig an. Wie gut, dass Ihr in meinem Dienst genug Zeit für die Ausarbeitung und Umsetzung dieser Idee haben werdet.«

»Ihr seid zu gütig, Eure Exzellenz. Ich weiß nicht, wie ich Euch jemals danken kann.«

Der Erzbischof lächelte. »Da wird sich sicherlich eine Gelegenheit finden, lieber Magister.«

Nach dem Frühstück unternahm es Gautier de Chatillion, den Neuankömmling durch den Flügel des Hauses zu führen, in dem die Kanzlei und die öffentlichen Räume des Erzbischofs untergebracht waren. Während sie von Saal zu Saal gingen, sagte der Sekretär:

»Der Erzbischof ist wahrhaft ein Förderer der Dichter und der Denker, einer der größten Mäzene in Frankreich. Ihr habt doch sicher von Petrus Comestor gehört?«

»Hat er nicht die weithin gerühmte ›Historia scholastica‹ verfasst?«

»Ja, und er tat es im Auftrag des Erzbischofs, dem er dieses Werk auch widmete. Er war Magister an der Universität von Paris. Der Erzbischof ist ein großer Verfechter der scholastischen Denkweise.«

»Ich muss zugeben, dass ich zwar von dem Werk gehört habe, jedoch bislang nicht die Gelegenheit hatte, es zu lesen …«

Sie waren in einen Raum mit Regalen an den Wänden gelangt.

»Dies ist die Bibliothek des Erzbischofs sowie die seiner Kanzlei. Ihr habt freien Zugang zu allen hier vorhandenen Handschriften. Natürlich besitzt seine Exzellenz ein Exemplar der ihm gewidmeten ›Historia‹.«

Gautier trat zu einem der Regale und entnahm ihm ein dickes, in feines Kalbsleder gebundenes Buch mit Metallschloss.

»Hier ist sie. Der Schlüssel befindet sich in der Kanzlei, in die wir gleich kommen werden. Lest es! Dann können wir darüber disputieren, wenn Ihr mögt.«

Der Unterschied zwischen dem Leben am Hof eines weltlichen Königs und dem eines geistlichen Fürsten war weniger groß, als Gervasius sich vorgestellt hatte. Nachdem er einige der Abendgesellschaften bei Guillaume miterlebt hatte, gewann er sogar den Eindruck, dieser würde mehr Wert auf ein repräsentatives Auftreten legen als so mancher König, ausgenommen die geradezu orientalische Prachtentfaltung am Hof von Wilhelm II. von Sizilien. Henry Plantagenet hatte nur zu besonderen Anlässen so viel Aufwand betrieben, wie dieser Erzbischof, der aus einer der einflussreichsten Familien Frankreichs stammte, es jeden Abend tat. Seine Schwester war Adèle de Champagne, die Mutter des jetzigen Königs Philipp August. Der Erzbischof war Mitregent von Philipp August und verwaltete das Land für seinen Neffen, während dieser auf Kreuzzug war. Er erfuhr auch, dass Guillaume ein guter Freund von Thomas Becket gewesen war. Er hatte im Jahr 1178 sogar dessen Grab besucht. Vielleicht hatte er die verfeinerte Lebensart, die Becket vor seiner Konvertierung zum Verteidiger der Kirche bevorzugt hatte, von diesem wie von einem Vorbild übernommen?

Gervasius stand weiter in Kontakt mit Joanna, die ihm über die Ereignisse in Sizilien berichtete. In ihrem Brief las er, dass es König Richard gelungen war, Tankreds Truppen zu besiegen. Tankred war zuletzt nicht davor zurückgeschreckt, Joanna gefangen zu setzen, da er nicht bereit war, ihr die Geldbeträge, die ihr Gatte ihr vermacht hatte, sowie ihre Mitgift auszuzahlen. Als Richard davon erfuhr, war er sehr wütend geworden. Er zwang daraufhin den Usurpator dazu, in eine Vereinbarung einzuwilligen, die der Witwe alle ihr laut Testament zustehenden Besitztümer und Geldsummen vertraglich zusicherte. Im Gegenzug durfte Tankred sich weiterhin König von Sizilien nennen. Laut Joanna hatte auch die Königinmutter Eleanor in die Geschehnisse eingegriffen. Sie bemühte sich darum, für Joanna, deren Situation in Sizilien immer unhaltbarer wurde, möglichst rasch einen neuen Ehemann zu finden. Joanna schrieb, ihr sei nicht nach einem neuen Gatten, doch sie sehe die Notwendigkeit eines Ehebündnisses ein. Gervasius wünschte ihr in seinem Antwortbrief viel Glück. Beinahe hätte er noch scherzhaft hinzugefügt, wenn sich kein passender Gatte finden lasse, würde er sie heiraten, doch dann besann er sich und unterließ es.

Sie war eine verwitwete Königin und er nur ein Gelehrter. Er wunderte sich selbst über solche Gedanken. Woher kam eine so abstruse Idee? Verspürte er wirklich den Wunsch, sich zu verheiraten, oder hatte er nur zu lange keinen Hurenbesuch mehr gehabt?

Guillaume hatte nicht zu viel versprochen. Die von ihm erwarteten Aufgaben konnte Gervasius innerhalb von wenigen Stunden erledigen, manchmal war auch gar nichts zu tun, dann setzte er sich in die Bibliothek und nahm sich den einen oder anderen Band vor. Nachdem er die ›Historia scholastica‹ gelesen hatte, bat er um ein Gespräch mit Gautier de Chatillion. Ihm war aufgefallen, dass die ›Historia‹ ebenfalls enzyklopädisch angelegt war. Er würde viel aus dem Werk des Petrus Comestor, den er nach der Lektüre ernsthaft bewunderte, übernehmen.

»Was wäre es für eine Freude, wenn wir dieses gelehrte Buch mit seinem Autor erörtern könnten! Doch leider hat dieser die Welt bereits im Jahr 1178 verlassen. Zu seiner Zeit war er in Paris einer der angesehensten Magister«, erklärte Gautier.

»Darf ich Euch fragen, Magister Gautier, was Ihr von dieser Textstelle haltet?«, setzte Gervasius an. »›Insgesamt wird der Mensch Welt genannt, weil er in sich das Vollbild der ganzen Welt zur Gegenwart bringt.‹ Und etwas später schreibt er noch: ›Und der Grieche nannte den Menschen einen Mikrokosmos, das heißt eine kleine Welt.‹«

»Mir scheint der Gedanke, dass der Mensch in sich eine geschlossene kleine Welt bildet, überaus zutreffend«, sagte Gautier.

»Da stimme ich mit Euch überein«, sagte Gervasius. »Denn wie sehr gereicht es unserem Schöpfer zur Ehre, dass er die Vollkommenheit des großen Ganzen auch im Kleinen verwirklicht hat!«

»Und wie weise waren die heidnischen Griechen, die dies lange vor uns Christen erkannten! Auf den Grundlagen ihrer Gedankengebäude beruht unsere heutige Philosophie.«

»Ich werde diesen Abschnitt für mein eigenes Buch verwenden, wenn ich von der Entstehung der Welt und den Zusammenhängen des Kosmos handele. Ich werde vielleicht sogar so weit gehen, zu sagen, dass im Umkehrschluss auch die Welt wie der Mensch ist.«

»Mir scheint, Ihr habt Euch viel vorgenommen, Magister.«

Gervasius wurde nachdenklich. »Vielleicht zu viel. Auch meinem Verständnis und der Zeit, die mir zu Verfügung steht, sind Grenzen gesetzt.«

»Lasst Euch nicht entmutigen. Jeder Autor kennt Zeiten, in denen er am Sinn seines Vorhabens zweifelt. Das geht vorüber.«

An einem sonnigen Nachmittag im September 1192 verspürte der Erzbischof das Bedürfnis, einen ausgiebigen Ausflug im Umland von Reims zu unternehmen. Weil Guillaume besonders guter Laune war, erlaubte er allen Bediensteten seiner Kanzlei, mit ihm in den Weinbergen vor der Stadt zu lustwandeln. Sein Sekretär Gautier de Chatillion hatte Wichtigeres zu tun. Gervasius dagegen genoss es sehr, die muffigen Kanzleiräume verlassen und frische Luft atmen zu können. Die Herbstsonne war noch warm. Er fühlte sich wach und lebendig. Schwungvoll schritt er zwischen den Reben hindurch. Bald hatte er die anderen weit hinter sich gelassen. Vom Weinberg aus bot sich ihm ein fantastischer Blick auf Reims. Er entdeckte den Kirchturm von St. Remi im Süden und die von den Römern erbaute Porte de Mars im Norden der Stadt, und dazwischen das dünne blaue Band, welches sich zwischen den Häusern hindurchschlängelte, den Fluss Vesle. Er konnte auch den Turm der Kathedrale ausmachen, deren Westfassade man zum Teil fertiggestellt hatte. Der ursprüngliche Bau war bei einem Brand vollständig zerstört worden. Die neue Kathedrale sollte das alte Bauwerk in seinem Umfang um einiges übertreffen. Gervasius war sicher, dass es einmal ein sehr imposantes Gebäude werden würde. Vor lauter Staunen hätte er beinahe das Mädchen umgerannt, das ihm in den Weinreben entgegenkam. Er hielt sie an den Armen fest, damit sie nicht stürzte. Ihre glatte Haut unter dem dünnen Stoff ihres Überkleides war weich und verführerisch. Er ließ sie los, trat einen Schritt zurück und stammelte Worte der Entschuldigung. Dann erst sah er in ihr Gesicht. Es war von einer beinahe beunruhigenden Schönheit. Die Begegnung schien sie ebenso erschreckt zu haben wie ihn.

»Verzeiht mir. Mein Name ist Gervasius von Tilbury. Ich stehe im Dienst des Erzbischofs.«

Da blickte sie zu ihm hoch; in ihren Augen saß Furcht.

»Ich bin Amélie, mein Herr«, brachte sie hervor und knickste vor ihm.

»Sehr erfreut, Mademoiselle Amélie ... Darf ich ein Stück mit Euch gehen?«

»Wie Ihr wünscht, Herr.«

Sie gingen eine Weile schweigend, sie stumm und steif, er in innerem Aufruhr. Er fühlte sich unwiderstehlich hingezogen zu diesem einfachen Mädchen. Nach einer Weile nahm er seinen Mut zusammen und griff nach ihrer Hand.

»Was tut Ihr, Herr?«, fragte sie angstvoll.

»Ihr seid so reizend. Erlaubt mir einen Kuss!« Er konnte selbst kaum glauben, was er da von sich gab.

Ergeben hielt sie ihm ihr Gesicht hin. Zuerst küsste er sie auf den geschlossenen Mund, dann wanderten seine Hände auf ihrem Körper, betasteten ihre Hüften. Sie versuchte, sich ihm zu entwinden.

»Nein, Herr, ich bitte Euch! Lasst mich! Habt Erbarmen mit mir. Wenn ich meine Jungfräulichkeit verliere, werde ich auf ewig verdammt sein!«

Sie fing an zu schluchzen und wollte ihn von sich stoßen. Von einem Moment auf den anderen war sein Kopf wieder klar, das körperliche Begehren, das ihm eben die Sinne benebelt hatte, trat in den Hintergrund und machte einem Verdacht Platz: Nach den Glaubenssätzen der Albigenser war der Zeugungsakt böse. Das hatte sein Dienstherr Guillaume ihm und seinen anderen Bediensteten immer wieder gepredigt. Der Erzbischof war der Auffassung, dass man am besten gegen seine Feinde vorgehen konnte, wenn man alles über sie wusste. Und Guillaume hatte sein reichhaltiges Wissen über die verschiedenen Spielarten der

Häresie an seine Untergebenen weitergegeben. War dieses ätherische Geschöpf eine Ketzerin? Er ließ von ihr ab, hielt sie aber weiterhin an einer Hand fest. Der verklärte Blick des verliebten Narren machte dem kühlen, prüfenden Blick des unbestechlichen Richters Platz.

»Wärt Ihr auch verdammt, wenn wir verheiratet wären?«, fragte er.

Sie begriff, dass sich etwas in seiner Haltung zu ihr verändert hatte, aber sie war hilflos in ihrer Angst und der ihr anerzogenen Abscheu vor dem Körperlichen.

»Ja, Herr, selbst dann wäre ich verdammt.«

»Warum?«

»Wir müssen aus dem teuflischen Kreislauf alles Irdischen ausbrechen. Dem Abstieg in die Materie können wir nur entgehen, wenn wir den Forderungen des Demiurgen nicht Folge leisten, uns nicht mehr vermehren und unsere Körperlichkeit verlieren, bis wir nur noch reines Licht sind.«

In diesem Moment trat Guillaume zwischen den Reben hindurch auf die beiden zu. Sein Gesichtsausdruck war grimmig und zufrieden zugleich.

»Was haben wir denn hier? Eine Häretikerin, die die Stirn hat, ihre falschen Lehren in aller Öffentlichkeit zu verbreiten, und das noch unter den Augen eines Kanzlisten des Erzbischofs!«

Gervasius spürte einen kalten Hauch, der sie beide umwehte. Bevor der Bischof sie erreichen konnte, flüsterte er ihr zu: »Widerruft, Amélie, ich bitte Euch!«

In ihren Augen zeigte sich jedoch auf einmal eine Entschlossenheit, die er in seinem tiefsten Herzen nur bewundern konnte.

»Niemals«, zischte sie ihm zu.

Das Urteil wurde verhängt: Tod auf dem Scheiterhaufen. Als der Erzbischof Gervasius die Nachricht verkündete, geschah etwas Merkwürdiges. Die Furcht, die Gervasius zunächst in dem Mädchen gespürt hatte, war auf ihn übergesprungen, wie ein Floh, der von einem Hund zum nächsten hüpft. Zum ersten Mal in seinem Leben fürchtete er sich vor den kommenden Ereignissen.

Dazu kam das beunruhigende Gefühl, einen unverzeihlichen Fehler gemacht zu haben. In den Nächten fand er keine Ruhe mehr. Er betete inbrünstig wie nie und bat Gott um Verzeihung. Etwas in ihm wusste, dass er falsch gehandelt hatte. Dabei wurde er vom Erzbischof wiederholt für seine Wachsamkeit gelobt. Guillaume bestand auch darauf, dass er bei der Vollstreckung des Urteils persönlich anwesend war. Er hatte keine Wahl, als das furchtbare Schauspiel mit anzusehen.

Am Tag der Urteilsvollstreckung war die Luft klar wie Glas. Alles leuchtete im goldenen Licht der Herbstsonne, wie von innen heraus. Es war einer von diesen schönen Oktobertagen, den er unter anderen Umständen sicher sehr genossen hätte. Guillaume bestand darauf, dass Gervasius in der zweiten Reihe Platz nahm, fast unmittelbar hinter dem Erzbischof, der sich jetzt zu ihm drehte und selbstzufrieden lächelte.

»Dies ist ein Tag des Triumphs für die Verteidiger des wahren Glaubens. Ihr könnt stolz auf Euch sein. Es wartet eine große Zukunft auf Euch.«

Die weiße Hand des Erzbischofs traf ihn ermunternd an der Schulter. Gervasius nickte geistesabwesend, während die Angst wie ein kalter harter Klumpen in seinem Magen saß. Man brachte das Mädchen auf die Holzplattform, auf der die Scheite für das Feuer aufgeschichtet waren. Aus ihren Augen war die Angst verschwunden. Stattdessen lag in ihrem Blick nun eine unantastbare Stärke, eine Art Herausforderung, von der er glaubte, sie würde ihm gelten. Sie wurde an den mächtigen Baumstamm gebunden, der das Zentrum des Scheiterhaufens bildete. Aus der Menge hinter ihm erschallten hasserfüllte Rufe:

»Lasst die Häretikerin brennen!«

»Ewig soll sie in der Hölle schmoren!«

Die schrillen Stimmen aus dem Pöbel bohrten sich schmerzhaft in Gervasius' Schädel, als wären es Eisennägel. Er wusste nicht, ob er das bis zum Ende ertragen würde. Nur mit äußerster Willensanstrengung konnte er sich davon abhalten, sofort aufzuspringen und das Weite zu suchen. Es ist allein deine Schuld, sagte etwas in ihm. Ohne dich wäre sie jetzt sicher zu Hause bei ihrer Familie. Was hatte er da angerichtet?

Ein Knecht nahm nun eine Pechfackel und entzündete eine Reihe von Scheiten, die bald knackend brannten. Der gelbe Schein verbreitete eine Wärme, die bis zu ihm spürbar war. Das Feuer wanderte jetzt auf Amélie zu, die ihn ein letztes Mal fiebrig anblickte. Warum hast du mir das angetan? Du bist es, der in der Hölle schmoren wird für alle Ewigkeit, schien sie tonlos zu sagen.

Dann wurde ihr Blick starr, und das Feuer flackerte in ihren Augen. Kurz darauf begann es ihren Körper zu verzehren. Die Intensität der Flammen nahm ihm die Sicht. Er hörte Schreie, die er nicht orten konnte. Er konnte nicht einmal mit Genauigkeit sagen, ob er nicht selbst geschrien hatte. Die Hitze wurde immer unerträglicher. Schweiß lief ihm am Körper herunter. Eine Windböe vertrieb die Rauchschwaden so weit, dass er wieder eine freie Sicht nach vorne hatte. Er sah, dass die Flammen wie Wellen über ihr zusammenschlugen. Jetzt konnte er es nicht mehr länger ertragen! Ohne nachzudenken, sprang er von der Bank, drückte sich an den in seiner Reihe Sitzenden vorbei, stolperte die Stufen der Tribune hinunter und wankte, halb blind von den schwer in der Luft hängenden Schwaden beißenden Rauchs, über den Platz davon. Hinter der nächsten Straßenecke lehnte er sich schwer atmend gegen die raue Wand eines Fachwerkhäuschens. Er musste an die verrückte Alte in London denken, die vorausgesagt hatte, dass er drei Frauen begehren würde. Eine von ihnen würde es mit dem Leben bezahlen, hatte sie ihm prophezeit.

In den folgenden Monaten war Gervasius kaum in der Lage, sich seiner täglichen Arbeit zu widmen, geschweige denn an seinem Buch weiterzuschreiben. Nachdem sich sein Befinden auch im neuen Jahr nicht gebessert hatte, gestand er sich ein, dass er nicht länger in Reims bleiben konnte. Alles hier würde ihn immer an die Katastrophe erinnern, die er selbst herbeigeführt hatte. Guillaume schien immer noch stolz auf sein rigoroses

Durchgreifen in diesem Fall zu sein. Doch Gervasius hatte nach dem schrecklichen Erlebnis nicht mehr das geringste Bedürfnis, Häretiker zu verfolgen. Er bat seinen Dienstherrn um eine Unterredung.

»Ich kann nicht länger in Reims bleiben, Eure Eminenz. Aus persönlichen Gründen, über die ich nicht sprechen möchte. Bitte besteht nicht darauf. Mir ist sehr daran gelegen, einen neuen Wirkungskreis zu finden. Ich dachte, mit Euren Beziehungen dürfte es Euch ein Leichtes sein, mir eine andere Stellung zu verschaffen. Ich weiß, das ist viel verlangt. Aber ich baue auf Eure endlose Güte und Euer Verständnis.«

Der Erzbischof seufzte bedauernd. »Nun, gestern erhielt ich einen Brief von Imbert d'Aiguières, dem Erzbischof von Arles, der einen neuen Richter sucht, einen klugen jungen Mann, der keine Mühen scheut und auch vor gegebenenfalls notwendigen Reformen nicht zurückschreckt.«

»Wo genau liegt Arles, wenn ich fragen darf?«

»Arles ist die Hauptstadt des Königreichs Arelat. Ihr werdet fast das ganze Land durchqueren müssen, um von hier aus dorthin zu gelangen. Es ist weit im Süden, nahe dem Mare Mediterraneum. Ihr seid fest entschlossen, uns zu verlassen, Magister Gervasius?«

»So leid es mir tut, Eure Eminenz, ja, das bin ich.«

»Arles soll eine schöne Stadt sein. Es gibt dort viele Überreste römischer Bauten: ein Amphitheater, ein altes Stadttor, ein Aquädukt. Und die Kathedrale St. Trophime aus unserer Zeit. Ein guter Ort zum Leben. Ich werde den Brief an Imbert d'Aiguières gleich aufsetzen.«

Arles

Nach einigen Wochen kam eine schriftliche Einladung. Gervasius machte sich sofort auf den Weg nach Arles. Er durchquerte die Grafschaft Champagne und das Herzogtum Burgund. Hinter

Dijon erreichte er das Königreich Burgund, auch Arelat genannt, und die Rhône. Der Verlauf des breiten, trägen Flusses führte ihn immer weiter nach Süden, vorbei an den Städten Lyon, Vienne und Avignon. Am linken Ufer der Rhône erhoben sich die Häuser und Kirchtürme von Arles. Durch enge Gassen gelangte Gervasius in das Stadtzentrum. Arles war kleiner und unbedeutender als Reims, was man auch an der Größe des erzbischöflichen Palastes erkennen konnte.

Hinter einem Amtsdiener stieg Gervasius eine Treppe in den ersten Stock empor und wurde dort in ein Besprechungskabinett geleitet. Gervasius war zu aufgeregt, um sich an den Tisch zu setzen. Stattdessen starrte er angespannt aus dem Fenster auf den Platz vor dem Palast, den ein Brunnen schmückte. Als er Stimmen hörte, drehte er sich um. Herein kamen drei Männer, von denen zwei im fortgeschrittenen Alter waren, weit über sechzig, schätzte sie Gervasius. Der dritte mochte so um die fünfzig sein. Die Herren verstummten, als sie Gervasius sahen.

»So jung?«, rief einer der Älteren entsetzt. »Wie will er denn da den Leuten den nötigen Respekt abringen?«

»Beruhige dich, Boso. Er ist reif für sein Alter. Behauptet jedenfalls Guillaume.«

»Verzeiht, Magister. Wir sollten uns erst einmal vorstellen, bevor wir in die Disputation einsteigen, nicht wahr?«

Gervasius hatte längst erraten, dass der Jüngste, der versucht hatte, den Alten zu beruhigen, der Erzbischof selbst war. Dieser reichte ihm die Hand zum Kuss.

»Dieser Herr zu meiner Linken hier ist der ehrenwerte Richter Boso von Provence. Und rechts steht Euch der Bürgermeister von Arles, Pierre de Castelnau, gegenüber.«

Man nahm Platz. Auf dem Tisch stand eine Karaffe mit Wasser. Der Richter schenkte sich sofort ein Glas voll und trank es in gierigen Zügen aus.

»So durstig? Dabei hat der Frühling noch nicht einmal richtig begonnen, Boso«, sagte Pierre de Castelnau.

»Spotte du nur, Pierre. Wenn du erst einmal in meinem Alter bist, wird es dir ebenso ergehen.«

Pierre de Castelnau lachte. »Aber ich bin in deinem Alter, Boso. Hast du das vergessen?«

Der alte Richter versuchte daraufhin den Bürgermeister mit einem bitterbösen Blick niederzustarren.

Imbert, ein Mann von mittlerer Statur und gleichmäßigen, unauffälligen Gesichtszügen, überspielte die Situation mit einem breiten, machtbewussten Lächeln.

»Nun Magister Gervasius von Tilbury, wie alt seid Ihr noch gleich?«

»Dreißig im nächsten Dezember, Eure Exzellenz. Stellt das ein Problem dar?«

»Nein, ganz und gar nicht. Die Reaktion unseres ehrenwerten Judex maior war ein wenig voreilig. Ihr könnt gleich alle Bedenken, die eventuell gegen Euer jugendliches Alter bestehen könnten, selbst ausräumen. Nicht wahr, Boso?«

Der Richter nickte ergeben und trank einen weiteren Schluck Wasser.

»Wir suchen«, fuhr Imbert fort, »wie Ihr bereits gehört habt, einen Nachfolger für unseren Richter Boso von Provence, da er sich aus Altersgründen gezwungen sieht, sein Amt aufzugeben. Er ist in seinem Fach ein wahrer Meister, müsst Ihr wissen, und er gibt seinen Posten nur ungern auf.«

Boso nickte erneut bestätigend.

»Wenn die verdammten Knochen mir nicht solche Schmerzen bereiten würden, wäre ich gar nicht auf die Idee gekommen!«

Wieder nahm Imbert den Faden auf. »Er hat deutlich gemacht, dass er ebenso hohe Ansprüche an die Fähigkeiten und persönlichen Vorzüge seines Nachfolgers stellt, wie er sie immer an sich selbst gestellt hat. Lieber harrt er noch so lange in seinem Amt aus, bis er den passenden Mann gefunden hat, als einen ungeeigneten Kandidaten auszuwählen, um möglichst schnell seinen Ruhestand genießen zu können.«

»Genießen, ha!«, schnaubte der alte Richter.

»Sollten wir uns tatsächlich für Euch entscheiden«, setzte der Bürgermeister, der bisher geschwiegen hatte, die Ausführungen von Imbert fort, »werdet Ihr den Richter nicht sofort in seinem Amt ablösen, sondern es wird eine Probezeit geben, in der Ihr mit Richter Boso gemeinsam die Geschäfte führen werdet. Als sein Assistent sozusagen. Wie lang diese Probezeit sein wird, ob mehrere Wochen, einige Monate oder gar Jahre, hängt ganz von Euch ab.«

»Wir haben Boso die volle Entscheidungsgewalt in dieser Angelegenheit zugebilligt«, ergänzte Imbert. »Ihr müsst also vor allem ihn überzeugen, Magister.«

Seine beiden Kollegen nickten gleichzeitig zu seinen Worten, was Gervasius nur noch unsicherer machte. Es war das erste Mal, dass er einen Posten unbedingt wollte. Und auch das erste Mal, dass er sich nicht sicher war, ob er ihn bekommen würde. In der anschließenden Befragung durch alle drei Männer gab er sich die größte Mühe, ernst und erfahren zu wirken. Ob ihm das gelungen war, erfuhr er nicht mehr an diesem Tag. Man verabschiedete ihn höflich und versprach, ihm in angemessener Frist die Entscheidung des Gremiums mitzuteilen. Ihm blieb nichts übrig, als unwissend und in innerem Aufruhr nach Reims zu reiten.

Schon auf der Rückreise überfiel ihn ein unbestimmtes Unwohlsein. Er verbrachte eine unruhige erste Nacht in Reims. Am Morgen war seine Stirn heiß. Trotzdem erschien er wie üblich zum gemeinsamen Frühstück mit dem Erzbischof und den anderen Angehörigen der Kanzlei. Obwohl ihm kalt war, glühte seine Stirn. Ein inneres Frösteln erschütterte in Wellen seinen Körper. Dazu gesellte sich ein häufig wiederkehrendes Niesen. Guillaume beobachtete ihn eine Weile schweigend.

»Ich werde François mit Eurer Pflege beauftragen, Magister! Er wird sich um Euch kümmern und alles besorgen, was Ihr benötigt. Dann seid Ihr schnell wieder auf den Beinen.«

»Danke, Eure Exzellenz …« Wieder nieste Gervasius heftig. »Ich bin Euch sehr zu Dank verpflichtet.«

Kaum war Gervasius auf sein Lager gesunken, da öffnete sich die Tür, und François erschien mit einem dampfenden Becher.

»Ein Tisane für Euch, Herr. Ein Aufguss aus Kamillenblüten, gesüßt mit Bienenhonig. Mit Empfehlungen seiner Exzellenz.«

Gervasius legte sich auf sein Lager zurück und spürte, wie er vor Kälte zitterte. Alles verschwamm vor seinen Augen, er fiel, und dann stand sie vor ihm, wie aus dem Nichts aufgetaucht: Amélie. Ihre Augen waren voller Tränen, und sie flehte mit zitternder Stimme: »Verschont mich, Magister! Habt Erbarmen mit einem armen Mädchen, das niemandem etwas Böses tut. Befleckt mich nicht mit Eurer Begierde!« Wieder und wieder rief sie diese Sätze, bis nichts anderes mehr zu ihm drang als der Klang der Worte und ihre beunruhigende Bedeutung. Erst nach einer ganzen Weile kam es ihm in den Sinn, sich zu fragen, wie es möglich war, dass sie vor ihm stand. Sie war doch erst vor wenigen Monaten zu Asche verbrannt! Entsetzen erfasste ihn wie ein kalter Hauch aus dem Grab. Dann begriff er: Er träumte! Die Erkenntnis sorgte dafür, dass er die Tiefen des Schlafes für Momente verließ. Er hörte Stimmen, die sich im Raum zu befinden schienen:

»Er fantasiert! Er spricht mit einem Mädchen und wiederholt immer wieder, dass er nichts tun kann.«

Es war die Stimme von François, die aufgeregt und besorgt flüsterte.

»Vermutlich träumt er von der Häretikerin, die er im Herbst so heldenhaft der Gerechtigkeit der Kirche ausgeliefert hat. Anscheinend glaubt er, sie lebe noch. Steht es schlimm um ihn, Doktor?« Gervasius erkannte die Stimme des Erzbischofs.

»Nun«, antwortete eine dritte Stimme bedächtig »er ist jetzt seit fast einer Woche in diesem Zustand, wie Ihr sagt. Entweder wird er das Fieber besiegen, oder sein Körper wird den Kampf verlieren, falls er bereits zu sehr geschwächt ist.«

War er in Lebensgefahr? Er hatte nicht die Kraft, sich damit auseinanderzusetzen. Schon zog ihn ein Sog zurück in die Tiefen des Schlafes. Er war müde. Er musste ausruhen. Alles andere war unwichtig. Doch wenn er tief genug gesunken war, erschien wieder das Mädchen Amélie, um ihn zu quälen. War er bereits tot und im Fegefeuer gelandet? War es wünschenswert, wieder aufzuwachen? Er bat stumm: Dein Wille möge geschehen, Herr.

Nach guten drei Wochen sank endlich das Fieber, und auch die Träume verschwanden. Als er das Lager wieder verlassen konnte, war er gezeichnet von der Tortur der Krankheit und hatte Gewicht verloren. Vom Erzbischof erfuhr er, dass noch kein Brief für ihn eingetroffen war. Es sollte noch zwei weitere Wochen dauern, bis es so weit war. Die Wahl des Richters Boso von Provence war auf ihn gefallen. Als er die Worte las, konnte er es kaum glauben, geschweige denn sich freuen. Zu lange hatte er darauf warten müssen.

Arles empfing ihn im April 1193 mit freundlichem Sonnenschein. Die Wärme des provenzalischen Frühlings gab ihm neue Kraft und neuen Lebensmut. Da er nicht im Palast wohnen konnte, suchte er sich vorerst ein Zimmer in einer gepflegten Herberge mit günstigen Preisen, unweit des erzbischöflichen Palastes. Für die Reise hatte er sich mehr Zeit gelassen als beim letzten Mal, wollte er doch ausgeruht vor Imbert und Boso erscheinen. Nachdem ihn Imbert in der großen Empfangshalle im Erdgeschoss willkommen geheißen hatte, lieferte er ihn bei dem alten Richter in dessen Amtszimmer im ersten Stock des erzbischöflichen Palastes ab.

»Boso, hier ist dein neuer Assistent. Ich empfehle mich jetzt. Ihr habt sicher viel zu besprechen.«

»Nun, dann komm herein, junger Mann«, ertönte Bosos brüchige Altmännerstimme. Der Richter hockte halb verborgen hinter einem gewaltigen, mit Papieren beschwerten Schreibtisch. Gervasius machte einige Schritte in den Raum und verschaffte sich einen Überblick. Ähnlich wie im königlichen Palast in Sizilien waren auch hier die Wände des weiten Raumes mit Regalen zugestellt. Doch da hörte die Ähnlichkeit auch schon auf. Im Gegensatz zu der peniblen Ordnung im Palast von Palermo herrschte hier völliges Chaos. Auf jeder freien Fläche lagerten Pergamentstapel. Die Bücher in den Regalen standen schief, kreuz und quer, und schienen nach keinem erkennbaren

Prinzip geordnet worden zu sein. Akten türmten sich auf dem Schreibtisch des Richters. Die Luft war erfüllt von Papierstaub und dem Muff vieler Jahrzehnte. Die Fenster wirkten, als würden sie selten geöffnet. Gervasius war wie erschlagen. Er hatte das Gefühl, keine Luft mehr zu bekommen.

Der alte Richter betrachtete ihn kritisch.

»Blass bist du, Junge. Und irre ich mich, oder warst du bei deinem letzten Besuch noch stattlicher? Ein dürrer Haken bist du geworden. Nur noch Haut und Knochen sind von dir übrig.«

»Ich, ich war krank«, stammelte Gervasius.

»Das tut mir leid. Ich hoffe, es war es nichts Ansteckendes.«

Wollte er hier wirklich arbeiten? War er überhaupt in der Lage, hier zu arbeiten?

»Nun steh nicht so herum, Junge, setz dich endlich hin!«

Er war froh, sich setzen zu können, seine Knie waren wacklig geworden. Er mochte den Alten nicht besonders, und der Alte schien ihn ebenso wenig zu mögen. Der Richter starrte ihn einige Momente lang grimmig an, dann schien er sich daran zu erinnern, was die Höflichkeit gebot.

»Und, wie gefällt dir unsere Stadt, Junge?«

»Ich habe noch nicht allzu viel davon gesehen, Herr Richter.«

»Nun, du hast ja noch viel Zeit dafür, nicht wahr? Du wirst sehen, die Stadt hat ihre Reize.« Dabei grinste er vieldeutig und zeigte seine Zahnlücken. »Nein, im Ernst, da gibt es die Kathedrale und das dazugehörende Kloster St. Trophime, ein Meisterwerk der Steinmetzkunst. Sieh dir unbedingt die Kapitelle der Säulen im Kreuzgang des Klosters an! Und die berühmte Gräberallee Les Aliscamps. Und das Kloster Montmajour, einige Meilen außerhalb der Stadt in den Sümpfen gelegen. Es wird dir hier gefallen, Junge ... Wie war noch dein Name?«

»Gervasius von Tilbury, Herr Richter.«

»Ja, ich erinnere mich wieder. Der junge von Tilbury, den ich zu meinem Nachfolger ausbilden soll. Dann will ich dir jetzt den Fall schildern, mit dem ich zurzeit beschäftigt bin. Es geht um Besitzrechte an einem Landstück nördlich der Stadt. Die Parteien sind seit Jahren zerstritten.«

Boso von Provence machte sich daran, Gervasius mit den Einzelheiten des Falles vertraut zu machen, und dieser vergaß schnell die staubige, enge Unordnung um sich herum und spürte seit seiner Krankheit erstmals wieder einen Hauch von Begeisterung für eine Sache und so etwas wie Lebensfreude. Er würde alles daransetzen, ein guter Richter zu werden. Ein sehr guter Richter.

Zwei Monate nachdem Gervasius in Arles eine neue Heimat gefunden hatte, wurde er zu einer Abendgesellschaft im Hause des Bürgermeisters Pierre de Castelnau gebeten. Die Einladung überbrachte der Erzbischof Imbert persönlich.

»Es scheint, der alte Pierre hat Gefallen an Euch gefunden, Gervasius. Macht das Beste daraus!«, riet er lächelnd.

Was Imbert damit gemeint hatte, wurde im Laufe des Abends bei den Castelnaus sehr schnell offenbar. Insgesamt waren zehn Personen anwesend. Neben dem Hausherrn, seinem Sohn Uc de Castelnau und der etwa achtzehnjährigen Tochter Cathérine saßen Boso von Provence, Gervasius, zwei einflussreiche Bürger der Stadt mit ihren Frauen und ein päpstlicher Legat an der Tafel. Letzterer war auf der Durchreise nach Spanien, wie er wiederholt gelangweilt betonte. Bereits bei der Vorstellung hatte der Bürgermeister Gervasius ausführlicher als mit den anderen Gästen mit seiner Tochter bekannt gemacht.

»Meine Cathérine ist ein sehr liebes Mädchen. Und sie ist fleißig. Sie führt mir den Haushalt, seit ihre Mutter vor drei Jahren starb. Gott sei ihrer Seele gnädig. Begrüß den aufstrebenden jungen Richter Gervasius von Tilbury, Cathérine!«

Sie hatten sich voreinander verbeugt. Auf Gervasius hatte das Mädchen keinen besonderen Eindruck gemacht. Sie war unauffällig. Das war die Beschreibung, welche ihm zuerst einfiel. Sie war weder dick noch dünn, weder hässlich noch schön. Ihr Haar hatte eine nichtssagende Farbe: Es war feldmausbraun. Ihre Schultern waren ein wenig zu schmal. Nur ihre Augen hatten ihm gefallen, sie waren groß und braun und hatten einen warmen Schimmer. Während des Essens versuchte ihr Vater wiederholt, die beiden in ein Gespräch zu ziehen, was schwer war, weil sie nicht viel gemeinsam hatten und weil Cathérine zudem ein wenig schüchtern war. Pierre de Castelnau versuchte es mit den Sehenswürdigkeiten der Stadt, von denen Gervasius noch immer nicht viel gesehen hatte, da er sich nach dem ersten Tag sofort in die Arbeit gestürzt hatte. Immerhin hatte er das Portal der erst vor wenigen Jahren fertiggestellten Kathedrale bewundert. Bis in den Innenraum des Gotteshauses hatte er es noch nicht geschafft.

»Das Portal mit dem Weltengericht ist sehr eindringlich geraten. Unser Herr Jesus Christus als Richter in der Mitte, über ihm der Engelchor und unter ihm die Apostel. Rechts schreiten die Seligen in Richtung Himmel, linker Hand wartet auf die Verdammten eine Horde von feixenden Teufeln, die die schlimmsten Höllenqualen für die armen Seelen ersonnen haben und es kaum noch abwarten können, ihre Ideen in die Tat umzusetzen.«

»Ihr habt sehr genau über das Bild nachgedacht, scheint mir, Magister«, bemerkte daraufhin Cathérine mit leiser Stimme und fuhr fort: »Das Portal und alle Skulpturen der Kathedrale und des Klosters wurden in der Werkstatt eines weit gerühmten Handwerksmeisters geschaffen, der nicht möchte, dass sein Name bekannt wird. Ihm genügt der Lohn, der ihn in der Ewigkeit erwartet.«

»Wie Ihr Euch sicher vorstellen könnt, sind wir sehr stolz darauf, dass in unserer bescheidenen Kirche seine Majestät, der Kaiser des Heiligen Römischen Reiches, sich vor fünfzehn Jahren zum König des Arelats krönen ließ«, fügte ihr Vater hinzu.

»Das muss ein überwältigendes Ereignis gewesen sein«, erklärte Gervasius höflich. »Ich selbst war als Junge Zeuge, wie Friedrich Barbarossa mit Papst Alexander in Venedig zusammentraf. Es hat sich mir tief eingeprägt, wie dieser große weltliche Herrscher vor dem Papst auf die Knie fiel.«

Pierre de Castelnau, der am Kopf der Tafel und direkt neben Gervasius saß, kam wieder, mit leicht gedämpfter Stimme, auf sein bevorzugtes Thema zu sprechen:

»Wisst Ihr, Magister Gervasius, ich bin nicht mehr der Jüngste.«

»Doch Ihr seid noch rüstig!«

»Auch für mich läuft die Zeit allmählich ab. Und vorher möchte ich sicher sein, dass für meine Tochter Cathérine gut gesorgt ist. Ihr versteht, worauf ich hinauswill, Magister?«

»Nun, ich denke schon ...«

»Geradeheraus gesagt, suche ich einen zuverlässigen und standesgemäßen Ehegatten für meine Tochter. Sie ist vielleicht keine Schönheit, doch sie hat ein gutes Herz. Und als Mitgift bekommt sie einen repräsentativen Stadtpalast in bester Lage.«

Bei dem Wort »Stadtpalast« war der Sohn des Bürgermeisters, Uc, der etwas älter war als Cathérine, jedoch jünger als Gervasius, aufmerksam geworden.

»Ihr wollt das Palais Cathérine als Mitgift geben, Vater? Das könnt Ihr nicht tun! Der Palast befindet sich seit Jahrhunderten in Familienbesitz, und dort sollte er auch bleiben. Warum wollt Ihr sie überhaupt verheiraten? Im Kloster wäre sie besser aufgehoben!«, mischte er sich in das Gespräch.

»Das reicht, Uc! Ich werde mit dem Palais verfahren, wie ich es für richtig halte. Ich handle durchaus zum Wohl unserer Familie! Du dagegen denkst nur an deinen eigenen Vorteil!«, rief der Bürgermeister aufgebracht.

Uc verzog das Gesicht zu einer hässlichen Grimasse der Wut und schwieg. Cathérine, die das Gesagte ebenso gehört hatte, war rot angelaufen vor Scham.

»Wenn Ihr mich entschuldigt, Vater«, rief sie und erhob sich ruckartig vom Tisch. Dann lief sie durch die Terrassentür hinaus in den Garten. Gervasius war peinlich berührt. Er empfand zum ersten Mal Mitgefühl für die reizlose Tochter des Bürgermeisters. Dieser hatte seine Reaktion beobachtet und zwinkerte ihm jetzt zu.

»Es wäre vermutlich gut, wenn Ihr auch ein wenig Luft schnappen würdet, Magister Gervasius«, sagte er lächelnd. Uc stand nun ebenfalls auf.

»Ich empfehle mich der Gesellschaft. Es war wie immer ein Vergnügen, Vater«, erklärte er steif, verbeugte sich halb und verließ das Zimmer durch die Vordertür.

Gervasius folgte Cathérine in den Garten. Sie war bis zum Ende der kiesbestreuten Terrasse gegangen und hatte ihre Röcke auf einem großen abgerundeten Findling ausgebreitet. Die untergehende rote Sonne ließ die Farbenpracht der unzähligen Blüten noch einmal aufleuchten. Die Luft war klar und still. Vögel zwitscherten leise in den Zweigen eines mächtigen Ahornbaumes.

»Verzeiht, Mademoiselle Cathérine. Es tut mir leid, dass Ihr Zeuge einer solchen Unterhaltung werden musstet.«

Sie drehte sich zu ihm und lächelte müde.

»Ich bin es gewohnt, dass man über mich verhandelt, als wäre ich ein Möbelstück oder eine Kuh. Dieses Schicksal kann uns Frauen niemand ersparen, es sei denn, wir gehen ins Kloster. Doch das ist nicht mein Weg.«

Die Bestimmtheit, mit der sie das sagte, gefiel ihm.

»Als ich die Einladung Eures Vaters annahm, ahnte ich nichts von seinen Plänen.«

»Das glaube ich Euch gern … Und, werdet Ihr dem Kuhhandel zustimmen?«

Gervasius fühlte sich überrumpelt. Eine so direkte Frage hatte er nicht erwartet. Er entschloss sich zur Ehrlichkeit.

»Das weiß ich noch nicht, Mademoiselle.« Einen Moment später setzte er hinzu: »Doch ich bin geneigt, es zu tun.«

Sie blickte ihn ernst an, ohne die geringste Verstellung, als wollte sie auf den Grund seiner Seele schauen. Anscheinend waren ihr die Schatten entgangen, die auf ihr lagen, denn nach einem sehr langen Augenblick lächelte sie.

»Ich glaube, das ist gut.« Sie flüsterte fast. Dann schwiegen sie eine Weile, ohne das zwanghafte Bedürfnis, die Stille mit Belanglosigkeiten ausfüllen zu müssen. Und beide wussten, es war abgemacht.

Bald durfte Gervasius Boso, den Judex maior der Provence, zu Gerichtsterminen als Beisitzer begleiten. Diese Tätigkeit war ganz nach seinem Geschmack. Es war die beste Vorbereitung auf die Zeit, wenn er selbst die Verhandlungen führen durfte. Vor einem solchen Termin im August, als sie gemeinsam in dessen Zimmer über Gesetzestexten brüteten, setzte er den alten Richter von seiner Verlobung mit Cathérine de Castelnau in Kenntnis. Dieser lachte zuerst schallend und rief dann:

»Respekt, Junge! Du hast dir eine der reichsten Partien der Stadt geangelt! Wie ist es dir gelungen? Warst du von Anfang an darauf aus?«

»Nein, Herr Richter, das war ich nicht. Doch Pierre de Castelnau, mein zukünftiger Schwiegervater, scheint etwas in mir zu sehen, was ich bisher nicht erkannt hatte. Er hält mich für den richtigen Ehemann für seine Tochter. Und mittlerweile glaube ich, er hat recht.«

»Und deine Entscheidung hat rein gar nichts mit dem Stadtpalais zu tun, das dem Gatten der Tochter des alten Castelnau als Trostpreis winkt?«

»Ich kann nicht abstreiten, dass die Aussicht auf einen solchen Besitz die Waagschale mehr in die eine Richtung hat ausschlagen lassen als in die andere. Doch letztlich war es Cathérine selbst, die entschieden hat.«

»Wie soll ich Euch das glauben, Junge? Sie ist nicht gerade eine Schönheit.«

»Nach Schönheit habe ich nicht gesucht. Ich hatte auch nicht nach einer Ehefrau gesucht. Und doch werde ich bald in den Stand der Ehe treten. Im nächsten März, so Gott will. Die Vorbereitungen sollen so viel Zeit in Anspruch nehmen. Ich werde das getrost dem Bürgermeister und seiner Tochter überlassen, denn ich muss noch so vieles von Euch lernen.«

Cathérine

Als er gefragt wurde, wen man auf seiner Seite auf die Gästeliste setzen sollte, überlegte Gervasius nicht lange. Philip sollte kommen, wohin auch immer es ihn verschlagen hatte, ebenso Aimar de Grandmont, wenn er es einrichten konnte, Giles de Chaumont, sein väterlicher Vertrauter aus Waltham, sein ehemaliger Professor Johannes Bassianus und natürlich sein Vater. Er hätte gern auch Joanna, die Witwe des Königs von Sizilien, eingeladen, doch das wagte er dann nicht. Über die musikalische Begleitung des Festes gab es eine kleine Meinungsverschiedenheit. Cathérine hatte vorgeschlagen, einen Troubadour singen zu lassen, doch der bloße Gedanke daran, einen solchen eitlen Narren auf seiner Hochzeitsfeier trällern zu lassen, erregte Gervasius' Widerwillen.

»Aber warum magst du keine Troubadoure?«, erkundigte sich Cathérine verwundert.

»Das zu erklären würde jetzt zu weit führen. Ich mag sie einfach nicht, Cathérine.«

Er dachte dabei an Bertrand de Born und die aufdringliche Art, wie er Ottos Mutter Mathilde besungen hatte. Er wollte so etwas nicht auf seiner Hochzeit.

»Also gut, wenn du sie nicht magst, dann nehmen wir Harfenspieler. Was hältst du davon?«

»Gegen Harfenspieler ist nichts einzuwenden.«

Die Trauung fand Mitte März 1194 in der Kathedrale St. Trophime statt, in der von alters her die Könige des Arelats gekrönt wurden. Am Tag vor der Hochzeit hatte Gervasius den Bau zum ersten Mal von innen bewundern können. Es war ein anmutiges, reich verziertes Gebäude, durch dessen Mittelschiff er nun in Richtung Altar schritt, um sich mit Cathérine de Castelnau, der Tochter des Bürgermeisters von Arles, zu vermählen. Während er in feierlicher Langsamkeit einen Fuß vor den anderen setzte, brauste die Orgel auf, die Klänge schwollen zu einer hohen Woge aus Tönen und brandeten dann hinab in das Kirchenschiff. Wie von der Musik getragen, erreichte Gervasius die Stufen vor dem Altar. Der Priester wartete und neben ihm seine Braut. Gervasius war unerwartet feierlich zumute. Die erhabene Orgelmusik hatte sein Innerstes berührt. Ernst gestimmt nahm er seinen Platz neben Cathérine ein. Auch jetzt zweifelte er nicht daran, dass seine Entscheidung richtig gewesen war. Er blickte zu seiner zukünftigen Gattin und nickte ihr ermutigend zu. Er glaubte, ein Lächeln hinter dem zarten Stoff zu sehen. Mit dieser Frau würde er auskommen, das wusste er. Es würde sein Leben vereinfachen, eine Ehefrau an seiner Seite zu haben. Es würde ihm helfen, beruflich vorwärtszukommen, wenn er erst verheiratet war. Er atmete tief durch. Halb Arles stand hinter ihnen in den Bankreihen. In der ersten Reihe auf seiner Seite wusste er seinen Vater, Philip von Salisbury, Aimar de Grandmont und Johannes Bassianus hinter sich. Nur Giles de Chaumont hatte der Bote nicht ausfindig machen können. Die Trauungszeremonie nahm ihren Gang. Als sie aus der Kirche traten, waren sie ein Paar, vor Gott und der Welt.

Auch bei der Feier im weitläufigen Haus der Castelnaus schien halb Arles anwesend zu sein. Cathérine war nur damit beschäftigt, Hände zu schütteln und Glückwünsche entgegenzunehmen. Gervasius nahm sich die Zeit, in Ruhe mit jedem einzelnen seiner Gäste zu sprechen, denn wer wusste, ob er sie so schnell oder jemals wiedersehen würde? Aimar war jetzt Kämmerer für König Richard, der so gut wie nie in London weilte. Professor Bassianus trug sich mit dem Gedanken, endlich in den wohlverdienten Ruhestand zu treten und sich mehr der Familie zu widmen. Seine Nichte Sophia hatte gerade das fünfte Kind geboren. Was Philip zu erzählen hatte, erstaunte Gervasius am meisten.

»Ob du es glaubst oder nicht, ich überlege, dem Hofleben Lebewohl zu sagen und stattdessen endlich die Ländereien meines Vaters zu übernehmen, die seit Jahren ein Stellvertreter verwaltet. Ich könnte meine eigenen Jagdgesellschaften abhalten und fröhliche Feste geben.«

Robert von Tilbury war alt geworden. Sein Haar war vollständig ergraut. Er ging leicht gebeugt. An diesem Tag war er ungewohnt warmherzig.

»Mein lieber Junge, es freut mich, dass du diesen Schritt endlich machst. Es geht nichts über eine gute Ehe. Vielleicht ist mir das Glück vergönnt, meine Enkel noch zu sehen.«

Gervasius war gerührt, so sehr, dass er die Tränen nur mühsam unterdrücken konnte. Er nahm die Hand seines Vaters und drückte sie, so fest er konnte.

Tief in der Nacht, nach Stunden endlosen Feierns und Speisens, war der Moment gekommen, in dem die Gäste das Brautpaar in ihr Schlafgemach geleiteten. Es war abgemacht worden, dass sie die Hochzeitsnacht noch im Hause des Bürgermeisters verbringen und erst am nächsten Morgen in ihr neues Zuhause, das gelbe Palais, einziehen würden. Unter großem Gejohle und zotigen Scherzen wurden sie regelrecht die Treppenflucht hinauf in die mit Blumen geschmückte Kammer im ersten Stock gehetzt. Man schob sie in das Zimmer, dann schloss sich die Tür hinter ihnen. Sie hörten, wie die Meute der Gäste die Treppe hinabpolterte, um im Saal weiterzufeiern, bis sie das Signal zur Inspektion der Laken bekamen. Plötzlich war es ruhig. Wie betäubt standen Gervasius und Cathérine sich in dem Raum gegenüber, in dem es nach Frühlingsblumen und getrocknetem Lavendel duftete. Jemand hatte einen Kandelaber neben das Bett gestellt und die Kerzen entzündet. Cathérine strich sich eine Strähne ihres mausbraunen Haares aus der Stirn und ließ sich vorsichtig auf das frisch bezogene Lager sinken. Sie lächelte nicht. Gervasius hatte sich geistig auf diesen Moment vorbereitet. Du brauchst keine Angst zu haben, wollte er sagen. Ich habe genügend Erfahrung, um zu wissen ... Doch er kam nicht dazu.

»Bitte hör mir zu!«, erklärte sie bestimmt. »Ich weiß, dass ich nicht schön bin. Meine Brüste sind zu klein und sitzen nicht hoch genug. Mein Haar glänzt nicht wie gesponnenes Gold in der Sonne. Aber ich werde dir eine gute Frau sein ... wenn du mich lässt.«

»Und ich werde dich immer in Ehren halten, das verspreche ich dir«, antwortete Gervasius.

»Ich bin noch nicht fertig, mein Gemahl: Ich wollte sagen, wenn du mich aufgrund meiner äußerlichen Mängel nicht in deinem Bett willst, kann ich damit leben. Nur nicht heute Nacht. Die Leute da unten warten nur darauf, dass wir ihnen das blutige

Laken präsentieren, als Zeichen meiner Entjungferung. Es wäre eine unerträgliche Schande für mich, wenn sie nicht fänden, wonach sie suchten.«

Jetzt verstand Gervasius. Er lächelte und berührte sachte ihren Arm. »Das wird nicht geschehen, liebste Cathérine. Du bist meine Frau, und natürlich werden wir die Ehe vollziehen. Du bist vielleicht nicht im landläufigen Sinn schön, doch bist du liebenswerter als manche sogenannte Schönheit.«

Das brachte auch in ihr besorgtes kleines Gesicht ein vorsichtiges Lächeln. Sie hielt es ihm entgegen. Küssen war etwas, was ihm keine Hure gestattet hatte. Den folgenden Teil beherrschte er wieder. Geschickt entkleidete er sie und berührte sie an den richtigen Stellen, doch sie fing nicht an zu stöhnen, wie es die Huren getan hatten. Es wurde schwierig, doch schließlich erreichte er sein Ziel, während sie stumm unter ihm lag. Am Ende rollten sie vom Laken und suchten nach den Malen, die den Vollzug ihrer Ehe bewiesen. Der kleine rote Fleck hob sich von dem weißen Laken deutlich ab. Nachdem sie sich angekleidet hatten, öffnete Gervasius die Tür, um die Zeugen zu rufen.

Das gelbe Palais wurde so genannt wegen des gelblichen Sandsteins, aus dem es erbaut worden war. Gervasius war einige Male daran vorbeigelaufen, ein repräsentatives Haus am Place de la Major, in Steinwurfweite von der Kirche Notre Dame de la Major. Am Morgen nach der Hochzeitsfeier betrat er sein neues Heim in Begleitung von Cathérine zum ersten Mal. Er war glücklich. Er hatte nun eine Gattin und einen Palast in bester Lage in Arles. Was konnte ein Mann mehr wollen? In der großzügigen, zwei Stockwerke hohen Eingangshalle wurden sie von zwei Bediensteten begrüßt.

»Das ist Henri, unser Hausdiener. Er wurde eigens für uns eingestellt«, erklärte Cathérine. Henri war in Gervasius' Alter, groß und hager und sehr schweigsam, doch, wie sich bald herausstellte, eine zuverlässige und treue Seele.

»Und hier haben wir Céline, die bereits als sehr junges Mädchen angefangen hat, für unsere Familie zu arbeiten. Sie ist ab heute unsere Haushälterin.« Céline knickste artig. Sie war eher mollig, wenig älter als Cathérine und so etwas wie eine Vertraute für diese, wie Gervasius schnell herausfand. Mit den beiden im Schlepptau zeigte Cathérine ihm stolz die Räume des Hauses, welches bisher vor allem als Gästehaus gedient hatte, in dem die Familie de Castelnau Verwandte und andere auswärtige Besucher unterbrachte. Während sie von Raum zu Raum gingen, wuchs Gervasius' Begeisterung. Er fühlte sich von Anfang an zu Hause in dem Palais mit den gemütlichen Dielenböden und den hohen Decken. Im Gebäude gab es drei Räume mit Kamin: im Erdgeschoss der Salon und die modern ausgestattete Küche, im ersten Stock ein schönes Zimmer mit Blick auf den Garten. Diesen Raum erkor Gervasius zu seinem Arbeitszimmer. Zuletzt kamen sie in den von hohen Mauern umgebenen Garten. Alte Obstbäume spendeten Schatten, Blumenrabatte gaben Farbe, und in den Gemüsebeeten wuchsen Kartoffeln, Karotten, Auberginen und anderes Gemüse für den Kochtopf heran. Der Gedanke, nun einen eigenen Garten zu besitzen, bereitete Gervasius eine unbändige Freude.

»Damals, als Junge in Waltham, habe ich fast nichts lieber getan, als Beete umzugraben und Unkraut zu jäten!«, versuchte er dieses Gefühl mit Cathérine zu teilen.

»Nun«, erwiderte Cathérine lachend, »das werden in Zukunft Henri und Céline für dich übernehmen. Als Herr des Hauses musst du dir nicht mehr die Finger schmutzig machen.«

»Du hast recht, ich werde gar nicht die Zeit dafür haben.«

Aber in der knapp bemessenen freien Zeit, die ihm blieb, nahm er sich vor, wollte er sich doch gelegentlich mit seinem Garten beschäftigen.

Bei ihrer Unterredung auf der Hochzeitsfeier hatten Gervasius und Philip festgestellt, wie schade es war, dass sie sich so selten sahen. Daher hatten sie verabredet, in Zukunft wenigstens per Brief regelmäßig voneinander hören zu lassen. Philips erster Brief fand im November des Jahres seinen Weg in das gelbe Palais. Als er ihn in den Händen hielt, konnte Gervasius nicht umhin, über die bloße Tatsache, dass sein Freund sich die Mühe gemacht hatte, sich hinzusetzen und sich der ungeliebten Tätigkeit des Schreibens hinzugeben, erstaunt und gerührt zu sein. Philips Schrift war etwas ungelenk. Man merkte ihr an, dass er ein wenig aus der Übung war.

Gervasius, alter Freund und Blutsbruder,
es ist wahr, ich habe mich der unseligen Mühe unterzogen, diese Zeilen an dich aufzusetzen. Ich hoffe, du weißt diesen Umstand entsprechend zu würdigen. Du erinnerst dich vielleicht, wie ich auf deiner Hochzeit prahlte, ich würde es mir in Zukunft als Landedelmann auf meinen Gütern gut gehen lassen und den Hof den Hof sein lassen? Ich habe es nicht über mich gebracht. Oder besser, ich konnte mich nicht losreißen. Wenn Henry II., Gott sei seiner Seele gnädig, ein unruhiger Geist war, so ist sein zweitältester Sohn und jetziger König von England noch sehr viel unruhiger. Ihn hält es gar nicht in dem Land, dessen Königstitel er trägt. Immerfort zieht es ihn nach Süden, in die großzügigen Ländereien von Aquitanien und Poitou, die er seiner Mutter zu verdanken hat, die noch immer diejenige ist, die letztendlich dort die Macht ausübt. Nachdem Richard im Februar aus der Haft entlassen worden war, hat er alle seine Getreuen um sich geschart und auch bei den früheren Höflingen seines Vaters um Unterstützung geworben, da er alle Mittel braucht, um die für ihn gestellten Geiseln baldmöglichst ebenfalls zu befreien. Er fragte mich, ob ich ihm weiter dienen wolle, wie ich seinem Vater gedient habe, und ich sagte zu meiner eigenen Überraschung Ja. Als wir uns bei deiner Hochzeit besprachen, hielt ich es nicht für passend, dich davon zu unterrichten – auch reichte die Zeit nicht dafür –, dass auch dein früherer Schützling Otto von Braunschweig und sein jüngerer Bruder Wilhelm zu den zweiundsiebzig Geiseln gehörten, die für Richard festgesetzt wurden. Im Oktober ist Otto endlich wieder freigekommen. Sein Bruder hingegen ist noch immer in der Gewalt der beiden Leopolds von Österreich. Über Ottos Rückkehr ist der König

sehr erleichtert. Er setzt jetzt alles daran, auch Wilhelm und die anderen Geiseln freizubekommen. Ich reise derweil mit dem Hof durch das schöne Aquitanien. Es ist ein bemerkenswertes Land und es wird nie langweilig in der Umgebung Richards, so viel kann ich sagen. Doch zu dir: Wie bekommt dir das Eheleben? Der Bürgermeister wartet vermutlich auf Enkelkinder. Haben Eure Bemühungen in dieser Hinsicht schon Früchte getragen? Ich beneide dich doch ein wenig um deinen Zustand. Jeden Abend wärmt dir eine Frau das Bett vor. Schade nur, dass es immer dieselbe ist. Ansonsten hätte die Ehe vielleicht auch für einen Schwerenöter wie mich ihren Reiz.

In Erwartung einer ausführlichen Antwort
Dein Vetter und Bruder Philip

Gervasius setzte sich am selben Abend in sein Studierzimmer und schrieb zurück.

Lieber Philip,
sei gegrüßt, Vetter und Blutsbruder. Das sind bewegende Neuigkeiten, die du mir da mitgeteilt hast. Hoffen wir, dass der Bruder Ottos auch bald aus der Haft entlassen wird. Wie geht es Otto? Befindet er sich ebenfalls am Hof König Richards? Ich erinnere mich daran, wie ich dem Jungen vor Jahren das Normannische beibrachte. Er war ein gelehriger Schüler. Inzwischen muss er an die neunzehn Jahre zählen und längst ein Mann geworden sein. Wie macht er sich?
Bei uns in Arles läuft alles seinen geregelten Gang. Cathérine und ich haben letzte Woche eine Abendgesellschaft gegeben, bei der die wichtigsten Männer der Stadt mitsamt ihren Ehefrauen anwesend waren. Es war ein voller Erfolg. Cathérine versteht es, solche Feierlichkeiten zu begehen, und sie ist eine überaus beliebte Gastgeberin. Seit dieser Gelegenheit können wir uns vor Einladungen kaum noch retten. Der einzige Wermutstropfen war der Ausfall ihres Bruders Uc, der das Palais lieber für sich gehabt hätte und mir nach einigen Bechern

Wein lautstark vorwarf, ich hätte mich in seine Familie eingeschlichen und Cathérine nur geheiratet, um mir das Palais aneignen zu können. Schließlich musste ich Henri bitten, Uc von der Tafel zu entfernen, da er den Gästen Angst machte mit seinem Wutanfall. Was das Zeugen von Nachkommen betrifft, hast du recht, wir üben fleißig. Doch bisher hat sich noch keine Wirkung gezeigt. Ich bin weiter guter Hoffnung, und Cathérine ist es hoffentlich auch bald. Meine Arbeit als Beisitzer des obersten Richters ist sehr abwechslungsreich und erfüllt mich mit nie gekannter Befriedigung. Nebenbei schreibe ich noch immer an meinem Buch über die Wunder der Welt, welches ich ursprünglich dem Erzbischof von Reims zu widmen gedachte. Also, wenn dir wundersame Begebenheiten geschehen oder zugetragen werden, zögere nicht, sie mit mir zu teilen.

Dein Vetter und Freund
Gervasius von Tilbury

Philips nächster Brief erreichte Gervasius im Oktober des folgenden Jahres, 1195. Was hatte sich in der Zwischenzeit am Hof König Richards ereignet? Gervasius zog sich eilig in sein Arbeitszimmer zurück, um den Brief in Ruhe zu studieren.

Gervasius,
mein Freund und Blutsbruder, dieses Mal habe ich schlechte und gute Nachrichten für dich. Ich beginne mit den schlechten: Der Vater deines ehemaligen Schützlings Otto von Braunschweig, Herzog Heinrich der Löwe, den wir beide im Jahr 1183 am Hof Henrys II. kennenlernen durften, ein Mann von großer Autorität und Würde, verstarb in diesem Sommer. Otto, der an unserem Hof weilt, war sehr betrübt, als er vom Tod des Löwen hörte. Um ihn zu trösten und auf andere Gedanken zu bringen, beschloss König Richard, seinen Lieblingsneffen zum Ritter zu schlagen. Er hat eigens zu diesem Zweck eine große Feier in der Festung von Loches veranstaltet. Dies hat Otto ein wenig aufgeheitert. Aber es wird

wohl noch eine Weile dauern, bis er sich von diesem Schlag erholt, besonders da seine geliebte Mutter Mathilde bereits vor fünf Jahren verstarb. Auch ein Turnier sollte stattfinden, doch das wurde wegen des schlechten Wetters auf das kommende Frühjahr verschoben. Gut hingegen ist die Nachricht, dass sein Bruder Wilhelm zusammen mit den restlichen in der Obhut Leopolds verbliebenen Geiseln nach England zurückkehren durfte. Du fragst, wie Otto sich macht. Ich würde sagen, er hat viel von seinem Vater. Auch ist er Richard sehr ähnlich.

Wie steht es mit den Nachkommen? Es scheint, mit deiner Ehe, dem Palais und dem Richterposten in Arles hast du es ausnehmend gut getroffen. Man könnte fast versucht sein, dich zu beneiden. Fast.

In brüderlicher Liebe
Dein Vetter und Freund
Philip von Salisbury

Eine Woche nach Eintreffen von Philips Brief gab Gervasius dem Boten folgendes Antwortschreiben an seinen besten Freund mit:

Lieber Philip,
du schreibst viel vom König und Otto, seinem Neffen. Doch wie geht es dir selbst? Was für Pläne hast du für deine Zukunft? Ich nehme an, auch unter Richard bist du für die Betreuung der Hunde zuständig.

Ich bin viel beschäftigt, mein Leben ist ausgefüllt, und doch wünschte ich manchmal, wir könnten zusammen durch London ziehen oder durch die Ländereien von Waltham streifen, wie in alten Zeiten. Doch wir sind erwachsen und haben uns entsprechend zu verhalten. Was meine Ehe betrifft: Bei uns hat sich noch immer kein Nachwuchs angekündigt. Cathérine wird einfach nicht schwanger, worunter sie selbst am meisten leidet. Umso mehr bemüht sie sich, die großartigsten Gesellschaften und Empfänge zu geben. Es schmerzt mich, mit anzusehen, wie unglücklich sie über den fehlenden Erben

ist. Für Uc ist dies ein Beweis, dass unsere Ehe ein Schwindel ist, und das betrübt Cathérine nur noch mehr. Die Arbeit mit dem Richter Boso beansprucht einen großen Teil meiner Zeit. Boso ist immer öfter unpässlich und überlässt mir dann den Vorsitz der Verhandlung, obwohl noch immer er der Judex maior ist. Ich will mich nicht beklagen. Das Leben, das ich führe, ist ein gutes.
Halte mich weiterhin auf dem Laufenden und lass dich vielleicht mal in Arles blicken, wenn du mit dem Hof in den südlichen Landesteilen weilst.

Dein Freund und Vetter
Gervasius von Tilbury

Erst ein gutes Jahr später, im Januar 1197, erhielt Gervasius den nächsten Brief. Er hatte schon begonnen, sich Sorgen um den Verbleib des Freundes zu machen.

Lieber Gervasius,
es ist viel geschehen in den letzten Monaten. Der Hof ist ständig unterwegs gewesen, und ich hatte wenig Gelegenheit, mich zurückzuziehen und die Feder in die Tinte zu tauchen. Auch ich vermisse manchmal, besonders in jenen Nächten, wenn ich mich unruhig auf einem provisorischen Lager in einer fremden Burg wälze, unsere Tage des Herumstromerns, als wir alle unsere Sorgen und Freuden teilten. Die erste Neuigkeit vom Hof der Plantagenets: König Richard hat Otto mit Aquitanien und Poitou belehnt. Er darf sich jetzt Herzog von Poitou und Aquitanien nennen, doch das letzte Wort in allen Dingen hat immer noch Eleanor, die weiterhin Herzogin bleibt. Es folgt eine zweite: Joanna hat im Dezember letzten Jahres erneut geheiratet. Auf Betreiben ihrer Mutter ist die Verbindung zu Raymond von Toulouse zustande gekommen. Joanna ist jetzt Gräfin von Toulouse und wird bald wieder in deiner Nähe leben. Was gibt es Neues in Arles? Lass von dir hören.

Dein Freund und Vetter
Philip von Salisbury

Gervasius verfasste, einen Tag nach Eintreffen des Briefes, folgende Antwort:

Lieber Philip,
es freut mich zu hören, dass Joanna diese vorteilhafte Partie gemacht hat. Ihre Situation in Sizilien war, soweit mir bekannt, zuletzt unhaltbar geworden, trotz der Vereinbarung, die König Richard dem Usurpator Tankred abgetrotzt hatte, denn seit drei Jahren ist Kaiser Heinrich VI. König von Sizilien. Es freut mich, sie in meiner Nähe zu wissen. Was Otto betrifft, er scheint seinen Weg zu gehen. Ich würde es begrüßen, wenn du mich weiterhin über seinen Werdegang auf dem Laufenden hältst. Ich fühle eine gewisse Verantwortung für ihn, vielleicht weil er einst mein Schüler war, wenn auch nur für einige Monate. Wer weiß, hätte ich seine Ausbildung weiterführen können, wäre aus ihm gar ein richtiger Gelehrter geworden?
Cathérine und ich haben unsere Versuche, Nachkommen zu zeugen, vorerst aufgegeben. An Leidenschaft und Begehren mangelt es in unserer Ehe. Dagegen sind wir, was Respekt und Verständnis für den anderen betrifft, sehr viel besser gestellt. Derzeit habe ich wenig Zeit für sie und unser gemeinsames Leben, da Richter Boso, der Judex maior, ernsthaft erkrankt ist, und ich alle Verhandlungen, die anfallen, alleine führen muss.

Bis zum nächsten Mal
Dein Freund und Vetter
Gervasius von Tilbury

Judex maior

Etwas mehr als ein Jahr später, im März des Jahres 1198, trafen neue Nachrichten von Philip ein. Viel hatte sich ereignet in der Zwischenzeit. Unglaubliche Entwicklungen hatten sich angebahnt. Kaiser Heinrich VI., der Sohn von Friedrich Barbarossa, hatte während seines Aufenthaltes im Heiligen Land unerwartet das Zeitliche gesegnet. Sofort beschäftigte die Wahl eines Nachfolgers die Gemüter. Man brachte sowohl den französischen König Philipp August als auch Richard Löwenherz ins Gespräch. Doch beiden war nicht an der Kaiserwürde gelegen, hatten sie doch genug damit zu tun, sich gegenseitig die Vorherrschaft in Frankreich streitig zu machen. Dafür ließ König Richard von einem Abgesandten bei einem Vorgespräch zur Königswahl seine beiden sächsischen Neffen, Heinrich und Otto, die Söhne Herzog Heinrichs des Löwen, vorschlagen. Bald verengte sich die Auswahl neben Philipp von Schwaben, einem weiteren Sohn Barbarossas, auf Otto von Braunschweig, dessen älterer Bruder Heinrich sich noch im Heiligen Land aufhielt und daher nicht verfügbar war. Er war zusammen mit dem mächtigen Herzog von Brabant auf den Kreuzzug Heinrichs VI. gezogen. Philipp schilderte in seinem Brief König Richards Bemühungen, durch Geld und politische Einflussnahme Otto den Weg zu ebnen. Diese entscheidenden Neuigkeiten konnte Gervasius nicht in der Weise würdigen, wie er es unter anderen Umständen getan hätte. Der alte Richter Boso von Provence lag im Sterben. Er hatte sich Anfang Februar in sein Bett gelegt und war seitdem nicht mehr aufgestanden. Jetzt schien es mit ihm sehr schnell zu Ende zu gehen. Doch der Alte stemmte sich gegen den Griff des Todes, weil er sich sorgte, Gervasius könnte noch nicht ausreichend auf die Weiterführung seines Amtes vorbereitet sein. Gervasius wusste nicht, wie er dem Alten deutlich machen konnte, dass er dazu in der Lage war, das Amt in Bosos Sinn weiterzuführen.

Er kam gerade von einem Besuch am Bett des Sterbenden, als Cathérine ihn in der Eingangshalle erwartete. Es war früher Nachmittag.

»Wie lange, denkst du, wird es noch so weitergehen?«

»Es kann sich nur noch um Tage handeln, sagte der Arzt, dem ich auf dem Weg aus der Krankenkammer hinaus begegnete.«

»Es ist schönstes Frühlingswetter. Céline hat an unserem

Lieblingsplatz im Garten eingedeckt. Sie wird gleich kommen und uns Tisanes und Gebäck bringen.«

Gervasius lächelte. »Was würde ich nur tun, wenn ich dich nicht hätte?«

Sie strich ihm über den Arm und schob ihn dann Richtung Terrassentür. Ihrer beider Lieblingsplatz im Garten war ein aus Feldsteinen gelegtes Rund an der hinteren Gartenmauer, im Schatten eines uralten, knorrigen Olivenbaumes, der so früh im Jahr noch nicht sein ganzes Blätterkleid angelegt hatte. Hier hatte Cathérine kurz nach ihrem Einzug einen kleinen Tisch und mehrere Stühle aufstellen lassen, die den Winter in einem Abstellraum verbrachten und in den ersten Frühlingstagen zu neuen Ehren kamen. Nachdem sie es sich behaglich gemacht hatten, erschien Céline mit einer Kanne fein duftenden Kräuteraufgusses. Cathérine wartete, bis Céline außer Hörweite war, dann nahm sie ihr Gespräch erneut auf:

»Wie kann Boso behaupten, du wärst noch nicht in der Lage, sein Amt zu übernehmen? Er bereitet dich seit fast vier Jahren auf diesen Tag vor. Er weiß, dass du es kannst!« Cathérine war ungewöhnlich aufgebracht für ihre Verhältnisse.

»Das stimmt wohl. Doch es fällt ihm schwer. Du musst bedenken: Sein Amt war sein Leben«, erwiderte Gervasius.

»Daher also deine lange Lehrzeit. Er muss geahnt haben, dass sein Leben zu Ende sein wird, wenn er seinen Beruf nicht mehr ausüben kann.«

Ihre Stimme klang jetzt nicht mehr aufgebracht, sondern war warm von Mitgefühl. Das war es, was er an Cathérine liebte. In schweigendem Einverständnis tranken sie ihre Tisanes. Gervasius schaute sich im Garten um, ließ seinen Blick von dem Olivenbaum zu den Blumenrabatten mit den zarten Frühblühern und den ersten grünen Trieben im Gemüsebeet schweifen. Seit vier Jahren lebte er nun in Arles, und es erstaunte ihn jedes Mal aufs Neue, wie schnell der Frühling in die Provence kam. In seiner Heimat England lag um diese Jahreszeit zuweilen noch Schnee. Wie viel mehr könnte er diese Zeit genießen, wenn diese Geduldsprobe endlich vorüber wäre!

Drei Tage nach ihrem Gespräch im Garten schloss Richter Boso, der Judex maior der Provence, für immer die Augen. Die Beerdigung wenig später war ein gesellschaftliches Ereignis ersten Ranges, zu dem alle wichtigen und angesehenen Persönlichkeiten der Stadt Arles und sogar aus der näheren Umgebung kamen, um dem altgedienten Richter die Ehre zu erweisen. Cathérine hatte am Todestag Bosos überraschend erklärt, sie wolle für den alten Mann den Leichenschmaus in ihrem Palais abhalten, da dieser keine näheren Angehörigen mehr hatte. Gervasius war einverstanden. So kam es, dass an einem Tag in der zweiten Märzhälfte sich wieder einmal halb Arles ein Stelldichein in ihrem Haus gab. Trotz der Trauer waren alle Gäste ausnehmend hungrig und durstig, und Cathérine, Henri und Céline hatten alle Hände voll zu tun, regelmäßig für Nachschub zu sorgen, während Gervasius die Kondolenzbezeugungen für Boso entgegennahm. Es war niemand sonst da, der es hätte tun können. Erst nach der Beerdigung war Gervasius in der Lage, Philip auf seinen Brief zu antworten. Er hatte dieses Mal selbst eine Menge zu berichten.

Gut fünf Monate später, Gervasius hatte aufgrund seiner alleinigen Verantwortung für das Amt des obersten Richters der Provence kaum gemerkt, wie die Zeit vergangen war, erreichte ihn der nächste Brief von Philip.

Gervasius, mein Freund,
Glückwunsch zum Judex maior! Es freut mich, dass du am Ziel deiner Wünsche angelangt bist und endlich das Amt innehast, auf das du so lange hingearbeitet hattest. Die Menschen, die ich kenne, kommen voran in der Welt. Du, Richter der Provence, Joanna, Königin von Sizilien und dann Gräfin von Toulouse, Richard, König von England, Otto, deutscher König, aber davon habe ich noch gar nicht berichtet: Er ist wirklich zum deutschen König gewählt worden, dein Schützling Otto! Im Juli fand die Krönung in Aachen statt, König Richard bestand darauf, dass sein gesamter Hof anwesend sein würde! Und es

war ein unvergleichliches Erlebnis, wie dieser Jüngling im eigens für ihn angefertigten roten Mantel, bestickt mit Sternen, Monden und Löwen, in die Knie ging, um dann mit der Krone auf dem Haupt, als König wieder aufzustehen. Ich gebe es zu: Es hat mich gerührt, zu Tränen fast. Und zu verdanken hat er das seinem Oheim, der sein Gold und seinen Einfluss geltend gemacht hat, um für ihn zu werben. Und den drei reichen Kölner Bürgern, die auf den Bischof Adolf von Köln eingewirkt haben, damit dieser ihren Favoriten wählt, der ihnen weiterhin gute Handelsbeziehungen zu England verschafft. Und dann, im August, hat Otto sich auch noch verlobt! Mit Maria von Brabant, der Tochter des mächtigen Herzogs Heinrich von Brabant und seiner gewieften Gattin Mechthild, die ihre Finger bei der Wahl Ottos ebenfalls im Spiel hatte. Das Rad der Fortuna dreht und dreht sich immer schneller, scheint mir, doch die Frage ist, zum Guten oder Schlechten?

Was macht dein Haus, deine Frau, dein Garten?

Es grüßt dich dein Vetter, Freund, Bruder im Blute
Philip von Salisbury

Gervasius' Antwort fiel kurz aus dieses Mal. Zu sehr drückten Verantwortung und Arbeit. Er war jetzt *der* Richter, und von diesem wollte anscheinend jeder etwas.

Erst im Mai des folgenden Jahres, 1199, hörte er wieder von Philip. Die Nachrichten waren schlecht.

Gervasius,

ich weiß nicht, wie ich beginnen soll. Unser König Richard hat unerwartet diese Welt verlassen. Es geschah Anfang April in Châlus, als er in eine Fehde mit den Grafen von Lusignan verwickelt war. Er belagerte mit seinen Leuten eine Burg, zu dem Zeitpunkt trug er keine Rüstung, da die Kampfhandlungen ruhten. Er stand auf einer Wiese vor der Stadt und blickte zur Burg hinauf. Da traf ihn ein Pfeil aus dem feindlichen Lager. Ein feiger Angriff auf einen Unbewaffneten! Der König wurde in sein Zelt gebracht. Die Wunde wurde brandig und eiterte. Bald begriffen alle, dass er sich nicht wieder erholen würde. An seinem letzten Tag nahm er seinem Heerführer das Versprechen ab, den Schützen zu verschonen. Er hatte ihm bereits vergeben und seinen Frieden mit ihm gemacht. Doch Richards Heerführer, ein grimmiger Gesell, bei dessen Anblick mir immer das Blut in den Adern gefriert, ließ den Unglücklichen zu sich bringen und ihm bei lebendigem Leibe die Haut abziehen. Mein ist die Rache, ich will vergelten, spricht der Herr, doch das gilt offenbar für diesen Söldner nicht. Ich möchte am Tag des Jüngsten Gerichts nicht in seiner Haut stecken, verzeih den Scherz. Denn eigentlich ist mir zum Scherzen nicht zumute. Ich werde dem Hofleben Adieu sagen und mich nach England begeben, um auf den Gütern zu leben, die mein Vater mir vermacht hat. Du glaubst mir nicht? Ich meine es ernster als jemals zuvor. Die Hölle wird zufrieren, bevor ich der Schlange John diene, die Richard auf den Thron folgen wird. Niemals! Du sollst wissen, dass ich mich noch heute auf den Weg nach Süden machen werde, um dich in Arles zu besuchen, bevor ich in unsere alte Heimat zurückkehre. Es ist sicherlich für ein paar Tage ein Bett in eurem gelben Palais für einen alten Freund frei.

Auf bald
Dein tief betrübter Vetter und Freund
Philip von Salisbury

Es erübrigte sich für Gervasius, eine Antwort zu verschicken. Er brauchte nur auf die Ankunft des Freundes zu warten, ein Ereignis, auf das er sich trotz der traurigen Umstände freute.

Im Juni klopfte Philip, bedeckt mit dem Staub der Straßen, an die massive Eingangstür des gelben Palastes in Arles. Gervasius ging dem Freund entgegen. Sie fielen sich erleichtert in die Arme und wollten sich gar nicht mehr loslassen, so gut tat es beiden, den Blutsbruder zu sehen. Nachdem Philip ein Bad genommen hatte, setzten sie sich zu einem ersten Austausch unter vier Augen in den Garten. Im Schatten des Olivenbaumes tranken sie Kräutertee. Beide zögerten, über die Dinge zu sprechen, die ihre Seelen belasteten.

»Du hast es geschafft, mich in Erstaunen zu versetzen, Philip, indem du eine Bibelstelle richtig zitiertest. ›Rächt euch nicht selbst, Geliebte, sondern gebt Raum dem Zorn, denn es steht geschrieben: Mein ist die Rache, ich will vergelten, spricht der Herr.‹ Das ist aus dem Römerbrief. Kapitel 12, Vers 19.«

»Weißt du, Gervasius, auch wenn du es vielleicht nicht glaubst, aber ich beneide dich schon eine ganze Weile. Du hast ein Leben in Arles, ein ehrbares und solides Leben. Ein Amt, eine Frau, ein Haus. Ich habe in all den Jahren zwar Unmengen von Abenteuern sowohl mit Frauen als auch mit Waffen erlebt, doch was bleibt mir davon? Was kann ich vorzeigen? Nicht das Geringste! Ich bin es müde, ein solches Leichtgewicht zu sein.«

»Daher dein Wunsch, die Güter deines Vaters zu übernehmen. Was wird der Stellvertreter, der sie seit Jahren verwaltet, zu deinem Ansinnen sagen?«

Philip trank einen Schluck, betrachtete mit zusammengekniffenen Augen die dunkelgrünen Blätter des Olivenbaumes, in dessen Schatten sie saßen, und erklärte:

»Er hat nichts zu sagen. Ich bin der Erbe meines Vaters, und ich werde dieses Erbe jetzt antreten.«

»Schon gut, alter Freund. Ich glaube dir, dass es dir ernst ist damit.«

»Da ist noch etwas: Ich werde mich, wenn ich das passende Weib ausfindig machen kann, auch verheiraten. Was sagst du dazu?«

»Du willst solide werden, Philip? Das ist eine Überraschung.«

»Ja, verspotte mich nur, Bruder. Du wirst dich wundern, was für einen guten Ehegatten ich abgeben werde.«

»Vor zwei Jahren hast du noch behauptet, du taugtest nicht für die Ehe. Warum jetzt der Sinneswandel? Meinst du nicht, du übertreibst es ein wenig mit all den Veränderungen in deinem Leben?«

»Heißt es im Gebet zur Komplet nicht: In der Mitte des Lebens sind wir des Todes, oder so ähnlich?«

»*Media vita in morte sumus.* In der Mitte des Lebens sind wir im Tod. Ja, wieso?«

»Weißt du, wie sich das anfühlt?«

»Ja, ich glaube, ich kenne das Gefühl. Es ist eine Art Leere, die einen manchmal befällt, so als gäbe es etwas, das man vergessen hätte, etwas, das man unbedingt noch tun müsse, bevor man stirbt.«

»Ich wusste, du verstehst es.«

»Hast du von Otto gehört?«

»Er hält sich an seinem welfischen Stammsitz im Harz auf, soweit ich weiß.«

»Denkst du, du könntest ihm einen Brief von mir überbringen? Du reist doch ohnehin nach Norden, nicht wahr?«

Philip zögerte nur einen Moment, dann antwortete er:

»Ich war noch nie dort. Es könnte reizvoll werden.«

»Also ist es abgemacht.«

Gervasius gab Philip folgenden Brief an König Otto mit:

An seine Majestät König Otto IV.,
lasst mich Euch zunächst meine tiefempfundene Freude und meine Glückwünsche zur Königswahl aussprechen. Ihr erinnert Euch vielleicht an Euren Lehrer am Hof Eures Großvaters Henry II., Gervasius von Tilbury. Seit meinem Fortgehen vom Hof Eures Großvaters war ich im Dienst einiger weltlicher Herrscher und Bischöfe. Darunter waren Wilhelm II. von Sizilien und der Erzbischof von Reims. Jetzt bin ich seit fünf Jahren im Dienste des Erzbischofs von Arles, seiner Exzellenz Imbert d'Aiguières. Seit einem Jahr trage ich zudem den Titel des Judex maior der Provence.
Ich habe bereits damals, als Ihr noch ein kleiner Junge wart, gewusst, dass Ihr für Großes bestimmt seid. Abgesehen von Eurer hohen Abstammung seid Ihr klug und besonnen, und wie ich höre, seid Ihr auch noch ein ausnehmend guter Kämpfer. Der Zweck meines Schreibens ist es, Euch meiner absoluten Treue und Loyalität zu versichern. Solltet Ihr jemals

meine Dienste als Richter oder auch als Notar oder Gelehrter benötigen, werde ich mit Freuden zu Euch eilen, wo auch immer Euer Hof sich gerade aufhält. Schön wäre es auch, wenn Ihr eines Tages dem Königreich Arelat mit seiner Hauptstadt Arles einen Besuch abstatten könntet. Ihr wärt überrascht über die Schönheit und den Reichtum des Landes und der Stadt. Ich bin überzeugt davon, dass Ihr Eurem Amt als König Ehre machen werdet.

Immer Euer ergebener Diener
Magister Gervasius von Tilbury, Judex maior

Im Jahr 1202 verstarb Erzbischof Imbert überraschend nach kurzer Krankheit. Der Tod seines Förderers und Gönners, mit dem er seit seiner Ankunft in Arles freundschaftliche Beziehungen unterhalten hatte, ging Gervasius sehr nah. Er erklärte sich bereit, die Gültigkeit und Echtheit von dessen Testament als Zeuge zu bestätigen.

Doch das schlimmste Ereignis stand ihm im Jahr 1203 bevor. Bereits im Herbst 1202 war Cathérine erkrankt. Eines Tages, als er abends heimkam, empfing sie ihn nicht wie üblich in der Halle.

Gervasius nahm eilig die Treppen in den ersten Stock, wo ihr gemeinsames Schlafzimmer lag. Cathérine lag blass in den Kissen. Er setzte sich neben sie und berührte ihre Stirn, die nicht kühl war wie sonst, sondern heiß.

»Du scheinst Fieber zu haben. Ich werde einen Arzt holen lassen.«

»So schlimm ist es nicht, mein Gemahl. Sicher nur eine kleine Unpässlichkeit.«

Doch es war nicht nur eine kleine Unpässlichkeit. Sie hatte Fieber und war wie zerschlagen. Dank ärztlicher Behandlung sank das Fieber nach einer Woche wieder. Gervasius atmete auf. Cathérines Befinden verbesserte sich so weit, dass sie wieder im Haus herumlaufen und sich an ihren Lieblingsplatz im Garten setzen konnte. Eine weitere Woche später war das Fieber jedoch wieder da. Es verließ sie bis zu ihrem Ende nicht mehr. Sie starb im Januar 1203. Niemand konnte genau sagen, woran. Auch der berühmte Arzt nicht, den der Bürgermeister eigens aus Paris für seine einzige Tochter herbeordert hatte. Es wurde vermutet, dass es der Stich eines Insektes gewesen war, den sie sich im Herbst des vorigen Jahres zugezogen hatte.

Gervasius trauerte. Das Haus war leer ohne sie. Nichts konnte ihm mehr Freude bereiten. Hätte er nicht sein Richteramt gehabt, wäre er in Verzweiflung versunken. So musste er weiter seinem Tagwerk nachgehen, was ihn aufrechterhielt. Die langen dunklen Winterabende ohne sie kamen ihm endlos und trostlos vor. Ein freudloser Frühling kam, dann der Sommer. Und es wurde nicht besser. Er saß allein bis spät in die Nacht an ihrem Lieblingsplatz im Garten und hörte dem Flüstern des Mistrals in den Blättern des alten Olivenbaums zu.

Der Juli hatte kaum begonnen, da kam ein Bote von weit her mit einer Einladung zu einem Hoftag Anfang August in Nürnberg. Der Brief war von König Otto. Der König bat ihn, ihm einige Tage als Notar zur Verfügung zu stehen. Als Entlohnung sollte es nach dem Hoftag ein mehrtägiges Jagdfest in den umliegenden Wäldern geben. Schnell schrieb Gervasius ein paar Zeilen als Antwort, die er dem Boten mitgab. Dann rief er Henri zu sich, um von ihm alles für seine Abreise Ende Juli vorbereiten zu lassen. Für die Reise benötigten Gervasius und Henri neunzehn Tage. Das Unterwegssein in freier Natur tat Gervasius gut, und die Aussicht auf das große gesellschaftliche Ereignis weckte neue Lebensgeister in ihm. Vom Rücken eines Pferdes sah die Welt gleich etwas freundlicher aus. Sie reisten über Lyon, Besançon und Straßburg.

Sie erreichten Nürnberg von Norden her. Von weitem konnten sie die majestätisch auf einem Hügel thronende staufische Burg mit ihren Türmen und Nebengebäuden ausmachen. Sie diente ihnen als Wegweiser. Hier hatte bereits Friedrich I. Barbarossa residiert und mehrere Hoftage abgehalten. Bei ihrem Aufstieg schauten sie hinunter auf die spitzen Ziegeldächer der Fachwerkhäuschen, die dicht gedrängt – Traufe an Traufe – die engen, unregelmäßig verlaufenden Gassen der Stadt säumten. Die Gasse, die zur Burg führte, stieg so steil an, dass sie nach wenigen Schritten absteigen mussten, um die Pferde zu schonen. Sie passierten das Himmelstor, an das sich ein hoher Eckturm mit Backsteinaufbau und gedecktem Laufgang lehnte, und traten in den Burghof.

Dort erwartete sie ein Gewimmel von geschäftig hin und her eilenden Ministerialen und Bediensteten, die von einem Gebäude zum anderen hetzten. Gervasius stellte sich dem nächstbesten Mann vor, der ihnen über den Weg lief. Dieser schickte sie, als er hörte, dass der Magister in seiner Eigenschaft als Notar angereist war, zur Kanzlei, einem langgestreckten Gebäude, das unweit der Doppelkapelle lag, wo ihn ein sehr junger Ministeriale mit einer Hasenscharte in Empfang nahm.

»Magister Gervasius von Tilbury, herzlich willkommen am Hofe seiner Majestät Otto IV.! Unser Kanzleioberhaupt, der Magister Johannes Marcus, erwartet Euch bereits.«

Damit ließ er Gervasius stehen. An seiner Stelle erschien aber nach wenigen Augenblicken der besagte Johannes Marcus, ein freundlicher Mensch von kleinem Wuchs, etwa in Gervasius' Alter, mit einem mächtigen Bauch, dem man sofort ansah, dass er nicht nur ein Menschenfreund, sondern auch ein Freund kulinarischer Genüsse war.

»Magister Gervasius! Es ist mir eine Ehre, den obersten Richter der Provence hier begrüßen zu dürfen.«

Johannes Marcus deutete eine Verbeugung an. Gervasius tat es ihm nach.

»Es freut mich, Eure Bekanntschaft zu machen, Johannes Marcus.«

Er mochte den Kanzlisten auf Anhieb, mit seiner augenzwinkernden Ironie und dem Grübchen im fleischigen Kinn. Doch obwohl er wirkte wie ein Hufschmied und sich jovial gab wie ein Stallbursche, war er ein Mann von höchster Bildung, mit dem es sich vortrefflich disputieren ließ, wie Gervasius in den folgenden Tagen feststellen durfte.

Jetzt erläuterte er ihm ausführlich, was genau seine Aufgabe sein würde. Gervasius sollte Johannes Marcus bei der Suche nach einigen wichtigen rechtlichen Schriftstücken behilflich sein, die er im nahe gelegenen St.-Egidien-Kloster zu finden hoffte. Außerdem sollte er die rechtlichen Einzelheiten einiger Abmachungen prüfen und schlussendlich auch die dazugehörigen Urkunden ausfertigen. Nach dieser kurzen Einweisung durfte er sich mit Henri in eine ihm zugewiesene Kemenate zurückziehen.

Obwohl es am Tag zuvor warm und trocken gewesen war, brach am Hoftag der Himmel auf; es regnete Bindfäden. Und das im August. Einige wollten dies sofort als schlechtes Omen deuten. Der König selbst ließ sich seine Laune nicht verderben. Nachdem man in der Doppelkapelle die Messe gefeiert hatte, zog man in den großen Saal der Burg um, in den der Hoftag kurzerhand verlegt worden war. Hier herrschte eine beinahe beängstigende Enge. Trotzdem fand Gervasius Gelegenheit, den kostbaren, mit goldenen Symbolen bestickten Krönungsmantel zu bewundern, den Otto zu diesem feierlichen Anlass trug. Gervasius wusste, dass der Mantel von Ottos Oheim Richard für seinen Lieblingsneffen in Auftrag gegeben worden war. Das Gewand stand Otto ausgezeichnet. Das königliche Hellrot passte zu seiner eher dunklen Hautfarbe, und die gestickten Adler, Löwen, Sonnen und Monde, die über das gesamte Halbrund verteilt waren, funkelten wie Sterne im Licht der unzähligen Kerzen, die am späten Nachmittag angezündet worden waren.

Noch unerträglicher wurde die Enge allerdings bei dem an die Beratungen und Zeremonien anschließenden Festmahl am Abend. Man bekam kaum einen Fuß auf die Erde. Alle wünschten sich, der Regen würde endlich nachlassen, damit man hinauskonnte an die frische Luft, denn die Mischung von menschlichen und tierischen Ausdünstungen sowie der Speisengeruch im Saal nahm einem fast den Atem.

Und tatsächlich verzogen sich die Wolken am Morgen des nächsten Tages. Die sehr warmen Sonnenstrahlen trafen auf die nassen Wiesen, Bäume, Felder und Wege und verdampften alle Feuchtigkeit, so dass für einige Zeit die Welt unter einem dichten Dampf lag, wie in einer Waschküche. Danach herrschte schönstes Sommerwetter, als wäre nichts gewesen. Sofort stürzten die Dienstleute nach draußen und machten sich auf die Reise zum Markt Feucht im Lorenzer Wald, um die ausgewählten Lichtungen für das Jagdfest vorzubereiten.

Indessen wurde Gervasius in die Kemenate des Königs gerufen, wo bereits Johannes Marcus und ein anderer, ihm unbekannter Notar der Ankunft Ottos harrten. Bald darauf erschien der König. Otto war zu einem großen, breitschultrigen Mann herangewachsen, neben dem die meisten Menschen wie Zwerge wirkten. Einen etwas schwermütigen Eindruck machte er durch sein häufiges polterndes Lachen und sein gelegentlich aufscheinendes breites Grinsen wett, das er einsetzte wie andere Leute ein Lächeln. Gervasius war erstaunt, wie ungekünstelt dieser Mann sich der Welt präsentierte. Er benutzte keine Masken, hinter denen er seine wahren Gefühle und Absichten verbarg, wie so viele andere hochgestellte Persönlichkeiten. Er konnte ebenso herzlich und liebenswürdig wie schroff, abweisend und gelegentlich auch gewalttätig sein. Schon am Hof von Henry II. war viel geredet worden über dieses unberechenbare Gebaren, welches ein Erbe der Plantagenets sein sollte, ein Fluch, der über die sagenumwobene Ahnfrau Melusine an alle männlichen Nachkommen der Sippe vererbt worden war. Otto blieb bei allem, was er tat, immer er selbst. Berechnung und Heuchelei waren ihm fremd. Von Melusine wurde behauptet, sie hätte sich beim Baden in ein grauenvolles Zwitterwesen mit Fischschwanz verwandelt. Otto dagegen war zweifellos ein Mensch aus Fleisch und Blut. Gervasius sank vor ihm nieder, um gleich darauf seinen Ring zu küssen.

»Magister Gervasius, ich bitte Euch! Seid nicht so förmlich mit Eurem ehemaligen Schüler. Wie lange kennen wir uns?«

Otto zog ihn an seiner Hand wieder nach oben.

»Seit Eure Majestät als Knabe von sieben Jahren an den Hof

Eures königlichen Großvaters Henry kam. Das war vor zwanzig Jahren.«

»Ich kann kaum glauben, dass es tatsächlich so lange her ist. Wie die Jahre verrinnen! Es ist beängstigend.«

»Das ist es in der Tat, Hoheit.«

»Wie lebt es sich als Richter in Arles?«

»Arles ist zu meiner zweiten Heimat geworden. Es ist in der Tat recht angenehm in Südburgund. Ihr solltet es Euch selbst einmal ansehen.«

Otto wollte gerade zu einer Erwiderung ansetzen, als der Gervasius unbekannte Kanzlist sich unterwürfig dem Kaiser näherte.

»Was ist, Raimundus?«

»Eure Majestät, die Zeit drängt! Das Fest beginnt in wenigen Stunden und bis dahin wollten Eure Majestät die Urkunden verfertigt haben.«

Otto seufzte. »Natürlich hat Raimundus recht. Trotzdem bedauere ich es, unser Gespräch jetzt beenden zu müssen. Vielleicht findet sich während des Festes eine Gelegenheit, Magister Gervasius.«

Er nahm auf einem thronähnlichen Lehnstuhl mit samtbezogener Polsterung Platz.

»Fangen wir an. Ich werde nun einige Urkunden diktieren. Ihr, Gervasius von Tilbury, seid Johannes Marcus bei der korrekten rechtlichen Ausgestaltung und Formulierung behilflich, während Raimundus die einfacheren Urkunden abfassen wird.«

Sie machten sich an die Arbeit. Als diese erledigt war, verabschiedete sich Otto sogleich, um sich für das abendlichen Festessen vorzubereiten, welches das Jagdfest eröffnen sollte.

Gervasius brach mit dem Rest des kaiserlichen Hofes zum südöstlich von Nürnberg gelegenen Festplatz auf. Nach einem flotten Ritt kamen sie am frühen Abend bei der Kapelle im Lorenzer Wald an. Dort nahmen ihnen Diener die Pferde ab und führten sie zum Festplatz. Bei ihrem Eintreffen auf der großzügigen Lichtung war bereits alles vorbereitet. Gervasius entdeckte zu seiner großen Überraschung Philip in der Menge. Sie begrüßten sich überschwänglich und wählten dann nebeneinanderliegende Plätze. Als sämtliche Gäste an den mit strahlend weißen Leintüchern und Silbergeschirr gedeckten Tafeln Platz genommen hatten, erhob sich Otto, um eine Ansprache zu halten.

»Meine lieben Freunde, edle Damen, ich bin der ewigen Kämpfe und Streitigkeiten erst einmal überdrüssig. Deshalb soll mit dem heutigen Tag ein Fest der Freude und Liebe beginnen. Ich habe keine Kosten und Mühen gescheut, um die kommenden zehn Tage zu einem ganz besonderen Erlebnis für uns alle werden zu lassen. Von allem wird Euch hier nur das Beste geboten: die delikatesten Speisen und süffigsten Getränke, die edelsten Stoffe, teils aus dem Orient, teils in Frankreich nach alter Tradition hergestellt, die schönsten Damen, die man sich vorstellen kann«, hier verneigte er sich schelmisch lächelnd in Richtung einiger weiblicher Gäste an seinem Tisch, »und die berühmtesten Sänger und Dichter.« Wiederum vollführte er eine angedeutete Verneigung zum anderen Ende seiner Tafel, wo Gervasius neben einem ihm unbekannten Mann Bertrand de Born entdeckte. Wie er später herausfand, war der andere der Dichter und Ritter Wolfram von Eschenbach. »Die kampferprobtesten Ritter des Reiches, meine treuesten Bediensteten und Ministerialen und meine liebsten Verbündeten sind hier zusammengekommen, um mit ihrem König nicht den König, sondern das Leben zu feiern. Es wird an allen Tagen eine Jagdgesellschaft stattfinden, der sich alle diejenigen anschließen sollten, die keine Freude daran haben, sich ausgiebig den Feinheiten der kultivierten Lebensart mit Speise und Trank, Gesang, Spielen und der Minne zu widmen.«

Hier machte er eine kurze Pause, die einige der Gäste nutzten, um mit zustimmendem Lachen ihren Beifall auszudrücken.

»Nicht weit von hier gibt es außerdem eine kleine Kapelle, die meinen geschätzten Gästen für Andachten offen steht. Es ist also sowohl für die körperlichen als auch für die geistlichen Bedürfnisse gesorgt. Daher erkläre ich die Tafel hiermit für eröffnet.«

Auf Wink Ottos kamen die Diener aus den nahe gelegenen Versorgungszelten und fingen an, Platten und Schüsseln, randvoll mit allen vorstellbaren und unvorstellbaren Köstlichkeiten, aufzutragen. Außerdem standen für je zwei nebeneinandersitzende Gäste mit Wasser gefüllte silberne Becken bereit, in denen man sich vor dem Essen die Hände waschen konnte. Das Wasser duftete zart und war mit samtigen dunkelroten Rosenblütenblättern geschmückt. Zum Abtrocknen wurden weiche Tücher gereicht. Sie hatten die Wahl zwischen Schweinebraten, Gänsekeulen, Stubenküken, Rind und Wildbret. Dazu gab es Brühen und Obsttunken, sowie Pfeffer und Salz zum Würzen. Gervasius entschied sich für Maulbeerwein, mit dem er seinem Sitznachbarn Johannes Marcus zuprostete, in dessen Becher dunkler Burgunder funkelte. Während des Mahls, das sich über mehrere Stunden hinzog, hatte der Magister Gelegenheit, seine anderen Tischgenossen in Augenschein zu nehmen. Die Gesellschaft an der ihm zugeteilten Tafel war durchaus angenehm. Neben Philip und dem leutseligen Kanzlisten Johannes Marcus saßen noch eine Reihe ihm unbekannter Ministerialen mit am Tisch und drei hübsche junge Damen, alle blond und von nordischem Aussehen. Dazu eine dunkelhaarige Grafentochter mit einem reizenden herzförmigen Mund, die in ihrer Schönheit den anderen in keiner Weise nachstand, sich jedoch um einiges selbstsicherer und erwachsener gab, sowie sein ehemaliger Student John Pignatelli aus Neapel. Der dunkelgelockte Italiener Pignatelli wirkte mittlerweile etwas gesetzter und nicht mehr so ungestüm wie einst. Die untere Hälfte seines Gesichtes war nun von einem tiefschwarzen, kurz gestutzten Bart bedeckt.

»Du hast dich verändert, John. Was hast du denn nach deiner Studentenzeit angefangen?«, fragte Philip.

»Nachdem ich meine Studien abgeschlossen hatte, begab ich mich einige Jahre auf Wanderschaft, um mehr von der Welt kennenzulernen. Die großen Städte im Reich sind voll von jungen Männern, die ihre Zeit damit verbringen, zu schreiben, zu disputieren und gemeinsam zu trinken. Das waren ebenso lehrreiche wie vergnügliche Jahre, kann ich Euch sagen.«

»Aber womit verdienst du jetzt dein Brot?«, fragte Gervasius.

»Kurze Zeit nach unserer letzten Begegnung in Neapel wurde mir an der neuen Universität von Paris eine einträgliche Stelle als Dozent für Kirchenrecht angeboten, die ich annahm. Damit besiegelte ich mein Schicksal und wurde endlich sesshaft. Ich habe es nie bereut. Paris ist eine Stadt ganz nach meinem Geschmack. Und wie ist es mit dir, Philip? Was geht im fernen England vor sich? Euer König scheint ein wahrer Teufel zu sein!«

Philip, der vor vier Jahren tatsächlich die Verwaltung der Ländereien seines Vaters übernommen hatte und sich nun Graf von Salisbury nannte, wirkte kaum gealtert. Sein feines Haar war noch genauso strohblond wie früher, seine mittelgroße Gestalt so schlank wie ehedem und seine Bewegungen hatten nichts von ihrer Kraft verloren. Er trank von seinem Würzwein, bevor er zu einer Antwort ansetzte.

»Es ist wahr, das englische Königshaus befindet sich in keinem guten Zustand seit der Thronbesteigung von John Lackland, dem unbeliebten jüngsten Sohn des alten Henry Plantagenet. Ihr mögt einwenden, dass zu Lebzeiten seines älteren Bruders Richard viel Unruhe im Land herrschte, die sich nun gelegt hat. Aber das würde ich jederzeit der launischen, böswilligen Regierung von John vorziehen, um ehrlich zu sein. Dieser Mann ist so unberechenbar wie alle Plantagenets. Leider gehen ihm all die guten Eigenschaften ab, mit denen seine Brüder so reichlich gesegnet waren.«

»Das ist auch meine Meinung«, warf Gervasius ein. »Man sollte Otto warnen vor der wetterwendischen Politik seines Oheims! Wenn es die Situation erfordert, wird er ihn, ohne zu zögern, fallen lassen. Zu seiner Verteidigung muss ich allerdings einräumen, dass John sich Otto gegenüber bisher noch nicht allzu unfein verhalten hat.«

Nach dem Essen brachten junge, bunt gekleidete Dienerinnen Rosenkränze für die Damen und führten sie zu einem Zelt, in dem sie sich leichtere Bekleidung aussuchen durften. Als die vier Damen ihrer Tafel aus dem Zelt zurückkehrten, trugen sie nur noch dünne, mit zarten Blüten bestickte Leinenunterkleider in strahlendem Weiß, die beinahe schon die Haut durchschimmern ließen, und darüber zarte Schleier oder Tücher. Dies brachte die Herren an der Tafel mehr oder weniger stark in Verlegenheit und führte bei einigen von ihnen zu einer solchen Unruhe, dass sie die erstbeste Gelegenheit ergriffen und aufsprangen, als einige Musikanten in einem offenen Pavillon aufzuspielen begannen. Wie von den sehnsuchtsvollen Tönen der Lauten und Flöten magisch angezogen, liefen sie, einer nach dem anderen, zur entgegengesetzten Seite der Lichtung davon. Gervasius beschloss, sich mit der offensichtlichen Unschicklichkeit der Kleider anzufreunden und abzuwarten, was der König sich noch ausdenken würde. Die ersten Tänzer hatten sich vor dem Musikantenpavillon eingefunden. Gervasius beobachtete die Tanzenden, schaute aber immer wieder zu der dunkelhaarigen Schönheit hinüber, die bald anfing, ihn aufmunternd – oder war es auffordernd? – anzulächeln, wann immer er einen Blick wagte. Warum eigentlich nicht? Kurz entschlossen erhob er sich und ging um den Tisch herum zu der Dame, die sein Wohlgefallen geweckt hatte. Sich vor ihr verneigend, erklärte er: »Verzeiht, meine Dame. Darf ich mich vorstellen? Magister Gervasius von Tilbury, Richter des Erzbischofs von Arles. Würdet Ihr mir die Ehre eines Tanzes erweisen?«

Die Angesprochene schien nicht überrascht, sondern eher zufrieden, sie lächelte geziert, wobei sie eine winzige Zahnlücke zwischen den Schneidezähnen entblößte. Sie hielt ihm ihre zarte weiße Hand entgegen und stand auf.

»Nur zu gern nehme ich Euer Angebot an, Magister Gervasius. Ich bin Mabile, die zukünftige Gräfin von Blois«, stellte sie sich vor und musste gleich darauf heftig niesen. Sie entschuldigte sich sofort lächelnd:

»Das unterläuft mir öfter, wenn ich unter freiem Himmel verweile. Kein Grund zur Beunruhigung. Ich bin sonst völlig gesund.«

Sie warteten, bis das laufende Lied beendet war, und reihten sich dann in die Anordnung der Tänzer ein. Gervasius war nie ein leidenschaftlicher Tänzer gewesen, aber an jenem Abend fühlte er sich dermaßen beschwingt, dass er enttäuscht war, als die Musiker eine wohlverdiente Pause einlegten.

»Mir scheint, Ihr könnt gar nicht genug bekommen vom Tanzen, Magister Gervasius«, sagte die zukünftige Gräfin lachend. Auf diese Äußerung folgte ein weiteres Niesen.

Später wusste er nicht mehr, was ihn dazu getrieben hatte, aber er antwortete: »Es ist nicht das Tanzen, von dem ich nicht genug bekommen kann. Ihr seid es, Gräfin.«

Sie sah ihn an, als überraschte sie seine Kühnheit, fing sich jedoch rasch.

»Nun, wenn das so ist, dann begleitet mich auf einen kleinen Spaziergang.« Das darauffolgende Niesen hatte er erwartet.

Sie bot ihm lächelnd ihren Arm, und er nahm ihn. Wieder fiel ihm die Zahnlücke auf. Er fand sie ganz entzückend. Zusammen schritten sie über den Festplatz und entfernten sich immer mehr vom Festgetümmel. Sie folgten, ohne es abgesprochen zu haben, einem Pfad, der an einem Bach entlang tiefer in den Wald führte. Eine Weile hatte Gervasius noch die Klänge der Musik in den Ohren, die längst verstummt war, dann wurde diese von Vogelgezwitscher abgelöst. Sie sprachen nicht. Es war, als wären Worte überflüssig. Niemals zuvor hatte er einen Wald so licht und zauberhaft gefunden. Sie entdeckten in der Entfernung einige Hasen, später ein Eichhörnchen, das von einem Ast auf sie herabspähte, und dann sogar ein Reh. Das Reh bemerkten sie nur, weil gerade die Abendsonne einen goldenen Strahl durch eine Lücke in den Baumkronen schickte und das Tier in ein überirdisches Licht tauchte. Schließlich kamen sie an eine Stelle, wo der Bach von einigen Steinen gestaut wurde und ein beinahe rundes Becken entstanden war. Die Bäume ringsum waren mit Moos bewachsen. Alles wirkte hier gedämpft. Dicht voreinander blieben sie stehen. Ihre Füßen versanken im tiefen kühlen Gras. Und dann sagte er ganz selbstverständlich den Satz, den sie nie vergessen und Jahre später in ihrem Abschiedsbrief an ihn erwähnen würde.

»*Te peto, quam pepegit lecto Venus aurea nostro; te prius optavi, quam mihi nota fores.*«

Sie lächelte unsicher. Dann folgte das Niesen. Da wusste Gervasius, dass ihre Lateinkenntnisse nicht reichten, um den Satz zu verstehen. Er übersetzte ihn für sie. Plötzlich erschien ein Flackern in ihren Augen, als hätte jemand ein Feuer entzündet.

»In zehn Monaten werde ich den Grafen von Blois und Chateaudon heiraten. Aber jetzt und hier … bin ich frei.« Wieder schüttelte sie ein Niesen.

Der Magister streichelte ihre schlanke Hüfte, sie beugte sich noch dichter zu ihm. Sie küssten sich. Danach gab es kein Zurück mehr.

Das erste Mal liebten sie sich wenig später in seinem Zelt. Für einen Moment sah Gervasius vor seinem inneren Auge das Gesicht von Cathérine, und der Zweifel nagte an ihm. Er erinnerte sich an ihre Umarmungen während ihrer Ehe. Wie konnte er sich so kurz nach ihrem Tod mit einer anderen Frau einlassen? Was für ein ehrloser Mann war er? Doch dann brach mit Macht die Gegenwart in sein Bewusstsein in Gestalt der schönen Mabile, die sich jetzt über ihn beugte, deren zarter weißer Körper so viel anmutiger war und eine Leidenschaft in ihm hervorrief, die er sich selbst nicht zugetraut hätte. Als sie erschöpft nebeneinander in den bunten Seidenkissen lagen, bat sie: »Sag diesen Satz noch einmal für mich.«

»Dich will ich, die die goldene Venus für mein Bett bestimmt hat; dich habe ich begehrt, noch bevor ich dich traf.«

Sie seufzte beinahe wollüstig und legte ihr Gesicht auf seine schweißnasse Brust.

»Wann immer dir der Sinn nach mir steht, brauchst du mir

bloß diesen Satz ins Ohr zu flüstern, und ich bin dir zu Diensten.«

Gervasius starrte an die blau-weiß gestreifte Stoffdecke seines Zeltes und beschloss, sich nicht zu fragen, ob es tatsächlich seine männliche Anziehungskraft war, die ihm sein Liebesglück beschert hatte, oder bloß der magische Satz des Poeten.

Am nächsten Morgen sollte die erste Jagdgesellschaft stattfinden. Das Frühstück wurde dieses Mal auf riesigen Leinentischtüchern auf einer nahe gelegenen Blumenwiese eingenommen. Es gab frisch gebackenes Brot, kühle Butter und süßes Gebäck, dazu eine heiße Gewürzmilch, die den Geist beleben und den Körper stärken sollte. Während die »Unverbesserlichen« bald aufbrachen, um den Tag zu nutzen, ließen die »Minnediener und -dienerinnen«, wie der Kaiser sie taufte, sich viel Zeit, hatten die meisten doch in der Nacht zuvor wenig Schlaf bekommen. Zur Jagd hatten sich hauptsächlich die älteren Männer gemeldet, darunter einige Ministerialen und Gelehrte, außerdem die wenigen anwesenden Kleriker, denen schon von Berufs wegen keine andere Wahl blieb. Umso mehr wunderte sich Gervasius, als er den kaiserlichen Sekretär Johannes unter jenen sah, die auf der Suche nach reicher Beute inmitten einer Meute kläffender Hunde davonritten.

Zur Zerstreuung der Damen hatte man ein halbes Dutzend Schoßhündchen verschiedener Rassen und Farben in riesigen Körben herangetragen und sogar einige Lämmer, die sich vor den Hunden zu ängstigen schienen und lautstark nach ihren Muttertieren blökten. Eine Weile beobachtete er die drei blonden Frauen, die Entzückensschreie ausstießen und versuchten, die schreienden Lämmer zu streicheln. Mabile hatte sich ein schwarz-weiß geflecktes Hündchen von unbestimmter Rasse gegriffen und kraulte es hinter den Ohren. Das Tier wedelte eifrig mit dem Schwanz und versuchte vergeblich, ihr das Gesicht abzulecken.

Gervasius' Gedanken schweiften ab zur vergangenen Nacht. Er hatte noch nie eine Frau von Stand getroffen, die so offen nach dem verlangte, was ihr ihrer Meinung nach zustand. Sie war ihm nicht nur »zu Diensten« gewesen, sondern hatte auch dafür gesorgt, dass sie selbst auf ihre Kosten kam und ihre Lust ebenso befriedigt wurde wie seine. Er fühlte sich wie neu geboren, aber gleichzeitig war er sich der Unschicklichkeit dieser Situation bewusst. Dies war ganz und gar nicht die Art von Leben, die er gewöhnt war. Er kam sich vor wie ein Dieb. Er stahl sich eine Liebe, die nicht für ihn bestimmt war. Dann bemerkte er, dass Philip ihm winkte, und er erhob sich.

»Gervasius, Bruder, Frau Minne scheint dich heftig erwischt zu haben, so wie du die Gräfin von Blois ansiehst«, begrüßte dieser ihn lachend.

»Nun, sie ist eine sehr schöne Frau, nicht wahr?«

»Gewiss, aber bald auch eine sehr verheiratete Frau.«

»Das sagst gerade du? Nichts ist für die Ewigkeit, wie sich herausgestellt hat. Zurzeit ist mein Motto *Carpe diem.*«

»Du pflückst nicht nur den Tag, sondern auch seine schönste Frucht.«

»Wahr und poetisch gesprochen, mein lieber Philip. Aber falls du dich nicht sehr verändert hast, seit wir uns das letzte Mal sprachen, dann geht es dir genauso.«

Philip lächelte jungenhaft verschmitzt und deutete mit den Augen auf die jüngste der blonden Frauen.

»Ihr Name ist Adelheid. Bisher hat sie die Tugendhafte gespielt, aber ich werde ihren Widerstand zum Schmelzen bringen.« Er hatte seine Stimme zu einem Flüstern gesenkt.

Gervasius dachte daran, dass es im Unglück enden konnte, wenn man versuchte, jemandem seinen Willen aufzuzwingen.

Nach einem weiteren üppigen Mahl zogen Gervasius und Mabile sich am Abend zu einem Spaziergang zurück, der damit endete, dass sie wieder in seinem Zelt in den Kissen landeten. Auf diese Weise verbrachten sie ihre Abende und Nächte. Den Tag über fiel es ihm immer schwerer, an etwas anderes zu denken als an den nackten Körper von Mabile in seinen Armen. Am vierten Tag nutzten sie bereits tagsüber die Gelegenheit, sich abzusetzen. Sie folgten wieder dem Bachverlauf und nahmen, kühn geworden, weil nie jemand dort hinkam, ein Bad in dem runden Wasserbecken. Nachdem sie sich gegenseitig mit Wasser bespritzt hatten, zog es sie mit unveränderter Macht zueinander. Eng umschlungen saßen sie im seichten Wasser und tauschten Küsse aus, bis er es nicht mehr aushielt und in sie hineinglitt, fast so leicht, wie ein Fisch durch das Wasser gleitet. Sie fanden ihren Rhythmus und sahen zu, wie sich um sie herum Kreise bildeten, die sich zum Beckenrand ausbreiteten.

Wenn sie nicht zusammen waren, sehnte er sich nach ihr. Bei den Mahlzeiten hatte er ihren Geschmack im Mund. Wenn er mit anderen sprach, hörte er ihr Niesen in seinen Ohren. So vergingen die Tage im Rhythmus ihrer Liebe. Er vergaß fast, dass es noch ein anderes Leben gab, etwas anderes im Leben, das wichtig sein konnte. In der ganzen Zeit ging er nur zweimal in die Kapelle zur Andacht. Am ersten Morgen nach der Ankunft und am Abend vor der Abreise, bevor er ein letztes Mal mit Mabile das Lager teilte. Er bat Gott, ihn von seinem sündigen Verlangen nach Mabile zu befreien. Sie war einem anderen Mann versprochen. Sie beide hatten das Sakrament der Ehe entweiht. Er hätte sich schuldig fühlen müssen. Aber das tat er nicht.

An diese zehn Tage erinnerte er sich später wie an eine Zeit außerhalb der Zeit, wie an eine friedliche sonnige Insel im reißenden Strom des Lebens. Sie beide hatten gewusst, dass das Fest irgendwann vorbei sein würde, aber am Ende des zehnten Tages saßen sie abends in seinem Zelt, noch schweißnass vom Liebesakt, Arme und Beine ineinander verschlungen, und blickten sich in stummem Entsetzen in die Augen. Am nächsten Morgen sehr früh war der allgemeine Aufbruch geplant, damit jene, die es weit hatten, noch möglichst viel Weg zurücklegen konnten, bevor die heiße Mittagssonne auf sie herabbrannte. Gervasius wusste nicht, was er sagen sollte, es gab nichts zu sagen. Auch Mabile schien keine Worte des Abschieds über die Lippen bringen zu können. Sie nieste nicht einmal. Beide schliefen nicht in dieser Nacht. Eng umschlungen lagen sie dort und warteten auf den Morgen, der unerbittlich näher rückte wie ein

Trupp feindlicher Krieger. Dann drangen die ersten Sonnenstrahlen ins Zeltinnere, und ein Horn erklang. Das war der vereinbarte Weckruf. Sanft küsste er ihre Hand, dann stand er auf, um sich anzukleiden. Sie drehte sich von ihm weg auf die Seite, zog die Beine zum Bauch und blieb zusammengerollt liegen, bis er das Zelt verließ, um Henri zu rufen. Draußen hörte er ihren Schritt und dann das Plätschern von Wasser, mit dem sie sich das Gesicht wusch. Sie nieste mehrmals. Er machte sich auf die Suche nach Henri.

Als alles für die Reise nach Arles vorbereitet war, suchte er sie noch ein letztes Mal auf. Sie stand vor ihrer Kutsche, nun in einem sehr viel züchtigeren Kleid, ihr schwarzes Haar war von einer Haube fast vollständig verdeckt. Beherrscht blickte sie ihm entgegen, nahm seine Hand in ihre kalten Finger.

»Mabile«, begann er hilflos, »werden wir uns jemals wiedersehen?«

»Das ist unwahrscheinlich«, erklärte sie und strich über seine Wange. Dann folgte ein Niesen, und sie ließ ihn abrupt los.

»Lebt wohl, Magister Gervasius. Ich werde Euch nie vergessen. Möge Gott Euch schützen!«

»Und Euch, Gräfin von Blois«, erwiderte er so würdevoll wie möglich, dabei fühlte er sich, als wäre die Kälte ihrer Hände in ihn gekrochen und würde sich in seinem gesamten Körper ausbreiten. Dann stieg sie mit Hilfe eines Dieners in ihre Kutsche. Sie winkte nicht, als sie davonfuhr, doch er hörte sie niesen. Auch er zwang sich, nicht zu winken.

Volto Santo

Daheim in Arles fand sich Gervasius nur schwer in seinem Alltag zurecht. Er hatte zwei Wochen lang in einem Traum gelebt, aus dem zu erwachen er jetzt gezwungen war. Sosehr er das Leben in Arles bisher genossen hatte, so schien ihm jetzt, dass nichts mehr so war wie zuvor und es für ihn nur noch Arbeit und

Einsamkeit gab. Vor Mabile hatte er nicht gewusst, was Liebe wirklich bedeuten konnte. Mabile hatte ihn die Leidenschaft gelehrt. Doch in dem Wort war das Leiden bereits mit inbegriffen. Und so überwog nun das Leiden in seinem Leben und ließ ihm alles sauer werden, was einst süß gewesen war. Er, der nüchterne Richter und Gelehrte, der Kopfmensch, verzehrte sich nach dieser Frau. Er hätte alles getan, um mit ihr vereint zu sein, und doch tat er nichts. Er litt unter der Unfähigkeit, eine Entscheidung in dieser Angelegenheit treffen zu können. Sollte er es wagen, sie darum zu bitten, ihn statt des Grafen von Blois und Chateaudon zu ehelichen? Konnte er es wagen? War sein Begehren Sünde? War er ein Getriebener des Engels der Finsternis? Oder war es die Gelegenheit seines Lebens, die er vergab, wenn er sie gehen ließ?

Er musste plötzlich wieder an die Prophezeiung der Wahrsagerin vor vielen Jahren denken, als er mit Philip zum ersten Mal in London weilte. »Du wirst drei Frauen lieben. Der ersten wird dein Begehren den Tod bringen. Die zweite wird deine Liebe erwidern, dich jedoch verlassen. Die dritte wird dir im Alter ein Trost sein.« Er verstand nun, dass die erste nicht Sophia gewesen war, wie er damals befürchtet hatte, sondern die arme Amélie, die seinetwegen einen entsetzlichen Tod gestorben war. Die zweite hatte ihn gerade verlassen. Es war Mabile. Oder war es Cathérine? Denn das würde dann bedeuten, es bestünde noch Aussicht, mit Mabile glücklich zu werden. Er zermarterte sich den Kopf und kam doch zu keinem Ergebnis. Jeden Tag versuchte er es erneut, und jeden Tag fehlte ihm wieder das letzte Quäntchen Mut, um zur Tat zu schreiten. Etwas hielt ihn zurück. War es Feigheit oder gesunder Menschenverstand? Er wagte nicht, sich jemandem anzuvertrauen. Er hatte in Arles zwar viele Bekannte, doch Freunde gab es hier nicht. Auch war Arles Cathérines Stadt, und es kam ihm unwürdig vor, in ihren Mauern über ein solches Ansinnen zu verhandeln. Er musste weg von diesem Ort, den er eigentlich liebte. Er traf eine Entscheidung. Er wollte nach Tuscien reisen. Ein Land, von dem er wusste, dass dort die Wunder überreichlich vorhanden waren. Er hatte kürzlich die

›Gesta di Vultu Lucano‹ gelesen, eine Geschichte über die Herkunft des berühmten Volto Santo in Lucca. Das heilige Kruzifix würde ein weiteres Kapitel in seinem Buch von den Wundern der Welt ergeben und ihn für eine Weile ablenken von seinen Problemen. Er fand einen Stellvertreter, der ihn für eine Weile von seinen Pflichten befreite, und reiste gen Osten. Durch die Grafschaft Provence ritt er über Aix in das Königreich Italien. Dort streifte er die Städte Pavia und Genua und kam schließlich nach Lucca.

Aus der ›Gesta‹ war ihm bekannt, dass die Stadt ein Bischofssitz war. Daher ließ er sich, nachdem er eine Unterkunft an einem belebten Platz gefunden hatte, bei dem Bischof von Lucca anmelden.

»Wen soll ich melden?«, fragte eine unfreundliche Hausangestellte misstrauisch.

Gervasius setzte ein gewinnendes Lächeln auf.

»Magister Gervasius von Tilbury, Judex maior der Provence und Richter des Grafen von Provence, wenn es beliebt.«

Die Bedienstete nickte knapp und verschwand wieder in das Innere des Hauses, während Gervasius wie ein armer Bittsteller vor der Tür warten musste. Es dauerte nur kurz, da kam der Bischof selbst an die Tür.

»Magister Gervasius, bitte tretet ein! Verzeiht die Unhöflichkeit meiner Haushälterin. Ich habe sie angehalten, nicht jeden Bettler hereinzulassen.«

Gervasius sah an sich herunter. War seine Kleidung derart schäbig, dass man ihn für einen Bettler halten konnte? Der Bischof, offenbar peinlich berührt von der Unhöflichkeit seiner Bediensteten, führte ihn rasch in einen kleinen Raum mit Schreibtisch, wo er ihm einen der zwei Stühle anbot.

»Ich bin Mauro Verde, der Bischof von Lucca. Wie kann ich Euch behilflich sein?«

»Es geht um das hölzerne Kruzifix, auch Volto Santo genannt. Ich interessiere mich für seine Historie. Durch Zufall stieß ich in Arles auf die ›Gesta di Vultu Lucano‹. Da ich ein Buch über die

Wunder der Welt zu schreiben gedenke, scheint mir die sagenhafte Herkunft des Kreuzes besonders für eine Erwähnung geeignet zu sein.«

Jetzt lachte Mauro Verde dröhnend. Sein gut genährter Bauch zitterte dabei. Ein kräftiger schwarzer Bart bedeckte den Großteil seines flächigen Gesichtes, wodurch er einem fröhlichen Bären ähnelte.

»Da seid Ihr bei mir genau richtig, Magister Gervasius! Ich bin der Experte auf dem Gebiet des Volto Santo. Ich weiß alles über das Heilige Kreuz mit dem lebensgetreuen Gesicht des Herrn. Aber bevor ich anfange: Habt Ihr schon gespeist?«

»Dazu kam ich noch nicht, Eure Exzellenz.«

»Dann werden wir es zusammen tun, Magister. In der Küche ist bereits alles vorbereitet. Es ist die übliche Essenszeit in diesem Haus.«

Mauro Verde führte Gervasius nun in das Speisezimmer, wo es ein Wiedersehen mit der unfreundlichen Haushälterin gab.

Gleich wurden allerlei Spezialitäten der Region aufgetischt, die Gervasius hervorragend mundeten. Nachdem sie den ersten Hunger gestillt hatten und von dem wunderbaren roten Wein von den Hügeln des Chianti gekostet hatten, begann der Bischof seine Erläuterungen:

»Wusstet Ihr, dass es sich beim Volto Santo, zumindest bei dem Gesicht unseres Herrn, um ein Acheiropoieton, um ein nicht von Menschen gemachtes Abbild des Herrn handelt? Dazu müsst ihr die Geschichte von Nikodemus, einem Schüler des Jesus Christus, kennen: Nach der Kreuzigung unseres Herrn breiteten Maria und die anderen Frauen ein großes Tuch über den gemarterten Körper aus. Als man den Körper vom Kreuz nahm, hatte er einen Abdruck auf dem Tuch hinterlassen. Das Tuch nahm Nikodemus an sich. Nach dem Bild auf dem Tuch schuf Nikodemus das Kruzifix, welches heute in unserer schönen Kathedrale San Martino bewundert werden kann. Er fertigte das Kreuz und den Körper aus Zedernholz. Doch als er an das Gesicht gehen wollte, hielt ihn die Furcht zurück, es nicht getreu abbilden zu können. Er legte sich am Abend schlafen und wachte erst spät am nächsten Tag auf. Als er zum Kreuz eilte, um seine Arbeit fortzusetzen, stellte er fest, dass es bereits ein Gesicht hatte! Es war ohne sein Zutun vollendet worden.«

»Dies ist eine Geschichte, ganz wie ich sie mir erhofft hatte. Sogar besser«, erklärte Gervasius voller Begeisterung.

»Doch das ist nicht alles, lieber Magister. Nach dem Tode des Nikodemus verschwand das Kreuz nämlich jahrhundertelang in der Versenkung. Angeblich hatte jemand es in einer Grotte versteckt, wo es Wilfred, der Bischof von Gallien in der Zeit Pippins und Karls des Großen, wiederentdeckte. Wie das Volto Santo aus dem Heiligen Land schließlich nach Lucca kam, erzähle ich Euch morgen, wenn ich Euch die berühmte Reliquie in der Kathedrale von San Martino zeige.«

Gervasius verbrachte die Nacht in seiner Herberge und traf, wie verabredet, am nächsten Morgen mit dem Bischof vor dessen Haus zusammen. Mauro Verde begleitete ihn durch mehrere Straßen, die von schiefen alten Häusern gesäumt waren.

»Seht Ihr die kleinen Nischen an den Wänden der Häuser in dieser Straße? Hier werden am Tag der Prozession Kerzen aufgestellt, um dem Volto Santo den Weg auszuleuchten. Das Fest Santa Croce findet hier jedes Jahr am 14. September statt. Die Prozession ist bereits am Vorabend. Sie führt das Kreuz von der Kirche San Frediano zum Dom San Martino. Könnt Ihr Euch vorstellen, warum?«

»Ehrlich gesagt, nein. Aber Ihr werdet es mir sicher gleich verraten.«

»Dazu müssen wir zurückkehren zur Geschichte der Herkunft des Volto Santo. Jener berühmte Bischof Wilfred ließ das Kreuz auf ein Schiff bringen, wo es von Joffa aus allein seinen Weg finden sollte, ohne Ruder und Ruderer. Nach einer längeren Reise gelangte das Schiff in die Bucht von Luni, wo die Bewohner der Stadt es entdeckten. Sie versuchten, sich in den Besitz des Schiffes zu bringen, doch vergeblich. Es drehte ab, sobald sie darauf zuhielten. Man beschloss, den Bischof aus dem nahe gelegenen Lucca zu verständigen. Diesem gelang es schließlich, des

Schiffes habhaft zu werden. Man fand das Volto Santo und entdeckte ein Geheimfach im Inneren. Nikodemus hatte es eingebaut, um darin, neben anderen Reliquien des Herrn, das Tuch mit dem Abbild und zwei Fläschchen mit seinem Blut zu verstecken. Die Leute von Luni forderten eine Wiedergutmachung für ihren Verlust. Sie erhielten daher eines der beiden Fläschchen mit dem Blut des Herrn. Das andere ging im Laufe der Jahre verloren, wie auch das Tuch. Nur das Kruzifix selbst ist uns in Lucca erhalten geblieben.«

Sie hatten den Hintereingang der Kathedrale erreicht. Mauro Verde holte einen Schlüssel hervor, der zu einer Tür gehörte, die in den Altarraum führte. Nach wenigen Schritten standen sie vor dem mächtigen Kreuz, dessen Holz vom Alter schwarz geworden war. Gervasius blickte zu dem hölzernen Antlitz hinauf und erstarrte. Nie hatte er ein eindringlicheres Abbild des Angesichtes Christi gesehen! Die Augen waren, anders als bei anderen Kunstwerken dieser Art, geöffnet und schienen lebendig. Der Blick des Herrn ruhte auf ihm. Er schien in seine Seele zu schauen. Mit diesem Blick konnte er seine Feinde niederstarren, so viel begriff Gervasius. Wehe dem, der nicht den Gesetzen der Heiligen Dreifaltigkeit Folge leistete!

»Ehrfurcht gebietend, nicht wahr?« Das Gesicht des Bischofs war jetzt ernst.

»Mehr als das«, antwortete Gervasius mit rauer Stimme. »Wo befindet sich das Geheimfach? Wenn ich fragen darf.«

»Es ist auf der Rückseite. Ich kann Euch leider nicht zeigen, wo genau. Es bedürfte vier starker Männer, um das Kreuz zu bewegen. Aber das Fläschchen mit dem Blut des Herrn, das bis vor einigen Jahren in der Kirche in Luni aufbewahrt wurde, kann jetzt im nahe gelegenen Sarzana besichtigt werden. Der Bischofssitz von Luni wurde wegen der sich immer weiter ausbreitenden Versumpfung des Hafens und der damit einhergehenden Mückenplage nach Sarzana verlegt. Dort, in der Kirche Santa Maria di Sarzana, findet Ihr das heilige Blut des Herrn.«

Bevor Gervasius sich von Mauro Verde verabschieden konnte, gab dieser ihm noch ein Pergament mit einigen lateinischen Zeilen darauf mit.

»Ich habe Euch eine Kopie anfertigen lassen von einem Dokument, auf dem sich unter anderem ein Gebet des Nikodemus befindet. Vielleicht ist es Euch von Nutzen.«

»Ich danke Euch vielmals, Eure Exzellenz. Ich stehe in Eurer Schuld. Solltet Ihr jemals nach Arles kommen, zögert nicht, mich in meinem bescheidenen Palais aufzusuchen. Es wäre mir eine Freude, Euer Gastgeber sein zu können.«

Kurz darauf war Gervasius unterwegs nach Sarzana, einem kleinen Städtchen nördlich von Lucca. Der Bischof hatte ihm den Weg beschrieben. Zuerst sollte er nach Norden reiten, bis er auf den Fluss Magra traf. Diesem sollte er in Richtung Mündung folgen. Noch bevor er die Küste erreichte, sollte er nach Sarzana gelangen, das etwas landeinwärts angesiedelt war. In Sarzana begab er sich ohne Umschweife in die Kirche Santa Maria. Hier wandte er sich an einen Messdiener, der gerade die nächste Messe vorbereitete. Er stellte sich vor und brachte sein Anliegen vor. Der Messdiener sank in eine tiefe Verbeugung bei der Erwähnung des Bischofs von Lucca und brachte Gervasius umgehend in eine Seitenkapelle. Aus einem vergitterten, abgeschlossenen Schränkchen entnahm er eine durchsichtige Ampulle mit einer dunkelbraunen, klumpigen Substanz darin, die kaum noch an Blut erinnerte. Gervasius hielt den Atem an. Das Blut des Herrn, eingeschlossen in grobes Glas, lag für einen Moment in seiner Hand. Dann verstaute der Messdiener es wieder im Schränkchen.

»Hab Dank, Junge. Viel Glück für die Zukunft«, sagte er und schüttelte dem Knaben die Hand. Dann schob er sich in eine der Kirchenbänke im Mittelschiff und entfaltete das Pergament, welches Mauro Verde ihm geschenkt hatte. Er las:

»Ecce Agnus Dei, ecce qui tollit peccata mundi ... Sieh das Lamm Gottes, sieh ihn, der die Sünden der Welt auf sich nimmt, unseren Gott. Sieh den gerechten Gott, sieh den Gott der Lebenden und der Toten, die Rettung aller Gläubigen, den einen, den wir anbeten, den wir verherrlichen, den wir segnen; und lasst uns preisen Gott, den allmächtigen Vater, und den Sohn mit dem Heiligen Geist und sie erheben über alles für immerdar. Sei mein Helfer, mein Beschützer und mein Verteidiger, allergütigster, allerheiligster und barmherzigster Herr.«

Das Gebet wollte Gervasius in sein Wunderbuch aufnehmen mitsamt der dazugehörigen Geschichte vom Volto Santo. Er hatte gefunden, was er gesucht hatte, und konnte wieder Richtung Provence reiten.

In Arles erwartete ihn eine Überraschung: ein Brief von Johannes Marcus, dem leutseligen Kanzlisten Ottos, war in seiner Abwesenheit von einem königlichen Boten abgegeben worden. Die erste Freude über das Schreiben verflog, als Gervasius die Zeilen gelesen hatte. Die Nachrichten, die Johannes für ihn hatte, waren weniger gut. Die Lage hatte sich zuungunsten Ottos verändert. Dessen eigener Bruder, Heinrich, der älteste der drei Söhne des Löwen, war zu Ottos staufischem Widersacher Philipp von Schwaben übergelaufen. Auch Erzbischof Adolf von Köln, der im Jahr 1198 Ottos Wahl unterstützt hatte, war jetzt ins Lager des Feindes gewechselt. Und die beiden waren nicht die Einzigen, die den König im Stich gelassen hatten. Viele wichtige Verbündete hatten sich Philipp angeschlossen. Auch vom Tod von Ottos Großmutter Eleanor von Aquitanien, der Witwe Henrys II. Plantagenet und Mutter der Könige Richard und John, setzte ihn Johannes in Kenntnis. Gervasius' eben noch heiteres Gemüt verdunkelte sich erneut. Auch seine Herzensangelegenheit hatte sich in seiner Abwesenheit nicht von selbst gelöst. Er wusste noch immer nicht, wie er sich verhalten sollte. Bis ihm klar wurde, dass die Zeit bereits für ihn – oder war es gegen ihn? – gearbeitet hatte. Der Zeitpunkt der Hochzeit von Mabile mit dem Grafen von Blois und Chateaudon war längst vorüber. Sie war in den heiligen Stand der Ehe getreten, und er würde sich zurückziehen, statt noch mehr Schuld auf sich zu laden, indem er an der Hoffnung, sie wiederzusehen, festhielt. Er hatte die Entscheidung feige aus der Hand gegeben, und entsprechend fühlte er sich in den nächsten Monaten. Doch wieder einmal bewahrte ihn sein Richteramt vor schlimmerem Herzeleid. Er hatte einfach keine Zeit, sich trübseligem Selbstmitleid zu überlassen. Er hatte Rechtsstreitigkeiten zu untersuchen und Urteile zu fällen.

Gestört wurde sein Arbeitseifer von seinem Schwager Uc de Castelnau, der bereits bei der Beerdigung von Cathérine angedeutet hatte, er würde nicht zulassen, dass das gelbe Palais nach dem Tod seiner Schwester in Gervasius' Besitz verblieb. Der alte Pierre de Castelnau war inzwischen zu schwach, um Gervasius zu unterstützen, obwohl er ihm kurz nach Cathérines Ableben noch versichert hatte, dass er auf Gervasius' Seite sei. Uc erschien mehrfach unangemeldet in Gervasius' Studierzimmer – er hatte alle von Boso geerbten juristischen Handschriften dort untergebracht und bereitete inzwischen seine Fälle überwiegend zu Hause vor – und erneuerte seine früheren Beschuldigungen gegen ihn. Es gelang Gervasius schließlich, Uc davon zu überzeugen, dass ein gerichtliches Vorgehen gegen ihn zu keinem Erfolg führen würde, da Cathérine das Palais als Mitgift in die Ehe eingebracht hatte und auch nach ihrem Tod Gervasius dieser Besitz rechtmäßig zustand.

»Fürs Erste hast du gewonnen. Aber denk nicht, ich werde mich damit zufriedengeben!«, schimpfte Uc im Gehen. »Ich schwöre dir, ich werde einen Weg finden, den Palast zurückzubekommen, und wenn es Jahre dauert! Was das betrifft, so habe ich einen zeitlichen Vorteil dir gegenüber, denn ich bin jünger als du.« Uc grinste bösartig. Dann rauschte er hinaus und ließ seinen Schwager nachdenklich und betrübt zurück.

Ein Jahr später erfuhr Gervasius in einem weiteren Brief von Johannes Marcus, dass Philipp von Schwaben sich erneut hatte zum rechtmäßigen König wählen lassen und dass in Aachen die Krönung vollzogen worden war.

Ende des darauffolgenden Jahres erhielt Gervasius einen weiteren Brief, der dieses Mal von Otto persönlich diktiert worden war:

An den Magister Gervasius von Tilbury, Judex maior und Richter des Grafen von Provence,
Wir, Unsere königliche Hoheit Otto von Braunschweig, erlauben Uns, Euch zu einer Reise nach England an den Hof Unseres Oheims König John einzuladen, soweit Ihr Euch von Euren Amtsgeschäften frei machen könnt. Wir wissen, dass England Eure Heimat ist, und vermuten, dass es Euch Freude bereiten würde, das Land Eurer Geburt wiederzusehen. Wir hätten Verwendung für Eure Dienste als Notar, es würde Euch jedoch genug Zeit bleiben, Eure Verwandten und alten Bekanntschaften aufzusuchen. Wir werden mit Unserem gesamten Hof die Überfahrt antreten. Auch der Euch bekannte Magister Johannes Marcus, der Vorsteher Unserer Kanzlei, wird dabei sein.
Gebt Uns bald Nachricht, denn schon im März des kommenden Jahres werden Wir aufbrechen.

Gervasius hatte mit weiteren schlechten Nachrichten gerechnet. Diese Neuigkeit gefiel ihm. Er setzte sofort ein Antwortschreiben auf und übergab es dem wartenden Boten.

Mitte März des nächsten Jahres brach er von Arles auf. Otto erwartete ihn in Braunschweig. Von dort aus ging es zur dänischen Hafenstadt Ribe, wo Schiffe für Otto und die Seinen bereitlagen. Der mit Otto verbündete dänische König Waldemar hatte sie zur Verfügung gestellt. Die Themsemündung an der Ostküste gähnte wie ein riesiger Schlund vor ihnen. Ihre Schiffe folgten dem breiten Strom flussaufwärts in das Landesinnere. Irgendwann gegen Ende der Fahrt mussten sie Tilbury passiert haben, doch Gervasius hatte nicht feststellen können, welche der Siedlungen, an denen sie in zügiger Fahrt vorbeiglitten, sein Geburtsort gewesen war. In der zweiten Aprilhälfte, kurz vor Ostern, wurden die Häuser und Kirchtürme der Hauptstadt sichtbar. Vom Wasser aus bot London einen für Gervasius ungewohnten Anblick. Auch bildete er sich ein, dass seit seiner Jugend zahlreiche Gebäude und Türme hinzugekommen waren und sich die Stadt weiter in das Umland ausdehnte als noch vor zwanzig Jahren.

Als die Schiffe anlegten, wurden sie mit Jubel begrüßt. Eine Delegation von Stadtoberen, königlichen Ministerialen und Kirchenfürsten hatte sich versammelt, um den deutschen König und Neffen ihres Königs John am Anleger zu begrüßen. Die Bürger der Stadt hießen Otto und seine Gefolgschaft auf ihre Weise willkommen: An allen Dächern, aus Fenstern und von Turmspitzen wehten bunte Stoffwimpel. Die Stadt war geschmückt wie zu ihrer eigenen Vermählung. Es war Otto anzusehen, dass dieser herzliche Empfang ihm ausnehmend guttat, nach all den Enttäuschungen und Anfeindungen der vergangenen Jahre. Auch Gervasius beflügelte die Begrüßung der Londoner Bürger und der Umstand, dass er wieder in seiner Heimat weilte. Das Wetter ließ etwas zu wünschen übrig. Von Arles war er dauerhaft blauen Himmel und stetigen Sonnenschein gewöhnt. Am Himmel über London ballten sich schwere schiefergraue Regenwolken, die jedoch so gnädig waren, ihren feuchtkalten Inhalt erst am folgenden Tag über der Stadt auszugießen. Einige fein gekleidete Ministerialen geleiteten sie auf ihren Pferden durch die Straßen von London nach Westminster. An jeder Straßenecke stürmten Erinnerungen auf Gervasius ein. Dort hatte er mit Philip über einen Gaukler gekichert. Diese Straße war Teil seines Weges von Aimars Haus zur Grammatikschule St. Martin Le Grand gewesen. Und dort entdeckte er die Kapelle, in die er und Philip sich vor dem Mörder geflüchtet hatten, den sie zufällig während eines Mysterienspiels bei seinem finsteren Treiben beobachtet hatten. Der Zug folgte der Fleet Street und endete in Westminster. Neben dem alten Kloster erkannte Gervasius den Königspalast, den er vor gut zwanzig Jahren in Philips Begleitung zum ersten und bisher einzigen Mal betreten hatte. Henry II. hatte bei seinen Aufenthalten in London nicht dort, sondern im White Tower im Osten der Stadt residiert.

Der Gedanke an König Henry II. versetzte ihm einen Stich. Sein Förderer und Wohltäter, der seinen Werdegang viele Jahre begleitet hatte und wie ein Vater für ihn gewesen war, lebte seit Langem nicht mehr. Er hatte sich nie richtig von ihm verabschiedet. Er versuchte, sich John, den er als dürren und mürrischen kleinen Jungen in Erinnerung hatte, auf dem Königsthron vorzustellen. Es fiel ihm schwer. Obwohl er John kaum kannte, hatte er ihn nie besonders gemocht. Er hatte sich mit seinem schwarzen Haar auch äußerlich von seinen rotblonden, kräftig gebauten und hochgewachsenen Brüdern unterschieden, so dass Gervasius sich manchmal gefragt hatte, ob Henry tatsächlich sein leiblicher Vater gewesen war. Doch niemand hatte dies je angezweifelt. Auch schien John nach dem, was über ihn berichtet wurde, ein echter Plantagenet zu sein, mit seinen Wutanfällen und der Neigung zu Intrigen. Immerhin hatte er seinen Neffen Otto nach England eingeladen. Natürlich nicht aus reiner Verwandtenliebe, sondern um ein Bündnis mit ihm gegen die immer stärker werdenden Staufer und Kapetinger zu schmieden. Otto wiederum konnte ebenfalls Unterstützung gebrauchen. Johns Einladung war ihm wie gerufen gekommen.

Der Kämmerer, der sie in der Vorhalle des Palastes empfing, war kein anderer als Aimar de Grandmont. Das weißblonde Haar war schütter geworden, doch er lächelte ebenso verbindlich wie früher und begrüßte den königlichen Besuch formvollendet.

»Stellvertretend für seine Majestät König John begrüße ich Eure Hoheit in seinem Palast. Ich werde mich während Eures Aufenthaltes um alle Euren Hof betreffenden Anliegen kümmern. König John hat mich auch beauftragt, Euch gewisse Gegenstände auszuhändigen, auf die Ihr nach dem Testament König Richards einen Anspruch habt.«

Er verbeugte sich und wies dann weitere Bedienstete an, den Gästen ihre Zimmer zu zeigen. Gervasius blieb zurück, als die anderen Mitglieder von Ottos Hofgesellschaft in das Innere des Palastes gingen. Schließlich waren nur er und Aimar übrig. Der erkannte ihn nun endlich.

Bewegt begrüßten sie sich mit Küssen und Umarmungen. Dann brachten sie sich gegenseitig über die Ereignisse der letzten Jahre auf den neuesten Stand. Aimar sprach ihm sein Bedauern über den Tod von Cathérine aus.

»Ihr Tod hat mich tief getroffen. Lange Zeit war ich nicht mehr ich selbst. Doch zu dir: Wieso willst du den Dienst als Kämmerer verlassen?«

Aimar lächelte grimmig.

»Es war schon kein reines Vergnügen, unter Henry Kämmerer zu sein. Genauso wenig wie unter Richard. Doch beide hatten den Vorteil, dass sie sich wenig, bei Richard sollte man eher sagen, gar nicht, in London aufhielten, was mir die Arbeit erleichterte. Doch John ist ein echtes Kind des Landes. Er liebt London. Er hält sich, wann immer er kann, hier auf. Es ist zum Verzweifeln! Nichts kann man ihm recht machen. Er hat mehr Neuerungen bei Hof eingeführt als alle seine Vorgänger zusammen! Ich bin es müde. Jetzt hoffe ich darauf, dass er mir wegen langjähriger treuer Dienste für seine Familie ein Stück Land übereignet. Dann kann ich dem Hof den Rücken kehren und noch ein paar ruhige Jahre auf meinem Altenteil verbringen.«

»Dann hoffen wir, dass John deine Erwartungen erfüllt. Du hast es verdient. Das erinnert mich an Philips Rückzug auf die Ländereien seines Vaters. Hast du seitdem von ihm gehört?«

Sie hatten die Vorhalle durchquert und betraten nun die große Halle mit ihrer Decke aus mächtigen Eichenholzbalken. Gervasius war, als hätte man ihn in der Zeit zurückversetzt. Er sah sich und Philip, zwei Jungen von kaum elf Jahren, wie sie mit offenen Mündern unter der hohen Decke standen und zu den mit Schnitzereien verzierten Balken emporstarrten.

»Gelegentlich gelangen Gerüchte über ausufernde Gelage und Jagdgesellschaften, die er auf seinen Gütern bei Salisbury abhält, hierher. Doch gesehen habe ich ihn seit deiner Hochzeit nicht mehr. Ich hoffe, er übertreibt es nicht.«

»Wenn sich die Gelegenheit ergibt, werde ich ihn aufsuchen, das kommt auf den Weg an, den König Otto durch England nimmt.«

»Nun, darüber kannst du von Terricus Teutonicus mehr erfahren, der euch während eures gesamten Aufenthalts begleiten wird.«

»Wer ist das?«

»Er ist ein Landsmann von Otto. Gebürtig soll er aus Aachen sein. Er ist ein geschickter Geldhändler und Fachmann im Aushandeln von Verträgen. Er hat vor zwei Jahren einen Teil von König Richards Schatz zu Otto nach Braunschweig bringen lassen. Du wirst ihn heute Abend bei dem Festessen zu Ehren Ottos kennenlernen.«

»Und was werden wir morgen tun?«

»Da geht es in die Schatzkammer des Palastes. Du wirst staunen. Und König Otto wird begeistert sein.«

Aimar hatte nicht übertrieben. Die Schatzkammer der Plantagenets befand sich in den Gewölben des alten Palastes von Westminster. Es war eine lange, von Fackeln erhellte Flucht von aneinandergereihten quadratischen Kammern, überwölbt von archaisch wirkenden Kuppeln. Haufenweise lagerten hier Goldmünzen, die nur zum Teil in Truhen verstaut waren. Es gab Stoffballen und Tapisserien, Schmuck aus Gold und Silber, Kandelaber, Kreuze und Monstranzen. Staunend bewegte sich die Hofgesellschaft im Gänsemarsch zwischen den seit Jahrzehnten hier angehäuften Reichtümern der Plantagenets hindurch. Gervasius beobachtete die Gesichter der anderen. In den Augen von manch einem leuchtete die uralte Gier nach Gold. Aimar, der den Anblick der Schätze gewohnt war, blieb schließlich unbeeindruckt vor einer kleineren Truhe mit Silbermünzen stehen und wandte sich an Otto:

»Dies, Eure Majestät, sind etwa sechstausend Silbermark. Sie gehören Euch. Ein Geschenk von seiner Hoheit König John, zur Unterstützung Eurer Angelegenheiten in den deutschen Landen. Bitte kommt weiter.«

An weiteren Kostbarkeiten und Truhen mit unbekanntem Inhalt vorbei führte sie Aimar in eine andere Kammer. Hier hingen prachtvolle Mäntel und andere königliche Kleider in offenen

Schränken. In Regalen lagen Schwerter und Zepter, Kronen, Reichsäpfel und Stäbe. Auf dem Boden verteilten sich aufwendig gearbeitete Paare von Sandalen und geschlossenen Schuhen.

»Die königlichen Insignien von Richard Löwenherz werden Euch als Leihgabe überlassen, Eure Majestät. Dies hat der verstorbene König in seinem Testament verfügt. Ihr, als sein Lieblingsneffe, sollt folgende Regalia erhalten.« Der Kämmerer entrollte ein Pergament und las von einer Liste ab:

»Eine große Krone, eine Tunika aus Purpur, Sandalen aus Purpur, einen Gürtel, besetzt mit Edelsteinen, ein Paar Seidenschuhe und eine passende Mitra, Handschuhe, eine Dalmatica aus schwarzem Purpur, einen königlichen Mantel aus Purpur, einen königlichen Mantel aus Purpur mit goldener Kappe, ein Seidentuch, um das Schwert bei der Krönung darin einzuwickeln, ein großes Zepter, einen Silberstab mit Taube an der Spitze, zwei Schwerter, eines davon ist dasjenige von Tristan, das andere mit rubinverziertem Knauf, goldene Sporen und ein goldenes Tragkreuz.«

Alle schwiegen und betrachteten die Gegenstände. Otto schien sprachlos vor dem Glanz der Insignien der Macht.

»Ich werde«, brachte Otto schließlich hervor, »meinem Oheim selbst gebührend danken, sobald ich ihn sehe.«

»Dazu, Eure Majestät, werdet Ihr in einer Woche in Stapleford Abbotts die Gelegenheit haben. Dort wird König John in wenigen Tagen eintreffen. Mit Terricus Teutonicus werdet Ihr übermorgen in Richtung Essex abreisen.«

Terricus Teutonicus war ein Mann von geringer Körpergröße. Er war dünn, wendig, schnell. Und er sorgte dafür, dass der schwerfällige Tross von Ottos Gefolgschaft ohne Zwischenfälle und Unannehmlichkeiten wie vereinbart rechtzeitig in Stapleford ankam. Er schien überall zugleich zu sein und hatte für jeden ein freundliches Wort übrig. Sein Französisch war geprägt von einem starken Akzent, der seine bürgerliche Herkunft aus einer Aachener Kaufmannsfamilie verriet.

»Das Gut von Stapleford ist das Eigentum der Abtei Bury St.

Edmunds. Die feierliche Zusammenkunft wird im Saal des derzeitigen Abtes Samson stattfinden, einer großen, zwei Geschosse hohen Halle mit gewaltigen Buntglasfenstern. König John hat eine Vorliebe für diesen Saal«, erklärte Terricus Gervasius, während er neben ihm ritt und gleichzeitig das Vorankommen des restlichen Konvois im Auge behielt. Obwohl die Otto übereigneten Wertsachen in London zurückgeblieben waren, wo er sie am Ende seines Aufenthaltes abholen würde, waren sie mit mehreren schwer beladenen Wagen unterwegs, die die täglichen Gebrauchsgegenstände des Hofes und die für König John bestimmten Geschenke beförderten.

Im Saal des Abtes Samson von Bury St. Edmunds herrschte erwartungsvolle Stille. Die Gefolgschaft König Ottos und ebenso die von König John harrte der Ankunft der beiden Herrscher. Man hatte sich zu beiden Seiten der Halle aufgestellt, links der Hof Ottos, rechts der von John. Die Sonne schickte ihre Strahlen durch die Buntglasfenster, wo sie in fast allen Farben des Regenbogens auf die Gesichter und Kleider der wartenden Männer trafen und die an den Wänden aufgehängten Tapisserien mit Jagdszenen zu geheimnisvollem Leben erweckten. Rötliches Licht verwandelte den stilisierten Hirsch vor Gervasius in einen bedrohlich röhrenden Herrn des Waldes mit kapitalem Geweih. Um sich scharte er sein Rudel. Gelbes Licht traf auf grünes Blattwerk, und es war, als würde ein Windstoß die Blätter bewegen. Ein Knarren, die Tür öffnete sich, und herein schritten nebeneinander, entspannt plaudernd, die Könige John und Otto, Oheim und Neffe. Alle Anwesenden verneigten sich, während die beiden zum Kopfende der Halle vorangingen. Ihre Männer folgten und verteilten sich in einem Rund um sie. Otto schnippte mit dem Finger. Sofort trug ein junger, kräftiger Ministeriale ein kniehohes, kastenförmiges Behältnis aus Gold heran und stellte es vor John ab.

»Dies ist mein erstes Geschenk an Euch. Ein Beispiel bester deutscher Goldschmiedekunst. Ein Kästchen, in dem Ihr all das aufbewahren könnt, was Euch wertvoll ist und am Herzen liegt. Es hat ein sicheres Schloss, zu dem es nur einen Schlüssel gibt.«

John, der mit seinem mürrischen Gesichtsausdruck, dem strähnigen erdbraunen Haar und seiner käsigen Blässe keinen guten Eindruck hinterließ, betrachtete den Gegenstand eher gleichgültig, bedankte sich höflich und ließ seinerseits ein Geschenk bringen: eine Armbrust mit metallischen Verzierungen.

»Diese Waffe hat einst meinem Bruder Richard gehört. Gott sei seiner Seele gnädig. Ich denke, er wollte, dass Ihr sie bekommt.«

Auch Otto bedankte sich artig. Es wurden weitere Geschenke ausgetauscht, dann wurden Erklärungen abgegeben, die die künftige engere Zusammenarbeit der beiden Herrscherhäuser betrafen. Darauf folgte ein Mahl. Zu diesem Zweck wurde alles Notwendige innerhalb kürzester Zeit hereingetragen: Tische, Geschirr, Pokale und Speisen. Die Stühle hatten schon an den Wänden der Halle bereitgestanden. Später zogen sich die beiden Herrscher zu einem Zwiegespräch in die Gemächer des englischen Königs zurück, während ihre Männer in einem anderen Raum darangingen, einen für beide Seiten vorteilhaften Freundschaftsvertrag abzufassen. Gervasius war mit von der Partie. Er war verantwortlich für die rechtliche Richtigkeit und die Einhaltung der Form des Vertragswerks. Die anderen, zu denen auf Ottos Seite Terricus gehörte, hatten sich um den Inhalt zu kümmern.

Die beiden Könige und ihre Höfe blieben drei Tage in Stapleford Abbotts. Gervasius konnte sich aufgrund der Vertragsabfassung, für die er zuständig war, nicht davonstehlen und seinen Vater in Tilbury aufsuchen, was er zutiefst bedauerte. Immerhin hatte er Aimar wiedergesehen. Dann ging es weiter, über Suffolk und Norfolk nach Norden. Im Juni waren sie wieder in London angelangt. Ottos Anteil am Schatz seines Oheims Richard wurde mühselig auf Wagen geladen und zur Anlegestelle an der Themse gebracht. Hier wurden diese, zusammen mit den Pferden und allen anderen Habseligkeiten des Königs und seiner Hofgesellschaft, auf die Schiffe geladen. Am 22. Juni legten sie ab und befanden sich bald auf offener See.

Gervasius kehrte mit leisem Bedauern nach Arles zurück. Die drei Monate waren nicht annähernd genug Zeit gewesen, um all seine alten Freunde und Bekannten zu besuchen. Ein Jahr später, im Sommer 1208, kam ein Bote mit einem Brief von Johannes Marcus: Ottos Widersacher und Rivale um die Königs- und Kaiserwürde war in Bamberg einem Anschlag zum Opfer gefallen! Otto stand bereits in Verhandlungen mit mächtigen weltlichen Grafen und Kirchenfürsten. Man hatte ihm die Kaiserkrone angeboten! Es schien, schrieb Johannes, als wären plötzlich alle davon überzeugt, dass Otto der richtige Mann für dieses Amt sei. Es gab keinen nennenswerten Widerstand mehr gegen ihn. Gervasius rannte in die Küche, um dort Céline und auch Henri, der sich eine kleine Pause bei einem Becher Tee gegönnt hatte, freudestrahlend zu umarmen.

»Otto wird Kaiser! Ich habe immer geahnt, dass aus dem Jungen etwas wird. Aber an die Kaiserwürde hatte ich dabei nicht gedacht!«

Henri holte eine Flasche guten Burgunder aus dem Keller, und die drei stießen auf den neuen Kaiser an. Das Rad der Fortuna hatte sich wieder einmal in Bewegung gesetzt.

Kaiserkrönung

Im Sommer des Jahres 1209 wurde Gervasius von Otto brieflich gebeten, ihn in seiner Eigenschaft als Notar auf seinem Zug nach Rom zu begleiten, wo Papst Innozenz III. ihn zum Kaiser krönen wollte. Bevor Gervasius sich auf die Reise machte, nahm er sich noch Zeit, um in seinen Unterlagen, die er seit Jahren für sein Wunderbuch sammelte, nach Stammbäumen und Herkunftsgeschichten von Ottos Vorfahren zu suchen. Er baute aus den Stammbäumen von Mathilde Plantagenet, Ottos Mutter, und Heinrich dem Löwen, Ottos Vater, einen neuen Stammbaum für den zukünftigen Kaiser. Außerdem stellte er, unter Zuhilfenahme einer Chronik von Radulf Niger, der wie er früher zum

Hof Henrys II. gehört hatte, eine kurze Genealogie zusammen, die Ottos Herkunft vom römischen Kaiser Augustus ableitete. Diese beiden Dokumente wollte er seinem Dienstherrn bei den Krönungsfeierlichkeiten überreichen.

Neben Ottos üblichem Hofstaat, der inzwischen aus Engländern, Aquitaniern, Italienern, Franken, Kölnern, Sachsen und Österreichern bestand, waren die sechs Reichsfürsten sowie Erzbischöfe, Äbte, Herzöge und Grafen aus dem ganzen Reich dabei. Am 2. Oktober erreichte der Zug nach einer beschwerlichen Alpenüberquerung den Monte Mario. Von dieser Höhe aus überblickte man die Stadt Rom, das *Caput mundi*, das Haupt des Erdkreises, in seiner ganzen Pracht. Mit bloßen Augen konnte man von dort die Dächer des Petersdoms ausmachen.

Eine Unmenge von Menschen, schwer beladenen Wagen, Pferden und Maultieren wurde innerhalb kurzer Zeit zu einem geordneten Heerlager von gewaltigen Ausmaßen. Gervasius überwachte den Aufbau der Zelte und das Abladen der wertvollsten Güter, die in Truhen auf den großen Moment warteten und vor der Gier der mitreisenden Fußsoldaten beschützt werden mussten. In den Truhen befanden sich Münzen, Gewänder, Reliquien, die Reichsinsignien und andere Kostbarkeiten, die entweder für die Zeremonie gebraucht oder als Geschenke für den Papst und andere Würdenträger gedacht waren. Während er die Ministerialen beobachtete, die die Kisten nach seiner Anweisung in dem Vorratszelt aufeinanderstapelten, warf er einen Blick zurück auf das Lager, das sich über die gesamte Bergkuppe ausbreitete. An einigen Stellen waren Lagerfeuer entzündet worden, deren Rauchsäulen zum blauen Himmel aufstiegen, wie als Opfergabe für den Herrn, um ihn für die bevorstehende Kaiserkrönung gnädig zu stimmen. Vorfreude hing beinahe greifbar in der Luft. Es gab nicht die üblichen Streitereien, kein Murren unter den Bediensteten, es wurde zusammengearbeitet. Das gute Gelingen der Feierlichkeiten war allgemeiner Wunsch, oder so schien es zumindest.

Der folgende Tag stand ganz im Dienst der Vorbereitungen für den standesgemäßen Einzug Ottos in die Leonina, der dann am Morgen des 4. Oktober stattfand. Das Heer blieb auf dem Berg, der König, gekleidet in eine grüne Tunika und einen roten Krönungsmantel, zog mit seinem Hofstaat hinunter ins Tal. Sie passierten die Kirche San Lazaro dei Lebrosi und überquerten danach den Ponticellus, die kleine Brücke über das Valle dell' Inferno. Am anderen Ende der Brücke wurden sie feierlich empfangen von den Römern, denen der künftige Kaiser sogleich den »Römereid« schwor, wie es bereits seine Vorgänger getan hatten. Zusammen mit Johannes Marcus fertigte Gervasius eine Urkunde darüber aus, eine weitere über den Sicherheitseid für Papst und Stadt, den Otto ebenfalls leistete. Der Zug folgte daraufhin der Via Triumphalis und gelangte durch die Porta Collina in die Löwenstadt. Dort warteten römische Bischöfe und andere geistliche Würdenträger auf den König, um ihn und sein Gefolge singend über die Via Cornelia zum Petersdom zu geleiten. Links und rechts der Straße jubelte die Menge dem zukünftigen Kaiser zu. Es war Brauch, dass der zu Krönende Münzen in das Menschengewimmel regnen ließ. Otto wies seine Kämmerer an, eine Truhe zu öffnen. Die hochgeworfenen Silbermünzen blinkten kurz im Sonnenlicht, bevor sie von eifrigen Händen unter lautem Gejohle aufgefangen wurden. Kaum ein Brakteat erreichte den Boden.

Auf dem Platz vor dem Dom übernahmen die Senatoren die Begleitung Ottos. Dieser stieg vom Pferd und überließ das Tier den weltlichen Mächtigen der Stadt als Geschenk. Oben auf der Treppe sah man Papst Innozenz III. in Tiara und Festkleidung auf einem Thron sitzen. Gefolgt von den Reichsfürsten stieg Otto die Stufen zum Papst empor, kniete sich vor ihn und küsste ihm die Füße. Er überreichte sein Gastgeschenk. Innozenz deutete an, dass Otto sich erheben dürfe, und begrüßte ihn ehrenvoll durch Umarmung und Wangenkuss. Die Zeremonie wurde in der Kirche fortgesetzt. Zuerst durfte nur Otto mit den Reichsfürsten hinein. Dem restlichen Gefolge, zu dem auch Gervasius zählte, wurde das Nachkommen erst später erlaubt.

Schließlich öffneten sich die Türen erneut, und die Hofgesellschaft strömte in das Innere der Basilika. Gervasius war noch nie in dieser berühmtesten aller Kirchen gewesen. Fast mehr noch als die feierliche Weihe seines geliebten Dienstherrn zum Kaiser beeindruckte ihn dieser Ort mit seiner Geschichte. Als sie eintraten, hörten sie von weitem die geübten Stimmen des Chores das Herrscherlob singen. Nicht weit vom Eingang lag die Kapelle Santa Mariae in Turri, in der, wie Gervasius wusste, Otto bereits über einem Evangelienbuch den Eid gegenüber der römischen Kirche geschworen hatte. Otto kniete, bereits neu eingekleidet, viele hundert Meter weiter im Zentrum des Raumes vor einem großen purpurfarbenen Stein aus Porphyr, der Rota. Nach der Sage war genau an dieser Stelle Karl der Große gekrönt worden. Während die anderen langsam weiterschritten, dem Inneren von San Pietro in Vaticano zu, blieb Gervasius unauffällig stehen und orientierte sich.

In dieser Kapelle befand sich die Vera Icon, ein weiteres der nicht von Menschenhand gemachten Bildnisse unseres Herrn Jesus Christus, der sogenannten Acheiropoieta, über das er in einer Schrift mit dem Titel ›Cura Sanitatis Tiberii‹ gelesen hatte. Er entdeckte es an einer Seitenwand, in einem Teil der Kapelle, in den wenig Licht fiel. Gervasius spürte, wie das Blut schneller durch seine Adern floss. Ihm war, als zöge es ihn regelrecht zu dem Abbild hin. Respektvoll blieb er in einer Entfernung von zwei Fuß stehen. Das quadratische Tafelbild zeigte nur das Gesicht des Herrn ohne Hals, was seine Wirkung keineswegs minderte, ganz im Gegenteil. Man erzählte sich, dass es nach dem Abdruck des Gesichts Christi auf dem Leichentuch entstanden war, welches die heilige Veronika nach der Grablegung aufbewahrt hatte. Gervasius fand, dass es wie gemalt aussah und gleichzeitig auch wieder nicht. Er versenkte sich in den Anblick dieses Gesichtes mit den dunklen Augen und den byzantinisch akzentuierten Augenbrauen in stummer Hoffnung auf Vergebung seiner Sünden.

Er dachte an das Mädchen Amélie, das vor Jahren durch seine Schuld den Tod gefunden hatte. »Verzeih, Herr; vergib mir meine Schuld; befreie mich von der Vision der züngelnden Flammen, die mich noch immer im Schlaf heimsucht.« Und während er gänzlich in die Betrachtung des göttlichen Bildes versunken war, geschah etwas mit dem Gesicht. Es veränderte sich. Es bewegte sich. Es begann zu lächeln, in einer Weise, die sein Herz berührte, seinen gesamten Schmerz auflöste und in Tränen verwandelte. Gervasius konnte diese Ungeheuerlichkeit kaum fassen. Er drehte sich um, um zu sehen, ob es noch weitere Zeugen dieses Wunders gab, aber außer ihm waren alle in den hinteren Teil der Kirche weitergegangen. Er war allein mit dem Gesicht von Jesus Christus, der ihm ermunternd zulächelte, als wäre er nicht bloß ein elender Sünder. Das war es, was Christus ihm mitzuteilen schien, ohne dass er Worte benutzte: Alles ist in Ordnung. Alles ist Liebe. Und dieses Gefühl der allumfassenden Liebe blieb in ihm, bis er sich vor dem Bildnis verbeugte, um dann eilig ins Kircheninnere weiterzugehen, wo die Hofgesellschaft Zeuge der Salbung Ottos durch den Kardinal Hugolin wurde. Während der anschließenden Messe bewunderte Gervasius geistesabwesend die prachtvolle Alba Ottos, weiß mit einem roten Kreuz und goldener Inschrift bestickt, und fragte sich, ob sein Erlebnis eine Einbildung, eine Wunschvorstellung oder eine echte Vision gewesen war. Konnte es sein, dass Gott sich ihm bereits vor seinem Tod offenbart hatte? Er kam zu keinem Ergebnis. Doch er beschloss, die Beschreibung der Vera Icon zusammen mit dem Volto Santo von Lucca in sein geplantes Wunderbuch aufzunehmen.

Am Abend des großen Tages hielt der frisch gekrönte Kaiser am Monte Mario ein Festmahl im Beisein des Papstes ab. Gervasius wartete einen passenden Moment ab und überreichte Kaiser Otto IV., als dieser gerade mit niemandem sprach, schnell sein dünnes Bändchen mit der Familienabstammung. Der Kaiser blickte ihn überrascht und erfreut an, bedankte sich und warf im Laufe des Abends immer wieder einen Blick in das Heftchen, was für Gervasius schon Belohnung genug für seine Mühen war. Doch am nächsten Tag gab es eine weitere Belohnung, die Gervasius nicht erwartet hatte: Otto nahm ihn am Vormittag beiseite, nachdem er einige Dokumente unterzeichnet hatte.

»Magister Gervasius, seid so nett und begleitet mich in mein Zelt. Es gibt da etwas, das ich unter vier Augen mit Euch besprechen möchte.«

Gervasius folgte dem Kaiser in sein Zelt. Dort erwartete sie ein Ministeriale, der Otto bei ihrem Eintreten ein vorbereitetes zusammengerolltes Pergament reichte, an dem das kaiserliche Siegel aus rotem Wachs an einem Bändchen baumelte. Der Kaiser übergab das Pergament an Gervasius, der es entrollte. Es handelte sich um eine offizielle Urkunde. Er las:

»Hiermit verleihen wir, Otto von Braunschweig, Kaiser des Römisches Reiches und König des Arelats, dem Judex maior der Provence, Magister Gervasius von Tilbury, für seine treuen Dienste den Titel eines Marschalls unseres Königreiches Arelat.«

»Eure Majestät! Ich bin überwältigt und gerührt. Habt Dank für diese Ehre.«

Gervasius spürte tatsächlich Tränen der Rührung in den Augenwinkeln, zwinkerte diese aber hastig weg.

Otto lächelte zufrieden. »Und, wie geht es zu in der Stadt Arles? Genießt Ihr noch das Leben in Eurem schönes Palais?«

Der Kaiser erinnerte sich sogar an diese Einzelheit. Gervasius' Glück hätte nicht größer sein können, dachte er. Trotz seiner Freude konnte er nicht umhin, Otto von seinem Ärger mit Uc de Castelnau zu erzählen.

»Ich würde es genießen, wäre da nicht die unschöne Streiterei mit meinem Schwager, Uc de Castelnau. Er hatte mir bereits bei meiner Heirat mit Cathérine das gelbe Palais missgönnt. Er wollte es für sich und konnte nicht verstehen, wie sein Vater, der Bürgermeister, es einem Zugereisten wie mir zubilligen konnte. Er brütet sicher bereits wieder eine neue Intrige aus, wie er mir nach meiner Rückkehr den Palast doch noch entreißen kann.«

Otto hatte aufmerksam zugehört. »Wisst Ihr, Magister, ich denke, dem können wir Abhilfe schaffen. Ich werde von meinem Kanzlisten eine Urkunde ausstellen lassen, die Euch den Besitz des Palais im Namen meiner Autorität als Kaiser, und damit auch als König des Arelats, rechtlich einwandfrei bestätigt. Ihr kennt Euch auf diesem Gebiet besser aus als ich. Geht und diktiert meinem Notar Ekbert gleich die Worte. Ich werde dann mein kaiserliches Siegel daruntersetzen lassen, und Euer Ärger wird ein Ende haben.«

Gervasius verbeugte sich tief vor dem Kaiser. »Ihr seid zu gütig, Eure Majestät! Möge Euer Stern heller strahlen als alle anderen, und möge Gott stets bei Euch sein in allem, was Ihr tut.«

Ende November traf Gervasius in Arles ein. Er suchte einen Tag später seinen Schwager Uc auf und entrollte vor dessen Augen die Urkunde Ottos IV. über seine Besitzrechte am Palais. Ucs Miene wurde eisig. Er versuchte ganz offensichtlich, seine Wut zu beherrschen. Als Gervasius aus der Tür war, hörte er ein Hämmern und Klopfen. Anscheinend hatte Uc gewartet, bis er den Raum verlassen hatte, bevor er seinem Zorn Luft zu machen begann. In den folgenden Jahren blieb ihm jede Belästigung durch den Bruder seiner verstorbenen Frau erspart.

Über Ottos Schicksal setzte ihn regelmäßig sein guter Freund, der Kanzlist Johannes Marcus, in seinen Briefen vom Kaiserhof in Kenntnis. Der Hof weilte noch immer in Italien. Otto beabsichtigte, entgegen der vor Jahren während seiner Wahl zum König getroffenen Vereinbarungen mit dem Papst, das Patrimonium Petri und Sizilien als Machtbereich der Kirche unangetastet zu lassen, in das Königreich einzureisen, um von dort zu dem von ihm gelobten Kreuzzug ins Heilige Land aufzubrechen. Er erinnerte sich – wie Johannes schrieb – nur zu gut an den gescheiterten Versuch seines Vorgängers Kaiser Friedrich I., auf dem Landweg zu den heiligen Stätten zu gelangen. Über Wasser waren die Aussichten auf eine erfolgreiche Unternehmung viel größer. Doch durch diesen Versuch, nach Unteritalien vorzudringen, geriet der Kaiser in Konflikt mit dem Papst, der sowohl sein Patrimonium Petri als auch seine Vormachtstellung in Sizilien in Gefahr sah. Wie sich bald zeigte, war keine der Parteien bereit, Zugeständnisse zu machen. Beide kämpften mit allen ihnen zur Verfügung stehenden Mitteln. Der Papst drohte Otto mit Exkommunikation, falls er nicht von seinen Bestrebungen abließ. Otto missachtete jede Drohung und rückte mit seinen Truppen entschlossen weiter nach Süden vor. Es ging ihm um die Verteidigung der heiligen Stätten der Christenheit. Dies war seine erste Pflicht als Kaiser, und von diesem Ziel würde er sich auch von einem machthungrigen Papst nicht abhalten lassen. Innozenz III. verhängte daraufhin den Bann über ihn. Otto IV. begann erfolgreich, Burgen im Patrimonium Petri und später auch in Apulien zu belagern.

Nachdem er Otto erst vorgewarnt und dann exkommuniziert hatte, ohne die gewünschte Wirkung zu erzielen, griff der Papst zu seinem letzten Mittel: Er beauftragte die Fürsten damit, einen neuen Kaiser zu wählen. Und dies war der noch minderjährige Sohn des verstorbenen Stauferkaisers Heinrich VI., Friedrich von Sizilien, dem Otto mit seinem Vordringen in das Inselkönigreich den Titel streitig machte. Zuerst hatte Friedrich sich noch geneigt gezeigt, sich Otto als oberstem Lehnsherren zu unterwerfen und dafür seine Krone zu behalten. Doch dann spitzte sich die Lage immer mehr zu, bis Friedrich nichts weiter übrig blieb, als dem Willen des Papstes nachzugeben. Im Mai 1211 fand die feierliche Wahl Friedrichs zum Kaiser statt. Damit war die Zeit vorbei, in der Otto der unumstrittene Herrscher des Römischen Reiches gewesen war. Künftig gab es zwei Kaiser. Und der jüngere entriss dem älteren schnell immer mehr Macht. In diesem Zusammenhang stand vermutlich der Traum, den Otto – laut Johannes' Schilderung – in seinem letzten Monat auf Sizilien gehabt hatte: Darin war ein Bär in sein Bett gekrochen, ein Jungtier, klein und harmlos am Anfang. Doch das Tier war schnell gewachsen und so groß geworden, dass es Otto schließlich ganz aus seinem Lager vertrieben hatte. Am Hof hatte man hinter vorgehaltener Hand dem Traum prophetische Bedeutung zugemessen. Der Bär, behaupteten einige, sei kein anderer als sein Rivale um den Kaiserthron, Friedrich von Sizilien. Noch war er sehr jung und nicht besonders einflussreich. Doch bald würde er an Macht gewinnen und letztendlich Otto von seinem Platz verdrängen.

Als wären dies nicht genug Ärgernisse, bildete sich nun auch in den deutschen Ländern Widerstand gegen Otto, der von den mächtigen Andechs-Meraniern und Hermann I. von Thüringen ausging, ein Gespann, welches auch die Ermordung von Ottos Kontrahenten Philipp von Schwaben in Auftrag gegeben hatte. Otto war gezwungen, seinen erfolgreichen Feldzug in Italien abzubrechen. Geschlagen gab er sich jedoch keineswegs. Dies sollte auch seine für den Sommer 1212 angekündigte Hochzeit mit Beatrix von Staufen unter Beweis stellen, die bereits kurz nach dem Tode ihres Vaters Philipp von Schwaben im Jahr 1208 vereinbart worden war. Zu diesem großen Ereignis war auch Gervasius geladen.

Die Feier fand, da es Hochsommer war, ausschließlich im Freien auf einem Festplatz nahe Nordhausen statt. Ähnlich wie beim Maifest hatte man unzählige Zelte aufgestellt. Die Menge der Gäste war mindestens zehnmal so groß wie bei dem Maifest vor acht Jahren. Gervasius brauchte in dem Gedränge eine Weile, bis er Johannes Marcus gefunden hatte.

»Wie gut es tut, Euch zu sehen!«

Der Notar hatte seit ihrer letzten Begegnung nicht an Gewicht verloren und war auch sonst ganz der Alte. »Magister Gervasius, lasst Euch drücken!«

Mit diesen Worten zog er den Angesprochenen an sich und brachte ihn damit nicht wenig in Verlegenheit. Nachdem sie an einer der langen Tafeln Platz genommen hatten, die mit edelstem weißen Leinen gedeckt waren, nutzte Johannes die Gelegenheit, Gervasius über das Gerede bei Hof zu unterrichten.

»Habt Ihr bereits einen Blick auf die zukünftige Kaiserin werfen können? Eine wahrhaft beeindruckende Frau! Sie ist höchstens einen Kopf kleiner als Otto, was bei dessen riesenhafter Größe schon etwas heißt! Und kräftig wie ein Ochse, wenn Ihr mich fragt. Ihr Vater Philipp war ja auch ein stattlicher Mann.«

»Bisher habe ich sie noch nicht gesehen. Was meint Ihr, Johannes Marcus, werden diese beiden sich in der Ehe vertragen? Es heißt, sie sei sehr verbittert über die Aussicht, den ehemaligen Erzfeind ihres geliebten Vaters ehelichen zu müssen.«

»Nun, das könnte man aus ihrem kalten Gesichtsausdruck schließen. Auch ihre Augen sehen aus wie zwei gefrorene Seen.«

Kurz darauf erschien Otto mit seiner Braut, deren hellblondes Haar man schon von weitem leuchten sah, als sie an seinem Arm auf den Festplatz schritt. Beatrix hatte tatsächlich für eine Frau eine ungewöhnliche Körpergröße. Dazu kam, dass sie etwas zu großzügig mit allen äußerlichen Merkmalen ausgestattet war, die eine Frau zu einer Frau machen. Gervasius hätte sie nicht schön genannt, dazu war ihr Gesicht zu rund und ihre Figur zu üppig. Aber sie hatte eine zarte weiße Haut und zog in ihrer prachtvollen Hochzeitsausstattung alle Blicke auf sich, mehr als der Kaiser selbst, der neben ihr fast zu schrumpfen schien.

»Seltsam, diese beiden zusammen zu sehen! Sie wirken nicht wie ein glückliches Paar. Aber das war ja auch nicht der Zweck dieser Eheschließung«, kommentierte Gervasius den Einzug der Brautleute.

Auch Johannes konnte sich die Zukunft dieses Paares nicht recht vorstellen. »Wenn mich nicht alles täuscht, so hasst sie ihn. Und der Kaiser war selten einer Frau gegenüber so gleichgültig wie dieser. Das ist kein guter Anfang.«

Der Kaiser war wortkarg und brach nur selten in sein wohlwollendes polterndes Lachen aus. Die Kaiserin sah man nicht ein einziges Mal lächeln.

»Wisst Ihr, Magister, wen ich vermisse? Eure reizende Freundin vom Liebesfest in Nürnberg! Wie war gleich ihr Name?«

»Mabile«, antwortete Gervasius. »Die Gräfin von Blois und Chateaudon. Vermutlich konnte ihr Gatte sie nicht entbehren.«

Ja, es war ihm auch aufgefallen, dass die Gräfin nicht unter den Gästen weilte. Jetzt, wo Johannes es ausgesprochen hatte, versetzte ihm ihr Fehlen einen Stich. Gleichzeitig war er erleichtert, dass sie nicht erschienen war. Er hatte befürchtet, ihr plötzlich gegenüberzustehen.

»Vermisst Ihr sie?«, fragte der Notar.

»Nein«, entgegnete Gervasius mit gepresster Stimme und kam sich dabei vor, als hätte er sie ein zweites Mal verraten.

Im März des nächsten Jahres, 1213, erhielt er einen Brief von Johannes Marcus, der sich von dessen üblichen Lageberichten deutlich unterschied.

Lieber Magister Gervasius,
auch wenn Ihr so tut, als wären Eure Gefühle für die Gräfin von Blois und Chateaudon längst erkaltet, weiß ich doch, dass Ihr der Dame immer noch sehr zugetan seid. Daher möchte ich Euch nicht im Ungewissen lassen über die Tatsache, dass ihr Gatte, der Graf Eduard de Blois, bei einem vom Grafen Ludwig van Loos veranstalteten Turnier im April in der Stadt St. Trond als Gast geladen ist. Die Wahrscheinlichkeit, dass sein Eheweib ihn zu diesem gesellschaftlichen Ereignis ersten Ranges begleiten wird, ist hoch, da nicht nur viele edle Ritter aus Frankreich, Burgund, Lothringen und Flandern kommen werden, sondern auch der Kaiser selbst sein Erscheinen zugesagt hat. Otto wird zwar nicht selber kämpfen, doch er wird gern Schutzherr des Turniers sein. Wenn Ihr meinen bescheidenen Rat hören wollt: Es gibt im Leben nicht unendlich viele günstige Gelegenheiten, daher solltet Ihr diese ergreifen, wenn Ihr die Dame Eures Herzens noch einmal wiedersehen wollt. Das Turnier beginnt am Georgstag, in diesem Jahr der 22. April, abends mit dem üblichen Vorturnier und endet am 24. April mit den Tjosten, also den Einzelkämpfen. Der Kaiser will am 24. April ganztägig dabei sein. Falls Ihr Euch entscheidet, Mabiles wegen nach St. Trond zu reisen, werdet Ihr dort auch meine Wenigkeit vorfinden, da ich darauf bestanden habe, den Kaiser zu begleiten. Ihr könnt Euch sicherlich denken warum, denn ein Freund von barbarischen Reiterkämpfen bin ich eher weniger.

Euer treuer Freund und Verbündeter in allen Lebenslagen
Johannes Marcus

Die Anteilnahme von Johannes Marcus an seinem Liebesleben rührte Gervasius, doch zugleich hatte ihn dessen Brief in die alte Verwirrung gestürzt. War es klug, etwas aufzustören, was so lange friedlich am Grunde des Sees geruht hatte? Er gestand sich ein, dass er Angst hatte vor einem Wiedersehen mit Mabile. In der Nacht lag er lange wach und rang mit sich um eine Entscheidung. Was konnte ein harmloses Treffen inmitten von Hunderten von Menschen schon anrichten? Und was, wenn Johannes recht hatte und dies die letzte Gelegenheit war, Mabile noch einmal gegenüberzustehen? Er beschloss, das Wagnis einzugehen.

Er traf am 23. April in St. Trond ein, dieses Mal ohne Henri. Seine zwei Pferde stellte er in einer überfüllten Herberge unter. Der Wirt verlangte eine Unsumme dafür. Gervasius seufzte und zählte dem Mann die Münzen in die Hand. Zu Fuß machte er sich dann auf zum Turnierplatz. Die Straßen der kleinen Stadt waren überfüllt. An jeder Ecke standen Ritter und Knappen herum. Altes und junges Volk drängte durch die Gassen. Er sprach einen Knappen an, der gerade mit einem anderen eine Wette abschloss.

»He, Junge, sag, was für Kämpfe werden heute ausgetragen?«

»Na, die Massenkämpfe natürlich. Da geht es Franken gegen Teutonen. Das wird lustig!«, erwiderte dieser lapidar, bevor er sich wieder seinem Wettpartner zuwandte.

»Und wann geht es los?«, hakte Gervasius nach.

»In einer Stunde, Großvater. Seht zu, dass Ihr rechtzeitig zum Turnierplatz kommt!«

Der Knappe meckerte wie eine Ziege, was wohl ein Lachen sein sollte.

Gervasius beschleunigte seinen Schritt, so gut es ging. Während er sich durch die Menge schob, verdaute er den »Großvater«. Sicher, er war nicht mehr jung, fünfzig immerhin. Doch wie ein Großvater fühlte er sich noch lange nicht. Bald hatte er die Häuser der Stadt hinter sich gelassen. Auf freiem Feld kam er schneller voran. Schließlich hatte er den Turnierplatz erreicht, ein Gerstenfeld, auf dem bereits eine Reihe von Rittern neben ihren Pferden auf den Beginn der Kämpfe wartete, wobei sie lautstark über den erst kürzlich erfolgten Aufruf Papst Innozenz' III. zum Kreuzzug diskutierten. Auch hier ballten sich überall Menschen zu Grüppchen zusammen. Darunter waren auch viele schöne junge Frauen. Doch für die hatte Gervasius keinen Blick. Seine Augen suchten Mabile. Sicher hatte auch sie sich verändert. Zehn Jahre waren seit dem Liebesfest vergangen. Jetzt musste sie Anfang dreißig sein, was im Gegensatz zu seinen fünfzig Jahren doch eher noch jung war. Plötzlich tippte ihm von hinten jemand auf die Schulter. Er fuhr atemlos herum, sein Herz drohte kurzzeitig auszusetzen. Aber es war nur Johannes Marcus. Der Kanzlist zog ihn ein wenig von der Gruppe weg, neben der Gervasius die Lage ausgekundschaftet hatte.

»Ihr konntet der Verlockung also nicht widerstehen! Ich habe es mir gedacht.«

»Johannes Marcus, bitte. Nicht so laut. Niemand muss wissen, aus welchem Grunde ich hier bin.«

Der Kanzlist grinste breit.

»Was ist los?«, fragte Gervasius misstrauisch.

»Ich habe Mabile bereits ausfindig gemacht. Sie befindet sich auf der gegenüberliegenden Seite des Feldes bei den Pferden von einigen burgundischen Rittern. Sie hat einen Knaben bei sich, der so dunkelhaarig ist wie sie. Vielleicht ist es ihr Sohn. Geht.«

Er schob Gervasius in die angegebene Richtung.

»Danke, mein Freund!«, rief dieser über die Schulter zurück und begab sich dann auf die Suche nach der Frau, die seine Gedanken in den letzten zehn Jahren beherrscht hatte wie keine andere. Seine Augen tasteten suchend über die in Grüppchen herumstehenden Frauen und Mädchen. Schließlich entdeckte er die Pferde der burgundischen Ritter, die in einer mit Seilen abgeteilten Koppel grasten. Mit dem Rücken zu ihm stand eine Frau mit dunklem Haar. Neben ihr streichelte ein magerer, etwa zwölfjähriger Junge einen Hund.

»Sieh nur, Tante Mabile, er ist ganz zutraulich!«, rief er.

Die Dame dreht sich um. Sie war es. Und sie bemerkte ihn sofort. Ihre Augen hefteten sich auf ihn. Mit ihren Blicken nahmen sie einander gefangen. Dann machte Gervasius ein paar Schritte auf die beiden zu und verbeugte sich höflich.

»Gräfin. Ihr erinnert Euch vielleicht an mich von dem Liebes- und Jagdfest des jetzigen Kaisers Otto vor zehn Jahren …«

»Gervasius von Tilbury, natürlich! Wie geht es Euch, Magister?«

»Gut. Ich bin Richter in Arles. Es ist ein annehmbares Leben. Und Euch?«

»Oh, ebenfalls gut. Das hier ist übrigens mein Neffe Antoine, der Sohn meiner Schwester Virginie. Sie ist unpässlich, daher verbringt Antoine die nächsten Wochen auf unserem Gut in Blois. Begrüß den Herrn, Antoine.«

Der Junge kam widerstrebend heran und verbeugte sich. Sein glattes schwarz-glänzendes Haar war kurz geschnitten. Er ähnelte Mabile in erstaunlicher Weise. Jeder hätte ihn für ihren Sohn gehalten.

»Freut mich, deine Bekanntschaft zu machen, Antoine«, erklärte Gervasius.

»Können wir näher an den Turnierplatz herangehen? Ich will auf keinen Fall den Anfang versäumen!«, quengelte Antoine missgelaunt.

»Wollt Ihr uns ein Stück begleiten, Magister?« Mabile sah ihn fast bittend an.

»Gewiss, Gräfin. Es wäre mir eine Freude.«

Schweigend schritten sie eine Weile nebeneinander über das Feld. Um sie drängten Menschen, wieherten Pferde, riefen Stimmen. Nicht weit von ihnen wetteiferten fröhliche Flötentöne mit dem Gesang der Vögel. Zu dem Flötenspieler gesellte sich jetzt auch noch ein Fiedler.

Doch an dem Ort, wo sie waren, gab es nur Stille. Die Zeit war stehen geblieben. Antoine bemühte sich vergeblich, die Aufmerksamkeit seiner Tante zu erringen.

»Aus dem Weg, verdammt! Träumt Ihr?«, fluchte ein Ritter in voller Rüstung, der an ihnen vorbei scheppernd auf seinem Streitross zum Turnierplatz trabte. Mabile zuckte zusammen. Gervasius zwinkerte im hellen Licht der Nachmittagssonne. Antoine zog seine Tante am Arm näher zu den jetzt Aufstellung nehmenden Turnierteilnehmern. Gervasius war immer einen Schritt hinter ihnen. Ein kühles Lüftchen wehte über den Acker. Die zahlreichen bunten Wimpel der Ritter flatterten im böigen Wind. Die Gräfin fröstelte ein wenig. Gervasius legte ihr seinen Umhang über die Schultern. Jetzt ertönte die Fanfare. Die Reiter preschten aufeinander los. Der Junge feuerte begeistert die französische Seite an, während Mabile abwesend das Spektakel betrachtete. Antoine war so in das Geschehen vertieft, dass er seine beiden Begleiter fast vergaß. Mabile war unauffällig näher an Gervasius herangerückt. Jetzt fühlte dieser, wie eine zarte weibliche Hand sich in die seine schob. Er hielt unwillkürlich den Atem an. So standen sie, bis der erste Durchgang beendet war. Auf dem Feld warfen die siegreichen Kämpfer die Arme hoch und ließen sich feiern. Die Verlierer rappelten sich vom Boden auf und begaben sich zu dem Areal, in dem die gefangen gesetzten Geiseln sich aufzuhalten hatten, bis die Lösegeldhöhe für ihre Feilassung vereinbart worden war. Mabiles Hand war aus der seinen geglitten. Jetzt betrachtete sie prüfend ihren Neffen.

»Antoine, wärest du so gut, deiner Tante eine Salzbrezel zu holen? Ich sterbe vor Hunger.«

Antoine murrte ein wenig, lief dann aber in Richtung des größten Gedränges davon. Beide blickten ihm hinterher.

»Antoine scheint ein guter Junge zu sein.«

»Nun, er kommt jetzt langsam in die Jahre, wo man von Natur aus missgelaunt, unduldsam und laut wird. Aber davon abgesehen ist er ein guter Junge.«

Sie lächelte. Er erwiderte das Lächeln vorsichtig. Er nahm seinen Mut zusammen und fragte: »Denkt Ihr manchmal an damals, Mabile?«

Jetzt sah sie ihm direkt in die Augen.

»Es vergeht kein Tag, an dem ich nicht daran denke.«

Er wusste, er musste nun etwas sagen oder tun.

»Mabile, Ihr solltet wissen, dass ich Euch immer…«

In diesem Moment entdeckte er Antoine, der sich unter Einsatz seiner Ellenbogen einen Weg zu ihnen zurückbahnte. Gervasius beendete den Satz nicht, sondern blickte suchend zu Mabile. In ihren Augen schien sich eine Vielzahl von widerstreitenden Gefühlen zu spiegeln.

»Ich wollte«, flüsterte sie, bevor der Junge sie erreicht hatte, »aber ich kann nicht … Verzeiht!« Laut fügte sie hinzu: »Das ging aber schnell!«

Gervasius kam nicht mehr dazu, zu fragen, was Mabile wollte, aber nicht konnte. Wieder kreuzten sich ihre Blicke. Jetzt schien ihr Blick ihn um Verzeihung zu bitten. Wofür?

Er verbrachte den Rest des Nachmittags mit den beiden und verabschiedete sich dann. Er wollte versuchen, sie am nächsten Tag noch einmal zu treffen. Sie verabschiedeten sich so nüchtern wie Fremde, die sich zufällig im Gewühl begegnet waren. Am 24. April, einem Mittwoch, kam der Kaiser an. Gervasius verzichtete darauf, ihm seine Aufwartung zu machen. So wenig Leute wie möglich sollten von seiner Anwesenheit hier erfahren. Er sah Mabile einmal von weitem, doch dieses Mal in Gegenwart ihres Gatten. Gervasius winkte, sie lächelte. Das war es.

Am Ende des Turniers bot der Kaiser allen Verlierern an, das Lösegeld für sie zu zahlen, falls sie nicht selbst dazu in der Lage waren. Dadurch machte er sich viele Freunde unter den Franzosen. Doch das sollte ihm ein Jahr später, bei der Schlacht von Bouvines, wenig nutzen. Gervasius reiste ab, ohne noch einmal mit Johannes Marcus gesprochen zu haben. Ihm war nicht nach Gesellschaft. Schon gar nicht wollte er Erklärungen über das Geschehene abgeben.

Nach seiner Rückkehr nach Arles tat er wieder das, was er immer tat, wenn er eine Krise durchlebte: Er beschäftigte sich intensiver mit seinem Opus über die Wunder der Welt.

Neben den Wundergeschichten und Volkssagen, die er seit Jahren auf seinen zahlreichen Reisen sammelte, holte Gervasius nun seine Aufzeichnungen zu dem ›Liber facetiarium‹ heraus, dem Büchlein, welches er vor Jahren im Auftrag des früh verstorbenen jungen Königs Henry verfasst hatte. Der darin enthaltenen Weltbeschreibung hatte er die Schöpfungsgeschichte vorangestellt, wie sie in den Kommentaren zur Genesis behandelt wurde. In seiner Zeit in Reims hatte ihm Erzbischof Guillaume aux Blanches Mains die ›Historia Scholastica‹ seines früheren Schützlings Petrus Comestor zum Studium überlassen. Die Notizen zu diesem Werk ergänzte er mit der Beschreibung in Honorius' ›De imagine mundi‹ zu einer leicht verständlichen und, wie er hoffte, auch unterhaltsamen Nacherzählung der Schöpfung und der frühen Menschheitsgeschichte. Hieraus entstand der erste von drei Teilen, die er ›Decisiones‹ nannte, aus denen sein Buch sich zusammensetzen sollte. Im zweiten Teil fügte er eine Beschreibung der verschiedenen Teile der Welt, ihrer Provinzen und der dort lebenden Volksgruppen an. Für diese in Worte gefasste Weltkarte benutzte er die ›Etymologiae‹ des Isidor von Sevilla sowie Honorius' ›Historiam adversum paganos‹. Die Liste mit sämtlichen existierenden Bischofssitzen, auf die er besonders stolz war, hatte er bereits im Jahr 1209, als er wegen der Kaiserkrönung Ottos in Rom weilte, in den päpstlichen Archiven beschafft. Was für eine Mühe es gewesen war, den widerstrebenden Archivar davon zu überzeugen, dass er autorisiert war, eine Kopie dieses Dokuments mit der Überschrift ›Provinciale Romanum‹ anzufertigen! Er hatte behauptet, er handle in kaiserlichem Auftrag, was in gewisser Weise nicht gelogen gewesen war. Denn schließlich war das Buch, an dem er schrieb, für Otto IV. bestimmt. In den ersten beiden Decisiones sollte alles enthalten sein, was ein Kaiser über die Welt wissen musste. Das dritte Buch sollte vor allem unterhalten. Wer hörte nicht gern von Menschen, die sich in Wölfe verwandeln, oder von der dämonischen Ahnenfrau der Plantagenets, Melusine? Seit Ottos Krönung zum Kaiser hatte Gervasius die politischen Handlungen seines Dienstherrn noch eingehender verfolgt und war zu dem Schluss gekommen, dass er durch die Änderung seiner starrsinnigen Verhaltensweise gegenüber Papst Innozenz III. viel gewinnen könnte. Er fügte also auch einige Ermahnungen in diesem Sinne in sein Buch ein.

Wie er wusste, war die Lage im Königreich Arelat nicht gerade einfach zu handhaben. Seit Jahren kämpfte Graf Raymond von

Toulouse einen aussichtslosen Kampf gegen die Franzosen aus dem Norden, die mit erbarmungsloser Härte die Häretiker verfolgten und jetzt gar einen regelrechten Kreuzzug gegen die Katharer oder Albigenser ausriefen, die im Pays d'Oc besonders zahlreich waren. Otto hatte Raymond, dem zweiten Gatten der vor dreizehn Jahren verstorbenen Joanna Plantagenet, seine Unterstützung zugesagt. Gervasius gedachte daher, Otto auch schriftlich um sein Eingreifen zu bitten. Er träumte davon, dass der Kaiser sich, wie sein Vorgänger Friedrich I. Barbarossa, in der Kathedrale von St. Trophime die Krone des Arelats aufsetzen lassen würde. Das wäre ein Triumph, sowohl für Otto als auch für das Land und die Stadt und nicht zuletzt für ihn selbst, den Marschall des Arelats und obersten Richter der Provence!

Gervasius vollendete das ›Liber mirabilibus mundi‹, das ›Buch von den Wundern der Welt‹, oder ›Otia Imperialia‹, ›Kaiserliche Mußestunden‹, wie er das Buch schließlich betitelte, zwei Jahre später, im Jahr 1215. Im Jahr zuvor hatte Otto zusammen mit seinen Verbündeten, unter denen auch sein Oheim, König John von England war, die Schlacht von Bouvines verloren und damit die entscheidende Niederlage seiner Herrscherlaufbahn erlitten. Jahrelang, nach seiner Exkommunikation durch Papst Innozenz und auch nachdem der fast zwei Jahrzehnte jüngere Friedrich II., »das Kind von Pulle«, von seinen Gegnern zum Kaiser gekrönt worden war, hatte Otto seine Sache nicht für hoffnungslos gehalten.

Erst nach dieser verlorenen Schlacht gegen den französischen König hatte den Kaiser der Kampfgeist verlassen. Mit seinem Gefolge hatte er sich in seine welfischen Stammlande zurückgezogen, in eine seiner am besten befestigten Burgen. Die Harzburg lag hoch auf einem Bergsporn in der nordöstlichen Ecke des Harz und war auch von seinem Vater häufig bewohnt worden. Gervasius ließ sein Buch Johannes Marcus, der noch immer Notar in Ottos Hofkanzlei war, durch einen Boten zustellen. Für Johannes hatte er einen Widmungsbrief hineingeschrieben, damit dieser sein Anliegen nachvollziehen konnte. Die Hofgesellschaft würde denken, dass es ihm nur um Ottos Gunst ging, für den Fall, dass seine Stellung als Marschall des Arelats von Friedrich II. in Frage gestellt werden sollte, aber das traf nur bedingt zu. Gervasius ließ das Leid des Kaisers nicht unbeteiligt. Er wollte dazu beitragen, es ihm ein wenig erträglicher zu machen. Daher nannte er das Werk bei sich nur »Kaisertrost«.

Wenige Monate nach Übersendung des Buches an Johannes Marcus erreichte Gervasius eine Einladung des Kaisers, wieder für ihn als Notar tätig zu werden. Als er auf der Harzburg eintraf, fand er den Kaiser gezeichnet von seiner weltlichen Niederlage, aber nicht verbittert. Otto bedankte sich bei ihm für das Buch, aus dem er seinem Hof an Winterabenden vorlesen ließ, und ergänzte:

»Es ist erstaunlich: Die Kaiserin findet Gefallen an den Merkwürdigkeiten dieser Welt. Ihr Wissensdurst ist beinahe unstillbar! Und ganz besonders gefallen ihr die Geschichten aus Eurer Wahlheimat Arles, mein lieber Magister.«

Noch immer trug Otto das Haar lang, bis auf die Schultern herabfallend. Der Anteil der grauen Strähnen hatte zugenommen, ebenso die Zahl der Fältchen. Abgenommen hatte hingegen die Zahl seiner Zähne. Gervasius selbst spürte die Folgen des Alterns von Jahr zu Jahr mehr. Trotzdem hielt er sich nicht für einen alten Mann. Und Otto war gute zehn Jahre jünger als er! Was dem ehemaligen Kaiser zusetzte, war weniger das Altern – Otto war, wie Richard, ein Bulle von einem Mann mit einer widerstandsfähigen Konstitution –, sondern die Hoffnungslosigkeit. Allein die liebevolle Fürsorge, mit der seine junge Gattin Maria von Brabant ihn bedachte, ließ ihn am Leben festhalten.

Otto hatte die ihm bereits als Kind versprochene Maria im Jahr 1214 geheiratet. Die beiden schienen sich sehr zugetan zu sein. Das glänzende, zum Zopf geflochtene dunkle Haar der Kaiserin erinnerte Gervasius an Mabile. Des Kaisers erste Frau, Beatrix von Staufen, war im Jahr 1212, einen Monat nach der Eheschließung, völlig unerwartet an einem Sumpffieber gestorben. Mit seiner zweiten Ehefrau ging Otto, so schien es Gervasius, viel vertrauter und fürsorglicher um. Zugleich waren beide sehr um ihr Seelenheil besorgt. Mehrmals täglich ließen sie die Messe lesen, an der Tafel wurden vor jeder Mahlzeit Gebete gesprochen. Man hätte denken können, man befände sich in einem Kloster. Nur war die Burg sehr viel prachtvoller ausgestattet. Tapisserien bedeckten die nackten Wände, Truhen aus edlen Hölzern schmückten Kammern und Flure, und orientalische Teppiche, Geschenke des Sultans Al-Kamil, schützten gegen die Kälte der Steinfußböden. In Wandnischen standen Stücke aus dem Welfenschatz: vergoldete Reliquiare, edelsteingeschmückte Schatullen, reich verzierte Evangeliare und Aquamanile in den ungewöhnlichsten Formen. Doch man hörte an den Abenden keinen sehnsuchtsvollen Gesang oder muntere Sprüche mehr. Die Dichter und Sänger, die früher an Ottos Hof ein und aus gegangen waren, hatten sich vielversprechendere Herren gesucht oder das Zeitliche gesegnet. Walther von der Vogelweide war zu Friedrich II. übergelaufen. Wolfram von Eschenbach hatte sich auf die Ländereien seiner Familie zurückgezogen, um an einem epischen Werk zu schreiben. Und Bertrand de Born lag in Aquitanien begraben, wie die von ihm besungene Königin Eleanor.

Beim Abendessen saß Gervasius neben Maria von Brabant, die aus der Nähe noch zierlicher und zerbrechlicher wirkte. Ihr Gesicht war klein, weiß und ein wenig spitz. Sie richtete den melancholischen Blick ihrer braunen Augen auf ihn und erklärte:

»Es war mein ausdrücklicher Wunsch, geehrter Herr Magister, dass man Euch neben mich gesetzt hat. All die wundersamen Erzählungen Eures gelehrten Buches haben mich so bezaubert, dass ich nun vom Urheber mehr darüber zu erfahren wünsche.«

Gervasius fühlte sich wider Willen geschmeichelt und nach zwei Bechern Bordeaux auch unbefangen genug, etwas zum Besten zu geben.

»Ihr sagt, Ihr liebt die Geschichten aus Arles, Eure kaiserliche Hoheit. Aber wisst Ihr auch, woher die Stadt ihren Namen hat?«

»Nein, woher denn?«

»*Arelate* oder *ara lata* bedeutet so viel wie breiter Altar für die

Götter, weil dort in frühen Zeiten an einem Ort namens La Roquette, auf einem Felsen am Rande der Stadt, Blutopfer abgehalten wurden. Als dies dem heute als Heiligen verehrten Trophimus zu Ohren kam, setzte er seinen guten Namen ein, um diese blutige Sitte in etwas Gutes zu verwandeln. Er erklärte, dass das Opferblut, welches für die Rettung des Volkes vergossen werden musste, das Blut Christi sei, das dieser am Kreuz verloren habe. Durch diese List ließen sich schließlich sowohl der König als auch seine Untertanen zum Christentum bekehren.«

Maria von Brabant schenkte ihm ein Lächeln. Gervasius erinnerte sich an die deutlichen Worte, die er in Bezug auf das Königreich Arles in seinen ›Otia Imperialia‹ an den Kaiser gerichtet hatte, vor zwei Jahren, als noch die Hoffnung bestand, Otto IV. könnte seine Macht wiedererlangen und die Herrschaft über seine burgundischen Ländereien ernsthaft ausüben wollen. Er hatte Otto sogar vorgeworfen, sich nicht genug um das Königreich zu kümmern, was bei dessen vernachlässigten Bewohnern dazu führe, dass sie eher ihren niederen Anlagen folgten als ihren edleren Antrieben. Gervasius fühlte sich bemüßigt, der Kaiserin sein Konzept näherzubringen.

»Wie Eure kaiserliche Hoheit vielleicht bereits bemerkt hat, geht es mir nicht um das bloße Erzählen von Lügenmärchen, Schauergeschichten oder eitlen Minnehändeln. In meine Geschichtensammlung habe ich nur solche Episoden aufgenommen, deren Wahrheitsgehalt entweder durch die Autorität der alten römischen Gelehrten, der Heiligen Schrift selbst oder durch Augenzeugenberichte erwiesen ist. Der menschliche Geist sehnt sich beständig nach Neuigkeiten. Daher müssen die ältesten Dinge als neu dargestellt werden, natürliche Dinge als wunderbar und uns bekannte Begebenheiten als fremd. Für die Beurteilung von Neuigkeiten gibt es meiner Auffassung nach vier Kriterien: ihre Einzigartigkeit, ihre Gegenwärtigkeit, ihre Seltenheit und ihre Seltsamkeit. Etwas, das gerade erst geschehen ist, ist für den Menschen von Belang, und es wird umso bemerkenswerter, je seltener ein solches Ereignis gemeinhin stattfindet. Wenn etwas Seltsames geschieht, erweckt das unsere Aufmerksamkeit in besonderem Maße, teils weil wir seine Ursache nicht kennen, teils weil wir die Umstände nicht völlig verstehen. Auf diese Art entstehen zwei unterschiedliche Phänomene: Wunder und Mirakel. Obwohl beide zum gleichen Ergebnis, also zu Verwunderung führen, haben sie doch unterschiedliche Ursachen. Mirakel sind Vorkommnisse, die wir der göttlichen Kraft zuschreiben, etwa wenn eine Jungfrau ein Kind gebiert. Als Wunder hingegen bezeichnen wir Dinge – auch wenn sie Erscheinungen der natürlichen Welt betreffen –, die jenseits unserer Vorstellungskraft liegen.«

Gervasius hatte sich warmgeredet, war bei seinem Lieblingsthema angelangt, dem Unterschied zwischen seinen mit wissenschaftlicher Akribie gesammelten Erzählungen und den eitlen Erfindungen, den Luftschlössern der Sänger und Troubadoure. Zu diesen zählte er Bertrand de Born ebenso wie Walther von der Vogelweide. Eine Weile hatte Walther, wenig wirkungsvoll, für Otto die Trommel gerührt, doch da der Kaiser dem Sänger nicht sofort die versprochenen Ländereien überschrieben hatte, hatte der Troubadour seine Spruchdichtung lieber in den Dienst von Ottos Gegenspieler Friedrich von Sizilien gestellt.

Otto, sein geliebter Kaiser, war gerade eingehend mit dem Verzehr eines knusprig gebratenen Rebhühnchens beschäftigt. Er hatte die Ausführungen nicht gehört. Wann immer es ging, versuchte der Magister das Gespräch auf weltliche Ereignisse und ferne Orte zu lenken. Man musste Otto zurück in die Gegenwart holen, aus der er sich mehr und mehr zu verabschieden schien.

Nach einigen Tagen zeigte sich ein erster Erfolg. Sie hatten abends vor dem wärmenden Kaminfeuer gesessen und über Afrika gesprochen. Plötzlich hatte Otto Gervasius auf eine Idee gebracht.

»Ich muss zugeben«, hatte der frühere Kaiser bemerkt, »es fällt mir schwer, mir diese fernen Landstriche vorzustellen, die ich niemals betreten werde. Zu dem Buch von den Wundern der Welt wäre eine Karte hilfreich, Herr Magister!«

»Eine hervorragende Idee, Majestät. Ich werde mich nach meiner Rückkehr so bald wie möglich an die Arbeit machen.«

Gervasius blieb bis zum Frühlingsbeginn an des Kaisers Hof, dann, als die Straßen es wieder zuließen und seine Amtsgeschäfte ihn immer dringender riefen, kehrte er zurück nach Arles. Dort verhinderten eine ganze Reihe von Rechtsstreitigkeiten, dass er dazu kam, die versprochene Mappa anzufertigen.

Im August des gleichen Jahres erreichte ihn ein Brief, in dem Otto IV. ihn bat, ihn für wenige Tage in seinem Heerlager in Helmstedt aufzusuchen. Obwohl Gervasius bis über beide Ohren in Arbeit steckte, folgte er dem Ruf seines Kaisers. Hier wurde ihm Ottos Neffe, der Sohn seines im letzten Jahr verstorbenen jüngeren Bruders Wilhelm, vorgestellt.

»Magister Gervasius, das ist mein Neffe Otto. Wie Ihr wisst, hat er im letzten Dezember viel zu früh seinen Vater verloren. Da er noch minderjährig ist, habe ich versprochen, mich bis zu seiner Volljährigkeit um seine Amtsgeschäfte zu kümmern. Er ist hier, weil es einige Vereinbarungen für sein Fürstentum zu treffen gilt. Gleichzeitig möchte ich, dass er das Regieren lernt, indem er bei wichtigen Gesprächen dabei ist.«

Gervasius verbeugte sich andeutungsweise. Der Junge, er mochte fünfzehn oder sechzehn Jahre zählen, wies eine gewisse Familienähnlichkeit mit dem Kaiser auf. Er nickte ihm freundlich zu.

Die meisten Urkunden waren von Ottos Kanzlisten bereits vorbereitet worden. Gervasius fiel die Aufgabe zu, ihre Rechtmäßigkeit zu überprüfen. Zwei zusätzliche Dokumente fertigte er selbst aus. Dann konnte Otto IV. als rechtlicher Vertreter seines Neffen sein Siegel daruntersetzen.

»Und wie steht es mit Eurer Mappa, Magister? Habt Ihr schon eine Vorstellung davon, wie sie auszusehen hat?«, fragte der Kaiser, als sie fertig waren.

»Gewiss, Eure Majestät. Ich plane eine Karte, wie es bisher keine gegeben hat. Sie soll die größte ihrer Art werden, mit Beschreibungen aller Phänomene der Welt, auch solcher, die ich in dem Euch gewidmeten Buch nicht erwähnt habe. Alle Werke der Alten soll man in ihr finden, wie auch Erkenntnisse aus unserer

Zeit. Sie soll dem Vater, dem Sohn und dem Heiligen Geist zu Ehren so farbenfroh werden wie ein Sommertag und so strahlend schön wie die Sonne am Mittag. Und sie wird ganz allein Euch gewidmet sein, Eure Majestät.«

»Nun, da habt Ihr Euch viel vorgenommen, Magister. Ich fühle mich geschmeichelt und bin schon gespannt auf das fertige Werk. Wie lange, denkt Ihr, wird es dauern?«

»Das kann ich nicht mit Genauigkeit sagen, Eure Majestät. Meine Amtsgeschäfte als Richter nehmen mich zurzeit sehr in Anspruch. Ich kann dieses Mal auch wirklich nicht lange bleiben, da ich im nächsten Monat eine wichtige Verhandlung zu führen habe.«

Am Tag darauf machte er sich bereits auf den Rückweg in die Provence.

Erst im Herbst hatte Gervasius wieder genügend Muße, um sich abends noch an die Konzeption der Karte zu machen. Er lehnte sich in seinem Stuhl im Studierzimmer zurück und schloss kurz die Augen. Da hatte er plötzlich ein klares Bild des Weltenrunds vor sich, angefüllt mit Städten, Menschen, Pflanzen und Tieren. Außerhalb des Kreises war erklärender Text angesiedelt, wie bei den Gesetzestexten, die er in seinem Studium in Bologna verwendet hatte. Und auch in der Karte selbst, neben den Zeichnungen von Kirchen, Häusern und anderen Merkmalen der einzelnen Orte, schwebten ihm jetzt kurze Schriftzeilen als Bildlegenden vor. Er öffnete schnell die Augen und zeichnete seine Gedanken auf, bevor diese sich verflüchtigen konnten. Vielleicht würde er es doch schaffen, dem hohen Anspruch gerecht zu werden, den er sich selbst durch seine großspurige Rede vor dem Kaiser auferlegt hatte? Doch in den folgenden Wochen und Monaten war er so beschäftigt mit Befragungen, Vergleichen und Verhandlungen, dass er nicht wieder dazu kam, die Karte fertigzustellen. So vergingen weitere zwei Jahre.

Der Brief

Im Juni des Jahres 1217, am Tag der Sommersonnenwende, erfuhr Gervasius von einem gut gehüteten Geheimnis, welches ihn unmittelbar betraf. Er hatte im angenehm kühlen Studierzimmer seines Stadtpalastes in Arles gesessen und Ovid gelesen, zur Entspannung nach all den trockenen Gesetzestexten, die er täglich konsultieren musste. Er lehnte sich, etwas steif vom langen Sitzen, in seinem Stuhl zurück. Seine nach Mönchsart bis weit über die Ohren gerade abgeschnittenen schwarzen Haare waren noch immer kaum mit grauen Strähnen durchsetzt. Seine Brauen allerdings waren inzwischen vollständig ergraut. Das verlieh dem Blick seiner grau-grünen Augen Helligkeit und ein Maß an Würde, das auf seine Mitmenschen mitunter einschüchternd wirken konnte. Obwohl er inzwischen vierundfünfzig Jahre zählte, zogen ihn die Liebesgedichte des großen Poeten, wie er Ovid gern nannte, noch immer in ihren Bann. Durch die geöffneten Fensterläden drang das leise Rauschen des Windes in den Blättern der großen Kastanie im Garten hinter dem Palais.

Nec teneras semper tutum captare puellas, saepe dato melius tempore fiet idem. Nicht immer ist es ohne Gefahr, nach zarten Mädchen zu jagen. Oft hat man, lässt man sich Zeit, besseren Erfolg.

Die Worte verschwammen; vor seinem inneren Auge erschien das verblasste Bild einer jungen Frau mit kastanienfarbenem Haar und heller Haut in einem Weinberg: Amélie. Dann waren da, wie immer, die hoch auflodernden Flammen des Feuers und der Gestank nach verbranntem Menschenfleisch. Der bloße Gedanke an dieses unglückselige Ereignis, das nun so viele Jahre zurücklag, verursachte ihm noch immer Übelkeit. In diesem Moment klopfte es an der Tür. Gervasius zuckte zusammen, als hätte man ihn bei etwas Ungebührlichem ertappt.

»Verzeihung, Magister. Hier ist ein junger Herr mit einem Brief, den er nur Euch persönlich übergeben will.«

Sein Diener Henri wusste, dass sein Dienstherr es hasste, bei der Arbeit gestört zu werden. Gervasius rieb sich das Gesicht, um die Schatten der Vergangenheit zu verscheuchen, und nickte. Der Besucher trat in den Raum, unter seinen forschen Schritten knarrten die alten Holzdielen. Gervasius brauchte eine Weile, bis er die Gestalt einordnen konnte.

»Antoine de Bourgogne? Was für eine Überraschung! Du bist ein Mann geworden seit dem Turnier von St. Trond, das kann man sehen.«

»Ja, Magister Gervasius. Fünf Jahre sind eine lange Zeit.«

Sie umarmten sich. Dann musterte Gervasius den Jüngling. Aus dem mageren, schlecht gelaunten Halbwüchsigen war ein stattlicher, beinahe schön zu nennender Mann geworden. Das dichte schwarze Haar war noch immer kurz geschnitten und beschattete sein Gesicht, was ihn ein wenig düster, fast mysteriös erscheinen ließ.

»Ich freue mich wirklich, dich zu sehen. Was führt dich her? Henri sagte etwas von einem Brief.«

Die Wiedersehensfreude schwand aus Antoines Gesicht und machte einem ernsten Ausdruck Platz.

»Die Umstände sind leider alles andere als erfreulich. Tante Mabile ist vor drei Tagen zum Herrn gegangen. Ich komme von ihrer Beerdigung. Sie hat mich kurz vor ihrem Tod gebeten, Euch diesen Brief auszuhändigen und Euch nicht eher zu verlassen, bis Ihr ihn gelesen habt. Es schien ihr sehr wichtig zu sein.«

Mabile. Noch ein Schatten aus der Vergangenheit. Gervasius spürte, wie ihn ein Schwindel ergriff. Schwer ließ er sich in seinen Arbeitsstuhl sinken.

»Woran ist sie gestorben?«

»Es war eine Art Fieber, das ihren Körper immer mehr ausgetrocknet und verzehrt hat. Zum Glück ging es schnell. Innerhalb einer Woche verfiel sie zusehends. Der Herr sei ihrer Seele gnädig.«

»Hat sie ordnungsgemäß die Sterbesakramente erhalten?«

»Natürlich. Der Hauspriester der Blois, Abbé Longpré, war bei ihr.«

Antoine zog einen großen Umschlag aus dem Gewand und hielt ihn Gervasius hin.

»Ich kann nicht lange bleiben. Morgen beginnt ein Turnier in Avignon, zu dem ich mich angemeldet habe. Es ist mein erstes Turnier. Ihr könnt den Brief in Ruhe lesen, während ich in der Küche mein Mahl verzehre. Verzeiht mir die Eile, Magister.«

Gervasius nahm den Umschlag mit steifen Fingern entgegen und legte ihn auf einen schmiedeeisernen Beistelltisch. Was hatte ihm Mabile mitteilen wollen nach all den Jahren?

»Es ist schade, dass du nicht länger bleiben kannst. Ich lasse dir etwas Kaltes herrichten und im Speisezimmer reichen. Keine Widerrede!«

»Wie Ihr befehlt, Magister.«

Gervasius atmete tief, brach das Siegel und öffnete den Umschlag. Dann hielt er ein beidseitig eng mit schwarzer Tinte beschriebenes Pergamentblatt in den Händen. Die Buchstaben waren hoch und dünn geraten, die Schrift ein wenig zittrig.

An den Herrn Magister und Richter Gervasius von Tilbury, Marshall des Königreichs Arles:

Geliebter Herr,

gestattet mir, Euch so zu nennen, auch wenn sich die Ereignisse, die mich zu einer solchen Anrede berechtigen könnten, bereits vor mehr als dreizehn Jahren zugetragen haben. Denkt Ihr gelegentlich an das Fest des damaligen Königs Otto IV.? Niemals wieder habe ich eine solche Prachtentfaltung und Leichtigkeit in vollendeter Lebensart erleben dürfen. Manchmal, wenn ich in den vergangenen Jahren daran zurückgedacht habe, erschien es mir, als hätte dieses Fest niemals stattgefunden, als wäre es nur ein Traum oder eine Geschichte aus einer dieser Ritterromanzen. All die in Weiß gekleideten vornehmen Damen – ich war tatsächlich eine unter ihnen – und der König und seine Ritter. Alle jung und vergnügt und abenteuerlustig. Die Spiele auf der Lichtung am Bach, die prächtigen Zelte, die auf riesigen weißen Leinentüchern aufgetragenen üppigen Mahlzeiten mit auserlesenen

Früchten und Gewürzen, allen erdenklichen Sorten von Fleisch und delikaten Tunken, das lustige Spiel der Musikanten, die sehnsüchtigen Lieder der Troubadoure! Ihr erinnert Euch daran, was Ihr mir am ersten Tag ins Ohr flüstertet? »Dich will ich; dich, die die goldene Venus für mein Bett bestimmt hat; dich habe ich begehrt, noch bevor ich dich traf.« Dieser eine Satz hat mich eingenommen für Euch, mein Begehren geweckt und unser beider Leben, ohne dass wir das damals ahnen konnten, für immer aneinander gebunden.

Unsere Liebe trug eine Frucht. Eine wunderschöne kleine Tochter, die ich jedoch nicht behalten konnte, weil meine Ehe mit dem Grafen von Blois bereits beschlossen war. Einer meiner Dienerinnen, die mir immer besonders lieb und vertraut war, Magda, gab ich den Auftrag, sie in ein Kloster zu bringen, wo dieses Kind unserer Liebe unter den wohlwollenden Augen des Herrn gut behütet aufwachsen konnte. Ich überredete Magda, in ihren Heimatort, ein kleines Dorf bei Lüneburg, zurückzukehren und das Kind im dortigen Kloster unterzubringen. Sie selbst trat bald nach ihrer Ankunft in das Kloster ein und hat dort seitdem ein wachsames Auge auf unsere Tochter. Sie wurde auf den Namen Agnes getauft.

Am Ende meines Lebens bleibt mir keine Zeit mehr für Geheimnisse. Dieses habe ich lange genug mit mir herumgetragen. Ihr werdet selbst wissen, was Ihr damit anfangt. Meine Hoffnung ist jetzt, sowohl Euch als auch meine kleine Agnes eines Tages im Himmel wiederzusehen, so Gott es mir gestattet.

Lebt wohl. Gott segne Euch
Eure Mabile de Blois

Gervasius ließ die Hand mit dem Brief auf den Schreibtisch sinken, als enthielte er ein ungeheures Gewicht. Er wollte sich nicht mit der alles verändernden Neuigkeit auseinandersetzen, solange sein Gast in der großen Halle auf ihn wartete. Fast schlafwandlerisch schob er das Schreiben von Mabile zwischen die Seiten des ›Decretum Gratiani‹, setzte sich in Bewegung und erreichte den großzügig geschnittenen Raum, der das Herz seines Hauses war. Antoine hatte seine Mahlzeit beendet und erhob sich.

»Ich hoffe, der Inhalt des Briefes war erfreulicher Natur, Magister Gervasius.«

Gervasius zwang sich zu einem Lächeln.

»Gewiss, mein lieber Antoine. Verzeih, dass es so lange gedauert hat. Schade, dass du nicht länger bleiben kannst. Wenn du das nächste Mal kommst, dann hoffentlich unter glücklicheren Umständen, und bring ein wenig mehr Zeit mit!«

Wieder umarmten die beiden sich. Als er sich zum Gehen wandte, lag echtes Bedauern in Antoines Gesicht.

»Das verspreche ich, Magister Gervasius. Ich hoffe, dass Ihr mir dann auch wieder einige von Euren wundersamen Geschichten erzählt. Auf bald.«

Johannes Marcus

Es fiel Gervasius schwer zu glauben, dass da weit im Norden in einem unbedeutenden Kloster ein Kind mit Namen Agnes heranwuchs, aus seinem eigenen Fleisch und Blut. Und er hatte nie etwas geahnt. Es war ungeheuerlich! Mabiles Nachricht hatte ihn mehr aus der Bahn geworfen, als er zuzugeben bereit war. Er hatte seinen Geschäften nachzugehen, Verhandlungen zu führen, Kläger und Beklagte zu befragen. Er hatte einen Ruf zu verlieren! Wie sollte er in diesem Zustand seine Arbeit machen?

Es musste etwas geschehen. Er musste wissen, wie es diesem Kind erging, das viele Meilen entfernt von ihm heranwuchs. Wen kannte er in der Nähe von Lüneburg? Ihm fiel sein alter Freund Johannes Marcus ein. Dieser war seit kurzem Lehrer an der Domschule in Hildesheim. Er brauchte jemanden, der etwas über Agnes herausfand, ohne dass er selbst in Erscheinung trat. Zuerst dachte er daran, einen Brief aufzusetzen. Aber die Vorstellung, vielleicht wochenlang auf eine Antwort warten zu müssen, versetzte ihn bereits im Voraus in Ungeduld. Das Beste war es, Johannes einen Besuch abzustatten und mit ihm persönlich die heikle Angelegenheit zu besprechen. Natürlich brauchte er einen Vorwand für die lange Reise. Niemand sollte den wahren Grund erfahren, außer Johannes Marcus selbst. Für sein geplantes neues Buch benötigte er Nachschlagewerke, die er zum Teil in Arles nicht bekam. Das Hildesheimer Michaeliskloster und auch die Domschule waren berühmt für ihre Schriftensammlungen, vor allem solche von den frühen Kirchenvätern, die er besonders schätzte. Niemand würde misstrauisch werden. Und natürlich würde er sich bei einem Besuch in Hildesheim nicht die Gelegenheit entgehen lassen, Station bei seinem alten Freund Johannes zu machen. Nachdem er diesen Entschluss gefasst hatte, beauftragte er Henri mit den Reisevorbereitungen. Zwei Wochen später brach er auf.

Der alten Römerstraße folgend reiste er bis in die Normandie und von dort immer in östliche Richtung. Nur aus Rücksicht auf die Pferde legte er ausreichend Pausen ein. Endlich breitete sich die norddeutsche Tiefebene vor ihm aus. Von weitem erkannte er die Kirchtürme der alten Bischofsstadt Hildesheim. Auf dem Weg über die Felder, kurz vor dem Ziel, begann er, an der Klugheit seiner Entscheidung zu zweifeln. Was, wenn der Freund über sein Kommen gar nicht erfreut sein würde, geschweige denn über seine Bitte um Unterstützung? Er hatte Johannes Marcus sein Kommen nicht einmal brieflich angekündigt. Wenig später stand er unversehens vor der Tür eines Klassenraumes in der Domschule und klopfte verzagt.

Gervasius drückte vorsichtig lächelnd die Tür auf, hinter der ihn ein verblüfft dreinschauender Johannes Marcus erwartete.

Die beiden Männer fielen sich in die Arme, begleitet vom verstohlenen Tuscheln der Domschüler.

Johannes Marcus führte Gervasius einen langen Gang entlang in ein auf allen Seiten von Mauern umschlossenes begrüntes Rechteck.

»Sehr hübsch. Und so ruhig. Erinnert mich an meinen eigenen Garten in Arles«, sagte Gervasius.

»Hier hinein dürfen nur die Lehrkräfte der Domschule, und da eigentlich gerade Unterrichtszeit ist, haben wir das Gärtchen ganz für uns.«

Gervasius blickte an der Fassade des Domschulgebäudes nach oben, wo eine winzige Fensteröffnung klaffte.

»Kann uns auch niemand belauschen?«

Johannes Marcus hob belustigt eine Augenbraue. »Bist du etwa in geheimer Mission unterwegs? Also, worum geht es?«

Gervasius schluckte, bevor er zum Sprechen ansetzte:

»Du erinnerst dich an das Maifest des Jahres 1203 in dem Forst bei Nürnberg?«

»An dein leidenschaftliches Abenteuer mit der schönen Gräfin von Blois, meinst du? Wie könnte ich das vergessen?«

»Sie ist tot. Es soll ein Fieber gewesen sein. Ich habe es aus zweiter Hand erfahren. Ich habe sie nicht gesehen ... Ich habe sie seit St. Trond nicht wiedergesehen. Ich ...«

Er fuhr sich hilflos mit den Händen über das Gesicht. Das gutmütige Mondgesicht von Johannes wurde ernst. Unbeholfen legte er dem Freund eine Hand auf die Schulter.

»Du hast sie geliebt.«

Ein Mann sollte nicht weinen, dachte Gervasius, als er eine verräterische Träne im Augenwinkel spürte. Aber der Fluss ließ sich nicht mehr aufhalten. Die Schleusen waren geöffnet. Seit jenem Nachmittag vor einem Monat in Arles hatte sich etwas verändert. Er war ein anderer geworden. Ein alter Mann, der seinem Freund die Kutte nass weinte.

»Das ist nicht alles«, murmelte er endlich in seinen Bart. »Ich habe ... ich bin ... Vater einer Tochter. Ihr Name ist Agnes. Du brauchst nichts zu sagen, Johannes Marcus. Ich habe nur eine Bitte an dich. Deshalb bin ich hier.«

Dann erzählte er seinem Freund von dem Brief und seinem Plan.

»Mir scheint, du hast einen siebten Sinn. Oder wie sonst erklärst du dir, dass du just in dem Augenblick auftauchst, in dem bekannt wird, dass in dem besagten Kloster ein neuer Propst gesucht wird?«

»Ist der alte Propst von uns gegangen?«

»Noch nicht. Aber alle vermuten, dass es nicht mehr allzu lange dauern wird.«

War das Vorsehung? Hatte der Herr seine Schritte hierher gelenkt, damit er die Möglichkeit bekam, in der Nähe seiner Tochter zu sein?

»Die Pause ist vorbei. Meine Schüler warten sicher bereits«, unterbrach sein Freund seine Gedanken. »Heute Nachmittag nach der Non habe ich Zeit zu meiner freien Verfügung. Dann können wir zum Essen in einer Schänke in der Stadt einkehren.«

»Das passt mir sehr gut. In der Zwischenzeit werde ich mit meinen Nachforschungen in der Dombibliothek beginnen. Deshalb bin ich schließlich hergekommen.« Gervasius zwinkerte Johannes zu.

Die Schänke war gut besucht. Um sie herum herrschte ein derartiger Lärm, dass Gervasius nicht befürchten musste, es könnte sie jemand belauschen. Sie saßen vor zwei Humpen Bier, die der Wirt, ohne zu fragen, vor sie gestellt hatte, noch bevor er ihre Bestellung aufgenommen hatte.

»Ich vergaß, dass man hierzulande dem Bier mehr frönt als dem Wein.«

»Ich erinnere mich ... Du hasst Bier, nicht wahr?«

»Hassen ist ein zu starkes Wort. Wenn ich die Wahl habe, ziehe ich den Wein vor. Da ich hier keine Wahl habe, werde ich mich schon mit eurem Gerstensaft anfreunden.«

Gervasius probierte das Gebräu. Es trank sich gut und erfrischte, aber er mochte weder den Hopfengeruch noch den Schaum, noch die gelbe Farbe, die ihn an eine andere Flüssigkeit erinnerte, die kein Mensch freiwillig trinken würde. Nein, Bier würde nie sein Lieblingsgetränk werden. Im Gegensatz zu ihm schien Johannes Marcus den Gerstensaft zu genießen.

»Ich bin neugierig. Verrate mir, hast du die Gräfin wirklich während des Maifestes geschwängert, oder hast du später noch einmal bei ihr gelegen, du alter Schwerenöter?«

»Wie ich schon sagte, mein lieber Johannes, habe ich sie nach dem Fest nur noch einmal bei dem Turnier in St. Trond gesehen.«

Johannes musterte ihn nachdenklich.

»Mir scheint, du gefällst dir bereits als Vater. So bleibt doch noch etwas zurück von dir, außer deinen Büchern. Was ist das überhaupt für ein Buch, das du nun zu schreiben gedenkst?«

»Es ist eine rein theologische Schrift, ein Kommentar zum Vaterunser. Das hört sich nach einem kurzen Pamphlet an, ich weiß, aber es soll ein umfangreicher Kommentar werden, etwas, das bisher noch niemand in dieser Art versucht hat.«

Jetzt schleppte der Wirt eine Platte mit fettglänzenden Spanferkelstücken und einen großen Brotfladen heran. Hinter ihm kam eine Magd mit einem Krug, in dem sich die braune Tunke befand.

Nachdem der erste Hunger gestillt war, lenkte Gervasius das Gespräch wieder auf sein Thema zurück.

»Man soll eine Freundschaft nicht überfordern. Du hast mir bereits einmal geholfen. Aber ich weiß nicht, an wen ich mich sonst wenden sollte.«

»Für wen hältst du mich eigentlich? Natürlich helfe ich dir! Da brauchst du dich gar nicht zu entschuldigen. Ich hätte es als Beleidigung betrachtet, wenn du nicht mich, sondern jemand anderen um Hilfe gebeten hättest.«

Gervasius atmete auf. Es war richtig gewesen, sich an Johannes Marcus zu wenden.

»Lass mich erst einmal allein nach Ebstorf reisen und dich ins Gespräch bringen. Dann wird sich ergeben, wie wir weiter vorgehen werden.« Er strich sich zufrieden über den gut gefüllten Kugelbauch und warf dem Mischlingshund zu seinen Füßen einen Knochen hin.

Gervasius winkte den Wirt zu sich, der gerade an ihnen vorbeihastete.

»Wäre es möglich, einen guten Bordeaux bei Euch zu bekommen?«

Der Wirt starrte ihn verständnislos an.

»Er meint einen Roten, Hermann«, übersetzte Johannes.

Was sie dann als Rotwein vorgesetzt bekamen, war ein gepantschter Würzwein, der mit einem guten Bordeaux etwa so viel gemein hatte wie ein hochgezüchteter Jagdhund aus der Meute des Kaisers mit einem räudigen Straßenköter. Gervasius trank den Becher nur zur Hälfte leer. Da war sogar das Bier noch schmackhafter.

Johannes Marcus reiste wie versprochen nach Ebstorf, während Gervasius nichts anderes übrig blieb, als in Hildesheim auf ihn zu warten. Es galt, die Zeit sinnvoll zu nutzen, und da er hier außer Johannes niemanden kannte, stöberte er in der Bibliothek des Michaelisklosters nach alten Schriften. Ihn beschäftigten besonders die Bibelkommentare, die älter als dreihundert Jahre waren. Während der ausführlichen Lektüre aller ihm zugänglichen Kirchengelehrten war ihm aufgefallen, dass die älteren Schriften eine Klarheit des Ausdrucks besaßen, die den Werken aus seiner eigenen Zeit häufig nicht mehr eigen war. Konnte es sein, dass die Alten, die Vorfahren, die zeitlich dem unmittelbaren Erleben der Auferstehung des Herrn Jesus Christus näher gewesen waren, auch besser verstanden hatten und inniger im Glauben gewesen waren? Er stieß auf eine ihm völlig unbekannte Schrift aus dem neunten Jahrhundert, von einem Autor namens Eusebius, in der er wunderbare Argumente für die Transsubstantiationslehre fand, die genau in sein Konzept über die heiligen Sakramente passten. Nachdem er beiläufig erwähnt hatte, dass er ein alter Freund des Domlehrers Johannes Marcus war, wurde ihm erlaubt, sich im Skriptorium unter die mit gebeugten Köpfen schreibenden Mönche zu mischen und einige Auszüge aus dem Werk von Eusebius für den Eigengebrauch zu kopieren. Diese Tätigkeit verschaffte ihm für einige Stunden Ablenkung und innere Ruhe. Er fühlte sich für den Moment geborgen und aufgehoben zwischen all den anderen Schreibern.

Als zur Sixt die Glocken läuteten, legten die Mönche ihre Schreibfedern nieder und strömten in die nahe gelegene Kirche

St. Michael zum Stundengebet. Gervasius schloss sich ihnen an; zum einen da er nicht wusste, was er sonst tun sollte; zum anderen weil er seine Absichten klären wollte und Gottes Fürsprache benötigte. Der Mönch mit dem rötlichen Bart, der neben ihm ging, deutete stumm auf die bemalte Holzdecke. Die frisch leuchtenden Rot- und Blautöne und das glänzende Gold der Rahmen, mit denen die Bilder der Heiligen Dreifaltigkeit und der Apostel eingefasst waren, verrieten, dass das Deckengemälde erst vor wenigen Jahren oder sogar Monaten entstanden sein konnte. Die inneren Bögen und die Arkaden, die die Seitenschiffe abgrenzten, waren mit einem weiß-roten Streifenmuster geschmückt. Gervasius kniete sich wie alle anderen auf die harte Holzbank und bat Gott stumm um die Gnade, seine Tochter wenigstens einmal sehen zu dürfen, bevor er starb. Er hatte gesündigt, es war kein Ehebruch gewesen, da weder er noch Mabile zu dem Zeitpunkt in einer rechtsgültigen Ehe gelebt hatten, aber die Sünde der Unzucht hatte er sich zuschulden kommen lassen. Daran gab es nichts zu beschönigen. Und doch, war er jemals in seinem Leben so glücklich gewesen wie in den wenigen Tagen mit der Gräfin von Blois? Er verbot sich diesen Gedanken sofort nach seinem Entstehen. Beschloss stattdessen, sein nun mutterloses Kind vor allen Versuchungen der Welt zu schützen und zu einem gottgefälligen Leben anzuleiten. Aber das hieße, er müsste im Leben seiner Tochter in Erscheinung treten, was er bisher nicht vorgehabt hatte. Und außerdem, war sich Agnes überhaupt ihres plötzlich mutterlosen Zustandes bewusst? Oder war sie gar in dem Glauben aufgewachsen, eine Waise zu sein? Darüber hatte Mabile in ihrem Schreiben kein Wort verloren.

Die erhoffte innere Ruhe brachte ihm die geheime Zwiesprache mit dem Herrn jedenfalls nicht. Nach der Messe entfernte er sich unauffällig und ging wieder an seine Studien, in der Hoffnung, sie könnten ihn ablenken. So verging der erste Tag von Johannes' Abwesenheit. Der nächste Tag brach an, und Gervasius begab sich erneut in das Scriptorium des Klosters, um weitere Abschnitte aus den Schriften zu kopieren. Am

Abend zog er sich früh zurück, er durfte die großzügige Kammer von Johannes Marcus benutzen, die diesem als Domlehrer zur Verfügung stand, und legte sich auf sein Lager. An Schlaf war nicht zu denken. Seine innere Unruhe war auch durch andauernde Tätigkeit nicht zu dämpfen. Er war nicht müde. Er wollte nach Ebstorf. Wie lange würde Johannes Marcus brauchen? Vor Ende der Woche konnte er wohl kaum mit ihm rechnen.

Nach fünf Tagen war der Domlehrer noch immer nicht erschienen. Gervasius hatte die Bestände der Bibliothek ausgeschöpft und sämtliche Schriften durchgesehen. Er begann damit, in der Stadt herumzulaufen wie ein Tagedieb. Bevor er den Dom betrat, staunte er über die lebhafte Vielfalt der Figuren auf der berühmten Bronzetür, die Bischof Bernward vor etwa zweihundert Jahren in Auftrag gegeben hatte, ebenso wie die imposante Bronzesäule, die sich im Altarraum befand. Er ließ sich gegen einen kleinen Obulus zu dem Rosenstrauch führen, der, wie es hieß, seit zweihundert Jahren jedes Jahr zur selben Zeit Blüten trug. Er besuchte auch die Kirche St. Godehard, die nach dem anderen großen Bischof der Stadt benannt worden war, und verbrachte mehr Zeit in Schankstuben als jemals zuvor in seinem Leben. Er zählte die Tage. Die Stunden. Schon befürchtete er, seinem Freund könnte auf der Reise etwas zugestoßen sein. Wo blieb Johannes Marcus?

Nach acht endlos erscheinenden Tagen kehrte Johannes Marcus aus Ebstorf zurück.

»Du hast gute Aussichten auf das Amt des Propstes!«, verkündete ihm Johannes abends in der Schenke gutgelaunt. »Sie sind beeindruckt von deinem Lebenslauf, von deinen Ämtern und all den namhaften Herrschern, denen du gedient hast.«

»Und wie soll es jetzt weitergehen? Soll ich dort vorsprechen?«

»So ist es. Die Priorin bittet dich, nach Ebstorf zu kommen, sobald es dir möglich ist.«

»Ich kann also sofort aufbrechen?«

»Ja. Aber vorher solltest du wenigstens noch eine ordentliche Mahlzeit zu dir nehmen«, scherzte der Domlehrer. »Hermann! Bring uns die dicksten Scheiben deines Schweinebratens!«

Ebstorf

Zwei Tage später war Gervasius auf dem Weg nach Ebstorf. Johannes Marcus hatte ihm einen seiner Schüler, der aus der Gegend stammte, einen pickelübersäten Jüngling namens Peter, als Begleiter mitgegeben, der nach den Gepflogenheiten der Domschule nur mit der lateinischen Form seines Namens, Petrus, angesprochen wurde. Gervasius war froh über die Gesellschaft. So musste er nicht dauernd anhalten, um nach dem Weg zu fragen, und konnte auf kürzester Strecke an sein Ziel gelangen. So weit im Norden des Reiches war er noch nie gewesen. Es gab viel Wald, und je näher sie Ebstorf kamen auch weitläufige Heidelandschaft. Von Zeit zu Zeit waren sie an verstreuten Gehöften vorbeigeritten. Gegen Ende der Reise wurde das Land etwas hügeliger und gefälliger. Da es häufig regnete, war die Luft frischer, als er es aus Arles gewöhnt war. Die Wärme des Spätsommers empfand er hier als angenehm. In Arles brannte die Sonne zu dieser Jahreszeit unbarmherzig. Petrus war ein schweigsamer Reisebegleiter, was Gervasius nicht störte, da er so seinen Gedanken nachhängen konnte. Gervasius spielte zum wiederholten Mal das erste Treffen mit seiner Tochter durch. Agnes durfte vorerst nicht wissen, wer er wirklich war. Was, wenn er sich verriet?

Gelegentlich brach der Domschüler sein Schweigen, um Gervasius auf bestimmte landschaftliche Gegebenheiten aufmerksam zu machen oder um ihn wissen zu lassen, wie weit es noch war.

»Dieses Land sah nicht immer so kahl aus«, erklärte er Gervasius während einer kurzen Rast.

»Du meinst, die Form der Landschaft wurde von Menschenhand geschaffen?«

»Die Bauern tragen hier seit Jahrhunderten den Boden ab und benutzen ihn als Streu für die Schnucken. Danach werden die Plaggenhiebe wieder auf das Feld aufgebracht und dienen als Dünger. Auf den abgetragenen Flächen wächst nur noch Heidekraut nach, und hier und da eine Kiefer. Ja, und Wacholder, der ist sehr widerstandsfähig.«

Gervasius nutzte die zeitweilige Mitteilsamkeit seines Führers: »Sag, Petrus, von wo aus der Gegend kommst du genau?«

»Ebstorf«, antwortete dieser kurz und bündig.

Damit hatte er nicht gerechnet. Dieser junge Mann war bereits eine leibhaftige Verbindung zu seiner Tochter! Wenn er im Dorf wohnte, musste ihm das Kloster ein vertrauter Anblick sein. Vielleicht hatte er sogar einmal ein kleines Mädchen namens Agnes auf dem Klostergelände erblickt?

»Erzähl mir vom Kloster«, bat er. »Ist es groß, prächtig, weitläufig?«

»Es ist groß genug. Ein Zaun läuft einmal ganz herum. Es liegt etwas abseits vom Dorf«, erwiderte Petrus und schwieg dann. Nach einer Weile, als Gervasius schon glaubte, das wäre alles, was er über das Kloster mitzuteilen hätte, setzte der Domschüler hinzu: »Sie haben einen herrlichen Fischteich! Der ist voller Forellen. Als Kinder haben wir dort oft geangelt, obwohl es uns verboten war ... Ihr werdet das doch nicht der Priorin verraten, Herr Magister, oder?«

»Selbstverständlich nicht«, versicherte Gervasius und blickte erwartungsvoll auf Petrus. Doch der schien nun wirklich alles gesagt zu haben. Gervasius versuchte, seine Enttäuschung zu verbergen. Er musste sich eben gedulden, bis er sich selbst einen Eindruck verschaffen konnte.

An ihrem vorletzten Reisetag übernachteten die beiden nicht in einer Herberge. Die Nacht war so lau und angenehm, dass sie es vorzogen, inmitten einer Heidefläche im Schutz einiger Wacholderbüsche ihr Lager aufzuschlagen. Auf dem Weg waren sie an einem Kreis aus Monolithen vorbeigeritten. Petrus hatte beunruhigt um sich geschaut und es eilig gehabt weiterzukommen. Gervasius kannte solche Steinkreise aus England. Obwohl sie die Überreste eines uralten heidnischen Götterkultes waren, beeindruckten sie ihn mehr, als er zuzugeben bereit gewesen wäre. Da sein jugendlicher Begleiter jedoch unwillig schien, länger zu verweilen, blieb ihm nichts anderes übrig, als ihm zu folgen.

Jetzt lagen sie nach einem langen Tagesritt ermattet auf ihren Mänteln und starrten in den sternenübersäten Himmel. In der Ferne blökten Heidschnucken. Gervasius nahm noch wahr, wie Petrus sich einige Male unruhig hin und her warf. Dann hatte ihn der Schlaf mit seinen samtig dunklen Schwingen zugedeckt. Er erwachte von einem unterdrückten Schrei, dem ein bemitleidenswertes Wimmern folgte. Gervasius brauchte einige Augenblicke, um sich daran zu erinnern, wo er sich befand, dann wurde ihm bewusst, dass es Petrus war, der diese Geräusche von sich gab. Der lange hagere Domschüler hockte zitternd auf seinem Umhang. Seine Augen waren vor Schreck weit aufgerissen, das Gesicht in der Dunkelheit ein wachsbleicher Fleck. Als Gervasius näher kam, hörte er, dass seine Zähne klapperten. Er wollte dem Jungen väterlich die Schulter tätscheln, doch der wich vor ihm zurück wie vor einem bösen Geist.

»Nein! Nein! Ich kann nicht. Nein!«, stieß er hervor.

Gervasius schüttelte seinen jungen Begleiter, bis dieser wieder seine Umgebung wahrzunehmen schien.

»Schon gut. Du hattest einen schlechten Traum. Es ist alles gut, Petrus«, versuchte Gervasius den Jungen zu beruhigen.

»Das war kein Traum. Da waren zwei Dämonen, die mich mitnehmen wollten in ihre Welt!«

»Und du hast sie vertrieben?«

»Ich habe mich gewehrt. Ihr habt meinen Schrei doch gehört, Magister Gervasius!«

»Das stimmt. Du hast mich aus dem Schlaf gerissen.«

»Ihr glaubt mir nicht!«

»Ich habe zu wenig Erfahrung mit solchen Wesen, um das behaupten zu können. Gesehen habe ich nichts.«

Petrus beschrieb die Dämonen als krallenbewehrte, teufelartige Kreaturen mit peitschenden Schwänzen und dunklem Katzenfell. Sie liefen auf allen vieren und hätten eigenartig dröhnende tiefe Stimmen, die ihn vor Unbehagen erschauern ließen. Jetzt erst nahm Gervasius wahr, dass der aufgegangene Vollmond die Heide um sie herum in ein kaltes bläuliches Licht tauchte. Die Wacholderbüsche warfen verzerrte Schatten. Er wollte in diesem Moment lieber nicht nachprüfen, ob die Schatten mit der Form der Büsche übereinstimmten, von denen sie ausgingen. Ihm war, als täten sie es nicht. Dann benutzte Petrus für die Dämonen eine Bezeichnung, die Gervasius hellhörig werden ließ, er nannte sie »Engel Satans«.

»Nun, was denkst du, Petrus, gehören diese bösen Engel zu Gottes Schöpfung, oder hat sie der Teufel erschaffen?«

Petrus, der sich allmählich von seinem Schreck erholte, bemerkte, dass der Magister ihn prüfen wollte. Sein Blick wurde wachsam.

»Macht das denn einen Unterschied? Sie sind in jedem Fall böse und wollten mir schaden.«

Das macht einen gewaltigen Unterschied, mein Junge, dachte Gervasius. Entweder gehörst du selbst zur Sekte der Albigenser oder bist ihr doch zumindest wohlgesonnen und machst dich somit der Häresie schuldig. Aber was für ein Recht hatte er, über den Domschüler zu urteilen? Als junger Mann hatte Gervasius unkritisch die Meinung seines Dienstherrn übernommen, bis sein eigenes Handeln für das Mädchen Amélie fatale Folgen gehabt hatte. Und er war seitdem nicht in der Lage gewesen, sich das zu verzeihen.

»Worauf wollt Ihr eigentlich hinaus, Magister Gervasius?«, unterbrach Petrus seinen Gedankengang.

Von weit her kehrte Gervasius zurück in die nächtliche Heidelandschaft und zu dem Jüngling. War das Angst in Petrus' Augen? Gervasius strich sich müde über den grauen Bart.

»Auf nichts, mein Sohn. Vergiss die törichten Worte eines alten Mannes. Lass uns noch ein wenig schlafen, bevor der Morgen anbricht. Ich möchte ausgeruht im Kloster eintreffen.«

»Und die Dämonen?«

»Du hast sie mit deinem Geschrei vertrieben. Ganz sicher.«

Gehorsam legte sich Petrus zurück auf seinen Mantel. Gervasius schloss die Augen vor dem bläulichen Vollmondlicht und fiel sofort in einen traumreichen Schlaf.

Sein erster Traum handelte von friedlich grasenden Schafen, die plötzlich in Flammen aufgingen und ein entsetzliches Blöken von sich gaben. Auch im Traum wurde ihm übel von dem Geruch des verbrannten Fleisches. In einem weiteren Traum stand er in der glitzernden Pracht des Petersdoms und betrachtete das wahre Abbild des Herrn Jesus Christus, die Vera Icon. Das Bild schien von innen heraus zu leuchten. Ein Strahlenkranz breitete sich um das Antlitz des Herrn aus und erleuchtete die gesamte Umgebung. Dann war da noch ein dritter Traum, in dem er die Welt als eine Kugel von erhabener Schönheit erkannte, tiefblau mit grünen, braunen und weißen Flecken darauf, die jemand in der Hand hielt.

»*Et mundus hoc est homo*«, verkündete dieser unsichtbare Jemand mit einem volltönenden Organ, welches das gesamte Universum erzittern ließ. Dann schleuderte die Hand ohne Körper den Erdball in die Luft; hoch hinauf schoss die Kugel; gleich darauf fiel sie pfeilschnell wieder hinab. Im Fallen schwoll sie bis auf Menschengröße an, dabei wuchsen aus ihr oben ein Kopf, an den Seiten menschliche Hände und unten Füße heraus. Ein Mensch, dessen Körper die Welt war.

»Und die Welt, das ist der Mensch.«

Mit diesen Worten erwachte Gervasius von Tilbury an dem Tag, an dem er zum ersten Mal das Kloster Ebstorf betrat.

Die Ellerndorfer Wacholderheide hatten sie durchquert; jetzt erreichten sie ein bewaldetes Tal, durch das sich ein Flüsschen namens Schwienau schlängelte. Der Fluss begleitete sie mit seinem feinen Plätschern bei ihrem Abstieg. Aus der Ferne wirkte Kloster Ebstorf winzig und unbedeutend: eine Ansammlung von niedrigen Holzhäusern, die sich um eine Kirche mit zwei daran anschließenden, zweistöckigen Backsteingebäuden scharten.

Auf drei Seiten war die Anlage umgeben von saftigen Wiesen und Weiden, auf denen Schafe und schwarz-weiß gescheckte Kühe grasten; auf der vierten Seite grenzte ein Teich mit Mühle an das Klostergelände, vermutlich der Fischteich, von dem Petrus gesprochen hatte. Ein grob gezimmerter Holzzaun trennte die dem Höchsten geweihte Erde vom profanen, aber idyllischen Umland. Das Kloster Ebstorf erinnerte Gervasius von seiner Lage her ein wenig an das Kollegium in Waltham, wo er eine sehr glückliche Zeit verbracht hatte. Beim Näherkommen bemerkte er, dass einer der Gebäudeflügel, die zusammen mit der Kirche eine U-Form bildeten, sich noch im Bau befand. Unordentlich aufgeschichtete Backsteinstapel und verschmierte Holzbottiche für das Anmischen des Mörtels verunzierten die Fassade des fertigen Westflügels, der sich mit einer Vielzahl einfacher und doppelter Spitzbogenfenster dem Licht öffnete. Die Doppelfenster im Obergeschoss wurden von Oculi gekrönt, kreisrunden Augen im Gesicht des Gebäudes, die ihre Ankunft zu verfolgen schienen.

In Eingangsnähe war ein kaum zehnjähriger Bauernjunge dabei, den frei herumlaufenden Hühnern in großzügigen Gesten Getreidekörner aus einer Tonschale entgegenzuschleudern. Gervasius winkte den Jungen heran und stellte sich vor. Der Junge legte geschwind die Schüssel beiseite und lief dann voran zu dem vollendeten Backsteingebäude, in dem sich, wie sie bald erfuhren, im Erdgeschoss die Zimmer der Priorin sowie die Pilgerherberge und im Obergeschoss das Dormitorium befanden. Die Priorin Hassica, eine groß gewachsene Frau mit kräftigem Knochenbau und klugen blaugrauen Augen unter dichten blonden Brauen, kam ihnen mit ausgestreckten Händen entgegen und begrüßte sowohl Gervasius als auch seinen jungen Begleiter herzlich. Sie bat sie zu einer kleinen Mahlzeit in das im Winkel angrenzende unvollendete Gebäude mit Küche und Refektorium. Obwohl Gervasius es kaum erwarten konnte, sich weiter umzuschauen, musste er doch zugeben, dass ihm die Ruhe im Saal wohl tat. Die Nonnen nahmen gerade am

Stundengebet teil. Das Refektorium gehörte für eine Weile ihnen ganz allein. Es erwartete sie ein langer Tisch, reich gedeckt mit frisch gebackenem Brot, warmer Butter, verschiedenen Käsesorten und Obst. Dazu wurde heiße Milch mit Honig gereicht. Gervasius wähnte sich willkommen und gut aufgehoben.

»Wie Ihr vielleicht bemerkt habt, Magister, sind sowohl das Refektorium als auch das Dormitorium neu gebaut worden. Vor einigen Jahren gab es hier einen verheerenden Brand, der einen völligen Neuaufbau erforderlich machte. Es standen nur noch die Fundamente, nach denen wir uns richten konnten. Das Refektorium ist erst im Frühjahr fertig geworden. Vor dem Brand lebte hier eine Gemeinschaft von Prämonstratenser Chorherren, die nach der Katastrophe nach Ratzeburg weiterzogen, um beim dortigen Dombau zu helfen. Dann hat sich Herzog Heinrich von Schwerin des Ortes angenommen und beschlossen, hier ein Benediktinerinnenkloster aufzubauen und uns Nonnen aus Walsrode gebeten, ihm behilflich zu sein. Wir haben wiederhergestellt, was nach dem Feuer zu retten war, und die Holzhäuser errichtet, die nun als Wirtschaftsgebäude dienen. Wie Ihr zweifellos gesehen habt, sind wir noch lange nicht fertig mit dem Wiederaufbau. Es fehlt der Rest des Nordflügels und der gesamte Ostflügel.«

Nachdem die Priorin ihren Gästen ausreichend Zeit gelassen hatte, sich zu stärken, wies sie eine sehr junge Nonne mit hochmütigem Gesichtsausdruck, die auf das Läuten der Refektoriumsglocke hin herbeigeeilt war, an, Petrus in das Scriptorium mit der sich anschließenden Bibliothek zu begleiten. Dann führte sie Gervasius in den Empfangsraum, wo ihn der Propst erwartete. Der noch amtierende Propst saß weit nach hinten gelehnt auf einem massiven Lehnstuhl. Boldesalus war allein aufgrund seiner Körpermasse eine imposante Erscheinung. Sein Gesicht versank in Fett, das in Form von mehreren Doppelkinnen nach unten zu fließen schien. Die Haut war bleich und schweißüberzogen. Die Priorin stellte die beiden Männer einander vor und verabschiedete sich dann. Ihre Anwesenheit wurde beim Stundengebet verlangt.

»Willkommen, Magister. Lasst mich Euch darauf hinweisen, dass Kloster Ebstorf eines der reichsten in diesem Landstrich ist. Wir besitzen erhebliche Anteile an der Lüneburger Saline, die Mühle samt Teich mit seinem reichen Fischbestand sowie einen Großteil des Umlandes, soweit der Blick reicht. Die Perlen, die in der Schwienau gefunden werden, gehören allein dem Kloster. Außerdem genießen wir die Protektion des Herzogs Otto von Braunschweig-Lüneburg, wie Ihr sicherlich gehört habt.«

Die Stimme des Propstes war erstaunlich hoch und fistelig in Anbetracht seines stattlichen Körperumfangs. Gervasius fand sie unangenehm, ebenso wie die gesamte Person, die da in ihrer aufdringlichen Fettleibigkeit vor ihm thronte.

»Der Ruf des Klosters ist weit gedrungen. Mein alter Freund, Johannes Marcus, hat in den wärmsten Tönen von dieser Einrichtung gesprochen und von Euch, Herr Propst.«

»Nun, von Euch ebenso, Magister. Ihr seid also Richter in der Provence. Wollt Ihr wirklich dieses ehrenvolle Amt gegen eine Stellung im trüben, abgelegenen Sachsen eintauschen? Mir zumindest würde das nicht einfallen.«

»Ihr habt recht, Propst Boldesalus, die Provence ist ein besonders schöner Landstrich, gesegnet mit allen erdenklichen Früchten und Kräutern und mit dem goldenen Licht der mediterranen Sonne. Aber genau diese Sonne brennt zuweilen allzu heiß vom ewig wolkenlosen Himmel, so dass ich froh bin, wenn ich in eine gemäßigtere Witterung komme, besonders im Sommer. Tatsächlich habe ich auf der Reise hierher meine Liebe zu der hiesigen Heidelandschaft entdeckt. Sie hat ihren ganz eigenen Reiz. Glaubt mir, ich war schon an vielen Orten, aber dieser ist in seiner Art ebenso zauberhaft wie Sizilien oder das Pays d'Oc.«

»Nun, wenn es Euch wirklich hierher zieht, dann wird Euch wohl auch die Aussicht auf kalte nasse Winter nicht abschrecken können?«

»Geboren wurde ich im Südosten von England, in Tilbury, wo

die ständige Anwesenheit von Regen und Nebel so sicher sind wie das Amen in der Kirche.«

Boldesalus versuchte, sich auf seinem Stuhl aufzurichten, um sich weiter nach vorne zu Gervasius beugen zu können. Es schien ihn eine große Kraftanstrengung zu kosten, er ruderte mit den Armen und zappelte mit den Beinen wie ein gestrandeter Walfisch, so dass Gervasius sich veranlasst sah, aufzuspringen und dem Propst zu Hilfe zu kommen. Doch dieser wehrte die helfenden Hände mit einer Geste ab, die der Magister nur als feindselig deuten konnte.

»Nein, nein. Macht Euch keine Mühe. Es geht schon.« Boldesalus blickte Gervasius herausfordernd an. »Vermutlich hattet Ihr einen Greis erwartet, der im Sterben liegt. So ist es nicht. Ich bin noch im Besitz all meiner Geistesgaben, nur der Körper will nicht mehr so, wie er sollte.«

Kein Wunder, dachte Gervasius, während er sich bemühte, die körperliche Abscheu, die er beim Anblick dieses Fleischberges empfand, nicht auf seinem Gesicht erscheinen zu lassen.

»Meiner Meinung nach hat die Regelung der Nachfolge noch Zeit, aber die Priorin und der Herzog sind sich darüber einig, dass man besser so früh wie möglich mit der Suche nach einer geeigneten Person beginnt«, fuhr der Propst fort.

»Ihr solltet nicht den Eindruck bekommen, Propst Boldesalus, dass ich Euch aus Eurem Amt verdrängen will. Ich ging davon aus ...«

»Wie auch immer«, unterbrach ihn der Propst, »heute am späten Nachmittag wird Herzog Otto erwartet. Ihm zu Ehren wird es am Abend ein Mahl geben, an dem Ihr auch teilnehmen werdet. Danach könnt Ihr weitere Einzelheiten mit dem Herzog und Hassica klären. Entschuldigt mich nun. Ich muss meine Medizin nehmen.«

Gervasius nickte höflich und erhob sich. Er konnte es nicht über sich bringen, seinem Gegenüber die Hand zu reichen, und hatte außerdem das Gefühl, Boldesalus hätte ebenso etwas dagegen einzuwenden, daher deutete er nur eine Verbeugung an. Er war froh, den Raum verlassen zu können.

Vor der Tür empfing ihn eine Nonne mittleren Alters mit einem breiten, gutmütigen Gesicht.

»Mein Name ist Schwester Magda, Herr. Ich soll Euch zu Eurer Kammer in der Pilgerherberge geleiten. Bitte folgt mir.«

Schwester Magda, die etwa so alt wie die Priorin sein mochte, lächelte ihn freundlich an, bevor sie den Weg wies. Gervasius ergriff die Gelegenheit, zu weiteren nützlichen Auskünften zu kommen:

»Darf ich fragen, wie viele Nonnen es außer Euch in diesem Kloster gibt, Schwester Magda?«

Sie drehte sich zu ihm um, Erstaunen war ihr ins Gesicht geschrieben.

»Ihr glaubt, ich sei eine Nonne, Herr? Ich bin nur eine einfache Laienschwester. Von uns gibt es in Ebstorf fünfunddreißig. Die Zahl der Nonnen ist geringer. Es sind neunzehn. Sie haben ihr Dormitorium direkt über dem Refektorium, wie es sich für ein Kloster gehört. Wir Laienschwestern schlafen in einem eigenen Saal, der im anderen Gebäudeflügel für uns errichtet wurde.«

Gervasius war erfreut über so viel Redebereitschaft.

»Erlaubt mir eine weitere neugierige Frage: Wie lange weilt Ihr schon in diesem Kloster?

»Es sind jetzt beinahe dreizehn Jahre, Herr.«

»Eine lange Zeit. Dann scheint es Euch hier zu gefallen.«

Ihr Gesicht hellte sich auf. »O ja! Es ist ein gutes Kloster«, bestätigte sie ihm und fügte nach einem prüfenden Blick hinzu: »Und wenn Ihr erst Propst seid, Herr Magister, wird es ein noch besseres sein!«

»Das ist ein großes Lob. Was veranlasst Euch dazu, so günstig über mich zu urteilen, obwohl Ihr mich gar nicht kennt?«

Jetzt leuchtete ihr Gesicht wie ein milder Mond. »Das verrät mir mein Gefühl.«

Zum Abendessen, das erst nach der Mahlzeit der Nonnen im Refektorium abgehalten wurde, fand sich außer Hassica, Boldesalus und Herzog Otto von Braunschweig-Lüneburg auch der

Graf Heinrich von Schwerin ein, der die Neugründung des Klosters entschieden vorangetrieben hatte. Es stellte sich heraus, dass Heinrich der ältere Bruder von Hassica war. Er hatte die gleichen hohen Wangenknochen und hellen Brauen wie seine Schwester. Seine ehemals blonden Haare hatten nun einen gelblichen Grauton angenommen, er musste um die sechzig Jahre alt sein. Herzog Otto, den Gervasius bei des Kaisers Heerlager vor zwei Jahren zum ersten Mal gesehen hatte, musste jetzt etwa siebzehn Jahre alt sein und sah noch immer aus, als wäre er kaum vierzehn. Da verwunderte es nicht, dass er von allen nur »das Kind« genannt wurde. Herzog Otto erinnerte sich sogar an ihre Begegnung. Er begann, Gervasius Fragen zu den großen Momenten im Leben seines Oheims zu stellen: zu seiner Krönung in Rom und den beiden Hochzeiten mit Beatrix und Maria. Bevor das Gespräch zu sehr vom Weg abkam, schaltete sich Graf Heinrich ein und wechselte geschwind das Thema:

»Wir benötigen einen Propst, der dazu in der Lage ist, die repräsentativen Pflichten wahrzunehmen und das Kloster zu verwalten. Gestattet mir also eine sehr persönliche Frage: Seid Ihr gesund, Magister Gervasius?«

Gervasius blickte zu Boldesalus hinüber, der so tat, als ginge ihn das Ganze nichts an. Stattdessen sprach er lieber den aufgetragenen Speisen und Getränken zu, und zwar ausgiebig.

»Ich bin vielleicht nicht mehr der Jüngste, aber doch in bester Verfassung, dank meiner moderaten Lebensweise.«

Der noch amtierende Propst schoss ihm einen giftigen Blick zu und aß dann weiter, als würde es am nächsten Tag nichts mehr geben.

»Seht, der neue Propst für das Kloster sollte auf jeden Fall auf Dauer in Ebstorf leben. Könnt und wollt Ihr denn Euer einträgliches Richteramt in Arles ganz aufgeben?«

»Nun, wie es aussieht, wird meine dauernde Anwesenheit hier nicht sofort erforderlich sein. Das lässt mir ausreichend Zeit, meine Angelegenheiten zu regeln und meine Amtsgeschäfte einem fähigen Nachfolger zu übergeben. In der Zwischenzeit kann ich jederzeit anreisen, wenn ich gebraucht werde.«

Mit dieser Antwort schienen sich die Anwesenden – Boldesalus ausgenommen – zufrieden zu geben. Dieser entschuldigte sich, nachdem er die letzte Scheibe Schweinebraten verzehrt und den letzten Becher Rotwein geleert hatte, wegen Unpässlichkeit.

Gervasius und Petrus standen zur Laudes auf, nahmen aber erst am Morgengebet zur Prim teil. Später führte die Priorin sie über das Gelände, damit Gervasius sich einen Eindruck verschaffen konnte. Sie zeigte ihnen den Krankensaal, die Küche und die Schreibstube mit der Bibliothek, in die Petrus schon am Tag zuvor geführt worden war. Zwei Wände der Bibliothek waren mit hohen, breiten Nischen versehen, in denen Bretter angebracht waren. Sie enthielten eine erstaunliche Anzahl von Handschriften für ein so kleines Kloster wie Ebstorf. Es gab einen langen Lesetisch und ein Dutzend Schreibpulte für die Nonnen. Die Hälfte davon war besetzt. Gervasius ließ seinen Blick suchend über die Reihen schweifen, hoffnungsvoll und ängstlich zugleich. War sie hier? Erst nach einiger Zeit fiel ihm zwischen den erwachsenen Nonnen ein Mädchen auf, nicht älter als zwölf oder dreizehn, das nicht die Nonnentracht, sondern die Kleidung der Laienschwestern trug, und dessen Kopf nicht von einer Haube bedeckt war. Das dunkle Haar war zu einem Zopf geflochten. Ihre blasse Haut war zart und klar. Sie hatte Ähnlichkeit mit Mabile. Aber war sie es? Bevor er sich darüber Gewissheit verschaffen konnte, bewegte Hassica sich weiter zielstrebig durch den Raum, um ihm stolz die wertvollen Bände im Handschriftenbestand zu zeigen. Er hörte den Erklärungen der Priorin nur mit halbem Ohr zu. In Gedanken war er bei dem Mädchen mit dem schwarzen Haar und der blassen Haut, das irgendwo hinter ihm saß, den Kopf über das Pult gebeugt, und seiner Kopistentätigkeit nachging. Hassica ging zu einer älteren Nonne, die ein kostbares Psalterium für den Eigengebrauch im Gottesdienst kopierte. Gervasius bewunderte ihre fein gearbeiteten Illuminationen. Nachdem sie noch einer anderen Schreiberin über die Schulter geschaut hatten, machte Hassica Anstalten, das Skriptorium zu verlassen.

»Wir werden die Besichtigung in der Kirche fortsetzen«, erklärte sie. Auf dem Weg zum Ausgang kamen sie am Tisch des Mädchens vorbei. Gervasius war hin- und hergerissen. Einerseits wollte er wissen, ob dieses Kind tatsächlich die gesuchte Tochter war, andererseits musste er aufpassen, kein allzu befremdliches Verhalten an den Tag zu legen. Also warf er nur einen freundlichen, mäßig aufmerksamen Blick auf die junge Kopistin. Trotzdem hämmerte sein Herz gegen den Brustkorb, als wollte es hinaus. In dem Moment hob das Mädchen den Kopf von seiner Arbeit und blickte ihn aus großen dunkelbraunen Augen forschend an. Gervasius nickte ihr fast unmerklich zu. Sie schenkte ihm den Anflug eines Lächelns. Dann widmete sie sich erneut ihrer Arbeit, und er war an der Tür angelangt. Er war sich noch immer nicht völlig sicher. Bist du es wirklich, Agnes?, fragte er lautlos. Er bekam keine Antwort.

Seine Augen brauchten einige Augenblicke, um sich an die in der Kirche herrschende Dunkelheit zu gewöhnen.

»Dies ist der wertvollste Besitz unseres Klosters«, kündigte Hassica mit ehrfürchtiger Stimme an und blieb vor einem Schrank in der Sakristei stehen. »Hier werden die Reliquien des heiligen Mohren Mauritius aufbewahrt!«

Sie öffnete die Türen und gab den Blick frei auf mehrere Schatullen und Monstranzen, die mit Blattgold beschlagen und über und über mit Edelsteinen verziert waren.

»Wir feiern das Fest des heiligen Mauritius und seines Gefolges am 22. September. Ihr werdet sicher demnächst Gelegenheit haben, daran teilzunehmen. Es gibt eine wunderschöne Prozession zu seinen Ehren durch das Dorf. Dann tragen wir diese Holzfigur bekleidet mit einem kunstvoll bestickten Mantel durch die Straßen.«

Gervasius musterte das Bildnis und die Überreste des Führers der thebäischen Legion ausgiebig, obwohl er persönlich nicht viel mit Reliquien anfangen konnte.

Schließlich brachte die Priorin sie nach draußen. Über den Friedhof in südöstliche Richtung führte Hassica sie hinaus aus dem Klostergelände, vorbei an Weiden und Feldern, bis zur alten Siedlungsstelle von Ebbekestorp. Nicht weit vom alten Dorfkern entfernt stand eine verwitterte kleine Kapelle im warmen Sonnenschein. Daneben hatte man drei große Gräber mit Steinen und frischen Feldblumen geschmückt.

»Man sagt, diese Kapelle steht hier seit mehr als dreihundert Jahren. Sie wurde gebaut, nachdem man an dieser Stelle unter wundersamen Umständen gezwungen war, die Leichen der Angehörigen eines sächsischen Heeres, das an der Elbe bei Hamburg Opfer eines Normannenangriffs und einer Überschwemmung geworden war, zur letzten Ruhe zu betten. Der Zug mit den sterblichen Überresten war auf dem Weg nach Süden gewesen. Unter den Toten sollen auch Bischöfe und Herzöge gewesen sein.«

Gervasius beäugte das Innere der Kapelle mit wachsender Aufmerksamkeit. Aus alter Gewohnheit sammelte er weiter Wundergeschichten.

»Wundersame Umstände, sagt Ihr. Welcher Art waren diese Umstände?«

»Soweit ich von den Alten des Dorfes gehört habe, ließen sich die Karren mit den sterblichen Hüllen der Märtyrer eben an der Stelle, an der wir jetzt stehen, nicht mehr weiterbewegen. Ein gewaltiger Blutschwall soll aus der Erde gequollen sein. Viele der Knechte gerieten in Panik; manche liefen entsetzt davon. Da soll der Priester, der damals für die Aufbahrung verantwortlich war, befohlen haben, die Leichen hier zu bestatten und ihnen zum Andenken eine Kapelle zu errichten, die dem heiligen Mauritius, dem Beschützer der Reisenden und der Krieger im Namen Christi, geweiht wurde.«

Sie standen unmittelbar neben einem der Gräber. Petrus trat unwillkürlich einige Schritte zurück.

»Sind denn auch in den letzten Jahren hier übernatürliche Begebenheiten vorgekommen, die noch Lebende bezeugen könnten?«

Hassica lächelte zufrieden, als hätte sie auf diese Frage gewartet. Dann bedeutete sie mit einer Handbewegung, dass sie ihr zu dem Kapellchen nachgehen sollten. Es gab keine Tür, die das Innere vor der Witterung schützte. Durch die oben gerundete, schmale Türöffnung gelangten sie in einen rechteckigen Raum, der kaum sechs Fuß lang und drei Fuß breit war. An seinem Ende befand sich ein schmuckloser steinerner Altar, nicht mehr als ein Quader. An der Wand darüber war ein hölzernes Kruzifix aufgehängt, dessen dunkle Färbung und kaum noch sichtbare Maserung des Holzes auf ein hohes Alter schließen ließen. Auf dem Altar stand eine Vase mit Blumen.

»Aus diesem Kreuz traten zur Zeit unserer Vorgänger, der Prämonstratenser Chorherren, echte Blutstropfen. Eine alte Frau aus dem Dorf besitzt noch ein Taschentuch mit Flecken ebendieses Blutes.«

»Verratet Ihr mir auch den Namen dieser Frau?«

»Die Alte wird Dorothea gerufen. Sie lebt bei ihrem Sohn und seiner Familie. Der Sohn ist Bauer, wie es auch ihr verstorbener Mann war. Sein Hof ist der letzte, wenn man in nördlicher Richtung den Flecken verlässt. Geht sie ruhig besuchen. Ihr solltet nur wissen, dass sie inzwischen fast erblindet ist.«

Gervasius nahm sich vor, dies noch am selben Nachmittag zu tun. Als er wieder auf das Kreuz blickte, fiel ihm ein anderes Blutwunder in Zusammenhang mit einer anderen Kapelle ein. Der deutsche Dichter Caesarius von Heisterbach hatte ihm auf einem Hoftag in Braunschweig davon berichtet.

Es war in der Kapelle des heiligen Bekenners Goar bei der Stadt Trier geschehen, in die sich zur Zeit der Kämpfe zwischen Otto und König Philipp von Schwaben ein Teil der Landbevölkerung geflüchtet hatte. Die Bedrängten stellten zum Schutz vor Belagerern ein Holzkreuz in das Fenster der Kapelle. Natürlich erreichten die feindlichen Truppen auch die Kapelle. Doch diese befand sich auf einem Hügel und war daher schwer einnehmbar. Aus Wut darüber schoss einer von den Armbrustschützen in eines der Fenster und traf das Kruzifix. An der Stelle, an der der Pfeil im Holz stecken blieb, begann es sofort zu bluten. Ein dünner Strahl dunkelroter Flüssigkeit strömte aus dem Kreuz und rann an ihm hinab auf das weiß getünchte Fenstersims. Ein kleines Mädchen von sechs Jahren tauchte neugierig den Finger in die Lache und kostete.

»Mutter«, rief es verwundert aus, »das ist wirklich Blut!«

Gervasius konnte das Bild so lebendig vor sich sehen, als wäre er dabei gewesen. Die Menschen in der Kapelle wurden verschont, weil kurz darauf Ottos Truppen eintrafen, welche die Belagerer vertreiben konnten. Der Kaiser, dem von dem Wunder des Blutes berichtet worden war, zeigte sich tief bewegt, ließ das Kreuz in eine Truhe verstauen und auf einen Karren laden. Gervasius erwog, Hassica davon zu erzählen, beschloss aber dann, dass später noch genug Zeit dafür sein würde.

Kaum waren sie durch den Eingang in den Haupttrakt des Klosters getreten, bat die Priorin Gervasius um eine Unterredung unter vier Augen.

Hassica bot Gervasius in ihrem Empfangs- und Arbeitszimmer einen Stuhl an und ließ sich hinter ihrem Schreibtisch nieder.

»Magister Gervasius, Ihr seid ein gebildeter Mann, sehr gewandt im Umgang mit Würdenträgern und ebenso mit gewöhnlichen Menschen. Es ist Euch daher gut gelungen, vor allen Eure wahren Absichten zu verbergen, außer vor mir.«

»Priorin Hassica, ich verstehe nicht ganz, was Ihr damit meint.«

Sie lächelte milde.

»Natürlich versteht Ihr, Magister. Warum sollte ein Mann wie Ihr, der Umgang pflegt mit den Großen der Welt, ausgerechnet in unserem kleinen, abgelegenen Heidekloster Propst werden wollen? Es sei denn, er hätte eine besondere Beziehung zu dem Ort oder einem seiner Bewohner.«

Zuerst fühlte er sich ertappt. Doch Hassica konnte unmöglich wissen, dass Agnes seine Tochter war. Er begegnete dem Blick ihrer grauen Augen und wusste, dass er dieser Frau vertrauen konnte. Und doch konnte er es ihr nicht sagen. Das würde seine

Autorität ihr gegenüber untergraben und seinen guten Ruf beschädigen, falls es doch in irgendeiner Weise weitergetragen wurde. Es war zu früh dafür. Vielleicht würde er es ihr eines Tages sagen, aber dieser Tag war noch fern. Er hatte Agnes gesehen, aber noch nicht einmal ein Wort mit ihr gewechselt. Es würde Zeit brauchen, sie kennenzulernen. Viel Zeit.

»Liebe Priorin, Ihr seid eine weise Frau. Und doch muss ich Euch enttäuschen. Es gibt keine geheimen Absichten. Und selbst wenn dem so wäre, könnte ich Euch im Augenblick nichts anderes mitteilen, in Eurem wie in meinem Sinne.«

Er bemühte sich, seine Stimme bestimmt klingen zu lassen. War die Botschaft angekommen? Die Priorin nickte ergeben, ein Hauch von Enttäuschung umspielte ihre Mundwinkel, so als hätte es ihr gefallen, ein Geheimnis mit ihm zu teilen. Dabei hatte er dieses Geheimnis nicht einmal mit Antoine geteilt, dem Überbringer des Briefes, der sein Leben verändert hatte.

III.

Die Karte
oder
»Und die Welt, das ist der Mensch.«

»Mappa dicitur forma. Inde Mappa mundi id est forma mundi.«

Vaterschaft

Gervasius hatte seine Erzählung beendet. Die Unschlittkerzen waren heruntergebrannt. Draußen brach ein neuer Morgen an. Rötliches Licht drang durch die Fensterschlitze in den Saal und übergoss alles mit einem rosafarbenen Hauch. Er sah zu Agnes hin. Die Augen des Mädchens liefen über vor Tränen.

»So wurden mir also in einer einzigen Nacht Vater und Mutter geschenkt und die Mutter gleich wieder genommen. Befindet sich der Brief meiner Mutter noch in Eurem Besitz?«

»Mein liebes Kind, es tut mir leid, dass du so lange im Ungewissen über deine Herkunft gehalten wurdest und dass auch ich, als ich es erfuhr, dir nicht sofort die Wahrheit gesagt habe. Ich bin und bleibe dein Vater, und in Zukunft werde ich dazu stehen.«

»Ich kann es kaum glauben, dass die gute, treue Magda mir das so lange verschweigen konnte! Täglich war ich um sie. Täglich muss ich sie mehr an ihre frühere Herrin erinnert haben.«

»Den Brief habe ich aufbewahrt. Du sollst ihn haben. Schließlich ist er das einzige Zeugnis, das dich mit deiner Mutter verbindet. Mir bleibt zumindest die Erinnerung.«

»Die Tochter eines Gelehrten und einer Adligen«, sagte sie, mehr zu sich selbst als zu Gervasius. »Wer hätte das gedacht?«

Abrupt sprang sie von ihrem Stuhl auf und machte einige Schritte zum Fenster hin, wo sie verharrte und nach draußen blickte, als gäbe es dort eine Antwort auf ihre Fragen.

»Und wie soll es jetzt weitergehen? Mit mir? Und mit Euch?«

»Das«, sagte Gervasius zu ihrem Rücken, »hängt ganz von dir ab. Du bist jetzt im richtigen Alter... Ich könnte eine vorteilhafte Heirat für dich in die Wege leiten. Du weißt, ich verfüge über Beziehungen. Oder aber, wenn du lieber in Ebstorf bleiben willst, könntest du als Nonne ins Kloster eintreten. Hassica wäre darüber sicher erfreut. Es ist deine Entscheidung. Ich kann sie nicht für dich treffen.«

»Ich denke nicht, dass das alle Möglichkeiten sind, die mir offenstehen. Es gibt noch eine andere.«

Agnes hatte sich vom Fenster abgewendet und kam jetzt wieder zum Tisch.

»Und die wäre?«

»Seid Ihr wirklich bereit, als Propst nach Ebstorf zu kommen?«

»Ja, ich denke schon.«

»Dann sollten wir zusammen nach Ebstorf gehen und dort gemeinsam vollenden, worum Euer Herr, der Kaiser Otto, Euch vor seinem Tod gebeten hat! Wie Ihr wisst, bin ich eine gute Buchmalerin. Im Kloster ist alles Notwendige wie Pergament, Farben und Räumlichkeiten vorhanden. Und im Notfall wären weitere hilfreiche Hände zur Stelle, die ebenfalls zur Vollendung Eures Werkes beitragen könnten.«

»Und was geschieht, wenn die Karte fertiggestellt ist?«

»Das zu entscheiden, ist dann immer noch genug Zeit. Vorerst lassen wir einfach alle über unsere verwandtschaftliche Beziehung im Unklaren.«

»Du hast recht. Natürlich. Du kannst wahrhaftig nur meine Tochter sein. An Klugheit übertriffst du deinen alten Vater sogar noch.«

Agnes lächelte. »So alt seid Ihr auch wieder nicht, Magister Gervasius!«

»Sag Vater zu mir, bitte«, forderte er sanft und legte für einen Moment seine große gebräunte Hand auf ihre kleine weiße.

Sie trafen folgende Verabredung: Agnes sollte nach der Trauerfeier sofort nach Ebstorf reisen.

»Und was ist mir dir? Wann wirst du mich unterstützen?«

»Sag Hassica, ich werde kommen, wenn ich meine Angelegenheiten geordnet habe, um mich mit der besten Buchmalerin des Klosters an ein Opus zu machen, welches zum Ruhm des Klosters in der Zukunft beitragen wird.«

»Was glaubt Ihr, ich meine, glaubst du, Vater, wie lange die Herstellung der Mappa dauern wird?«

»Ich denke, nach drei oder vier Monaten dürften wir fertig sein.«

Was das betraf, irrte Gervasius sich gewaltig. Was seine Vorhersage über den Ruhm für das Kloster betraf, sollte die Zukunft zeigen, wie sehr er damit ins Schwarze getroffen hatte.

Gervasius und Agnes begaben sich mit der gesamten Trauergesellschaft in einem langen Zug nach Braunschweig, wo die Trauerfeier in großem Rahmen im Dom zu St. Blasius abgehalten wurde. Dann trennten sich ihre Wege für eine Weile. Gervasius reiste nach Südwesten, Agnes nach Norden.

In Arles hatte in Gervasius' Abwesenheit Romeus de Villeneuve in seiner Eigenschaft als rechtlicher Vertreter von Uc de Castelnau mehrfach im gelben Palais vorgesprochen. Gervasius, der vor allem damit beschäftigt war, einen Vertreter für sein Amt für mehrere Monate zu finden, beachtete diese Drohgebärde zunächst nicht. Er musste die persönlichen Dinge zusammenpacken, auf die er in Ebstorf nicht verzichten wollte. Zu diesen Dingen gehörten vor allem Bücher: Ovids ›Metamorphosen‹, sein vielbenutztes Handexemplar der ›Otia Imperialia‹ sowie einige Werke, die er brauchte, um Agnes auf ihre Aufgabe vorzubereiten. Auch Mabiles Brief kam in die kleine Truhe mit seinen persönlichen Schätzen. Der Frühling war in Arles bereits fortgeschritten. Gervasius bedauerte es, dass er das schöne Wetter nicht an ruhigen Abenden in seinem Garten genießen konnte. Doch dafür blieb wenig Zeit. Zu allem Überfluss tauchte Romeus de Villeneuve zwei Wochen nach seiner Ankunft wieder im gelben Palast auf. Henri hatte ihm mit finsterer Miene den Besucher gemeldet. Die Feinde seines Herrn waren auch seine Feinde.

Romeus de Villeneuve war groß und dürr. Er hielt sich

schlecht, vermutlich aufgrund seiner Körpergröße, und hatte ein knochiges Gesicht mit einem hervorspringenden Kinn.

»Nun, Magister, wie war die Reise?«, fragte der jüngere Richter spöttisch. Gervasius musste an Agnes denken, und zum ersten Mal wurde ihm bewusst, dass er nicht nur für sich selbst, sondern auch für seine Tochter um das Palais kämpfen würde. Er vermutete, dass sie nicht als Nonne in das Kloster Ebstorf eintreten würde. Dazu war sie zu neugierig und unternehmungslustig. Sollte sie heiraten, würde das Palais einmal ein Teil ihrer Mitgift sein. Er durfte diesen Streit auf keinen Fall verlieren.

»Traurig, Magister de Villeneuve, sehr traurig. Den Tod eines so fähigen Mannes im besten Alter mit ansehen zu müssen, hat mich zutiefst betrübt.«

»Dann wird Euch der Verlust des Palastes, den Ihr so lange bewohnt habt, noch mehr betrüben.«

De Villeneuve stand seinem Auftraggeber Uc in Bösartigkeit um nichts nach.

»Dazu wird es nicht kommen. Ich habe mächtige Freunde. Und die Forderung Eures Mandanten entbehrt jeglicher rechtlicher Grundlage, wie Ihr sehr wohl wisst, Magister de Villeneuve.«

»Ich habe bereits einen Brief an den rechtmäßigen römischen Kaiser, seine Majestät Friedrich II., aufgesetzt. Morgen werde ich einen Boten zu ihm losschicken. Es sei denn …, Ihr verzichtet freiwillig auf Eure Ansprüche. Wir könnten einen Vergleich schließen. Ihr könntet Euch mit Uc gütlich einigen. Uc ist bereit, Euch eine angemessene Summe zukommen zu lassen.«

Gervasius' Hände begannen zu zittern. Er musste sich beherrschen, um sich nicht auf sein Gegenüber zu stürzen. Das hätte seiner Sache nicht geholfen.

»Davon träumt Ihr nur, Magister de Villeneuve. Niemals würde ich einer solchen Vereinbarung zustimmen! Schickt Eure Nachricht an den neuen Kaiser. Ich schätze, er hat Besseres zu tun, als sich um die Belange eines missgünstigen Stoffhändlers in Arles zu kümmern. Und jetzt entschuldigt mich. Es gibt dringendere Angelegenheiten, denen ich mich zu widmen habe. Henri!«

»Das werdet Ihr bereuen, alter Mann!«

»Wir werden sehen. Gehabt Euch wohl«, antwortete Gervasius. Dann öffnete er eine Schublade seines Schreibtisches und holte mehrere Dokumente hervor, die er durchgehen wollte. Er tat so, als wäre de Villeneuve gar nicht mehr im Raum.

Wenige Tage vor der Abreise nach Ebstorf klopfte ein Bote an die Tür des Palais. Wie sich herausstellte, war der Bote den weiten Weg aus England gekommen, mit einem Brief von seinem Vetter Philip von Salisbury. Philip berichtete ihm von seinem Tagesablauf auf dem Gut in Salisbury, von Jagden und Festen. Er gestand, dass er sich doch etwas langweile, seit er sesshaft geworden war. Er trug sich mit der Absicht, Gervasius in Arles zu besuchen, und das möglichst bald. Gervasius antwortete ihm:

Lieber Philip,
es freut mich sehr, wieder von dir zu hören. Mein Leben war sehr geschäftig und unruhig in letzter Zeit, so dass ich selbst nicht zum Schreiben gekommen bin. Was deinen Besuch in Arles betrifft, so wird erst einmal nichts daraus. Ich reise übermorgen nach Sachsen ab. Ich werde den Posten eines Propstes im Kloster Ebstorf bei Lüneburg übernehmen und in der Zeit an einer Weltkarte arbeiten, die ich dem verstorbenen Kaiser Otto IV. versprochen hatte. Falls du nach Ebstorf kommen willst, wärest du dort natürlich mein Gast. Es gibt auch einiges, was ich keinem Brief anvertrauen möchte. Wenn wir uns wiedersehen, werde ich es dir erzählen. Auf bald?

Dein Vetter und Freund
Gervasius von Tilbury

Zwei Tage später verließ er Arles mit schwerem Gepäck Richtung Norden.

Anfang Juni waren die Temperaturen in Ebstorf besonders angenehm. Das Grün war noch frisch, die Weiden saftig, auf den Feldern stand halbhoch das goldene Getreide. Sanft senkte sich die Landschaft herab in das liebliche Schwienau-Tal. Die Klosteranlage mit den Holzhäusern und den Steinbauten kam in Sicht. Als er näher ritt, bemerkte er, dass der Bau des Nordflügels fast abgeschlossen war. Innerhalb der Umfriedung nahm ihm ein Stalljunge das Pferd ab. Gervasius begab sich zur Kammer der Priorin und klopfte.

»Magister Gervasius! Wie schön, dass Ihr es so schnell einrichten konntet!« Hassica ging ihm entgegen und schüttelte ihm die Hand. »Ihr wollt sicher wissen, wo wir Euch unterbringen werden. Bitte folgt mir!«

Energisch schritt sie voran, den Gang entlang und dann hinaus ins Freie.

»Da Boldesalus noch die für den Propst vorgesehenen Räume im Westflügel des Haupthauses bewohnt, haben wir uns für Euch eine andere Lösung ausgedacht.« Hassica ging auf ein kleineres Holzhaus etwas abseits der übrigen Wirtschaftsgebäude zu, welches ihm bei seinem ersten Besuch vor einem Jahr nicht aufgefallen war.

»Wir haben eigens für Euch ein weiteres Gebäude errichten lassen! Dies wird in der Übergangszeit – solange Boldesalus noch im Amt ist – Euer Zuhause in Ebstorf sein.«

Das Haus bestand aus drei etwa gleich großen Räumen, einer davon hatte einen Kamin. Die Böden waren mit grob geschnittenen Bohlen bedeckt, die Fenster blickten auf eine Kuhweide hinaus.

»Ich dachte, die Mahlzeiten nehmt Ihr ohnehin im Refektorium ein. Also braucht Ihr keine Küche, jedoch eine Schlafkammer, ein Arbeitszimmer und einen Aufenthaltsraum. Mit der Einrichtung haben wir gewartet. Ihr wollt sicher einige persönliche Gegenstände herbringen lassen. Auch Teppiche würde ich empfehlen. Für den Fall, dass Ihr keine eigenen Möbel wünscht, könnten wir auch das Nötigste in unseren Lagerräumen für Euch auftreiben: Ein Bett, einen Tisch und einige Stühle müssten vorhanden sein.«

Gervasius sah sich um. Er atmete den Duft des frisch verarbeiteten Holzes ein und stellte sich vor, wie es sein würde, hier zu wohnen.

»Ich bin überwältigt von Eurer Gastfreundschaft, Priorin Hassica! Einen solchen Empfang hatte ich nicht erwartet. Ich danke Euch. Wie Ihr wisst, will ich zuerst nur für einige Monate hier sein, da meine Amtsgeschäfte von Zeit zu Zeit meine Anwesenheit in Arles erfordern.«

»So hatten wir es besprochen, Magister. Ich bin froh, dass Euch das kleine Haus zusagt. Es ist sozusagen für Euch maßgeschneidert worden.«

Nach der Vesper berief die Priorin eine Versammlung im Kapitelsaal ein, in deren Verlauf sie Gervasius als zukünftigen Propst vorstellte.

»Ich würde gerne«, sagte er nach der Versammlung zu Hassica, »mit allen Nonnen und auch den Laienschwestern ein kurzes Gespräch führen, um meine künftigen Schützlinge besser kennenzulernen.«

»Auf diese Idee wäre Propst Boldesalus niemals gekommen«, stellte Hassica fest. »Wie wäre es, wenn Ihr gleich morgen damit beginnt?«

Gervasius hatte diese Maßnahme nicht ohne Hintergedanken angeregt. Es war die beste Möglichkeit, in Ruhe mit Magda unter vier Augen sprechen zu können, ohne Verdacht zu erregen. Außerdem war er gespannt, was diese Frauen, deren Leben ganz Gott gewidmet war, zu erzählen hatten. Die Rolle des Geschichtensammlers hatte er auch drei Jahre nach der Übergabe der ›Otia Imperialia‹ nicht ganz ablegen können. Noch immer notierte er bemerkenswerte Begebenheiten, auf die er stieß, in seinem Handexemplar. Die Geschichten von Wundern und Mirakeln würden ihn wohl nie loslassen.

Er begann – wie es von ihm erwartet wurde – mit den Nonnen. Die meisten waren adlige Töchter aus wohlhabenden Familien, die aus Lüneburg und der weiteren Umgebung stammten. Sie beschäftigten sich tagsüber, zwischen den Messen, hauptsächlich mit Handarbeiten, der Lektüre erbaulicher Schriften und

Andachten. Er erfuhr, dass in Ebstorf, wie auch in dem nahe gelegenen Kloster Wienhausen, eine alte Tradition des Knüpfens von Bildteppichen bestand. Es war der Ehrgeiz einiger Nonnen, die Schwestern aus Wienhausen mit ihren Teppichen in ihrer Kunstfertigkeit zu übertreffen. Schwester Eusebia versprach, ihm bei Gelegenheit die schönsten der in Ebstorf entstandenen Arbeiten zu zeigen. Die Teppiche wurden hauptsächlich für die liturgische Benutzung an Festtagen und in der täglichen Messe verwendet, weniger als Gebrauchsgegenstände. Trotzdem nahm Gervasius sich vor, den Nonnen den einen oder anderen Teppich für sein Häuschen abzukaufen, oder, falls dies nicht möglich war, selbst Teppiche in Auftrag zu geben.

Nach einer Woche hatte er die Gespräche mit den Nonnen beendet. Die erste Laienschwester, die er in sein Arbeitszimmer im Holzhaus lud, war Magda. Er hatte, da er keinen Diener zur Verfügung hatte, selbst über dem Feuer des Kamins Wasser zum Kochen gebracht, um damit für sie beide Tisanes zuzubereiten. Die dazu notwendigen Kräuter hatte er aus Arles mitgebracht. Er hatte Stoffbeutel mit Kamillenblüten, Zitronenmelisse, Pfefferminze und Fenchelkraut zur Auswahl.

Gervasius stellte den dampfenden Steingutbecher vor Magda auf den Tisch.

»Darf ich Euch einige Fragen stellen, Schwester?«

Magda versuchte gerade, von ihrem heißen Kamillenaufguss zu trinken, und nickte daher nur.

»Ist Euch bekannt, in welcher Verbindung ich zu Eurer früheren Herrin Mabile de Blois gestanden habe?«

»Ja, Magister. Ihr wart die Liebe ihres Lebens. Und seid der Vater ihrer Tochter.«

Das so selbstverständlich aus dem Mund dieser bescheidenen Frau zu hören, verschlug Gervasius zunächst die Sprache. Mit einem Mal war die Erinnerung an Mabile ganz nah.

»Meine Zeit mit ihr war so kurz. Ihr habt sie viel länger – und vermutlich auch besser – gekannt als ich. Bitte erzählt mir von ihr! Wie war sie?«

»Oh, meine Herrin war ein ganz besonderer Mensch. Sie war

nicht so aufgesetzt geziert und vordergründig demütig wie die meisten Mädchen von Adel, denen man dieses Verhalten von frühester Jugend an anerzogen hatte. Sie war wilder und stärker als die Gefährtinnen ihrer Jugend.«

Magdas Blick schien sich für einige Augenblicke nach innen zu richten, als versuche sie, die Gegenwart von Mabile wieder heraufzubeschwören. Dann setzte sie ihre Schilderung fort:

»Sie liebte die freie Natur! Am liebsten war sie draußen im Park oder ritt über die Felder des Gutes, welches ihrem Vater gehörte. Im Sommer nahm sie jede ihrer Mahlzeiten im Garten ein. Im Schatten eines Baumes, um ihre empfindliche Haut nicht zu sehr der Sonne auszusetzen. Sie sagte immer: ›An der frischen Luft schmeckt alles besser!‹ Es fiel ihr schwer, sich Befehlen zu beugen. Nachdem ihr Vater vor Jahren die für seine Familie so vorteilhafte Verbindung mit dem Grafen von Blois ausgehandelt hatte, rannte sie wortlos davon und schloss sich in ihrer Kammer ein. Die gesamte Nacht hörte ich sie weinen. Doch am nächsten Morgen waren ihre Augen kaum gerötet. Sie verzog keine Miene und erklärte sich bereit, dem Willen ihres Vaters zu gehorchen. Seitdem hat sie die Angelegenheit nie wieder erwähnt.«

Die Laienschwester trank erneut von ihrem Tisane.

»Wie ich sehe, schmeckt Euch mein Tee, Schwester Magda.«

»Sehr, Magister. Sehr … Mir fällt noch etwas ein: Sie hatte bereits als kleines Mädchen lesen gelernt, auf ihren eigenen Wunsch hin. Als sie älter wurde, entdeckte sie ihre Vorliebe für die höfischen Romane über Ritter und Minne. Sie lernte anlässlich eines Besuches bei Verwandten ihres Vaters in Flandern den Dichter Chrétien de Troyes kennen. Er gab ihr eine seiner Estoires. Ich glaube, es war ›Erec et Enide‹. Nach der Lektüre bat sie ihren Vater, Chrétien zu fördern, was dieser tat bis zu dessen Tod im Jahr 1189. Und später hat sie selbst andere Dichter und Sänger an den Hof ihres Gatten in Blois eingeladen.«

»Eines wüsste ich noch gern, Schwester Magda: Wie ist es ihr gelungen, ihre Schwangerschaft vor ihrem Gatten geheim zu halten?«

Magda lachte auf. »Das war einfach. Sie bestand darauf, in den

Monaten vor ihrer Hochzeit noch einmal einige Zeit bei ihrer Schwester Virginie zu verbringen, die im Burgund mit einem Ministerialen verheiratet ist. Sie sagte, sie wolle die letzten Tage ihrer Unabhängigkeit genießen, was gewagt war. Doch Eduard de Blois ist ein Mann mit Humor. Er hat sie gewähren lassen. Also reiste Mabile nach Dijon und brachte im Hause ihrer Schwester die kleine Agnes zur Welt. Wie glücklich sie war, als die Hebamme sie ihr auf den Arm legte! Es ist ihr nicht leichtgefallen, ihr kleines Mädchen herzugeben. Aber sie hatte schließlich keine Wahl, nicht wahr, Magister Gervasius?«

Wenn er nicht so feige gewesen wäre, damals, hätte sie vielleicht eine Wahl gehabt. Doch jetzt war es zu spät für Schuldgefühle.

»Ich danke Euch vielmals für Euer Kommen, Schwester Magda. Es bedeutet mir viel, was Ihr mir erzählt habt.«

»Habt Dank für den Tee, Magister. Ihr solltet dafür sorgen, dass dieses wohlschmeckende Getränk im Refektorium ausgeschenkt wird.«

In den zwei Wochen nach dem Gespräch mit Magda sprach er mit den restlichen Laienschwestern. Er erfuhr das Gerede über die adeligen Nonnen und Anekdoten aus dem Alltagsleben des Klosters. Einiges davon hielt er schriftlich fest.

Mappa mundi

Die Priorin hatte ihn zu einer Besprechung über seine Arbeit in den Kapitelsaal gebeten und auch Agnes dazubestellt, damit er seine Erklärungen nicht noch ein zweites Mal abgeben musste.

»Ich bin sehr gespannt auf Eure Karte, Magister. Was für eine Art von Karte haben wir zu erwarten?«

»Stellt Euch das Weltenrund vor, angefüllt mit all seinen Orten, Völkern sowie der entsprechenden Flora und Fauna. Im Zentrum der Welt befindet sich natürlich die Heilige Stadt ...«

»Jerusalem«, warf Agnes ein.

»Sie wird ganz in Gold gestaltet sein, da sie nicht so sehr das irdische, sondern vor allem das himmlische Jerusalem symbolisiert, welches im überirdischen Glanz der höheren Sphären erstrahlt ... Wartet! Ich werde es Euch aufzeichnen, dann könnt Ihr meine Ausführungen leichter nachvollziehen.«

Er zog einen kleinformatigen Pergamentbogen zwischen seinen Unterlagen hervor. Agnes reichte ihm eine auf einem Pult im Hintergrund bereitstehende Feder und ein Tintenhorn. Gervasius malte einen schwungvollen Kreis, der fast das gesamte Blatt einnahm. Im Zentrum des Kreises platzierte er ein kleines Quadrat.

»Die Karte soll schon allein durch ihre Größe beeindrucken. Die Größe unserer Welt verlangt eine große Karte, zumindest so groß, dass eine lebensgroße Christusfigur Raum findet.«

Hassica blickte skeptisch.

»Dann werdet Ihr sehr viele von den teuren Häuten benötigen. Und es wird eine Ewigkeit dauern, bis die Karte mit ausreichend vielen Bildern und Angaben ausgemalt und beschrieben worden ist!«

»Eine Ewigkeit nicht. Nur so lange, wie es eben braucht, liebe Priorin«, gab Gervasius zurück. »Geostet wird sie natürlich sein, will sagen, Osten, und damit Asien, ist oben. Dort sind dann das Paradies, das geheimnisvolle Indien, Alexanders Baumorakel und der Garten der Hesperiden anzutreffen. Daraus folgt, wenn man von einer Unterteilung der Erde in ihre drei Kontinente ausgeht, dass das nördliche und westliche Europa eher im linken unteren Viertel des Weltenrunds anzusiedeln sind und Afrika auf der rechten Seite.«

Er deutete auf die entsprechenden Stellen in seinem gemalten Kreis.

»Was aber neu und einzigartig an der Mappa sein wird: Sie wird Text enthalten, der nach dem Prinzip der Marginal- und Interlinearglossen in den Gesetzestexten angeordnet ist. Versteht Ihr, worauf ich hinauswill, Priorin Hassica? Agnes?«

»Nicht so recht«, musste die Priorin zugeben. Agnes schüttelte ratlos den Kopf.

»Als Student des römischen und kanonischen Rechts in Bologna musste ich viel mit sogenannten glossierten Gesetzestexten arbeiten. Das ist so zu verstehen: In der Mitte der Seite befindet sich der Gesetzestext. An seinen Rändern sind Erläuterungen zu dem jeweiligen Gesetz angefügt. Das sind Marginalglossen. Aber auch zwischen den Zeilen finden sich bisweilen Ergänzungen und Hinweise. Das sind die Interlinearglossen. Ähnlich werde ich mit der Karte verfahren. Das Weltenrund ist dabei als Haupttext zu betrachten, der durch Text außerhalb des Kreises ergänzt wird. Also wie die Marginalglossen in den Gesetzbüchern. Und im Weltenrund wird es Legenden geben, mit den Namen der Orte und Bezeichnungen der Landschaften, Tiere, Völker und anderer lokaler Besonderheiten. Wie die Interlinearglossen im römischen und kanonischen Recht. War das verständlicher?«

»Etwas«, sagte die Priorin. Agnes schien noch über seine Erklärung nachzudenken.

»Man muss es vor Augen haben. Dann wird es vollkommen klar.«

»Ich bin sicher, Magister, Ihr wisst, was Ihr tut. Ich lasse Euch freie Hand in der Gestaltung der Karte. Gebt mir nur bald eine Liste mit den von Euch benötigten Materialien. Dann kann ich alles besorgen lassen.«

»Das werde ich, Priorin Hassica.«

Sie würden verstehen, was er meinte, sobald die Karte vollendet war.

Bevor sie mit der eigentlichen Arbeit an der Karte beginnen konnten, musste er Agnes Nachhilfe in den Wissensbereichen geben, mit denen sie als Mädchen in einem Nonnenkloster bisher nicht in Berührung gekommen war. Als sie am Nachmittag wie verabredet in seinem Arbeitszimmer erschien, schob er ihr einen Stapel mit Handschriften zu.

»Ich will dir kurz erklären, worum es sich handelt: Das oberste Buch, das schon ein wenig mitgenommen aussieht vom vielen Gebrauch, ist mein heiß geliebtes Handexemplar der ›Otia‹, die ich vor drei Jahren Kaiser Otto übereignete. Bitte gib gut Acht auf das Buch. Es liegt mir sehr am Herzen.«

Agnes nahm die abgenutzte Handschrift vorsichtig in die Hand. Sie war mit verkratztem Kalbsleder bezogen und wurde von zwei angeschlagenen Messingverschlüssen zusammengehalten. Die Bögen im Inneren wiesen Unregelmäßigkeiten auf.

»Die nächsten beiden Bücher sind Enzyklopädien. Das erste ist die ›Historia Scholastica‹ von Comestor. Die zweite Enzyklopädie mit geographischem Schwerpunkt stammt von Isidor von Sevilla. Die Schriften werden dir helfen, dir einen Überblick zu verschaffen, und können später bei der Ausführung der Karte immer wieder zu Rate gezogen werden. Nummer vier ist das ›Alexanderlied‹ des Pfaffen Lamprecht. Du beherrschst die deutsche Volkssprache ja besser als ich. Daher habe ich es dir aus der Harzburg mitgebracht. Das letzte ist das ebenfalls aus der Harzburg entliehene englische Bestiarium, welches ich bereits erwähnte. Die dargestellten Tierbilder können dir als Vorlagen oder Anregung für die Gestaltung der Tiere dienen.«

»Ich hoffe, Ihr überschätzt nicht meinen Verstand.« Der Stapel vor ihrer Nase schien Agnes zu entmutigen.

»Ganz sicher nicht, liebes Kind. Ich weiß, dass du dazu fähig bist. Und während du liest und liest und liest, werde ich mich mit dem Aufbau der Karte beschäftigen. Von Zeit zu Zeit solltest du mir Bericht erstatten, damit ich weiß, wo wir stehen. Das ist erst einmal alles.«

Agnes lud sich daraufhin den Stapel auf den Arm. Er war schwer. Zu schwer. Sie drohte darunter in die Knie zu gehen und schwankte bereits gefährlich.

»Warte, Agnes!« Gervasius sprang auf und eilte ihr zu Hilfe. Er nahm ihr die obersten drei Bücher ab.

»Wir werden den Wissensschatz gemeinsam ins Scriptorium tragen. Nur eins noch: Mein Handexemplar der ›Otia‹ solltest du nicht über Nacht im Scriptorium liegen lassen, sondern an einem sicheren Ort aufbewahren.«

Um sich auf die Kartenplanung einzustimmen, blätterte Gervasius in seinen mitgebrachten Unterlagen und stieß dabei auf die Seite mit dem Gebet des Nikodemus, welches ihm der Bischof von Lucca vor einigen Jahren bei seinem Besuch in der Stadt geschenkt hatte. Nikodemus, ein ehemaliger Schüler Jesu, hatte das berühmte Volto Santo nach Vorlage eines Grabtuches geschaffen. Das Gebet war dazu bestimmt, vor dem heiligen Kruzifix, im Angesicht des Herrn, gesprochen zu werden. Gervasius las gedankenverloren den ersten Satz.

»Sieh das Lamm Gottes, sieh ihn, der die Sünde der Welt auf sich nimmt.«

Dann rief er sich das Erlebnis in der Kathedrale San Martino in Erinnerung. Wie tief ihn der Anblick des leidenden Herrn getroffen hatte, der ihm direkt in die Augen, in die Seele geschaut hatte! Die Betrachter der Karte sollten bei ihrem Anblick ein wenig von dem erleben, was er in Lucca erlebt hatte. Sie sollten das Antlitz des Herrn bereits vor ihrem Tod betrachten können, ohne dafür nach Lucca reisen zu müssen. Eine *Visio dei*, eine vorgezogene Gottesschau, sollte es sein. Damit würde die Karte nicht nur belehren und darstellen, sondern wäre auch ein Andachtsbild. Vom Volto Santo wanderten seine Gedanken zu einem anderen nicht von Menschenhand gemachten Gottesbild, der Vera Icon im Petersdom. Auch dieses Gnadenbild hatte ihn tief bewegt. Es hatte damals, im Jahr 1209, als er wegen der Krönung Ottos in Rom weilte, eine Saite in ihm zum Klingen gebracht, die ihn letztendlich an diesen Ort geführt hatte. War es Bestimmung gewesen? War es Gottes Wille, dass er diese Karte schuf? Eine Karte, die so groß und farbenprächtig werden würde, dass sie dem Ruhm des Herrn zur Ehre gereichte. Er wusste jetzt, dass er die Vera Icon als Vorbild für das Gesicht Gottes in seiner Karte benutzen würde.

Vier Wochen später, es war inzwischen Ende Juli, setzte Gervasius sich mit Agnes zusammen, um eine Liste der Stoffe aufzustellen, die sie für die Herstellung der Karte benötigten. Sie hatten das Refektorium, in dem sich außerhalb der Mahlzeiten niemand aufhielt, als Ort ihres Zusammentreffens gewählt, da sie möglichst ungestört sein wollten.

»An Häuten, würde ich schätzen, benötigen wir mindestens zwanzig. Was meinst du, Agnes?«

»Wenn Euer Christus lebensgroß sein soll und auch noch von einem Weltenrund umgeben, würde ich sagen, sogar mehr.«

»Also dreißig Ziegenhäute. Und wie steht es mit den Pigmenten für die Malerei? Die Vorräte im Kloster reichen sicher nicht aus.«

»Für die Schrift verwenden wir ausschließlich Dornenrindentinte. Da kann man leicht für Nachschub sorgen. Doch was wir unbedingt in großer Menge brauchen, sind Indigo für die Blautöne, Krapp für Rottöne und gelber Ocker für Braun- und Gelbtöne.«

»Das himmlische Jerusalem soll golden glänzen. Was benötigst du dafür? Goldstaub, Blattgold?«

»Goldstaub ist günstiger. Blattgold erzielt allerdings die bessere Wirkung.«

»Nun, ich denke, wir wollen es nicht übertreiben. Die Karte wird auch so teuer genug werden. Also Goldstaub.«

Gervasius notierte es auf seiner Liste.

»Wir haben auch nicht mehr genug Rinderhörner für die Aufbewahrung der Tinten. Die Temperamischung für die Farben können wir aus unseren Beständen herstellen«, erklärte Agnes.

»Dann werde ich der Priorin heute noch die Liste übergeben. Was macht deine Lektüre?«

»Ich habe Euer Werk, die beiden Enzyklopädien und das ›Alexanderlied‹ gelesen. Gerade vergnüge ich mich mit dem Bestiarium. Die Miniaturen darin sind wirklich bemerkenswert. Wie feingliedrig die Menschen und die Tiere dargestellt sind! So etwas Schönes habe ich vorher noch nie zu Gesicht bekommen.«

»Das Bestiarium hat der verstorbene Kaiser Otto von seinem Oheim, dem englischen König John, als Geschenk erhalten. Das war im Jahr 1207. Ich durfte Otto und seinen Hof begleiten, als sie meine Heimat besuchten. Ich habe dir davon erzählt.

Soweit ich weiß, wurde das Werk in Winchester geschaffen. Ein wahrhaftes Meisterwerk, ohne Zweifel. Ich hoffe, es inspiriert dich.«

»Das tut es, Vater. Es bereitet mir große Freude, darin zu blättern und vor allem die kunstvollen Bilder zu betrachten.«

Weitere zwei Wochen später hatten sie alles für die Herstellung der Karte beisammen. Gervasius hatte inzwischen eine sehr genaue Vorstellung davon, wie die fertige Karte aussehen sollte.

»Bevor ich dir mein Konzept eingehend erläutere, wollte ich mit dir unsere Vorgehensweise erörtern. Ist es in der Buchmalerei nicht üblich, dass man zuerst die Schrift und dann Initialen und Miniaturen fertigt?«

»Das ist richtig. Meint Ihr, wir sollten die Karte wie eine Handschrift behandeln?«

»Was spräche dagegen, liebe Agnes?«

»Nun, wir haben ein sehr viel größeres als das für Handschriften benutzte Format vor uns. Wenn die Häute zusammengenäht sind, ergeben sie eine Fläche, die fast so breit und hoch ist wie die Länge der Tische im Refektorium. Wir werden die Aufteilung, die Konturen und wichtigsten Orte vorzeichnen müssen. Am besten mit dünnflüssiger Tinte, die man dann übermalen kann.«

»Dann beginnen wir mit dem Weltenkreis, der das Quadrat der Fläche aus Häuten fast gänzlich ausfüllen wird. An den Rändern bleibt hinterher noch Platz für einführende und ergänzende Texte. Als Nächstes zeichnest du das kleine Quadrat für die von Mauern umgebene Stadt Jerusalem, wie es sich gehört, in die Mitte des Kreises. Der Umfang des Quadrates sollte etwa so groß sein wie meine Hand.«

Agnes zog seine Hand zu sich und betrachtete sie lachend.

»Riesig, diese Hand. Fast gleicht sie einer Bärentatze.«

»Spotte du nur, Tochter. Aber jetzt zurück zur Karte: Nachdem du die Lage aller wichtigen Orte eingetragen hast, kannst du mit dem Schreiben der Texte im Weltenrund anfangen. Ich habe dir eine kleine Skizze für die Positionierung aller Städte und Landschaften angefertigt.«

»Die Priorin hat recht, es wird ewig dauern! Vor allem wenn ich dann noch alle Bilder malen soll.«

»Ich habe darüber nachgedacht: Was die Malerei betrifft, so können wir ruhig noch ein bis zwei weitere von euren Buchmalerinnen hinzuziehen. Das überlasse ich dir, wie du die Arbeit mit ihnen aufteilen willst.«

»Ab morgen machen wir uns an das Zusammennähen der Häute. Ich denke, dafür ist das Skriptorium der geeignete Ort.«

»Sehr schön. Erst wenn das Weltenrund vollständig mit Bildern und Schrift ausgefüllt ist, können die Texte auf dem Kartenrand in Angriff genommen werden. Ich bin noch dabei, ihren Inhalt zusammenzustellen. Auch dabei kannst du mir, nachdem du nun durch deine Lektüre in diesem Bereich bewandert bist, gerne zur Seite stehen. Aber zuerst kommt der Kreis an die Reihe. Ich kann es kaum erwarten, meine Ideen endlich auf dem Pergament ausgeführt zu sehen.«

Philip

Die Häute waren zusammengenäht, die Konturen eingezeichnet und die Stellen für die Orte markiert. Agnes hatte sich dabei nach Gervasius' Skizze gerichtet. Das Quadrat für Jerusalem bildete die Mitte des Weltenrundes. Ganz oben, im Osten, hatte sie ein gleich großes Quadrat vorgemalt, in welchem später das Antlitz des Herrn erscheinen würde. Das Paradies lag nach Gervasius' Angaben gleich links neben dem Christuskopf. Unter dem Haupt des Herrn fügte sie den ersten Text ein, der die Herkunft des Namens Asien von einer antiken Königin ableitete. Asien bildete den oberen der drei Erdteile nach dem T-Schema. Agnes hatte Gervasius vorher gebeten, sie noch einmal über die genaue Bedeutung des Schemas aufzuklären.

»Stell dir den Buchstaben T vor, als Kapitale. Dann denk dir einen Kreis, der mit den äußeren Enden des Buchstaben abschließt. Das T teilt die Fläche des Kreises in drei Abschnitte.

Der obere, durch den horizontalen Balken des T abgetrennte Abschnitt ist demnach Asien. Der vertikale Balken des T spaltet die untere Hälfte des Kreises in zwei weitere, gleich große Abschnitte. Der linke Abschnitt beschreibt die Lage von Europa, und rechter Hand befindet sich der Erdteil, den wir Afrika nennen.«

Das hatte Agnes eingeleuchtet.

»Findet Ihr nicht, wir sollten diese Erklärung auch den Betrachtern der Karte zur Verfügung stellen? Man könnte sie gut auf dem Kartenrand unterbringen.«

»Das werden wir machen, Agnes. Ganz zum Schluss, wenn das Weltenrund fertig ist.«

So fügte sie nun nacheinander alle Texte neben den entsprechenden Orten ein. Später würde sie deren Signaturen ergänzen. Es war keine leichte Arbeit, da sie aufgrund der Größe der Karte, die im Scriptorium auf dem Boden ausgebreitet worden war, auf den abgeschabten Häuten herumrutschen musste, um an die jeweiligen Stellen zu gelangen. Wenn ein Text geschrieben war, musste die Tinte lange genug trocknen, so dass sie nicht mehr verschmierte, wenn Agnes aus Versehen die Schrift bei ihrem Weg über die Karte streifte. Gervasius entwarf derweil die Texte für den Kartenrand, die er hauptsächlich den ›Etymologien‹ des Isidor von Sevilla entnahm.

Mitten in diese Zeit fiel die Ankunft Philips. Den Brief an seinen Vetter, in dem er ihn einlud, nach Ebstorf zu kommen, hatte Gervasius vollkommen vergessen. Erst als Philip von Salisbury eines schönen Tages im September vor der Tür seines Hauses stand, fiel es ihm wieder ein. Obwohl der Besuch eigentlich nicht in seinen Zeitplan passte, freute sich Gervasius sehr über das Wiedersehen mit seinem besten Freund.

»Philip! Meine Güte, weißt du, wie lange es her ist?«

»Wenn mich nicht alles täuscht, sind fast fünfzehn Jahre seit dem Fest in Nürnberg vergangen. Wir sind wohl beide nicht jünger geworden.«

Philip war noch immer ein gutaussehender Mann. Allerdings

hatte er um den Bauch herum etwas zugelegt, und sein blondes Haar ergraute allmählich. Sein Lächeln jedoch war noch genauso jungenhaft wie früher.

Gervasius bot dem Freund seinen besten Stuhl an und beeilte sich, einen Krug mit frischem Apfelsaft für ihn zu bringen. Einen Becher stellte er daneben auf dem Tisch ab. Philip trank in gierigen Schlucken, schenkte nach, trank weiter und seufzte endlich befriedigt.

Philip sah sich in Gervasius' Haus um. »Das Kloster und seine Lage hatte ich mir weniger hübsch vorgestellt, muss ich zugeben. Du weißt immer noch die angenehmsten Orte für deine Arbeitsaufenthalte zu wählen!«

»Wenn du dich ein wenig erholt hast, zeige ich dir die Anlage. Dann kannst du dir einen umfassenderen Eindruck verschaffen. Und danach zeige ich dir die Arbeit, welche mich hergeführt hat, und die Person, die mir dabei zur Seite steht!«

»Das klingt geheimnisvoll. Was steckt dahinter, Gervasius?«

Gervasius sagte nichts. Es bereitete ihm Vergnügen, den Freund ein wenig auf die Folter zu spannen. Kurz darauf begaben sich die beiden auf den Rundgang. Philip durfte einen Blick ins leere Refektorium werfen, in den Kapitelsaal, den Krankensaal, die Meierei, die Kirche und den Klostergarten.

Zuletzt betraten sie das Scriptorium. Im vorderen Teil saßen drei Nonnen und eine Laienschwester an Pulten, die Gänsefeder in der Hand, und waren mit dem Kopieren von Handschriften oder dem Malen von Initialen oder Illustrationen beschäftigt. Im hinteren Teil des Raums kniete Agnes auf der Karte und schrieb an einem Text, der die Besonderheiten des Erdteils Afrika aufzählte. Sie war völlig in ihre Beschäftigung vertieft. Erst als Gervasius sich vernehmlich räusperte, blickte sie hoch.

»Philip, darf ich dir jemanden vorstellen? Das ist Agnes, die beste Buchmalerin hier im Kloster, und wahrscheinlich im ganzen Reich.«

Agnes trat neugierig einige Schritte auf sie zu. Philip sagte keinen Ton, sondern blickte das Mädchen nur unverwandt an.

»Agnes, das ist mein Vetter und ältester Freund, Philip von Salisbury.«

Jetzt verbeugte sich Philip, und auch Agnes verneigte sich.

»Es ist schön, Euch endlich persönlich kennenzulernen. Ich habe so viel über Euch gehört, dass Ihr auch für mich so etwas wie ein alter Bekannter seid.«

»Die Freude ist ganz auf meiner Seite. Leider hat mir mein bester Freund hier Eure Existenz bisher verschwiegen.«

Er wandte sich mit gespielter Entrüstung an Gervasius: »Wie konntest du mir diese reizende Person vorenthalten?«

»Wenn du es genau wissen willst, wir sind erst seit gut einem Jahr miteinander bekannt. Aber bitte wirf einen Blick auf das Werk, an dem Agnes seit Monaten so hingebungsvoll arbeitet!«

Philip schien weniger an der Karte interessiert zu sein als an Agnes, doch er tat Gervasius den Gefallen und betrachtete das Gebilde aus Ziegenhäuten ohne große Begeisterung.

»Was genau soll das werden? Eine Handschrift für Riesen?«

»Eine Weltkarte, mein Freund. Eine *Mappa mundi*, die nicht nur die Welt als Ganzes darstellt, sondern auch Auskunft gibt über ihre Entstehung, die Geschichte der Menschen, die vor uns lebten und alle wichtigen Orte, Landschaften, Völker, Pflanzen und Tiere. Zurzeit ist Agnes noch mit den Texten beschäftigt. Bald wird sie beginnen, die beschriebenen Dinge bildlich darzustellen.«

»Sehr schön«, bemerkte Philip wenig überzeugend. Seine Augen wanderten zurück zu Agnes. Gervasius kannte diesen Blick. Es wurde Zeit, dass er unter vier Augen mit ihm redete.

»Agnes, wir wollen dich nicht länger von der Arbeit abhalten. Wir sehen uns abends im Refektorium. Philip und ich haben uns noch viel zu erzählen.«

Er zog den Freund in Richtung Ausgang und über einen Pfad zum Fischteich. Sie ließen sich auf einer steinernen Bank vor dem stillen Tümpel nieder. Philip wirkte merkwürdig abwesend.

»Ist alles in Ordnung, Philip? Bist du krank?«

Es dauerte einige Herzschläge, bis die Frage zu Philip durchdrang. In der Zeit sprang ein weißbauchiger Fisch aus dem dunklen Wasser und tauchte platschend wieder hinein.

»Wie? … Nein. Das heißt, ich habe mehrfach gehört, dass manche diesen Zustand als Krankheit bezeichnet haben.«

Gervasius, der Schlimmes befürchtete, hakte nach.

»Von was für einem Zustand sprichst du, Bruder?«

Jetzt lächelte Philip. »Du hast mich Bruder genannt! Zum ersten Mal, seit wir uns kennen, hast du mich auch einmal Bruder genannt!«

»Du versuchst nur, abzulenken. Was für ein Zustand?«

»Ich bin – jedenfalls vermute ich das, da es mir vorher noch nie widerfahren ist – verliebt.«

Gervasius war nicht glücklich darüber, dass seine Ahnung sich bestätigte. Die Blätter einer Pappelreihe, die an den Teich grenzte, zitterten in der warmen Sommerbrise.

»Philip, was redest du da? Doch nicht etwa in Agnes?«

»Und wenn es so wäre?«, fragte Philip langsam, »was wäre so schlimm daran? Gut, sie ist sehr jung …«

»Das«, unterbrach ihn Gervasius aufgebracht, »kann ich dir sagen: Das Mädchen ist meine Tochter! Und ich werde nicht zulassen, dass du ihr das Herz brichst, wie so vielen anderen Frauen, denen du begegnet bist.«

Philip war bei diesen scharfen Worten zusammengezuckt, als hätte er ihn geschlagen. Eine Weile schwieg er. Mit einem Mal sah er wirklich krank aus.

»Ich fürchte, alter Freund«, brachte er endlich hervor, »in diesem Fall wird es zum ersten Mal umgekehrt sein.«

»Nun«, erwiderte Gervasius ohne Schadenfreude, »dann wirst du zum ersten Mal erleben, wie es ist, sich nach jemandem zu verzehren, der unerreichbar ist.«

Die Worte waren ihm schnell über die Lippen gekommen. Nachdem sie gesagt waren, bereute er es schon wieder.

Philip nahm auch diesen Schlag hin.

»Schon gut, Freund. Ich habe verstanden. Und vermutlich habe ich es auch verdient. Entschuldige mich, ich muss jetzt eine Weile alleine sein.«

Mit ungelenken Bewegungen erhob er sich von der Bank und ging davon. Gervasius blieb wie gelähmt sitzen.

Gervasius spürte, dass es das Beste war, Philip vorerst sich selbst zu überlassen. Er zog sich in sein Haus zurück und arbeitete weiter an dem Text für den Kartenrand.

»Der Himmel«, übernahm er von Isidor, »heißt *Caelum*, weil er wie eine getriebene Metallschale aufgeprägte Lichter, nämlich die Sterne hat. Getrieben *(caelatum)* nennt man eine Schale, deren reliefartige Verzierungen funkeln. Gott hat ihn mit hell leuchtenden Lichtern ausgezeichnet und ihm Sonne und Mond eingesetzt. Das Himmelsgewölbe hat er mit den in hellem Glanz strahlenden Sternbildern verziert. Der Himmel heißt in der Heiligen Schrift Firmament, weil mit ihm der durch unabänderliche Gesetze festgelegte Lauf der Sterne gegeben ist.«

Es fiel ihm zunehmend schwerer, bei der Sache zu bleiben. Seine Gedanken schweiften zu der Auseinandersetzung mit Philip ab. Er erhob sich von seinem Schreibtisch und bereitete sich einen Tisane. Doch der Kräuteraufguss aus Lavendel und Melisse hatte nicht die gewünschte beruhigende Wirkung. Also begab er sich ins Scriptorium und beobachtete Agnes und die anderen Buchmalerinnen bei der Arbeit, bis diese ihn fragte:

»Was ist mit Euch, Magister? Ihr wirkt, als hättet Ihr Euren Seelenfrieden verloren.«

»So schlimm ist es nicht, Agnes. Ich brüte nur über einer passenden Einleitung für die Karte, die ich an den Anfang setzen will.«

Agnes betrachtete ihn zweifelnd. Er verabschiedete sich und beschloss im Hinausgehen unvermittelt, in der Kirche ein Gebet zu sprechen. Es hielt sich niemand in der kleinen Holzkirche auf. Er tauchte in das Halbdunkel ein und kniete nieder im Schein der Altarkerzen. »Herr, vergib mir, denn ich habe gesündigt.« Er bat Gott um Vergebung für sein hochmütiges Verhalten. Was für ein Recht hatte er, Philip zu verurteilen? War er als Richter so daran gewöhnt, Urteile zu fällen, dass er auch bei seinem besten Freund nicht davon lassen konnte? Er gestand sich ein, dass es mehr gewesen war als der väterliche Instinkt, seine Tochter zu beschützen, was ihn so hatte reagieren lassen. Vermutlich war er immer ein wenig eifersüchtig gewesen auf Philips Fähigkeit, die

Gunst jeder Frau zu erringen, die er begehrte, ohne sich dafür besonders anstrengen zu müssen. Gott musste seine Gründe gehabt haben, als er Philip diese Fähigkeit zuteil werden ließ.

Als er aus der Kirche nach draußen treten wollte, schlug die Glocke zur Vesper. Also ging er wieder hinein, um mit den Nonnen und Laienschwestern die Messe zu feiern. Beim anschließenden Abendessen im Refektorium war Philip nicht anwesend. Nach dem Essen erging sich Gervasius eine Weile auf den Feldern außerhalb der Umfriedung. Die Wärme des Tages hing noch zwischen dem Getreide und den Büschen. Eine Amsel sang herzzerreißend. Auf Philip traf er nicht. Aber das hatte er auch nicht erwartet. Als die Glocke zur Komplet läutete, kehrte er nicht in die Kirche zurück, sondern begab sich erneut an seinen Schreibtisch. Er las in den ›Etymologien‹ und wartete. Vergeblich. Die Sonne schickte sich an, unterzugehen. Er hatte die ganze Zeit gewusst, wo er Philip finden würde, doch gehofft, er würde ihn nicht von dort wegholen müssen. Sein Freund betrank sich vermutlich seit Stunden in der Dorfschenke des Flecken Ebstorf.

Im Schankraum des »Schlüssel« hielten sich nur wenige Gäste auf. Philip war nicht zu übersehen. Er saß allein an einem Ecktisch, was ihm gar nicht ähnlich sah, und starrte trübselig in seinen Bierkrug. Als Gervasius vor ihm stand, hob er den bierbenebelten Blick.

»Findest du nicht, Bruder, du hast genug getrunken?«

»Nein! Ich kann gar nicht genug trinken, um zu vergessen, was heute geschehen ist.«

»Na, komm, gehen wir nach Hause«, forderte Gervasius ihn sanft auf, nachdem er beim Wirt die Zeche bezahlt hatte. Er schob Philip die Schulter unter den Arm und richtete ihn auf. Der Freund war schwerer, als er befürchtet hatte. »Es tut mir leid, was ich gesagt habe, Philip.«

»Tut es nicht!«, versetzte dieser störrisch. »Du gönnst mir mein Leid, nicht wahr?«

Gervasius gab auf. »Wir reden morgen darüber. Jetzt musst du erst einmal schlafen.«

Sie hatten das Haus erreicht. Mit Mühe verfrachtete er Philip in sein eigenes Bett und legte sich dann selbst auf das Gästelager. Von Philip kamen bald gleichmäßige Schnarchtöne, während Gervasius sich die ganze Nacht hindurch unruhig hin und her warf. Am Morgen war er müder als vor dem Zubettgehen. Philip ging es noch viel schlechter. Nachdem er sich in einen Kübel übergeben hatte, den Gervasius vorsorglich neben das Bett gestellt hatte, sank er zurück auf das Lager und blieb freiwillig liegen.

»Wir reden, wenn es dir wieder besser geht«, kündigte Gervasius an. Dann suchte er die Küche des Klosters auf, um dort eine Schüssel heiße Brühe für den Kranken zu besorgen.

Erst am nächsten Abend fühlte sich Philip so weit wiederhergestellt, dass er aufstehen und ein paar Schritte auf dem Klostergelände machen konnte. Gervasius stellte zwei Stühle hinter das Haus. Dort lauschten sie eine Weile auf die Geräusche der Natur. Unaufgefordert begann Philip zu reden.

»Erinnerst du dich an die Prophezeiung der seltsamen Alten, damals, als wir beide das erste Mal zusammen in London waren?«

»Ich erinnere mich daran, was sie mir vorhergesagt hat«, gab Gervasius zu.

»Zu mir sagte sie: Du wirst viele Frauenherzen erobern, doch dein Herz wird verschlossen sein, bis es zu spät ist. Und jetzt ist es so weit: Die Prophezeiung hat sich bewahrheitet.«

Gervasius konnte nichts erwidern. Sie schwiegen einige Augenblicke lang. Dann lachte Philip. Es klang hohl und freudlos.

»Ist es nicht geradezu widersinnig, dass ich mich in die erste Frau verliebe, die ich nicht haben kann?«

Gervasius nickte stumm.

»Immerhin weiß ich nun, was mir in all den Jahren entgangen ist«, stellte Philip nüchtern fest.

Gervasius legte ihm die Hand auf den Arm.

»Und jetzt, Gervasius, musst du mir endlich verraten, wie du an eine so wundervolle Tochter kommen konntest!«

Nachdem die Dinge zwischen ihnen geklärt waren, schlug Gervasius Philip vor, einen Ausflug nach Lüneburg zu machen, um ihn von seinem Schmerz abzulenken. Sie nahmen ihre gut ausgeruhten Pferde und ritten in die nächstgrößte Stadt, die durch ihre Salzvorkommen reich geworden war. Auf ihrem Weg konnten sie von weitem den Kalkberg mit der alten Lüneburg ausmachen, die der Stadt seit alters her Schutz gewährte.

»Hier residiert der junge Herzog von Braunschweig-Lüneburg, ein Neffe des verstorbenen Kaisers Otto, wenn er im Land weilt«, erläuterte Gervasius.

Nicht viel weiter südlich lag die Saline, in der das »weiße Gold« gewonnen wurde, an dem auch das Kloster Ebstorf mitverdiente. Sie überquerten die Ilmenau und gelangten in die Stadtmitte mit ihren vielen neu gebauten, giebelgeschmückten Kaufmannshäusern. Am Fluss Lüne, über den das Salz in Lastkähnen in andere Städte gebracht wurde, etwa in die Hafenstädte Hamburg oder Lübeck, standen dicht an dicht Lagerhäuser für alle möglichen Güter und vor allem die Salzspeicher. Sie fanden eine Herberge, in der sie ihre Pferde unterstellen konnten, und gingen dann gemütlich über die mit Kopfstein gepflasterten Straßen, vorbei an Kaufleuten, denen man ihren Wohlstand an den edlen Stoffen und dem Schnitt ihrer Gewänder ansah, und anderen emsigen Bürgern.

»Ein nettes Städtchen«, kommentierte Philip. Er machte noch immer einen mitgenommenen Eindruck, bemühte sich aber höflich, dem ihm Gebotenen Aufmerksamkeit zu schenken.

»Herzog Heinrich dem Löwen, dem Vater von Kaiser Otto, hat diese Stadt vieles zu verdanken.«

»Wie gesagt, es ist schön hier. Fast so schön wie bei uns in England. Übrigens bin ich kurz vor meiner Abreise in London deinem früheren Kommilitonen Ralph über den Weg gelaufen.«

Gervasius hatte von Ralph seit ihrer Studienzeit in Bologna nichts mehr gehört.

Sie passierten gerade einen mächtigen quadratischen Turm aus Backstein. Um die Ecke entdeckten sie das einladende Schild eines Gasthauses.

Sie betraten den schmucken Schankraum, dessen bunte Butzenfenster das Licht in vielen Farben filterten.

»Er ist jetzt seit elf Jahren Abt in der Zisterzienserabtei Coggeshall.«

»Dann hat er es zu etwas gebracht. Das freut mich zu hören.«

»Ja, und ob du es glaubst oder nicht, davor war er jahrelang im Heiligen Land mit den Kreuzfahrern unterwegs. Um die Schwachen zu stärken und die Mutigen zum Kämpfen zu animieren, wie er es ausdrückte.«

Der Wirt erschien. Philip bestellte ein Bier, Gervasius entschied sich für einen Apfelsaft.

»Es ist wirklich unglaublich! Da bildet man sich ein, man führe selbst ein halbwegs ereignisreiches Leben, doch das von Ralph muss sehr viel aufregender gewesen sein, zumindest in jenen Jahren.«

»Er war bereits 1185 mit den Kreuzfahrern ins Land gekommen und Zeuge, wie Jerusalem zwei Jahre später unter Sultan Saladin den Sarazenen in die Hände fiel. Er trug in den Kämpfen eine Kopfwunde davon, die ihm seitdem immer wieder zu schaffen gemacht hat. In den letzten Monaten sind die Beschwerden verstärkt aufgetreten. Ralph erwägt deshalb – schweren Herzens –, seinen Posten als Abt von Coggeshall aufzugeben.«

»Das ist bedauerlich. Ich bin sicher, er ist ein guter Abt.«

Der Wirt brachte die Getränke, nicht ohne Gervasius mit einem spöttischen Blick zu bedenken. Philip tat einen Zug aus seinem Bierhumpen.

»Ralph hat vor einiger Zeit begonnen, ein ›Chronicon Anglicanum‹ zu verfassen, eine Chronik über die Geschichte Englands. Darin lobt er König Henry II. als weisen Herrscher. Ganz meine Meinung! Dessen Sohn Richard, behauptet er, hätte gut angefangen, sich dann jedoch zum Schlechteren gewendet. Was König John betrifft, der ja erst zwei Jahre tot ist, so hat er kein gutes Haar an ihm gelassen. Erst die Zeit wird zeigen, ob Johns Sohn, Henry III., unserem Land Segen oder Fluch sein wird.«

»Er schreibt also auch. Jeder Mann mit ein bisschen Bildung scheint heutzutage zur Feder zu greifen! Ralph war immer sehr scharfsinnig. In der Dialektik hat er mich jedes Mal übertrumpfen können. Aber ich wette, mein Latein ist besser.«

Nagte der Neid an Gervasius? Nein, ein Werk wie die Karte, die nur wenige Meilen von hier im Kloster Ebstorf entstand, hatte auch Ralph nicht zu bieten.

Philip, der seine Gedankengänge offenbar nachvollzog, grinste.

»Dann wird dich Folgendes noch mehr freuen: Ralph erwähnt dich in seiner Chronik. Weißt du auch, welche deiner ruhmreichen Taten er dazu ausersehen hat, für die Ewigkeit bewahrt zu werden?«

»Nein, so rede doch!«

Philip trank vollkommen entspannt, wie es schien, von seinem Bier.

»Die Weinberg-Episode in Reims. Du hast es mir damals bei deiner Hochzeitsfeier gestanden, weißt du noch? Das arme Mädchen! Nicht gerade eine Tat, auf die man stolz sein kann, denke ich.«

Das Feuer flackerte kurz und erstickend heiß vor Gervasius' innerem Auge. »Nein«, erwiderte er, »bestimmt nicht. Eher ein Alptraum, den ich zu vergessen versucht hatte.«

»Niemand ist vollkommen«, versetzte Philip. »Auch du nicht.«

Für den Moment herrschte Stille zwischen ihnen. Dann sagte Gervasius: »Ich brauche eine Kopie dieser Chronik. Unbedingt.«

»Du wirst selbst mit Ralph reden müssen.«

»Das werde ich, sobald die Karte ihre endgültige Form gefunden hat.«

Zurück in Ebstorf erwartete Gervasius eine Überraschung. Kaum hatten sie das Klostergelände betreten, eilte ihnen eine jüngere Laienschwester entgegen.

»Herr Magister, die Priorin bittet Euch, sofort in ihr Arbeitszimmer zu kommen!«

Er fand Hassica hinter ihrem Schreibtisch sitzend. Von einem der drei Besucherstühle sprang bei ihrem Eintreten Antoine auf. Gervasius war wirklich verblüfft. Mit Mabiles Neffen hatte er nicht gerechnet.

»Antoine! Woher wusstest du, wo du mich findest?«

»Von Henri und Celine. Sie hoffen sehr, dass Ihr bald zurückkehrt, soll ich Euch ausrichten. Ein Richter namens Villeneuve macht ihnen das Leben schwer, sagen sie.«

»Wird diese Sache denn nie ein Ende haben?«, fragte Gervasius verdrossen.

»Ich habe«, sagte die Priorin, »dem jungen Herrn bereits das Kloster gezeigt in der Wartezeit. Euer zweiter Gast kann in der Pilgerherberge im Ostflügel unterkommen. In Eurem Häuschen wird es sonst ein wenig eng, schätze ich.«

»Da habt Ihr recht. Wie wäre es, Antoine, wenn ich dir jetzt das Werk vorführe, welches mich hierhergebracht hat?«

Im Scriptorium saßen drei Nonnen, die neugierige Blicke auf den jungen Mann in Gervasius' Begleitung warfen. Auch Agnes hatte sie bemerkt und erhob sich jetzt hastig aus ihrer hockenden Position. Alle Texte im Kartenrund waren geschrieben. Sie hatte gerade begonnen, die goldene Stadt im Mittelpunkt der Karte zu malen.

»Wie ich sehe, kommst du gut voran, Agnes. Das ist Antoine de Bourgogne, der Neffe meiner alten Freundin Mabile de Blois.«

»Mademoiselle Agnes«, begrüßte Antoine sie auf Französisch und beäugte höflich die Karte, deren Nutzen Gervasius ihm dann erklärte.

»Stell dir vor, diese Karte hängt bald in ihrer ganzen Herrlichkeit an der hohen Wand im Kapitelsaal. Den hat die Priorin dir doch gezeigt?«

»Das hat sie.«

»Man kann dann die gesamte Welt, ihre Entstehung und Geschichte, ihre Vielfalt und ihr Geheimnis mit einem Blick erfassen. So wie ein Vogel aus der Luft einen sehr viel größeren Überblick über die Landschaft unter sich hat. Oder wie der Herr vom Himmel aus alles gleichzeitig erfasst.«

»Es muss großartig sein, wie ein Falke durch die Luft zu gleiten und gleichsam über allem zu schweben. Die Tiere sind zu beneiden.«

Einen Augenblick lang schwiegen alle.

»Was wird das in der Mitte?«, erkundigte Antoine sich dann bei Agnes.

»Oh, das ist natürlich Jerusalem. V... der Magister will, dass es von goldenen Mauern eingefasst ist, weil es sich nicht so sehr um den irdischen Ort, sondern um das symbolische himmlische Jerusalem handelt. Ich trage gerade die Basis für den Goldgrund auf, ein Kissen aus Kreide, welches dafür sorgen wird, dass die Stadtmauern besonders erhaben erscheinen werden.«

»Das ist sicher nicht einfach«, sagte Antoine gleichgültig. Gervasius begriff, dass es besser war, den Jungen nicht länger zu langweilen.

»Sag, Antoine, gibt es einen bestimmten Grund für deinen Besuch?«

Antoine drehte sich erleichtert zu ihm um.

»Das, Magister Gervasius, würde ich gerne unter vier Augen mit Euch besprechen!«

»Natürlich. Lass uns in den Klostergarten gehen.«

Es war früher Nachmittag. Hummeln taumelten zwischen honigtriefenden Blüten, Fliegen schossen wie Pfeile über die Rabatten. An der weiß getünchten Mauer krabbelten Ameisen in die Höhe. Gervasius schlug seinen Lieblingsweg zwischen den Gemüsebeeten ein. Es war ein mit den dunkelroten Backsteinen der Gegend abgegrenzter schmaler Streifen aus Kies, auf dem sie hintereinander gehen mussten. Unter ihren Füßen knirschte der Kies.

»Letztes Jahr, ich hatte gerade Euer Palais verlassen, nachdem ich den Brief meiner Tante abgeliefert hatte, da kam mir etwas seltsam vor.«

»Was war das?«, fragte Gervasius.

»Ich habe mich gefragt, warum sie Euch überhaupt geschrieben hatte. Soweit ich weiß, kanntet Ihr sie doch kaum. Was war so wichtig, dass sie mich damit beauftragte, nur Euch persönlich den Brief zu überreichen?«

»Und?«

»Mir ist nur eine plausible Erklärung als Antwort akzeptabel erschienen: Ihr hattet eine Liebschaft mit ihr!«

»Damit liegst du richtig.«

Antoine war stehen geblieben. »Das ist alles, was Ihr zu Eurer Verteidigung hervorzubringen habt?«

Anscheinend wollte er die verlorene Ehre seiner toten Tante retten.

»Ich verstehe, lieber Antoine, dass du über mein unmoralisches Verhalten empört bist, doch wie wäre es, wenn du mich die ganze Geschichte erzählen ließest und erst dann dein Urteil über mich fällst?«

Antoine zuckte die Schultern.

Gervasius brauchte mehrere Stunden, die sie auf einer Bank am anderen Ende des Gartens verbrachten. Als er geendet hatte, war die Vesperzeit bereits vorüber. Antoine starrte in die Ferne.

»Dann ist«, stellte er fest, »das Mädchen aus dem Scriptorium ...«

»Ihr Name ist Agnes.«

»Also, dann ist Agnes meine Base!«

»So ist es. Scharfsinnig gefolgert.«

»Wollt Ihr mich foppen, Magister?«

»So etwas würde ich mir nie erlauben!«, antwortete Gervasius voller Inbrunst, mit todernster Miene.

Antoine brach in Gelächter aus. Die Spannung zwischen ihnen löste sich auf. Gervasius konnte mit ihm lachen.

Vollendung

Die Arbeit an der Karte ging zügig voran. Jeden Tag, wenn Gervasius das Scriptorium aufsuchte, war wieder ein entscheidender Schritt geschafft. Agnes war Jerusalems goldene Mauer gut gelungen. Gerade malte sie an dem Grab mit dem auferstandenen Christus und einer Kriegerfigur. Antoine war ebenfalls gekommen. Seit Gervasius die Karte mit der Vogelschau in Verbindung gebracht hatte, begeisterte er sich mehr für das Werk. Er besuchte Agnes häufig und leistete ihr bei der Arbeit Gesellschaft.

»Nach der Heiligen Stadt kannst du mit dem Gesicht des Herrn beginnen, Agnes«, sagte Gervasius. »Ich möchte dafür die Vera Icon, die ich im Petersdom sah, als Vorbild nehmen.«

»Und wie soll das gehen, Vater?«, wandte Agnes ein.

»Ganz einfach: Ich werde es dir in allen Einzelheiten beschreiben, bis du es dir vorstellen kannst, und dann bringst du es auf das Pergament.«

»Kann sie nicht ein anderes Antlitz des Herrn als Vorlage benutzen? Etwa das Kruzifix in der Kirche dieses Klosters?«, mischte sich Antoine ein.

»Nein, ich werde ihr alles schildern, und sie wird das Abbild so schaffen, wie es sein soll.«

Bei der Vesper im Refektorium flüsterte Philip, der beobachtete, wie Agnes angeregt mit Antoine sprach: »Der junge Antoine scheint sich gut mit deiner Tochter zu verstehen.«

»Ist hier jemand eifersüchtig?«, erwiderte Gervasius ebenso leise.

»Nein, nur neidisch. Er ist im passenden Alter.«

»Ich denke, für ihn ist sie so etwas wie eine kleine Schwester.«

»Agnes scheint jedenfalls von ihm beeindruckt. Kein Wunder, er ist ein hübscher Kerl. So wie ich einmal einer war. Frauen mögen so etwas.« Philip seufzte.

»Du bist unverbesserlich, Bruder«, versetzte Gervasius kopfschüttelnd.

»Übrigens, Gervasius: Deine Karte ist wirklich etwas Besonderes. Sie wirkt schon durch ihre bloße Größe. Aber das ist nicht alles. Sie hat Ausstrahlung, sie zieht förmlich die Aufmerksamkeit auf sich.«

»Danke, Philip. Deine Meinung bedeutet mir viel«, antwortete Gervasius ernst. Er hatte nicht erwartet, dass Philip sich Gedanken über die Karte machen würde.

»Eins noch: Ich werde morgen abreisen.« Damit war die Katze aus dem Sack. Gervasius war zu gleichen Teilen erleichtert und traurig. Es war wohltuend gewesen, den Freund in der Nähe zu haben. Doch er hatte auch unter ständiger Anspannung gestanden, wegen Philips Leidenschaft für Agnes. Einerseits hatte er mit ihm gelitten. Andererseits war er besorgt gewesen um seine Tochter. Er würde sich wieder entspannen können. Und er würde den Freund vermissen.

Der Oktober hatte sich fast unbemerkt eingeschlichen. Die Bäume trugen plötzlich buntere Kleider. Trockene Blätter segelten im schwachen Herbstwind zu Boden. Unter ihren Füßen hatten sie sich zu einem dicken gelben Teppich ausgelegt. Agnes, Antoine und Gervasius hatten an diesem klaren Morgen Philip bis zum Tor der Umfriedung begleitet, um ihn zu verabschieden.

»Bruder«, sagte Philip mit gespielter Fröhlichkeit zu Gervasius, »es wird Zeit, dass ich aufbreche.«

»Wir sehen uns hoffentlich bald wieder. Wenn die Karte vollendet ist, komme ich nach England. Zuerst habe ich mit dem Herrn Ralph von Coggeshall ein Hühnchen zu rupfen, doch dann werde ich in Salisbury deine Gastfreundschaft ausgiebig in Anspruch nehmen, ob du willst oder nicht!«

Sie umarmten sich.

Philip wandte sich nun an Antoine: »Antoine, meine Einladung gilt. Mitte November beginnt auf meinen Ländereien die Jagd.«

»Ich werde da sein, Earl. Auf bald.«

Zuletzt war Agnes an der Reihe. Ganz leise meinte Philip:

»Achte gut auf dich, Agnes. Es war mir eine besondere Ehre,

dich kennenzulernen. Einer Frau wie dir bin ich zuvor nicht begegnet. Leider. Jetzt ist es zu spät. Leb wohl.«

Er nahm ihre Hand und küsste sie feierlich. Dann drehte er sich um und bestieg sein Pferd.

Gemeinsam winkten sie der Gestalt auf dem Pferd hinterher, die sich in schnellem Trab entfernte und dabei immer winziger wurde. Wehmut überkam Gervasius.

»Was meinte er damit: Jetzt ist es zu spät?«, fragte Agnes.

Was sollte Gervasius darauf antworten? »Das werde ich dir vielleicht später einmal erklären.«

Die geplante Vera Icon wurde nun in Angriff genommen. Antoine war an diesem Tag zu Pferd unterwegs, um das Umland zu erkunden, wie er angab. Im Scriptorium war es angenehm ruhig. Gervasius nahm auf einem Stuhl neben der Karte Platz, schloss die Augen und atmete tief durch. Er versetzte sich geistig in den Petersdom, erinnerte das Abbild des heiligen Antlitzes. Jetzt sah er den Herrn Jesus Christus vor sich, in seiner unendlichen Geduld, in seiner unendlichen Leidensfähigkeit, erfüllt von der Liebe für die Schöpfung des Vaters. Denn wer würde sich für eine Menschheit opfern, die er nicht zutiefst liebte? Er beschrieb Agnes die Form des Gesichts, damit sie es auf das Pergament bannen konnte:

»Oval, das Kinn spitzer zulaufend. Ein leichter Kinnbart.«

Die Augen bereiteten ihm Schwierigkeiten. Obwohl er sie vor sich sah, konnten sie keinen derartigen Abdruck auf dem Tuch hinterlassen haben. Sie mussten geschlossen gewesen sein. Er entschied:

»Beides soll sich in den Augen zeigen, die Liebe und das Leiden.«

Agnes führte gehorsam seine Anweisungen aus.

»Das Haar ist lang und leicht gewellt. Ein mittiger Scheitel teilt es.«

Er blickte nicht auf das im Entstehen begriffene Bild, überprüfte nicht, wie seine Anweisungen umgesetzt wurden, bis es fertig war. Agnes hatte das Haar und die Augen in lichtem Braun koloriert, den kreisförmigen Hintergrund des Gesichtes, den Nimbus, in himmlischem Blau und die Umrahmung des Strahlenkranzes in königlichem Rot. Es ergab sich ein harmonisches Ganzes: Ein freundlicher, ja liebevoller Christus schaute ihm entgegen. Es war nicht der Christus, den er im Sinn gehabt hatte.

»Du wirkst unzufrieden, Vater«, stellte Agnes enttäuscht fest. Sie hatte sich solche Mühe gegeben mit der Ausführung.

»Nein, gar nicht«, beeilte sich Gervasius zu beteuern. »Es ist dir ganz vorzüglich gelungen.«

Wer sagte, dass Agnes' Gottesgesicht nicht dem wahren Antlitz näherkam als das Bild, welches er sich davon gemacht hatte?

Sie hockten nebeneinander vor der Karte in stummer Kontemplation. Gervasius beschloss den Moment zu nutzen.

»Gestatte mir die unverblümte Frage, Agnes: Was willst du anfangen, wenn dieses Werk vollbracht ist?«

Agnes lächelte, als würde sie sich bereits auf das Kommende freuen.

»Du willst zurück nach Arles, nicht wahr?«

»Ja, ich muss. Wenn ich nicht mein Palais verlieren will. Und vorher geht es noch nach England. Sonst wird mir Philip das niemals verzeihen.«

»Dann ... werde ich Dich begleiten!«

Eine Woche später war es an Antoine, sich zu verabschieden. Wieder begleiteten sie einen Gast an die Umfriedung. Der Wind pfiff schon schärfer. Regen tropfte schwer von den Bäumen. Antoine küsste Agnes nicht die Hand, sondern drückte seine Base brüderlich an sich. Auch Gervasius wurde kräftig umarmt. Dann saß der junge Mann auf und ritt winkend vom Hof. Agnes starrte ihm lange nach, obwohl ihr Gewand bereits durchnässt war. Gervasius verzichtete auf eine Ermahnung und ließ sie mit ihren Gedanken und Sehnsüchten allein.

Nach dem Haupt des Herrn zeichnete Agnes seine beinahe lebensgroßen Hände und Füße. Die Hände platzierte sie links und rechts, ganz am äußeren Rand des Weltenkreises, auf halber

Höhe. Die Füße stellte sie schulterbreit auf, am unteren Ende des Kreises, am tiefsten Punkt. Gervasius ließ ihr bei der Gestaltung freie Hand. Jetzt beobachtete er, wie Agnes die Stigmata, die Wundmale, einzeichnete.

»Indem ich diese armen gezeichneten Gliedmaßen unseres Herrn abbilde, leide ich mit ihm«, gestand sie. »Es ist, als würde ich innerlich gereinigt durch diese Tätigkeit. Alle meine Sünden und unbedeutenden Schwächen sind mir in diesem Moment vergeben. Das spüre ich zumindest.«

»Das ist gut. Ein heiliges Bild muss mit reinem Herzen geschaffen werden, Agnes.«

Sie hatte sich aufgerichtet und war zu ihm getreten.

»Ich brauche eine Pause, Vater«, flüsterte sie jetzt, damit die Nonnen und Laienschwestern nicht mithören konnten. Besorgt betrachtete er das Mädchen. Sie hatte tiefe Schatten unter den Augen, und ihre Haut war fahler als noch im Sommer.

»Natürlich, liebe Agnes. Ich werde Radegund, Hilde und Irmingard mit der Aufgabe betrauen, die Signaturen der Städte und die restlichen Bilder herzustellen.... Tust du mir vorher nur noch einen Gefallen? Danach kannst du dich einige Tage ausruhen, ja so lange, wie du brauchst.«

»Was soll ich tun?«

»Zum Gedächtnis an meine gute Freundin und wundervolle Königin, Joanna von Sizilien, spätere Gräfin von Toulouse, die leider viel zu zeitig von uns ging, soll die Insel besonders ansprechend gestaltet sein.«

»Ich habe eine Idee!«, verkündete Agnes kurz darauf strahlend. Dann holte sie das Rinderhorn mit der schwarzen Dornenrindentinte und ließ sich an der entsprechenden Stelle auf der Karte nieder. Sie zeichnete mit raschen Schwüngen und gab der Insel Sizilien die Form eines großen Herzens.

In der Zeit, in der Agnes sich erholte, ging Gervasius häufig in das Scriptorium. Die drei Nonnen waren ebenso eifrig bei der Sache wie vorher seine Tochter. Trotzdem brauchten sie weitere drei Monate, bis das Weltenrund mit farbigen Türmen, Dächern,

Menschen, Tieren und Pflanzen ausgefüllt war. Der Kreis hatte sich geschlossen. Agnes war nun ausreichend ausgeruht, um Mitte Januar des Jahres 1219 mit den Texten für den Kartenrand zu beginnen. Gervasius hatte noch im alten Jahr den Entwurf abgeschlossen. Agnes schrieb wieder mit Hingabe. Am Ende, als alle Textteile in schwarzer Schrift fertig waren, schmückte sie jeden neuen Absatz mit einer roten Initiale. Manche der Initialen gestaltete sie gar mit Fleuronné-Ornamentik, einem feinen Geflecht aus Blatt- und Blütenranken. Diese Kunst hatte sie von der Nonne Radegund gelernt, die wiederum in einem flandrischen Kloster damit in Berührung gekommen war.

Mitte Februar war es so weit: Das Werk war getan. Sie konnten zufrieden sein mit ihrem »Buch der Welt«, wie Gervasius die Karte nannte. Die Karte lag vor ihnen auf dem Fußboden des Scriptoriums in ihrer ganzen farbenreichen Vielfalt. Ein Lob für Gottes Schöpfung auf dreißig Ziegenhäuten. Ein Versprechen gegenüber einem toten Kaiser.

»Können wir jetzt nach England aufbrechen?«, fragte Agnes.

»So eilig hast du es, hier wegzukommen, Agnes?«

»O ja!« Ein weites Lächeln erhellte ihr junges Gesicht. »Die Welt wartet.«

Danksagung

Bedanken möchte ich mich bei meinem Agenten Joachim Jessen von der Agentur Schlück, der nicht nur dafür gesorgt hat, dass dieser Roman einen Verlag gefunden hat, sondern auch den entscheidenden Anstoß für die endgültige Form gegeben hat. Außerdem bei Frau Dr. Heister, die mitgeholfen hat, aus meiner Idee ein präsentables Buch zu mchen. Auch Herrn Wolff vom dtv bin ich zu Dank verpflichtet. Er hat so viel Vertrauen in mein Konzept gehabt, dass er das Experiment gewagt hat, einer unbekannten Autorin eine Chance zu geben. Ebenso danken möchte ich Bernd Ulrich Hucker. Seine Texte haben mir wertvolle Informationen über Otto IV. und Gervasius von Tilbury geliefert. Auch James W. Binns und Shelagh E. Banks gilt mein Dank für ihre kommentierte englische Übersetzung der ›Otia Imperialia‹, ohne die ich diesen Roman nicht hätte schreiben können. Und schließlich möchte ich noch allen danken, die an mich und dieses Buch geglaubt haben.

Sabine Schäfer